Alles wat het hart begeert

Stephanie Schuster

Wondervrouwen 1

Alles wat het hart begeert

Vertaald uit het Duits door Davida van Dijke

SIGNATUUR

2022

Oorspronkelijke titel: *Die Wunderfrauen, Teil 1. Alles, was das Herz begehrt*
Vertaald uit het Duits door Davida van Dijke

Omslagbeeld: © ullstein bild en © Arcangel
Omslagontwerp: © Hauptmann & Kompanie Werbeagentur, Zurich, Switzerland
Bewerking Nederlands omslag: Select Interface (Henk Koop)
Foto auteur: © Jonas Schuster
Typografie: Pre Press Media Groep, Leerdam
Druk- en bindwerk: Wilco, Amersfoort

ISBN 978 90 5672 712 3
NUR 302

Eerste druk, juni 2022

Dromen kennen geen einde, maar daden die wonderen worden, helpen dromen uit te komen.

Voor Else en Hermann, ter herinnering aan hun winkel in Münster, en voor Carla, die dit verhaal in gang heeft gezet.

Voor mijn dierbaren, mijn wonderman Thomas en mijn geweldige kinderen
Theresa, Veronika en Jonas.

PROLOOG

Herfst 1953

'*Yip, yip*,' riep juffrouw Knaup, en ze zette de toonarm op de grammofoonplaat en knipte met haar vingers.

De andere vrouwen vielen in en klapten op de maat van de muziek, en algauw schudde het winkeltje op zijn grondvesten. De maatlepels boven de toonbank wiegden, de potten en flessen in de schappen rinkelden, de ham aan het touw zwaaide heen en weer, en zelfs de ingelegde haringen trilden mee in hun potten. Met hun blote voeten in washandjes gestoken gleden de vrouwen op de muziek over het linoleum. Het slagwerk gaf de maat aan, een gitaar gonsde de melodie, en een zanger vroeg een zekere Josephine hem te beloven dat ze deze nacht de zijne zou worden. Meer verstond Luise niet van het liedje, hoewel ze vrij behoorlijk Engels kende; de gymnastiekoefeningen die ze moesten nadoen vergden al haar concentratie. Armen omhoog, dan naar opzij uitstrekken. Maar nergens tegen aanstoten, en niets omvertrekken of omgooien. Ze hield haar hart vast vanwege haar winkel. Natuurlijk was het hier krapper bemeten dan in de parochiezaal. Ze had dan wel geprobeerd om voor het gymnastiekuurtje zo veel mogelijk ruimte te maken, maar in de grote vitrinekast in het midden, het pronkstuk uit de meubelverzameling van haar schoonmoeder, had geen millimeter beweging gezeten. Geen wonder, hij was van massief gemarmerd hout en was bovendien helemaal gevuld met allerhande koopwaar. Dus schuifelden ze om de kolos heen alsof ze de polonaise deden. Rond en rond. De vrouwen botsten tegen elkaar op, schoven elkaar opzij, grimasten vrolijk naar elkaar. Toen hoorde Luise gekletter, en de sinaasappels en grapefruits die ze vanmorgen zorgzaam op een schaal had geschikt rolden naar de deur. Die stond zelfs nog op een kier. Vlug duwde Luise hem dicht en raapte de vruchten op, en daar gingen ze weer. Helga Knaup kende geen genade. Armen recht omhoog, naar achteren, naar voren, opzij, en daarbij met de voeten naar voren en naar achteren schuiven. *Yip, yip.* Dat gymnastiek zo leuk en tegelijkertijd zo inspannend kon zijn had Luise nooit gedacht.

Way bop de boom, ditty, boom, ditty. Alleen al door het ritme zwaaide ze met haar heupen zoals ze in geen tijden gedaan had. Maar die drie boterhammen met kaas vlak voor de les had ze beter kunnen laten staan. Haar tailleband knelde. Ze snakte naar adem, maar wilde het niet opgeven. Niet waar alle anderen bij waren. Je moest lef hebben om op haar leeftijd nog een gymcursus te doen. Ze was tenslotte al zesentwintig en helemaal niet in vorm. Haar eigen schuld, omdat ze nooit ergens lopend heen ging maar altijd haar bromfiets pakte, de groene Triumph die Hans haar twee jaar geleden voor haar verjaardag had gegeven. Ze had geen idee gehad wat ze zich bij SWINGEN EN TRIMMEN MET HELGA moest voorstellen en had spontaan toegezegd te zullen komen omdat ze juffrouw Knaup zo aardig vond.

Baby, when you hear me shout, kiss me quick, knock me out.

Een heerlijk ritme, eindelijk was deze muziek weer toegestaan. Ze zou zelfs de mufheid uit alle hoeken van de parochiezaal hebben verdreven. Even voordat de pastoor hen eruit gooide, had het bijna geleken alsof zelfs Jezus aan het kruis meedeinde – of beter gezegd mee-yipte – alleen afgeremd door de spijkers die hem vastnagelden. Wat een godslastering! Weer een punt op de langer en langer wordende lijst voor de volgende biecht... Luise grinnikte inwendig. Je mocht denken wat je wilde, als je het maar voor je hield. Gelukkig was ze op het idee gekomen om naar de winkel te verkassen, anders hadden ze de gymcursus wel kunnen vergeten. *Bop de boom.* Die plaat van Johnnie Ray moest ze beslist kopen. Naaste buren die konden klagen hadden ze niet. Het huis van de Dahlmanns was, behalve aan de straatkant, waar het etalageraam zat, omgeven door een kleine tuin, en haar steevast humeurige schoonmoeder was afgelopen zomer overleden. Ja, Henriette, dacht Luise, je had gelijk, ik zorg inderdaad voor een frisse wind in de familie.

Naast haar hijgde en pufte Marie, de jonge Silezische met het sproetige gezicht en de fijne roodblonde krullen die sinds een paar maanden op de boerderij van haar broer woonde. Ze was zo slank dat de oefeningen haar vast iets makkelijker afgingen. Luise was blij dat Marie meegymde ondanks het zware boerenwerk dat ze elke dag deed. Als ze zich niet vergiste, droeg Marie een oude trainingsbroek van Luises zestienjarige jongste broer. Hijzelf had het ding niet één keer aangehad. Manni liep het liefst het hele jaar door in zijn korte lederhose rond, meestal zonder hemd onder de bretels en op blote voeten. Luise probeerde hem zover te krijgen dat hij wanneer de r in de maand zat in elk geval een kniebroek en een trui aantrok, zodat hij geen kou zou vatten. Vandaar dat hij sinds kort rubberlaarzen aanhad en een oude jas van hun vader over zijn lederhose droeg. Nou ja, dat was tenminste iets. Marie, dat moest je haar nageven, had de oude trainingsbroek heel handig tot capribroek vermaakt, en ze had de bloes vlak onder haar borst vastgeknoopt, wat haar smalle taille accentueerde. Alleen een zonnebril en felrode lippenstift ontbraken nog, dan zou ze eruitzien als een filmster. Luise zou haar graag beter leren kennen, maar Marie was nogal gesloten.

'Als we zo doorgaan, moeten we nog nieuw linoleum leggen. Straks is de vloer compleet doorgesleten,' riep Luise haar toe boven *baby, when you hear me shout* uit, en ze veegde het zweet uit haar ogen. Even dacht ze buiten voor het raam een gezicht te hebben gezien; werden ze begluurd? Maar waarschijnlijk vergiste ze zich.

'Ja, en naderhand zou je alleen nog een tovermiddeltje moeten hebben dat je over de hele winkelvloer spuit, zodat hij altijd zo schoon blijft.' Ook Marie hapte naar adem. Poeh, was dat even vermoeiend! Nu moesten ze voorover op de vloer liggen en op hun tenen en onderarmen steunen, terwijl ze hun buik in de lucht hielden.

'Recht als een plank, lady's,' zei de gymlerares. 'Het lukt jullie wel, doe je best. Hop, omhoog met dat lijf! Strek die benen, een stukje naar voren komen en weer terug, kom op, het liedje is zo afgelopen. Nog maar twee coupletten, hou vol, *yip, yip*.'

Marie blies een haarsliert van haar voorhoofd. Aardig van Luise om haar uit te nodigen voor dit gymklasje. Ze kwam veel te weinig in de stad, terwijl het vanaf het dorpje Leutstetten maar een paar kilometer was. Langzaamaan begon ze deze omgeving te waarderen. Als ze 's ochtends met Luises broers de schaaps- en geitenkudde naar de weiden dreef, deden de glooiende hellingen haar een beetje aan haar geboortestreek denken, de uitlopers van het Uilengebergte. De rivier hier heette niet de Neisse maar de Würm, het veenbos was het 'Moos' en geiten noemden de Beiers 'goate'. En net als in Ebersdorf, waar Marie was opgegroeid, had je in Leutstetten veel paarden, die van de Wittelsbachse stoeterij. Op de Brandstetterhoeve was altijd een boel te doen; dat hield haar bezig en leidde haar af van haar herinneringen. Die haalden haar pas weer in vlak voordat ze insliep, en in haar dromen. Maar ze probeerde te leven met de gruwelen van vroeger, wat moest ze anders. Het was hier altijd nog beter dan in het klooster. Die eeuwige lofprijzingen aan het adres van God – alsof je daarmee de oorlog en zijn gevolgen ongedaan kon maken. De wereld lag in puin, daar veranderde ook urenlang bidden niets aan. In elk geval werd Marie zich tijdens de gymles weer bewust van haar lichaam, een gevoel dat ze vaak kwijtraakte. En als ze om zich heen keek, was ze bovendien omringd door haar eigen creaties: op alle bordjes, laden en bakken hier had zij de opschriften aangebracht. *Pectine, zuurkool, maanzaadolie, grutten* en *moutkoffie*. Lekkernijen in sierlijke krulletters. Ook de aanbiedingen op de etalageruit, die je hierbinnen in spiegelschrift kon lezen, had ze geschreven.

Haringsalade, 100 gram voor 30 pfennig
Ananas, 1 mark 45 per blik
4 plakken bockworst, 1 mark 88

Yes, tonight. Origineel idee, die oefeningen met washandjes. Juffrouw Knaup, de gymjuf, die eigenlijk verpleegster in de Seekliniek was, had een hele stapel Amerikaanse grammofoonplaten en een draagbare platenspeler, wat een luxe. Het bracht leven in de brouwerij. Jezelf één keer in de week op deze manier uitleven, gewoon iets voor jezelf doen om je goed te voelen, dat sprak Marie aan. Vroeger had ze genoten van allerlei sportieve activiteiten, en paardrijden was voor haar als compensatie voor het lezen en schilderen altijd het belangrijkste geweest. Vroeger, toen de toekomst nog wonderen beloofde die er alleen maar op wachtten om ontdekt te worden. Daar was niets meer van over, alles was als een zeepbel uiteengespat, en het enige wat restte was de pijn. Het liedje was afgelopen. Kreunend krabbelde iedereen overeind.

'Nee, dames, niemand heeft iets gezegd over opstaan. Blijf nog maar even waar u bent.' Helga legde een nieuwe grammofoonplaat op de speler. 'Geven jullie het nu al op? Kom, nog een keer op de onderarmen, we beginnen nog maar net.' Ze zocht tussen de vele singletjes van Jack, die tussen de kassa en de weegschaal op de toonbank lagen. Ze koos weer een Johnnie Ray en zette de naald op de plaat. De speaker kraakte, het volgende liedje begon rustiger. 'Nu jullie achterste helemaal omhoog, ja, doe maar gerust, we zijn onder elkaar. En daarna op de knieën, kijk, zo.' Ze deed het voor. 'De voeten in de washandjes vlak naast elkaar zetten, en óp... en weer neer met de knieën. En rustig aan, niet te snel. We willen elk spiertje voelen. De spierpijn krijgen jullie er morgen gratis bij, hè, mevrouw Dahlmann, is dat geen mooie aanbieding?'

De vrouwen lachten, maar Helga zelf had plotseling tranen in haar ogen. Wat was dat nou? Ze had zich vast voorgenomen haar liefdesverdriet achter zich te laten en vooruit te kijken. O, Jack! Ze had voor deze eerste les beter onbenullige Duitse schlagers kunnen kiezen. De andere verpleegsters in het zusterhuis benijdden haar weliswaar om de platenspeler en het dikke insteekalbum met grammofoonplaten, die Jack bij haar had achtergelaten, maar het horen van zijn muziek maakte zoveel herinneringen los. Hoe ze stiekem en nauw verstrengeld hadden gedanst op haar kamer, hoe ze vervolgens samen in bed belandden. Hij was nu een maand weg en had niets meer van zich laten horen. Geen telefoontje, geen brief, laat staan een telegram. Ze kon hem niet schrijven, ze had zijn adres in Amerika niet. Langzaam verloor ze de hoop dat ze ooit nog iets van hem zou horen. Ze had al gebeld naar de basis waar hij gestationeerd was. Maar er werkten een heleboel Jack Millers bij de U.S. Air Force, kreeg ze te horen, en Helga wist niet bij welke eenheid hij zat. Ook al had ze van meet af aan gevoeld dat hun liefde misschien niet eeuwig zou duren, Jack had kleur aan haar dagelijks leven gegeven en haar zo door de zware begintijd van haar verpleegstersopleiding geholpen. Wat hadden ze moeten lachen om haar verkeerde uitspraak van het Engels en zijn rammelende Duits, en om de misverstanden die daaruit voortkwamen, die meestal uitliepen op een zoenpartij. Zou alles echt gelogen zijn geweest, de beloften en de dromen over een toekomst samen, over een leven als stel? Ze stond op, veegde haar gezicht af en deed de volgende oefening voor. 'Faith Can Move Mountains' klonk door de winkel.

'Weet iemand wat Johnnie Ray zingt?' riep Helga naar het klasje, en ze slikte. Eigenlijk wilde ze anderen stimuleren om zich door beweging beter te gaan voelen, en nu moest ze oppassen dat ze zelf niet instortte.

'*Moun-tain* betekent berg-hhh,' mompelde Luise Dahlmann hijgend.

'Precies, dus maken jullie nu ook een berg, hopla, omhoog met die billen. Wat zie ik daar nou, juffrouw Zinngraf, dat is nog niet eens een mierenhoop, laat staan een berg. Dat kunt u beter, hup.' Helga's maag kwam in opstand; ze was de laatste tijd vaak misselijk, zo hevig knaagde het verdriet aan haar. Ze kon beter even pauze nemen en de anderen helpen. 'En, Silvia, wat is er met jou aan de hand? Ben je op jouw leeftijd al zo snel moe?' Ook haar jongere collega met wie ze een kamer deelde gymde mee. Ze zetten allemaal op hun eigen manier door, de meesten schenen het zelfs leuk te vinden. Aan de tengere vluchtelinge Marie Wagner, in dat kindergymbroekje, zag je de inspanning bijna niet af. Naast haar kreunde en steunde Luise, die zich met een knalrood hoofd op haar handen omhoogduwde. Ze droeg veel te strakke kleren.

'Gaat het?' vroeg Helga, en ze ging op haar hurken naast Luise zitten.

Die knikte en perste er een glimlachje uit. Helga mocht haar graag. Toen ze had gevraagd of ze de inschrijflijst voor de gymcursus in Luises winkel mocht ophangen, waren ze meteen aan de praat geraakt. Luise Dahlmann was de enige sinds lange tijd die echt naar haar luisterde en haar wilde helpen. Ze meldde zich ook als eerste aan, en nu trainde het gymklasje op haar voorstel zelfs in de winkel, omdat de pastoor zich kort na het begin van de les had bedacht.

'U doet het geweldig, mevrouw Dahlmann. Blijf op uw onderarmen steunen, dat ontlast de polsen. Misschien kunt u de volgende keer iets comfortabelers aantrekken?'

Helga was blij verrast dat het gymmen met de washandjes

zo goed werkte; het maakte de cursus speciaal en vergde echt inspanning. In het begin had ze getwijfeld toen ze de vrouwen zag. De meesten hadden zich uitgedost alsof ze een gymnastiekuitvoering voor publiek hadden. Juffrouw Zinngraf droeg een met pailletten bestikt pakje dat kraakte bij elke beweging, en Ingrid, Helga's oudere collega-verpleegster, een nauwsluitend wit broekje en een hemdje dat vermoedelijk nog uit haar BDM-tijd stamde. Aan het begin van de les had Helga laten zien hoe zij zich de gymcursus voorstelde, maar pas toen ze een singletje opzette en de muziek door de ruimte klonk, was de spanning uit de lucht. En daar gingen ze, rondglijdend op hun washandjes, de een behendiger dan de ander, maar allemaal in een opperbest humeur, en ze hielden vol. Vooruit, achteruit, *ditty boom*. Helga herademde.

Er stond al een hele tijd een vrouw buiten door het etalageraam te turen. Dit gymnastiekgedoe vond ze maar niks, en nog wel in een kruidenierswinkel! Lekker fris, ze wilde niet weten wat voor lichaamsdampen er terechtkwamen op de haringsalade die hier in de aanbieding was. Zelf deed ze haar oefeningen 's ochtends voor het open raam, strikt volgens het systeem van Müller. Vijftien minuten werkte ze dan in haar onderjurk pagina voor pagina de getekende instructies in de gids van haar vader door, en klaar was ze. Ze bleef er lenig bij en hoefde zich niet te bewijzen in een groep. Daar had ze vroeger al een hekel aan gehad. Behalve bij haar laatste optreden, dat was een topprestatie geweest. Ze had het paarse turnpakje met de lange mouwen nog altijd in de kast liggen. Kort voor de oorlog uitbrak, was ze de beste bij de lintendans geweest. Daarom had ze ook mogen voordansen op het eindexamenfeest van haar school. Ze herinnerde zich nog de opwinding voordat de dans begon. De kriebels in haar buik en de angst dat de felgekleurde linten in de knoop zouden raken. Maar alles ging van een leien dakje, het publiek vroeg zelfs om een toegift. Toen de rector haar later haar diploma overhandigde, had hij nog een keer haar talent geprezen en gezegd dat ze een artieste was en op het podium thuishoorde. Ze zou het vast en zeker aankunnen. Maar het geklungel van die vrouwen daarbinnen was beneden haar niveau. Zo klonk het in elk geval; ze had nog weinig kunnen zien.

Hoewel het een zachte septemberavond was, rilde ze en wreef over haar bovenarmen. Maar ja, ze stond ook op de straathoek, hier tochtte het meestal. Hopelijk werd ze niet verkouden, bezweet als ze was van het heen en weer hollen, eerst naar de parochiezaal en vervolgens naar de winkel, stiekem achter de vrouwen aan. In de haast was ze haar jasje vergeten en had er zelfs niet aan gedacht een schouderdoek om te doen, want ze had per se met eigen ogen willen zien hoe de weleerwaarde de dames vriendelijk verzocht om op te hoepelen. Waar zou dat heen moeten als iedere nepgymjuffrouw in een katholieke parochiezaal haar eigen dwaze circusvertoning mocht organiseren! Maar dat ze gewoon in de winkel verder zouden gaan had ze niet verwacht. Wat waren ze trouwens aan het doen? Het klonk helemaal niet als gymnastiek. Jammer genoeg kon ze het niet goed zien. De ruiten weerspiegelden de straatverlichting op het kruispunt, en bovendien waren er winkelschappen voor het etalageraam geschoven. Misschien was het zicht van bovenaf beter. Ze had alleen iets nodig om op te staan. Ze keek om zich heen, ontdekte een stoel in de tuin van de Dahlmanns en tilde hem over het hek. Het was niet helemaal comme il faut, maar zeker geen diefstal, ze leende alleen even iets en zou het ongemerkt weer terugzetten. Snel keek ze nog een keer om zich heen of niemand haar zag. Anders zou het een rare indruk maken. Maar behalve Knipser de stadszwerfhond, die overal rondhing, leek er niemand op straat te zijn. Behoedzaam klom ze op de stoelzitting en rekte haar nek. Ja, helemaal bovenaan was een opening tussen de winkelschappen. Ze zag vreemd zwaaiende handen, alsof de vrouwen iets van het plafond plukten. Weer drukte ze haar oor tegen de ruit, die trilde van de muziek van de bezetters, toen was het stil. Ze hoorde een ritmisch geschuifel. Hadden ze iets gemorst en waren ze nu aan het vegen? Nou, mevrouw Dahlmann, die haar winkel zo onbezonnen ter beschikking had gesteld en zelf nog meedeed ook, kreeg haar trekken thuis. Waarschijnlijk hingen die vrouwen de beest uit met alcohol of nog zwaardere middelen, onder het mom van een gymclubje. Opeens rolde haar iets tegemoet. Een sinaasappel. Waar kwam die nou vandaan? 'Af, Knipser!' riep ze toen de hond met grote sprongen naar haar toe rende. Ze draaide zich om op de rieten stoel, die luid kraakte, waarna de zitting het begaf. Ze probeerde zich nog ergens aan vast te grijpen, maar er was niets behalve de gladde ruit, en de witte etalagebelettering bood ook geen houvast. Met een krak zakte ze tot haar knieën door het vlechtwerk. Ze bleef erin vastzitten en voelde een stekende pijn in haar been. De hond vervolgde zijn jacht op de sinaasappel die over de stoep rolde. Ze hoorde voetstappen. Het liefst was ze weggehupt, en ze spreidde haar armen al uit om vaart te maken en de stijl van het tuinhek beet te pakken.

'Wat hebben we nou voor een vogel gevangen?' Het zat haar flink tegen. Dat ze uitgerekend door die... die lellebel betrapt moest worden.

Deel 1

Een paar maanden eerder
1953

§1.1 Levensmiddelen zijn volgens de wet alle stoffen die bedoeld zijn om in onveranderde dan wel toebereide of bewerkte staat door mensen te worden gegeten of gedronken, tenzij ze primair bedoeld zijn voor het verhelpen, verlichten of voorkomen van ziekten.
§1.2 Onder levensmiddelen worden ook verstaan: tabak en tabakhoudende of tabakachtige producten die bedoeld zijn om te roken, te pruimen of te snuiven.

§ Kookonderwijs
Het fornuis aansteken:
Repen afgescheurd papier of droge twijgen op het rooster leggen, hier kruiselings dun gehakte droge houtjes overheen plaatsen, eventueel wat brandstof toevoegen zoals kolen, briketten of brandhout. Aansteken. Onderste luchtklep openen. Zodra het vuur goed brandt, de schoorsteenklep verder dichtschuiven en meer hout op het rooster leggen. Als de oven fel gloeit, de regelklep openzetten en de luchtschuif afstellen.
Onthoud: maak voor het aansteken het rooster schoon en leeg de aslade! Open daarbij de regelklep.

Onthoud ook: sauzen (geen 'crème') mogen alleen voor consumptie worden gebruikt als ze duidelijk als zodanig benoemd worden en het woord 'mayonès' ook niet in woordcombinaties als betiteling of ter aanprijzing wordt gebruikt. Voorbeeld: kwaliteitssaus, prima saus, duivelssaus, supersaus, fijnste saus, machtige saus enzovoort.

Recept voor gebonden soep: bloem en uien in heet vet lichtgeel roosteren, water opgieten en kruiden toevoegen, daarna 1/4-1/2 uur al roerend laten koken zonder deksel en op smaak brengen. Deze roux is de basis voor veel smakelijke gerechten zoals tomatensoep, gemengdegroentesoep, spinaziesoep, bloemkoolsoep, peulvruchtensoep, maar ook milt- en leversoep. Hij is ook geschikt voor sauzen, zoals tomatensaus, kruidensaus, mosterdsaus, enzovoort. In plaats van zout en uien kun je ook suiker gebruiken, wat de zogenoemde suikerroux of karamel oplevert voor desserts.

Uit: Luise Brandstetters schoolschrift

LUISE

Soms gebeurde alles tegelijk. Ze was deze maandag nog maar net thuis en had amper de kans gehad om haar haar te wassen en te drogen toen de bel al ging. Het regende nog altijd, alsof ook de julihemel rouwde.

'Gecondoleerd, mevrouw Dahlmann.' De bezoekers klapten hun paraplu's dicht, veegden regendruppels van hun jassen. Zo te zien wilde half Starnberg afscheid nemen van haar schoonmoeder, en de mensen verdrongen zich in de mooie kamer op de begane grond, waar Henriette lag opgebaard. Vrouwen maakten de knoop van hun hoofddoek los en duwden hun platgedrukte haar in vorm; mannen namen hun natte hoed af en hingen die aan de kapstok. Luise knikte en noemde iedereen die ze bedankte doelbewust bij zijn of haar naam, zoals ze gewend was op haar werk als kokkin in het DP-Camp, het Amerikaanse ontheemdenkamp. Sommigen keken haar niet in de ogen terwijl ze haar begroetten, alsof ze na vijf jaar getrouwd te zijn geweest met een Starnbergenaar nog steeds een vreemde was in de stad. Volgens haar schoonmoeder kleefde het boerse aan haar als een soort melaatsheid; dat had ze tenminste tot het einde toe benadrukt, alsof Luise op een gebonden boerensoepje vanaf het platteland was komen aandrijven. Terwijl Luise helemaal niet moeilijk deed over haar afkomst. Ze was er trots op dat ze opgegroeid was op een hoeve in Leutstetten, midden in het amfitheater uit de ijstijd, zoals het hoefijzervormige stuwwallandschap ten noorden van de Starnberger See werd genoemd. Met uitzicht op de bergen en het slot van de laatste Beierse prins.

Het feit dat kroonprins Rupprecht in Leutstetten haar overbuurman was geweest had Henriette een tikje milder gestemd. Zodra Luise terugkwam van haar wekelijkse bezoeken aan haar broers, moest ze haarfijn verslag uitbrengen over de familie Wittelsbach. Vaak had Luise geen enkel nieuwtje te melden. Het slot lag hermetisch afgeschermd achter hoge heggen, en de koninklijke familie liet zich zelden zien. En zelfs als ze over de haag een paar woorden met hen had gewisseld, bijvoorbeeld om naar de oeroude pauw te vragen die niemand ooit gezien had, hoopte Henriette op meer.

'Maar vertel, hoe gaat het nou met de kroonprinses?' drong ze aan. Ze wilde haar vriendinnen tenslotte bij het volgende speelavondje iets sensationeels kunnen vertellen, iets wat nog niet in de *Land- und Seebote* of de *Starnberger Neueste Nachrichten* had gestaan. Wat hadden de Koninklijke Hoogheden aan? Hoe brachten ze hun tijd door? Welke beroemdheid of geheime liefde was er op het ogenblik op bezoek? Dat waren de brandende vragen die haar schoonmoeder bezighielden.

Luise wist dit en voerde haar roddels. Dat de prinses in Zwitserland zou herstellen na haar vrijlating uit het concentratiekamp en dat kroonprins Rupprecht zou zitten kniezen omdat hij zo eenzaam was. Prinses Hilda, die vier jaar eerder in Lima met een Peruaanse consul en grootgrondbezitter was getrouwd, zou naar verluidt het liefst naar Duitsland komen voor haar tweede bevalling en werd binnenkort verwacht. De rest vulde haar schoonmoeder zelf in, zodra Luise genoeg fantasiebeelden bij haar had opgeroepen. Als de magie was uitgewerkt, werd ze weer de oude mopperkont bij wie je nooit iets goed kon doen.

Eigenlijk mocht haar lichaam niet meer thuis worden opgebaard, maar moest de lijkbezorger het ophalen en vervolgens naar het mortuarium brengen. Maar toen dit nieuwe voorschrift Henriette Dahlmann een paar weken geleden ter ore kwam, dicteerde ze Luise direct haar eigen rotsvaste besluit. Als de tijd daar was, moest er met haar worden omgegaan zoals het al generatieslang hoorde. Voor het laatste afscheid wilde ze, gekleed in haar trouwjurk, in haar eigen devotionaliahoekje liggen. Vanzelfsprekend in de woonkamer, niet in de gang zoals Sepp Froschl, die ze half op straat hadden neergelegd. Op de begraafplaats zou ze nog tijd genoeg doorbrengen, en geen Amerikaan of fransoos of welke andere bezettingsmacht ter wereld, al was het die nieuwe Duits-Duitse regering zelf, kon haar haar laatste wens ontzeggen. Laat staan haar schoondochter, die nieuwigheden in huis haalde alsof het feit dat ze toevallig jong was haar daar het recht toe gaf. Zij, Henriette Dahlmann, was ook ooit jong geweest, aanzienlijk jonger zelfs dan deze boerendochter die haar jochie, haar lieve Hansi, zo brutaal aan de haak had geslagen.

Luise stak de sterfkaars aan en keek naar de dode vrouw in de zwarte dirndljurk met het schort van sierbreiwerk die met haar hoofd op een wit kussen onder het wandkruis lag. Gisteren had ze na het wassen en haren kammen de rozenkrans om de verkromde handen gewikkeld. Ongelofelijk dat Hans en Luise voortaan het rijk alleen zouden hebben in huis, en dat ze van de ene op de andere dag niet meer stilletjes hoefden te doen en op hun hoede hoefden te zijn. En het belangrijkste: dat Luise niet meer aldoor naar de begane grond hoefde te lopen om te checken of alles in orde was met Henriette.

Maar om te beginnen moesten ze Henriettes laatste wens uitvoeren, daarna kwam de begrafenis, en dan? Daar kon ze beter nog niet over nadenken. Zorngibl, de lijkbezorger die de kist bracht, had de kin van de dode vrouw met een huidkleurig lint vastgesjord alsof hij haar het zwijgen wilde opleggen. Luise vroeg zich af hoeveel hij daarvoor in rekening zou brengen, plus voor de make-up waarmee hij haar gezicht had bewerkt. Met die rode rondjes op haar wangen en de gentiaanblauw geschilderde oogleden leek Henriette op een van haar pronkpoppen, die de hele hoek naast de bank in beslag namen. Zo opgedirkt was ze tijdens haar leven nooit geweest. Zorngibl had zelfs haar snor met lichtgekleurde make-up bedekt. Wie zich optut heeft iets te verbergen, had haar schoonmoeder beweerd wanneer Luise zich opmaakte en haar wenkbrauwen epileerde. Vanuit de vitrinekast met de massief ogende handbeschilderde poot die een marmereffect moest overbrengen, keek Henriettes poppenverzameling op de bezoekers neer, eenogig, tweeogig of met ingedeukte kalfsogen, als aanklagers uit het hiernamaals. Hoewel dokter Heidkamm, die al vele jaren haar huisarts was, in de overlijdensakte hartfalen als doodsoorzaak had opgegeven, vertrouwde Luise de rust nog niet echt. Voor haar gevoel kon Henriette elk moment overeind schieten om haar de rozenkrans naar het hoofd te smijten. Tot haar laatste ademtocht had ze Luise achter de broek gezeten, voor en na het werk, 's zondags en 's nachts, en haar met haar doordringende 'Luuuiiiiiseee!!!!' rondgecommandeerd.

Zodra ze uit Feldafing terugkwam en de voordeur openmaakte, begon het gefoeter: 'Waar bleef je nou zo lang? Ik lig op sterven, heb overal pijn, en jij loopt te lanterfanten op straat?'

'Moeder, ik heb gewerkt.'

'Gewerkt, laat me niet lachen. Zo noem jij dus je geflirt met die negers? Ik begrijp niet waarom Hansi dat tolereert.'

Luise had het opgegeven Henriette over haar werk in het Camp te vertellen en haar uit te leggen wat *displaced persons* waren.

'Kom eens hier staan,' beval de oude vrouw. 'Ja, stop, precies daar. Zeg nou eerlijk, zie je werkelijk niet dat het kleedje over de radio scheef hangt? En er zit nog stof op de lamp. En waarom is het hier zo donker?' Zodra Luise de gordijnen opentrok, schreeuwde ze: 'Niet doen, nu kijk ik recht in dat schelle licht, en mijn ogen zijn toch al ontstoken. Wil je dat ik blind word? Je hebt overigens veel te veel zout in de soep gedaan, hij is gewoon oneetbaar. Kun je niets behoorlijk op smaak brengen? En dat werkt als kokkin? Nou, de Amerikanen met hun pindakaas die ze overal doorheen doen zijn misschien te spreken over dat vreten, maar ik niet. Ik ben beter gewend, de Dahlmanns zijn beschaafd volk. Wij eten hier niet, in tegenstelling tot jullie Brandtstetters, uit een kuil in de tafel en allemaal van dezelfde houten lepel. Dat mijn jochie nou uitgerekend tegen zo'n type als jij moest aanlopen. Waar zit Hansi eigenlijk? Heb je hem ook al om zeep geholpen? Jij wordt mijn dood nog eens, maar ik zal je dit zeggen: ik ben niet een van jullie Leutstettener oude knollen. Onthoud dat!' Nog altijd echoden die opmerkingen na in Luises hoofd.

De rouwgasten maakten het zich gemakkelijk. Luise zette koffie, klopte slagroom, serveerde gebak en drankjes en was blij toen haar broers arriveerden om haar te helpen. Was Henriette echt zo geliefd geweest, vroeg ze zich tussen de bedrijven door af, terwijl de kamer volliep met mensen. Waarschijnlijk was het vooral nieuwsgierigheid wat de bezoekers dreef, en natuurlijk het vooruitzicht op gratis eten en drinken. De kersentaart had ze gisteravond nog gebakken, en er waren ook kwarkkoekjes. De koffie van echte koffiebonen bracht de meeste gasten in vervoering, want ze hadden jarenlang genoegen moeten nemen met surrogaatkoffie.

Hans zou er pas overmorgen bij de begrafenis de hele dag bij zijn, eerder had hij geen vrij kunnen krijgen. In zijn plaats hield Luises broer Martin de gesprekken op gang en hielp met de bediening. Ook haar jongere broer Manni hielp op zijn manier mee. Hij verzamelde de bierflesjes en controleerde of ze echt leeg waren. Het ging hem niet om de restjes, Manni hield van gekleurd glas en probeerde er licht in te vangen. Vervolgens klikte hij de beugelsluiting dicht en schoof de fles in het bierrek.

Tot laat op de avond was Luise met de gasten bezig, zodat ze geen gelegenheid had om met Hans te praten toen hij eindelijk thuiskwam van zijn werk. Hoewel ze heel wat op het hart had. Hans loste Martin af, die met Manni naar huis reed om de schapen en geiten te voederen, en ging meteen bij het rouwgezelschap zitten met het biertje dat hij na het werk altijd dronk. Toen Luise kort voor middernacht nog een taart uit de oven haalde, om één uur klaar was met opruimen en om halftwee de tafel voor de volgende dag had gedekt, sliep hij allang. Dat ging zo door tot vlak voor de begrafenis. Moe maar ook opgedraaid door de vele gesprekken en indrukken sleepte Luise zich door de derde dag heen. Eindelijk nam de bezoekersstroom af. Alleen Henriettes vriendinnen Gretel, Herta en Irmi, geboren en getogen Starnbergenaren, kwamen nog langs, en ze gingen bij het doodsbed zitten alsof ze hier zoals elke woensdag bij elkaar waren om te rummikuppen. De zoetige lijkengeur leek de drie vrouwen niet te deren. Ook niet de groen iriserende aasvliegen die brommend rondvlogen. Luise probeerde niets te laten merken, hoewel het haar steeds meer moeite kostte om Henriettes woonkamer in te gaan. Voortdurend luchten hielp niet, evenmin als de grote fles 4711 uit haar schoonmoeders voorraad die Luise helemaal leeg had gesprenkeld.

Dus moest ze het doen met de geur van de vers gefilterde koffie, die ze elke keer als ze in de keuken kwam diep inhaleerde alsof het een kruidenaftreksel was. Ze keek op de klok; nog anderhalf uur, dan had ze het gehaald en was Henriettes laatste wens vervuld. Ze verlangde hevig naar het moment dat de dode eindelijk weggedragen en begraven zou worden. Zo niet de drie bejaarde dames, die ronduit opbloeiden, alle tijd namen om afscheid van Henriette te nemen en zich voor de gelegenheid hadden gekleed. Gretel droeg een breedgerande zwarte hoed waaronder alleen haar spitse neus uitstak, Herta was gehuld in een lange jas van parachutezijde over een hemdschort met een patroontje, en Irmi had zich in een muisgrijs flanellen mantelpakje geperst. Eerst koffie, daarna een glaasje vruchtenbrandewijn, Luise schonk het allemaal in. Ze hadden net de glorierijke rozenkrans afgerond, die ze in koor met de bromvliegen hadden gepreveld, en schakelden nu over op de laatste roddels. Wie met wie, wanneer en waar, alsof alles nog bij het oude was.

Gretel haalde wol en breinaalden uit haar tas en zette steken op. Had 'Henni', zoals ze haar vriendin noemde, al gehoord dat Fini Müller bij haar man weg was?

'Ze wil zelfs scheiden,' zei Irmi vol afschuw. 'Terwijl hij haar niet eens sloeg.'

'En bij Oberwallner in Traubing is er zondag brand geweest,' wist Herta te vertellen. 'Het huis stond in lichterlaaie, 't is tot de grond toe afgebrand. Heb jij misschien de brandweer nog gehoord voordat je het tijdelijke met het eeuwige verwisselde? Groots uitgerukt zijn ze, uit het hele district. In elk geval krijgen die lui in Traubing eindelijk hun spiksplinternieuwe boerderij van de verzekering.'

'O ja,' voegde Gretel er onder het gekletter van breinaalden aan toe. 'En het buitenlanderskamp in Feldafing wordt gesloopt.'

Luise, die tot dat moment inwendig gniffelend had zitten luisteren, verschoof op haar stoel. Wisten de dames dat zij daar had gewerkt? En hoezo buitenlanders, er hadden ook Duitse Joden in het Camp gewoond. 'Hoe kwamen jullie eigenlijk op het idee om te gaan rummikuppen?' vroeg ze de drie terwijl ze hun nog eens inschonk, zodat ze niet over de kwestie verder zouden babbelen en haar man er iets van verklapten voordat ze het zelf had verteld. Hans stond met pastoor Zuckermüller buiten onder het afdak te roken; het regende nog steeds.

'O, de een of andere venter, een scharensliep of schoenveterverkoper, heeft Henni het spel aangesmeerd.' Herta maakte een wegwerpgebaar.

'Nee, nee,' zei Irmi. 'Zo was het niet, ze heeft de doos in een kast in de schuur gevonden, weet je dat niet meer? Het spel zat nog in de originele verpakking en kwam uit Roemenië of Israël, geloof ik. Gelukkig zat er een papier met spelregels in het Duits bij, anders hadden we nooit begrepen hoe je rummikub speelt.'

'*I can English very well*,' bracht Gretel te berde.

'Ja, dat ene zinnetje,' antwoordde Herta. 'Maar daar waren we niet verder mee gekomen.'

Gretel trok een pruillip.

'In welke schuur?' vroeg Luise.

Herta keek haar aan. 'Nou ja, hoeveel schuren hebt u dan, mevrouw Dahlmann?'

'Bedoelen jullie de oude werkplaats achter het huis?' Luises schoonvader was schrijnwerker geweest en was gesneuveld in de oorlog; ze had hem niet meer leren kennen. Zijn werkplaats gebruikte ze om haar Triumph in te stallen, en Hans bewaarde er alles waaraan hij in zijn vrije tijd zoal sleutelde. Verder naar achteren stonden nog de werkbank en alle houtbewerkingsmachines, alsof Johann Dahlmann pas gisteren met zijn werk was gestopt.

'Staan er in die kast waar het spel lag eigenlijk nog medicijnen?' Gretel breide de laatste steek van een toer en keek van onder de rand van haar hoed aandachtig naar Luise.

'Een EHBO-doos, of wat bedoelt u?'

'Nee, ik heb het over geneesmiddelen. Pijnstillers, tabletten, tincturen.' Gretel Breisamer zuchtte, alsof ze Henriette er achteraf gelijk in moest geven dat Luise een beetje simpel was. Zoals altijd rook ze sterk naar mottenballen. 'Hemeltjelief, kind, wat weet jij eigenlijk wel? Voor de oorlog heeft hier immers een dokter gewoond, van wie we altijd heel goedkoop iets konden krijgen. Hoe heette hij nou ook weer, iets met een L... gottegot, ik kan er niet opkomen...'

'Een dokter, hier? Ik denk dat u zich vergist, mevrouw Breisamer, het huis is in 1935 nieuw gebouwd, en een onderhuurder is er voor zover ik weet nooit geweest.'

'Nee, nee, ik weet het zeker.'

Luise probeerde zich in haar te verplaatsen en combineerde 'dokter' met... Plotseling ging haar een licht op. 'O, bedoelt u soms het poppenziekenhuis van mijn schoonmoeder?'

'Mijn god, ja, Henni, jij met je poppen,' zei Gretel tegen haar roerloze vriendin. Ze sloeg een vlieg weg van de neus van de dode en pakte haar breiwerk weer op. 'Wat was je toch goed in handwerken. Je kon fijnere steekjes naaien dan een Singer, echt waar.' Toen keek ze Luise weer aan en voegde eraan toe: 'Maar helaas had ze geen kijk op schoonheid.'

Ze keken alle vier tersluiks naar de vitrine waarin Henriettes pronkstukken waren uitgestald.

'Bij sommige van die wezens weet je niet eens of ze dier of mens of heel iets anders zijn.' Gretel sprak uit wat Luise al vaak had gedacht. 'Veel kinderen die hun gehavende lievelingen naar haar toe brachten durfden hier niet zonder hun moeder te komen. Henni heeft alleen haar eigen Hansi in de watten gelegd. Alle anderen moesten haar nukken verdragen, u ook, mevrouw Dahlmann. Bewonderenswaardig hoe u dat hebt klaargespeeld.' Die lof had Luise niet verwacht. 'Nee, ik heb het over die dokter hier in de buurt, hij verkocht weleens wat onderhands.'

'Bedoelt u dokter Von Thaler, die aan de overkant woont?'

Gretel schudde haar hoofd. 'Hij heette anders, iets met Lelie... Lelieveld, ach, help me nou eens even op weg...' Ze was duidelijk in de bonen of haalde in elk geval dingen door elkaar, dacht Luise.

Herta leek hetzelfde te denken. 'Ach, laat die oude rommel toch zitten, dat interesseert geen mens. Of heb je het op die speciale chocolaatjes voorzien? Hoe heetten ze ook alweer, huisvrouwengeluk?'

'Had je die ook als chocolaatjes?' Irmi likte haar lippen af. 'Ik ken ze alleen als pastilles.'

'Ik ook. Tjongejonge, wat duurt het lang voor het kwartje bij je valt. Daar heb ik het nou net de hele tijd over. Als je die nog had om op te sabbelen, dan was alles de hele dag rozengeur en maneschijn. Maar wacht...' Gretel klakte met haar tong alsof ze een van die pastilles al in haar mond had. 'Nee, toch niet. De naam van die dokter, hij lag op het puntje van mijn tong, maar nu ben ik hem weer kwijt. En van al dat gepraat heb ik een droge keel gekregen.' Ze legde haar breiwerk weg, hield het schnapsglaasje op zodat Luise bij kon schenken en goot de volgende borrel in één teug naar binnen.

Zorngibl en een hulpkracht kwamen om de dode op te halen. Werktuigelijk besprenkelde de pastoor haar een laatste keer met wijwater, terugdeinzend voor de lijklucht toen hij zich over haar heen boog. Iedereen sloeg een kruis. Amen. Het deksel werd gesloten, en een zucht van verlichting ging door de kamer. Zelfs de vliegen zwermden haastig naar buiten.

Onderweg nam Zuckermüller met Hans en Luise Henriettes levensloop door voor zijn preek. Ze was geschoold passementwerker geweest, vandaar dat er op elke plank aan de muur en in elke kast sierboorden en -kleedjes lagen die zij nog had gevlochten en geweven. Zelfs de brievenbus aan de huismuur was van een sierrand voorzien. Na de geboorte van haar enige kind, dat pas op haar vierenveertigste kwam en dat ze altijd Hansi bleef noemen om hem te onderscheiden van haar man Johann, wiens roepnaam ook Hans was, gaf ze haar werk op en nam ze de boekhouding van de schrijnwerkerij op zich. In 1942 verloor ze haar man en maakte ze zich lange tijd doodongerust om haar zoon, die in een Russisch gevangenenkamp belandde. Om haar schamele weduwenpensioen aan te vullen, repareerde ze poppen en knuffels tot ze dat vanwege jicht niet meer kon. Sommige van haar patiënten werden nooit opgehaald. Juist de meest afzichtelijke exemplaren leek ze in haar hart te hebben gesloten, want die kleedde ze in kanten hemdjes en jurkjes en zette ze als een soort oorlogsinvaliden in de zuilvitrine. Henriette Dahlmann had in haar leven veel moeten meemaken, dacht Luise, voordat ze op haar drieënzeventigste stierf. Toch had ze wel wat prettiger in de omgang kunnen zijn, op z'n minst tegenover haar, die jarenlang voor haar had gezorgd. Maar de gedachte dat Henriettes woon-slaapkamer op de begane grond ooit een soort winkel was geweest bleef in Luises hoofd hangen.

Toen de kist onder de grond lag en het begrafenismaal in Gasthof Zur Au was gehouden, begon Luise met opruimen. Gelukkig was het gestopt met regenen. Ze trok de zware gordijnen opzij, zette de ramen open en liet licht en frisse lucht binnen. Het vertrek zag er meteen veel vriendelijker uit.

Hans kwam juist binnenlopen en legde zijn natte hoed op de plank. 'Mama had het slechte weer er zeker bij besteld. Het was steenkoud in de kerk. En dat midden in juli. Bij ons is het in elk geval behaaglijk.' Hij wreef in zijn handen. 'De pastoor heeft het netjes gedaan, hè? Hij heeft zelfs verteld dat moeder vroeger meezong in het kerkkoor, terwijl dat nog voor zijn tijd was.'

'Ik heb het nog vlug tegen hem gezegd voordat we op de begraafplaats aankwamen.'

'Echt? Dat heb ik niet eens gehoord.' Hans pakte een stuk van de perentaart die ze met weckfruit van de afgelopen zomer had gebakken en werkte het staande naar binnen. 'Goed dat jij wist dat mama vroeger passe... pasdinges is geweest.'

'Passementwerker. Het heeft niets met passen te maken. Zij

heeft die fijne sierboorden en -koorden geweven die hier overal hangen. Wat dacht jij dan dat ze voor beroep had geleerd?'

'Geen idee, voor mij was ze gewoon m'n moeder, meer hoefde ze niet te zijn.' Hij knipperde met zijn ogen en veegde zijn neus af. 'Jij hebt haar beter gekend dan wie ook, Luise. Ik ben nooit zo vertrouwelijk met haar geweest, ondanks alles.'

'Ik heb op het laatst de meeste tijd met haar doorgebracht, ja. En zij wilde veel over vroeger vertellen, dus heb ik naar haar geluisterd.' Ze gaf hem een bord aan. 'Ga dan tenminste zitten, je strooit overal kruimels rond.'

Gehoorzaam schoof hij een stoel naast het dressoir, waarop het overgebleven gebak stond.

Nu was er eindelijk de gelegenheid om alles te bespreken wat haar bezighield, en wat er gebeurd was. Maar hoe moest ze het inkleden zodat hij haar toestemming gaf? Ze kon het beste onschuldig beginnen en langzaam aftasten hoe hij erover dacht. 'Heb je gehoord wat je moeder kort voor ze stierf nog heeft gezegd?'

'Wat moet dat geweest zijn?' Hij haalde zijn schouders op. 'Op het laatst hoorde je toch enkel nog dat rochelende ademen.' Terwijl hij zondagavond rokend bij haar bed had gestaan.

'Nee, ik weet het zeker. Zoiets als "schonen", "beloven" of iets in die geest. Of misschien wilde ze ons nog aan iets belangrijks herinneren?'

Hans pakte vlug nog een taartpunt. 'Wat zou dat geweest moeten zijn? Om verschoning vragen in haar ouderwetse taaltje, dus zich tegenover jou excuseren omdat ze zo'n lastpak voor je was, nee, daar was ze te trots voor.'

'Je hebt gelijk. Misschien bedoelde ze gewoon "Beloof me dat je mijn poppen afstoft" of "Verdorie, het is afgelopen".'

Ze moesten allebei lachen, het was bevrijdend. Luise ging op een van de vele stoelen zitten die er nog stonden van de dodenwake en at het restje slagroom rechtstreeks uit de kom. Ze zaten allebei een tijdje in stilte te denken.

'Weet je nog hoe we Mau Mau met haar speelden omdat we geen zin hadden in haar eeuwige gemopper op alles en iedereen?' zei ze toen. 'Henriette begon vals te spelen om maar niet te verliezen en wilde dat niet toegeven.'

'Ja, zo ging het altijd, zelfs toen ik als kind kaartspelletjes met haar deed. Ze bleef de regels veranderen, afhankelijk van welke kaarten ze toevallig had. Het verbaast me dat haar vriendinnen dat elke woensdagavond van haar pikten.'

'Waarschijnlijk belazerden die lieve dames elkaar allemaal.' Luise grijnsde bij het idee. 'Er is nog koffie, wil je een kopje?' Ze voelde aan de kan. 'Hij is helaas al koud.' Ze schonk zichzelf toch in.

'Ik pak liever een biertje.' Hans stond op. Het duurde een tijd voor hij terugkwam met een flesje. 'Was niet zo makkelijk om een volle te vinden. Manni heeft erg zijn best gedaan en alle lege flessen keurig dichtgemaakt.' Hij nam een diepe teug en veegde zijn mond af met de rug van zijn hand. 'Trouwens, ik ben door verschillende mensen benaderd over de benedenwoning. We zouden meteen kunnen verhuren met de meubels erbij. Pangraz, de schilder en stoffeerder, wil er graag intrekken en de boel meteen ook opknappen.'

'Hebben zij niet zes kinderen?'

'De oudste woont niet meer bij hen, heeft hij me verteld, en de volgende gaat ook binnenkort het huis uit.'

'Maar toch, zo'n groot gezin hierbeneden in die twee kamers?'

'Er zijn nog anderen. Florian Aschenbrenner van het gemeentehuis heeft er ook naar gevraagd, zijn vrouw verwacht een kind.'

Het idee dat ze andermans baby dag en nacht in haar eigen huis zou horen huilen gaf haar een onbehaaglijk gevoel. Ze zweeg, dacht aan haar miskraam en aan haar moeder, die kort na Manni's geboorte was overleden. Toen was Luise nog geen tien geweest. Plotseling runde ze de huishouding voor haar twee broers en haar vader. Ze gaf Manni dag en nacht de fles, verluierde hem en legde hem in de kinderwagen in een beschutte hoek voor het huis, zoals de vroedvrouw haar had aangeraden. In het begin hielp mevrouw Hirschkäfer haar, daarna was Luise op zichzelf aangewezen wanneer haar vader en Martin, die twee jaar ouder was dan zij, op het land werkten. Een mongooltje, had de vroedvrouw Manni genoemd, wat aan Luise destijds een enthousiaste reactie ontlokte. Mongolen waren immers dat ruitervolk, wist ze van school, dus liefde voor paarden moest haar broertje aangeboren zijn. En de prins had met zijn paardenfokkerij een stempel op hun dorp gedrukt. 'Dan zal Manni op een dag heel goed kunnen rijden.'

'We mogen blij zijn als hij zelfs maar iets kan,' had de vroedvrouw geantwoord. 'Zitten en zelfstandig eten, bijvoorbeeld. Wie weet of hij ooit gaat praten. Waarschijnlijk zal hij zijn hele leven op jullie hulp zijn aangewezen, maar ook niet oud worden.' En ze had eraan toegevoegd: 'Elk jaar met hem is een geschenk.' Zo was het inderdaad met Manni, en zijn lach was aanstekelijk. Ondanks Hirschkäfers pessimistische voorspellingen leerde hij lopen en kon hij algauw ook bij benadering ja en nee zeggen. Maar het bleef bij 'jo' en 'naa'.

'Daar is ook het meeste mee gezegd,' vond hun vader. 'Wie weet wat Manni ons nog leert.' Naast de zorg voor Manni nam Luise de melkafrekeningen van de boerderij op zich en leerde al jong met geld omgaan. Haar vader prees haar vaak en moedigde haar aan om haar eigen weg te gaan. 'Je hoeft niet met een boer te trouwen, Luisetje, als je dat niet wilt,' had hij een keer gezegd. 'Jij kunt op een dag ook een heel goede zakenvrouw worden.'

En dat was precies wat ze wilde, nu wist ze het zeker. Al had ze haar werk als kokkin nog zo leuk gevonden. 'Ze hebben me ontslagen,' flapte ze er uit. 'Het Camp wordt opgeheven. Ik hoef niet meer naar Feldafing.'

'Echt waar?' Hans liet het taartvorkje zakken, zijn ogen werden groot, en toen knikte hij goedkeurend. 'Dus dan ben je voortaan vrij, mooi zo. Weet je wat, van de eerste huurinkomsten zouden we op vakantie kunnen gaan. Naar Oostenrijk of Italië, wat vind je daarvan? Een collega van me is met zijn hele gezin in Rimini geweest, waar dat ook mag liggen, en hij was er helemaal weg van.'

'Ik wil geen vreemde mensen in huis, en al helemaal geen kinderen of aanstaande ouders. Dan kan ik weer overal achteraan draven om het iedereen naar de zin te maken. Volgens mij ben ik aan iets anders toe.'

'Precies, jij bent aan ontspanning toe, en wel zo snel mogelijk. Jammer genoeg kan ik in augustus geen vrij krijgen, maar misschien in september of oktober.'

'Dat duurt nog heel lang. Ik wil absoluut niet verhuren.'

'Maar wat dan? De hele etage leeg laten staan levert ook niets op.'

'Mag ik niet ten minste een paar dagen op adem komen?'

'Natuurlijk mag jij dat.' Hij zette zijn bier weg, trok haar tegen zich aan en kuste haar. 'Mmm, je smaakt lekker.' Zijn kussen werden langer, hij streelde haar, trok haar op schoot en ging met zijn handen onder haar bloes.

'Ik heb een ander idee,' zei ze, en ze liet hem zijn gang gaan. Toen waagde ze de sprong: 'Wat dacht je van een winkel?' Zo, dat was eruit.

'Wil je mama's poppenzaak heropenen?' Hij wees naar de vitrinekast. 'Volgens mij verdien je geen cent aan die exemplaren, tenzij een spookhuiseigenaar ze van je koopt.'

'Goeie help!' Ze schoot in de lach en haalde diep adem. 'Nee, ik denk meer aan een kruidenierswinkel met een kleine non-foodafdeling. Houdbare levensmiddelen, maar ook groente en fruit, alledaagse verbruiksartikelen en natuurlijk een paar extra's: perlonkousen, tijdschriften, Zwitserse chocolade en kauwgom.' Luise zag het helemaal voor zich. 'En daarnaast zou ik kookles kunnen geven.'

'Een winkel, hier bij ons? Hoe kom je daar nou bij?' Hans fronste zijn wenkbrauwen en concentreerde zich op het losmaken van haar beha.

'Zo gek is dat niet. Een zaak drijven is traditie bij de Dahlmanns. Je vader had de schrijnwerkerij, en je moeder het poppenziekenhuis. Hoe liep de schrijnwerkerij?'

Hans haalde zijn schouders op. 'Wel goed, geloof ik. Vader heeft er niet veel meer aan gehad. Net toen het huis er stond en hij klaar was met het binnenwerk, werd hij opgeroepen voor het leger. Maar zo precies weet ik het allemaal niet. Ik was dertien toen we vanuit Hirschanger hierheen verhuisden en dacht alleen maar aan voetbal.'

'Alleen aan voetbal, jaja.' Het flitste door haar hoofd dat voetbal bij de Joden in Camp Feldafing ook de populairste sport was geweest. 'En de dochter van de tandarts dan, scharrelde jij niet met haar? Hoe heette ze ook alweer?'

'Ik weet niet wat je bedoelt. Jij was de eerste en bent de laatste voor mij.'

'Moet dat een compliment voorstellen?'

'Ik bedoel de enige.' Hij kuste haar hals.

'Leid me nou niet af van mijn idee. Die grote ramen met latwerk en die deur aan de straatkant heeft je vader vast niet voor niets precies daar ingebouwd. We hoeven alleen maar de grote plaat die er aan de buitenkant tegenaan zit los te schroeven, dan is de deur weer zichtbaar. Een klink erop, klaar.' Aan de binnenkant had haar schoonmoeder de deur gecamoufleerd door de zuilvitrine ervoor te zetten, toen Luise en Hans nadat ze getrouwd waren hun intrek op de eerste verdieping hadden genomen en zij de verkoopruimte als woon- en slaapkamer was gaan gebruiken. 'We zouden in elk geval niet veel hoeven verbouwen. De meubels en muren schilder ik zelf. Je vader heeft toch ooit die zaagbokken gemaakt, en in zijn werkplaats staan ook nog stellingkasten.'

'Het klinkt alsof je het allemaal al heel precies hebt uitgedacht.'

Ze keek hem stralend aan. 'Fruit, groente, kaas en vlees kunnen we van mijn familie en andere boeren uit de omgeving kopen.'

'Voor vlees zouden we de hele zomer lang ijs uit het meer moeten opslaan. Ik weet niet of onze kelder daar koud genoeg voor is. Of we hebben een elektrische koeling nodig, maar die is erg duur in de aanschaf.' Nu leek Hans toch toe te happen. Met techniek, vooral elektrotechniek, kon je hem vangen.

'Dan nemen we in het begin alleen salami en spek op in het assortiment, tot we genoeg hebben gespaard. Of ik vraag mijn broer of hij voorraden voor ons wil bewaren in zijn aardkelder tot wij die koeling hebben geregeld.'

'Wil je de Starnbergse slagers beconcurreren?'

'Concurrentie doet de handel goed, of niet soms?'

'We zouden ook 's zondags open moeten. Geen vrije dagen meer, geen vakantie, geen uitstapjes...'

Hij zei al 'we'. Luises hart maakte een vreugdesprongetje. Nu voorzichtig verder, het ging de goede kant op. 'Het ligt eraan wat je onder "vrij" verstaat,' antwoordde ze. 'Bovendien zal er niet altijd topdrukte heersen in de winkel.'

'En waar wil je dat allemaal van bekostigen? Zelfs als we niet veel verbouwen, we zullen toch vooraf de koopwaar moeten betalen, en dan heb ik het nog niet eens over een kassa en een weegschaal en wat je verder nog nodig hebt. Voor zover ik weet, heeft moeder ons zelfs geen spaarbankboekje nagelaten.' Hans liet haar los en voelde in zijn broekzakken, streek daarna over zijn overhemdzakje en doorzocht uiteindelijk de zakken van zijn colbertjasje, dat over de stoelleuning hing. 'Verdraaid, mijn saffies zijn op. Ik loop even vlug naar Moser om nieuwe te halen.'

'Die is dicht, zoals altijd op woensdagmiddag.'

Hij greep naar zijn borst alsof hij een hartaanval kreeg. Het idee dat hij het tot morgenochtend zonder zijn dierbare Gauloises moest stellen was duidelijk een zware dobber voor hem.

'Moet je je voorstellen: als wij onze eigen winkel hadden, dan zou jij je sigaretten gewoon thuis uit het rek kunnen pakken.' Ze trok hem naar zich toe, ging weer op zijn schoot zitten en streelde zijn borst. 'Inhaleer in de tussentijd in plaats van je Franse Gauloises dan maar je Duitse Luise.'

MARIE

Met de paraplu in haar linker- en de koffer in haar rechterhand stond ze eindelijk voor de slotpoort. VON BAYERN stond er op het bordje naast de bel, alsof hier een heel gewone Beier woonde en niet de kroonprins in eigen persoon. Moest ze aan de bel trekken of gewoon naar binnen gaan? Ze keek neer op haar bemodderde schoenen en klapte de paraplu in. Het regende in elk geval niet meer. Ze haalde een zakdoek uit haar rokzak, veegde over het leer tot de schoenen min of meer glansden en liep onder de toegangspoort door en langs een paar lage gebouwen. Van de voorgevel van het slot brokkelde het gips af, en de meeste ramen waren met planken dichtgespijkerd. Maar toch ging er van het gebouw met de schuin geplaatste hoektorens waarop sierlijk gewelfde, spits toelopende daken prijkten een sprookjesachtige betovering uit. Vanaf een van die torenspitsen zou je beslist een schitterend uitzicht tot aan het meer hebben, dacht ze. Het moest een droom zijn om hier te mogen werken.

'*Can I help you,* joffer?' vroeg een man in een losgeknoopte uniformjas die het pad naar de stallen stond te vegen.

Marie kromp ineen van schrik toen ze hem hoorde praten. Dat er op de stoeterij Amerikanen werkten werd niet in de vacaturebeschrijving vermeld, anders had ze nooit gesolliciteerd. Voor veel mensen waren de Russische bezetters dé belichaming van het kwaad, maar Marie had andere ervaringen. Het liefst had ze rechtsomkeert gemaakt, maar dan zou ze dat hele eind voor niets zijn gekomen – en nog wel met dit vreselijke weer. Ze probeerde de paniek die in haar opkwam te negeren en schraapte haar keel.

'*No*, eh, *yes, please*.' Verder ging haar kennis van het Engels nauwelijks, dus praatte ze verder in het Duits. 'Ik kom voor meneer Dülmen.'

De man kwam gelukkig niet dichterbij, wees alleen naar een paardentrailer die verder naar achteren stond, waarvan een zwaarlijvige heer in ruiterlaarzen een band oppompte.

Marie zette de koffer neer en streek over haar mantel, die ze met kastanjes donker had geverfd zodat de vele opgenaaide lapjes van verschillende stofresten niet zo opvielen. Eigenlijk was de jas veel te warm voor dit seizoen, maar hij had niet meer in haar koffer gepast. Ze zweette liever dan dat ze iets achterliet van het weinige wat ze nog bezat. Bovendien verhulde de jas perfect haar uit twee oude tafelkleden genaaide bloes, waarvan de mouwen sterker vergeeld waren dan het voor- en rugpand. Ze liep om een paar buxusstruiken heen en stapte op de man af. 'Pardon, meneer, bent u hier de rentmeester?' vroeg ze aarzelend.

Hij knikte, haalde zijn voet van de pomp en veegde met een zakdoek zijn voorhoofd af.

'Goedendag meneer Dülmen, ik ben Marie Wagner.' Ze stak haar hand uit.

Er klonk een schrille kreet, die nagalmde in haar hoofd.

'Aha, onze pauw waarschuwt ons voor onweer. Er komt vandaag nog meer uit de lucht vallen.' De rentmeester beantwoordde haar begroeting met een knikje, maar zonder zijn hoed af te nemen, zoals het normaal gesproken hoorde.

Marie draaide zich om naar die bijzondere vogel en ontdekte een kudde schapen en geiten die over de dorpsweg voorbijtrok. Een jongen van een jaar of vijftien leidde de kudde, glimlachte breed en zwaaide uitbundig naar haar alsof ze oude bekenden waren.

'O, daar is Manni alweer, onze dorpsgek,' zei Dülmen. 'Als herder is hij in elk geval bruikbaar. Ik vraag me af hoe de Brandstetters hem door het Derde Rijk heen hebben geloodst.'

'Wat bedoelt u?' vroeg Marie.

'Onwaardig leven werd uit de weg geruimd, wist u dat niet? De genadedood, zo noemden ze het.'

Ze schudde haar hoofd. Op school had ze geleerd dat lichamelijk en geestelijk beperkte mensen het zogeheten arische ras te gronde richtten en daarom gedwongen gesteriliseerd moesten worden. Maar dat ze geen recht hadden om te leven en vermoord werden was nieuw voor haar. Ze huiverde.

'Nou ja, in elk geval woont Manni op de boerderij hiertegenover. De Brandstetters kunnen zich geen koeien meer veroorloven en willen nu geld verdienen met wol, lamsvlees en geitenmelk.'

Vlak achter de kudde liep een slungelige man naast een fiets waaraan twee jerrycans vol water hingen. Ook hij groette, door kort zijn breedgerande strohoed op te lichten.

'Hallo Martin,' riep Dülmen naar hem; Manni was hem kennelijk geen groet waard geweest. 'Maar waarom vertel ik u dat eigenlijk allemaal? U bent toch hopelijk niet van de krant en op jacht naar nieuwtjes over de prinselijke familie?'

'Nee, ik ben hier vanwege uw advertentie.' Toen Marie zich weer naar hem omdraaide, zag ze de zweep die in Dülmens riem stak. 'Uw personeelsadvertentie in de *Münchner Merkur*... Ik heb u een brief geschreven, en toen hebt u me uitgenodigd,' vervolgde ze in een poging hem op weg te helpen. 'Het spijt me dat ik zo laat ben. De trein in München die op de mijne aansloot viel uit, en de volgende kwam pas twee uur later en bleef ook nog heel lang op het spoor staan.'

'Ik weet het, in Gauting is een boom op de rails gevallen, dat hoorde ik op de radio. Veel bomen langs de spoorlijn zijn vermolmd, en dat boscomplex had allang uitgedund moeten worden. Bent u in Starnberg uitgestapt?'

'In Mühlthal.'

'Dan verbaast het me dat de oude Lenz u erlangs heeft gelaten. Menige jonge meid blijft voor altijd aan zijn molenrad hangen.' Hij bulderde van het lachen. 'Nou, kom maar mee, laten we naar binnen gaan voor het weer begint te stortregenen.' Zijn blik gleed langs haar benen, die onder de zoom van haar rok uit kwamen. 'Waar wilt u werken, in de keuken of in de vertrekken van de koninklijke familie?' Hij kwam in beweging en bekeek haar keurend van opzij, alsof hij haar louter op grond van haar lichaamsbouw kon inplannen voor het aardappelen schillen of stof afnemen.

'Niets van dien aard. Ik heb gesolliciteerd als pikeur.'

'Pikeur? Wilt u onze fokpaarden gaan africhten? Dat is zeker een grap.' Hij stond stil, zijn grijns verflauwde.

'Helemaal niet, meneer Dülmen.' Ze haalde de brief uit haar jaszak.

'Aha, nu begrijp ik het. M. Wagner, dat bent u, en ik vroeg me al af waar die jongeman toch bleef. Geraffineerd, juffrouw, dat moet ik u nageven.' Hij plukte aan zijn rechterwenkbrauw. 'Maar echt veel verder komt u niet met die truc. Ik heb geen werk voor u. En voordat u ernaar vraagt, in de keuken of de privévertrekken van de prins kan ik geen oplichtster tolereren.'

'En waarom wilt u niet dat ik met de paarden werk? Behalve wat ik u heb geschreven, weet u toch helemaal niet wat ik kan.'

'Die zogenaamde onderscheidingen voor dressuur die u hebt gekregen, als ik het me goed herinner – wie zegt mij dat die niet verzonnen zijn? Trouwens, hoe oud was u toen? Tien?'

'Ik was zeventien toen we werden verdreven.' Inmiddels was ze drieëntwintig. 'We hadden een stoeterij bij Breslau. Daar was ik verantwoordelijk voor het trainen van jonge paarden. Ik liet ze wennen aan halster en touw.'

‘Breslau, is dat niet in Sudetenland?’

‘Nee, in Neder-Silezië. Een landgoed bij een dorp, net als hier, ook met boerderijen.’

‘Nou, dat is allemaal leuk en aardig, maar ik laat principieel geen vrouw toe in onze fokkerij. Ik heb mijn handen vol, alleen al aan die GI die ik op de een of andere manier aan het werk moet zien te houden. Daar kan ik geen vrouwmens bij gebruiken dat in de stallen rondhangt en mijn mannen van hun werk afhoudt. Tot ziens.’ Hij pakte de luchtpomp weer op.

Plotseling klonk er een luid gehinnik. Marie draaide zich om. Een bruin paard met zwarte manen stoof de stal uit en sprong over twee metalen vaten die de Amerikaan juist tegen elkaar had geschoven.

‘*For Christ’s sake, goddamnit! Stop, stop!*’ Luid vloekend rende hij achter het paard aan. Hij verloor zijn uniformpet en gaf het algauw daarna op.

‘Nu gaat Silberstern er weer vandoor,’ zei de rentmeester. ‘Hij leert het nooit.’

Marie wist niet of Dülmen het over het paard of de staljongen had. In elk geval was Silberstern een prachtige hengst. Uit de verte leek hij op een trakehner, misschien was hij daar iets te klein voor. Hij moest een Engelse volbloed of een arabier zijn. Nauwelijks ouder dan twee jaar, met een kleine bles op het voorhoofd, vandaar waarschijnlijk dat hij Silberstern heette.

De rentmeester trok zijn zweep uit zijn riem en wilde uithalen.

‘Wacht, laat mij het proberen.’

Marie ging in de looproute van het dier staan. Silberstern liep van de buxusstruiken naar de hoofdingang, trippelde op de plaats en gooide zijn hoofd omhoog, alsof hij niet wist waar hij heen moest. Het hoofdstel bungelde los bij zijn hals. Met uitgespreide armen liep Marie op de hengst af en ze keek hem recht in de ogen. Onmiddellijk ging hij in galop en rende met een boog om haar heen. Hij was blijkbaar getraind in longeren en had geleerd in een cirkel te lopen en aan de buitenkant ervan te blijven. Ze liet haar armen weer zakken en wendde haar blik van hem af, deed alsof ze niet op hem lette. Silberstern bleef staan en bewoog één oor in haar richting. Niets ontging zijn glanzende zwarte ogen. Marie hoorde de Amerikaan tussen zijn tanden fluiten en in het Engels iets roepen over een circus, maar ze liet zich niet afleiden. De hengst en zij hadden contact gemaakt, daar ging het om. Ze wachtte nog even, hoorde Silberstern snuiven, maar verder was het stil. Je had een speld kunnen horen vallen. Ze draaide het paard de rug toe en liep terug in de richting van de rentmeester, die meewarig grijnslachte, alsof ze had gefaald. Maar plotseling veranderde zijn gezichtsuitdrukking, en hij greep naar zijn hoed. Marie voelde een zachte aanraking in haar nek; Silberstern was haar gevolgd en duwde zijn neus tegen haar aan. Nu draaide ze zich naar hem om, klopte liefkozend tegen zijn hoofd en deed hem de verschoven halster om. Toen ze zijn mond aanraakte, ontdekte ze de reden van zijn opstandige gedrag.

'Aan de linkerkant is zijn tandvlees ontstoken, ziet u wel, hier?' Ze liet het Dülmen zien, en ook de staljongen kwam nieuwsgierig dichterbij. 'Pas als dit genezen is, kunnen jullie hem weer een touw omleggen. En het is ook beter dat u en uw medewerkers het paard niet meer slaan, zeker niet tegen het hoofd. Paarden zijn slim, ze onthouden alles. Met de zweep zult u het dier niet meer de stal in krijgen, laat staan in uw aanhangwagen.'

'Nou was ik net van plan om u toch nog een baan als dienstmeisje aan te bieden; u hebt een mooi figuur, ik hou van tengere vrouwen, die zijn lekker soepel. Dus zingt u maar vlug een toontje lager en vertel mij niet hoe ik met mijn dieren om moet gaan, anders bedenk ik me straks nog. Iedereen moet voelen wie zijn heer en meester is.'

'Ik dacht anders dat het herrenvolk uit de macht was ontzet.' Even was ze bang dat Dülmen haar een klap met zijn zweep zou geven, maar hij hield zich in. 'Als u geen werk als pikeur voor me hebt, dan ben ik hier klaar.' Ze aaide Silbersterns hals, pakte haar paraplu en koffer en vertrok.

Terug naar het station. Hopelijk reed er vandaag nog een trein naar München, daar zou ze dan voorlopig onderdak zoeken. Maar ze griezelde bij de gedachte aan het lange bospad dat langs de afgelegen molen voerde. Wat als daar inderdaad die Lenz huisde en haar pakte? Op de heenweg had de molen verlaten geleken, net als de twee gebouwtjes midden in het bos. Het ene, met een laag, gelijkvloers torentje, had er zelfs ronduit idyllisch uitgezien, bijna alsof daar vroeger een koningsdochter had gewoond. De wind stak op, en het regende weer. Al snel kletterden er dikke druppels op de paraplu die zuster Iphigenie haar uit voorzorg had meegegeven. Eerst had Marie hem niet willen aannemen, ze wist niet of ze hem ooit nog terug zou brengen. Maar de zuster had haar bezwaren weggewuifd: 'Hou hem maar. Iemand heeft hem in het biechthokje laten staan en twee jaar lang niet opgehaald. Als die paraplu jou nu drooghoudt, heeft hij zijn doel gediend.' Marie volgde de rijrichting van de auto's, langs een kapel en de slotvijver tot aan een bocht. Voordat ze van de weg afsloeg, het bos in, moest ze aan het einde van het dorp een brug over waaronder het opgestuwde water schuimde. Een windvlaag rukte de paraplu uit haar hand, die onmiddellijk door de lucht wegzeilde. Ze holde erachteraan, hopelijk belandde hij niet in het water. Op hetzelfde moment klapte haar koffer open, het touwtje dat hem gebrekkig bijeen had gehouden was gebroken, haar spullen vielen her en der op de weg en rolden de helling naar de rivier af. Haar schetsboek, het Pelikan-schilderkistje, de penselen, de zelfgebreide trui van uitgehaalde wol die de nonnen haar cadeau hadden gegeven, het tweede paar kousen en haar schone stel kleren. Wat moest ze nog meer doorstaan? Waar vond ze ooit weer ergens houvast? Regen striemde in haar gezicht. Binnen een paar seconden was ze doorweekt. Natuurlijk had ze expres alleen de voorletter van haar naam in de brief vermeld, om zelfs maar voor een gesprek te worden uitgenodigd. Als ontheemde, en bovendien als vrouw, kreeg ze op de meeste sollicitatiebrieven niet eens antwoord. Ze wilde gewoon niet langer hand-en-spandiensten in het klooster verrichten en voornamelijk bidden, alsof er echt een rechtvaardige God bestond aan wie je nederigheid en eeuwige dankbaarheid moest tonen. Dankbaarheid waarvoor? Dat haar vader weggevoerd en vermoord was, dat zij en haar moeder van hun land waren verjaagd en zij tweeën tijdens hun vlucht voor hun leven hadden moeten vrezen? En dat het ten slotte allemaal nog erger was geworden? Erger dan de dood. Ergens moest er toch ook voor haar een plek zijn waar ze mocht zijn wie ze was. In dit vervloekte land, in dit leven waarin ze nog maar een paar spullen overhad, die nu in de modder lagen. Opeens voelde Marie zich compleet gebroken. Ze viel op haar knieën en schreeuwde zo hard als ze kon naar de grijze hemel. De pauw antwoordde met zijn doordringende gekrijs.

Waarom had ze deze reis ondernomen? Zij die op een stoeterij ging werken, wat een stompzinnig luchtkasteel. Ze kon de tijd niet terugdraaien, niets zou ooit nog zijn als vroeger. De pijn zou blijven, haar leven lang. Wat ze ook deed, waarmee ze ook probeerde zichzelf af te leiden, en hoe hard ze ook hoopte dat er toch nog een wonder gebeurde. Ze had het in elk geval overleefd. Daar zou ze tenminste dankbaar voor kunnen zijn. Ze moest haar geluk vinden, en als dat te veel gevraagd was, dan in elk geval een veilige plek om tot rust te komen. Naar Waldsassen kon en wilde ze niet meer terug, al hadden de cisterciënzer zusters haar gered en weer op de been gekregen. Of deed ze er toch goed aan om in het klooster in te treden, waar zuster Iphigenie zo op had aangedrongen? Wat als die beestachtige hoofdpijn weer terugkwam waar niets tegen hielp, behalve het uithouden en wachten tot hij voorbijging? Ook de nonnen hadden niets beters geweten dan op een kluitje rond haar bed te komen staan en een kruis boven haar heen en weer te zwaaien alsof de duivel in haar was gevaren. Nee. Dat wilde ze nooit meer meemaken. Marie was in vrijheid opgegroeid. Ze had in haar nachthemd op een ongezadeld paard over de velden gegaloppeerd, helemaal naar Glatz, waar Theo woonde. Hij was wel de laatste aan wie ze nu wilde denken, en toch deed ze het. Ze zag weer voor zich hoe ze in de maneschijn naakt en nauw verstrengeld in de vijver hadden gebaad, zonder een flauw vermoeden dat het hun laatste afspraakje was. Kort daarna werd Theo gevangengenomen, samen met de andere mannen die in staat waren om te werken – allebei hun vaders, de burgemeester. Niemand kwam levend terug. De overgebleven bewoners moesten binnen achtenveertig uur hun huizen verlaten. Als laatste had haar moeder nog alle koeien van de ketting bevrijd en de stallen opengezet. Het gebulk van de koeien, die nodig gemolken moesten worden, achtervolgde hen kilometerslang terwijl ze met een volgeladen handkar in marstempo naar het station liepen.

Alleen werken in de kloosterbibliotheek zou ze leuk hebben gevonden. In Waldsassen was dat een ruime hal met langs alle wanden hoge boekenkasten, die bestonden uit twee lagen, met in de onderste kastlaag grote gebeeldhouwde houten figuren ter ondersteuning van de bovenste stellages, die van onder tot boven volgestouwd waren met duizenden oeroude boeken. Maar de baan in de bibliotheek had een ambitieuze novice al in de wacht gesleept. Het enige wat Marie nog restte was haar kennis van paarden. De kennis van een vrouw, die nutteloos was, zoals daarnet was gebleken. Terwijl je niet hoefde te brullen of slaan om een paard te trainen. Je kon het zelfs helemaal zonder woorden doen.

‘Paarden leren de lichaamstaal van mensen te interpreteren. Eigenlijk zijn wij roofdieren voor ze, die ze ondanks alles hun vertrouwen geven,’ had haar vader verteld, die net als zij paardengek was. ‘Neem een voorbeeld aan ze.’ Hij had het vaak over vertrouwen en geduld gehad, vooral wanneer Marie over haar eigen voeten struikelde van de haast of van een paard viel of wanneer iets anders haar niet lukte wat ze zich in het hoofd had gezet en onmiddellijk wilde kunnen.

Wat hadden haar vader zijn vertrouwen en zijn verdomde geduld uiteindelijk geholpen, toen de Sovjets hem vermoordden? Marie zat ineengedoken aan de kant van de weg. Haar geduld was helemaal op. Tranen had ze evenmin nog over; huilen deed de regen voor haar, tot ook die ophield.

Tussen de wolken kwam een stukje blauwe lucht tevoorschijn. De bomen ritselden, de takken dropen. Ineens was ze ontzettend moe en had ze zich het liefst hier ter plekke, midden op de weg, als een kat opgerold om in slaap te vallen.

HELGA

Ondanks de milde Münchense meiavond rilde Helga in de mouwloze bloes waarin ze al de hele dag rondliep. Toch wilde ze nog niet naar huis. Ze bleef liever een beetje rondwandelen en passeerde nu het gebombardeerde stadhuis, dat nog steeds een grote bouwput was. Een frisse wind waaide over de berg puin en door de straatjes en blies haar rok met petticoat en al omhoog. De wijduitstaande onderrok was de nieuwste mode uit Amerika en peperduur als je hem niet zelf kon of wilde naaien. Helga had er drie tegelijk gekocht en droeg ze over elkaar heen. Opvallen was prima, maar dan moest je het ook meteen goed doen! Naast het verwoeste stadhuis stond het herbouwde modehuis Beck, dat de aandacht trok door de moderne geometrische gevelschilderkunst. Ze slenterde door de bogengaanderij, treuzelde voor een etalage, zette haar zonnebril af en ging dicht bij de ruit staan omdat ze bijziend was. Ze trok het lint van haar paardenstaart strak en de korte pony recht. Eigenlijk, vond ze plotseling, was haar kapsel allang passé; inmiddels droegen bijna alle meiden in haar eindexamenklas hun haar hetzelfde als zij. En omdat ze daar niet meer bij hoorde, was het tijd voor verandering. Een stuk korter, kinlengte, zou mooi zijn. Het warenhuis was al gesloten. Helga wierp een blik door het grote raam en ontdekte dat de etalagepoppen met heel wat nieuwe dingetjes pronkten die zij zo snel mogelijk voor de spiegel wilde passen en proberen. Die zwarte lakriem bijvoorbeeld zou haar taille accentueren, de grote oorclips zouden haar hals langer laten lijken, en daar dan de bijpassende handtas met witte stippen bij... Ze zuchtte en keek op haar horloge. Kwart voor negen, deze afschuwelijke dag zat er bijna op, al had ze het ergste nog niet gehad. Ze werd al minstens een uur geleden door haar ouders verwacht voor de vleeskeuring, zoals Helga deze georganiseerde avondjes noemde. Daarvoor moest ze keurig gekleed aantreden, niets provocerends of gewaagds, maar ook niet te hooggesloten. Tijdloos elegant, zoals haar moeder de saaie mantelpakjes noemde die zijzelf droeg. Tenslotte moest de uitverkorene die in vaders voetsporen zou treden er zin in krijgen. Haar vader had er hard voor gewerkt, het bedrijf door de oorlog gesleept en pasgeleden zelfs filialen in andere grote Duitse steden geopend. Hij breidde verder uit, misschien binnenkort ook internationaal. De strubbelingen met de bezetters waren zo goed als van tafel. Helga wist er het fijne niet van, en haar vader trad niet in details. Het bedrijf was een mannenzaak, dat benadrukte hij graag. Helga kwam alleen in het spel om de uitverkorene te paaien. Zij was de premie die de schoonzoon na vaders pensionering zou krijgen. Of zij haar aanstaande leuk vond was bijzaak in dit arrangement. Na een aantal mislukte pogingen waarbij zij haar grote mond niet hield en zo de heren wegjoeg, hadden haar ouders haar ingepeperd dat ze zich de volgende keer moest inhouden. Vooral als er over politiek werd gepraat. Terwijl zij daar juist enorm in geïnteresseerd was. Mode en actuele gebeurtenissen hingen tenslotte nauw met elkaar samen. Eigenlijk moest haar moeder dat ook weten, zij had in haar jeugd gerebelleerd tegen het korset en enkel nog ongetailleerde reformkleding gedragen. Maar als echtgenote van de heer Knaup was ze dat kennelijk glad vergeten, en ze gedroeg zich inmiddels zo stijfjes dat het leek alsof ze weer baleinen onder haar bloes had zitten. Glimlachen en lonken, meer was er op zo'n avond niet toegestaan aan tafel. Praten mocht ze alleen als de aanstaande iets tegen haar zei. Dus maakte het in feite weinig uit dat Helga was gezakt voor haar middelbareschoolexamen. Intelligentie werd sowieso niet van haar gevraagd. Al had ze alle mogelijke bijlessen gevolgd, als een idioot zitten blokken en zelfs autogene training geprobeerd wanneer haar concentratie het liet afweten. Maar helaas hielp er niets tegen haar examenvrees. Zodra het erop aankwam, loste alles wat ze in haar hoofd had gestampt in het niets op. Het was haar schriftelijk noch mondeling gelukt om er iets zinnigs uit te persen. Geen wonder dat ze gesjeesd was.

Toch had ze zich door de anderen laten overhalen om te gaan feesten bij de Isar. Ze deed gewoon alsof zij ook geslaagd was en gooide net als iedereen haar schoolspullen in het kampvuur. Pas toen het proosten op het succes van haar klasgenoten haar te veel werd, reed ze met de tram naar Eva om bij haar te prakkiseren over de beste manier om haar ouders te vertellen dat ze het verprutst had. Eva was drie jaar jonger dan zij, dus net achttien, en keek enorm tegen haar op, wat Helga vaak op de zenuwen werkte. Maar waar moest ze op deze middag anders heen?

Algauw lagen ze in Eva's kamer op het wollen vloerkleed en luisterden voor de zevenenzeventigste keer naar 'Siebenmal in der Woche', gezongen door Vico Torriani. Het was de enige volwassenengrammofoonplaat die Eva bezat, verder bestond de keuze alleen uit 'De kleine Janneman' en 'De ganzenhoedster'. Helga deed alles waar Eva zin in had, dat leidde haar af van haar eigen zorgen. Ze knipten artikeltjes en bijzondere foto's uit tijdschriften en plakten ze in een plakboek. Maar op een gegeven moment had Helga genoeg van al dat kinderachtige gedoe. Ze wandelden samen door Haidhausen, de wijk waar Eva woonde, snuffelden rond in een platenzaak en luisterden naar de nieuwste jazz- en bluesplaten – dat was pas muziek, geweldig! Helga had het gevoel alsof zij een beetje een oudere zus was, zoals Lore vroeger voor haar was geweest. Daarna kochten ze in een bakkerswinkel twee chocoladegranaatsplinters, puntige bergjes koekresten bedekt met chocola, ware caloriebommen waarvan je je algauw barstensvol voelde. Ze probeerden te raden wat er precies in zat: in die van Eva iets met kersen en alcohol, in die van Helga iets kruidigs met wortelen. Eerst aten ze nog gulzig, de chocola vermalend tussen hun tanden en genietend van de zoetigheid, maar gaandeweg moesten ze zichzelf dwingen om niets te laten staan. Ze begonnen de mussen te voeren die op de Weißenburger Platz rondfladderden. Achteraf had Helga overal jeuk. Ze was allergisch voor wortelen.

Toen ze langs een telefooncel kwamen, bedacht ze dat ze haar ouders helemaal niet had verteld waar ze was. Ze belde naar huis. Het eerste muntje kletterde in het reservoir toen haar moeder opnam. 'Met Knaup.'

'Mammie, met mij, ik ben nog bij...' Meer hoefde ze niet te zeggen, haar moeder barstte los in een woordenstroom.

'Ik vroeg me al af waar je bleef. Erika van de familie Körner is allang thuis. Zij heeft het geweldig gedaan, een negen gemiddeld, moet je je voorstellen. Ze is summa cum laude geslaagd, ik kwam haar moeder tegen bij de kapper. Ze denkt er nu over om geen psychologie maar wiskunde te gaan studeren. Als vrouw, wiskunde, waar is dat nou goed voor. Doctor Nowak heeft de rekening voor je bijlessen vandaag al gestuurd, stipt op tijd, je kunt niet anders zeggen. Over tijd gesproken, vergeet niet dat je om acht uur hier moet zijn, of liever nog een uur eerder, zodat je je kunt opfrissen en je nagels verzorgen, ook je teennagels, omdat je open schoenen draagt. We hebben een gast voor het avondeten, dat ben je hopelijk niet vergeten. We kunnen dan meteen samen klinken op je diploma.'

Als oudste leerling van de klas voor je examen zakken was meer dan gênant. Vanwege Lores ziekte en uiteindelijk haar overlijden had Helga het grootste deel van de vijfde klas verzuimd en was ze een jaar blijven zitten. Maar ze had de achterstand nooit meer echt ingehaald. Het liefst was ze van school gegaan en een vakopleiding begonnen, maar dat vonden haar ouders niet goed.

'Wil je soms bakker of naaister worden?' had haar moeder destijds gevraagd. 'Je bent een Knaup!'

'Wat dachten jullie van fabriekswerk, dan kan ik helemaal onderaan in het bedrijf beginnen,' grapte ze. Maar haar ouders konden er absoluut niet om lachen. Eigenlijk had ze actrice willen worden, ze had het vroeger leuk gevonden om in de theatergroep van school mee te spelen. Maar na Lores dood meed ze de schijnwerpers.

'Ik wil arts worden,' had ze toen ernstig gezegd, waarop haar ouders in schaterlachen uitbarstten.

'Jij, geneeskunde studeren?' proestte haar vader. 'Met een vijf voor Latijn? Bovendien kun je niet tegen bloed en val je al flauw als je een geschaafde knie hebt.'

'Toen was ik zes, papa, en ik was gevallen met de step.'

Het besluit om arts te worden had ze kort nadat Lore ziek werd genomen. Hulpeloos had ze moeten aanzien hoe het liefste meisje van de wereld eerst niet meer kon lopen en algauw niet meer zelfstandig kon ademhalen en alleen nog lucht kreeg met behulp van de ijzeren long, zoals de levensgrote metalen buis heette die Lore bijna compleet verzwolg. Die machteloosheid wilde Helga nooit meer voelen. Maar ook haar ouders wilden na Lores dood niets meer aan het toeval overlaten, en zeker niet wie hun toekomstige schoonzoon zou worden.

'Het enige wat we van je vragen is dat je je gedraagt, is dat nou zo moeilijk?' had haar moeder tegen haar gezegd. 'De liefde komt zodra de omstandigheden gunstig zijn, vraag maar aan je vader. Hij heeft mij lang het hof moeten maken voordat ik akkoord ging met de verloving.'

Helga vond dat haar moeder zich had laten kopen. En als je er zo tegen aankeek, was ze geraffineerd te werk gegaan en had ze de prijs ver opgedreven voor ze het jawoord gaf. Zo had ze per se nieuw huispersoneel willen hebben, alsof de mensen die al tientallen jaren voor de Knaups in de villa aan het Nymphenburger Park werkten versleten waren en met spoed vervangen moesten worden. En was ze niet sinds haar zilveren bruiloft eigenares van een witte limousine met cognackleurige bekleding, zodat haar chauffeur haar de hele stad rond kon rijden? Een rijbewijs mocht moeder namelijk niet halen, zover ging vaders liefde niet. Dat vond hij pas goed als er overal rubberen bomen werden geplant, had hij gezegd.

Er was niets aan te doen, Helga moest de avond zien door te komen en haar ouders bekennen dat ze gezakt was. Ze slenterde door de Dienerstraße en bleef even voor de ruïne van Paleis Leuchtenberg staan. Hier had voor de oorlog de familie Wittelsbach gewoond. Helga en Lore hadden hier vaak gestaan, net als veel andere Münchenaren, in de hoop een glimp van de prinsessen op te vangen. Nu stond alleen de toegangspoort nog overeind, als een filmdecor, omringd door grote brokken steen, alsof een reuzenkind het beu was geworden om met zijn blokkendoos te spelen en zijn bouwsel omver had gegooid.

Op de Odeonsplatz stapte Helga in een taxi. Kort voor ze thuis was, maakte ze haar paardenstaart los en verwisselde de zonnebril met zijn hartvormige glazen voor haar dikglazige echte optische hulpmiddel.

'Hoe haal je het in je hoofd om pas zo laat te komen opdagen!' Haar moeder ontving haar bij de voordeur, nog voordat ze de sleutel in het slot had gestoken. 'We zijn al begonnen met eten. Wat zie je er trouwens vreselijk uit, wat is dat voor nieuwmodische onzin dat iedereen onder je rok kan kijken?

En wacht eens, heb je weer gerookt?' Ze besnuffelde Helga.

Die trok een grimas. 'Ik ben sinds afgelopen maandag meerderjarig. Je kunt me niet langer verbieden te roken.'

'Nou, ik kan me niet voorstellen dat dat gerook goed voor je is. Voor de spijsvertering misschien, maar niet voor je huid. En vergeet niet, als vrouw is je lichaam je kapitaal.'

'Ik dacht dat papa het kapitaal binnenbracht. Ik maak in elk geval mijn eigen keuzes.'

'O, is dat zo? Ons geld neem je anders graag aan. Jouw onbeschaamdheden storten ons allemaal nog in het ongeluk. En ik dacht dat we je fatsoenlijk hadden opgevoed.'

'Je bedoelt toen jullie wekenlang niet tegen me praatten? En ik alleen via het dienstmeisje te horen kreeg wat jullie van me wilden? Noem je dat opvoeden? Of wilden jullie me doodzwijgen?' Helga voelde dat ze te ver was gegaan, de dood was in hun gezin taboe.

Haar moeders mond viel open. Tranen blonken in haar ogen. Ze knipperde ze weg en rechtte haar rug. 'Zo is het genoeg, daar praten we later wel over. Ga je nu maar omkleden, ik heb wat voor je klaargehangen. Opschieten, meneer Bierschimmel wordt zo langzamerhand ongeduldig.'

'Ziet hij eruit zoals hij heet?' Helga probeerde door de kier in de schuifdeur te gluren, maar haar moeder ging er snel voor staan.

'Sst, je wilt toch niet dat hij je in deze kleren ziet.'

'Natuurlijk niet. Als ik later naast hem in bed lig, sta ik elke ochtend stiekem vóór hem op om me op te maken en mijn haar op te steken, zodat hij me nooit ziet zoals ik echt ben. Anders krijgt die arme sloeber nog een hartinfarct, en we willen toch allemaal dat hij vaders functie heel lang vervult.'

'Hou eindelijk eens je grote mond, Helga, heb je soms weer rondgehangen bij die beatniks?' Zo noemde haar moeder sinds kort alle jongemannen die pak noch stropdas droegen.

'Op het Sint-Anna zijn er geen jongens, zoals je weet.'

'Dat zegt helemaal niets, die figuren lummelen overal rond, staat in de *Quick*.' Ze zuchtte. 'Wat mankeert jou toch de laatste tijd? Ik ken je gewoon niet terug.'

'Heb je dan ooit de moeite genomen om mij te leren kennen?' Onmiddellijk had Helga spijt van dit verwijt. Haar moeder kon het niet helpen, zij was net zo goed een gevangene als Helga en deed in het openbaar alleen wat vader of de firma – wat eigenlijk een en hetzelfde was – van haar eiste. De vrouwen van de familie Knaup dienden zich koest te houden. Helga vond het allemaal zo walgelijk, die Bierschimmel moest maar van haar denken wat hij wilde.

Ze hees de hengsels van haar tas over haar schouder en wilde ervandoor gaan, het deed er niet toe waarheen.

Haar moeder hield haar tegen en keek haar met van boosheid fonkelende ogen aan. 'Waag het niet, ik waarschuw je.'

'Wat dan? Ga je me slaan? Doe maar niet in mijn gezicht, anders ben ik straks ontoonbaar.'

'O kind toch.' Ze stapte achteruit en sloeg haar armen over elkaar. 'Waarom doe je me dit aan? Heb ik nog niet genoeg doorgemaakt? Moet je mij, je vader en onze hele familie te schande maken?' Haar ogen vulden zich weer met tranen. 'Zo zou Lore zich nooit hebben gedragen.'

'Maar Lore is dood, mama.'

'Ik weet het.' Ze strekte haar hoofd ver achterover, zodat haar tranen het perfecte make-upmasker niet zouden verpesten.

'Je zult het met mij moeten doen, of je wilt of niet.' Helga had er genoeg van voortdurend met haar zus te worden vergeleken; van een dode kon ze het niet winnen. Soms stelde ze zich voor dat Lore nog leefde, dat ze samen tegen hun ouders zouden rebelleren en de vleeskeuringspoppenkast belachelijk zouden maken. Maar bij de gedachte aan haar zus en aan wat ze als gezin hadden meegemaakt, smolt het verzet in haar. 'Laat ook maar, mama, ik blijf wel.' Gedwee liep ze naar haar kamer, waar ze haar haar opstak, de witte bloes met de geplooide mouwen en de beige geruite kokerrok aantrok en in de exclusieve schoenen van de nieuwe collectie stapte. Een paar minuten later ging ze de salon binnen.

'O, daar hebben we dan toch eindelijk onze examinanda.' Helga's vader legde zijn servet neer en hief zijn armen alsof hij voor haar wilde applaudisseren.

Helga wendde het gevaar af door snel een kus op zijn voorhoofd te drukken. 'Goedenavond heren.' Toen maakte ze een knicksje voor Bierschimmel, alsof zij drie was en hij Sinterklaas. Zo oud kwam hij ook wel over, al had hij nog een volle bos haar en een dun rossig ringbaardje rond zijn mond. Dat wreef hij vast 's avonds in met duivenpoep, zodat het flink doorgroeide.

'Van harte gefeliciteerd met uw einddiploma, juffrouw Knaup.' Hij was overeind gesprongen en schudde haar de hand.

Ze antwoordde niet, staarde naar de plooien in haar rok, die haar moeder extra scherp had laten oppersen. Toen trok hij als de hoffelijkheid zelve haar stoel voor haar achteruit en schoof hem, nadat ze was gaan zitten, weer dichter naar de tafel. Op een wenk van haar moeder diende mevrouw Böhnke, de huishoudster, het hoofdgerecht op: gebraden rundvlees, rodekool en knoedels. Op zich lekker, al zei haar moeder nadrukkelijk dat er goddank aardappelvlokken bestonden, omdat de knoedels door Helga's late komst anders allang verpieterd zouden zijn. Nu lagen ze als sneeuwballen op haar bord en smaakten ook zo, namelijk nergens naar. Helga had toch al geen trek, de chocoladegranaatsplinter lag haar nog zwaar op de maag. Ze prikte met haar vork in het eten, schoof de rodekool naar rechts, de uienringen naar links, sneed de knoedels in plakjes en stapelde ze vervolgens als een torentje op elkaar. Toen trok ze er een gracht omheen, vulde die met jus en strooide er gemalen kruidnagels in.

De sterke punten van het bedrijf – het favoriete onderwerp

van haar vader – hadden de heren kennelijk al voor haar aankomst tot vervelens toe besproken, en ook of Bierschimmel eigenlijk wel iets van 'het product' afwist. Inmiddels hadden ze het over 'staatsmanschap', zoals haar vader het uitdrukte. Het ging over de financiële compensatie tussen de Duitse deelstaten. Helga dwong zichzelf te zwijgen en wierp een steelse blik onder tafel. Onder Bierschimmels broekspijpen met messcherpe vouwen staken een paar chique Boedapester schoenen met gaatjespatroon uit, waarschijnlijk vooroorlogse, zij het geplakte en niet met de hand genaaide. Maar ze maakten vast meer indruk op haar vader dan laarzen, zoals de door haar moeder gevreesde beatniks droegen.

'Wat vindt u ervan, juffrouw Knaup?' Haar aspirant-verloofde wilde haar bij het gesprek betrekken.

'Van de compensatieregeling voor de deelstaten of van uw schoenen?' Ze keek hem glimlachend aan.

'Nou ja, of...' Hij schraapte zijn keel en trok zijn voeten onder zijn stoel. 'Vertel me liever iets over uw wiskunde-examen. Wat kwam er zoal aan bod? Ik herinner me nog goed dat ik eindexamen deed en voor het onderdeel analytische meetkunde...'

Helga viel hem in de rede. 'Mag ik u erop wijzen dat wij vrouwen ons niet alleen met uiterlijkheden bezighouden, maar ook veel over politiek weten. Sinds 1919 hebben we zelfs stemrecht en zitten we in het parlement, al zijn we jammer genoeg nog in de minderheid.'

'Helga,' siste haar moeder.

Maar ze liet zich niet uit het veld slaan. 'Het doel van de financiële compensatieregeling tussen de Duitse deelstaten is dat de staat, Duitsland dus, zorgt dat de individuele deelstaten zoals bijvoorbeeld Beieren of Baden-Württemberg financieel onafhankelijk van elkaar blijven en eigen beslissingen kunnen nemen. Geen deelstaat mag tekortkomen, maar er mag er ook niet één zijn die te veel middelen krijgt. Net als in een gezin:

de gezinsleden moeten hun eigen keuzes mogen maken.' Opeens was ze deze vertoning zo spuugzat dat ze overeind sprong.

Onmiddellijk legde ook Bierschimmel zijn bestek neer, en hij wilde opstaan.

'Blijf alstublieft zitten.' Helga duwde hem terug op zijn stoel. 'Ik heb mijn diploma trouwens niet gehaald, ik ben gezakt.'

'Je bent wát?' riep vader.

Ze vervolgde: 'Tot groot verdriet van mijn ouders heb ik ook geen manieren. Het enige kapitaal dat ik bezit laat ik u nu zien.'

'Wat... wat doe je?' Haar moeder verbleekte.

Maar Helga negeerde haar en concentreerde zich volledig op Bierschimmel, strekte haar armen uit en wapperde met haar handen voor zijn gezicht in het rond. 'Hier, kijkt u eens, mijn nagels, schoon en gevijld. En mijn huid, onberispelijk en glad, hoewel ik rook als een van onze eigen fabrieksschoorstenen. Dus de hoogste tijd om te trouwen, anders schiet de bruidsschat voor mijn ouders evenredig hard omhoog met mijn snelle aftakeling. En verder...' Langzaam knoopte ze haar bloes open, beginnend bij de kraag.

'Helga, niet doen!' Haar moeder schreeuwde nu.

'Waarom niet, meneer Bierschimmel moet toch zien wat hij krijgt. Wie koopt er nou vlees uit de koelcel als hij het uit de vitrine kan uitkiezen? Tast u gerust toe, ik ben nog levend en vers.' Ze boog zich naar voren en hief haar kin op om hem haar decolleté te laten zien. 'Momenteel puistjesvrij. Morgen komen er hier en hier...' Ze tikte op haar borsten. '... waarschijnlijk een paar mee-eters op, ik heb namelijk vanmiddag chocola gegeten. Ik ben verzot op cho-co-la, u ook? Ik kan altijd wel chocola eten, heel, heel veel chocola.' Ze likte haar lippen af en ging toen met haar tong langs haar blote onderarm.

'Doe toch iets,' zei haar moeder tegen haar vader, die als versteend op zijn stoel zat.

Bierschimmel was vuurrood geworden en wist niet waar hij moest kijken.

'En natuurlijk mijn gebit, kijk eens...' Helga ontblootte haar tanden. 'Puntgaaf, nou ja, op het gaatje linksonder na, maar dat wordt nog voor de bruiloft gevuld.'

Haar vader sprong overeind, greep haar vast en wilde haar wegtrekken van de tafel. 'Dit moet de examenstress zijn, meneer Bierschimmel, mijn dochter is een beetje van streek, neemt u ons niet kwalijk.'

Moeder wuifde zich koelte toe met haar servet, luidde de tafelbel om mevrouw Böhnke te roepen en vroeg haar de ramen open te zetten. Toen stormde ze de kamer uit.

'Meneer Knaup, ik denk dat ik...' Bierschimmel stond op, week achteruit naar de deur, struikelde bijna over de tapijtrand en hield zich nog maar net staande tegen de lambrisering.

'Wacht.' Haar vader liet Helga los en deed Bierschimmel uitgeleide.

Ze ging weer zitten; van de opwinding had ze toch nog trek gekregen. Ze pakte een stuk koud geworden rundvlees van de schotel, at en hoorde haar vader afscheid nemen van de gast. Haar moeder poederde waarschijnlijk haar neus in de badkamer. Eigenlijk was dit een goede gelegenheid om onopgemerkt naar haar kamer te gaan, zich daar op te sluiten en er in alle rust over na te denken wat ze nu met zichzelf aan moest. Misschien moest ze nieuwe schoolspullen kopen, na de zomervakantie het jaar overdoen en proberen op de een of andere manier grip te krijgen op haar examenvrees, zodat ze bij de volgende poging haar diploma haalde. Of anders eerst reizen, zoals iedereen? Naar de Noordzee, een eiland, of toch naar het zuiden, waar het nu al flink warm was? Maar waarvan? Ze was zo uit haar slof geschoten dat ze vast geen geld kreeg voor een reis. Ze moest óf een paar dagen afwachten tot de boel was overgewaaid, óf een andere oplossing bedenken.

Ze schepte een bord vol eten en sloop ermee de trap op. Boven wachtte haar moeder haar op. Ze had de sleutel uit haar kamerdeur gehaald zodat ze zich niet kon opsluiten. Helga protesteerde. Tevergeefs. Dus liep ze langs haar moeder heen haar kamer in, zette het bord neer en probeerde de deur van binnenuit te barricaderen door haar bureautje ervoor te schuiven.

Haar vader was haar voor en tilde de deur uit zijn scharnieren. 'Dat gaat niet door, mejuffrouw.' Zwaar hijgend kwam hij voor haar staan. 'Ik ben nog niet klaar met jou.'

'Wat ga je dan doen?' Ze wilde geen bakzeil halen, nog niet.

'Ik zoek uit wie jou zulke obscene dingen heeft geleerd, en dan neem ik die kerel flink onder handen.'

'Welke kerel? Denk je dat ik behoefte heb aan nóg een man die me vertelt wat ik moet willen?'

Haar vader balde zijn vuisten alsof hij haar wilde vermorzelen. Tussen zijn wenkbrauwen klopte een ader, zo had Helga hem nog nooit meegemaakt.

'Niet doen, Hugo.' Plotseling stapte haar moeder tussen hen in en greep hem bij zijn armen. 'Beheers je. Het beste is dat ik dokter Schneid opbel. Hij weet vast wel wat er moet gebeuren.'

'Doe dat.' Haar vader slaakte een zware zucht en wreef over zijn voorhoofd. 'Misschien zou een verblijf in een sanatorium haar goeddoen.' Ze praatten over haar alsof ze er niet bij was. 'Met het nichtje van onze procuratiehouder waren er ook problemen. Zij is in Zwitserland geweest en kwam volledig veranderd terug.'

Moeder haastte zich naar de telefoon.

'Ja, sluit me maar op in een gekkenhuis, dat hebben ze altijd al met opstandige vrouwen gedaan.' Helga maaide haar boeken van de planken, gooide haar kleren en schoenen uit de kast op de grond en stampte eroverheen. 'Ik haat jullie!' Uitgeput kroop ze weg in haar bed en trok de deken over haar hoofd.

Nadat dokter Schneid haar een kalmerend spuitje had gegeven, gleed Helga weg in een droomloze slaap. Even na middernacht werd ze wakker en wist wat ze zou gaan doen. Haar hele kindertijd lang had ze een koffer onder haar bed gehad. Eerst een kleutermaatje, dat afgestemd was op haar grootte, vervolgens een waarin de kleine paste, enzovoort. Bij elke cadeaugelegenheid vroeg ze om een nieuwe. Op een gegeven moment kreeg ze er eentje met een slot. In die koffers had ze niet alleen als kind haar geheime spulletjes bewaard, maar later ook de noodzakelijkste dingen voor als ze bij luchtalarm de schuilkelder in moesten. Na de oorlog liet ze het noodpakket in de koffer zitten, om na een ruzie weg te kunnen lopen. Vooral als haar ouders haar weer eens lieten voelen dat het verkeerde kind was doodgegaan. Helemaal in het begin had ze de kleren van haar lievelingspop en snoep in het koffertje bewaard. Later, toen ze kon schrijven, haar dagboek, sigaretten en haar lievelingsroman, *Gejaagd door de wind*, die nu begraven lag onder de berg kleren. Ze diepte het boek op en sloeg de eerste pagina op. Alleen al het begin troostte haar: 'Scarlett O'Hara was niet mooi, maar de mannen beseften dat zelden wanneer ze, zoals de Tarleton-tweeling nu, onder de indruk waren van haar charmes.' Jezelf tijdens een crisissituatie onderdompelen in een andere wereld en meeleven met Scarlett in plaats van zelfmedelijden te hebben was zo slecht nog niet. Literatuur gaf haar kracht en zelfvertrouwen, alsof een schrijver wist hoe je je voelde als je eenentwintig was en geen idee had waar je het moest zoeken.

Nadat Helga haar twee grootste koffers had gepakt, wierp ze nog een laatste blik op de chaos in haar kamer en sloop, nog ietwat verdoofd en wankel op haar benen, het huis uit. Tot nooit meer ziens.

ANNABEL

Ze schoof haar stoel aan, spreidde het servet uit op haar schoot en liet haar blik over de ontbijttafel glijden. Melk, boter, suiker, jam, honing, muntthee voor haar en chocolademelk voor haar zoon. Alles was er. Van het couvert van haar man was alleen het kopje gebruikt. Zoals zo vaak had hij staande, al half in de gang, zijn koffie met grote teugen naar binnen gegoten, en hij was allang vertrokken. Alsof hij geen kwartier kon missen voor een gezamenlijk ontbijt. Terwijl hij haar in de vakantie had beloofd minder lang te gaan werken om meer tijd met haar en de kleine Friedrich door te brengen. Nieuwjaar, Pasen, de heerlijke dagen met zijn drieën in Zuid-Tirol, en pasgeleden nog Pinksteren – ze hadden het zo fijn gehad. Maar zodra hij daarna aan het werk ging in de kliniek, was alles weer bij het oude. Altijd hetzelfde liedje, niets dan loze beloften. Natuurlijk had Annabel kunnen weten waar ze aan begon toen ze met hem trouwde, maar destijds liep ze nog met haar hoofd in de wolken. Zij, de beschermde dochter van een hulppastoor uit Münster. De verhuizing naar het zuiden van Duitsland had voor haar op een emigratie naar Italië geleken. Nou ja, bijna. Wat je allemaal niet deed voor de liefde.

Meteen na de handelsschool was ze als secretaresse begonnen bij haar man en had als zijn verloofde haar leven aangepast aan zijn behoeften. In elk geval had ze in het ziekenhuis belangrijke taken vervuld, in de oorlog zelfs existentiële keuzes gemaakt en daardoor misschien het risico gelopen om gearresteerd te worden. Achteraf kwam het allemaal onwerkelijk op haar over. Alleen als ze de gehandicapte Manfred Brandstetter zag, die iedereen Manni noemde, flitste het door haar hoofd dat hij zonder haar misschien niet meer had geleefd. Niemand wist daarvan af, zelfs niet Luise Dahlmann, zijn zus. Hoewel ze bij haar in de straat woonde, had Annabel tot nu toe geen reden gezien om het haar te vertellen. Ze hield niet van opschepperij. En als ze las over de heldendaden van anderen – mensen die Joodse onderduikers hadden gehad waren er volgens de kranten meer dan je zou denken, en half Duitsland had zich blijkbaar tegen het onrechtvaardige regime verzet – dan was wat Annabel voor Manni gedaan had in haar eigen ogen niet spectaculair. Ze dacht aan haar man, die elke dag levens redde en er nooit een woord over zei. Die bescheidenheid was tekenend voor hem en maakte hem als geneesheer-directeur zo geliefd. Ook zij bewonderde hem erom. Toch zou ze soms graag meer erkenning krijgen. Op zulke momenten troostte ze zich met de woorden die haar vader vaak in zijn preken opnam, hoewel ze uit de Talmoed afkomstig waren: 'Wie één mens redt, redt de hele wereld.'

Sinds ze getrouwd was, leek Annabel nog meer langs de zijlijn te staan. Als ze eerlijk was, bestond haar dagelijkse heldendaad erin om het haar man die paar uur dat hij thuis was zo veel mogelijk naar de zin te maken. Hij moest zich ongestoord kunnen ontspannen, en vooral zonder kinderlawaai. Daar kreeg hij de hele dag al genoeg van mee, om van zijn nachtdiensten nog maar te zwijgen.

'Schil alstublieft nog een appel voor Friedrich, juffrouw Gusti, hij heeft vitamines nodig,' instrueerde ze het dienstmeisje. 'En ga jij nou eindelijk eens goed op je stoel zitten.'

'Maar, mama, de kinderen.' Friedrich schuifelde op zijn kussen heen en weer, draaide zijn hoofd om, rekte zijn nek en tuurde onafgebroken naar buiten.

'Wat is er dan?' Annabel keek nu ook uit het raam, waar de ochtendzon door naar binnen scheen. Het beloofde een heerlijk warme zomerdag te worden. Een paar buurkinderen stoeiden op straat, roetsjten van een berg aarde en puin af die daar nog was blijven liggen van de rioolwerkzaamheden en allang opgeruimd had moeten zijn. Anderen tekenden met krijt een hinkelbaan op het wegdek. Al doende kwamen ze gevaarlijk dicht bij het kruispunt dat begon waar de tuin ophield. Annabel kon er gewoon niet naar kijken. Ze moest er niet aan denken dat een auto een van de kinderen schepte. Vlug sloeg ze een kruis. Eigenlijk moesten de oudere kinderen om deze tijd toch al op school zijn, de zomervakantie was nog lang niet begonnen. Toen bedacht ze dat ze misschien vrij hadden gekregen vanwege de hitte, en wie er dan op de leerlingen lette zou de leerkrachten een zorg zijn. Maar de meeste moeders werkten nu eenmaal. Daar had ook de terugkeer van de vaders uit krijgsgevangenschap niets aan veranderd. Vorige week nog waren er weer twee mannen uit Rusland in Starnberg gearriveerd. Acht jaar na de capitulatie! Heel wat onbestorven weduwen hadden allang een ander versierd, en deze of gene teruggekeerde krijgsgevangene zou ongetwijfeld stiekem een koekoeksjong in de maag gesplitst krijgen.

Friedrich klapte enthousiast in zijn handen en vuurde de kleine straatvechters vanaf de ontbijttafel aan. Het was aandoenlijk. Ze hield van haar zoon met elke vezel van haar wezen.

'Mag ik ook naar buiten?' vroeg hij met een ernstige uitdrukking op zijn ronde kindergezicht. Zijn blik zou een hart van steen kunnen vermurwen.

Ze onderdrukte een glimlach, smeerde een boterham voor hem en sneed die in hapklare stukjes. 'Eerst eten en je chocolademelk drinken, zodat je genoeg energie hebt om te spelen.

Daarna zien we verder.' Hij verdroeg alleen geitenmelk, die ze speciaal van de Brandstetterhoeve uit Leutstetten liet bezorgen. Soms, als Martin Brandstetter niet op de fiets maar met paard-en-wagen kwam, bracht hij zijn broer Manni mee, die altijd op de knol zat, nooit in de wagen, alsof hij persoonlijk het voertuig bestuurde. Ook Martin Brandstetter wist niet wat Annabel voor Manni had gedaan.

Tegenwoordig vond zijzelf geitenmelk ook lekkerder dan koemelk, vooral in koffie en thee. Het was lichter verteerbaar, merkte ze. En al was het drie keer zo duur, het was het haar waard.

Plotseling schoot haar te binnen dat Konstantins ouders hadden aangekondigd dit weekeinde te zullen komen. Annabel zag er als een berg tegen op, omdat ze haar altijd weer lieten voelen hoe dankbaar ze moest zijn dat ze in zo'n welgestelde familie was ingetrouwd. Bovendien zaten ze voortdurend te vitten op Friedrich, wiens gedrag volgens hen te wensen overliet. Maar er hielp geen lievemoederen aan, ze moest eraan geloven. Meteen na het ontbijt zou ze met juffrouw Gusti de boodschappenlijst voor het menu samenstellen, zodat ze op tijd bij Lindler kon bestellen. Goddank was er in Starnberg onlangs een filiaal geopend van de bekende Münchense delicatessenwinkel, zo kreeg ze de producten nog verser en sneller thuisbezorgd. Misschien moest ze de vloerkleden en stoelzittingen in het hele huis nog maar eens laten uitkloppen? Ook de gordijnen zagen er alweer stoffig uit.

Friedrich dronk zijn beker in één keer leeg, propte alle stukjes brood tegelijk in zijn mond en kauwde en slikte moeizaam. Toen sprong hij van zijn stoel en kwam voor haar staan. 'Klaar, mama, mag ik nu gaan?' Hij keek haar smekend aan. Op zijn bovenlip zat een chocoladesnor.

'Hoe vaak heb ik je al gezegd dat je pas mag opstaan wanneer je ouders ook klaar zijn met eten?'

Verbaasd keek Friedrich naar de lege stoel van zijn vader

aan het hoofd van de tafel. 'Maar papa is er helemaal niet.'

'Dat klopt helaas,' zei ze.

Goed dat Konstantin niet thuis was, hij zou dit gedrag niet tolereren. Maar moest een kind echt voortdurend gehoorzamen als een soldaat? Drillen en plicht kwamen nog vroeg genoeg. Als haar man met hen samen at, las hij meestal de krant of was in gedachten verzonken en bemoeide zich niet met zijn zoon. Annabel probeerde haar man toch al zo veel mogelijk af te schermen van de opvoeding en hem te ontlasten waar dat kon. Als Konstantin lag te rusten, verbood ze Friedrich door het huis te rennen en zorgde ervoor dat er geen speelgoed rondslingerde. En als haar man met haar alleen wilde zijn, dan moest juffrouw Gusti Friedrich meenemen naar de keuken en hem bezighouden. Terwijl het jongetje hunkerde naar aandacht van zijn vader. Gisteren nog was hij in tranen uitgebarsten toen hij zijn zelfgebouwde toren wilde laten zien en Konstantin gewoon niet keek. Haar man deed alles voor andere moeders en hun kinderen, waarom dan niet ook eens iets voor zijn eigen zoon?

'We kunnen vandaag even bij papa langsgaan, vind je dat leuk?' vroeg ze.

Friedrich knikte, maar voorlopig leek iets anders hem bezig te houden. Hij klom op de vensterbank en drukte zijn beboterde vingers tegen het pasgelapte raam.

'En je hebt ook je mond en je handen niet afgeveegd.'

Vlug ging hij met de mouw van zijn matrozenbloes over zijn gezicht. Hij draaide zich tegelijkertijd naar haar om en verloor zijn evenwicht. Annabel ving hem op. Opeens lagen ze allebei op de vloer, zij met Friedrich in haar armen. Ze drukte hem tegen zich aan, duwde haar neus in zijn haar, snoof de heerlijke geur op die nog altijd even sterk om hem heen hing als vlak na zijn geboorte. Ze kietelde hem, en hij giechelde en kriebelde met zijn vingers in haar nek om haar ook aan het lachen te maken. Zo rolden ze over het tapijt.

Ze besloot er samen met hem opuit te trekken; wat ze van plan was geweest voor deze ochtend kon wachten. Hij zou algauw naar school gaan, de tijd die ze samen hadden was beperkt. Via de huistelefoon belde ze juffrouw Gusti, die in de strijkkamer was, en vroeg haar haar zoon te fatsoeneren en zijn haar te borstelen. Zelf liep ze naar haar kleedkamer, waar ze een lichte zomerjurk met laag rugdecolleté aantrok, die ze met bandjes vastbond in haar nek. Daar de nieuwe sandalen met bastzool bij waar je zo in kon stappen. Een blik in de spiegel. Nee, veel te opgedirkt, ze wilde immers alleen een eindje met Friedrich wandelen en samen ravotten. Dus werd het de middenblauwe broek met driekwartlengte, die tegen een stootje kon, en een geelgestreepte mouwloze bloes. Tot slot nog haar zonnebril. Een stuk beter. Friedrich wachtte bij de deur in rubberlaarzen die hij zelfstandig had aangetrokken, alleen zat de linkerlaars aan zijn rechter- en de rechterlaars aan zijn linkervoet.

'Nu heb je eendenvoeten, schatje. Bovendien zijn die laarzen veel te warm. Kom, ik trek je je lage schoenen aan.' Ze ging op haar hurken zitten, wilde hem helpen, maar hij schopte de laarzen zelf al uit. Friedrich moest nodig nieuwe sandalen hebben, de oude waren hem al wat te klein. Löw in München had zijn assortiment uitgebreid met kwaliteitskinderschoenen, ze had de reclame in de krant gezien.

'Mag ik mijn onderhemd uittrekken?' vroeg hij met rode wangen nadat het karwei met de schoenveters was geklaard. Nog even en hij zou ze zelf kunnen strikken.

Ze voelde aan zijn voorhoofd en hals, hij zou toch geen koorts hebben? Maar het was waarschijnlijk gewoon oververhitting, besloot ze. Dus hielp ze hem uit zijn onderste kledinglaag en daarna weer in de matrozenbloes, waarvan de kraag al helemaal gekreukt was.

In de tuin liep Friedrich onmiddellijk naar het hek, ging op de dwarslat zitten en keek uit over de straat. Verdrietig kwam hij teruglopen. ‘Er is niemand meer!’ Het was waar, de buurtkinderen waren allemaal verdwenen.

‘Dan bouwen wij toch samen een kasteel.’

In het achterste gedeelte van de tuin had ze speciaal voor hem een zandbak laten plaatsen. Daar was het ’s ochtends zonnig, en ’s middags, als het heet werd, gaven de fruitbomen schaduw. Annabel veegde de houten rand schoon, ging zitten en groef met een schepje een kuil. Intussen holde Friedrich rond over het gras, stak zijn handen in het bassin van de fontein en spetterde het stenen beeld in het midden nat. Ze hoorde hem iets prevelen, waarschijnlijk was hij weer in gesprek met de faun, die half man, half geitenbok was. Met over elkaar geslagen bokkenpoten zat de bebaarde figuur achterovergeleund in het bassin en tuitte zijn lippen, alsof hij lak had aan iedereen. Friedrich probeerde hem na te doen, sprong rond als een jong geitje in de wei, en zijn tuitmondje was vertederend. Ze had haar zoon ter plekke willen knuffelen.

Het wonderlijke faunbeeld zou een creatie van Arnold Böcklin zijn, had haar man verteld toen ze bij hem was ingetrokken. De faunfontein was net als de andere kunstwerken in het huis bij de koop inbegrepen geweest toen hij de villa kocht. Ze waren destijds nog verloofd geweest. Haar vader, die samen met haar moeder was gekomen om de toekomstige woning van hun dochter in ogenschouw te nemen, had zich tijdens de wandeling door de tuin opgewonden over deze afbeelding van de duivel. Als hulppastoor vond hij het maar niks om het kwaad, zij het door middel van kunst, in het belachelijke te trekken, zoals hij het had uitgedrukt. Annabels moeder, boekhandelaar en liefhebster van kunstwerken uit de klassieke oudheid, had geprobeerd hem te sussen en uitgelegd dat de faun een mengwezen was, een natuurgod en beschermer van het bos. Maar over andere goden wilde haar vader al helemaal niets horen. Annabels toekomstige schoonvader had het gesprek geamuseerd gevolgd; voor hem was haar vader niet meer dan een grijs geworden misdienaar die zich opblies tot theoloog. En ook Konstantin liet zich door haar vaders argumenten niet van zijn stuk brengen. Hij was verknocht aan de fontein, misschien ook omdat de faun qua postuur op hem leek.

Konstantin was zeven centimeter korter dan Annabel, daarom droeg ze geen hoge hakken wanneer ze met hem uitging. Hij had lang onder zijn lichaamslengte van slechts één meter achtenzestig geleden. Tijdens zijn studie verdween hij tussen zijn medestudenten, of de professoren haalden hem er doelbewust uit en zetten hem vooraan, vooral op foto's. 'Ik had de clown kunnen uithangen om mijn verdriet met humor te compenseren, maar die rol was al bezet door een nog kleinere student, een jongen met dwerggroei en een bochel, die later voetchirurg is geworden,' had hij een keer verteld. Dus zette Konstantin in op intellectuele grootsheid, zoog kennis op als een spons en werd algauw uitgemaakt voor studiepik. Zij hield juist van dat fijngevoelige, maar ook van die gevatheid van hem. En zij was niet de enige die hem op handen droeg, dat wist ze zeker. Ondanks zijn lengte was Konstantin tot haar grote verdriet populair bij vrouwen, wat bij haar vaak tot jaloerse aanvallen leidde. Vlug zette ze de gedachte van zich af en richtte haar aandacht weer op de zandbak.

Waar was Friedrich? Ze stond op, ging op zoek en vond hem in tranen op de stenen trap voor het huis.

'Wat is er, heb je je pijn gedaan?'

Hij schudde zijn hoofd. Zijn schouders schokten van het snikken.

'Zullen we naar het meer gaan?' stelde ze voor terwijl ze haar armen om hem heen sloeg. 'Misschien zijn de kinderen daar wel naartoe gegaan.'

'Jaa.' Onmiddellijk vergat haar zoon zijn tranen. Hij pakte haar hand en trok haar mee de straat op.

De lucht was betrokken, zo te zien kwam er regen aan, maar nu was het nog broeierig warm. De frisse lucht bij het water zou hun vast goeddoen, en als het op onweer uitliep, waren ze binnen een paar minuten weer thuis.

Zodra ze de stationstunnel door waren, was Friedrich niet meer te houden. Hij rukte zich los uit haar greep en rende naar Magdalena Lerchentaler toe, die tot haar knieën in het water stond. Hij had een groot zwak voor haar. Ze zat al in de eerste klas en kwam af en toe bij Friedrich spelen. Haar vader werkte in de verffabriek aan de rand van de stad, en haar moeder had een kapperszaak. Ook al was Gabi's Schoonheidssalon op slechts een steenworp afstand van haar huis, Annabel hield het liever bij meneer Äpli, de reizende kapper, wanneer zij, Friedrich of haar man een knipbeurt nodig had. Al dat geroddel en bovendien de rookwalm, omdat je tegenwoordig blijkbaar zonder sigaret geen gesprek meer kon voeren, ervoer ze als een beproeving.

Ze volgde Friedrich, die aanstalten maakte om het water in te lopen naar Magdalena. 'Nee, nee! Dat is veel te gevaarlijk. Je kunt toch nog niet zwemmen!'

Hoog tijd om hem aan te melden voor zwemles. Dat kwam ook nog op de lijst van dingen die ze moest regelen voordat zijn eerste schooldag aanbrak. Magdalena waadde naar de oever. Ze was blootsvoets zoals alle kinderen uit de armere milieus en had een bont beschilderd houten speelgoedbootje bij zich met zeilen van stof. Annabel wilde iets aardigs tegen het meisje zeggen, het was tenslotte een vriendinnetje van Friedrich. 'Wat een enig bootje, heb je dat zelf gemaakt?'

'Naa, 't is vamme broeda,' zei het meisje in plat dialect, en ze wees naar een jongen die met andere kinderen een stuk verderop speelde, waar de jachthaven begon. Ze veegde het snot van onder haar neus weg en wiste haar hand af aan haar natte, verschoten jurk, waaraan een strook stof was genaaid die met een ander patroon bedrukt was, om hem te verlengen. 'Hij heb 'm mij gleind.'

'Hij heeft je wát?' Annabel keek haar met grote ogen aan. Hoewel ze al langer dan tien jaar in Starnberg woonde, vond ze het Beiers nog altijd moeilijk te verstaan. Vriendinnen of goede kennissen had ze hier in de omgeving niet, en bij het boodschappen doen en dat soort gelegenheden waren het altijd de anderen die hun best deden om zich voor haar verstaanbaar te maken.

'Naa, gleind. Ge-lei-eind,' herhaalde het kind geduldig, terwijl ze een nieuwe snottebel produceerde.

'O, juist. Wie is Gelein?' Voor zover ze wist, hadden de Lerchentalers maar twee kinderen.

'Mama!' kwam Friedrich zuchtend tussenbeide. 'Haar broer heeft haar het bootje ge-leend,' vertaalde hij alsof het volkomen logisch was, en tegen Magdalena zei hij: 'Denk je dat ik het aa van je broeda mag leinen?'

Ze knikte en gaf hem het touwtje.

'Mag ik ook met zonder schoenen net als Naaktalena?' vroeg hij Annabel, nu weer in zijn mooiste Hoogduits. Alleen met de voornaam van de kappersdochter had hij moeite.

'Doe maar niet. Magdalena is al verkouden, en jij wilt toch niet ziek worden juist wanneer opa en oma op bezoek komen? Bovendien verbrand je je voeten op die hete stenen.' Ze merkte zelf hoe tegenstrijdig het klonk. Het water in het meer was zeker twintig graden, en de meeste kinderen liepen op blote voeten. Maar Friedrich nam genoegen met haar uitleg, zolang hij maar met 'Naaktalena' mocht spelen. De twee dartelden al langs de oever en trokken het bootje onder luide juichkreten door het water.

'Voorzichtig,' waarschuwde Annabel, en ze wilde nog meer zeggen maar werd overstemd door een binnendaverende 'strandboemel', zoals de trein van München naar Starnberg rond deze tijd van het jaar werd genoemd. De zomergasten stroomden bij tientallen uit de wagons, alsof de ijsjes hier gratis waren. Ze had in de *Merkur* gelezen dat de Duitse Spoorwegen zelfs extra wagons aankoppelden, zodat de inwoners van de hoofdstad van Beieren gerieflijk af en aan konden reizen.

Friedrich, die anders hevig in treinen geïnteresseerd was, had alleen oog voor zijn vriendin. 'Waar is die voor?' vroeg hij Magdalena, wijzend op een sleutel die om haar hals hing. In verhouding tot haar spichtige lijfje leek het ding kolossaal, alsof het voor een onderaardse kerker bestemd was, en het sloeg bij elke beweging die ze maakte hard tegen haar borst.

'Die is om bij ons beine te koom,' verklaarde het meisje. 'Wil jij 'm effe droage?' En ze hing Friedrich de sleutel al om.

Annabel wilde er iets tegen inbrengen, maar haar zoon straalde alsof hij toegang tot een paleis had gekregen, dus liet ze hem maar. 'Lust jij een biscuitje, Magdalena?' Ze had er altijd wat bij zich in haar tas voor het geval dat Friedrich honger kreeg.

Het meisje knikte.

'Kom dan maar bij me zitten.'

Ook Friedrich klauterde naast haar op het bankje, en in een mum van tijd hadden de twee kinderen het hele pak koekjes leeggegeten. Ze sprongen van het bankje en speelden verder met de boot. Grijze wolken pakten zich samen, de lucht was om te snijden zo drukkend warm. Hopelijk duurde het nog even voor het ging onweren. Aan het andere eind van het langgerekte meer, boven de Alpen, was de hemel bijna zwart. Het Karwendelgebergte en het Wettersteingebergte lagen al tot aan de Zugspitze in de nevel. En ook de Benediktenwand, waar de enige bergwandeling naartoe had gevoerd die Annabel tot nu toe met een groepje parochianen had gemaakt. Ze was bijna bezweken van inspanning. Met pijn en moeite had ze het gehaald tot de Tutzingerhut, die onderaan de gigantische rotswand lag; toen was ze zo'n beetje omgevallen van uitputting en had in een kamer van de alpenvereniging liggen slapen terwijl haar wandelgezelschap de berg bedwong. Wat een krachttoer was dat geweest! Terwijl ze zichzelf nog wel als sportief had beschouwd, tenslotte bestond haar dagelijks leven sinds Friedrichs geboorte voornamelijk uit rondrennen en tikkertje en andere vermoeiende spelletjes spelen.

Het grootste stoomschip van de lijnvaartdienst over de Starnberger See, de Bayern, koerste in de richting van de aanlegsteiger. Ze had gehoord dat er zo'n driehonderd passagiers op het dek pasten, en voor een doordeweekse dag stond het behoorlijk vol. Op de steiger verdrongen zich nog meer plezierzoekers. De golven werden hoger en sloegen tegen de met beton verharde promenade. Muggen zwermden rond Annabels hoofd. Ze sloeg ze weg en probeerde haar zoon in het oog te krijgen, maar een groep reizigers die juist langsstroomde blokkeerde haar uitzicht. Ze bedacht dat ze vergeten was hem in te smeren met de kokosolie die de apotheker had aanbevolen. In zijn dunne bloesje en korte broek zou hij een makkelijk doelwit zijn voor die steekbeesten. Ze zocht in haar tas naar het flesje, stuitte op de laatste parochienieuwsbrief en las hem vluchtig door. Er stond een necrologie van Henriette Dahlmann in. Zij had schuin tegenover hen gewoond en indertijd, toen Annabel pas naar Starnberg was verhuisd, een poppenwinkel of een reparatiewerkplaats voor knuffelbeesten gehad. Teddyberen met een verband om hun kop en poppen zonder benen zaten zij aan zij achter het etalageraam, wat Annabel eerder naargeestig dan uitnodigend had gevonden. Henriette Dahlmanns zoon was getrouwd met Luise Brandstetter uit Leutstetten, wier broers dan weer haar geitenmelkleveranciers waren. Maar tot meer dan een groet 's zondags in de kerk, op straat of in een van de winkels in de buurt was het in al die jaren niet gekomen. Had juffrouw Gusti niet verteld dat de oude mevrouw Dahlmann thuis opgebaard had willen worden? Blijkbaar hechtten ze in die familie aan oude tradities. Er klonk luid getoeter, Annabel schrok op. Het stoomschip stond op het punt te vertrekken. Jachtig keek ze om zich heen waar Friedrich was. Daarnet had hij nog met Magdalena voor haar gezeten en een dam van kiezelstenen gebouwd. Bij de oever trok een zwaan zijn kringen, maar verder was er niemand meer.

BUITENLANDERSKAMP DICHT/officiële kennisgeving, Starnberger See en Würmtal, 20 juni 1953:

FELDAFING. 'Medio 1953 wordt het Amerikaanse buitenlanderskamp definitief opgeheven,' aldus kampleider Captain Smith. Bij de oprichting in 1948 werden hier ruim zesduizend buitenlanders gehuisvest, op 1 december 1952 woonden er nog 1.168 personen. Inmiddels is het op enkele mensen na ontruimd. Degenen die nu nog in kamp Feldafing verblijven en niet naar het buitenland vertrekken moeten worden ondergebracht in Duitse kampen, waarvan de reputatie de afgelopen maanden aanzienlijk verbeterd is. Over de kwestie wat er hierna met het terrein gaat gebeuren, deed hij nog geen uitspraken. In elk geval dient allereerst het herstel van de straten en gebouwen en met name de riolering gefinancierd te worden, ongeacht wie de huizen, waaronder enkele villa's, in de toekomst zal gaan bewonen.

Vreemd: nergens staat dat die 'buitenlanders' Joden en andere ontheemden zijn die de Duitse concentratiekampen hebben overleefd.
De voormalige concentratiekampgevangenen in het DP-Camp legden altijd een boterham onder hun kus-

sen voordat ze gingen slapen, of stopten er als eerste een in hun zak zodra ze de eetzaal binnenkwamen. Voor alle zekerheid, zodat ze nooit meer honger hoefden te lijden.

Voeding bij ondergewicht: min. 120 g. vet, 80 g. eiwit en 600 g. koolhydraten per dag. Beginnen met bedrust, alleen thee met vruchtensuiker, daarna kleine maaltijden tot zes keer per dag. In eerste instantie fruit en meelspijzen (pap), die de eetlust moeten opwekken (naar lievelingsgerecht vragen!). Vervolgens steeds wat meer eiwit erbij geven, en ten slotte licht verteerbare vetten zoals boter en room in prakjes met groente verstoppen. Aansluitend op vetrijkere voeding overgaan. Veel bakken, braden, paneren, roken en kruiden. Voor de hoofdmaaltijden een kom krachtige vleesbouillon. Vet vlees en kaas uitkiezen. Als nagerecht pudding en ijs met slagroom.
Let wel: spieropbouw is belangrijker dan vetaanzet!

Uit: Luises aantekeningenschrift

LUISE

De ochtend na de begrafenis hadden ze zich bijna verslapen. Hans zette de wekker uit en begon haar weer te strelen. Luise genoot van het innige moment met haar man alsof het zondag was, tot haar blik op de klok viel. 'Je moet opstaan, anders mis je de trein.' Ze ging overeind zitten.

'Ik kan me ook ziek melden.' Hans hield haar vast.

'Zo ken ik je niet. Je bent nog nooit een dag weggebleven van je werk.' Haar man werkte bij de telefoondienst van de Duitse Posterijen in München. Hij legde telefoonleidingen aan, voornamelijk voor overheidsinstanties maar ook steeds vaker bij particulieren. In München dan, want zover waren ze in Starnberg nog niet. Alleen een paar welgestelde families hadden hier een eigen toestel. En de Dahlmanns natuurlijk. De rest van de bevolking moest het met de handvol telefooncellen doen, waarin het bordje HOU HET KORT wees op de wachtenden die buiten stonden. Of men ging naar het postkantoor van Starnberg en telefoneerde in een van de nissen die daar geïnstalleerd waren.

'Ik geloof echt dat ik koorts heb, voel je dat niet?' Hij kon zijn handen niet van haar afhouden.

'Heet ben je in elk geval wel.' Ze nestelde zich weer tegen hem aan.

'Jij anders ook.' Haar borsten raakten zijn borst.

'Als dit zo doorgaat, plakken we nog aan elkaar vast. Wacht heel even, ik moet naar de wc.'

'Schiet op, ik moet ook.'

Ze liet haar blik zakken. 'Lukt dat, twee dingen tegelijk?'

'Alleen als ik op mijn handen sta.' Hij grinnikte.

Luise stapte uit bed, wilde even luchten en zocht vergeefs naar haar nachtpon. Dus ging ze half achter het gordijn staan, opende het slaapkamerraam en zoog de koele ochtendlucht in. Het rook nog steeds naar regen, hoewel de lucht opklaarde en de ochtendzon tevoorschijn kwam. Vanaf de eerste verdieping kon je bijna over de hele straat uitkijken, waar al van alles in beweging was. Verderop bij de Tutzinger Hofplatz tuften auto's en vrachtwagens over de Olympiastraße, die Hitler in 1936 vanaf München naar Garmisch-Partenkirchen had laten doortrekken. Daar moesten ook wat huizen voor wijken. Maar een van de bewoners weigerde, procedeerde en won. Verzet werkt, dacht Luise elke keer als ze dat huis passeerde. Gabi Lerchentaler trok de rolluiken voor haar kapperszaak op, en het dienstmeisje van de familie Von Thaler schuin aan de overkant schudde de veren dekbedden van haar werkgevers al uit. Knipser, de stadszwerfhond, drentelde over het trottoir tussen de mensen door die zich naar het station haastten, besnuffelde elke lantaarnpaal en blafte tegen de krantenjongen.

Alleen beneden in huis was het stil, en pas nu drong echt tot haar door dat ze 's ochtends en 's avonds nooit meer naar de begane grond hoefde om voor haar schoonmoeder te zorgen. Plotseling leek ook Henriettes stem in haar hoofd zich gedeisd te houden. Normaal gesproken was Luise op dit tijdstip allang aangekleed en had al haar taken razendsnel afgewerkt. Vandaag mocht ze voor het eerst sinds jaren de boel de boel laten; een heerlijke vrije dag lag voor haar. 'Nu kunnen we eindelijk wanneer we maar willen je-weet-wel doen, zonder rekening te houden met je moeder. Zij kan niet meer klagen over lawaai.'

'Klopt.' Hans rekte zich uit, draaide zich naar haar toe, bleef op zijn arm geleund liggen en keek naar haar terwijl ze naakt bij het raam stond. ‘Wat een schitterend uitzicht. Kun je alsjeblieft de hele dag zo blijven staan?’

‘Met of zonder sieraden?’ Ze was vergeten voordat ze ging slapen de oorbellen van haar moeder af te doen, die ze alleen bij bijzondere gelegenheden droeg.

‘Die mag je in houden, maar meer niet.’

Ze lachte. ‘Mafkees. Wat als er iemand aanbelt, bijvoorbeeld Biwi?’ Vaak als Luise thuisgekomen was uit Feldafing, kwam de postbode, Biwi Ebner, een paar plakken cake bij haar aan de keukentafel eten en uitblazen. Daar was hij dan hard aan toe, na de inspannende rit met zijn zwaarbeladen fiets bergop en bergaf over de Hanfelderstraße, die door heel Starnberg liep.

‘Met hem heb ik sowieso nog een appeltje te schillen. Van mij hoeft hij helemaal niet meer langs te komen nu jij hier de hele dag alleen bent zonder mij.’

‘Haha, je bent jaloers. Maak je niet ongerust, Biwi is verloofd met Sigrid, met wie ik vroeger op de huishoudschool heb gezeten.’

‘Dat zegt nog niets. Maar hé, wilde jij niet vóór mij naar de wc?’

Ze pakte schoon ondergoed uit de commode en legde ook voor Hans een stel neer. Toen ontdekte ze haar nachtpon, die verfrommeld onder het bed lag. Snel streek ze hem glad en verdween in de badkamer.

Twintig minuten later dampte de waterketel in de keuken. Luise streek op een over de tafel uitgespreide deken het dagelijkse schone overhemd voor Hans. Daarna smeerde ze een stapel boterhammen, stopte ze in het blikken trommeltje en joeg de eerste wesp van de dag naar buiten, die door het open keukenraam naar binnen was gevlogen. Toen de thee lang genoeg had getrokken, schonk ze de thermosfles vol en stopte alles in de aktetas die nu eenmaal bij Hans’ vaste werkuitrusting hoorde, ook al had hij naast proviand, een schone herenzakdoek en zijn portemonnee geen snippertje papier bij zich, laat staan een akte.

'Schiet op, je moet over drie minuten weg,' riep ze naar boven.

Eindelijk kwam Hans in onderhemd en op kousenvoeten aanlopen, terwijl hij een riem in de broek van zijn pak reeg. Hij geeuwde.

'Je thee staat klaar.'

Toen hij zich verder had aangekleed, hapte hij staande in zijn boterham met honing, nipte van de thee en keek Luise continu glunderend aan, alsof ze die nacht samen iets geweldigs tot stand hadden gebracht. Maar haar menstruatie was pas twee dagen geleden; zwanger kon ze de afgelopen nacht niet zijn geworden.

Hij drukte een kam in de pommade en streek zijn haar voor de spiegel naar achteren. 'Ik ga alleen als je me belooft dat we vanavond verdergaan waar we daarnet zijn opgehouden.'

Luise hielp hem in zijn overhemd terwijl hij haar over de rug streelde, zijn handen onder haar nachtpon liet glijden, aan het elastiek van haar onderbroek trok en het liet terugspringen.

'Zeg, heb je nog nagedacht over de winkel?' Luise greep haar kans, ze wist dat als Hans in zo'n stemming was, ze zo goed als alles van hem gedaan kon krijgen.

'Aan nadenken ben ik vannacht niet toegekomen, dat moet jij toch weten.'

'Nou, ik heb het allemaal nog eens op een rijtje gezet en vind dat we het moeten proberen.'

'Proberen, dat klinkt als... als... Zo'n winkel is geen recept waarbij het niet zo erg is als het mislukt. Het geld is dan foetsie, Luise, dat heb ik je toch al uitgelegd.' Ze had altijd de smoor in wanneer hij met zulke vergelijkingen aankwam, alsof alles over koken moest gaan omdat zij het anders niet zou begrijpen. 'We moeten eerst maar eens afwachten wat de begrafenis kost. En waarom eigenlijk een winkel, wat trekt je daar zo in aan?'

Goede vraag, maar hoe moest ze een droom zo gauw onder woorden brengen? 'Ik merk dat ik...'

Maar hij liet haar niet uitpraten. 'Wil je je echt meteen weer zoveel werk op de hals halen?'

Ze was even stil. Haar eigen geld verdienen en onafhankelijk zijn, hoe kleinschalig ook, betekende veel voor haar. Om niet voortdurend bij haar man om zakcenten te hoeven bedelen, zou ze een nieuwe baan moeten zoeken. Ze kon beginnen in het Moorhäusl, een café in Leutstetten, of gaan werken als kokkin in een van de officiersmesses van de Amerikanen, als die tenminste ook niet gauw opgedoekt zouden worden. Hans moest haar er hoe dan ook toestemming voor geven. Waarschijnlijk zag hij haar liever bedienen in het Moorhäusl. Dat ze voor de bezetters werkte was hem altijd een doorn in het oog geweest. Maar toen ze elkaar leerden kennen, had zij die baan in het Camp al gehad en kon hij er niets tegen inbrengen.

'Zodra we kinderen hebben, ben je daar sowieso dag in, dag uit mee bezig,' voegde hij eraan toe.

'Wat heeft dat ermee te maken? Kinderen en een winkel sluiten elkaar heus niet uit.' Als het aan hem lag, moest ze thuisblijven en snel zwanger worden. Hij benadrukte altijd dat zijn salaris genoeg was voor hen beiden en, zodra hij zich als ambtenaar liet aanstellen, ook voor gezinsuitbreiding. Op slag verdween Luises goede humeur. Ze voelde zich onder druk gezet. Natuurlijk wilde ze kinderen, ze hoopte elke maand opnieuw dat ze zwanger zou zijn, maar na de miskraam van drie jaar geleden was ze er ook bang voor.

'Wil je soms hoogzwanger achter de toonbank staan en klanten bedienen?'

'Ik ben nog niet zwanger. En wie weet of ik het ooit weer word.' Ze was bijna in tranen.

'Het spijt me, Luisetje, zo bedoelde ik het niet. We hebben nog genoeg tijd voor mijn eigen voetbalelftal.' Hij nam haar in zijn armen. 'Je kunt in elk geval weer zwanger worden, dat heeft Von Thaler ons verzekerd. Hoewel ik jou niet meer door hem laat behandelen, dat zweer ik je, al moet ik eigenhandig een vroedvrouw hierheen sleuren. Dus ontspan je nou maar en geniet van je eerste vrije dag.' Hij drukte een kusje op haar mond dat naar honing smaakte en had plotseling grote haast. 'Verdorie, ik heb nog sigaretten nodig, hopelijk heeft de tabakswinkel bij het station een ladinkje Gauloises binnengekregen.'

Toen hij weg was, ging ze in haar nachtpon in de keuken zitten, zette koffie en dacht na. Hans meende het goed met haar, maar zij wilde meer dan alleen echtgenote, huisvrouw en – als God het wilde – binnenkort ook moeder zijn. Ze had iets voor zichzelf nodig, een taak die haar uitdaagde. Hoewel ze wist dat ze bofte en meer bezat dan ze als boerendochter ooit had gedroomd. Ze dacht terug aan haar eerste gesprek met Captain Smith, het hoofd van DP-Camp Feldafing, die dankzij zijn Neurenbergse voorouders uitstekend Duits sprak. Nadat hij haar werk als kokkin had toegezegd, had hij haar rondgeleid over het reusachtige terrein. Naast de barakken en tenten, waarin een bioscoop en zelfs onderzoekslaboratoria gevestigd waren, stonden meerdere verdiepingen tellende villa's, omgeven door parkachtige beplanting. Daartussen regen blokhuisjes zich aaneen, de voormalige verdedigingswerken van de nationaalsocialisten, waarin zich nu de kantoren, een ziekenboeg en ook de keuken bevonden. Aan het begin van de oorlog hadden concentratiekampgevangenen dit allemaal gebouwd voor de Rijksschool van de NSDAP, vertelde hij, waar de zonen van de nazi-elite werden onderwezen. Na de capitulatie namen de Amerikanen het uitgestrekte terrein in beslag voor de door het Hitler-regime vervolgden en de overlevenden.

Wat een ironische speling van het lot, dacht Luise, en Captain Smith bevestigde dat.

Hij vroeg: 'Wat denkt u dat het belangrijkste is voor deze mensen, nadat ze het hebben overleefd?'

'Goed eten en een zacht bed,' antwoordde ze. En hun familie terugzien, wilde ze eraan toevoegen, maar dat slikte ze nog net op tijd in. Ze wist inmiddels dat de meesten niet alleen hun thuis, maar ook hun familieleden hadden verloren. Ze zou hen er met ziekenkost bovenop helpen, geschikte recepten voor hen uitdokteren. Op die manier hoopte ze haar steentje bij te dragen aan de redding van de vervolgden. Als Duitse voelde ze zich medeschuldig aan dit grote onrecht.

'Ja, voor het benodigde speciale menu hebben we u ingehuurd. Maar de overlevenden hebben meer nodig. Bovenal moeten ze hun identiteit terugkrijgen. Ze zijn jarenlang alleen maar nummers geweest, die ze zelfs op hun arm getatoeëerd kregen. Dus belooft u mij dat u de mensen altijd aanspreekt met hun naam, dat is belangrijk, en als u een naam even niet weet of vergeten bent, vraag er dan naar.'

Ze hield zich er gewetensvol aan. De eerste week tolde haar hoofd van alle vreemde namen, die moeilijk te onthouden en vaak nog moeilijker uit te spreken waren. Thuis, tijdens het werken in de stal, bedden opmaken of ramen zemen, oefende ze en prevelde de rijen namen keer op keer voor zich uit. 'Meneer Arosemena, mevrouw Miranda, juffrouw Dormuz, nee, Darmuz, en dan het echtpaar Izaba, of is het Azobi?' Daarna meneer Kuadra, die pas een week eerder was aangekomen, en de blinde meneer Liebermann. Algauw raakte ze met de ontheemden in gesprek, luisterde naar hun verhalen, hoorde over Joodse gebruiken, leerde zelfs koosjer koken. Veel van hun lotgevallen raakten haar diep. Zoals van Elina, bij wie op de arm een uitzonderlijk grote hoofdletter A met daarachter het nummer was getatoeëerd. Felblauw, in kromme cijfers die zich uitstrekten van haar elleboog tot haar pols. Het duurde een tijdje voordat Luise besefte dat Elina als kind naar Auschwitz was gekomen en de tatoeage met haar was meegegroeid. Toen ze in het Camp arriveerde, had de jonge vrouw nog maar achtentwintig kilo gewogen. Ze was nauwelijks weer een beetje op de been, of ze kwam al in de keuken helpen. Ze moest iets te doen hebben, zei ze, anders werd ze gek.

Tijdens de oorlog hadden ook Luise en haar broers vaak een knorrende maag gehad, waardoor ze moeilijk in slaap konden komen. Vooral toen eerst de varkens en daarna ook de laatste koe uit de stal werden weggehaald. Maar ze verbouwden altijd nog aardappelen, die ze inkuilden voor de winter. Ze dronken beukennootjeskoffie en maakten sla van weide- en paardenbloemen en brandnetels, zoals kinderen doen die keukentje spelen. Alleen moesten ze het nu allemaal echt opeten en niet alleen maar doen alsof. Soms stelde Luise zich er de gerechten bij voor die ze zou klaarmaken zodra het vrede was en alles weer te koop zou zijn. In die periode had ze besloten kokkin te worden, zodat ze altijd in staat zou zijn van weinig iets lekkers op tafel te toveren.

Maar pas van Elina hoorde ze wat het betekende om niet weinig, maar helemaal niets meer te eten te hebben. 'Dan ben jij het niet die honger heeft, maar neemt de honger bezit van jou en begint je van binnenuit op te vreten.' Nadat ze verleden jaar een visum voor New York had gekregen, vertrok Elina. Ze wilde actrice worden. 'Ik versta de kunst om te doen alsof en in andere rollen te stappen,' zei ze bij het afscheid, toen Luise nog één keer haar lievelingstoetje, Flódni, had gebakken: een appel-maanzaad-walnotencake volgens een Hongaars-Joods recept. Net als Elina gingen bijna alle ontheemden weg uit Duitsland zodra ze een ander land hadden gevonden dat hen opnam. De meest 'Feldafingers' kwamen uit Oost-Europa, maar op de grens tussen oost en west was het IJzeren Gordijn neergelaten. Dus was hun niets anders overgebleven dan het tergend lange wachten op een visum voor Israël of Amerika, en toen ze dat ten slotte kregen, betekende dat geleidelijk aan het einde van het Camp. In het begin had Luise samen met anderen gekookt voor duizenden mensen en met de artsen een zorgvuldig dieetplan uitgestippeld om de overlevenden van de hongerdood te redden. Daarna, toen de meesten min of meer hersteld waren, hielp ze bij het uitdelen van het eten en schepte soep in honderden metalen kommen. Er kwam gaandeweg steeds minder personeel. Ten slotte was van alle kokkinnen alleen zij nog over, en afgelopen maandagochtend, toen ze eigenlijk rouwverlof wilde komen vragen, kreeg ook zij ontslag. De Amerikanen vertrokken en hieven het kamp definitief op. Terwijl ze zich tot voor kort nog elke dag het vuur uit de sloffen liep, thuis of in het Camp, had Luise nu opeens niets meer te doen.

Wat als Hans niet meeging in haar winkelplannen en ze ook geen ander werk vond? Of als hij haar helemaal geen toestemming gaf? Ze dacht aan haar vader, die haar altijd had aangemoedigd om zo nodig tegen de stroom in te gaan. Als kind zou Luise maar al te graag naar de Jungmädelbund en later naar de BDM zijn gegaan, en Martin naar het Jungvolk en later de Hitler-jugend. Maar hoe hard ze ook smeekten, het mocht niet van hun vader. Als een van hun schoolmaatjes hen wilde ophalen om naar een bijeenkomst te gaan, gaf hij hun een hoop werk te doen in de stal of op het veld. En ze hadden er zo graag bij gehoord, meegelopen in de in hun ogen vlotte uniformkleding en samen met de anderen muziek gemaakt. Luise speelde accordeon en Martin trompet. Ze hadden het doodsaai gevonden om alleen maar kerkliederen te begeleiden of met Kerstmis thuis wat Tiroler volksmuziek te spelen. Ze wilden met het Jungvolk meemarcheren naar de Rijkspartijdag in Neurenberg. Maar hun anders zo milde en ruimdenkende vader hield in dit geval voet bij stuk.

Zelf was hij afgekeurd voor militaire dienst vanwege zijn zwakke hart, dat had de lijfarts van de kroonprins officieel schriftelijk bevestigd. Maar kort voor het einde van de oorlog werd Kaspar Brandstetter toch nog gemobiliseerd en moest Martin als twintigjarige gaan vechten voor de Volkssturm. De kroonprins konden ze niet meer om hulp vragen, die leefde toen al in ballingschap. Een paar weken later ontving Luise, die intussen alleen met Manni op de boerderij woonde, een overlijdensbericht per post. Kaspar Brandstetter was in Lapland gesneuveld en al op een militaire begraafplaats in Rovaniemi begraven, deelden de kille briefregels mee. Luise had in haar schoolatlas moeten opzoeken waar Rovaniemi lag. Met een liniaal en met behulp van de schaal rekende ze uit dat deze plaats, de hoofdstad van Lapland, op drieduizend kilometer afstand van Leutstetten lag. Tot dan toe was haar vader zelden het dorp uit geweest, en na de dood van haar moeder zo goed als nooit meer. Als iemand iets van hem wilde, moest hij maar langskomen of een briefkaart schrijven, zei hij. Zijn enige buitenlandse reis was een dagtocht naar Salzburg geweest. Als vormeling had hij per se de beroemde Salzburger Nockerln willen proeven, ofwel Oostenrijkse jamsoufflés. 'Dat was eens en nooit weer, ze smaken afschuwelijk,' luidde zijn conclusie. Sindsdien kon niemand hem meer overhalen tot een reis. 'Waarom zou ik weggaan? Hier in het district heb ik het het beste naar mijn zin. Als ik rust aan mijn hoofd wil, ga ik naar de stal. Mochten de koeien me nog te veel herrie maken, dan ga ik in de Würm zitten en laat me tot aan de stuwdam drijven. En als ik helemaal alleen wil zijn, spring ik in het meer en blijf in het water dobberen tot mijn oren ruisen. Bij ons hebben we toch zeker van de hele wereld een stukje, dat is voor mij genoeg.' Maar Hitler dwong hem te vertrekken om vlak voor de Noordpool op mensen te schieten die niets hadden misdaan.

Zelfs nu, acht jaar later, kon Luise zijn dood niet bevatten. En toen ontmoette ze de eerste concentratiekampgevangenen op hun dodenmars door het Würmtal. In 1945, toen de SS alle kampen had ontbonden. Het was op haar achttiende verjaardag geweest, de reden dat ze iets speciaals had klaargemaakt. Ze zette juist de gelatinepudding op de vensterbank om hem te laten afkoelen en hoopte dat ook Martin in de loop van de dag zou komen. Toen zag ze knokige handen naar de puddingschaal grijpen. Schoten knalden, vlug trok ze haar hoofd in en bleef ineengedoken tegen de muur zitten omdat ze dacht dat de Russen eraan kwamen. Toen ze weer durfde opstaan, was de colonne al verder getrokken en de glazen schaal met inhoud en al te pletter gevallen. Dus dat betekende het om een *kazetnik* te zijn, zoals de voormalige Joodse gevangenen in het Camp zichzelf noemden. Maanden later las ze in de krant over de bevrijding van concentratiekamp Dachau. Kort daarna solliciteerde ze naar de baan in Feldafing en was blij dat ze geen BDM-lid was geweest. Dank je wel, papa! Ter nagedachtenis aan hem had ze haar eerste kind Kaspar genoemd. Hij was amper groter dan een hand geweest en lag in een stalen instrumentenschaal naast haar ziekenhuisbed, alsof hij geen betere wieg verdiende. Ze had hem nooit vastgehouden of tegen zich aan gedrukt om hem met haar eigen lichaam warm te houden. Ze was te zwak geweest om haar armen uit te strekken en hem op te pakken, lag alleen maar naar hem te kijken en kon dat tegelijkertijd nauwelijks verdragen. Urenlang, tot een verpleegster hem weghaalde. Ze hadden hem niet eens mogen begraven; hij was immers niet gedoopt. Er werd hun verteld dat hij bij een andere dode in de kist was gelegd.

Toen Luise weer een beetje op de been was, zocht ze de Leutstettense begraafplaats af naar verse graven. Ze liep om het kerkje van Sint-Alto heen, maar er was al weken niemand meer bijgezet, en ook de pastoor wist van niets. Zo bleef ze alleen met haar verdriet. Soms stelde ze zich voor dat Kaspar op een zaadpluisje van een paardenbloem was meegevlogen. Misschien was hij net als zijn opa door de wind de wereld in geslingerd, verder dan je met een liniaal in een atlas kon meten.

Sindsdien vroeg ze zich af hoe ze ooit die volle negen maanden moest doorkomen zonder dag in, dag uit bang te zijn, omdat ze die eerste keer maar krap zeven maanden had gehaald. Nee, ze kon en mocht niet meer zwanger worden, en toch hunkerde ze naar een leven met kinderen, een huis waar volop gelachen en gespeeld werd. Snel probeerde ze de vreselijke herinnering weg te drukken. Ze nam een slok koffie, at de aangebeten boterham met honing op, smeerde er nog een en schudde de kruimels van haar nachtpon. Zij die in nachtkleding zat te ontbijten. Dat had ze voor het laatst als klein meisje gedaan, en dan alleen wanneer ze ziek was. Dan maakte haar moeder Schifferl, met leverworst besmeerde pretzelschijven. Gewoonlijk hielp Luise net als de rest van het gezin nog voor ze naar school vertrok met melken, zodat er daarna niemand naast haar wilde zitten. Behalve Christa Rattelmeier, die van een varkensmesterij kwam, haar maakte de koeienstalgeur niets uit.

Pas toen ze op de huishoudvakschool zat, kwam het goed; ze schrobde zich elke ochtend na het stalwerk af boven een teil water voordat ze van huis ging. Nog wat later bouwde Martin ten slotte een douche in onder de trap. Sinds ze getrouwd was, rook Luise maar één keer in de twee weken naar boerderij, namelijk op de dag dat ze Martin hielp met Manni. Dan zette ze haar jongste broer onder de douche en deed ook nog de was. Ze was blij dat Martin geen koeien meer had. De warme geur van schapenwol was zelfs prettig, en ook de geiten stonken niet. Alleen wanneer ze Barti krauwde, de geitenbok – en hij drong zich nogal eens op – bleef er een penetrante lucht om haar heen hangen en in al haar poriën zitten, daar kon zelfs veel parfum niet tegenop.

Zou ze nog even in bed kruipen? Ze hadden afgelopen nacht zo gezweet dat ze eigenlijk de lakens zou moeten verschonen. Luise voelde aan een van haar oorbellen. Ze kon naar Leutstetten rijden, op de boerderij was altijd wel wat te doen. Nee, besloot ze, haar broers konden het prima alleen rooien. Dan bleef de vuile afwas nog over, die zich in de keuken hoog opstapelde. Maar ook dat kon wachten. Ze bladerde door de krant, die Hans vandaag niet eens had opengeslagen, en las vluchtig de koppen van de *Land- und Seebote.*

DUITSLAND – SLEUTEL TOT VREDE. Het ging om de viermogendhedenbespreking met de Sovjet-Unie, waarin het gedeelde Duitsland een belangrijke rol speelde. Verder was er een kort ingevoegd bericht over de executie van tweeëntwintig Sovjetsoldaten die tijdens de volksopstand in Berlijn op 17 juni 1953 hadden geweigerd op Duitsers te schieten. Wat verschrikkelijk. Ze hadden hun moed met hun leven moeten bekopen. Maar stel dat degenen die de tweeëntwintig soldaten terecht moesten stellen ook geweigerd hadden om op hun landgenoten te schieten, dacht Luise bij zichzelf, dan waren zij net zo goed veroordeeld, en ga zo maar door. Helemaal onderaan de pagina stond dat in Münster, Westfalen, een troep kapucijnaapjes uit de dierentuin was ontsnapt en het verkeer tijdens het spitsuur had lamgelegd. Compleet onbevangen dolden ze rond, achtervolgden elkaar, sprongen over de voertuigen heen, en ze trokken een menigte toeschouwers aan, tot een speciale politie-eenheid ze met de hulp van voorbijgangers had gevangen. De leideraap, die als enige in het dierenverblijf was gebleven, toonde geen begrip voor de uitbraak van zijn soortgenoten en gaf de teruggekeerde aapjes links en rechts oorvijgen. Luise stelde zich het verbitterde mannetje voor, dat waarschijnlijk niet over de muur van het apenverblijf had kunnen klauteren en vervolgens de andere dieren hun plezier misgunde. Kwam haar buurvrouw, Annabel von Thaler, niet uit Münster? Ze was helemaal niet op de begrafenis geweest, bedacht Luise zich nu, hoewel ze schuin tegenover hen woonde en een trouw kerkgangster was. Luise vond het zoontje van de Von Thalers, Friedrich, een leuk kind, en hij kwam vaak even bij haar buurten. Soms bakte ze kleine reuzelnoedels voor hem, alsof ze voor een kinderwinkeltje bedoeld waren, en gaf ze in een papieren zak aan hem mee. Een kinderhoekje, dat moest ze beslist ook in haar winkel hebben. En ze kon trouwens ook cake bakken om in de winkel te verkopen. Van de gedachte alleen al dat ze op een dag echt in haar eigen winkel zou staan werd ze blij. Ze kon haar ideeën beter meteen opschrijven, zodat er ruimte ontstond voor nieuwe invallen. Ergens moest ze nog een leeg schoolschrift hebben liggen. In een lade ontdekte ze wat schriften, maar allemaal met een paar beschreven bladzijden. Het eerste was zelfs nog van de huishoudschool. Ze had er in schoonschrift de eerste paragrafen van de Duitse Warenwet in overgeschreven, die uit de doeken deden wat levensmiddelen precies waren en dat ook tabak daarbij hoorde. Hans volgde dus een heel gezond dieet. Eronder stond het verschil tussen saus en mayonaise, die haar kookleraar, meneer Dasch, om onverklaarbare redenen 'mayonès' had genoemd en ook zo op het schoolbord had geschreven. Ook het recept voor een roux vond ze hier terug, die inderdaad de basis voor veel gerechten was. De roux had Luise inmiddels allang in de vingers, zodat ze er niet meer over nadacht wanneer ze begon met koken. Ze draaide de bladzijde om en schreef alles op wat ze in gedachten had. Daarna omcirkelde ze de belangrijkste punten. Ja, dat zag er al uit als een plan. Een concreet plan voor haar droomwinkel. Nu moest ze alleen Hans nog overtuigen, zodat die droom ook werkelijkheid werd. Ze kon alvast beginnen Henriettes spullen uit te zoeken, de poppen moesten in elk geval weg. Maar waarheen? Plotseling wist ze iets beters. Ze had al een hele tijd zin gehad om in de tuin in de zon te liggen, en dat ging ze nu doen. Mits ze de ligstoel vond, die ergens in de oude werkplaats moest zijn. Toen ze even later voor de slaapkamerspiegel stond, vond ze zichzelf op haar armen na erg bleek, maar daar zou verandering in komen. Ze trok het dure badpak aan dat ze zichzelf al in het voorjaar had gegund. Rood gestippeld, in de nek met koordjes vast te binden en van voren gerimpeld zodat haar buik en taille slanker leken. Ze draaide haar haar in een rol en stak het op, zodat ook haar nek en rug bruin konden worden. Omdat ze de stoffige schuur nog in moest, trok ze een rok over haar badpak aan. Nu leek het een elegant mouwloos truitje. In de oude werkplaats aangekomen, zette ze eerst de Triumph buiten, daarna de zaagbokken en een paar autobanden die Hans hier om onbegrijpelijke redenen bewaarde. De banden waren vettig, en haar rok was algauw besmeurd. Die ligstoel kon toch niet weg zijn. Ze haalde een zaklantaarn en werkte zich langzaam door de schuur heen naar achteren. Wat stond hier een hoop rommel! Gereedschapsbakken en een grote verstofte machine, die wie weet waarvoor diende. Overal kisten en dozen, die ze aan de kant schoof. Op sommige stond JOHANN, op andere HANSI, daarin zat het kinderspeelgoed van haar man – de houten treinbaan en zijn modelvliegtuigen. Op drie opvallend grote dozen stond in Henriettes vooroorlogse handschrift PZ-ZAKELIJK. PZ voor poppenziekenhuis. Het waren de knutsel- en reparatiespullen. Algauw zat Luises haar vol spinnenwebben. Ze schoof alles opzij, stapelde het zaakje opnieuw op, bouwde zich in en moest toen over de hele boel heen klimmen om eruit te komen. Tegen één muur stonden voornamelijk planken, waarop met potlood gemaakte schetsen van meubels zichtbaar waren. Een schrijnwerker gebruikt geen papier voor zijn ontwerpen, had Hans haar uitgelegd. Hij tekent op de juiste maat op hout. Luise trok ook deze planken naar voren en scheen er met de zaklamp achter.

Ten slotte verschoof ze zelfs een zwaar dressoir, een soort buffetkast eigenlijk, het bovengedeelte was verder naar achteren geplaatst. Boogvormige glazen deurtjes, verborgen compartimenten. In het onderste gedeelte zaten schuifladen. Achttien, telde Luise. De kast was mooi versierd met in het hout gedraaide banden en kunstig uitgesneden bladeren waartussen dierenkoppen verstopt zaten. Een met een lange snuit, een andere met hangoren. Was dit het meesterstuk van haar schoonvader? Maar waarom stond het hier dan te verstoffen in de werkplaats, waarom had Henriette het niet in de mooie kamer gezet net als de zuilvitrine, die ook van Johann Dahlmanns hand was? Misschien was de kast een laatste opdracht geweest waaraan hij tot zijn dood had gewerkt en had de klant in kwestie het meubel niet opgehaald. Of was dit de mysterieuze kast waarin Henriette het rummikubspel had gevonden, als je Gretel Breisamers verwarde verhaal mocht geloven? Een grote doos met 24 erop geschreven kieperde om toen Luise een van de laden open wilde trekken; het scheelde weinig, of hij was op haar voet terechtgekomen. Uit de ingedeukte zijkant puilden lametten. Henriettes kerstversiering. Luise propte de dunne, met zilverdraad omwikkelde metalen stroken terug in de doos en duwde de kartonnen dekselhelften weer tegen elkaar. Ze zwaaide haar zaklamp in het rond. Waar was die verrekte ligstoel? Ze wilde het net opgeven en de kast weer tegen de muur schuiven, en toen zag ze het. Daarachter op de vloer lag iets. Met behulp van een bekraste ijshockeystick hengelde ze ernaar en haalde het voorzichtig naar zich toe. Er kwam een klein, ietwat gehavend fotoalbum tevoorschijn dat bedekt was met een dikke laag stof. Ze veegde het weg met haar rok, die moest toch straks de was in, en liep ermee naar buiten, waar ze op het bankje tegen de huismuur ging zitten. Hopelijk werd het vandaag nog wat met het zonnebaden. De lucht begon juist te betrekken. Luise bladerde door het album. De pagina's waren hier en daar ingescheurd, de donkergroene leren kaft was bekrast, en tot haar teleurstelling constateerde ze dat het leeg was. Iemand had alle foto's eruit gehaald, alleen de fotohoekjes kleefden nog aan het papier. Waarschijnlijk had het toch al weggegooid moeten worden en was het in plaats daarvan achter de kast terechtgekomen. De bladzijden werden met een rafelig koord bij elkaar gehouden. Er zat iets in de kneep geklemd. Voorzichtig trok ze uit de gleuf tussen de rug en het achterplat een kleine zwart-witfoto met kartelrand. Luise herkende er haar schoonouders op, die met anderen rond een tuintafel zaten en hun glazen hieven. Op de achtergrond was de fontein met het faunbeeld te zien. De foto moest dus hiertegenover bij de familie Von Thaler genomen zijn. Ze draaide het kiekje om. *Noahs par nitza, 1937*, of misschien was het eerder *bon mivma* wat er in vlekkerige potloodletters op de achterkant stond. Waar ging dat nou over?

'Tjongejonge, mevrouw Dahlmann, wat ziet u er kek uit. Als een Italiaanse. Goed dat we u hier vinden, kunt u ons binnenlaten?' Herta Knödler stond samen met Gretel Breisamer en Irmi Hinterstoißer voor het tuinhek. De drie omklemden de houten latten alsof ze zich vastklampten aan reddingsboeien op het meer. De kleine Irmi met de sterke gezichtsbeharing die zelfs haar kin sierde kon nauwelijks over de bovenste dwarslat heen kijken en rekte haar hals met de strak onder de kin vastgeknoopte hoofddoek zo ver mogelijk uit. Ze deed Luise aan Gloria denken, Martins beste melkgeit, die ook niets ontging en die zich desnoods met haar hoorns een weg stootte als iets haar uitzicht belemmerde.

'Goedemorgen dames.' Ze legde het album vlug weg en deed voor hen open. Wat kwamen ze doen?

Gretel had nog altijd haar breedgerande rouwhoed op, waaraan de inmiddels verdorde goudsbloemen bungelden. Alle drie droegen ze weer hun bont bedrukte mouwloze jasschorten, waaruit hun gebruinde bovenarmen staken. Zij hadden in elk geval al wat zon gekregen, dacht Luise.

Herta drong zich met haar stok langs Luise heen en liet zich kreunend op het bankje vallen. 'Hèhè, ik zit.'

Irmi wierp een spiedende blik in de open werkplaats. 'Wat een mooie tegels, echt Beiers, en dan met die prachtige rand. Jeetje, onze Henni heeft niet beknibbeld op de werkplek van haar man.' Het was waar, de vloertegels waren echt bijzonder.

Grote witte, in de hoeken kleine blauwe, en daaromheen een band van gele en donkerbruine tegels. Zoiets zou ze in de winkel ook wel willen hebben, dat moest ze straks meteen opschrijven.

'Bent u nu alweer aan het opruimen?' vroeg Irmi. 'Sapperloot, u werkt ook altijd maar door.'

'Ik was eigenlijk alleen op zoek naar een ligstoel.' Opeens besefte ze wat de drie vrouwen één dag na de begrafenis alweer hierheen bracht. De huisvrouwenchocolaatjes. Maar ook al zou ze die hebben gevonden, dan waren ze na al die jaren vast oneetbaar geweest. En waarom zou iemand snoep bewaren in een timmerwerkplaats?

Gretel schuifelde ook op het bankje af en zette haar zware tas neer, precies op het album. Luise had het willen oppakken, maar het was te laat. 'Een nette begrafenis was het, mevrouw Dahlmann. Ze lag mooi opgebaard, en de wake was ook dik in orde. En wat hebt u veel moeite gedaan, met die taart en goeie koffie. Heerlijk. Iedereen zei het, echt iedereen.' Ze wachtte tot de twee anderen instemden. Intussen steunde ze op de rugleuning van de bank, omdat de tas en de brede Herta, die ook nog haar benen spreidde in het nauwe jasschort, het hele zitgedeelte in beslag namen. 'Henni zal u vanuit het hiernamaals eeuwig dankbaar zijn.'

'Fijn om te horen. Kan ik jullie iets aanbieden?' Eigenlijk had Luise geen zin om nu alweer voor gastvrouw te spelen, maar ze wilde niet onbeleefd zijn.

'Nee, dank je, we gaan zo meteen weer,' zei Irmi terwijl ze naar de andere twee toe slofte. 'Geef het haar nou maar, Gretel, je ziet toch dat mevrouw Dahlmann het druk heeft. En ik heb Bazi gisteren lang genoeg alleen gelaten.' Bazi was haar grasparkiet.

'Denk je soms dat jij de enige bent die haast heeft? Ik moet nog naar de slager, zodat Helmut vóór twaalven zijn kalfsworst op zijn bord heeft, anders is hij de hele dag weer niet te genieten.' In tegenstelling tot Herta, die oorlogsweduwe was, had Gretel haar man nog. Irmi was ongetrouwd en sliep alleen in haar grote Franse bed, dat ze, volgens Luises schoonmoeder, ooit speciaal had aangeschaft om een vrijer in de wacht te slepen.

Gretel Breisamer bukte en tilde geholpen door Herta een langwerpige kartonnen doos uit de boodschappentas met houten handgrepen. 'Kijk eens, mevrouw Dahlmann, dit moesten we van Henni aan u geven.'

'Een cadeau voor mij?' Luise vreesde het ergste maar dwong zichzelf te glimlachen, pakte de doos aan en schudde hem een beetje. Een zacht geritsel. Nee toch, niet nog zo'n enge pop!

De drie vrouwen keken haar glunderend aan.

'Eerder een erfenis dan een cadeau, maar noem het zoals u wilt.' Herta stond op, zwaar leunend op haar stok, en gaf Luise een klopje op de arm. 'U kunt de doos het beste binnen openmaken, zodat niemand het ziet. Afgunstige types heb je overal. Het is helemaal alleen voor u, doe ermee wat u wilt. Zo heeft Henni het bepaald, heeft ze tegen ons drieën gezegd. Als een van ons inmiddels seniel zou zijn, zei ze, dan waren er altijd nog twee anderen die haar opdracht konden uitvoeren. Zo, en nu zullen we u niet langer tot last zijn.'

Toen het fotoalbum op de bank weer tevoorschijn kwam, voelde Luise even de neiging om de dames te vragen of zij misschien wisten wie de onbekenden naast Henni en Johann op de foto waren, maar ze liet het erbij. Opeens had ze overal schoon genoeg van. Vooral van die zogenaamde erfenis, die zwaar als een steen in haar armen rustte. Ze keek Henni's vriendinnen na. Waarschijnlijk waren ze blij dat ze van deze last verlost waren. Zuchtend liep ze het huis in. Ze legde het album met de ene foto in een lade en zette Henriettes cadeau achter de vuile afwas op het aanrecht. Zo was het voorlopig uit het zicht. Misschien kon ze het beter maar meteen weggooien? Ze keek op de klok, al tien voor halftwaalf. Niet te geloven dat ze zo lang in de schuur had rondgewroet.

Een halfuurtje wilde ze minstens nog zonnen, dan maar zonder die ellendige ligstoel. Snel dronk ze een glas water uit de kraan, spoelde het stof van zich af en trok haar rok uit. Daarna pakte ze een handdoek en de nieuwste *Brigitte*, waarop ze zichzelf voor vijfenzestig pfennig had getrakteerd in de stationskiosk, en ging op de grasstrook tussen het huis en het bloembed liggen. Daar zouden mensen haar vanaf het trottoir in eerste instantie niet zien. Ze verlegde de handdoek een keer om niet in de schaduw van de pruimenboom te liggen en toen nog eens, tot er onder haar niets meer prikte. Toen wijdde ze zich aan het tijdschrift, al was het vermoeiend om het tegen de zon in te houden. Een artikel weidde uit over de gevaarlijke leeftijd van vrouwen, onderverdeeld in drie hoofdstukjes. Tussen de achttien en eenentwintig liep de vrouw eerder gevaar dan dat zij zelf gevaarlijk was; in de laatste fase, de overgang, zwakten excentrieke neigingen en bazigheid af. De gevaarlijkste jaren waren die rond de dertig. Over vier jaar was het voor haar zover. Luise las aandachtig verder. De vrouw zou rond deze leeftijd voor haar omgeving en dus speciaal voor mannen de grootste bedreiging zijn. Qua uiterlijk kwam ze achter in de twintig nog jong over, maar ze had de mentale horizon van een veel oudere vrouw. Dus opgepast! Wat een flauwekul. Ze bladerde verder. Er werd gewaarschuwd voor huwelijkszwendelaars, waar veel dames in deze tijden van vrouwenoverschot slachtoffer van werden. Op dezelfde pagina stond een advertentie voor een nieuwe uitvinding. Ergens in München was een zogeheten schoonheidston geïnstalleerd. Na twintig behandelingen zou je acht kilo lichter of omgerekend zestien centimeter dunner zijn. Rol je slank! Alleen al de aanblik van een mollige vrouw die door een assistente in de reusachtige wastrommel werd geholpen bezorgde Luise een slecht gevoel. Ze sloot haar ogen. Bespottelijk, de hongerjaren waren nauwelijks voorbij, of de mensen werden dikker. Maar in plaats van daar blij om te zijn, wilden ze hun vet meteen weer kwijt.

Hans vond het niet erg dat Luise wat meer vlees op de botten had, hij hield van haar zachte rondingen, zoals hij haar gisternacht nog had verzekerd. En als kokkin moest ze nu eenmaal alles proeven. Eigenlijk had ze alweer honger. Maar ze besloot alleen nog een boterham te nemen en pas vanavond samen met Hans warm te eten. Wat zou ze eigenlijk koken? Ze rekte zich ongegeneerd uit in de zon en liep de recepten door die in haar hoofd zaten alsof ze in een tijdschrift waren afgedrukt. Plotseling kregen ze een kartelrand en waaiden uit een zwart album. Ze strekte haar handen uit om ze te grijpen, maar ze lag in een ton die steeds sneller ronddraaide, plotseling werd ze eruit geslingerd en stond voor de grote kookpannen in het Camp met een bruidshoedje op haar hoofd. Maar toen ze naar beneden keek, staken haar voeten nog in sandalen met houten zolen zoals ze als kind had gedragen, ze stond ermee op een krukje en roerde in een grote wasketel.

'U bent een lust voor het oog, mevrouw Dahlmann, grote klasse!' De postbode maakte haar wakker.

'Hallo Biwi.' Luise kwam snel overeind, trok haar handdoek onder zich vandaan en bedekte zich ermee. Ze pakte de condoleancekaarten van hem aan. Na een kort gesprekje fietste hij verder; zijn verloofde wachtte op hem met het middageten. Nog half in dromenland riep ze hem na: 'Doe de groeten aan Sigrid.' Ze wreef over haar gezicht, ze had als een blok liggen slapen in de brandende middagzon. Ze was duizelig, alsof iemand de droom in haar hoofd had gegraveerd. Haar armen en benen prikten, en waar de handdoek was opgehouden, had ze grasafdrukken op haar kuiten. In de gang voor de spiegel constateerde ze dat haar huid zich aan de kleur van haar badpak had aangepast. Ze was knalrood verbrand. Voorzichtig depte ze haar gezicht en armen met verdunde azijn, dat verzachtte. Ondertussen bedacht ze dat ze nog boodschappen moest doen om vanavond überhaupt iets op tafel te kunnen zetten. Misschien iets met eieren en uien? Dat vond Hans altijd lekker. Maar zo roodverbrand kon ze niet de straat op. Ze moest een jurk met lange mouwen aan, al was het er te warm voor. Ze legde een paar lege jampotten in haar mand om onverpakte producten in te doen en keek hoeveel geld ze nog in haar portemonnee had. Acht mark en nog wat, dat zou genoeg moeten zijn.

Drie straten verderop zette ze haar bromfiets neer voor Moser Delicatessen en ging naar binnen. Hoewel er maar twee vrouwen voor haar waren, moest ze lang wachten. Mevrouw Moser onderwierp iedere klant aan een streng verhoor, alsof je eerst moest bekennen voor je iets mocht kopen.

'Twee pond Gravensteiner appels, mevrouw Stumpf, zeker, ik ga ze vlug voor u pakken.' Maar vlug ging het zeker niet. Ata Moser, die ischias had, slofte langzaam van het rek waaraan puntzakken van verschillende formaten hingen, met eronder een brede papierrol, naar de fruituitstalling. Luise maakte van de wachttijd gebruik en prentte het hele assortiment plus de opstelling ervan in haar hoofd, met ter aanvulling haar wensen voor haar eigen winkel, die in haar verbeelding steeds duidelijker vorm kreeg.

'Hoe gaat het met uw zoon?' vroeg Ata aan de klant terwijl ze eindelijk een zak met appels begon te vullen.

Het antwoord verstond Luise niet omdat mevrouw Stumpf op fluistertoon sprak.

'Wáááát? Heeft hij verkering met een meisje uit de stad?' riep de winkelierster zo hard dat iedereen het hoorde. Ze had hangende mondhoeken en ver uit elkaar staande, uitpuilende ogen waarmee ze elk object in haar buurt grondig leek door te lichten. 'Die jonge dingen van tegenwoordig kunnen niet eens meer sokken breien. Moet ook lastig zijn met zulke lange nagels, en er dan nog schuimwijn bij lurken ook. En daarom krijgen de mannen koude voeten en smeren ze 'm nog voordat de trouwklokken luiden.'

Verlegen glimlachend draaide mevrouw Stumpf zich om naar de andere klanten, alsof ze met een vriendelijk gezicht het gênante gesprek kon terugdraaien. Van dat moment maakte mevrouw Moser gebruik om snel een appel met bruine plekken in de zak te moffelen, Luise zag het gebeuren. Ook de producten van lage kwaliteit moesten verkocht worden, had Ata ooit tegen haar gezegd toen ze klaagde over beurse peren, die ze pas thuis toen ze haar boodschappen uitpakte had ontdekt. Sindsdien kocht ze haar fruit alleen nog op de weekmarkt of, als het voor een bepaald recept absoluut nodig was, in een minimale hoeveelheid bij Moser. Krenterigheid is een rijke bedelaar, wierp mevrouw Moser haar sindsdien voor de voeten, alsof haar weegschaal het bij kleinere hoeveelheden liet afweten. Als Luise een winkel had, zou ze haar klanten dat soort opmerkingen besparen. Ze zou sowieso alles anders doen. Bij haar moesten de klanten het gevoel hebben dat zij op hen wachtte en niet omgekeerd.

'Twee ons griesmeel, alstublieft,' zei ze toen ze eindelijk aan de beurt was. Misschien zou een pudding als toetje Hans gunstig stemmen.

'Allereerst een heel goede middag, mevrouw Dahlmann. Daar hebben we toch zeker wel tijd voor. O mijn god, wat is er met u gebeurd? Hebt u uw broer op het land geholpen?' Dat was waarschijnlijk een toespeling op haar zonnebrand. 'Altijd zo behulpzaam, die mevrouw Dahlmann, nounou, terwijl u zelf al zoveel te doen hebt. Nogmaals gecondoleerd, hoor.'

Luise bedankte haar voor de condoleancekaart die ze van de Mosers hadden gekregen.

'Wat gaat er met de leegstaande benedenwoning gebeuren, als ik vragen mag?' Ze had waarschijnlijk staan popelen om erover te beginnen.

'Daar zijn we nog niet uit, maar zodra we het weten, bent u de eerste die het hoort.'

'Altijd bijdehand, hè, bijna zoals uw schoonmoeder zaliger toen ze nog bij mij in de winkel kwam.' Luise wist dat de twee vrouwen elkaar niet hadden kunnen uitstaan, maar over een dode wilde zelfs Ata Moser niet kwaadspreken. 'Nou ja, soms valt er in één keer een dubbele last van je af.'

'Hoe bedoelt u?' Normaal gesproken ging ze niet op zulk geleuter in, maar nu was ze toch nieuwsgierig.

Mevrouw Moser wierp een keurende blik op de langer wordende rij achter Luise en wachtte zelfs tot een nieuwe klant de winkel binnenstapte. Toen zei ze zo luid als ze kon: 'Om uw BROERS zult u zich binnenkort geen ZORGEN meer hoeven maken. Naar wat ik gehoord heb, heeft zich bij hen in Leutstetten een VLUCHTELINGE geïnstalleerd.'

Luise was verbluft. 'Dan weet u meer dan ik.'

De winkelierster grijnsde als een karper die een mossel in de modder heeft gevonden. 'Ik zou maar een beetje opletten als ik u was, ook op Manni. Je weet nooit wat voor tuig zich daar ongemerkt naar binnen wurmt.'

'Doe ik, mevrouw Moser.' Wat een kletskoek, dacht Luise. Martin zou er gisteren beslist iets over gezegd hebben als dit waar was. 'Kunt u nu alstublieft het griesmeel voor me afwegen?'

Het karpergezicht vernauwde zich weer. 'Harde of zachte gries?'

'Tarwegries.'

'Heb ik niet meer. Of ik zou er speciaal voor naar achteren moeten om een nieuwe zak te halen, en dat in mijn toestand.'

Luise liet zich niet ontmoedigen. 'Zal ik voor u naar achteren lopen?' vroeg ze, behulpzaam als altijd.

'Dat moest er nog bij komen, achter de toonbank kan ik geen klanten gebruiken. Wéén-déé-líínn?' schreeuwde ze naar haar echtgenoot.

Even later was door het hele huis het doortrekken van de wc te horen en kwam meneer Moser van achter een stellingkast tevoorschijn terwijl hij zijn bretels optrok. 'Wat is er?'

'Het tarwegries is op.' Ze joeg hem met een zwaai van haar pols de winkel uit en wendde zich weer tot Luise. 'Anders nog iets?'

'Een kwart liter slagroom.'

'Wel, wel.' Ze nam Luise van top tot teen onderzoekend op en vulde toen de meegebrachte jampot met de gevraagde hoeveelheid slagroom.

'En hebt u ook paddenstoelen?' Die was ze bijna vergeten.

Ze kreeg een grom ten antwoord, en toen schreeuwde Ata door de zijdeur: 'En neem de levering paddenstoelen mee hiernaartoe.'

Na wat gerommel en gesteun rolde Wendelin Moser op de steekkar een zak naar binnen met daarbovenop een houten kratje vol eekhoorntjesbrood en andere paddenstoelensoorten. De paddenstoelen waren van uitstekende kwaliteit en roken alsof ze vers uit het bos kwamen. Luise hield de winkelierster scherp in de gaten terwijl die de paddenstoelen uit de krat haalde en afwoog, zodat er geen bittere boleet tussen zou belanden. Maar toen Ata het griesmeel uit de baal in een papieren zak schepte, vloog er een zwerm motten op.

'Ik ben van gedachten veranderd,' zei Luise. 'Hoeveel kosten de paddenstoelen en de slagroom samen? Laat het griesmeel maar zitten.'

'O, zo makkelijk komt u er niet onderuit.' Ata Moser wuifde de insecten weg met de scheplepel. 'Als u er vandaag nog mee kookt, kan het er best mee door. U krijgt het voor de halve prijs. Vastenvrijdag is het toch pas morgen.'

'Waar heb ik dit feestmaal aan verdiend?' Hans legde nog een broodknoedel op zijn bord. Luise had de tafel feestelijk gedekt, het zondagse servies, het zilveren bestek en de servetringen. De radio speelde zacht. 'Heerlijk.' Haar man was zichtbaar in zijn hum. 'Wat een geluk dat ik met zo'n geweldige kokkin ben getrouwd, en nu heb ik je ook nog helemaal voor mezelf.'

'Bedoel je dat ik in de toekomst alleen nog voor jou ga koken?' Haar huid gloeide en prikte, hoewel ze haar gezicht, hals, armen en dijbenen met kwark had ingesmeerd ter verkoeling. Haar huid trok bij elke beweging strak, en binnen een paar dagen zouden de vellen erbij hangen.

Hij knikte. 'Wat ben jij trouwens toegetakeld. Hoe is dat gebeurd?'

'Ik ben in de zon in slaap gevallen. Eigenlijk was ik daarvoor op zoek naar de ligstoel. Weet jij waar hij is?'

'O, daar heb ik het afgelopen najaar al brandhout van gemaakt. De worm zat erin, en de bekleding zat ook vol schimmelvlekken. Geen wonder, ik kan me niet herinneren wanneer je hem voor het laatst hebt gebruikt. Dat wordt nu heel anders, ik breng morgen meteen een nieuwe voor je mee uit München. Welke kleur wil je hebben?'

'Het heeft geen haast, voorlopig heb ik genoeg van de zon.' Ze wimpelde het af, wilde het gesprek zo snel mogelijk weer op de winkel brengen, maar wist nog niet hoe. 'Hoe was jouw dag?'

'Het was druk. Een groot pand met huurappartementen in Schwabing heeft telefoon gekregen. Dat zijn een boel gezinnen, die allemaal apart aangesloten moeten worden. Ik moet er morgen nog een keer heen. Maar wacht, dit zul je interessant vinden.' Hans veegde met de laatste paddenstoelen de restjes uit de soeppan. 'Omdat jij tenslotte ook van zoiets droomt.'

Nu werd Luise nieuwsgierig.

'Ik sprak vandaag een oudere vrouw die pasgeleden haar melkwinkel heeft opgedoekt, en omwille van jou heb ik een beetje doorgevraagd.'

‘En?’ Luises hart begon sneller te kloppen.

‘Wat zij me vertelde bevestigt helaas waar ik al bang voor was. Tientallen jaren heeft ze niet één vrije dag in de week gehad, dag en nacht gezwoegd en er amper een cent aan verdiend. Ze is blij dat het eindelijk voorbij is. Vaak schrikt ze ’s nachts nog wakker omdat ze denkt dat ze een belangrijke bestelling voor een klant is vergeten. Om van het gekanker van de mensen nog maar te zwijgen. Bekaf was ze, en ze had versleten knieën en een kromme rug op de koop toe. Haar huisarts had gezegd dat ze de winkel moest sluiten, want anders zou ze de zestig niet halen.’

‘O ja?’ Meer wist Luise er niet op te zeggen. Haar hoop vervloog dat ze Hans ooit zou kunnen ompraten. Ze stond op en stapelde de borden op.

‘Dat wil jij jezelf toch allemaal niet aandoen?’

Zwijgend haalde ze de dessertschaaltjes uit de kast. Toen op de radio een uur lang pittige rhythm-and-bluesmuziek werd aangekondigd, draaide ze de volumeknop open en diende kwarknoedels met appelmoes op, die ze in plaats van griesmeelpudding had gemaakt. Ondertussen wiegde ze mee op ‘Sixty Minute Man’, vijftien minuten kussen, vijftien minuten flirten, vijftien minuten kroelen, de rest kon ze niet verstaan. De kwarknoedels dampten nog, en de hele keuken rook ernaar.

‘Ik ben blij dat je het inziet.’ Hij herademde. ‘Hebben we ook nog een toetje, zeg? Wil je me vetmesten?’ Helemaal in zijn nopjes leunde hij achterover en maakte zijn riem los terwijl Luise een schaaltje voor hem volschepte en de pudding met wat bramen uit de tuin garneerde en rijkelijk met poedersuiker bestrooide.

‘Wil je er een glaasje likeur bij of liever een Dujardin?’ Ze imiteerde de radioreclame en sprak het uit als ‘duzjardèèè’, zo langgerekt en Frans mogelijk.

Hans glimlachte breed. ‘Natuurlijk de dudinges, wat alleen jij zo prachtig kunt uitspreken.’

Ze proostten met een zelfgemaakte advocaat voor haar en de cognac voor hem, en Luise dacht: nu of nooit. 'Met alle respect voor jouw twijfels en bezwaren, maar wat als ik dat met die winkel nog steeds wil proberen?'

Hij zuchtte. 'Dan had ik me mijn relaas kunnen besparen.'

'Niet helemaal.' Wat hij had verteld had haar op een nieuw idee gebracht, maar dat hield ze als troef achter de hand voor het geval al het andere mislukte. Deze keer zou ze Hans vastpinnen op zijn woorden tot hij niet anders kon dan haar zijn toestemming geven. 'Er zitten immers ook veel voordelen aan.'

'Welke dan?' Hans schepte een tweede portie uit de pan in zijn schaaltje.

'Bijvoorbeeld dat ik altijd thuis zou zijn en mijn werktijd zelf kan indelen. Plus de winkelvoorraad. We zouden nooit meer boodschappen hoeven doen en alles bovendien goedkoper kunnen krijgen.'

'Begin nou niet weer over mijn sigaretten,' onderbrak hij haar. 'Zeg, wat is dat eigenlijk voor doos?' Hij gebaarde met zijn glas naar het aanrecht. Toen ze voordat ze ging koken de afwas had gedaan, was de zogenaamde erfenis weer tevoorschijn gekomen. Waarom had ze het ding niet meteen bij Henriettes allegaartje in de dozen in de werkplaats gestopt?

'Geen slof sigaretten, als je dat misschien denkt. Geniet nu eerst maar van het toetje voor je gaat roken, en laat mij m'n verhaal afmaken.' Koortsachtig nam Luise het rijtje in haar hoofd door, werktijden, assortiment, kooklessen, maar dat had ze allemaal al in de strijd geworpen. Wat had ze verder nog? Het stond in haar schrift, dus pakte ze dat erbij.

'Wat zit er dan in? Chocolade?' De poppendoos bleef Hans blijkbaar bezighouden.

Dus speelde ze haar troef voortijdig uit. 'En als we nou een telefoon in de winkel hadden? Dat zou zeker klanten trekken, denk je niet? Buren die nu toch al hierheen komen om te telefoneren zouden dan meteen boodschappen bij ons kunnen doen. Ik kan een bordje in de etalage hangen en de mensen erop attent maken, zodat het overal bekend wordt. Niet iedereen heeft zin om naar het station of het postkantoor te gaan, en voor de eerstvolgende telefooncel moet je helemaal naar het gemeentehuis.' Ze zag aan zijn gezicht dat ze de juiste snaar had geraakt.

Hij hield zijn lepel een tijdje in zijn mond, dacht na en trok hem eruit. 'Dat is zo gek nog niet, Luisetje. Het zal inderdaad nog een tijd duren voor alle huishoudens in Starnberg een aansluiting hebben. Het hoofdkantoor van de Posterijen werkt vanuit München... Eerst komen de voorsteden, dan pas de omliggende plattelandsdistricten.' Hij tikte met de lepel tegen zijn tanden. 'Vertel me nou eens, voor wie is dat cadeau?' In dit stadium had ze eigenlijk een verhaal over de fascinerende wereld van de telecommunicatie verwacht, maar hij bleef maar langs haar heen naar het aanrecht gluren.

'Dat is iets voor mij. Alleen voor mij, hebben de vriendinnen van je moeder gezegd. Gretel, Herta en Irmi kwamen het vandaag langsbrengen en deden nogal geheimzinnig. Volgens hen moesten ze het mij op de uitdrukkelijke wens van Henriette persoonlijk overhandigen.' Luise liet een braam smelten in haar mond en genoot van de heerlijke smaak. 'Er zit vast weer zo'n griezelpop in. Ik durf het deksel er gewoon niet af te halen, we weten toch al niet wat we met die afgrijselijke verzameling aan moeten.'

'Zeg dat wel.' Hans lachte en schonk zichzelf nog een borrel in. 'Als donatie aan een kindertehuis zijn mama's poppenkindjes niet geschikt, die kleuters zouden zich nog doodschrikken.'

'We kunnen ze stiekem in het Leutstettener Moos begraven, waar ze hopelijk heel diep wegzakken en in geen duizend jaar meer komen bovendrijven.'

'Goed idee.' Hans hief zijn glas weer naar haar op. 'Maar ik vraag me toch af waarom ze jou speciaal nog een extra pop nalaat. Dat moet echt een monsterlijk exemplaar zijn.' Hij stond op en pakte de doos van het aanrecht. 'Mag ik kijken?'

'Ga je gang, maar zeg niet dat ik je niet heb gewaarschuwd.'

Op wat er tevoorschijn kwam toen Hans het deksel optilde hadden ze geen van beiden gerekend. Op een bedje van katoenvulling die haar schoonmoeder voor de poppen- en teddyberenreparaties had gebruikt, lag een dikke envelop vol bankbiljetten. Allemaal Duitse marken.

Hans floot tussen zijn tanden. 'Allemachtig, dat is minstens duizend, nee, tweeduizend, of... Wacht even.' Hij schoof de dessertschaaltjes opzij, spreidde de biljetten uit over de tafel, sorteerde en telde ze. Algauw lagen er een groene, een blauwe en een bruine stapel bankbiljetten voor hen. 'Op de kop af 4.380 mark. Hoe komt mama aan zoveel geld? Daar zouden we nu direct een Volkswagen voor kunnen kopen. Vanuit de trein zie ik elke dag de prijsborden, en gebruikte auto's heb je al vanaf vierduizend mark.'

Luise gaf niet meteen antwoord, bekeek de envelop nog eens goed en vond een brief in bibberig vooroorlogs handschrift, die tot haar verbazing enkel aan haar was gericht. 'Zal ik hem voorlezen?'

Hans knikte. 'Ik heb mama's handschrift nooit goed kunnen ontcijferen.'

Beste Luise,

Wanneer je deze envelop met geld krijgt, ben ik van alle aardse lasten bevrijd en eindelijk weer verenigd met mijn Johann. Nu vragen jij en zeker ook mijn lieve Hansi je vast af hoe ik zoveel heb kunnen sparen. Al in mijn leertijd op de vakschool heb ik me aangewend om van elk maandloon wat opzij te leggen, en later toen ik getrouwd was bleef ik dat doen –

al was het nog zo moeilijk. Zo is het door de jaren heen toch een aardige som geld geworden, die ik meteen na de geldhervorming heb omgewisseld. Toch verzeker ik je dat mijn lieve Hansi nooit iets tekortgekomen is, daar heb ik altijd voor gewaakt. Ik had maar al te graag met dit geld mijn kleinkinderen verrast. Zoals je weet, werd ik altijd heel blij van die stralende gezichtjes van kinderen wanneer ik hun liefste speelkameraadjes had gerepareerd. Maar omdat ik dat in mijn eigen familie blijkbaar niet meer zal meemaken, heb ik anders besloten.

Ondanks onze meningsverschillen heb je me altijd goed behandeld, Luise. Je hebt voor me gezorgd, gekookt en me verpleegd, hoewel ik soms onuitstaanbaar was, dat geef ik toe. Als jij op een dag zo oud bent als ik, zul je me beter begrijpen. Het is moeilijk om in een zwak lichaam te leven terwijl je nog bij de pinken bent en dingen wilt doen. Ik vind het vooral erg dat ik mijn handen niet goed meer kan gebruiken. Ik moet na elke regel even stoppen omdat mijn vingers slapen. Je weet hoe graag ik altijd handwerkte. Wat was ik trots dat we de eerste jaren niets voor Hansi hoefden te kopen. Als schoolkind was hij altijd gekleed als een kleine prins, zodat veel mensen zich afvroegen van welke adellijke familie hij was. En dat zelfs in een tijd dat je bijna geen stof meer kon krijgen. Tot Johanns dood heb ik altijd onze geldzaken op orde gehouden en de boekhouding van de schrijnwerkerij gedaan, anders hadden we nooit ons huis kunnen bouwen. Ook al hadden jij en ik, Luise, verder weinig met elkaar gemeen, ik heb wel gezien dat jij met geld kunt omgaan. Hansi lijkt op zijn vader, die was ook zo enthousiast voor techniek, en zoals ik die jongen ken, zou hij het geld vast aan een auto of een dergelijke grootheidswaan besteden, dus laat ik het liever aan jou na. Denk eraan: de man is de heer des huizes, maar de vrouw is zijn kroon. Daarom zal mijn vermogen alleen aan jou toebehoren. Doe ermee wat jou goeddunkt, en denk intussen af en toe aan mij. Ik wens je veel geluk!

Moge God het je lonen.
Henriette

Ze zaten nog een hele tijd sprakeloos van verbazing aan tafel, en Luise zag dat Hans huilde. Toen voelde ook zij de tranen prikken. Ze omhelsden elkaar en barstten allebei in snikken uit. Het was alsof er in de tijd dat Henriette opgebaard lag en begraven werd geen ruimte was geweest voor verdriet. 'Moge God het je lonen,' zei Luise. 'Dat waren haar laatste woorden. Ze wilde me misschien al over het geld vertellen.'

'Omdat een loon uit geld bestaat, bedoel je?'

Luise haalde haar schouders op.

'Als een prins, vergeet het maar,' snufte Hans. 'Wat had ik de schurft aan die geruite pakjes en knickerbockers. Nog los van het feit dat ze niet goed pasten omdat ze of te nauw of te ruim waren, lachten mijn schoolvriendjes me erom uit. Vooral op het schoolplein bij het voetballen. Ik dacht: als ik nou zorg dat alles flink smerig wordt en er scheuren in komen, dan ben ik van die deftige kleren af. Die suffe pet heb ik als eerste weggegooid. Maar toen kreeg ik een slecht geweten, omdat mama er tot diep in de nacht aan had zitten naaien en ze nu ook nog moest verstellen. Wat was ik blij dat ik zodra ik thuiskwam een gewone lederhose mocht aantrekken. In mijn leertijd bij de Posterijen heb ik haar uiteindelijk kunnen wijsmaken dat we kleding uit de winkel moesten dragen. Stel je voor, als het aan mijn moeder had gelegen, dan zou ik nog steeds verkleed als een Schotse graaf bij de mensen aanbellen en zeggen:

'Good morning, I am from zie German post, and I build your telephone on.'

Zijn steenkolenengels maakte haar aan het lachen. 'Ik zou meteen op je vallen.' Ze kuste hem.

Zacht veegde Hans een traan van Luises verbrande neus. 'Nou goed dan.'

'Wat bedoelt u, *my lord*?' Ook Luise herademde. Wat liggen lachen en huilen toch dicht bij elkaar, dacht ze.

'Die winkel van je, die kruidenierszaak, wat mij betreft mag je het proberen. Het geld voor de eerste aankopen heb je nu. En ik help je zoveel ik kan.'

'Meen je dat?' zei ze glunderend.

'Mocht het misgaan, dan kunnen we altijd nog verhuren. We zien het, laten we zeggen, een jaar aan.'

Twaalf maanden waarin ze haar beste beentje voor zou zetten, dat klonk als een eeuwigheid en moest te doen zijn. Ze sprong op en klapte in haar handen. 'Kom op dan.'

'Hè, wat?' Hans krabde zich op het hoofd.

'We kunnen nog een of twee kasten van Henriette naar buiten sjouwen, goed voor de spijsvertering, dan slapen we beter. Jij helpt me, zei je toch.'

Met tegenzin kwam hij overeind. 'Best, maar ik wil de koeling uitkiezen.'

'Ik dacht ijs uit het meer op te slaan, zoals de Mosers doen.'

'Jij wilt toch zeker moderner zijn en een heleboel anders aanpakken dan dat mens van Moser. Dus heb je een koelvitrine nodig voor worst en kaas. En voor cake en ander gebak, als je dat wilt verkopen.'

Luise gaf hem nog een kusje. Toen ze de eerste meubels uit de benedenwoning hadden weggesleept, leek ook hij er plezier in te krijgen. Ondanks het gezwoeg begon hij te fluiten. En ook al deed het pijn aan haar oren, dat ging ze hem echt niet vertellen. In de kasten van zijn moeder vond Hans lang vergeten of verloren gewaande spullen, en hij vertelde Luise erover. Zijn katapult, die ze van hem had afgepakt toen hij een keer per ongeluk het badkamerraam had geraakt. 'Ze zei dat ze de katapult in de kachel zou gooiden. Terwijl ik hem net op school had geruild voor drie van mijn geliefde voetbalplaatjes. Daarom vond ik het dubbel zo erg. O, kijk hier eens.' Hij liet Luise een paar geperforeerde vingerhoeden zien die in een kopje zonder oor van het mooie porselein lagen. 'Ik vond het leuk om daar gaten in te boren. Man, wat kreeg ik op mijn duvel als er weer een vingerhoed onbruikbaar was en zij zich bij het naaien had geprikt.' Hij peuterde het lint rond een opgerold vel papier los en spreidde het blad voor zich uit. 'Aha, dit is uit dezelfde tijd. Deze reusachtige bouwplaats met al die hijskranen heb ik in de eerste klas geschilderd. Best goed voor een zevenjarige, zou ik zeggen. Toen wilde ik nog kraanmachinist worden. Mama heeft meegeschilderd, zie je dat hier onderaan? De toeschouwers met van die puilogen – dat is duidelijk haar handelsmerk.'

Luise luisterde naar zijn verhalen en stopte af en toe met werken om hem een kus te geven. Het voelde bijna als vroeger, toen ze elkaar pas hadden ontmoet.

Doodmoe ploften ze allebei kort na middernacht in bed. Toch kon Luise niet in slaap komen; haar hoofd tolde, haar huid klopte van de zonnebrand. In gedachten was ze bezig de winkel in te richten, meubels te verschuiven en zelfs al producten in de schappen te leggen. Bijna niet te geloven dat haar droom zou uitkomen.

MARIE

'Hebt u zich bezeerd?' Plotseling stond er een man met een fiets voor haar.

Haar adem stokte. Ze krabbelde overeind en rende een eindje weg, struikelde achterwaarts, bereikte de brug en greep zich vast aan de leuning. 'Daar blijven,' schreeuwde ze schel. 'Geen stap verder.' Ze strekte haar armen voor zich uit, alsof ze hem zich zo van het lijf kon houden. Om haar heen lagen haar spullen verspreid, waaronder ook haar geliefde schetsboek, dat in de nattigheid ter plekke uit elkaar viel.

'Kalm aan, ik doe u niets.'

'Dat zeggen ze allemaal.'

'Het spijt me oprecht, ik wilde u niet aan het schrikken maken. Ik ben u alleen maar achternagereden toen het weer begon te regenen en ik zag dat u viel.' Hij sprak Opper-Beiers. Vergeleken bij het rauwe Opper-Paltische taaltje in Waldsassen klonk zijn dialect aangenaam licht en zelfs verstaanbaar. Martin Brandstetter, de schaapherder van vanmiddag, ze had zijn naam onthouden. Hij zette de fiets neer, raapte het schetsboek op en depte het voorzichtig droog met zijn hemd. Een ravenveer prijkte op zijn hoed, en de regen droop parelend van zijn kraagloze wollen jasje.

'Verklapt u mij eens hoe het u gelukt is om het paard u te laten volgen,' vroeg hij. 'U lette niet eens op hem, en toch kwam hij naar u toe.'

'Ik lette juist wel op hem.' Marie ademde uit en liep behoedzaam op hem af om haar boeltje bij elkaar te rapen. Vlak naast zijn laarzen lag een bustehouder. 'Ik heb hem alleen niet in de ogen gekeken, maar hem met mijn lichaamshouding te kennen gegeven dat hij bij mij veilig was en me kon vertrouwen.'

'Indrukwekkend hoor.' Hij floot waarderend tussen zijn tanden. 'En hoe u Dülmen op zijn nummer zette was ook geweldig. Ik moest gewoon blijven kijken. Tot nu toe konden we eigenlijk heel goed overweg met de staf van de kroonprins. Wij helpen de familie aan levensmiddelen, en zij lenen ons gereedschap en werktuigen uit die we op de boerderij niet hebben. Maar deze patser gedraagt zich als een hok vol apen.' Hij viel stil.

Ze keek zoekend rond naar het kofferdeksel, dat van de helling was gegleden in de richting van de rivier en daar tussen de keien lag.

'Wacht.' Hij viste het voor haar op. 'Die koffer is niet meer te redden, vrees ik.'

Weifelend of hij haar het deksel moest geven, schoof hij het schetsboek in het koffernet, dat nog min of meer droog leek. Het kartonnen onderstuk zette hij tegen zijn fiets. Toen hielp hij haar haar kleren op te rapen en gaf haar als laatste de trui aan. Vlug rolde ze haar beha erin.

'Waar is uw broer?' vroeg ze, terwijl ze de mouwen van de trui samenknoopte om er een soort tas van te maken, waar ze vervolgens de rest van haar spullen in stopte. 'Dülmen heeft me over hem verteld.'

Achter haar klonk geritsel. Als op afroep kroop Manni onder de brug vandaan. Boven zijn hoofd hield hij haar paraplu, die enkel nog uit een stok met verbogen baleinen en flarden stof bestond. Marie glimlachte onwillekeurig om zijn verschijning.

'Kom jij eens hier, Manni, je maakt... eh... die mevrouw nog aan het schrikken.' Martin trok zijn broer langs haar heen naar zich toe.

'Ik heet M-Marie.' Ze beefde. 'Marie Wagner, maar dat weet u misschien ook al.'

'Marie, wat een mooie naam, die past bij ons.' Hij keek haar aan. 'Ik bedoel Martin, Manni en Marie. Drie keer m,' voegde hij er vlug aan toe. 'En wat bent u nu van plan, juffrouw Wagner?'

Ze veegde de regen uit haar gezicht en sloeg haar armen om haar bovenlichaam. Toen haalde ze haar schouders op. 'Ik ga terug naar München, een plek zoeken om te overnachten en morgen weer personeelsadvertenties doorkijken.'

'En als u nou eens met ons meekomt tot uw kleren droog zijn? Wij krijgen twee keer per week de *Land- und Seebote*, als u daar genoeg aan hebt.' Manni was ondertussen weggehold, maar kwam nu op een sukkeldrafje weer naar hen terug. Toen Marie niet op zijn voorstel reageerde, zei Martin tegen zijn broer: 'Wat vind jij ervan, is het goed dat juffrouw Wagner bij ons thuis komt schaften?'

'Jo,' zei Manni breed grijnzend.

Wat een stel, dacht ze. De een met een muts op maar zonder hemd, in een korte lederhose met het bovendeel ervan en de bretels op zijn blote huid, en blootsvoets. Manni, met zijn kleine schuinstaande ogen, stompe neus en brede mond, moest ongeveer vijftien jaar zijn, maar ze kon zich vergissen. Zijn broer had een hoekig gezicht met een grote neus en een stoppelbaard. Ze schatte Martin eind twintig. Besluiteloos overwoog ze haar opties. Als ze de uitnodiging voor het avondeten aannam, miste ze gegarandeerd de laatste trein naar München en zou ze op het perron moeten overnachten. Er was daar niet eens een wachthuisje. Of ze zou toch nog in de molen bij die engerd van een Lenz belanden. En kon ze gewoon zomaar met een vreemde familie meegaan?

'Wat verstop jij daar eigenlijk?' Martin probeerde de hand van zijn jongere broer achter diens rug vandaan te trekken.

Breed glimlachend strekte Manni ten slotte zijn vuist naar haar uit. Er hing een gele boterbloem in met de bloem naar beneden. Hij had hem met wortel en al uit de aarde getrokken.

De Brandstetterhoeve lag ineengedoken op een helling tegenover het slot. Een leiboom strekte zich langs de voorgevel uit tot vlak onder het dak. Handig, dacht Marie, zo kon je vanuit het raam peren plukken. De dingen veranderden zo snel; eigenlijk had ze nooit meer naar Leutstetten terug gewild.

Martin zette zijn fiets tegen de huismuur, haalde de koffer en haar spullen van de bagagedrager en droeg alles het huis in. 'Kom binnen,' zei hij toen.

Manni was een heel stuk vooruitgehold, maar behalve natte voetafdrukken was er geen spoor meer van hem te bekennen.

'Gaat u maar zolang in de keuken zitten, de eerste deur rechts,' zei Martin. 'U hebt zeker wel honger?'

Marie knikte, ze liep al de hele dag met een lege maag rond. Martins vrouw had zich tot nu toe niet laten zien, waarschijnlijk was ze bezig om het avondeten te koken.

'Ik kom zo meteen.' Op een latafel naast de buitendeur schoof hij een paar lege, met aarde en gras besmeurde flessen bij elkaar, en hij zette haar koffer er voorzichtig naast, alsof het een gewond dier was. 'Ik moet nog even de stal in om naar een drachtig schaap te kijken. Ze kan sinds twee weken niet meer staan en ligt alleen nog maar.'

'Is er iets aan te doen?'

'Op het ogenblik niet. De veearts is al geweest, en hij vindt dat we een noodslachting moeten verrichten, maar dat wil ik niet. Stel dat de lammetjes nog leven.' Hij bukte, raapte Manni's muts op en hing hem aan de kapstok. 'Ik weet niet hoe vaak ik tegen hem zeg dat hij zijn rommel moet opruimen. Ook die flessen hier, die heeft hij ergens in het bos opgedolven. In elk geval veegt hij sinds kort zijn voeten als hij binnenkomt, dus we gaan vooruit.'

Bij het zien van het lichtgekleurde gestreepte tapijt op de vloer trok Marie haar natte schoenen uit. 'Waar is de badkamer? Dan kan ik me omkleden.' Ze wilde andere kleren aantrekken, hoewel die niet veel droger zouden zijn. Bovendien moest ze nodig naar de wc.

'O, natuurlijk. Kom maar mee.' Hij trok zijn laarzen uit en hield ze in zijn handen terwijl hij voor haar uit liep. Marie pakte uit haar koffer vlug de trui waarin ze haar ondergoed had gerold en volgde hem.

'We hebben helaas geen ligbad.' Hij trok een deur onder de trap open. 'Alleen een douche, kijk maar. Luise, mijn zus, stond erop dat die er kwam toen ze hier nog woonde. Voor warm water moet ik eerst de kachel aanmaken, de leiding is verbonden met de keuken.'

'Dat kan ik dan in de tussentijd doen, als u en uw vrouw er geen bezwaar tegen hebben. U wilde toch naar de stal?'

'Prima, maar dan breng ik u in elk geval een handdoek om uw haar te drogen. En een vrouw hebben we hier trouwens niet. Mijn zus komt om de veertien dagen langs om te kijken of alles in orde is. Maar verder wonen alleen Manni en ik hier.' Hij zwaaide zich een stukje op aan de trapleuning en rende met twee treden tegelijk naar boven.

Het was overal zo kraakhelder dat zijn zus hier gisteren nog geweest moest zijn. Als ze geweten had dat de twee mannen hier alleen woonden, was ze nooit met hen meegegaan. Ze kon hier beslist niet blijven. Maar eerst omkleden en iets eten. Dan zou ze haar boeltje pakken en weer op pad gaan. Ze keek snel rond. Als rechts de keuken was, dan was links misschien de wc. Toen ze de eerste de beste deur openduwde, stond ze oog in oog met een geiten- en schaapskudde. Een paar dieren sprongen op uit het hooi en gingen op een kluitje bij elkaar staan, alsof er gevaar dreigde. Andere namen Maries binnenkomst kalmer op en hieven alleen nieuwsgierig hun kop, met grasplukken in hun bek. Kippen fladderden op. Tot haar verbazing ontdekte ze vlak achter de deur een door een lage muur van de rest van de stal afgescheiden wc. Ze aarzelde niet lang en ging erop zitten. Een kip waagde zich in haar buurt en pikte naar haar tenen, die als regenwormen door haar natte sokken heen schemerden. Marie had altijd van kippen gehouden, van hun zachte geklok, hun opgewonden gewroet, het blije gekakel nadat ze een ei hadden gelegd, alsof iedereen hun sensationele prestatie diende te bewonderen. Ze had beter haar schoenen aan kunnen trekken. Nu waren de nieuwe witkatoenen sokken vies geworden die ze speciaal voor het sollicitatiegesprek had gekocht. Hoewel ook in de stal alles, tot de tralies van het voederrek aan toe, keurig was schoongeveegd. Met zoveel dieren krijg je het nooit koud op de wc, dacht ze. En als ze zich niet vergiste, stond daar achterin binnen een aparte omheining ook nog een roodgevlekt boerenpaard. Alles wat haar hartje begeerde; waar een paard was, daar hoorde zij thuis. Ze glimlachte onwillekeurig. En Martin was zorgzaam voor haar, wat haar goeddeed, bekende ze tegenover zichzelf. Maar waarom deed hij dat? Hij kende haar tenslotte helemaal niet. Naast de sierlijk gewelfde emaillen waskom en een geruite handdoek hing een duizendvellenrol zacht wc-papier. Pure luxe. Na de verdrijving had ze inventief moeten zijn en zich soms met vodden of gewoon met boombladeren beholpen. Ze zat nog toen iemand de deurklink naar het woongedeelte indrukte. Marie sprong haastig op en bracht haar kleren in orde.

'Neem me niet kwalijk, ik wist niet dat u hier was.' Martin keek even naar haar, liet zijn blik toen zakken en bleef zo staan tot ze had doorgetrokken. De geiten begeleidden het watergeruis met gemekker alsof ook zij zich bevrijd voelden. 'En hoe bevalt onze troonzaal u?' vroeg hij in een duidelijke poging om zijn verlegenheid te verbergen. 'Mijn vader zei altijd: nu we toch tegenover de koninklijke familie wonen, moeten wij ook maar een troon hebben. Toen onze ouders nog leefden, stond hier een tonnetjesplee met twee gaten, voor een grote en een kleine boodschap, en je moest twee treden op om erop te komen. Soms las mijn vader vanaf daar de krant voor. We hadden hele gesprekken over van alles en nog wat terwijl we hier naast elkaar zaten. Maar inmiddels heb ik de troon een beetje gemoderniseerd, zoals u ziet. Nu heb je het rijk alleen.'

'Nou ja, afgezien van tientallen toeschouwers dan.' Ze wees naar de dieren. 'Wij hadden ook een tonnetjesplee, een heel eind van het huis af. Wanneer het regende of sneeuwde, moesten we planken neerleggen om het hok te bereiken. Als kind balanceerde ik weleens op die planken en stelde me voor dat ik een koorddanseres was.' Ze waste haar handen.

'Wacht even. De zeep heb ik in veiligheid gebracht vanwege de kippen.' Hij trok boven haar een kastje open waarop een bleekrood kruis was geschilderd. Het was gevuld met allerhande medicijnflesjes en verband. Op de onderste plank lag een stuk huishoudzeep. 'En waar komt u vandaan?' Toen hij haar de zeep gaf, raakten hun schouders elkaar, en ook hun vingertoppen.

Marie deinsde terug, droogde haar handen af, legde de zeep weer in het kastje en stapte langs Martin de wc-hoek uit, de stalgang in. 'Bedankt voor uw vriendelijkheid, maar ik...' Ze viel stil, omdat ze midden in de kudde Manni's verwarde haardos ontdekte. Waarschijnlijk was hij daar al die tijd al geweest, maar niet om naar haar te kijken. 'Dat drachtige schaap, ik denk dat het zover is.' Ze trok haar sokken uit, stopte ze in haar rokzak en volgde Martin door het poortje naar het omheinde schuurgedeelte dat als schaapskooi dienstdeed. Het strooisel onder haar blote voeten voelde warm en zacht aan.

De kudde bleef rustig terwijl ze zich er een weg doorheen baanden. Marie had de indruk dat de andere dieren bewust afstand hielden van het schaap, dat niet meer kon opstaan. Manni zat bij een wit lammetje dat al was geboren. Het stond op wiebelende poten. Het moederschaap had nog steeds weeen; ze gromde met wijd opengesperde neusgaten. Onder haar staart hing iets naar buiten. Twee piepkleine hoeven. De moeder perste, maar er gebeurde niets, het tweede lam bleef steken. Martin trok het er bij de volgende wee voorzichtig uit. Het was zwart-wit en nauwelijks groter dan een hand. Hij maakte de vruchtzak los die er nog helemaal omheen zat, zodat het niet zou stikken. Maar het lam bewoog niet. Marie knielde erbij neer, wreef het droog, masseerde de poten, de buik, de hals. Net als bij het andere lammetje was de navelstreng al tijdens de geboorte losgeraakt van de placenta, en hij bungelde aan de buik. Het diertje had ronde zwarte vlekken op zijn witte vacht, alsof het een donzig keverkostuum droeg.

Toe nou, toe nou, smeekte Marie inwendig. 'Het moet toch ademen,' zei ze hardop, en ze streelde het weer.

'Waarschijnlijk heeft het slijm ingeslikt.' Martin tilde het lam aan de achterpoten op, zodat het kopje naar beneden hing, en klopte het op de rug.

Ten slotte hoestte en spuugde het, haalde adem en begon te spartelen. Het blaatte hoog en zacht, wat door de vele dierengeluiden in de stal amper te horen was, maar het moederschaap, dat nog steeds op de grond lag, draaide er onmiddellijk haar kop naartoe en antwoordde met een laag 'mèè'.

Voorzichtig vlijde Martin het lam voor de snuit van de moeder neer, en Manni zette de sneeuwwitte, bijna twee keer zo grote eerstgeborene erbij zodat ze ze allebei makkelijk kon schoonlikken.

Marie vond het mooi hoe zachtaardig de twee mannen met hun dieren omgingen. Veel boeren beschouwden het vee niet als levende en voelende wezens, maar maakten er alleen nuttig gebruik van. 'Zal het moederschaap ooit nog kunnen opstaan?' vroeg ze.

Martin haalde zijn schouders op. 'Niemand geloofde dat Tulp haar lammeren zelfs maar ter wereld zou brengen, dus misschien gebeurt er nog wel een wonder.' Toen de nageboorte naar buiten kwam, veegde hij die met een pluk hooi weg.

'Maar melk heeft ze waarschijnlijk niet.' Hij voelde aan de uier en probeerde te melken, maar er kwam niets uit de tepels.

'Heet het schaap Tulp?' Marie stond weer op en leunde tegen de ruif.

Martin keek naar haar op. 'Ik geef mijn schapen meestal plantennamen.'

'En hoe gaat u de lammetjes noemen?'

'Ik weet het niet, ze blijven sowieso niet in leven.'

Ze schrok. 'Hoezo? Het gaat nu toch goed met ze, en kijk eens, de zwart-witte probeert zelfs al op te staan.'

Het was zo. Onder de grote tong van de moeder, die in gelijkmatige streken over het lijfje zwabberde, trappelde het lam met de pootjes alsof het houvast zocht in het hooi.

'Als ze geen biest krijgen, gaan ze dood.'

'Bedoelt u colostrum? Dat ken ik van veulens, de eerste melk van de merrie, die nog bijna doorzichtig is. Pas later wordt het wit.'

Hij knikte. 'Ze hebben de voedingsstoffen nodig, die zijn van levensbelang.'

'Is er dan niets aan te doen?' Het idee dat dit kleine grut, dat nog maar net zo moeizaam ter wereld was gekomen, al meteen zou sterven van de honger en dorst vond ze onverdraaglijk.

'Soms laat een geit een moederloos lam bij zich drinken, maar zonder biest gaat dat ook niet helpen. Bovendien hebben de meeste op het ogenblik zelf jonge geitjes, en de dames kiezen zelf voor het werk als voedster, of ze doen het niet.'

'En als we deze twee met de fles grootbrengen?' stelde ze voor.

'"We"?' Weer keek hij haar aan met zijn grote bruine ogen, en er trilde een glimlachje rond zijn mond.

Manni kwam eraan met twee handen vol gras dat hij had geplukt en strooide het voor Tulps neus. Gulzig stortte ze zich erop. Ze had honger na de moeilijke bevalling.

'Ik bedoel natuurlijk "u"', verbeterde ze zichzelf. 'U zou de lammetjes de fles kunnen geven. U hebt er genoeg van in huis, zag ik. En dan door de geitenmelk een paar druppels lijnolie en een ei roeren. Zo deden wij het bij onze veulens.'

'Het is een poging waard.' Martin stond op en klopte zijn broek af. 'In de provisiekamer moet nog een speen van Manni liggen. Het is al wel wat jaren geleden, maar we proberen het gewoon. Wat jij, Manni?'

'Jo,' zei hij met een grote grijns.

'En Manni is onze flessenverzamelaar. Hij vindt het leuk om door het gekleurde glas te kijken en vangt er zonlicht in op om te bewaren.'

Dus daarom stonden er zoveel flessen op alle mogelijke plaatsen in het verder keurig opgeruimde huis. Marie had het al vreemd gevonden. 'Opgeslagen zonlicht, wat goed zeg. Dan hebben jullie een voorraad als het donker is, of voor de winter.' Ze glimlachte naar Manni. 'Jammer dat zoiets niet lukt met fijne gevoelens, dan zou je altijd wat hebben voor slechte tijden. Gewoon de fles open, en plop.'

'Dat zou mooi zijn.' Martin lachte. 'Maar nu kunnen we Tulp en haar tweeling beter een tijdje alleen laten, zodat ze kunnen herstellen en elkaar in alle rust kunnen besnuffelen. Ondertussen moeten wij ook wat gaan eten. En als u wilt, proberen we dat met die lijnolie en melk uit.'

'En hoe heten deze twee wondertjes?' vroeg Marie.

Hij haalde zijn schouders op. 'Misschien kunt u een naam bedenken?'

'Zijn het mannetjes of vrouwtjes?'

Hij bekeek de kleintjes onderzoekend. 'Een ram en een ooitje.'

'Stanis en Olivia?' opperde ze.

Martin fronste zijn voorhoofd.

'Het schoot me zomaar te binnen omdat de tweeling zo verschillend is. Stanis is geen plantennaam, maar Olivia wel. En ik moest aan Stan Laurel en Oliver Hardy denken.'

'O ja. De twee filmhelden uit *De dikke en de dunne*. Goed idee.' Hij stak zijn hand naar haar uit. 'Zullen we jij en jou zeggen?'

'Graag.' Ze pakte zijn hand vast en voelde zijn warme huid. Ze kon niet goed beslissen of ze het prettig vond of op haar hoede moest zijn.

De pasgeboren lammetjes voeden was een lastige onderneming. De speen op de glazen fles was te groot voor de kleine bekjes, en ze vonden het rubber duidelijk niet lekker smaken. Er ging heel wat naast voordat het Martin lukte wat warme melk in de bek van Olivia, het sterkste lam, te druppelen. Hij wreef over haar keel om te zorgen dat ze slikte. Toen was de kleine Stanis aan de beurt, die Marie in haar armen hield. Zijn wil om te leven bleek verrassend sterk. Na een paar pogingen begreep hij sneller dan zijn zusje hoe hij aan de fles moest zuigen. Het lukte zowaar, Marie fleurde er zelf van op. Vooral toen Olivia de kunst van haar broertje afkeek en de rest van de fles leegdronk. Daarna waren ze allebei uitgeput, en hun oogleden zakten. Marie legde ze voorzichtig in het hooi, waar ze zich tegen elkaar aan nestelden.

'Nu moeten we alleen nog zorgen dat Tulp opstaat, anders krijgt ze last van doorliggen.'

Hij tilde de ooi op aan haar achterpoten, en onmiddellijk ging ze op haar voorpoten staan. Ze wankelde een beetje, maar ze stond. Toen Martin haar losliet, zakte ze alleen gelijk weer door haar poten en plofte terug in het stro. Hij masseerde nog een tijdje haar rug en poten. Uit alles wat hij deed, sprak jarenlange ervaring in de omgang met dieren, dacht Marie. Hij haalde een flesje uit het medicijnkastje naast de staldeur, hield Tulps kop met de bek omhoog en goot er een beetje vloeistof in.

'Is dat Kloostervrouw Melissegeest?' vroeg Marie.

Hij glimlachte. 'Nee, dit is een kruidenaftreksel waarmee

mijn vader ooit is begonnen. Het smaakt afschuwelijk maar helpt ook bij mensen tegen van alles en nog wat. Zo.' Hij stond weer op. 'Hoog tijd voor het avondeten.'

Intussen had Manni het fornuis aangestoken, het vuur knetterde al toen ze terugkwamen in de keuken. Martin snipperde een ui, hakte peterselie en brak een tiental eieren in een pan. Hij vroeg Marie de tafel te dekken en informeerde toen: 'Kun je melken?'

'Als kind heb ik een keer een koe gemolken, maar ik weet niet of ik het nog kan en hoe dat bij geiten gaat.' Uit een aanrechtkast haalde ze bont beschilderd servies dat een beetje beschadigd was. Aan één kopje ontbrak het oor, de rand van een schoteltje zag eruit alsof eraan was geknabbeld, maar alles was schoon en netjes afgewassen en opgestapeld. Alles hier paste, de keuken was gezellig. Ook Manni had steeds wat te doen, hij was nodig, wat indruk maakte op Marie.

'Melken verleer je niet, het is net als fietsen en zwemmen. Bovendien hebben geiten twee tepels, geen vier, dus dat is half zoveel werk.' Hij zette de dampende pan op een plankje en droeg het naar de tafel. Een heerlijke geur verspreidde zich door de keuken.

Marie rammelde inmiddels van de honger. 'Waar bewaren jullie het bestek?' vroeg ze nadat ze in de kastladen had gekeken.

'In de tafella.' Hij sneed het brood. 'En jij, Manni, haal spek, kaas en boter. We hebben tenslotte een gast.'

Manni was juist nog bezig geweest hout tot spaanders te draaien met een splitter, een kunstig gesmeed ijzeren geval met lange steel dat aan het fornuis zat geschroefd. Onmiddellijk stopte hij en holde de keuken uit.

'Waar gaat hij naartoe?' vroeg Marie.

'De kelder. Omdat het huis op een helling ligt, hebben we een grote aardkelder die we gebruiken als koelruimte, maar ook om kaas te maken.'

'Hebben jullie je kelder buiten?' Ze tilde het tafelzeil op om een mes en vorken uit de la te halen. 'Bij ons ging je via een luik onder de tafel naar de kelder.'

'Dus jij komt ook van een boerderij?' Martin strooide een handvol koffiebonen in de koffiemolen.

'Nou, niet helemaal, het was meer een landgoed, en ik was de dochter van de eigenaar. Zeg, heb jij daar zowaar echte koffiebonen?' voegde ze er vlug aan toe om hem van het onderwerp af te leiden.

'Niet voor ons, het is maar een restje. Bovendien zou het ons wakker houden. Dit is voor Tulp, zodat haar doorbloeding op gang komt.'

De dieren van de Brandstetters werden nota bene verwend met echte koffiebonen. Marie stond perplex. Toen Manni weer binnenkwam, begonnen ze eindelijk met eten. Zelfs het brood was zelfgebakken, in een oven achter het huis, vertelde Martin. Marie zag haast scheel van de honger en had het gevoel dat ze nooit meer verzadigd zou raken. En Martin leek blij te zijn dat het haar smaakte. Hij spoorde haar een paar keer aan om gerust nog een portie te nemen. Ook Manni tastte stevig toe, en hij smakte alsof hij elke hap afzonderlijk wilde onderzoeken.

'Wij hebben hard iemand nodig die ons helpt bij de oogst. Volgende week ga ik hooien als het weer goed blijft, daarna komt het fruitplukken en aardappelen rooien. Dagloners zijn tegenwoordig moeilijk te krijgen, vooral hier bij ons. Bijna niemand wil dat hele eind van het station hierheen lopen.'

'Bied je me een baan aan?' vroeg ze, terwijl ze nog een stukje van de geitenroomkaas afsneed, die ze het lekkerst van alles vond.

Martin knikte. 'Denk er maar over na. Blijf gewoon zolang je wilt. Je kunt in de kamer van mijn zus logeren, die staat leeg sinds zij is getrouwd. Ik zou blij zijn als iemand me een handje hielp hier in huis en op de boerderij.'

Eigenlijk had ze allang haar biezen willen pakken, en nu

bood hij haar niet alleen een nacht onderdak aan, maar zelfs werk. 'Je hebt ook een paard, zag ik. Een prachtige koudbloed,' zei ze om er niet onmiddellijk op in te hoeven gaan.

'We kunnen niet zonder Fido, hè, Manni?'

'Jo,' zei die, waarbij stukjes roerei uit zijn mond op het tafelzeil spetterden.

'Met Fido leveren we de melk aan onze klanten.' Martin schraapte de pan uit en likte de lepel af.

'Brengen jullie die dan niet naar de zuivelfabriek?' vroeg Marie. 'Bij ons droegen de meiden 's ochtends en 's avonds de melkbussen naar een verzamelpunt in het dorp, waar de melktankwagen naartoe kwam.'

'Er is hier in de omgeving nog geen zuivelfabriek die geitenmelk verwerkt. We leveren rechtstreeks aan een aantal klanten, sommigen halen het bij ons af, en van de rest maken we kaas, die we ook proberen te verkopen.'

Ze zwegen een tijdje. Alleen Manni verbrak de stilte met zijn eetgeluiden.

Martin stond op en zette zijn bord in de gootsteen. 'Nou, ik denk dat Tulp nu wel haar kopje koffie nodig heeft.'

'En de lammetjes, blijven die leven?' vroeg ze.

Hij haalde zijn schouders op. 'Ik ga ze om de drie uur voeden. En maar hopen dat ze het melkmengsel verdragen, meer kan ik niet doen.'

'We kunnen het om de beurt doen.' Op die manier zou de nacht sneller voorbij zijn, en misschien ook haar angst. En morgen kon ze verder zien.

'Dus je blijft?'

Ze knikte.

'Wat fijn. Ik ben gauw terug, en dan laat ik je Luises kamer zien.'

Toen hij een kwartier later voor haar de trap op liep naar de eerste verdieping, aarzelde Marie en bleef beneden staan. Ze voelde zich slecht op haar gemak. Kon ze Martin echt vertrouwen? Was hij even eerlijk en open als hij zich voordeed? Buiten was het al donker; ze zou de weg naar het station vast niet alleen kunnen vinden en bij elk blaadje dat ritselde duizend doden sterven. Ze moest aan haar ouders denken, die ondanks alle zware pesterijen die ze moesten verduren tot het laatst toe hadden geloofd in het goede in de mens. En Theo ook, van hem had ze meegekregen dat ze anderen altijd met open vizier moest benaderen, wat ze lastig vond omdat ze zo verlegen was. Ze dacht aan de dag dat ze samen hadden gespijbeld van school en met de bus door de omgeving waren gereden, om daarna zomaar ergens uit te stappen en lopend verder te gaan. Toen verdwaalden ze, wisten niet meer welke kant ze op moesten om weer thuis te komen en werden ook nog overvallen door een zware regenbui. Theo belde gewoon aan bij het eerste het beste huis, een afgelegen boerderij waar een hond aan de ketting stond te blaffen, en vroeg of ze mochten schuilen. Marie stond doodsangsten uit, maar de bewoners bleken een vriendelijk oud echtpaar te zijn dat blij was met deze onderbreking en meteen een heleboel lekkers op tafel zette. Toen het gestopt was met regenen, gaf de boer hun zelfs nog een lift naar huis. Dankzij Theo was Marie vaak aan de praat geraakt met mensen die ze uit zichzelf nooit zou hebben aangesproken. Wie niet waagt, die niet wint. Dus raapte ze haar moed bij elkaar en volgde Martin naar boven. Net als in de rest van het huis waren hier de lange vloerplanken keurig schoongeveegd. Op de overloop lag een gestreept tapijt in natuurtinten. Martin opende een kamerdeur en draaide de lichtschakelaar om. Met een tikje vertraging flikkerde onder een geknoopte lampenkap een gloeilamp op. Het was bedompt warm onder het schuine dak.

'Je kunt later nog luchten, maar als ik nu het raam openzet, stikt het hierzo straks van de muggen.' Hierrr-zo, in die mooie rollende r hoorde ze het dialect even doorklinken. Verder deed hij kennelijk zijn best om Hoogduits met haar te spreken. Er stonden een spinnewiel, een klein weefgetouw en andere hulpmiddelen voor de wolverwerking, plus een trapnaaimachine. 'Met de jaren is deze kamer een bergruimte geworden. Als er iets is waar je last van hebt, dan haal ik dat nu meteen weg.'

'Het is goed zo. Ik heb toch weinig bij me.' In een wieg naast het ietwat verhoogde bed waren dekentjes en een kussen zo neergelegd alsof hij nog in gebruik was. 'Is die van Manni?'

'We hebben er alle drie in gelegen. Luise heeft hem nieuw bekleed voor haar baby, maar die werd dood geboren.' Hij schoof de wieg wat meer naar het spinnewiel toe.

'Wat vreselijk. Is je zus ouder of jonger dan jij?'

'Ik ben de oudste, achtentwintig, daarna komt Luise, zij is zesentwintig, en Manni is zestien. Onze moeder is kort na zijn geboorte overleden.'

'O, dan is het dubbel zo erg voor je zus.' De Brandstetters hadden dus ook heel wat meegemaakt, dacht ze.

'Ja, maar aan Luise merk je het niet, dat zul je wel zien zodra je haar leert kennen, ik bedoel áls...' Hij haperde. 'Ik haal nog even beddengoed voor je.'

Toen hij weg was, keek Marie verder in de kamer rond. Boven het hoofdeinde van het bed stond een aantal boeken op een plank; sommige van de schrijvers kende ze, of ze had weleens van hen gehoord, maar de meeste nodigden uit om ontdekt te worden. Een grote hutkoffer volgeplakt met stickers van over de hele wereld stond in een nis, en aan de muur hing een glazen kastje met een pijpenverzameling. 'Rookt je zus?' vroeg ze toen Martin met een kussen, lakens en een deken terugkwam.

Hij lachte. 'Volgens mij niet. In elk geval geen pijp, voor zover ik weet. Deze hebben we van een Münchenaar gekregen in ruil voor eten. Zelfs acht jaar na het einde van de oorlog raken hier soms nog stedelingen verzeild op zoek naar bepaalde levensmiddelen. Ook de koffer en de stapel kleden onder je bed hebben we aan dat soort ruilhandel overgehouden.' Hij noemde het al haar bed, en ze merkte nu pas dat ze op een dikke stapel Perzische tapijten stond die waarschijnlijk heel kostbaar waren. 'We zouden elke week een ander kunnen neerleggen en ze in een heel jaar nog niet allemaal gebruikt hebben. Ik hou alleen niet zo van die drukke patronen, maar meer van de eenvoudige tapijten van onze eigen schapenwol. Bij elke geweven streep weet ik van welk schaap de wol afkomstig is.'

Dat vond Marie leuk. 'Wij hebben onderweg ook veel geruild. Eerst de minder waardevolle spullen die we hadden meegenomen. Als laatste de trouwring van mijn moeder.' Dat ze daarvoor maar een klein stukje brood hadden gekregen vertelde ze niet. De ring was het enige geweest wat haar moeder nog van haar vader had gehad.

'En waar is je moeder nu?'

Ze zweeg.

'Ik wil niet onbescheiden zijn, je kunt me later nog over jullie vlucht vertellen.'

'We zijn niet gevlucht, we zijn eruit gegooid,' zei ze luider dan de bedoeling was geweest.

'Het spijt me, dat wist ik niet. Misschien kunnen we er morgen nog even over praten als je wilt.' Martin ging de kamer uit. 'Slaap lekker dan. Hopelijk. O, wacht even.' Hij kwam terug met een wekker. 'Voor het geval je aanbod om de lammetjes de fles te geven nog geldt.'

'Natuurlijk.' Zodra hij de kamer uit was, draaide ze de sleutel twee keer om in het slot. Toen liet ze zich met een zucht van verlichting op het bed vallen.

HELGA

'Zijn jullie er klaar voor, dames, daar gaat-ie dan!' Helga zocht de zender van AFN, het American Forces Network, en zette de radio harder. De borstvoedingstijd was voorbij en de baby's waren op de grote kar teruggebracht naar de kinderafdeling. Nu bezongen de Little Junior's Blue Flames hun eigen *baby*, met krachtige stem en meeslepende muziek. Bij de gitaarsolo, die daverde als een trein in de bocht, was het in de kraamvrouwenzaal een vrolijke boel. Sommige vrouwen zwaaiden met hun armen, andere floten mee. Ze wiegden heen en weer in hun bed en straalden een pret uit die Helga de hele week nog niet bij hen had gezien.

'Zet dat ding onmiddellijk uit, zuster Helga!' Hoofdzuster Beate stormde binnen.

'Hoehoe, de strenge conductrice!' giechelde mevrouw Netzer, die voor de derde keer was bevallen. Ze tuitte haar lippen alsof ze een stoomwolk uitblies.

'Zuster Helga, hoort u me niet!' schreeuwde de hoofdzuster boven de muziek uit.

'Ik dacht dat een beetje lichte muziek de dames goed zou doen.' Helga gehoorzaamde en zette de radio zachter. De Blue Flames gingen nog steeds *'round, 'round the bend.*

'Ik zei UITZETTEN, bent u doof? Deze vrouwen zijn hier niet voor hun plezier.'

'Maar een beetje plezier tussendoor kan toch geen kwaad.' Helga zette de radio uit.

'Wilt u soms dat hun melk zuur wordt?'

'Maar dat kan helemaal niet. Ik bedoel, moedermelk is altijd steriel, en puur medisch gezien...'

'Wat u bedoelt doet er niet toe, zuster Helga. En lees mij niet de les. Leer eerst maar eens goed een naald zetten.'

Die zat. Helga deed enorm haar best met bloed prikken en beheerste het nu zo'n beetje, maar als haar onzekerheid algemeen bekend werd, zou het er bij de volgende patiëntenarm niet gemakkelijker op worden.

'Houd u liever bezig met wat ik u heb opgedragen.' De hoofdzuster stampte door de zaal. 'Als u nou eindelijk eens de ondersteken leegt en zodoende zorgt dat de boel hier steriel blijft, zoals van u wordt gevraagd, is dat een idee?' De hoofdzuster liet Helga dagelijks voelen dat ze niet gewend was aan huishoudelijk werk en in het begin niet eens had geweten hoe ze een bezem moest gebruiken. Ook de gediplomeerde zuster Cornelia, een mollige jonge vrouw uit Garmisch-Partenkirchen die onder haar kapje een prinsvaliantkapsel droeg en plomp door de gangen waggelde, koeioneerde Helga waar ze maar kon.

'Jullie zouden allemaal wel wat meer rekening met anderen kunnen houden.' Nu kregen ook de patiënten ervanlangs. 'Sommige vrouwen hebben minder geluk en verdragen geen lawaai, laat staan dit soort kattengejank.' De hoofdzuster boog zich over mevrouw Herzog heen, van wie de baby doodgeboren was, en vroeg hoe het met haar ging.

Wat de patiënte antwoordde verstond Helga niet, en tussen de kussens waren alleen wat haarslierten te zien. Onmiddellijk voelde ze zich schuldig, al had ze ook mevrouw Herzog eigenlijk gewoon willen opvrolijken. Snel verdween ze met twee ondersteken de zaal uit in de richting van de wc. Daar haalde ze het pakje LUX en lucifers uit de verstopplaats onder de wastafel vandaan en stak een sigaret op. Na de eerste trek ontspande ze, wuifde de rook zo goed en zo kwaad als het ging weg en hield vanwege de hoofdzuster de gang in de gaten.

Soms kwam ze handen tekort. Tussen het temperatuur meten op de kraamafdeling, borstpompen uitdelen, schedespoelingen uitvoeren en bedden verschonen had ze amper tijd om adem te halen. Na de borstvoedingstijd verzamelde ze de baby's, en ze deelde ze vier uur later weer uit. De zuigelingen werden gebracht op de transportkar, dicht naast elkaar liggend als haringen in een ton. Waren er complicaties bij een keizersnee of ook bij een normale bevalling, dan liep het ronddelen van de maaltijden vertraging op, waarover vooral de privépatiëntes in hun eenpersoonskamers zich beklaagden. Toch moesten de nachtkastjes in afwachting van de visiteronde brandschoon zijn. Hoofdzuster Beate controleerde daar streng op. Vaak voelde Helga zich eerder schoonmaakster dan leerling-verpleegster.

Natuurlijk had ze kunnen weten dat de opleiding zwaar zou worden, vooral omdat ze totaal geen werkervaring had. Ze had hiervoor nog nooit iets gedaan om geld te verdienen. Ze was blij dat ze überhaupt zo snel een aanstelling had gekregen. Bijna niet te geloven dat ze pas drie weken van huis weg was. Haar oude leven in München, toen ze vaak niet geweten had hoe ze de dagen door moest komen, leek lichtjaren ver weg. Twee nachten had ze bij Eva gelogeerd, toen hadden Eva's ouders haar uitdrukkelijk gevraagd te vertrekken. Naar huis wilde Helga absoluut niet terug, dus spitte ze in de krantenkiosk op het station de personeelsadvertenties door. Dertig kilometer van München was er de mogelijkheid om een verpleegstersopleiding te volgen die halverwege het jaar begon, zo was ze om te beginnen ver genoeg weg. Bovendien klonk de Seekliniek voor Verloskunde en Gynaecologie als een instelling die zorgzaamheid hoog in het vaandel had staan, wat hopelijk ook gold voor de manier waarop ze met hun personeel omgingen. Daar kwam bij dat ze door deze stap een stukje dichter bij haar droom kwam om mensen te genezen.

Er waren momenten dat Helga het gevoel had in een nachtmerrie te zijn beland. Alles begon steeds weer van voren af aan. Haar hoofd tolde van de voorschriften, instructies en medische termen, terwijl ze van pure vermoeidheid als over watten van zaal naar zaal liep. Naast de uren overdag werd ze over twee weken ook nog ingedeeld voor de nachtdienst. De enige afwisseling naast de praktische werkzaamheden was het namiddagonderwijs over kraam- en zuigelingenzorg waar ze na een korte pauze naartoe holde. Meestal viel ze in de schoolbank in slaap, hoe hard ze ook haar best deed om haar aandacht bij de opgedreunde les te houden.

Bovendien moest ze voortdurend oppassen voor haar oudere collega's. Die hielden zich dan wel gedeisd voor het afdelingshoofd, zuster Beate, maar verder hadden ze blijkbaar niets beters te doen dan Helga treiteren. Meteen op de eerste dag moest ze een lijst voor een volledig bloedbeeld opduikelen; ze had wanhopig overal gezocht en het uiteindelijk aan de conciërge gevraagd. Wissellijsten zoals die op diverse plaatsen in de kliniek hingen werden waarschijnlijk in de kelder bewaard.

'Dat je alleen de keldersleutel van me wilt, vind ik geruststellend,' zei Alois Wittgenstein toen ze hem uitlegde waar het om ging. 'Ik dacht even dat je me de sleutel van de intercostale ruimte zou gaan vragen.' Vanaf zijn minstens één meter negentig keek hij breed glimlachend neer op Helga, die ruim dertig centimeter kleiner was.

'De interco-wát-ruimte? Waar is die dan? Ik ken het hele gebouw nog niet goed, de gangen zien er op elke verdieping hetzelfde uit, en ik...' Het zweet brak haar uit.

'Maak je niet te sappel, meisje.' Hij gaf haar een klopje op de arm. Voor de oorlog was hij timmerman geweest, maar met zijn beenprothese durfde hij niet meer het dak op. 'Ik werk al een tijdje langer in dit gekkenhuis, daarom weet ik dat de intercostale ruimte hier is.' Hij tikte op zijn borstkas onder de grijze stofjas. 'Het is de vakterm voor de ruimte tussen twee ribben. En dat je een bloedbeeld kunt inlijsten, hoe volledig het ook mag zijn, is nieuw voor mij. Doe de witgejaste halfgodinnen de vriendelijke groeten van Lois en zeg maar dat ze je niet meer zo mogen plagen, anders krijgen ze het met mij aan de stok.'

Ook al had ze in Wittgenstein nu tenminste een bondgenoot, door pure haast ging er toch weer iets mis. Toen ze dokter Von Thaler zijn ontbijt wilde brengen, bleef ze met haar mouw aan de deurklink hangen. Ze struikelde zijn kantoor binnen, de koffiekan kantelde, ze ving hem nog net op maar morste de hete inhoud op haar witte jas. Het scheelde een haar, of ze had het hele servies laten vallen.

Haar baas sprong op, ze dacht dat hij haar met het dienblad wilde helpen, maar hij liep langs haar heen de kamer uit. Kennelijk had hij door het raam een ziekenauto gezien en moest hij aan het werk. 'Vervelend voor u, zuster Helga, ik hoop dat u zich niet hebt verbrand? Zo te zien krijgen we een spoedgeval binnen. Zet alles maar neer.'

Ze knikte en zette het dienblad op het bureau. Maar zo kon ze onmogelijk terug; de hoofdzuster had er vaak genoeg op gehamerd dat ze zorgvuldig met haar werkkleding moest omspringen. Hygiëne was in de kliniek het hoogste gebod. Of er nu een baby op haar verpleegstersjas poepte of er moedermelk op spuugde, ze moest er altijd smetteloos schoon uitzien. Dus probeerde ze de koffievlek er bij de wastafel uit te krijgen. Natuurlijk moest ze daarvoor haar verpleegstersjas uittrekken om te zorgen dat de bloes eronder niet ook nog nat werd. Maar helaas was daar ook koffie op gekomen. Bovendien had ze zich verbrand. Het bovendeel van haar boezem was knalrood, ze depte de zere plekken met koud water. Dat was al beter. Ze wilde vanavond tenslotte gaan dansen. Vlug fatsoeneerde ze haar kinlange haar voor de spiegel. Meteen na de toezegging dat ze in Starnberg met de opleiding mocht beginnen, was ze de eerste de beste kapperszaak binnengestapt en had haar lange haar laten afknippen. Pas toen voelde het als een nieuw begin. Het water liep haar in de mond toen ze het dienblad met gebak in het oog kreeg. Attenties van dankbare moeders voor hun verloskundig arts. De leerling-verpleegsters mochten pas eten nadat er voor de patiëntes was gezorgd. Helga graaide een roomsoes van het blad en zoog de slagroom eruit. De lege plek op het bord zou de dokter niet opvallen, hij wist vast niet meer welke lekkernijen ze hem had gebracht. Ze ging in zijn gerieflijke bureaustoel zitten en werkte in alle rust een stuk kwarktaart naar binnen. De aalbessen-schuimtaart was ook niet te versmaden. Zuur en zoet tegelijk.

'Mijn complimenten, mevrouw Stelzer.' Helga zwaaide met de vork in de richting van de deur en imiteerde de diepe stem van haar baas. 'En het beste gewenst met uw rimpelige tweelingbaby's die als twee druppels water op uw mopshond lijken. Maar taart bakken kunt u, dat moet ik toegeven. Hou het daar voortaan alstublieft bij en stop met kinderen krijgen.'

Het bord werd al leger, maar er was nog genoeg over. Zo'n vreetzak was ze nou ook weer niet. Alleen nog een chocoladebonbon. Daarna veegde ze met haar vingers de kruimels op een hoopje en schikte de overgebleven stukken gebak losjes naast elkaar, zodat de lege plekken niet opvielen. Tot slot dronk ze het restje koffie op dat nog in de kan zat, toch nog bijna een kopje vol. Ze wreef over haar buik, boerde en giechelde. Ze moest aan haar moeder en de etiquette denken. 'Geen geluiden bij het eten, Helga.' Met frisse moed liep ze terug naar de wastafel en waste haar kleren uit. Toen ging plotseling de deur open. In plaats van dokter Von Thaler stapte zijn vrouw binnen.

'Goedemorgen mevrouw,' zei Helga met de druipende witte jas in haar ene en de zeep in haar andere hand. Ze zag dat niet alleen zij, maar ook Annabel von Thaler kletsnat was.

'Wat doet u in godsnaam hier?' snauwde ze Helga toe. 'Wie bent u eigenlijk?'

'Helga Knaup, mevrouw. Leerling-verpleegster Helga,' voegde ze eraan toe toen tot haar doordrong dat ze in haar veel te korte en bovendien half doorzichtige onderjurk voor de doktersvrouw stond. Waarschijnlijk zaten er ook nog chocolade- en slagroomsporen rond haar mond. Maar ze liet zich niet op haar kop zitten. 'Ik kan u hetzelfde vragen. Bent u soms in een plas gevallen?'

'Wat denk je wel! Schaam je, dit is het kantoor van mijn man, ik ben jou geen verantwoording schuldig, jij... jij... lellebel!' Ze keek Helga met van boosheid fonkelende ogen aan, maakte rechtsomkeert en sloeg de deur achter zich dicht.

Waarschijnlijk holde die arrogante bemoeial regelrecht naar haar man of naar de hoofdzuster, dan mocht Helga weer een zedenpreek aanhoren of erger. Een leerling-verpleegster kon te allen tijde ontslagen worden. Jammer dan. Kouwe drukte was ze meer dan beu, daar had ze thuis haar portie wel van gehad. 'Lellebel' had dat mens haar genoemd. Alsof ze god weet wat in het kantoor van de dokter had uitgespookt. Terwijl ze gewoon een kopje koffie had genomen met wat taart erbij, nou en? Dan moesten ze haar maar ontslaan. Erover zeuren had nu toch geen zin meer. Ze trok haar verpleegstersjas aan, duwde haar pagekapsel in vorm en stak haar kapje opnieuw met schuifspelden vast. Toen sloop ze de deur uit.

'Pardon, drieëntwintig?' vroeg een man met een bos bloemen.

'Eh, wat zegt u?' Helga staarde hem aan.

'Kamer drieëntwintig, zeiden ze tegen me bij de receptie. Mijn vrouw heeft... Het is een jongen, we willen hem Eckbert noemen.'

'O, aha.' Ze begreep het en wees hem de weg. 'De trap op, dan naar links en doorlopen tot de kraamafdeling. En gefeliciteerd, maar denk eraan dat niet u maar uw kind met die naam moet leven,' riep ze hem na, en ze liep de gang door langs de kamers van de privépatiëntes.

Toen ze het laboratorium passeerde, hoorde ze de stem van haar baas. Hij bulderde. 'Jij hebt maar één taak, meer niet, hoe moeilijk kan dat zijn? Maar zelfs daar ben je niet toe in staat.'

Wie bedoelde hij? Helga bleef staan en luisterde. Zo boos had ze dokter Von Thaler nog nooit meegemaakt. Tegen de patiënten en de verpleegsters zei hij alleen het hoognodige, en dat eerder op zachte toon. Helga had vaak zelfs moeite om hem te verstaan, hoewel ze bijna even lang was als hij.

'En jij, wat doe jij? Flikflooien in je kantoor met die, die...'

'Probeer me niet af te leiden van jouw falen.'

'Nu moet je echt ophouden. Dit kan toch niet zomaar...'

Helga stond paf. Was dit mevrouw Von Thaler?

'Is er hier in de hele kliniek één vrouw achter wie jij niet aan zit?' Ja, het klonk als de doktersvrouw. Hoe hard ze zich ook inspande, ze ving alleen flarden op. 'Jij als geneesheer-directeur... rondborstig... halfnaakt in jouw kantoor... blondje...' Nu realiseerde ze zich dat het over haar ging. Rondborstig, nou ja zeg! Hoewel, ze was inderdaad trots op haar boezemomvang. Maar zoals de vrouw van de baas het zei, klonk het eerder als een belediging. Alsof zij een dom wicht was. 'Ben ik niet goed genoeg meer voor je?' De doktersvrouw ging blijkbaar compleet over de rooie. Al die opwinding vanwege een onschuldige koffievlek. Dacht ze serieus dat Helga met de baas... Hoe kwam ze erbij. Von Thaler kon ermee door, maar was helemaal haar type niet en bovendien veel te oud. Hij zou haar vader kunnen zijn. Een koninkrijk voor een sigaret tegen de zenuwen. Of misschien kon ze beter naar binnen gaan en de zaak ophelderen.

'Gelukkig, daar ben je.' Haar collega, leerling-verpleegster

Silvia, kwam op een holletje naar haar toe. 'Ik hoop dat je me kunt helpen, ik moet zo snel mogelijk een aderzoekapparaat te pakken krijgen, weet jij waar ik dat kan vinden?' Ze kwam oprecht wanhopig over, klemde deel een en deel twee van het handboek voor verpleegkundigen in haar armen en wankelde bijna onder het gewicht van de verzamelde wijsheid. 'Ik heb geen idee hoe zo'n apparaat eruitziet of hoe groot het zou moeten zijn. Ik heb de boeken al afgezocht naar een afbeelding, maar er staat niets over in de inhoudsopgave. Niet bij de a en niet bij de z. Ik ben juist nog in de röntgenkamer geweest, daar worden de meeste apparaten toch bewaard? Maar de collega's daar lachten me uit alsof ik een grote idioot was, en waarschijnlijk ben ik dat ook.'

'Onzin.' Helga sloeg haar arm om Silvia heen. Blijkbaar hadden ze hun klauwen nu in dit kuiken gezet. 'Laat je niet ringeloren, die zusters zijn gewoon vergeten dat ze allemaal ooit beginnelingen zijn geweest.'

Silvia was tegelijk met haar begonnen. Direct na de tien jaar onderwijs die ze vanaf haar zesde een paar dorpen verderop op een strenge nonnenschool had gevolgd. Ze was dan ook pas zestien, vijf jaar jonger dan Helga. Wat een geluk dat ze Helga op haar leeftijd nog wilden opleiden. Maar behalve zij en Silvia waren er waarschijnlijk geen gegadigden geweest. In schoonschrijven en netheid was Silvia onovertroffen. Maar met bloed afnemen had ze nog meer problemen dan Helga, tot ongenoegen van de patiënten, die er bont en blauw geprikte armen aan overhielden.

'Hopelijk vind ik dat apparaat in het laboratorium. Weet jij of er iemand binnen is?' Ze wilde aankloppen.

Helga hield haar tegen. 'Niet doen, er is... eh, de baas heeft daar juist een bespreking, we kunnen beter niet storen. Kom mee. Een aderzoekapparaat bestaat helaas niet, dat moet nog worden uitgevonden.' Ze trok Silvia in een nis waar een rek met informatiebrochures over borstkolven en opvolgmelk stond. 'Waar ligt de patiënt bij wie bloed moet worden geprikt?'

'In kamer drieëntwintig.' Daar had Helga net nog de vader van baby Eckbert heen gestuurd.

'Maar bedoel je dan dat... dat ik...?' Silvia's gezicht sprak boekdelen: langzaam drong tot haar door dat ze in de maling was genomen. 'Wat een blamage. Mevrouw Weinbergers man is op bezoek en heeft moeten aanzien dat ik de nachtjapon en het beddengoed van zijn vrouw heb verschoond.'

'Ach, wat geeft dat nou,' probeerde Helga haar gerust te stellen. 'Hij zal zijn vrouw heus weleens eerder met of misschien zelfs zonder nachthemd hebben gezien.' Ze wist niet of seksuele voorlichting op het lesrooster van de nonnenschool had gestaan.

'Maar niet zoals daarnet.' De tranen rolden over Silvia's wangen en drupten op de boeken. 'Alles zat onder het bloed, alleen in het buisje zat niets. Wat moet ik nou?'

'Zuster Helga?'

Ze draaide zich snel om. De baas stond achter hen. 'Ja dokter?'

'Breng me alstublieft verse koffie in mijn kantoor. Maar vlug graag, over twintig minuten moet ik opereren. Het gebak kunt u weghalen en onder uw collega's verdelen. Misschien beurt het juffrouw huilebalk een beetje op.' Hij gaf Silvia een knikje.

Deze keer serveerde ze haar baas wat hij gevraagd had zonder te knoeien. Hij gaf haar tenminste een tweede kans, dacht ze, ook al ging het maar om een kan koffie. Toen ze binnenkwam, zat dokter Von Thaler met zijn rug naar haar toe achter zijn bureau bij het raam. Hij hield een röntgenfoto tegen het licht. Het liefst zou Helga de beweringen van zijn vrouw hebben rechtgezet. Zou haar brutale opmerking tegen de doktersvrouw bestraft worden? Hoe moest ze erover beginnen zonder te bekennen dat ze aan de deur van het laboratorium had staan luisteren? Waarschijnlijk nam hij het dramatische gedoe van zijn vrouw niet serieus, hij had tenslotte uitgerekend haar, Helga, naar zijn kantoor laten komen. Of was dat een voorwendsel geweest om er met haar over te praten?'

'Weet u zeker dat u geen gebak wilt?' vroeg Helga om zijn aandacht te trekken. 'De aalbessentaart is echt heerlijk.' Er was nog een heel klein stukje van over. Ze beet op haar lip.

'O, ja?' Hij draaide zich naar haar om, en zijn blik gleed van onder tot boven langs haar lichaam, alsof hij wilde checken of ze echt zo rondborstig was. 'Dus u bent leerling-verpleegster Helga?' zei hij toen hij eindelijk bij haar gezicht aankwam. Al na een paar weken kende hij haar naam, petje af! Hij was zelfs even kort bij haar sollicitatiegesprek geweest. 'En hoe bevalt het u hier?'

'Het is inspannend, en ik weet soms niet hoe en wanneer ik alles onder de knie moet krijgen, maar ik werk graag voor u. Ik bedoel, niet alleen voor u persoonlijk, maar ook in de kliniek.' Ze schonk koffie voor hem in. 'Melk? Suiker?'

'Zwart graag.' Hij legde de röntgenfoto weg, sloeg zijn benen over elkaar en keek haar aandachtig aan.

'En u? Bent u tevreden over mijn werk?' vroeg ze.

'Over de koffie? Die heb ik nog niet geproefd. En verder kan ik uw vaardigheden niet beoordelen, we hebben voor zover ik weet nog niets met elkaar te maken gehad. Wat bedoelt u precies?'

'Uw vrouw en wat er is gebeurd... Het spijt me, ik wilde niet...'

'Daar kunt u niets aan doen.' Hij nam een slokje, en zijn gezicht vertrok. Smaakte de koffie zo afschuwelijk? 'Maar bedankt. Het zal allemaal wel weer goed komen, laten we er het beste van hopen. Wij artsen doen wat in onze macht ligt. En nu moet ik aan de slag.' Hij zuchtte, nam nog een slok alsof de koffie toch niet zó slecht kon zijn, en boog zich over de röntgenfoto en andere paperassen.

Het koffiezetten was haar laatste krachttoer geweest voor vandaag. Volgens de grote ziekenhuisklok was haar vrije avond al zeven minuten en dertien seconden geleden begonnen. Uit die verpleegstersplunje en snel haar nieuwe cocktailjurk aan, die haar figuur omtoverde tot een zandlopervorm. Eigenlijk had ze het jurkje voor de diploma-uitreiking gekocht. Hoewel het voor die paar seconden op het podium, waar de directrice van het meisjesgymnasium de diploma's overhandigde, bijna te gewaagd zou zijn geweest. Haar ouders hadden haar dan ook liever in een dirndljurk of een effen mantelpakje gezien. Dit fuchsiakleurige gevalletje zat als een handschoen om haar lijf, en het was verdomd lastig om aan te trekken, daarom had ze ook getwijfeld of ze het eigenlijk wel zou nemen. Even knaagde de ruzie met haar ouders aan haar. Als de kliniekadministratie hen niet had ingelicht, wisten ze niet eens waar Helga was. Hoewel ze meerderjarig was, had haar vader toestemming moeten geven voor haar opleiding, maar zo'n briefje was snel getypt, en haar vaders handtekening beheerste ze feilloos, ze had hem tenslotte moeilijk al die slechte schoolcijfers kunnen laten zien. Waarom zou ze nog één gedachte aan het verleden verspillen? Ze leefde hier en nu, was weer een drukke dag doorgekomen en had een beetje plezier verdiend. Een paar uur waarin ze kon doen en laten wat zij wilde, zonder dat iemand haar de wet voorschreef. Ook al moest ze morgenochtend om acht uur weer present zijn, de hele avond en nacht waren van haar. Met een tinteling in haar buik van de voorpret liep ze naar het zusterhuis, dat pal naast de kliniek stond. Buiten zoog ze de zoele zomerlucht in en keek uit over het meer dat op nauwelijks vijftig meter afstand van het park begon, onderaan de heuvel. Vandaag lichtte het water donkerblauw op en was bespikkeld met schuimkoppen. Ondersteund door een oudere dame wandelde een hoogzwangere vrouw van bank naar bank door het park. Helga nam aan dat een vroedvrouw haar naar buiten had gestuurd. Bij vrouwen die voor het eerst moesten bevallen, duurde het vaak lang tot de persweeën begonnen, zoveel had ze al wel begrepen. Ze was nog nooit bij een bevalling geweest, dat was onder de zusters zoiets als een ridderslag. Tot nu toe had ze hand-en-spandiensten verricht en zich moeten ontfermen over de voor- en nazorg en de borstvoedingskar met de grienende eindresultaten.

In haar gedeelde kamer aangekomen, zette Helga eerst het raam open, ging op de vensterbank zitten en stak een sigaret op, hoewel roken in het zusterhuis verboden was. Silvia had haar nachtpon al aan en lag met een boek en een boterham met kaas op haar bed.

'Ga je mee naar Undosa? Vandaag is er dansavond,' zei Helga tegen haar ploeterzuster. Volgens het affiche op de reclamezuil vlak voor de kliniek nodigde het voormalig golfslagbad Undosa, waar een restaurant en grote feestzaal bij hoorden, de mensen elke vrijdagavond uit om te komen dansen. En daar had ze nu nog meer zin in dan anders. Ze wilde zich in de muziek en hopelijk in de armen van een aardige man storten. Maar als zich geen leuke man aandiende, dan kon ze best een dansje wagen met Silvia.

'Dansen? Dat meen je niet. Vandaag krijg je mij met geen tien paarden de deur meer uit, ik voel mijn benen amper nog. Bovendien wil ik het hele weekend leren, en zondag begint mijn eerste nachtdienst.'

'Wat ben je eigenlijk aan het lezen?' Helga hield haar hoofd schuin om de titel te ontcijferen. '*De Duitse moeder en haar eerste kind.* Dat klinkt... nou ja, nogal als nazileesvoer. Staat dit ook op onze leeslijst?'

Silvia zei van niet. 'Ik heb het in een krat achter de composthoop gevonden toen ik naar dat aderding, je weet wel, op zoek was.'

'O, kom op, het is vrijdagavond, ga alsjeblieft met me mee!' Helga had nog niet eens gelezen wat de vakschooldocent als huiswerk had opgegeven, maar de lessen begonnen maandag pas weer, en dat was het nog lang niet. 'Je moet wel snel beslissen, binnen een halfuur ben ik weg.'

Ze drukte de sigaret uit op de vensterbank en ging naar de gemeenschappelijke badkamer om te douchen en haar haar te wassen, wat dankzij het praktische korte kapsel snel gebeurd was. Toen sloop ze de kamer naast de hare binnen om zuster Ingrids kostbare föhn te lenen. Zonder het te vragen, om haar oudere collega's te straffen voor hun pesterij. Nadat ze zich zorgvuldig had opgemaakt, trok ze de jurk aan en vroeg Silvia haar te helpen met de rits. Tot slot zette ze grote bijpassend gekleurde clipoorbellen vast en wierp een keurende blik in de ovale kastdeurspiegel. Ondanks al die taart vandaag was ze afgevallen, de stof viel losser rond haar heupen dan toen ze de jurk had gekocht. Geen wonder met al dat lopen de hele dag. Toch was ze niet tevreden.

'Ik zie eruit als een non.' Helga trok aan de halsuitsnijding.

'Als jij een non bent, hoe zou Marilyn Monroe zich dan moeten noemen?' Silvia lachte.

In elk geval had Helga haar vorige week kunnen overhalen om samen naar de bioscoop in Starnberg te gaan, waar ze *How to Marry a Millionaire* hadden gezien. Sindsdien vergeleek Silvia haar voortdurend met Monroe, alleen omdat zij even blond was en ook een bril droeg, althans tijdens haar werk. In haar vrije tijd was het niet zo belangrijk om alles haarscherp te kunnen zien.

'Mag ik je nagelschaar en een potlood van je lenen?' Helga had een idee, liet zich uit de jurk helpen en zette haar bril weer op.

'Ben je nou helemaal! Dat is kostbare stof, daar komen rafels in,' waarschuwde Silvia toen Helga de schaar in de jurk zette en rond de halsopening tot op de rug grote bladvormige gaten knipte.

'Niet als de snit diagonaal is. Kijk, zo.' Dat had ze van de naaister afgekeken die kleding voor haar moeder maakte. Ze trok de jurk weer aan, inspecteerde zichzelf in de spiegel en was eindelijk tevreden met wat ze zag. Bij het inademen viel haar huid precies op de juiste plekken wat extra in het oog.

'Als ik jou zo zie, ga je vanavond de man van je leven ontmoeten,' zei Silvia.

'En jij, Miss Bacall?' plaagde Helga haar vriendin. 'Ga je nou mee of niet? Ik heb immers een chaperonne nodig, anders laten ze me misschien niet binnen.'

'Je kunt het vast wel alleen af. Nee, breng voor mij maar gewoon een miljonair mee.'

'Als er echt een tussen zit, mag jij hem later hebben. Ik spreek nooit twee keer af met dezelfde man.' Haar gulden regel waaraan ze zou vasthouden, wat er ook gebeurde.

'Zeg nooit nooit.' Silvia liet zich weer op het bed vallen en verdiepte zich in haar boek.

Dus ging ze in haar eentje en lopend op pad. Al uit de verte zag ze de weerspiegeling van de brandende lampions in het water, die langs de oever voor Undosa waren opgehangen. Ze spitste haar oren en hoorde levendige muziek; het klonk veelbelovend. Zoals verwacht wilde de zaalwachter haar zonder begeleiding niet binnenlaten. Ze waren een fatsoenlijke zaak, met de nadruk op 'fatsoenlijk'.

'Hoe kun je nou iemand ontmoeten als je om te beginnen al met z'n tweeën moet komen?' protesteerde ze, terwijl ze diep in- en uitademde om de bladuitsneden in haar jurk in de strijd te gooien.

Maar tevergeefs, de zaalwachter was onvermurwbaar. Hij trok zijn colbertjasje recht en negeerde haar verder. 'Goeienavond, mevrouw Dahlmann, meneer Dahlmann,' begroette hij een paar dat na haar was gearriveerd, en hij wuifde hen door.

Helga wachtte tot de twee de trap naar boven hadden genomen en nagenoeg in het gedrang waren verdwenen en riep toen: 'O jeetje, dat was mijn beste vriendin Dalli, ik had met haar afgesproken. Nu heeft ze mij over het hoofd gezien. Dalli, wacht! Wacht op mij!' riep ze over het steeds luider wordende tromgeroffel heen en spurtte de twee achterna.

Terwijl ze de zaal binnenging, waagde ze een blik achterom naar beneden, maar de zaalwachter was al met de volgende gasten bezig. Even overwoog ze zichzelf aan de bar op een martini te trakteren, dat zou ze vroeger gewoon hebben gedaan. Nu zou het haar een weekloon kosten, dus kon ze er beter van afzien. Ze zocht in haar handtas en constateerde dat ze haar sigaretten was vergeten. Zou ze er een bietsen? Ze keek om zich heen en zag een rokende oudere heer naar haar knipogen. Onmiddellijk sloeg zijn tafeldame hem op de arm. Dan moest ze het maar bij dansen houden.

Ze was niet helemaal weg van de Duitse schlagers die gespeeld werden, maar er zat altijd nog meer pit in dan in Weense walsen. Op de dansvloer zwierden al een paar stelletjes rond. Helga deinde mee op het ritme van 'Rote Rosen, rote Lippen, roter Wein'. Een ober kwam vragen of ze een tafel wilde. 'Misschien later,' zei ze. Vlak bij het podium had ze een groep Amerikaanse militairen ontdekt. De GI's droegen uniformen maar hadden hun jasjes deels opengeknoopt, de mouwen opgerold en hun petten afgezet. Ze klapten en lachten en leken de Beierse band aan te vuren, die zich volgens het opschrift op de trommels The Knattle Buggies noemde. Kennelijk vonden de Amerikanen dit oubollige optreden oerkomisch. Eén soldaat viel haar speciaal op. Hij knipte met zijn vingers alsof hij zelfs Duitse tranentrekkers kon laten swingen. Toen plukte hij aan een onzichtbare gitaar en strekte zijn bovenlijf naar achteren, zoals een van die superbegaafde Amerikaanse muzikanten die Helga van platenhoezen kende. Hij wordt het, besloot ze, en al was hij waarschijnlijk geen miljonair, zijn uitstraling compenseerde dat. Voortvarend doorkruiste ze de zaal, voorbij de tafels, en ging voor hem staan. Eigenlijk had ze hem in het Duits ten dans willen vragen, maar het gefluit en gejoel van zijn kameraden terwijl ze zich langs hen wrong brachten haar van haar stuk. Ze bedacht zich, grabbelde al haar kennis van het Engels bij elkaar en schreeuwde harder dan de bedoeling was: '*Would you ask me for a dance?*'

'*Well, I have never been asked to dance by a lady like you.*'

Helga schrok even toen ze dat hoorde; betekende het nou ja of nee? Ze voelde dat ze bloosde. De huid van de Amerikaan glansde onder het licht van de kelkvormige lampen die in trossen aan het plafond van Restaurant Undosa hingen. Zijn ogen schitterden. Ze had nog nooit zo'n mooie man gezien. Ook de nonchalante manier waarop hij, in losgeknoopt jasje en met één voet op een stoel, ongegeneerd op de tafelrand zat imponeerde haar. Alsof hij het uniform droeg om zijn eigenheid te benadrukken.

'Wilt u dansen, juffrouw?' zei hij nu in het Duits met een Amerikaans accent, en hij stak zijn hand naar haar uit.

'Graag.'

Ze voelde een tinteling toen hij zijn handen rond haar middel legde en haar meetrok naar de dansvloer. Daar wervelde hij met haar rond. Hij leek een heel eigen ritme te hebben, en algauw zweefde Helga over de dansvloer. De volgende schlager begon met een schrille trompetsolo, die een einde maakte aan elke poging tot conversatie. Maar ze hoefden niet te praten. Tenminste niet met woorden. De soldaat glimlachte met opgetrokken wenkbrauwen naar haar wanneer er een valse noot klonk, knipoogde of tuitte zijn lippen. Helga lachte en voelde alle spanning van zich af vallen. Heerlijk, ze was in haar element!

'Wegwezen, jijijijij, je bent me veel te vrijijij,' kweelde de zangeres van de Knattle Buggies. 'Wegwezen, jijijijij, wat wil je nou van mijijij.' De trompettist had zijn instrument weggelegd, boog zich naar de microfoon en galmde: 'Dat zegt Grééétje, mijn meieieissie, als een knul d'r pakken wil.'

Helga werd zich bewust van de afkeurende blikken terwijl ze in de armen van de GI tussen de andere paren ronddraaide.

Maar zodra het liedje ten einde was, maakte haar vermeende aanbidder zich van haar los en liep naar zijn kameraden terug. Dat was het dan. Ze had te vroeg gejuicht. Te midden van de paren stond ze alleen op de dansvloer, alsof ze besteld was maar niet afgehaald.

Maar haar 'kanjer' zoals ze hem in stilte noemde, kwam terug. 'Sorry, een kleine – hoe zeg je dat – verandering. Wil je met me dansen?' Hij boog zelfs voor haar voordat hij haar in zijn armen nam.

Deze keer begon het nummer met snelle pianomuziek. De melodie racete het hele toetsenbord op en af. Kon die Beierse band nou opeens de boogiewoogie spelen? Helga tuurde naar het podium. Een Amerikaanse soldaat had de plaats van de pianist van de Knattle Buggies ingenomen. Had haar danspartner dat geregeld? Hij draaide haar al rond, duwde haar aan haar ene hand van zich af tot hun armen strak stonden, trok haar aan de andere weer naar zich toe, en zo ging het door. Hij tikte beurtelings met zijn hakken en tenen op de vloer, schopte zijn benen in de lucht, strekte ze, sprong en lachte, en zij deed hem na. Binnen de kortste keren draaide de hele zaal met hen mee. Steeds sneller, op de maat van de muziek. Ze dansten en dansten. Boogiewoogie, chachacha en swing. Alles viel van haar af: de vastgedraaide piekergedachten, de twijfels en angsten waarmee Helga zichzelf de afgelopen weken had gekweld.

'Zullen we even naar buiten gaan?' stelde ze voor toen ze helemaal buiten adem waren en ook de muzikanten een pauze namen. Zo hoopte ze ook aan de nieuwsgierige blikken te ontsnappen, als hij tenminste met haar meeging.

Dat deed hij, en hij griste onderweg een fles sekt van het

dienblad waarmee een ober langs hen liep. Voordat de man kon protesteren, stopte haar begeleider een tienmarkbiljet in zijn jasje. Ze wandelden over de promenade tot aan de kleine met puntdaken overkapte boothuizen, die tegen elkaar aan leunden, gingen op de kade zitten en lieten hun voeten boven het water bungelen.

'Zeg eens hoe jij heet?' Hij sprak de taal verrassend goed, met zo'n charmant Amerikaans accent, zei meteen jij en jou tegen haar en bood haar de fles aan.

Ze dronk. De sekt tintelde op haar tong. 'Helga Knaup. En hoe heet jij, Mister Boogiewoogie?' Ze gaf hem de fles terug.

'Jack Woogie.' Ook hij nam een slok, en hij lachte.

'Echt waar?'

Hij schudde zijn hoofd. 'Helaas gewoon Jack Miller. Mister Boogiewoogie ik vind leuker.' Hij gaf haar de fles weer. Zo raakten hun monden elkaar zonder dat ze kusten. Het meer glinsterde in het maanlicht, en de golven klotsten tegen de vastgemeerde boten. 'En wat jij doet, Helga, als niet jij danst?'

Ze overwoog even hoeveel ze over zichzelf zou loslaten, normaal gesproken hield ze het zo oppervlakkig mogelijk. 'Ik ben verpleegster. En jij?'

Het insigne op zijn uniform zag er anders uit dan dat van de GI's die ze van de German Young Activities Club in München kende. Op zijn revers prijkte een zilveren vogel. De fles wisselde weer van mond.

'Ik ben bij de U.S. Army Air Force Foerstenfeldbruck.'

Aan die oe hoorde ze dat hij het nog moeilijk had met de umlaut. 'O, dan is dit ook niet de dichtstbijzijnde plek waar je Beierse schlagers kunt horen.' Fürstenfeldbruck lag ten westen van München, zeker een uur rijden van Starnberg. Ver op de achtergrond klonk weer de oude dansmuziek.

Hij knikte. 'Ja, is lastig. Mijn kameraden hebben me overgehaald. Ik had bijna, hoe zeg jij, spijt van. Maar heb jij me gered.'

'Dus je bent piloot?'

'Eerst voor geld, hoe noemt dat, in een *mine* gewerkt.'

'Mine, je bedoelt in een mijn?'

Hij knikte.

'Zo noemen wij die hier ook.'

'Toen ik wilde niet meer onder grond zitten, dus heb ik de vliegopleiding en naar Duitsland gevliegen om de oorlog eind aan maken.'

'Bravo,' zei ze. Uit zijn mond klonk de capitulatie van het Hitler-regime eenvoudig. 'Van mol tot libel.'

'Mol?'

'Dat blinde beestje dat gangen onder de grond graaft.'

'O, *a mole,* ja.' Hij klopte zich op de borst. 'Maar in Duitsland, de oorlog was erg. Erger dan leven onder aarde in een berg.'

Ze zwegen een paar slokken lang.

Hij rook bijzonder, een mix van aftershave en een onbekend luchtje dat ze lekker vond. In het schijnsel van de lantaarns op de promenade zag ze hem maar vaag, de stof van zijn uniformjasje schuurde langs haar blote armen. Ze schoof dichter naar hem toe.

'Vertel over jou, over je werk en familie,' vroeg hij.

'Daar valt niet veel over te zeggen. Is de fles soms al leeg?'

'Sorry, *wait.*' Hij wilde opspringen, maar zij hield hem tegen door haar arm om hem heen te slaan. Toen zochten haar lippen zijn mond. 'Hier zit nog wat sekt op als je wilt.'

Ze kusten lang, hun tongen draaiden in boogiewoogiestijl om elkaar heen. Het was een zachte zomernacht, maar Helga beefde, ze wist niet of het van opwinding of van geluk was. Jack voelde dat ze kippenvel had en bood haar zijn jasje aan. Er liepen mensen langs, ze hoorde voetstappen op het plaveisel.

'Kom.' Helga stond op, pakte Jacks hand en trok hem mee over de smalle steiger die langs de boothuizen voerde. 'Pas op, val niet in het water.'

‘Wil je zwemmen?’ Hij volgde haar.

Ze stond stil voor een vastgelegde zeilboot. ‘Heb je een aansteker?’

Hij haalde er eentje uit zijn zak en knipte hem aan. Ze wilde liever zien waar ze haar voeten neerzette terwijl ze op het dek klauterde. Jack sprong achter haar aan. Samen trokken ze aan de kajuitdeur. Ze dachten eerst dat hij op slot zat, maar toen vloog hij open. De boot schommelde zachtjes mee met hun bewegingen, ze omhelsden elkaar weer en kusten elkaar. Hij streelde haar en kleedde haar langzaam uit. Was het goed wat ze nu aan het doen was? Even twijfelde ze, maar toen flitste door haar heen wat ze zich had voorgenomen. Geen tijd meer verspillen aan verveling; ze leefde en had lief in het hier-en-nu, niet morgen en niet gisteren, en wie weet of ze ooit nog iemand als deze Mister Boogiewoogie zou strikken.

ANNABEL

Van Friedrich ontbrak elk spoor, en ook Magdalena was nergens te bekennen. Annabel voelde de paniek opkomen terwijl ze langs de oever liep en hier en daar van de weg af ging om achter de struiken te zoeken. Ze kreeg het heel warm, haar hart klopte in haar keel. Half rennend passeerde ze wandelaars, die haar – een wanhopige jonge moeder die keer op keer de naam van haar zoon schreeuwde – verbaasd aankeken. Bij de steiger bleef ze staan, misschien liepen hij en Magdalena ergens tussen de mensenmenigte? Hoe had ze de kinderen nou toch zo snel uit het oog kunnen verliezen?

'Hebt u een klein jongetje gezien?' vroeg ze aan een stel. 'Mijn zoontje van vijf, ongeveer zo groot.' Ze hield haar hand ter hoogte van haar heup. 'Matrozenpakje, donkerbruin krulhaar, sproeten.'

De twee keken haar aan zonder te antwoorden. De man fronste zijn wenkbrauwen.

Het liefst had ze die lui door elkaar geschud. 'Verstaat u mij eigenlijk wel?' Waarschijnlijk toeristen uit het buitenland.

Annabel haastte zich verder naar de kiosk. Daar kochten ze tijdens hun wandelingen vaak een ijsje. 'Neem me niet kwalijk, u kent Friedrich, mijn zoon, toch?'

De vrouw keek haar vragend aan en klakte toen met haar tong. Zou dat ja betekenen?

'Ik ben al heel vaak met hem hier geweest om ijsjes bij u te kopen, Dolomiti, die met de drie kleuren. U weet vast wel wie ik ben,' drong Annabel aan.

De kioskhoudster antwoordde niet. Ze leek ergens op te sabbelen. Ten slotte spuugde ze een glasscherf uit. 'Ik heb net een flesje Bluna-limonade kapot laten vallen, 't is toch zonde om weg te gooien.'

Was iedereen gek geworden? Wat als iemand Friedrich had ontvoerd? Nee, dat kon en mocht niet waar zijn. Bovendien had ze hem op het hart gedrukt nooit met vreemden mee te gaan, wat het ook was waarmee ze hem probeerden te lokken. En Magdalena was bij hem, hij was niet alleen. De gedachte aan het meisje troostte haar een beetje. Het stoomschip was inmiddels afgevaren, schuimkoppen dansten op het water, hoge golven klotsten tegen de staanders van de aanlegsteiger. Plotseling golfde de angst weer door haar heen. Als hij maar niet mee aan boord was gegaan. Ze drong zich langs de mensen heen naar een man met een pet, die eruitzag als een kapitein of kaartjesverkoper. Het deed er ook niet toe. 'Hebt u een klein jongetje gezien? Mijn zoon?' Opeens kreeg ze Magdalena in het oog. Het meisje stond een heel stuk verderop op de uiterste punt van de steiger en staarde als gehypnotiseerd in het water. Hoe was ze daar nou in die korte tijd gekomen? 'Waar is Friedrich, zijn jullie... is hij...' riep ze al uit de verte, nog voor ze bij het meisje was.

'Hij wou ons schip hoale,' snikte Magdalena. Huilend wees ze naar beneden. 'Mar 't is weg, en toen issa innavalle.'

Annabel ontdekte haar zoon in het water. Hij hield zich met één hand vast aan de ijzeren staander en keek naar haar op. Ze dacht een 'Ma...' te horen voor hij in een hekgolf van het wegvarende schip terechtkwam, die over hem heen klotste. Snel ging ze plat op haar buik op de planken liggen om haar hand in het water steken. Maar ze kon niet bij hem. 'Hou je met twee handen vast! Hoofd omhoog! Ik kom je halen,' gilde ze tegen hem. Ze had geen idee of hij haar hoorde.

Weer kwam er een golf aanrollen, die tegen de staander sloeg. Nu ging Friedrich kopje-onder en zonk.

'Help! Help me!' schreeuwde ze zo hard als ze kon. Ze sprong overeind en duwde Magdalena naar het midden van de steiger, zodat het meisje tenminste in veiligheid was. Toen schopte ze haar schoenen uit en klauterde langs de stangen naar beneden. Ze zag Friedrich nergens. 'Alsjeblieft, lieve God, alsjeblieft,' smeekte ze.

Voor haar flitste iets op in het zonlicht. Magdalena's sleutel, die hij hopelijk nog om zijn hals droeg. Zonder aarzelen sprong Annabel in het water en zwom ernaartoe. Maar de draaikolken trokken haar naar beneden, ze trappelde zichzelf uit alle macht weer omhoog. Ze had veel te snel geen lucht meer, en ook haar kleren zaten haar in de weg. De golven spoelden haar telkens weer terug naar de staanders. Opeens voelde ze iets bij haar voeten, een zachte aanraking als van een waterplant. Ze haalde diep adem en dook. Eerst onderscheidde ze niets dan grijsgroen schuim, hoe hard ze zich ook inspande. Toen zag ze een van de steigerpalen, die zich in de bodem boorde. Ze hield zich eraan vast en werkte zich verder omlaag tot ze de contouren van een klein lichaam voelde. Ze probeerde Friedrich vast te grijpen, hij ontglipte haar, tot ze opeens de sleutel in haar handen voelde, ze dacht al dat de ketting van zijn hals was gegleden. Maar toen kreeg ze Friedrichs matrozenkraag te pakken, klemde haar zoon tegen zich aan en maakte met één hand vlugge zwembewegingen om zo snel mogelijk omhoog te komen. Nooit zou ze hem meer loslaten. Toen ze boven water kwamen, merkte ze dat ze onder de steiger waren gedreven. Het was donker, en haar gierende gehijg weergalmde.

'Hierheen!' riep iemand. 'Deze kant op!' Mannenarmen strekten zich uit in haar richting. Iemand zat op een dwarsbalk en stak zijn hand uit.

Ze kon er niet bij. Plotseling voelde ze een paar gespierde

armen achter haar rondtasten. Iemand was in het water gesprongen en naar haar toe gezwommen, en ondersteunde haar van achteren. Een ander greep Friedrich en hees hem als een pakketje uit het water. Daarna hielpen ze haar ook op de steiger. Daar, in het felle zonlicht, hoorde ze een paar mensen in hun handen klappen. Drijfnat krabbelde ze overeind en boog zich over Friedrich heen. Hij bloedde uit een wond op zijn voorhoofd, zijn ogen waren gesloten, en hij lag te beven. Ze deed de ketting met de sleutel af en gaf hem aan Magdalena, die met een betraand en met snot en modder besmeurd gezicht naast haar hurkte. Toen nam ze Friedrich in haar armen en stond op. De wereld draaide om haar heen, ze haalde diep adem. Het meerwater stroomde van haar af. Hopelijk kon ze op haar benen blijven staan.

'Wacht, als hij een hoofdwond heeft kunt u hem beter niet verplaatsen.' Een van de mannen probeerde haar tegen te houden toen ze zich in beweging zette. 'We laten een ziekenwagen komen.'

Annabel negeerde de man, drong zich langs hem en de horde kijklustige mensen heen en jakkerde over de steiger. Ze wierp een blik op Friedrichs bleke gezichtje, zijn oogleden trilden. Hij leefde, dat was het belangrijkste. Verder door de stationstunnel naar de taxistandplaats. 'Snel...' blafte ze tegen de eerste de beste taxichauffeur, die tegen zijn auto geleund de krant las. Straks viel ze nog flauw, Friedrich lag als een zak cement in haar armen. 'We moeten naar de Seekliniek. Mijn zoon is bijna verdronken.'

'Van dokter Von Thaler? Dat is toch een kraamkliniek? Weet u wat, ik rij u naar het ziekenhuis. Het kind bloedt.'

Hoe kon die man zo doodkalm zijn, het was ongelooflijk. Annabel was helemaal buiten adem, zwarte stippen dansten voor haar ogen. Bevend trok ze met één hand het autoportier open en schoof samen met Friedrich op de achterbank.

'Hebt u geen handdoek?' vroeg de chauffeur nu ongerust. 'U

maakt mijn bekleding nat.' Eindelijk gooide hij zijn krant weg en stapte in.

'Het droogt wel weer, het is gewoon water. Geen zorgen, wij vergoeden de schade anders. Nu rijden, snel. Mijn man is directeur van de Seekliniek.'

Ze had haar zoon nog maar net gered, en ze wilden hem alweer van haar afpakken. Konstantin kwam aanrennen toen Annabel uit de taxi was gestapt, en hij droeg Friedrich naar de spreekkamer van de privéafdeling. Ze vertelde hem kort wat er was gebeurd.

Hij legde hem voorzichtig op een stretcher. 'Hoe lang is hij onder water geweest?'

'Niet lang, ik weet het niet, ik ben... Nou ja, ik heb niet op de klok gekeken.' Welke klok had dat ook moeten zijn, dacht ze bij zichzelf. Er was daar geen klok geweest, of toch wel, de stationsklok. Hoe lang had het geduurd voor ze hem uit het water had gevist? Veel te lang, dacht ze, een eeuwigheid. 'Misschien vijf minuten?' besloot ze hardop te zeggen. 'Of maar vier, nee minder, misschien twee,' verbeterde ze zichzelf. Elke seconde was er een te veel geweest.

Konstantin sloeg zijn zoon zacht tegen de wangen tot hij zijn ogen opendeed. Godzijdank. 'Mama? Papa?'

'Lieverd, ik... We zijn hier.' Annabel pakte zijn kleine hand.

Friedrich vertrok zijn mondhoeken alsof hij wilde glimlachen, toen hoestte hij. Haar man vroeg haar hem los te laten zodat hij hem kon onderzoeken. Hij boog een been bij de knie, draaide hem op zijn zij, klopte op zijn rug. Friedrich spuwde een plens water uit. Zijn gezicht ontspande weer, en hij viel in slaap.

'En die wond aan zijn voorhoofd?' vroeg ze. 'Moet die niet gehecht worden?' Er zat bloed in zijn haar.

'Nee, dat geneest zo wel. Maar hij kan een hersenschudding hebben, of erger.'

'Erger? Wat bedoel je?'

Daar ging Konstantin niet op in. 'Heeft hij overgegeven?'

'Ik... ik geloof van niet.' Ze probeerde kalm te blijven.

'Geloof je het, of weet je het?' Hij keek haar doordringend aan.

'Ik weet het.'

'Zuster Beate?' Konstantin wenkte de hoofdzuster de kamer in. 'Trek Friedrich alstublieft zijn natte spullen uit en hou hem goed warm.'

'Dat kan ik toch doen,' zei Annabel.

'Jij kunt beter buiten wachten.' Hij duwde haar de behandelkamer uit.

'Maar ik wil bij hem blijven.'

'Je helpt meer als je buiten wacht. Haal maar een kop thee, of beter nog, neem een taxi naar huis. Ik breng je meteen op de hoogte zodra ik meer weet. Waarom ben jij eigenlijk zo druipnat?'

'Dat heb ik je toch gezegd, ik ben Friedrich achternagesprongen.' Had hij eigenlijk wel naar haar geluisterd?

'Jij?' Hij trok zijn wenkbrauwen op en leek bijna geamuseerd. Maar voordat ze iets terug kon zeggen, liet hij haar in de gang staan en sloot de deur.

Misschien had hij gelijk. Nu was Friedrich zeker in goede handen. Ze had het ijskoud. Onder de gele bloes scheen haar beha door. Moest ze zo in een taxi stappen? Ze kon beter in het kantoor van haar man wachten, daar lag misschien een jasje of een trui van hem, iets wat ze over haar kleren kon aantrekken.

Toen ze de deur van zijn kantoor opendeed, stond er een vrouw in ondergoed tegenover haar. Annabel was zo overvallen dat het haar pas toen ze voor de tweede keer keek opviel dat ze een verpleegsterskapje droeg. Annabel voer tegen haar uit, en het jonge ding diende haar brutaal van repliek. Het liefst had Annabel haar bij de arm gepakt en haar de kamer uit gezet, zoals Konstantin daarnet met haar had gedaan. Dan kon iedereen zien wat een lellebel deze juffrouw was. Maar toen dacht ze aan haar eigen goede naam, die gekoppeld was aan de reputatie van haar man, en hij was tenslotte de geneesheer-directeur.

Voordat ze compleet overstuur raakte, maakte Annabel rechtsomkeert, sloeg de deur achter zich dicht en rende de trap af in de richting van de receptie. Toen ze door de hoofdingang naar de oprijlaan keek, zag ze twee ambulancebroeders iemand in de ziekenwagen tillen. Vreemd, normaal gesproken werden zwangere vrouwen hiervandaan niet weggebracht, maar kwamen ze juist naar de kliniek om te bevallen. Daar zag ze Konstantin staan. Waarom had hij haar kind alleen gelaten? Ging het alweer beter met hem? Het volgende moment besefte ze pas dat de patiënt op de brancard haar zoon was. Friedrich. De achterdeuren gingen al dicht, de chauffeur stapte in. De sirene loeide, op het dak draaide het blauwe zwaailicht. De wagen begon te rijden. Annabel holde erachteraan. Maar het lukte haar niet het voertuig in te halen. Konstantin onderschepte haar een stukje voor het grote hek.

'Wat is er... met Friedrich, waar brengen... ze hem... naartoe?' piepte ze hijgend, weer helemaal buiten adem. Ze hapte naar lucht, drukte haar handen tegen haar buik en boog zich voorover. Haar hart brandde in haar borst, haar benen begaven het.

'Beheers je.' Haar man sloeg zijn arm om haar middel en ondersteunde haar.

Bij zijn aanraking zakte ze in elkaar. Wat had ze zijn nabijheid gemist! Het liefst was ze ter plekke in huilen uitgebarsten, maar eerst moest ze weten waar haar kind naartoe werd gebracht. 'Ik... wil me... niet beheersen, vertel... Wat is er... met hem?'

'De hele kliniek kijkt naar ons. Maak er niet zo'n spektakel van.'

Ze liet haar blik van onder tot boven langs de voorgevel gaan, maar zag niets en niemand achter de ramen. Alleen de twee vrouwen die bij de receptie stonden wendden zich af toen ze naar hen keek.

'Anders ben je er toch altijd zo op gebrand om de mensen geen aanleiding tot geklets te geven. Kom, we praten binnen verder.' Hij duwde haar terug de kliniek in.

'Kan ik helpen?' Hoofdzuster Beate repte zich met een klembord tegen haar borst gedrukt naar hen toe.

'Dank u, we komen er wel uit,' zei Konstantin. 'Ik heb nog een momentje met mijn vrouw alleen nodig, daarna lopen we visite.'

'Wacht even, dokter.' De hoofdzuster liet zich niet afschepen. 'Mag ik u herinneren aan mevrouw Ehlingers blaasoperatie? Die stond voor elf uur dertig gepland. En wanneer moet de anesthesist met de narcose beginnen? Verder wilde u nog naar de baarmoederverzakking van mevrouw Müller-Reitmeier kijken, ze ligt in kamer zeventien. En een van de vroedvrouwen vraagt of u naar de verloskamer kunt komen, daar zijn problemen met de uitdrijving van de placenta.'

'Hoe laat is het?'

'Elf uur tweeënveertig.' De hoofdzuster wees met haar potlood naar de grote klok die boven de receptie hing.

Konstantin zuchtte. 'Zegt u tegen dokter Hauck dat hij het kort moet overnemen.' Hij beende de gang door en duwde de eerste de beste deur open. 'Zo, hier worden we even niet gestoord. De laboranten houden om halftwaalf middagpauze.'

Een betegelde ruimte vol medische apparatuur. Annabel ging op een krukje zitten en legde haar hand tegen haar borst om haar hartkloppingen onder controle te krijgen. 'Waar heb je hem naartoe laten brengen? Wanneer mag ik bij hem?'

Konstantin draaide een van de vele kranen open, vulde een maatbeker en gaf haar het water aan. Ze ging er tenminste van uit dat het water was. 'Drink maar wat.'

'Dank je, maar ik hoef niet.' Toch pakte ze de beker van hem aan.

'Friedrich heeft een onregelmatige ademhaling, zijn abdomen is opgezet en hij hoest nog steeds.'

'Abdomen, wat is dat ook alweer?'

'Zijn buik. Hij moet geobserveerd worden. Ik heb vader gebeld.'

'Je hebt wát?'

'Hij is de specialist als het om zulke gevallen gaat.'

'"Zulke gevallen"? Dit is je zoon.' Haar stem sloeg over. Dus ze brachten Friedrich naar het Von Thaler-kinderziekenhuis in München, waarvan Annabels schoonvader, Richard von Thaler, de directeur was, hoewel hij allang de pensioengerechtigde leeftijd had bereikt. Ze had het kunnen weten. Waarschijnlijk had Konstantin, zodra zij haar hielen had gelicht, onmiddellijk de telefoon gegrepen. 'En waarom mocht ik niet met hem meerijden? Friedrich zal zeker bang zijn tijdens die lange rit en bij het onderzoek. Hij heeft me nodig.'

'Dat hij je nodig heeft snap je kennelijk nu pas. Vader heeft beloofd dat hij zich persoonlijk met zijn kleinzoon gaat bezighouden. Wij zijn daar niet op ingericht, dit is een verloskundekliniek, geen kinderziekenhuis zoals je weet. Friedrich heeft veel water ingeslikt, hij moet door een specialist worden behandeld. Hij kan een longontsteking en strottenhoofdkramp krijgen. Ik weet niet of je het doorhebt, maar hij verkeert in levensgevaar.'

'Wat? Maar hij haalde toch normaal adem, en dat water heeft hij ook allang uitgehoest.'

'Stel jij hier de diagnose?'

'Natuurlijk niet, ik dacht...'

'Dus jij denkt, aha.' Zijn stem was veranderd. Zo had ze hem zelden meegemaakt. Soms, wanneer hij na zijn dienst doodmoe thuiskwam, snauwde hij haar af op zo'n toon. Maar uiterlijk na één glas bordeaux of chianti uit de oude wijnvoorraad van de Von Thalers, die in de kelder van de villa lag opgeslagen, was zijn boosheid vervlogen en ontspande hij. Nu kwam hij pal voor haar staan. 'En wat dacht je toen je Friedrich alleen liet op de stoomscheepssteiger?'

'Ik heb hem niet alleen gelaten. Hij was met Magdalena aan het spelen, dat meisje uit onze straat, de dochter van de kapster.'

'Hoe oud is zij?'

'Ik weet het niet precies, ik denk acht of misschien al negen.' Hoe meer ze zei, hoe armzaliger haar verweer haarzelf in de oren klonk. Nu dronk ze toch maar een slokje. Het belangrijkste was dat Konstantin ophield met zijn beschuldigingen.

'Jij hebt maar één taak, meer niet, hoe moeilijk kan dat zijn? Maar zelfs daar ben je niet toe in staat.' Hij schreeuwde tegen haar.

Opeens was ze het zat. Ze kon zichzelf later nog genoeg verwijten maken, nu ging het om het leven van haar zoon, hij moest weer beter worden. Ze haalde diep adem en schreeuwde terug: 'En jij, wat doe jij? Flikflooien in je kantoor met die, die...' Ze sprong op.

'Probeer me niet af te leiden van jouw falen.'

'Nu moet je echt ophouden! Dit kan toch niet zomaar! Is er hier in de hele kliniek één vrouw achter wie je niet aan zit? Alleen omdat jij je dat als geneesheer-directeur kunt permitteren? Ik heb haar toch zeker met mijn eigen ogen gezien, dat rondborstige blondje, die Helga Knaup, die eruitziet alsof ze de drie knoopjes van haar bloes niet eens kan tellen. Halfnaakt in jouw kantoor! Is ze eigenlijk wel meerderjarig? Heb je haar meteen ingepalmd zodra ze haar verpleegsterskapje ophad? Is dat het, wil je er eentje in verpleegstersuniform? Ben ik niet goed genoeg meer voor je?' Zo, dat was eruit, alles wat al zo lang bij haar vanbinnen broeide maar wat ze stilletjes onderging. Zijn geflirt en avontuurtjes.

'En wat wil je nu van mij horen?' Konstantin leek niet onder de indruk. 'Hebben we het hier de afgelopen jaren niet heel vaak en tot vervelens toe over gehad? Het is niet zoals jij denkt. Los daarvan wist je met wie je trouwde, of niet soms? Er zijn belangrijker dingen dan jouw gevoeligheden.'

'De míjne? Maar jij bent toch de, de...' Ze zweeg en beet op haar lip, hoewel ze hem nog veel meer naar het hoofd had willen slingeren. Ze voelde zich oneindig moe en uitgeblust en krabbelde terug. 'Het spijt me,' zei ze. 'Ook dat ik Friedrich kort uit het oog heb verloren, vergeef me alsjeblieft. Ik weet niet hoe dat kon gebeuren.' Ze liep naar hem toe en probeerde hem te omhelzen.

Hij ontweek haar en stapte naar de deur. 'Je bent nog steeds nat, ik wil me niet hoeven omkleden. Laten we gewoon hopen dat Friedrich jouw nalatigheid heelhuids te boven komt.'

Ideeën voor winkelnaam

- *Dahlmann op de Hoek*
- *~~Buurtwinkel Dahlmann, Luises Delicatessen~~*
- *Luises Levensmiddelenwinkel* = LL
- *Dahlmann Delicatessen* = DD
- *Tante Dalli's winkel*
- *Nog verder over nadenken…*

Productverzorging

- *Wordt bij boter en kaas het verpakkingspapier meegewogen?*
- *Wat is Liebfraumilch = Aha, gewoon witte wijn.*
- *Ongediertebestrijding, wat doe je tegen azijnaaltjes? = Bij zwakke aantasting: azijn verhitten tot 50 graden. 0,5 cm lange wormen worden nog niet beschouwd als schadelijk voor de gezondheid.*

Belangrijke boeken om te kopen en te lezen

- Van jezelf bedruipen tot zelfstandig ondernemen. Een leidraad voor de jonge ~~kruidenier~~ kruidenierster. Hoe ~~hij~~ zij onafhankelijk wordt door zuinigheid met vlijt.
- Klantenservice in de praktijk, *door middenstandgediplomeerde W. Durchgreif.*

- De etalage. *Grondbeginselen van een effectieve uitstalling, met afb.*

Winkelindeling

'Massa is kassa.' Geen lege gaten in de schappen! Zorgen voor koopstimulansen!!!

- *Bukzone = zware artikelen die op de vloer staan of geheime zaken die verstopt zijn onder de toonbank (voorbehoedmiddelen, theaterkaartjes, de dienstregeling van de Duitse Spoorwegen voor grote afstanden, enzovoort).*
- *Zichtzone op ooghoogte = merkartikelen in de reclame, aanbiedingen uit de etalage.*
- *Kassagebied = unicaten/speciale artikelen die je onder de aandacht wilt brengen, maar ook verkooptoppers en de snoeppotten.*
- *Grijpzone = nieuwe en vanouds goedlopende artikelen door elkaar.*
- *Kinderwinkelhoekje = Het kind van nu is de klant van morgen!*
- *Rustzone = stoel en tafeltje. Wie tot rust komt ontdekt meer dan wat er op het boodschappenlijstje staat!*
- *Lokgebied = artikelen die alle zintuigen aanspreken, bv. vers gebrande koffie, warm gebak, tabak, perlonkousen, enzovoort.*

Nog aanschaffen

- *Winkelweegschaal, geijkt*
- *Snoepschep, aantal glazen snoeppotten*
- *Kasboek met grootboek*
- *Opschrijfboekje (pofboek) voor nog te betalen boodschappen*
- *Leveringsboek*

- *Papieren zakken in verschillende maten: puntzakken, rechthoekige zakken, cellofaan*
- *Papierrol met ophangsysteem*
- *Opbergkist voor de glazen olie-en-azijnschenkflessen van 25 l, pollepels, trechters, meerdere zeven*
- *Bordje: open/gesloten*

Uit: Luises aantekeningenschrift

LUISE

Voordat Hans naar zijn werk ging, vroeg ze hem om haar te helpen met de oude buffetkast die ze in haar winkel wilde gebruiken. Tijdens het ontbijt had Luise hem al de foto laten zien die ze samen met het album achter de kast had gevonden, maar Hans had enkel zijn schouders opgehaald; hij herkende geen van de vreemde mensen naast zijn ouders, en de vlekkerige potloodletters kon hij evenmin ontcijferen.

Eerst maakten ze tussen de stapels rommel in de werkplaats een doorgang vrij. Daarna wilden ze het haast onhanteerbare gevaarte naar buiten zeulen, maar het kwam geen centimeter van zijn plek. Hans maakte al aanstalten om het dan maar in stukken te zagen toen hij zag dat de kast uit twee delen bestond en het bovenstuk niet vastzat. Dat maakte het sjouwen weliswaar eenvoudiger, maar de beide losse delen waren nog steeds loodzwaar. Hans veegde de zweetdruppels van zijn voorhoofd, en ook Luise zweette. Bij daglicht op het grasveld zag het meubelstuk er erg donker uit. Terwijl ze zich haar winkel licht en vriendelijk voorstelde, in pasteltinten.

'Zou ik hem mogen verven?'

'Natuurlijk, in de werkplaats staat die kast toch alleen maar weg te rotten. Zeg, ik moet er nu wel vandoor.' Hij klopte het stof van zijn kleren, rolde zijn hemdsmouwen omlaag, haalde een kam uit zijn achterzak en streek zijn haar strak naar achteren. Al vond Luise het leuker als er wat sliertjes over zijn voorhoofd hingen, dat zag er lekker stoer uit.

'Bedankt.' Ze kuste hem.

'Tot vanavond,' zei hij. 'En neem niet te veel hooi op je vork, we hebben nog het hele weekeinde de tijd.'

Zodra hij weg was, sopte ze de kast af met een oude lap. De laden en vakken, ook die achter de glazen deurtjes, waren leeg. Waarom had Henriette haar kerstversiering daar niet in opgeslagen? In de laden zou alles netjes gesorteerd en goed bewaard zijn gebleven.

Daarna nam ze Henriettes oude woonkamer, haar toekomstige winkel, onder handen. Ze legde de poppen in een dekenkist in de werkplaats, stopte koffers, kratten en dozen die ze tegenkwam vol met Henriettes kleren en andere spulletjes, en sleepte ook dat allemaal naar buiten. Wat ze ervan wilde houden en wat ze zou weggeven kon ze later beslissen. Naarmate het vertrek leger werd, voelde ze zich meer en meer bevrijd. De deur naar buiten was weliswaar nog dichtgetimmerd en aan de binnenkant versperd door de zuilvitrine, maar die kon ze niet in haar eentje verplaatsen, daar zou Hans weer bij moeten helpen. Waar eerst alles volgepropt stond was er plotseling ruimte, ruimte voor iets nieuws. Toch had Luise nog moeite om zich een exacte voorstelling van haar winkel te maken. Ze miste het overzicht. Gisteravond hadden ze in een map de oude bouwplannen voor het huis gevonden. Er zat ook een plattegrond van deze kamer bij. Ze haalde pen en papier, ging aan de keukentafel zitten en tekende alle onderdelen van de inrichting die onmisbaar waren voor haar winkel. Planken, stellingkasten, rekken langs de binnenkant van de etalageramen om producten op uit te stallen, plus plankendragers en de hoge buffetkast met het aanrechtvlak. Toen knipte ze de vierkantjes en rechthoekjes uit en schoof ze over de plattegrond heen en weer. Na een paar uur had ze de indeling uitgepuzzeld en bovendien opgeschreven wat ze nog moest aanschaffen en laten maken en welke van de oude spullen ze wilde gebruiken of aanpassen. Het schoolschrift vulde zich met haar ideeën en lijsten.

Ze besloot wanneer ze in de toekomst boodschappen ging doen, haar ogen goed de kost te geven. Ze zou niet alleen op de omgang met klanten letten en zich afvragen of zij het anders of precies hetzelfde zou doen, maar ook de productafdelingen en -ordening en de algehele winkelinrichting kritisch bekijken. Dat er zoveel te doen was gaf haar vleugels. Eindelijk! Haar eigen zaak, en nog wel met haar schoonmoeders zegen, die nu zowaar in de vorm van een geldbedrag op haar was neergedaald. Bijna ongelofelijk dat zo goed als niets haar droom nog in de weg stond.

Toen Hans thuiskwam, legde ze zodra hij bij haar in de keuken was komen zitten de plattegrond voor hem neer. 'Een toonbank met laden moeten we laten maken, en die dient dezelfde hoogte te hebben als de koelvitrine die daar links van komt te staan, dacht ik zo. Daartussen de doorgang naar de keuken.' Ze schoof de papieren inrichting heen en weer. 'Wat vind je ervan als we vanaf de toonbank gezien tegen de rechtermuur één grote stellingkast en tegen de linkermuur twee smallere, hoge stellingkasten neerzetten? Dan zou er in de winkel zelfs nog plek over zijn voor een zithoekje. Voor het geval dat een klant even wil uitrusten. Wat denk jij?' Zonder zijn antwoord af te wachten, praatte ze verder: 'Ik wil meneer De Redder van de schrijnwerkerij in Pöcking laten komen om het meubilair dat we nodig hebben met hem te bespreken. Moeders zuilvitrine kunnen we als aandenken in het midden neerzetten, die is ovaal en ook nog een geschikte plaats voor speciale aanbiedingen.' O, ze had er zo'n zin in. 'Alleen voor de verlichting heb ik geen ideeën. Het is nu nog steeds een beetje donker, vind ik.'

'Wat heb jij hard gewerkt, goed zeg.' Hij klopte haar op de

rug. 'De verlichting neem ik wel voor mijn rekening. Jij vertelt me gewoon waar je de lampen wilt hebben.'

Daar was ze blij om, en ook dat hij haar plattegrond aandachtig bekeek en daarna zelfs de lijsten doorlas vond ze fijn.

'We moeten trouwens naar de arbeidsinspectie om een vergunning aan te vragen,' zei hij toen, en Luise schreef dat punt er meteen bij. 'Maar het belangrijkste ben je vergeten.' Hans stond op en liep naar buiten. 'Volgens mij staat of valt de winkel daarmee.'

'Hoezo, wat bedoel je?' Luise bladerde in het schrift. Natuurlijk moest ze zich nog beraden op de inkoop van producten en afspraken maken met de leveranciers. Dat was bijna het belangrijkste. Gelukkig had ze het boek over warenkennis bewaard dat ze nog had van de huishoudschool. Daarin had ze het meeste voor een evenwichtig assortiment al aangekruist. En ze had de titels van boeken genoteerd die toekomstige winkeliers werden aanbevolen.

'Help je even?' riep Hans plotseling door de open deur naar haar. 'Dit ding is verrekte zwaar.' Buiten stond een handkar waarin een toegedekt voorwerp lag. 'Kom, bekijk dit eens. Het is voor jou, of beter gezegd voor Kruidenierswinkel Dahlmann, of hoe gaat je zaak eigenlijk heten?'

'Ik dacht aan een lang bord op de muur van het huis met links BUURTWINKEL, rechts DELICATESSEN en in het midden met grote letters DAHLMANN. Hoe vind je dat?'

Hans knikte. 'Klinkt goed.'

Luise trok het kleed omhoog en zette grote ogen op.

'Hij moet natuurlijk stofvrij gemaakt en opgepoetst worden,' zei hij, 'en het mechanisme kijk ik ook nog helemaal na, zodat alles werkt. Maar...'

Ze viel hem om de hals en zoende zijn hele gezicht af. 'Hij is prachtig. Waar heb je die nou opgesnord?'

'Ik heb in mijn middagpauze nog een keer bij die oude melkwinkelierster aangebeld. Ze heeft ook nog allerlei andere dingen in de kelder staan, die we voor een zacht prijsje van haar mogen overnemen.'

Luise streek over de toetsen, en toen ze een rode knop indrukte, sprong met een rinkelgeluid de kassalade open. Het was de mooiste muziek die ze in tijden had gehoord. Hans sleepte de zware kassa de kamer in en tilde hem op de behangerstafel die Luise al had opgezet waar ze de toonbank wilde hebben. Meteen zag de ruimte er een beetje als een winkel uit.

'Vanavond zul je het helaas met een broodmaaltijd moeten doen, ik heb niet gekookt.' Zelf had Luise de hele dag maar één appel gegeten. Ze had flinke trek. 'Of zal ik aardappelpannenkoekjes of gewone pannenkoeken bakken? Dat is snel gebeurd.'

'Geen van beide,' antwoordde Hans. 'Als jij nou eens die jurk aantrekt, die geelgebloemde die ik je zo leuk vind staan, dan neem ik je mee uit naar Undosa.'

'Echt? Kunnen we ons dat veroorloven? We mogen Henriettes erfenis er niet zomaar doorheen jagen, wie weet wat we tot de winkelopening nog allemaal moeten betalen.'

'Ik nodig jou uit, dus ik betaal. Mama's geld staat erbuiten.'

Wanneer waren ze voor het laatst samen uit geweest? En nog wel naar Undosa! Nu had ze eindelijk de gelegenheid een petticoat onder haar jurk te dragen; in het dagelijks leven belemmerde zo'n ding je eerder in je bewegingen. Een omslagdoek erbij om haar blote armen te bedekken en de kanten handschoentjes met ingewerkt rozenpatroon, die pasten bij haar witgele met rozen bedrukte jurk. Ook Hans had zich opgedoft, en hij droeg zijn nauwsluitende pak met de zijden revers en een strikje. Toen ze in het restaurant aan het meer arriveerden, wisten ze nog net een tafel aan de rand van de dansvloer te bemachtigen.

'Wegwezen, jijijijij, je bent me veel te vrijijij.' Luise neuriede mee met het liedje dat gespeeld werd en had het liefst nog voor het eten gedanst. Hans bestelde al. Ze was zo gelukkig als ze in tijden niet meer geweest was en zette zich eroverheen dat het eten nergens naar smaakte. De Kasspatzn waren nauwelijks gekruid en de uien verbrand. Maar het kwam niet in haar op om er iets over te zeggen. Hans had haar tenslotte mee uit genomen en betaalde bovendien!

Haar man dronk een koud biertje bij zijn gebraden varkensvlees, at met smaak en wees naar een groep militairen. 'Kijk, de Amerikanen zijn alweer bezig met veroveren. Ik wist niet dat er nog steeds zoveel van die lui in het district Starnberg gestationeerd waren. Vertelde je laatst niet dat ze jouw Jodenkamp hebben opgedoekt en zijn teruggeroepen?'

'Het is niet mijn Jodenkamp.' Luise draaide zich om naar het podium. Misschien waren haar baas, Captain Smith, en zijn eenheid hier. Maar nee. 'Zij komen niet uit Feldafing, dit is de Air Force, daarvan zijn er nog meerdere bases in Beieren.'

'Je bedoelt vanwege de herbewapening?' Hans gebaarde met zijn hoofd. 'Moet je die opscheppers nou zien. Op tafel zitten lanterfanten, de vrouwen het hoofd op hol brengen en kijken alsof onze muziek niet goed genoeg voor ze is.' Hij smeet zijn bestek op zijn bord.

Toch zette ze zichzelf ertoe om te vragen: 'Zullen we dansen?'

Het antwoord was zoals verwacht. 'Ik zet mezelf niet voor schut waar zij bij zijn. Die lui hebben me al genoeg vernederd. Laten we iets lekkers toe nemen. En jij hebt je vandaag toch al uit de naad gewerkt. Wat mij betreft blijven we hier gewoon zitten en doen rustig aan.' Hij wenkte de ober en vroeg opnieuw om de menukaart.

Ze deelden een Duitse arretjescake. Hans nam nog een biertje en een glaasje pruimenlikeur, dat op de kaart speciaal naast de doodgewone vruchtenlikeur stond vermeld, en Luise bestelde bowl, die toen hij werd gebracht met een papieren parapluutje was versierd. De ananaspartjes waren vers, en de kokoslikeur was heerlijk, maar ze had zo graag gedanst! Verlangend keek ze naar de paren op de dansvloer, waarvan één stel haar vooral opviel. Hij, een soldaat van de Air Force, was bijna twee meter lang en had zijn uniformjasje nonchalant opengeknoopt. Zij was klein, blond en gekleed als in een modeblad; de jurk was nauwsluitend en geraffineerd uitgesneden. Luise merkte dat er een andere band speelde, een van de soldaten zat nu achter de piano en speelde iets vlotters dan Duitse schlagers.

'Waarom zit jij mee te klappen met die herrie,' voer Hans tegen haar uit. Hij had zijn biertje alweer achterovergeslagen.

'Ik vind dit leuk.' Luise probeerde zich niet te laten ontmoedigen. Haar schouders, armen en benen bewogen mee op het ritme. Ze stootte tegen de tafel en lachte.

Hans grimaste en bestelde een derde glas bier. Zijn norse bui verdween pas toen de Knattle Buggies het weer overnamen. Tot Luises verrassing stond hij toch nog op, maakte een buiginkje voor haar en stak zijn hand uit. 'Mag ik deze dans van je, schoonheid?'

Die nacht lag ze wakker en dacht terug aan de avond. Zoals zo vaak in haar huwelijk voelde ze beurtelings teleurstelling, woede en medelijden. Sinds zijn terugkeer uit krijgsgevangenschap deed Hans zijn best om zich bij de nieuwe omstandigheden neer te leggen, maar telkens als hij de vroegere vijand tegenkwam, laaiden al zijn emoties weer op. Dan verdween de ruimhartige, vrolijke en geduldige Hans, die zoveel talenten had en van wie ze hield met heel haar hart, achter een verbitterde, kortzichtige man. In Rusland had hij veel meegemaakt, waarvan zij alleen wat flarden had meegekregen. 'Hoe het echt was wil toch niemand horen,' zei hij elke keer als het gesprek erop kwam.

'Praat je er weleens met je voetbalvrienden over?' Harri en Elmar waren ook teruggekeerde soldaten, de een uit Frankrijk, de ander uit Noord-Afrika.

‘Elmar heeft hetzelfde als ik. De verschrikkingen houden we liever voor ons, en de grappige dingen gelooft niemand. Harri is de enige die het bij de vijand beter is vergaan dan ons. Al is zijn voet verbrijzeld in een steengroeve, hij verafgoodt Frankrijk tegenwoordig nog steeds, alsof het het paradijs is. In het oorlogshospitaal kregen ze door dat hij een talenknobbel had en zetten hem in als tolk. Dus hoefde hij geen zwaar werk meer te doen en heeft hij het land en de mensen leren kennen.’

Soms praatte Hans in zijn slaap, het klonk als Russische bevelen. Kort nadat ze getrouwd waren, was hij een keer schreeuwend wakker geworden: ‘Mijn overjas, ik wil mijn overjas houden!’ Luise had hem niet tot bedaren kunnen brengen en op het punt gestaan een dokter te laten komen, maar hij vroeg haar bij hem te blijven, zodat hij haar kon voelen en zou weten dat zij de realiteit was en niet die droom.

Midden in de nacht had ze theegezet, haar man in haar armen genomen en hem vastgehouden. ‘Hoe zat dat met die overjas,’ vroeg ze hem toen hij een beetje was bijgekomen. ‘Als je erover vertelt, kom je van je nachtmerrie af.’

Eerst wilde hij niet. ‘Die droom blijft tot mijn dood bij me, Luise.’

‘Vertel het me toch maar, alsjeblieft, probeer het.’

Hans zweeg een hele tijd. ‘Het scheelde zo weinig, Luise,’ zei hij toen zacht, ‘of ik was hier niet geweest en niet door de controle heen gekomen. Zo verdomd weinig.’ Hij viel weer stil, en ze dacht al dat hij in slaap was gevallen. Toen praatte hij verder. ‘De Russen deden elke maand een spel met ons. Er waren veel... afvallers.’ Hij schraapte zijn keel.

Ze gaf hem zijn thee aan.

‘Maar een paar van ons mochten dan terug naar huis. Iedereen hoopte daar eindelijk bij te zijn. We moesten ons naakt in een lange rij bij het station opstellen en ons bundeltje kleren zo lang boven ons hoofd houden dat onze armen bijna gevoelloos werden.’ Hij ging rechtop in bed zitten, zette het theekopje op het nachtkastje en deed het voor. 'De Russen zochten eerst naar de tatoeage. De mannen van de ss hadden hun bloedgroep in hun oksel staan, zodat ze snel hulp zouden krijgen als ze gewond raakten. Velen hebben destijds geprobeerd om als zogenaamd gewoon soldaat in de Wehrmacht op te gaan, en dat kwam hun nu duur te staan. Sommigen hadden de letters zelfs weggesneden, maar dan zag je de littekens. Zij moesten, net als iedereen die nog een beetje vlees op de botten had, onmiddellijk terug naar het gevangenenkamp. Ik was altijd al aan de magere kant, maar door de vele watersoep in het kamp was ik een beetje opgezwollen en leek ik forser. Ik wilde per se naar huis, ik verlangde zo naar de vrijheid dat ik besloot mijn leven op het spel te zetten. Liever dood dan nog een maand of langer wachten! Toen de Russen weer eens de spot dreven met een van ons en hem als "nazizwijn" in de modder lieten rondkruipen, keek er even niemand mijn kant op en heb ik die kans gegrepen. Ik heb mijn hoofd ingetrokken en ben plat op de grond gaan liggen en onder de treinwagon op het andere spoor gerold. De anderen in de rij hadden me kunnen verraden, ik verwachtte elk moment een schot in mijn rug. Boven me stonden de terugkeerders, en zij mochten zich weer aankleden. Ik sprong op, wilde in mijn broek stappen en raakte verstrikt in de pijpen. Daarna kon ik niet zo gauw in de mouwen van mijn hemd komen. En mijn overjas was weg, misschien was ik hem verloren onder de treinwagon of had iemand hem uit mijn stapeltje kleren gestolen. Die overjas was van levensbelang. Maar toen dacht ik: liever doodvriezen dan weer teruggaan. Goddank werd ik niet ontdekt. De hele thuisreis lang was ik bang dat de grenswachters me uit de trein zouden halen om me terug te sturen, ik stond tenslotte helemaal niet op de lijst.' Hij zweeg weer een tijdlang. 'Ik droom er nu nog over dat ik het niet haal, of word neergeschoten, of voor straf naakt voor de Russen in de kou moet rondkruipen. Soms zie ik die lijst in cyrillisch schrift in mijn droom en kan ik hem gewoon niet ontcijferen. Of ik zie mijn naam staan, en die is doorgestreept of staat als enige aan de verkeerde kant.' Hij huilde, en Luise sloeg haar armen om hem heen en kuste zijn tranen weg. 'Als ik wakker ben en erover nadenk, geloof ik dat de zegevierende mogendheden helemaal geen lijsten hadden. Wie van ons naar huis mocht en wie niet was pure willekeur.'

Over zijn tijd als Wehrmachtsoldaat praatte hij nog minder, en over de precieze omstandigheden van zijn gevangenneming zweeg hij ook. Ze waren, zei hij, gewoon in oostelijke richting gemarcheerd. 'Soms sliep ik een heel stuk van de dagroute, liepen mijn benen uit zichzelf en merkte ik alleen dat ik ergens anders wakker werd.' En dat was het. Hoe ze ook aandrong, meer had ze niet uit hem weten te trekken. Waarschijnlijk wilde Hans daarom ook niets over haar belevenissen in het DP-Camp horen. En als ze er toch over begon, vroeg hij haar erover op te houden. Hij wilde niets weten van de uitgemergelde mensen die doodziek waren en stierven ondanks alle pogingen om hen erbovenop te helpen. Of van de gruwelijke dingen die de voormalige kazetniks in een villa hadden aangetroffen die voor de oorlog als onderkomen van de nationaalsocialistische elitestudenten had gediend. Maar de oorlog was godzijdank voorbij, net als haar werk in het Camp. Misschien werd het echt tijd om vooruit te kijken en te proberen alle verschrikkingen achter haar te laten.

MARIE

De eerste nacht op de boerderij was al een uitdaging. Nauwelijks was ze in haar heerlijk zachte bed in slaap gevallen, of de wekker ging. Twee uur in de ochtend. Eerst wist ze niet waar ze was, maar toen schoot haar te binnen dat ze Martin beloofd had voor de lammetjes te zorgen. Vlug kleedde ze zich aan. Ze warmde melk op, roerde het olie-eimengsel erdoor en draaide het licht in de stal aan. Toen ze de schaapskooi binnenkwam, lag de zwart-witte Stanis roerloos op zijn zij in het hooi. Ze schrok en streek over zijn wollige vacht. Hij ademde zwak maar kon zijn kopje niet eens meer optillen. Hij kreeg ook zijn bekje bijna niet open en had de kracht niet om aan de speen te zuigen. Zijn tweelingzusje was er ietsje beter aan toe, ze dronk, maar ook zij ademde hortend en stotend, alsof ze op het punt stond dood te gaan. In het medicijnkastje naast de wc in de stal had Marie een glazen injectiespuit gezien. Daarmee lukte het beter om melk in Stanis' bekje te druppelen. Na een paar druppels wachtte ze tot hij slikte en masseerde zijn buik, zoals Martin bij Tulp had gedaan. Bezorgd ging ze naast de twee dieren in het hooi liggen.

Ze werd wakker van een geit die aan haar vlecht knabbelde, krabbelde half overeind en inspecteerde de lammetjes. Een wonder: ze leefden nog. Ze probeerden zelfs op te staan en keken haar in de ochtendschemering met glanzende zwarte ogen aan. Martin kwam de stal in om de geiten te melken en was net zo blij als zij. Daarna ging ze met hem en Manni mee om de kudde naar een omheinde weide aan de rand van het dorp te brengen. Pas om halfnegen was er ontbijt. Inmiddels knorde Maries maag zo luid dat zelfs Martin het hoorde, die naast haar de fiets met de jerrycans voortduwde.

'Eerst de dieren, dan de boer,' zei hij. 'Maar dat kunnen we veranderen als je langer blijft.'

Eerst was het één nacht, dat werden er twee en toen drie. Martin betrok haar als vanzelfsprekend bij het werk, en zij deed haar best en leerde elke dag wat bij. Het melken kostte haar in het begin grote moeite; al na één geit deden haar vingers pijn, en het duurde een eeuwigheid voor ze er een halve liter uit had. In die tijd molk Martin de andere elf dieren. Maar ook dat ging haar in de loop van de tijd beter af, en algauw konden ze zelfs van een taakverdeling spreken. Olivia en Stanis gedijden, de lammetjes sprongen haar luid blatend tegemoet zodra ze hun namen riep. Na een paar dagen mochten ze mee naar buiten, liepen tussen de andere, veel grotere dieren door de wei en klauterden rond over de rustende schapen alsof die een hindernisbaan vormden. Alleen de geiten met hun hoorns gingen ze uit de weg. Martin had ook het moederschaap niet opgegeven en oefende net zolang met haar tot ze weer kon staan. Samen met haar lammeren voegde Tulp zich als vanzelfsprekend weer bij de kudde.

Geleidelijk begon Marie er vertrouwen in te krijgen, en ze dacht er nauwelijks nog aan dat ze eigenlijk maar een uur, een dag of hooguit een week had willen blijven. En Martin herinnerde haar er niet aan. Integendeel, hij wijdde haar zelfs in in de kunst van het kaasmaken. Van de geitenmelk maakte hij niet alleen roomkaas, maar ook een snijdbare en stevige kaas waaraan hij kruiden toevoegde. Het werk vergde concentratie, je mocht niet het moment missen waarop de melk tijdens het opwarmen tot een dik zuur vocht stremde. Op zondag ging Marie samen met de broers naar de kleine Sint-Altokerk en zat links van het gangpad bij de vrouwen, terwijl Manni en Martin aan de rechterkant zaten. De pastoor heette Marie vanaf de kansel welkom als nieuwkomer uit het oosten, en ze voelde zich door vele onvriendelijke ogen bekeken. Hoezo eigenlijk een nieuwkomer, dacht ze, ze was even Duits als de anderen hier in de kerk. Maar alleen al door haar eenvoudige opgelapte kleren viel ze op. Ze had nu eenmaal geen mooie zondagsdirndl om te dragen, zoals in Beieren op zon- en feestdagen gebruikelijk was. Zo nu en dan ving ze weinig vleiende woorden op. En al was het Beierse dialect haar nog grotendeels een raadsel, ze dacht wel zoiets als 'bloedzuiger' en 'zigeuner' te verstaan.

'Hejje tal hoord?' siste een vrouw die een piepklein groen klederdrachthoedje op haar vastgesjorde vogelnestkapsel droeg. 'Dat vluchtelingenwuuf leeft met de Brandstetter-broeda's in een liederlijke relasie.'

'Wàà, met olle twei gelijk?' De vrouw die naast haar zat had haar vlechten over haar oren tot grote grijze koffiekoekvormen gerold.

'Ja, 't is 'n feeks. Die het zich met mooie proatjes drin geslijmd, en nou het ze Martinnetje in d'r klauwe, hij zit altoos naar d'r te loere. Hejje 't doar?' Hoewel Marie, die er weinig van begreep, pal naast haar zat, wees de vrouw met het minihoedje naar Martin. 'Gein ander vrouwspersoan kriegt nog ene kanse bie 'm. Moar mijn Gretel het spesioal voor 'm ringe in der ore loate steike.'

'Oei, au,' zei de koffiekoekmevrouw. Het moest over iets pijnlijks gaan.

Na de dienst, toen ze er Martin op de terugweg naar huis over wilde vertellen, wuifde hij het weg. 'O, wees blij dat je dat geouwehoer niet verstaat. Luister er maar helemaal niet naar. Die roddeltantes vinden altijd wel wat. Als ze zich even niet druk maken om Manni dan wel om iemand anders. Er gebeurt nu eenmaal niets bij ons in het dorp.'

Precies dat, die rust in de natuur, vond Marie heerlijk. De dieren namen haar zoals ze was; haar verleden of waar ze vandaan kwam maakte ze niets uit. In het Leutstettener Moos en op de heuvels voelde ze zich volledig onbespied en vrij. Af en toe, als het meeste werk was gedaan, ging ze buiten in het gras zitten om te schilderen. En dan hield ze ervan om de kleuren te gebruiken zoals ze zich op dat moment voelde. De hemel rood en de schapen groen, of omgekeerd. Hoewel de tubetjes in haar schilderkist al bijna leeg waren. Daarom schetste ze veel, meestal alleen contouren, en langs de randen schreef ze de kleuren op om de tekening later, ooit, wanneer haar droom om kunstenaar te worden concreter zou zijn, op een groter formaat over te nemen. Misschien zelfs op doek. Manni ging vaak met haar mee. Hij zat naast haar en wroette rond in de veengrond, waarbij hij nogal eens het een of ander opgroef. Glasscherven, koperen muntjes, een stuiver en één keer zelfs een zilverstuk, dat uiteindelijk een knoop bleek te zijn. Manni liet haar zijn vondsten zien, en zij inspecteerde ze grondig en prees hem erom. 'Als dat zo doorgaat, kunnen we voor het geld binnenkort naar de bioscoop. Ben je al eens in de bioscoop geweest?'

'Naaa.' Hij schudde heftig zijn hoofd. Had hij haar begrepen? Ze wist het niet zeker, en hij rende alweer weg.

Met flessen was hij het meest in zijn sas. Hij zette er een trechter op, die hij altijd achter zijn bretels met zich meedroeg, en hield de constructie een tijdlang met de brede opening naar de zon toe, om vervolgens snel de beugelsluiting dicht te klikken, als die er nog aan zat en werkte. Zo niet, dan trok hij een graspol uit de grond en draaide die ter afdichting in de flessenhals. Eén keer vond hij een stuk metaal met een harde korst aarde eromheen. Hij spuugde erop, wreef het schoon aan zijn lederhose tot het glom en gaf het haar.

'Voor mij?' Het was een hanger in de vorm van een vis.
'Jo.' Manni keek haar stralend aan.

Toen ze op een avond in de keuken kwam, zat Martin achterovergeleund aan de tafel te slapen met zijn armen over elkaar geslagen en zijn mond een beetje open. Snel pakte ze haar blocnote en schetste hem. Compleet verdiept in haar tekening merkte ze eerst niet dat hij wakker werd en alleen nog voor de show zo stil bleef zitten. Ze voelde zich betrapt omdat ze zo aandachtig naar hem had gekeken terwijl ze zijn gezicht vastlegde met haar potlood, het was alsof ze hem stiekem had aangeraakt. Haastig klapte ze het notitieblok dicht en stopte het terug in de keukenla.

Het weekeinde daarop ontmoette ze Luise, over wie ze van Martin al veel had gehoord. Ze kon het meteen goed met haar vinden, nam haar in vertrouwen en vertelde zelfs over de verdrijving en haar jeugdliefde Theo. Luise op haar beurt wijdde Marie in in haar plannen en vroeg of zij de grote en kleine borden met opschriften voor de winkel wilde ontwerpen. Marie was enthousiast. Haar eerste opdracht als kunstenaar! Jammer genoeg rolde ze na het harde werken meestal doodmoe haar bed in, zonder nog iets te tekenen.

De hooioogst begon. Martin maaide de hellingen met de zeis, en voor de min of meer vlakke weiden gebruikte hij een maaimachine die door Fido werd getrokken. Daarna moest het gras geschud worden, Marie hielp mee, en ook Manni pakte flink aan. Hij liet haar zien hoe ze de hooivork moest vasthouden, zodat die niet voortdurend in de ondergrond bleef steken. Ze kreeg blaren op haar handen, die brandden als de hel en bepaald niet in één nacht genazen. En zij maar denken dat ze gehard was door het onkruid wieden in het klooster. Maar echt op het veld werken kende ze alleen omdat ze het anderen had zien doen. Als dochter van een Silezische landheer had ze nergens mee hoeven helpen, al deed ze dat soms uit vrije wil, gewoon voor de lol. Zodra ze geen zin meer had, ging ze bij Theo op een omgevallen boomstam zitten en keek naar de arbeiders die zich afsloofden in de brandende zon. Soms las hij haar dan juridische stukken voor, die hij stiekem had meegenomen uit het kantoor van zijn vader. Die beslechtte als burgemeester ook geschillen tussen inwoners van de gemeente. Je had de meest absurde procedures, die Theo hevig fascineerden. Marie luisterde naar hem en tekende veel. Nu, na de eerste dag hooien, kon ze zich bijna niet voorstellen dat ze ooit weer zoiets duns en prettigs als een potlood tussen haar vingers zou houden.

'Laat je handen eens zien,' zei Martin tijdens het ontbijt. Niets ontging hem.

Gehoorzaam hield ze hem haar handpalmen voor.

Hij knikte. 'Je kunt die blaren het beste spoelen in zeepsop. Ik haal even wat, ben zo terug.'

Marie had vermeden de zere plekken te wassen, maar nu deed ze het, met opeengeklemde tanden. Daarna depte hij haar huid zachtjes droog. Ze liet het toe, wat haar zelf verbaasde. Het was de eerste keer na de onoverkomelijke gebeurtenis van zes jaar geleden dat ze zich liet aanraken.

Martin bedekte haar handpalmen met wat schapenwol en plakte er een grote pleister overheen. 'Dit verzacht hopelijk en beschermt meteen ook tegen het opnieuw kapotschuren van je huid.'

Dat was inderdaad zo, diezelfde ochtend al bij het hooi keren. Ze schudden het gras, gooiden het in de lucht en verdeelden het losjes over het terrein, zodat het gelijkmatig kon drogen in de zon. 's Avonds harkten ze het weer bij elkaar in rijen om het te beschermen tegen de dauw. Wanneer Marie zich voor het slapengaan uitkleedde, vielen er nog wat geurende weidebloemen en -planten uit haar kleren. De volgende morgen begon alles weer van voren af aan: de rijen schudden, het gras, dat langzaam in hooi veranderde, gelijkmatig over het land verdelen en het kort voor de schemering weer bij elkaar harken. Op de dag dat ze het hooi zouden binnenhalen, werd de lucht rond het middaguur donker, er kwam onweer aan. Ze moesten opschieten, zei Martin; als het hooi nat werd, zouden ze deze winter niet genoeg voer hebben voor de dieren. Marie klom op de wagen, Martin en Manni gooiden het hooi naar haar op, dat zij steeds hoger op de aanhanger stapelde. Toen de lading hooi zo hoog mogelijk was opgetast, ging Manni op Fido zitten en spoorde hem aan met zijn kuiten. Het zwarte paard bewoog een beetje, maar bleef staan en weigerde een stap te zetten. De wind stak op, zwarte wolken naderden. Ze probeerden het steeds opnieuw, zochten de grond onder Fido's hoeven af, hielpen hem trekken. Het haalde niets uit. Hij brieste maar verroerde zich niet.

'Wat mankeert hem nou opeens?' Martin was ten einde raad. 'Hij weet precies wat hij moet doen en trekt zelfs de grote aardappelrooimachine die we elk jaar van de Wittelsbachs lenen. Kun jij niet iets doen, Marie?'

Ze liep naar Fido toe, streek hem over zijn halswervelkolom, checkte of daar iets ontwricht was. Ze voelde nergens een blessure, en ook zijn gebit was in orde, geen abces of rotte tand. Fido liet zich zelfs gewillig in de mond kijken. 'Ik moet hem uitspannen om hem beter te onderzoeken, maar die tijd hebben we niet, toch?'

Het bliksemde al. Martin trok weer aan de halster, en Manni schopte Fido nu met zijn hakken in de flanken. Het paard schrok en steigerde. Onmiddellijk liet Martin los om zichzelf in veiligheid te brengen voor de trappelende hoeven, en ook Marie week achteruit. Het scheelde weinig, of Manni was eraf gevallen, maar hij klampte zich met gebogen bovenlichaam aan de manen vast. Als een echte Mongoolse ruiter, precies zoals Luise had gezegd. Maar toen Fido steigerde, zag Marie wat er met hem aan de hand was, en ook Martin wist het meteen. Aan het linkervoorbeen zat een hoefijzer los, en de uitstekende klinknagels drukten het paard bij elke stap in de huid. Dat was makkelijk op te lossen. Voor pechgevallen had Martin altijd gereedschap bij zich. Hij klemde Fido's hoef tussen zijn benen, zette een schroevendraaier onder de nog verankerde klinknagels en sloeg er met de hamer tegen om ze te verbuigen. Toen maakte hij met een nijptang, door te kloppen en te trekken, stukje bij beetje het hoefijzer los. De eerste regendruppels vielen.

'Nu moeten we snel zijn.' Martin klakte met zijn tong, en Fido draafde zichtbaar opgelucht de weg op. Ze hadden het erf net bereikt toen het begon te stortregenen. Snel stuurden ze de wagen onder het afdak aan de schuur. Het was gelukt.

De volgende morgen riep Marie zoals gewoonlijk de lammetjestweeling bij zich om ze te voeden. Olivia wurmde zich in de stal tussen de schaapskudde door, blaatte al van verre tegen haar en dronk gretig de fles leeg. Maar waar was Stanis? Marie riep hem nog een keer. Normaal gesproken antwoordde hij met een klaaglijk 'mèè' als hij zich niet meteen een weg naar haar toe kon banen. Alleen deze keer niet. Ze bracht Olivia terug naar Tulp en zag Stanis na enig zoeken roerloos onder de ruif liggen. Het kleine zwart-wit gespikkelde lam was dood. Marie had het gevoel dat de grond onder haar voeten wegzakte. Nee, dat kon niet waar zijn, niet hij ook nog. Vlug haalde ze Martin erbij, hij moest iets doen.

Hij onderzocht Stanis, maar kon niet zeggen waaraan hij was gestorven. 'Dat gebeurt soms, helaas.'

'Maar gisteren was hij toch nog gezond en wel, en hij groeide net zo hard als Olivia.' Ze begon te huilen. 'Zoiets kleins mag gewoon niet doodgaan.' Ze zag Stanis door een mist van tranen, nam hem in haar armen en streelde zijn grote oren, die al koud aanvoelden.

'Leven is een wonder.' Martin streek zachtjes over haar wang. 'Je hebt het niet in de hand.'

Met een ruk stapte ze achteruit. 'Maar ik wil het wél in de hand hebben.'

'Wees blij dat dat niet zo is.'

'Geef jij het altijd zo gauw op?' Ze legde Stanis neer en rende het huis in. Het begon weer, alles in haar kwam in opstand. In Luises kamer ging ze voor de goudomlijste ovale spiegel staan. Ze probeerde strak naar haar spiegelbeeld te blijven kijken, dat steeds waziger werd. Ze keek door zichzelf heen, raakte haar lichaam kwijt en kon niets doen.

'Marie? Wat is er?' Martin was haar gevolgd. 'Ik heb aangeklopt, ik dacht dat je was flauwgevallen, voel je je niet goed?'

Ze hoorde hem praten, maar zijn stem leek van heel ver weg te komen. Ze wreef over de plek op haar gezicht die hij daarnet had gestreeld. Ze kromp ineen toen hij haar arm aanraakte. Onmiddellijk was ze weer terug in het hier-en-nu, de zenuwen gierden door haar lichaam. Ze hapte naar adem. 'Het gaat niet.'

'Wat niet?'

'Met ons. Ik kan het niet, het spijt me.'

HELGA

Toen ze in de ochtendschemering wakker werd, sliep Jack nog. Ze keek de kajuit rond en ontdekte dat ze op een gestreept matras lag dat een beetje smal en kort was, maar wel comfortabel. Jack lag met opgetrokken knieën, zijn voeten licht tegen de scheepswand gedrukt. Hun kleren lagen overal verspreid. De boot schommelde zacht en wiegde hen. Er prikte iets in haar linkerschouderblad, Helga greep ernaar. Jacks aansteker. Hij snurkte zacht met zijn mond open. Ze keek naar hem in het ochtendlicht, zich afvragend hoe vaak ze de afgelopen nacht hadden gevrijd. Gevrijd en gekust, om dan weer van voren af aan te beginnen. Ze had zin om zijn naakte lichaam te strelen, zijn glanzende, gladde huid, de gespierde borst, de haartjes rond zijn navel. Ze moest hem hoe dan ook wakker maken. Het was waarschijnlijk hoog tijd om naar het werk te gaan. Dus kuste ze hem wakker, en terwijl hij zich uitrekte en met slaperig knipperende ogen door de patrijspoort naar het meer keek, zocht zij haar spullen bij elkaar. Haar zandloperjurk hing over de reddingsboei, haar beha vond ze pas toen ze al dacht dat ze zonder zou moeten vertrekken.

Helga klom op het dek en zag een visser op het meer, die staande in een roeiboot zijn netten binnenhaalde. Hij keek naar haar. Op de steiger waaraan haar liefdesboot lag vastgemeerd, stond een Duitse herder te blaffen. Nu zijn we erbij, dacht ze meteen. Hoe moesten ze hier wegkomen? Het was echter niet de hond van de booteigenaar maar gewoon een van een voorbijganger, die zijn hoed oplichtte, zich verontschuldigde voor het geblaf en het mormel aan de lijn verder trok. Toen de kust veilig was, kroop ook Jack aan land.

'Zien we elkaar weer?' vroeg hij voordat ze bij het tunneltje uit elkaar gingen.

'Nee.' Ze maakte zich van hem los, al was het met tegenzin.

'Nee?'

Hoe kon je verdorie van een nee een vraag maken? Ze keek Jack in de ogen en smolt al bijna. 'Nee, *no* en *never*, wij zien elkaar niet terug,' zei ze heel nadrukkelijk. Ze ging voor hem geen uitzondering maken.

Ze zette de pas erin. De weg over de kade leek eindeloos, leidde terug langs Undosa, de Yacht Club en een openbaar badstrand. Even voor ze de Possenhofener Straße insloeg, draaide ze zich nog een keer om. Jack stond er nog steeds, keek haar na en stak zijn hand op. Ze zwaaide niet terug, maar bleef hard doorlopen tot ze bij de kliniek was. Bij elke stap die ze zette, probeerde ze de nacht met Jack verder naar de achtergrond te duwen en uiteindelijk helemaal uit haar hoofd te zetten. Wie weet zou ze er op een dag weer aan terugdenken en haar kleindochter over die bloedmooie Mister Mole-Boogiewoogie vertellen.

In het zusterhuis ging ze meteen naar de badkamer, nam een douche en spoelde haar vagina met zeepsop om een zwangerschap te voorkomen. Het was even over halfacht toen ze de kamer binnensloop. Blij dat Silvia al weg was en ze haar niet hoefde uit te leggen waar ze de nacht had doorgebracht, schoot ze in haar verpleegstersuniform. Pas onderweg naar de kliniek bedacht ze dat haar nog steeds ontslag boven het hoofd hing. Dat was ze helemaal vergeten. *Thank you, Jack.* Stipt om acht uur nam ze haar instructies voor de dag in ontvangst.

Hoofdzuster Beate gedroeg zich niet anders dan anders. Ze maande haar alleen aan om op te schieten en minder met de vrouwen te babbelen, wat niets nieuws was. Ze moest beginnen met temperatuur meten, daarna de waterglazen afwassen en bedden opmaken, waarmee ze om tien uur, zodra het borstvoedingstijd was, klaar moest zijn. 'Wanneer u de transportkar binnenbrengt, kan ik u meteen laten zien hoe je de moeders leert borstvoeding te geven.' Ze repte met geen woord over het incident van de vorige dag, blijkbaar wist ze er niets van. Helga dacht al dat ze ermee was weggekomen toen haar leidinggevende haar terugriep. 'En dan nog iets. Houdt u alstublieft extra rekening met dokter Von Thaler. Voor het geval hij het een of ander van u wil.'

'Van mij wil?' Ze verstijfde. 'Wat bedoelt u?' Ze had eigenlijk niet gedacht dat de hoofdzuster in staat was om zich dubbelzinnig uit te drukken.

'De dokter heeft het momenteel erg moeilijk. Hij zou eigenlijk vrij moeten nemen, maar werkt onafgebroken door.'

'Wat is er dan gebeurd?'

'Hebt u niet gehoord wat er met zijn zoon is gebeurd?' De hoofdzuster fronste haar wenkbrauwen en nam Helga onderzoekend op. 'De kleine Friedrich is gisteren bijna verdronken en verkeert nog steeds in levensgevaar.' Nou, dat verklaarde waarom mevrouw Von Thaler gisteren in alle staten was en haar zelfs een affaire met haar echtgenoot had aangewreven.

'Waar heb jij de hele nacht gezeten?' vroeg Silvia toen ze elkaar tegenkwamen op de gang. 'Ik was ongerust en wilde al bijna de politie bellen.'

'Ik ben wezen zeilen,' zei Helga.

'In het donker en helemaal alleen?'

Helga drukte de deurklink van kamer elf omlaag, waar ze moest beginnen met het temperaturen van de kraamvrouwen. 'Donker was het inderdaad, maar ik was niet alleen.' Ze knipoogde naar Silvia en verdween in de kamer.

Meer wilde ze er niet over kwijt. Als ze over Jack vertelde, zou het nog moeilijker voor haar worden om hem te vergeten. Hij zat toch al voortdurend in haar hoofd, alsof hij zich niets aantrok van haar principes. Ze voelde hem nog op haar lichaam bij alles wat ze deed. Zijn handen, zijn lippen, zijn huid. Ze dacht aan hem terwijl de hoofdzuster haar en mevrouw Meierer in kamer elf liet zien hoe je de pasgeborene aan de borst legde, ze dacht aan hem terwijl ze de maaltijden op de afdeling uitdeelde, en zo ging het 's middags gewoon door, toen de naaste familie binnendruppelde voor het bezoekuur en er om vazen werd gevraagd voor de meegebrachte bloemen. Ze dacht aan hem terwijl ze een oudere vrouw waste die na een grote operatie nog niet mocht opstaan. En ze dacht sowieso aan hem op de over de hele dag verdeelde momenten dat ze in de wc de vier sigaretten oprookte die ze zichzelf net als altijd gunde. Pas om vijf uur, toen ze vrij was, geloofde ze dat ze Jack wel zo'n beetje van zich had afgezet, en ze verheugde zich op haar vrije avond. Misschien kon ze Silvia vandaag overhalen om haar boeken even te vergeten en met haar uit te gaan.

Haar kamergenote wachtte haar op in het zusterhuis en stak haar opgewonden een bos bloemen toe. 'Moet je zien, Helga, die lagen voor de deur. Er zit ook een brief bij.' Ze gaf hem aan haar. 'Is die van je aanbidder, de zeiler?'

Aan zuster Helga stond er op de envelop. Ze maakte hem open en las: *Wil je met mij maken op zondag een uitstap? Ik zou blij mee zijn erg. Ik haal op jou om drie uur p.m. Je Mr Woogie.* Hoe wist hij zelfs maar waar ze woonde? Helga streek met haar duim over de woorden van inkt. Zo zag zijn handschrift er dus uit. Grote, aan elkaar geschreven letters. P.m., wat betekende dat ook alweer? O ja, *past midday* of zoiets. Haar Engels was echt niet best. De twee o's in 'Woogie' leken te dansen, en de kleine g had een enorme lus.

Ze verscheurde de brief. 'Ik heb geen aanbidder,' zei ze tegen

Silvia. De bloemen zou ze weggeven, ze wist al aan wie.

'Viel je afspraakje zo tegen? Vertel het maar,' zei Silvia.

'Juist niet, het was voor de verandering echt heel leuk.' Helga trok haar verpleegstersjas uit. 'Maar toch spreek ik niet nog een keer met hem af.'

'Waarom niet?' vroeg Silvia. 'Als je hem maar één keer ziet, leer je elkaar toch nooit echt kennen.'

'Precies, jij snapt het. En hou nu eens eventjes op je neus in de boeken te steken en ga lekker met mij mee uit.' Ze haalde haar badpak uit de kast en besloot daaroverheen alleen een mouwloze jurk te dragen met een brede riem rond haar middel. Daaronder kon ze zich omkleden zonder door ontblote borsten of billen de openbare orde te verstoren, zoals dat heette. 'Nou, ga je mee zwemmen? Warmer zal het meer deze zomer niet worden. Daarna gaan we een reusachtige ijscoupe soldaat maken in de nieuwe ijssalon bij het station, ik trakteer.'

'Klinkt verleidelijk, maar ik kan niet,' zei Silvia. 'Ik ben ongesteld.'

'Ach wat, van dat beetje bloed zal het meer niet rood kleuren.'

'Ben je mal, daar kun je krankzinnig van worden.'

'Wie heeft je dat wijsgemaakt?'

'Zuster Kreszentia, mijn lerares op de nonnenschool.' Silvia ging op bed zitten en trok haar knieën op.

'Dan loop je als je ongesteld bent zeker ook niet op blote voeten en ga je de keuken niet in, omdat anders al het eten bederft? Pure bakerpraatjes.' Helga maakte een wegwerpgebaar. 'Wij zijn toch zeker aankomende... wetenschapsters.'

'Wat zijn we?' Silvia schoot in de lach.

'Nou ja, of iets in die trant. Iedereen is ooit ergens begonnen. Hoewel ik het geen slecht idee vind om tijdens je menstruatie met een boog om de keuken heen te lopen. Tenzij je verzot bent op groente snijden. Kom nou mee, wees een grote meid.'

'Ik heb buikpijn.' Silvia leunde naar achteren tegen de muur, trok de deken over zich heen en pakte een boek van de grote stapel op haar nachtkastje. 'Bovendien heb ik het hoofdstuk over navelverzorging nog niet uit.'

'Nou goed, dan ga ik wel alleen zwemmen.' Helga zuchtte. 'Eerst breng ik je nog wel een warme kruik en een mok kamillethee, maar als je smelt, is het mijn schuld niet.'

In de gemeenschappelijke keuken zette ze water op, maar thee kon ze nergens vinden. Ze wilde vlug even naar de kliniek lopen om daar wat te halen, maar verstijfde toen ze in de berm van de Possenhofener Straße een jeep zag staan. Jack zat achter het stuur en keek haar breed glimlachend aan. Wat deed hij hier? In de brief had zondag gestaan, niet zaterdag. Helga sloeg haar ogen neer en deed alsof ze hem niet had gezien. Achter haar sloeg een autoportier dicht.

'Helga?'

Ze antwoordde niet en ging sneller lopen tot ze bij de ingang was.

'*Please wait*. Heb je de bloemen en mijn uitnodiging gekregen?' Hij liep vlak achter haar. 'Ik was al gereden. Toen ik zag jou, wil ik zeggen kort *hello*.'

Ze stond stil, draaide zich om en keek hem strak aan. 'Ik heb nee gezegd, nee, dat versta je toch wel? Het gaat niet, we kunnen niet meer afspreken.' Ze trok de deur van de kliniek open en ging naar binnen. Nu maar hopen dat hij zou aftaaien.

Vanuit het keukentje kon ze niet zien of de jeep nog langs de weg stond. Bovendien was mevrouw Rübsteck, de secretaresse, ook juist thee aan het zetten, en Helga wilde niet te vaak uit het raam kijken en haar nieuwsgierigheid wekken. Nadat ze een paar beleefdheden had uitgewisseld met de secretaresse, wachtte ze vol ongeduld. Haar hart ging als een razende tekeer. Waarom vond ze dit met Jack zo moeilijk? Terwijl ze met de gedroogde kamillebloemetjes in haar zak terugliep door het park, keek ze om zich heen of ze de jeep nog ergens zag.

Dokter Von Thaler parkeerde achter het toegangshek, stapte uit zijn auto en wenkte haar. 'Zuster Helga, wat fijn dat ik u hier tref. Ik zit te springen om uw hulp. U bent nog zo jong, u zit vast vol ideeën. We hebben nog wel de tijd tot begin volgend jaar, maar ik ben helaas erg slecht in dit soort dingen, en voordat ik de zaak laat sloffen en uiteindelijk totaal vergeet...'

'Waar gaat het om, dokter?' Ze had hem nog nooit zoveel achter elkaar horen zeggen.

'Om mevrouw Boden.'

'Welke patiënt is dat?'

Haar baas boog zich naar haar toe en begon in haar oor te fluisteren alsof ze werden afgeluisterd.

Terwijl Helga hem aanhoorde, ontdekte ze Jack, die door het park slenterde. 'Natuurlijk, dokter, ik verzin wel iets.' Ze wist niet waarom hij dit uitgerekend aan haar vroeg, maar hoofdzuster Beate had gezegd dat ze aan zijn wensen tegemoet moest komen. 'Als ik kan helpen, doe ik dat graag. Ik heb gehoord dat uw zoon erg ziek is. Hoe gaat het nu met hem?' Ze probeerde tijd te winnen, misschien gaf Jack het dan op en ging weg.

'Naar omstandigheden goed. Hij ligt in het kinderziekenhuis in München, waar mijn vader de leiding heeft. We weten nog niet hoeveel water hij geaspireerd heeft en of hij een longoedeem ontwikkelt.'

Geaspireerd als bij aspirine, de hoofdpijntablet, zoveel wist ze al. Maar een long-eh... wát? Ze had die vakterm weleens gehoord, maar was vergeten wat hij betekende. Misschien moest ze een voorbeeld nemen aan Silvia en ijveriger leren. De Von Thalers waren al generatieslang artsen, het Von Thaler-kinderziekenhuis was destijds ook ter sprake gekomen toen haar zus ziek werd. 'En wat betekent dat, als ik vragen mag?'

'Natuurlijk mag u dat vragen, hoe moet u zich anders medische kennis eigen maken?' De dokter vertrok zijn mondhoeken even, maar werd meteen weer serieus. 'Bij een longoedeem komt er bloed uit de longvaten, dat zich ophoopt in het longweefsel. In het geval van mijn zoon betekent dat dat hij ook uren na het ongeluk nog een ademstilstand kan krijgen.' Hij haalde diep adem, alsof hij dat tegelijkertijd voor zijn kind wilde doen. 'Zo, nu moet ik weer naar de kliniek. U laat het me wel weten als u iets hebt bedacht, hè?'

Ze knikte en trok toen een sprintje naar het zusterhuis. Jack was nergens meer te bekennen.

'Waar was je nou?' Silvia stond in de keuken en drukte de warmwaterkruik tegen haar buik. Ze had de ketel al van het fornuis gehaald.

'We hadden geen kamille meer. Ik ben even naar de kliniek gelopen om wat te halen.' Helga strooide de bloemetjes in de pot en goot er kokend water op. Al doende keek ze uit het raam en ontdekte Jack op een bankje. Hij had zijn lange benen over elkaar geslagen en wipte met zijn voet. Een teken van nervositeit. Hoe lang zou hij daar nog blijven zitten? Tot het donker werd soms? Wanneer zou hij het opgeven? Hoewel hij eigenlijk niets deed; hij zeurde of smeekte niet, en zat daar ogenschijnlijk gewoon van het uitzicht te genieten. Maar daar werd zij nou juist helemaal gek van.

'Zeg, ik ben van gedachten veranderd.' Silvia legde de warmwaterkruik weg; het zweet stond al op haar voorhoofd. 'Ik ga met je mee. Buiten kan ik ook leren, en ik heb best trek in een ijsje.'

'Mooi zo. Maar die thee drink je tot de laatste druppel op, dat is mijn verpleegkundig bevel. En daarna gaan we. Ik wil alleen nog even een patiënt van wie de baarmoeder is verwijderd deze bloemen brengen. Zij moet een beetje opgevrolijkt worden.'

Maar toen ze naar het bankje liep om Jack op zijn falie te geven, was hij weg. Ook zijn jeep zag ze nergens meer. Hoewel het precies was wat ze had gewild, bezorgde de plotselinge leegte haar een steek in het hart. Even later zaten ze op de leenfietsen die het zusterhuis ter beschikking stelde en peddelden naar de grote ligweide op de helling. Silvia ging in haar kniebroek en bloes op een handdoek liggen en verdiepte zich alsnog in een boek. Helga sprong vanaf het steigertje in het meer en crawlde net zolang tegen de stroming in tot ze niet meer aan Jack dacht. Toen ging ze naast haar collega liggen en liet zich opdrogen in de zon.

'Zal ik je overhoren?' bood ze aan. Samen blokken was eigenlijk best leuk, en terwijl ze daarmee bezig waren, kwam ze er ook nog achter dat 'aspireren' inademen betekende.

De ijssalon was al gesloten toen ze kort voor het donker naar het station fietsten, maar het werd sowieso een leuke avond. Zuster Roswitha, die in het voorjaar haar diploma had gehaald en nu in de ok assisteerde, was in het rijke bezit van een kofferradio en had op de AFN-zender afgestemd. 'Komen jullie bij ons zitten?' nodigde ze hen allebei uit. Dat liet Helga zich geen twee keer zeggen. Omdat het zaterdagavond was en de meesten vrij hadden, mocht er van de huisoudste muziek aan in de gemeenschappelijke keuken. Peter Alexander zong de 'Optimisten-boogie'. *Junge, Junge, Junge, heute liegen wir richtig, heute wollen wir tanzen, lachen, singen und euch allen Freude bringen, wollen tanzen, singen, lachen und euch allen Freude machen.* Zuster Ingrid, een dertigjarige uit Augsburg, die Silvia op stang had gejaagd met het denkbeeldige aderzoekapparaat, schonk wijn en likeur. Ze deelde een kamer met Cornelia, die een kaasegel zat te maken. Op een halve krop sla spietste ze tandenstokers met kleine tomaatjes, druiven en kaasblokjes eraan. Er waren ook sneetjes geroosterd brood met ananas en ham. Silvia aarzelde en begon weer over haar buikpijn.

'Zo erg kan het toch niet zijn, kleintje,' zei Ingrid, die eigenlijk de kleinste was van de twee, maar wel molliger dan Silvia met haar jongensachtige figuur. 'Of ben je nog steeds beledigd?' Ze bood haar een van haar Franse Gitanes aan, die zij zelf met een zilveren sigarettenpijpje rookte à la Marlene Dietrich.

Helga pakte er een, stak hem op en liet zich naast Cornelia op de gammele houten hoekbank glijden.

'Zulke grappen hebben we in het begin allemaal moeten verdragen. Hoewel, als ik erover nadenk...' Ingrid trok aan haar sigarettenpijpje en blies de rook in elegante kringen naar de keukenlamp. 'Volgens mij is Helga er tot nu toe best makkelijk afgekomen, of heb jij iets met haar uitgehaald, Conni?'

'Ik zeg alleen bloedbeeld,' zei Conni met een poeslief stemmetje, en ze schoof bij Helga vandaan, alsof ze klappen verwachtte. 'En ik heb haar ook nog flink aan het vegen gezet.'

'Dus jij had die kruimels zelf rondgestrooid? Dat dacht ik al.' Helga trok een egelstekel uit de halve slakrop en bedreigde Conni met de tandenstoker nadat ze de tomaat en het blokje kaas in haar mond had gestopt.

'Meiden, laat geen gewonden vallen, ik heb vandaag al genoeg verband aangelegd,' riep Roswitha. 'Jullie ontgroening is voorbij, maar wat is ons kuiken nu van plan?'

Silvia stond nog steeds in de deuropening. Vlug glipte ze naar binnen, nam een Gitane uit het pakje en perste zich op de hoekbank naast Helga, die haar een vuurtje gaf. Na de eerste trek begon ze te hoesten, en ze dronk grote slokken rode wijn, alsof het limonade was. Binnen de kortste keren moest ze overal hard om lachen. Geen spoor van buikpijn meer. De keuken rook naar gebakken brood uit de koekenpan, de kaasegel verloor steeds meer stekels. Ze aten, dronken, rookten, en zodra ze een liedje erg leuk vonden, dansten ze. Tussendoor wisselden ze onalledaagse verhalen over patiënten uit.

Conni vertelde over een tragisch geval. Een paar dagen geleden was een vrouw met verwondingen over haar hele lichaam binnengebracht. Ze had Conni toevertrouwd dat haar man verantwoordelijk was voor de bloeduitstortingen, wonden en gebroken arm. 'Hij mishandelt haar als hij haar niet mag pakken wanneer hij er toevallig zin in heeft, stel je voor. Maar zodra ze een beetje was opgelapt, ging ze naar hem terug.'

'Voor veel mannen zijn wij vogelvrijverklaarden, of we nou wel of geen boterbriefje hebben.' Ingrid trok met een plop de kurk uit een nieuwe fles wijn.

Even overwoog Helga of ze haar collega's zou raadplegen over wat de baas haar had gevraagd, maar ze bedacht zich. Ze zou nog wel iets verzinnen. Bovendien had hij het haar speciaal opgedragen, daarmee kon ze zichzelf bewijzen.

Toen tegen middernacht de zender met Duitse jukeboxklassiekers overschakelde op Engelstalige songs en Joni James' weemoedige 'Why Don't You Belieieieve Me' door de keuken klonk, richtte de al flink aangeschoten Ingrid zich tot Helga: 'En jij, hik. Jij hi-hebt een vrijer, huk.' Ze had de hik gekregen. 'Een echte honne-hik, honneponnige *boyfriend*, hek-heb ik gehoord.'

'Ik weet van niets.' Helga dronk weinig, ze vond alcohol niet echt lekker tenzij het iets was als wat Jack had bemachtigd, een fles sekt. Ze nipte van Silvia's koud geworden kamillethee, waarvan nog een restje in de kan zat.

'Jaja, wel waar. Wittgenstein heeft het me verteld. Hij is flink ge-hik, geschrokken...'

Verder kwam Ingrid niet; Silvia was met haar hoofd op tafel in slaap gevallen en had de fles kersenlikeur omgestoten. De rode inhoud stroomde over het restant van de egelslakrop. Helga zei vlug gedag en sleepte haar kamergenoot naar haar bed. Met een gelukzalige glimlach en halfgesloten oogleden mompelde Silvia iets over navelstrengklemmen waarmee ze haar ondergoed wilde ophangen.

De volgende ochtend, toen de dienst begon, hadden alle zusters een lichte kater. Toen hoofdzuster Beate het keukentje binnenkwam, verbaasde ze zich over de ongewone stilte. 'Wat scheelt eraan, dames, is de radio aan zijn eigen constante geschetter bezweken?' Anders zette altijd iemand van hen de krakende volksontvanger aan, die vroeger de toespraken van de Führer had uitgezonden en waaruit nu normaliter schlagers dreunden. Wittgenstein, de conciërge, had het apparaat te goed gevonden om weg te gooien en het aan hen gegeven.

'Welke muziek hoort u eigenlijk zelf het liefst?' vroeg Helga toen geen van de anderen iets terugzei.

'Ik?' De hoofdzuster staarde haar aan alsof ze naar haar cupmaat had gevraagd. 'Helemaal geen, ik geniet liever van de rust en hoogstens van het vogelgezang in mijn volkstuintje als ik vrij heb. Nou vooruit, aan het werk jullie.' Deze poging om verder te komen wat het verzoek van de baas betrof was alvast mislukt, dacht Helga bij zichzelf terwijl ze een klysma gereedmaakte voor een vrouw die op het punt stond te bevallen.

De zondag vloog voorbij. Plotseling kregen zij en Silvia hulp van hun ervaren collega's en leerden daardoor meer dan in alle voorafgaande weken bij elkaar. Zelfs het bloedprikken lukte in één keer dankzij Ingrids assistentie. 'Het belangrijkste is dat je zelf rustig blijft. Praat met de patiënt, leg stap voor stap uit wat je gaat doen. Dat geeft jouzelf ook meteen een steuntje in de rug, zodat je niets vergeet.' Met nieuwe moed beëindigde Helga vroeg in de middag haar zondagsdienst, en ze verheugde zich voor het eerst op de opleidingsperiode die nog voor haar lag. Een gemeenschap van vrouwen die elkaar bij het werk stimuleerden en ondersteunden om vrouwen die hier kwamen bevallen of herstellen de best mogelijke zorg te bieden.

Het bezoekuur begon. De mensen stroomden de kliniek binnen terwijl Helga door de hoofdingang vertrok.

'Nog een fijne zondag, zuster.' Kersverse vaders met boeketten in hun armen of oudere kinderen aan de hand groetten haar alsof ze de verloskundige zelf was. Ze hadden allemaal hun zondagse kleren aan.

Tussen hen stond Jack. Er ging een schok door haar heen. Ze deed haar best om hem te negeren, maakte een scherpe bocht naar rechts en liep met snelle stappen en neergeslagen ogen in de richting van het zusterhuis.

Hij haalde haar in en kwam naast haar lopen. 'Wat is er, Helga? Ik denk toch: jij en ik, we vinden leuk. Leg uit alsjeblieft.' Met handen en voeten probeerde hij zich verstaanbaar te maken, maar zij keek van hem weg. 'Als ik begrijp de reden waarom jij mij haten, dan ga ik voor altijd en eeuwig.'

Ze zuchtte. 'Ik haat je niet.'

'Wat dan, zeg het.'

'Ik spreek nooit een tweede keer met iemand af, en voor jou maak ik geen uitzondering. Zo, nu weet je het.'

'Waarom?'

'Als er alleen een eerste keer is, dan kan er geen laatste keer zijn, begrijp je?'

Hij keek haar met grote ogen aan en schudde zijn hoofd.

'Nou goed.' Ze sloeg haar armen over elkaar om hem op afstand te houden. 'Iemand is ooit bij me weggegaan, het was geen man, maar...' Ze haalde diep adem, wilde iets zeggen, kon opeens geen woord meer uitbrengen en begon te huilen.

Onmiddellijk sloeg hij zijn armen om haar heen. Even sloot ze haar ogen en genoot van zijn omhelzing. Het liefst had ze tegen hem aangeleund, maar ze bedacht zich, wrong zich los uit zijn armen en veegde de tranen van haar gezicht.

Na een paar stappen draaide ze zich om. Ze had een idee. Het was alsof haar grote zus Lore het haar had ingefluisterd. Ze ging voor hem staan en zei: '*Hello*, ik ben Helga. *Would you ask me for a trip*?'

'*Oh, yes*. Leuk je te ontmoeten, Helga, *I am Jack*. Jij zin hebben in stukje rijden door de omgeving?'

'Hoe wist je waar ik woon en werk? Heb je me bespioneerd?' vroeg ze Jack toen ze even later in zijn jeep zaten.

'In de richting waar jij bent gegaan is alleen een ziek huis, zeiden mensen.'

'O, dat zou ik niet zo willen stellen.' Ze lachte, en vanwege de geslaagde nieuwe woordcombinatie die hij had gemaakt, moest ze hem gewoon kussen. Hij kuste haar enthousiast terug. 'Waar rijden we eigenlijk heen?' vroeg ze toen ze zich weer van elkaar losmaakten.

'Naar een plek met mooiste uitzicht over het meer.' Jack startte de jeep. 'Misschien jij weet al waar?'

'Ik ben tot nu toe amper Starnberg uit geweest, ik woon hier nog niet zo lang.' Omdat ze met open dak reden, trok ze haar dunne lichtblauwe sjaal over haar haar en wikkelde de uiteinden twee keer om haar hals, zoals ze in bioscoopfilms had gezien. Een verkoudheid zou ze er niet mee voorkomen, maar de strak om haar hals geslagen doek liet haar decolleté mooi uitkomen.

Ze stuiterden over de met kuilen bezaaide weg langs de oever. Het meer glinsterde. Even voorbij Tutzing sloeg Jack af het bos in en reed een steile berghelling op. Ze waande zich al half in de Alpen toen ze op een heuveltje vol knoestige oude bomen tot stilstand kwamen. Hij parkeerde, en ze stapten uit. Koeien graasden in een weiland, en er stond een aantal bankjes naast elkaar met uitzicht over het meer. Dit moest de legendarische Ilka-hoogte zijn waar haar collega's zo opgetogen over hadden verteld. Indrukwekkend, Jack had zijn belofte waargemaakt. Hiervandaan zag je de andere oever en de hele bergketen erachter. De hemel lichtte turkoois op. Een perfect ansichtkaartmotief. De lucht was vol gezoem, het rook naar vers gras en bloemen, warme zomerlucht streek na de verkoelende snelle rit langs Helga's huid. Grappig dat uitgerekend een Amerikaanse bezetter haar de schoonheid van haar eigen Beierse thuisbasis liet zien. Jack had echt zijn best gedaan en aan alles gedacht. Onder het zeil van de laadruimte zaten een picknickmand en een halfronde koffer verstopt, die aan een hoedendoos deed denken.

'Wat zit daarin?' vroeg Helga. 'Toch geen wapens, hoop ik.'

'Als je muziek rekent tot wapens, ja dan het is zo.'

Het was een platenspeler. Jack had haar graag zijn lievelingsliedjes laten horen, maar er was hier geen elektriciteit. Hij bladerde het dikke album met zijn platencollectie door, knipte met zijn vingers en klakte met zijn tong alsof hij de songs echt hoorde. De namen zeiden haar niets. Ray Charles, Earl Hines, Nat King Cole, Johnnie Ray. Op de platenhoezen waren nu eens zwarte en dan weer witte muzikanten afgebeeld. Er zat ook een vrouw met een donkere huidskleur tussen. Ze had een bloem in haar haar en valse wimpers en zong met wijd open mond.

'Hoe klinkt Billie Holiday?' Helga las de naam van de platenhoes af en nam aan dat de zangeres zo heette.

'Heel *extraordinary*,' begon hij enthousiast te vertellen. 'Elke melodie zij maakt haar heel eigen van. Hoe moet ik zeggen, ze gebruikt haar stem als instrument, als een gitaar misschien, en ze speelt ermee.'

'Ken je haar?'

'Je bedoelt persoonlijk?' Jack lachte. 'Ja, natuurlijk, ik ben met Billie Holiday getrouwd.'

'Echt?'

Hij lachte weer, tilde de picknickmand uit de jeep en sloeg zijn arm om Helga heen. 'Ik ben samen met jou, je weet toch. Wij hebben net leren kennen, en morgen leren we weer kennen en overmorgen weer.' Hij speelde mee, al was het voor haar geen spelletje.

Ze zochten een plekje in de schaduw, spreidden het kleed uit en leegden de mand. Jack opende een paar weckpotten en sneed een wit brood aan. Zelfs aan borden, bestek en glazen had hij gedacht.

'Goed eten uit mijn land. Ik hoop het smaakt jou.'

'En wat is het allemaal? Pindakaas heb ik al eens gegeten.' Ze wees naar de bruinbeige brij. Die hadden ze van de bezetters als schoolmaaltijd gekregen tot het hun neus uit kwam. De Amerikanen leken overal pindakaas doorheen te mengen, ze was benieuwd of Jack dat ook deed. Helga pakte een vork en proefde van een salade die fris en heerlijk smaakte. 'Witte kool en wortelen.'

'Dat noemen wij *cole slaw*.'

'Mmm, erg lekker.' Helga was ontroerd, niemand had ooit zoveel moeite voor haar gedaan, een man nog wel, een piloot die oorspronkelijk mijnwerker was geweest en evenveel van muziek hield als zij. Ze zag nu al zoveel kanten aan hem die haar stuk voor stuk aanspraken. 'Kun je dan ook koken?'

'*A little. These are Scotch eggs*.' Hij gaf haar een knapperig gebakken bal waarin een gekookt ei verstopt zat, en schonk citroenlimonade in die zuur en zoet tegelijk smaakte en met deze hitte aangenaam verkoelend was.

'Heerlijk.' Ze sloot haar ogen en genoot. 'Waar kom je vandaan, ik bedoel uit welke staat in Amerika?'

Hij verjoeg een wesp die op de pindakaaspot was neergestreken, smeerde een snee witbrood, legde er een tweede bovenop en nam een hap. 'Uit North Dakota, maar geboren ik ben in Zuidwesten, Arizona. Mijn moeder en zus daar nog wonen. En jouw familie?'

'Ik kom uit München, mijn ouders wonen daar.' Ze pakte nog een Schots ei uit de weckpot en voerde het aan Jack. Toen ging ze op het kleed liggen, met haar hoofd op haar linkerarm, en keek naar de wolken die zich traag langs de blauwe hemel bewogen. 'Ik denk dat hoe meer wij over elkaar weten, Jack, hoe moeilijker dit wordt.'

Hij boog zich over haar heen en smaakte naar pindakaas toen ze elkaar kusten. Zijn lippen dwaalden langs haar hals omlaag, over haar sleutelbeen, zijn vingers omcirkelden haar navel.

Rond elf uur 's avonds, toen ze hoopte dat de meeste van haar collega's al sliepen of in elk geval in hun kamer zouden blijven, smokkelde ze Jack het zusterhuis binnen. Silvia had haar eerste nachtdienst, dus tot in de vroege ochtenduren hadden ze het rijk alleen. Eerst luisterden ze naar zachte muziek. Jack kon eindelijk zijn platen draaien, en samen vertaalden ze, in elkaars armen op bed liggend, de liedjes. Hij wilde dat ze de teksten begreep. Ze gingen over liefde en verdriet, maar ook over rassendiscriminatie en onrecht. Na een tijdje hielden ze zich meer met elkaar bezig en verdween de muziek naar de achtergrond. *Maybe millions of people go by. But they all disappear from view. And I only have eyes for you*, zong Billie Holiday. Er werd op de deur geklopt.

'Doe open, zuster, nu meteen.' De stem van hoofdzuster Beate.

Helga sprong uit bed en schoot haar nachtpon aan. Wat was er aan de hand? Had ze op het werk iets verkeerd gedaan, of had iemand haar gezien en verklikt? Was de deur eigenlijk wel op slot? 'Gauw, ga in Silvia's bed liggen en maak je zo klein mogelijk,' zei ze tegen hem, en ze zette de muziek uit.

En het werd nog erger. 'Politie, doe de deur open.' Kennelijk had de hoofdzuster zelfs het politiebureau gebeld.

Helga hoorde gemompel in de gang, nu kwam het heel dichtbij. Voor ze de deur opendeed, verzekerde ze zich ervan dat er geen hand of voet of pluk haar van Jack onder het beddengoed uitstak, raapte zijn kleren bij elkaar en propte ze snel in de kast. Toen knipte ze het licht uit, opende de deur en keek met knipperende ogen de gang in. Een politieagent en de hoofdzuster stonden met Conni te praten, die in de kamer schuin tegenover haar woonde. Voor zover ze het kon volgen, ging het om een getuigenverklaring over de mishandelde patiënte die een paar dagen geleden was binnengebracht en over wie haar collega haar de vorige avond had verteld. Blijkbaar was haar echtgenoot aangehouden. Zo zacht mogelijk deed

Helga haar deur weer dicht. Opgelucht dat het geklop niet voor haar bedoeld was geweest.

ANNABEL

Nog voordat de deur van het laboratorium in het slot viel, hoorde ze Konstantin buiten op de gang tegen iemand praten. Hij sprak weer op zijn gebruikelijke bedachtzame toon, alsof er niets was gebeurd. Zorgzaam was hij alleen voor anderen, niet voor haar, dacht ze. Annabel meende zelfs de naam Knaup te horen, en toen werd het haar te veel. Ze strompelde langs de stretcher en de laboratoriumapparatuur en wrong zich achter een soort kachel met lange gietijzeren pijpen langs tot ze een leeg hoekje bereikte. Daar leunde ze tegen de tegelwand, zakte neer op de vloer, trok haar knieën tegen haar bovenlijf en snikte het uit. Dit had ze niet verdiend. Ze deed zo haar best, en dan nog was het niet genoeg. En nu hadden ze ook nog Friedrich van haar afgepakt, alsof ze expres zijn leven op het spel had gezet. Voor het eerst was ze gescheiden van haar kind. Ze moest er niet aan denken wat haar lieve jongen op dit moment doormaakte, vanwege haar! Ze was helemaal van de kaart. O, en dan Konstantin. Had ze niet al meteen na de verloving het gevoel gehad dat ze voor hem niet de enige zou zijn? Er zat iets in hem, een hunkering die zij nooit kon bevredigen, hoeveel moeite ze ook deed. Hij was elf jaar ouder, en zij was nog maagd geweest toen ze elkaar leerden kennen. Ze had van deze kleine man nooit zoveel tederheid en inlevingsvermogen verwacht. Hij wijdde haar in in de liefde, al tijdens de huwelijksnacht wond het hem op om haar, de onervaren vrouw, te vormen als was. En zij was een dankbare leerling. En natuurlijk wilde hij ook graag een kind. Maar hoe Annabel God ook bad en smeekte, ze werd maar niet zwanger. Toen het eindelijk toch gelukt was en ze haar zoon in haar armen hield, was ook hij zielsblij en hun geluk compleet. Vanaf toen besloot ze zijn avontuurtjes door de vingers te zien, wat ze soms redelijk goed klaarspeelde en soms niet. Inmiddels was ze drieëndertig. Ze vocht nog steeds vurig als een pubermeisje om zijn aandacht en moest het nu blijkbaar afleggen tegen een jonge leerling-verpleegster. De maat was vol. Dit liet ze niet over haar kant gaan. Ze krabbelde overeind, veegde haar tranen weg en liep het laboratorium uit. Bij de receptie vroeg ze om een taxi, en ze wachtte buiten om niet met de receptioniste te hoeven praten. Iedereen wist vast en zeker al wat er met Friedrich was gebeurd.

Teruggekomen in de villa kleedde ze zich om. Terwijl ze voor haar kledingkast stond, dwaalden haar gedachten weer naar het ongeluk. Keer op keer speelde ze alles wat er bij het meer was gebeurd af in haar hoofd. Ze probeerde vooral na te gaan hoe lang ze Friedrich nou echt uit het oog had verloren. Ze pakte de telefoon om bij het Von Thaler-kinderziekenhuis na te vragen of hij daar goed was aangekomen, maar legde de hoorn weer neer. Het zou Konstantin misschien nog bozer maken. Al geloofde ze niet dat hij dit allemaal in zijn eentje had beslist. De Von Thalers, en vooral haar schoonvader, was het huwelijk van hun enige zoon met de dochter van een namaakpaap, zoals hij haar vader betitelde, van meet af aan een doorn in het oog geweest. Als atheïst stond Richard von Thaler afwijzend tegenover alles wat katholiek was; voor hem telde alleen de kennis die voortkwam uit onderzoek en wetenschap. En als klap op de vuurpijl had Annabel niets meegebracht in het huwelijk, behalve een tafel die je kon uitschuiven tot er plaats was voor veertien gasten, iets wat al vaak van pas was gekomen.

'Meer hebben we ook niet nodig,' verklaarde Konstantin, die destijds nog helemaal op haar hand was, toen hij haar aan zijn ouders voorstelde. 'We hebben immers alles al, alles behalve Annabel.' Maar zijn ouders draaiden niet bij. Al deed ze nog zoveel moeite, leerde ze het etiquetteboek voor de hogere kringen uit haar hoofd en bezocht ze zelfs een bruidenschool, de familie liet haar jarenlang voelen dat ze er niet bij hoorde. Pas in 1943, op de begrafenis van haar ouders, toonden ze oprecht medeleven; haar schoonmoeder had haar een knuffel gegeven en samen met haar gehuild. Daarna geloofde Annabel dat ze dan toch eindelijk in de illustere familiekring was opgenomen. Maar ze had zich vergist, het duurde nog tot de dag dat ze de langverwachte kleinzoon baarde voordat Richard von Thaler en zijn vrouw Irmela hun afstandelijkheid lieten varen en haar tutoyeerden.

Ze werd tureluurs van het nadenken, ze moest iets praktisch te doen hebben. Dus droeg ze het dienstmeisje op alle tapijten schoon te maken en de gordijnen eraf te halen. Ook de ramen aan de zuidkant moesten worden gelapt. Haar enige troost was dat Friedrich in goede handen was. Richard werd in de kindergeneeskunde beschouwd als coryfee. Toen ze uit het raam keek, zag ze plotseling Friedrichs vriendinnetje op straat. Magdalena zat gehurkt op de stoep en tekende met krijt een hinkelspel.

Ze liep naar buiten naar het kind toe. 'Zeg, waarom zijn jullie eigenlijk helemaal naar de stoomscheepssteiger gelopen? Jullie zouden toch bij mij blijven.'

Het meisje keek naar haar op, maar gaf geen antwoord.

'Vertel het me maar, ik zal niet boos worden, dat beloof ik. Hoe kwam het dat Friedrich in het water viel?'

'Kwoit et net.' Magdalena haalde haar schouders op, verdiepte zich weer in haar tekening en trok grote cirkels rond de getallen.

‘Ik praat tegen je, stop nou eens even met tekenen.’

Maar het kind krijtte verder.

Een vreselijke gedachte bekroop Annabel. ‘Heb jij hem er soms in geduwd?’

‘Naa, zo ging et net. Konder niks an doe.’

‘Wat? Spreek toch gewoon Duits, doe je best eens. Hoe ging het precies, doe je mond open, kind!’ Ze pakte het meisje bij de arm, trok haar overeind en schudde haar door elkaar. ‘Toe nou, ik moet het weten.’

Magdalena begon hard te huilen.

‘Mevrouw Von Thaler, wat doet u daar? Laat dat meisje eens gauw los, u doet haar pijn.’ Plotseling kwam Luise Dahlmann tussenbeide. Ze stak op een holletje de straat over en bevrijdde het meisje uit Annabels greep.

‘O, het spijt me, ik ben helemaal van slag.’ Wat bezielde haar? Ze kon haar woede toch niet op dit kind afreageren? Ze bukte en wilde Magdalena’s tranen afvegen, maar bij het zien van het met snot besmeurde gezichtje streek ze alleen even over de lange vlechten.

Het meisje haalde haar neus op, gooide het krijtje weg en rende tussen de twee vrouwen door de straat over naar de kapperszaak. Hopelijk vertelde ze niets aan haar moeder, anders draaide het straks nog op een rel uit.

‘Wat is er gebeurd? Heeft Magdalena iets uitgehaald?’ vroeg mevrouw Dahlmann in geforceerd Hoogduits.

In elk geval verstond ze nu eindelijk eens iemand. Maar goed, wat ging haar buurvrouw deze toestand eigenlijk aan? Toch was het wel zo fatsoenlijk om antwoord te geven. ‘Ja, of beter gezegd, ik weet het niet.’ Ze haalde diep adem. ‘Mijn zoontje is tijdens het spelen bijna verdronken, en Magdalena was erbij. Ik wilde gewoon weten hoe het is gebeurd.’

‘Wat vreselijk, ik bedoel dat van uw zoon. Hoe gaat het nu met hem?’ Ze was de eerste die oprecht belangstelling toonde.

‘Hij ligt in het kinderziekenhuis van mijn schoonvader, meer weet ik helaas ook niet.' Annabel was alweer bijna in tranen.

'Kan ik iets voor u doen? Kom anders even binnen, hebt u trek in een kop koffie?'

'Wat aardig, dank u.' Dat was het echt. 'Maar ik moet weer naar huis, voor het geval dat de telefoon gaat.' Ze kon Luise Dahlmann bij haar uitnodigen, maar nu, zonder tapijten en gordijnen, zag het huis er niet uit. Nee, beter een andere keer. 'Gecondoleerd trouwens nog met het overlijden van uw schoonmoeder.' Ze had wel een condoleancekaart laten bezorgen, maar nu gaf ze haar nog persoonlijk een hand.

'Dank u. Er schiet me opeens iets te binnen, ik heb wat voor u gevonden in onze oude werkplaats. Wacht even, ik haal het.' Mevrouw Dahlmann liep haar tuin in en kwam even later terug met een foto.

'Papa heeft Friedrich gestabiliseerd,' zei Konstantin toen hij 's avonds thuiskwam.

'Betekent dat dat het beter met hem gaat? Is hij bij bewustzijn? Heef hij pijn?' Annabel bestormde haar man met vragen nog voor hij aan tafel zat en juffrouw Gusti de runderrollade opdiende die vandaag bij Lindner in de aanbieding was geweest.

'Hij heeft een iets verhoogde bloeddruk en wordt onder observatie gehouden, en zijn hartslag wordt voortdurend gemeten. Papa laat van zich horen zodra zijn toestand verandert.'

'Moet Friedrich vannacht in München blijven?'

'Wat had jij dan verwacht? Laten we alsjeblieft gaan eten, ik heb honger en ben moe.' Hij legde zijn servet op zijn schoot en schoof een plak rollade en wat van de te knapperig geworden aardappelen op zijn bord.

Annabel had geen trek. Ze zwegen tijdens het eten, je hoorde alleen het gekletter van bestek en het tikken van de staande klok, wat haar aan het hart van haar zoon deed denken dat door haar nalatigheid van slag was.

Het gesprek met Luise Dahlmann schoot haar te binnen. 'Zeg, heb je eigenlijk ooit nog iets van Samuel gehoord?' Dokter Samuel Kleefeld was Konstantins beste vriend geweest; de twee mannen hadden samen de Seekliniek opgericht.

'Hoe kom je nou ineens op hem?' Konstantin depte zijn mondhoeken en schonk zichzelf nog wat wijn in.

'Luise Dahlmann heeft een foto uit 1937 gevonden die in onze tuin is gemaakt. Daar staan de Dahlmanns samen met de Kleefelds op. En ook nog een paar andere mensen die ik niet ken.' Dat was in het jaar voordat ze trouwden, Annabel werkte toen al in de Seekliniek.

'Laat zien.'

'Mevrouw Dahlmann heeft de foto nog, ik kan haar er wel om vragen als ik haar tegenkom.' Ze had de foto meteen bij zich moeten houden of op zijn minst om een afdruk kunnen vragen, maar Luise had hem weer in haar schortzak gestopt.

'Is ook niet belangrijk. En voor je het weer vraagt, nee, Samuel en ik, dat is voorbij. Ik wil het er niet over hebben.'

Waar wilde hij eigenlijk nog wel over praten? Wat ze ook vroeg of waar ze ook over begon, hij kapte het af. Ze had het gesprek graag weer op die juffrouw Knaup gebracht, maar wist niet hoe. Na het avondeten las Konstantin nog een tijdje in zijn vaktijdschriften. Annabel stemde de radio af op het klassieke verzoekprogramma. Lusteloos bladerde ze in de Engelse detectiveroman die ze de vorige avond geboeid had zitten lezen, maar nu kon ze zich niet meer herinneren om wat voor moordzaak het eigenlijk ging. Ze las een paar bladzijden en merkte dat ze niets onthield; stiekem zat ze zich de hele tijd af te vragen wanneer de telefoon eindelijk zou rinkelen en het ziekenhuis van zich zou laten horen. Maar het bleef stil.

Zoals gewoonlijk vertrok Konstantin de volgende morgen zonder ontbijt van huis. Annabel, nog in ochtendjas, liep met hem mee tot de oprit. Daar stond zijn Ford Taunus. 'Wanneer kan ik vandaag naar Friedrich?' vroeg ze.

'Ik laat het je weten zodra ik papa heb gesproken.'

'Dat zei je gisteren ook.'

'Heb geduld, misschien kun je pas morgen naar hem toe. We zullen zien.'

Twee dagen zonder haar kind, een vreselijk vooruitzicht. Ze streek langs de zijkanten van haar hals, haar handen trilden. Tot haar verbazing kuste Konstantin haar ten afscheid op de wang. Ze wilde meer, nam zijn gezicht tussen haar handen, en haar lippen raakten zijn mond. 'Ik mis je,' zei ze.

'Maar ik ben toch hier.' Onderzoekend keek hij haar aan, dezelfde blik als van haar zoon, dezelfde donkerbruine ogen, alleen waren die van Konstantin omkranst met rimpels.

Ze hield van hem met elke vezel van haar wezen, als hij maar eerlijk tegen haar was. Dit was het moment om de vraag te stellen, ook al zou ze er elke zweem van harmonie weer de grond mee in boren. 'Die leerling-verpleegster, juffrouw Knaup, wat is dat voor iemand, en wat deden jullie nou precies in jouw kantoor?'

'Begin je daar nu alweer over? Gisteren was ze nog het rondborstige blondje, vandaag heeft ze zowaar al een naam.' Hij rolde met zijn ogen, opende het autoportier en stapte in. 'Of jij het nou gelooft of niet, ze heeft me alleen maar koffie gebracht, en dat was het. Toen arriveerde jij. Tevreden?' Hij draaide de contactsleutel om en startte de motor.

Ze knikte, bukte zich en leunde met haar bovenlichaam half de auto in.

'Dus,' vervolgde hij, 'ik bel je vanmiddag over Friedrich. Voor twaalf uur heb ik twee operaties, en ik moet eerst zien wat er verder nog gedaan moet worden. Wil je nu alsjeblieft het portier loslaten?'

Sinds wanneer serveerde een leerling-verpleegster koffie in haar ondergoed, vroeg ze zich af terwijl ze de Ford nakeek, die langzaam van de oprit rolde. Om iets van de last die op haar schouders drukte kwijt te raken, besloot ze te biecht te gaan. Misschien wist pastoor Zuckermüller raad. Voor ze het huis uit ging, vroeg ze juffrouw Gusti om in godsnaam de telefoon op te nemen en alles te onthouden – of beter nog, op te schrijven – wat de eventuele bellers te zeggen hadden. Ze legde haar schrijfblok en potlood naast het toestel.

Toen Annabel bij de pastorie aanbelde, zat de pastoor nog te ontbijten. Bereidwillig schoof hij de grendel van de kerkdeur en stuurde haar alvast vooruit naar de biechtstoel. Hij zou alleen nog even vlug zijn koffie opdrinken, zei hij. Ze ging in het donkere hokje achter het gordijn zitten en wachtte. Zuckermüller nam de tijd. Waarschijnlijk was dat bedoeld om de boetvaardige stemming aan te wakkeren, dacht ze. Je moest baden in je schuldgevoel voordat je je ervan mocht bevrijden. Ze dacht aan haar vader, die eigenlijk priester had willen worden maar voordat hij het celibaat kon omarmen verliefd werd op haar moeder toen hij haar boekhandel binnenstapte. Vanaf dat moment kocht hij bijna elke dag een boek, vroeg wat ze hem kon aanbevelen en begon met haar over de inhoud te praten. 'Als dit zo doorgaat, heb ik binnenkort geen boek meer over. Dan moet ik mijn winkel naar uw huis verplaatsen, de halve voorraad hebt u al,' had haar moeder op een dag gegrapt. 'Waar woont u eigenlijk?' Hoe het verderging hadden ze elke keer een beetje anders verteld, zodat Annabel tot op de dag van vandaag niet wist wat er precies was gebeurd. In elk geval trouwden ze zo snel mogelijk, en vijf maanden later werd zij geboren.

Als jonge adolescente wilde Annabel het liefst non worden. Haar vader had vanwege haar komst zijn roeping niet kunnen volgen, dus wilde zij het in zijn plaats doen. Maar haar moeder stond erop dat ze eerst de handelsschool afmaakte. 'Secretaresse is het beroep van de toekomst, daar kun je altijd en overal werk mee vinden. Je kunt later altijd nog in het klooster gaan.' Annabel gehoorzaamde met tegenzin en leerde niet alleen blind typen met het tienvingersysteem maar ontmoette tijdens een schooluitstapje ook Konstantin. Hij was haar grote liefde en zou dat blijven. Zoals het bij haar ouders was geweest: zij waren onafscheidelijk tot de dood.

Eindelijk ritselde er wat achter het traliewerk. Zuckermüller nam plaats in het biechthok. 'In de naam van de Vader, de Zoon en de Heilige Geest.'

'Amen,' zei Annabel, en ze maakte het kruisteken.

'God, die ons hart verlicht, geve je ware kennis van je zonden en zijn barmhartigheid.'

'Amen.'

'Wat kan ik voor je doen, mijn kind?' Hier tutoyeerde hij haar, maar buiten de biechtstoel sprak hij haar aan met 'mevrouw' of zelfs 'mevrouw dokter', viel haar weer eens op.

'Friedrich is er slecht aan toe, en dat is mijn schuld.' En ze vertelde hem wat er was gebeurd.

'God zij hem genadig. Ik zal je zoon in mijn gebeden gedenken.' Hij raffelde zijn verplichte tekst af. Ze had op meer oprechte belangstelling gehoopt.

'En verder?' vroeg hij. 'Wat heb je nog meer op je hart?'

'Het gaat om mijn man. Ik weet niet hoe ik me tegenover hem moet gedragen,' begon ze.

'Hij is toch ook in het welzijn van jullie kind geïnteresseerd, of niet?'

'Ja, dat wel, maar er is nog iets anders. Konstantin bedriegt me. Door de jaren heen steeds weer, en nu met een nieuwe verpleegster in zijn kliniek.'

'Je bedoelt nu, op dit moment?' De neus van de pastoor raakte het traliewerk. Ze rook zijn adem, en koffie was het zeker niet.

'Hoe moet ik dat weten.' Ze week achteruit en trok zich zo ver mogelijk terug in de hoek. 'Of beter gezegd, ik hoop van niet. Maar gisteren heb ik hem met haar betrapt en hem ter verantwoording geroepen.'

'Betrapt waarop? Omschrijf het, neem er de tijd voor en verlos jezelf van alle kwaad.'

'Ik weet het niet precies.'

'Toe maar, je mag vrijuit spreken,' moedigde hij haar aan. 'Niets menselijks is mij vreemd. Is het tot ontuchtige handelingen gekomen?'

'Dat weet ik niet.'

'Heb je dan niets gezien?'

'Jawel.' Ze wist niet hoe ze het moest vertellen en sloeg dat stuk over. 'In elk geval heeft hij alles ontkend.'

'Komaan, je hebt dus iets gezien?'

'Nee, ik vermoed het alleen.'

Zuckermüller zuchtte, het klonk bijna een beetje teleurgesteld. 'Je haalt je te veel in het hoofd. Leg alles in Gods handen en hou je ziel rein.'

'Maar, meneer pastoor, dat kan ik niet, deze hele toestand knaagt aan mijn ziel, het verscheurt me,' zei ze vrijuit, zoals hij haar daarnet dringend had gevraagd.

'Zijn wil geschiede.'

'Wiens wil, die van Konstantin?'

'Gods wil, mijn kind, Gods wil en niets anders. Onthoud dat altijd. En denk ook aan je huwelijksgelofte. Voor ontrouw zijn er altijd twee nodig.'

'Wat bedoelt u daar nou mee?'

'Is er misschien een reden waarom je man zijn heil elders zoekt?'

'Maar, meneer pastoor!'

'Ik veroordeel je niet, we zijn allen zondaars. Laten we nu samen bidden.' En hij begon met het Onzevader.

'Uw wil geschiede, uw wil geschiede,' prevelde ze onderweg naar huis telkens weer voor zich uit. Maar ze vond het moeilijk om alles in Gods handen te leggen. Door de biecht had ze het alleen nog maar meer op haar zenuwen gekregen. Natuurlijk gaf ze Konstantin niet de schuld, maar die juffrouw Knaup, dat opdringerige kleine loeder met haar brutale mond, had haar man verleid. Wat was dat er voor eentje? Om op slinkse wijze haar leven binnen te dringen en zomaar in te pikken wat niet van haar was. Annabel zou haar weleens laten zien wie de baas was.

Thuis bezwoer het dienstmeisje haar dat er niemand had gebeld en bracht haar de post, een pakketje voor Konstantin uit Amerika. Toen wist Annabel plotseling hoe ze meer over Helga Knaup te weten kon komen. Ze liet zich nog een keer met de taxi naar de Seekliniek brengen. Om Konstantin niet tegen het lijf te lopen, stapte ze rechtstreeks naar binnen bij de administratieafdeling, die zich tussen de kliniek en het zusterhuis in een bijgebouwtje bevond. Ze klopte aan bij haar oude afdeling, waar ze van 1937 tot 1938 had gewerkt. Telefoonverbindingen tot stand brengen, personeelsdossiers beheren, de post afhandelen. Daarnaast was ze de privésecretaresse van haar verloofde geweest.

'Goedemorgen mevrouw Rübsteck, hebt u een nieuwe bril?' Uitbundig begroette ze haar opvolgster, die een hoofdtelefoon ophad en een bandopname uittypte.

'Dag mevrouw Von Thaler, wat leuk om u te zien.' Ze zette de hoofdtelefoon af, stond op van haar bureaustoel en greep verlegen glimlachend naar haar vlinderbril. 'Ja, mijn dochter heeft me overgehaald om eens iets moderns aan te durven, per slot van rekening heb je zo'n ding de hele dag op je neus.' Gerda Rübsteck werkte nu al meer dan vijftien jaar hier en was volgens Konstantin een heel betrouwbare kracht. En dankzij haar leeftijd, ze was rond de vijftig, had Annabel ook absoluut geen reden om jaloers op haar te zijn.

'Hoe gaat het met uw kinderen?' Hoewel Annabel hun namen compleet was vergeten, deed ze alsof ze hevig geïnteresseerd was in de loopbanen van Gerda's kroost.

'Goed, dank u. Elfi wordt correspondente vreemde talen, Engels en Frans, daar is tenslotte dankzij de bezetters veel vraag naar. Gerhard werkt nu bij de Duitse Spoorwegen in de schakelcentrale. We verwachten binnenkort ons tweede kleinkind; zijn vrouw is al uitgerekend, maar ik krijg haar niet zover dat ze hier bij meneer dokter komt om te bevallen. Ze zweert bij haar thuisvroedvrouw. Nou, laten we hopen dat het allemaal goed gaat. U wilt niet weten wat ik er destijds voor over had gehad om een paar dagen van huis weg te kunnen, zeker bij de tweede, dan kom je al helemaal niet meer door je luierwas heen. Voor de oorlog ging bijna geen enkele zwangere vrouw naar een kraamkliniek...' En zo ratelde ze door.

Annabel schraapte haar keel, dat had effect.

'Neem me niet kwalijk, mevrouw Von Thaler, ik kwebbel maar raak, hè. Wat brengt u hier, kan ik iets voor u doen?'

Nu haalde Annabel het pakketje voor de dag dat ze speciaal had meegenomen. Ze vroeg de secretaresse om het aan haar man, de dokter, te geven.

'Natuurlijk. Zal ik dat nu meteen doen?'

'Nee hoor, het heeft geen haast.'

Mevrouw Rübsteck nam het pakje aan en legde het in een ijzeren mand, waarin zich de brieven al opstapelden. Waarschijnlijk bedankbrieven, die Konstantin bijna dagelijks kreeg. Soms zaten er ook foto's bij zodat hij de groei en bloei van de kleine spruiten kon volgen. 'Ik vind het heel naar, dat ongeluk met uw zoon, mevrouw. Hopelijk wordt hij snel weer beter.'

'Dank u. Ik hoop het ook. Mag ik misschien even gaan zitten?' Annabel greep naar haar voorhoofd en slaakte een zucht.

'Wat onbeleefd van me, natuurlijk, kijk eens hier.' Mevrouw Rübsteck leidde haar naar een stoel naast een grote dossierkast. 'Kan ik u iets aanbieden? Wacht, ik haal een glas water.'

Daar hoefde ze alleen maar voor naar het zijvertrek te lopen, terwijl Annabel haar verder weg en voor wat langere tijd kwijt wilde. 'Citroenmelissethee zou heerlijk zijn, pepermunt mag ook. Maar ik wil u niet te veel last bezorgen.'

'O, daar is geen sprake van.' Hoewel het tegenovergestelde op haar gezicht te lezen stond, sloeg ze met snelle gebaren de mappen op haar bureau dicht. 'Eigenlijk mag ik niemand alleen in het kantoor achterlaten, ik moet het op slot doen voor ik wegga.'

'Dat weet ik, mevrouw Rübsteck, maar wij vertrouwen elkaar toch zeker wel.' Met trillende handen masseerde Annabel haar slapen. 'Kunt u ook nog een aspirine voor me regelen? Afgelopen nacht kon ik haast niet slapen, en nu heb ik vreselijke hoofdpijn.'

'Natuurlijk, ik ben zo terug.'

Zodra ze haar hielen had gelicht, sprong Annabel op en trok de grote wandkast open, vurig hopend dat de personeelsdossiers nog net zo gerangschikt waren als vroeger, en ze had geluk. PT, de afkorting voor patiënten, van a tot z en daarboven PS voor personeel. De mappen i tot en met k hingen in het bovenste vak. Jachtig keek ze rond, op zoek naar een huishoudtrapje. Ze zag er geen en klom op de bureaustoel, die je hoger kon draaien. De stoelzitting wiebelde terwijl ze de map waar het haar om te doen was uit het vak trok en opensloeg. Ze leunde tegen de open kast aan en las. Helga Knaups personeelsdossier was dun. Geboren in 1932 in München, waar ze een middelbare school had bezocht. Haar moeder, Heidrun Knaup, was huisvrouw, haar vader, Hugo Knaup, werkte in de schoenenverkoop. Er zat ook nog een ondertekende brief bij, waarin haar vader haar toestemming gaf om deze opleiding te volgen. Al die moeite voor niets, dacht ze. Ze was zelfs niet achter het adres van de ouders gekomen. Terwijl ze hun maar wat graag had laten weten wat hun dochter op haar opleiding uitspookte en dat ze bezig was een huwelijk te verwoesten. Als ze mevrouw Rübsteck om meer informatie over de leerling-verpleegsters vroeg, zou het zo doorzichtig als glas zijn dat Annabel een jaloerse echtgenote was. Nee, het was beter dat zij zelf, incognito, de boel verder onderzocht. Incognito klonk best goed. Ze kreeg er kippenvel van op haar armen. Het had iets gewichtigs, een echte opdracht. Tegelijkertijd moest ze glimlachen. Ze was dol op romans over Sherlock Holmes en Miss Marple en speurde al vele boeken lang met hen samen, maar zou ze ook weleens graag op het juiste spoor hebben gezet, zodat ze de dader sneller zouden vinden. Sommige aanwijzingen waren zó overduidelijk. Opeens voelde zij zich ook een soort detective, wat een mal idee, maar dan op het vlak van liefde en gerechtigheid, niet van moord en doodslag.

Toen ze de map terugzette, zag ze dat een met een t geëtiketteerde ordner tegen de zijwand was weggeschoven, bijna achter het deurscharnier. Misschien was het per ongeluk gebeurd. Annabel trok de ordner tevoorschijn en wilde hem op de juiste plek tussen de s en de u terugschuiven. Maar ze bedacht zich, ze werkte hier immers niet meer. De draaistoel wiebelde. Ze verloor haar evenwicht, liet de map los en greep zich vast aan de kastdeur. De ordner smakte eerst tegen de tafelrand en toen op de vloer. Onwillekeurig zag Annabel haar zoon voor zich. De laatste ochtend dat de wereld nog in orde was, was hem net zoiets overkomen bij het raam en had zij hem nog kunnen opvangen. Weer vlamde het verlangen in haar op. Ze hoorde bij hem te zijn, voor hem te zorgen. Uw wil geschiede, Friedrichs lot moest ze in elk geval in Gods handen leggen. Met knikkende knieën stapte ze van de stoel af. Als mevrouw Rübsteck alweer onderweg was naar het kantoor, dan had ze het lawaai waarschijnlijk gehoord. Toen ze de ordner wilde dichtklappen, viel haar blik op het eerste vel papier. MILITARY GOVERNMENT OF GERMANY, stond daar in grote letters op.

Ze las de pagina's snel door. Het was een vragenlijst van het Amerikaans militair bestuur. Tweetalig, in het Engels en het Duits. Een beetje vlekkerig, met ietwat uitgelopen letters, waren de antwoorden in blauwe inkt op de voorgedrukte lijntjes afgedrukt. Als secretaresse was Annabel destijds blij geweest dat deze mogelijkheid om kopieën te maken bestond. Je legde een blauw calqueerpapier tussen twee blanco vellen voor je ze in de typemachine stak, en op die manier ontstond een duplicaat zonder dat je alles nogmaals hoefde uit te typen. Ze bladerde verder in de denazificatievragenlijst. Wie beweerde dat de Duitsers bureaucraten waren had zich nog niet door de 131 vragen van de geallieerden heen geworsteld. Toen viel haar mond open. Het formulier was door haar man zelf ingevuld. Konstantin von Thaler. Waarom had hij haar nooit verteld dat ook hij zich aan deze schriftelijke ondervraging had moeten onderwerpen? Er werd gevraagd om de organisaties op te geven waarbij men tijdens het Derde Rijk aangesloten was geweest. Konstantin had de NDA aangevinkt, de Nationaalsocialistische Duitse Artsenbond. Annabel wist dit, maar had er verder geen betekenis aan gehecht. Zonder dat lidmaatschap had haar man niet meer als arts kunnen praktiseren, althans niet officieel en als geneesheer-directeur. Alleen daarom was hij ook niet opgeroepen voor het leger. Aan verloskunde en gynaecologie was zelfs in die donkere tijd niets immoreels. Behalve dan dat kinderen met een handicap gerapporteerd moesten worden. Maar zijn vriend en collega dokter Kleefeld had ongetwijfeld een goed woordje voor hem gedaan bij de bezetters en alle eventuele onduidelijkheden opgehelderd. Per slot van rekening had Konstantin hem geholpen om een nieuwe start in Zwitserland te maken. Toen Annabel begon bij de kliniekadministratie, was dat met dokter Kleefelds afscheid samengevallen. Sindsdien hadden ze nooit meer iets van de familie gehoord, wat ze vreemd vond en ook ondankbaar. Geen wonder dus dat Konstantin slecht te spreken was over zijn vroegere vriend en geen zin had om een oude foto, die misschien herinneringen opriep, te bekijken. Zelfs met hun bruiloft of de geboorte van Friedrich had de familie Kleefeld hen niet gefeliciteerd, dat was toch wel het minste geweest. Ze hoorde voetstappen, schoof de map snel terug in de krappe tussenruimte en duwde de kast dicht.

Na nog een angstige nacht werden haar gebeden verhoord. Toen haar schoonvader 's ochtends om halfzeven opbelde, kwam Friedrich zowaar zelf aan de telefoon en kwebbelde honderduit. Konstantin omhelsde Annabel, ook hij was duidelijk opgelucht.

'Ik kan beter meteen naar hem toe gaan,' zei ze terwijl ze de ceintuur van haar ochtendjas losknoopte. 'Als hij het echt zo goed maakt als hij klinkt, blijf ik nog wat langer in München om inkopen te doen. Je ouders komen dit weekeinde, en dan hebben we iets extra's te vieren. Wat dacht je van gebraden duif voor het middageten?'

'Laten wij tweetjes anders nog even van de rust genieten,' stelde hij voor. 'Ik kan vandaag wat later naar de kliniek gaan.' Was dit zijn slechte geweten vanwege zijn gescharrel met andere vrouwen, of viel simpelweg de spanning van hem af? Hij pakte haar billen vast en scheurde de kleren bijna van haar lijf.

Nu hij plotsklaps weer zin in haar had, had ze moeite om zich daarop af te stemmen. Ze haalden de slaapkamer amper en vrijden al op het aankleedbankje voor het bed. Eerst was Annabel vooral bang dat juffrouw Gusti misschien zou komen binnenvallen, maar toen kon haar dat opeens niet meer schelen en genoot ze van zijn liefkozingen. Eindelijk was alles weer goed.

In een opperbest humeur kleedde Konstantin zich naderhand aan en kuste haar toen hij vertrok. 'Breng je onze jongen heelhuids weer thuis?'

Plotseling moest ze aan het denazificatiedossier denken. Ze stond op het punt hem ernaar te vragen, maar wilde de pas herstelde vrede niet verstoren. Glimlachend keek ze hem aan. 'Fijn was het, hè, dat kunnen we vaker doen, toch?' Ze hielp hem zijn das te strikken. 'Bovendien moet Friedrich geen enig kind blijven.'

Konstantin lachte. 'Zorg eerst maar dat je dat ene kind grootbrengt en niet weer in het water laat vallen.'

Pats, dat kwam hard aan. Haar goede humeur was onmiddellijk bedorven.

'Mama, mama, kom gauw kijken, er is hier een speelkamer. Met een reuzegroot schoffelpaard.' Friedrich spreidde zijn armen wijd uit om te laten zien hoe groot het was. Hij had haar bij haar binnenkomst vrolijk verwelkomd en trok haar nu aan de hand mee door de gang.

'Dat heet hobbelpaard, m'n jongen,' verbeterde haar schoonvader hem. Hij liep een stukje met hen mee en zei tegen Annabel: 'We hebben het hobbelpaard gekregen van warenhuis Oberpollinger, waarschijnlijk een onverkoopbaar artikel van de kerstafdeling. Je moet echt beter op Friedrichs uitspraak letten. Ik heb er niets op tegen dat hij Beiers spreekt, we wonen hier nu eenmaal.' Richard was zelf geboren in Weimar. 'Tenslotte moet ik mijn patiënten ook kunnen verstaan,' vervolgde hij. 'Maar ons kleinkind hoort de woorden wel goed te leren uitspreken.'

Momenteel was Annabel alleen maar zielsblij dat haar kind tenminste gezond was, er waren heel wat ergere dingen dan een woord verbasteren. Zodra hij in de eerste klas zat, zou hij zulke fouten niet meer maken. In het voorbijgaan keek ze even de ziekenzaal in en zag bleke, uitgeteerde gezichten, kleine lichamen in grote bedden en vertwijfelde ouders die de wacht hielden bij hun lievelingen. Nu drong het pas echt tot haar door hoeveel geluk ze had gehad. 'Ik waardeer het dat je zo goed voor Friedrich hebt gezorgd,' zei ze tegen Richard.

Hij legde zijn warme hand op de hare. 'Het was mijn plicht, en ik heb het graag gedaan.' Richard was langer dan Konstantin, zelfs langer dan Annabel, maar wel tamelijk gezet, zodat hij zijn doktersjas altijd open droeg. Bij het lopen fladderde de jas achter hem aan als het rokkostuum van een meesterpianist onderweg naar een concert. 'Bovendien hoefde ik niet veel te doen, onze Friedrich is er uit zichzelf bovenop gekomen. Hij is nu eenmaal een Von Thaler, een echte vechtjas, hè.' Natuurlijk, alleen erfelijkheid telde, hoe had ze dat kunnen vergeten.

'Zondag zien we elkaar bij ons thuis, nietwaar?' vroeg ze toen hij weg moest om zijn zaalvisite af te maken. 'Om Friedrichs herstel te vieren, heb ik plannen voor een heel speciaal menu.'

In plaats van te antwoorden, fronste haar schoonvader zijn voorhoofd.

'Als jullie wat eerder komen, kunnen we nog een aperitief op het terras gebruiken,' voegde Annabel eraan toe.

'We proberen het,' zei hij ten slotte. 'Heb je nog steeds dezelfde kokkin? Zo ja, dan bereiden we ons voor op het ergste.' Hij zei haar gedag.

Het hobbelpaard was wel degelijk een schoffelpaard, namelijk een eland met gewei die op een gebogen onderstel stond; haar zoon wist er meer van af dan zijn opa de professor. Annabel prees hem en bewonderde zijn rijkunsten, die hij haar in opperste concentratie en met opeengeperste lippen demonstreerde. Nadat hij haar ook de drijftol en allerlei speelgoedvoertuigen had laten zien, kon ze hem eindelijk overhalen om te vertrekken. Het stadscentrum met de delicatessenwinkels rond de Marienplatz lag op maar enkele straten afstand, dat zouden ze te voet wel redden. Friedrich ging akkoord toen ze hem in het vooruitzicht stelde dat hij op de speelgoedafdeling van een warenhuis iets voor zichzelf mocht uitzoeken. Een paar uur later had Annabel spijt dat ze het dienstmeisje niet had meegenomen. Friedrich was moe, en ze moest hem telkens weer een eindje dragen, inclusief het blikken tankstation en de parkeergarage. In elk geval had ze haar andere aankopen thuis laten bezorgen. Uitgeput namen ze pauze bij Café Luitpold. Annabel dronk koffie, Friedrich werkte een kwark-slagroomtaartpunt naar binnen en blies, tot ergernis van de gasten aan het naburige tafeltje, volop bubbeltjes in zijn limonade. Maar vandaag wilde ze niet streng voor hem zijn. Algauw was ook de limonade op en zat Friedrich tussen de tafel en zijn stoel met het tankstation te spelen. Voordat ze terug naar huis gingen, wilde ze nog nieuwe sandalen voor hem kopen. En mocht ze de kans krijgen en hem weten op te sporen, dan zou ze de vader van die leerling-verpleegster eens flink de les lezen, zodat die juffrouw Konstantin voorgoed met rust zou laten. Dus stroopten ze de schoenenwinkels in de drukbezochte Kaufingerstraße af, de ene na de andere. Overal vroeg Annabel naar ene meneer Knaup, zodra iemand haar wilde bedienen. Als ze nul op het rekest kreeg, keek ze alleen vluchtig om zich heen en ging de winkel uit. Friedrich liep weer te drenzen, hopelijk vergde ze niet te veel van hem.

'Bijna klaar, schat, nog één schoenenwinkel en dan gaan we naar huis, goed?'

Ze wilde al een punt achter haar speurtocht zetten; München was enorm groot, en wie weet gaf Helga Knaups vader zich alleen uit voor verkoper terwijl hij in werkelijkheid in de een of andere schoenmakerij aan de stadsrand werkte. Aan het einde van de straat, vlak voor de Karlstor, bleef alleen nog de Schoenen-Löw over. Tegen haar verwachting in leek Friedrich opeens weer zo fris als een hoentje en ging zelfs vrijwillig de winkel in. Normaal gesproken stribbelde hij tegen bij het schoenen passen, maar Löw gaf prentenboekjes weg aan de kinderen van klanten, zodat ze zich verdiepten in de verhaaltjes en ontspannen bleven zitten. Thuis hadden ze al een stapeltje van de avonturen van de gelaarsde leeuw liggen.

'Waarmee kan ik u helpen, mevrouw Von Thaler?' De verkoper, meneer Seifert, kende haar van heel wat aankopen in de afgelopen vier jaar.

Terwijl haar zoon zich verdiepte in *Leo bij de Eskimo's*, koos Annabel een paar marineblauwe sandalen uit, die aan zijn voeten zaten als een tweede huid.

'Kan ik anders nog iets voor u doen?' vroeg Seifert voordat hij afrekende.

'Nu u het vraagt, werkt er bij u in de zaak toevallig ene meneer Knaup?' Ze zocht in haar portemonnee naar een gepaste fooi.

'Pardon?' Hij keek haar een beetje onthutst aan.

'Knaup met een p.' Ze sprak het overdreven duidelijk uit. 'Hugo Knaup. Hij heeft een dochter die Helga heet, kent u hem?' Ze gaf hem twee mark.

Een verkoopster die een andere klant bediende draaide haar hoofd naar haar om.

'Eh, ja, jazeker.' Seifert borg het geld op en schraapte zijn keel. 'Meneer Knaup is de directeur van de Löw-fabriek. Ik heb hem tot nu toe helaas nog niet ontmoet, maar voor zover ik weet, heeft hij een dochter die Helga heet.'

Dit was wel het laatste wat Annabel had verwacht, en de hele taxirit terug naar huis vroeg ze zich af waarom uitgerekend die schatrijke dochter als eenvoudig verpleegster in de kliniek van haar man werkte.

Cakerol met vruchten *(lievelingsgebak van Martin en Manni)*

Ingrediënten:
3 eieren
120 g suiker
120 g meel
1 theelepel bakpoeder
2 eetlepels suiker om te strooien
1/2 l slagroom
Frambozen, aardbeien of andere vruchten voor de vulling (en voor de vassiering)

De eieren scheiden in twee kommen, oppassen dat er geen eigeel in het eiwit komt. Doe een snufje zout bij de eiwitten en klop ze stijf. Daarna de eidooiers met de suiker erdoor schuimig kloppen. Nu de bloem met het bakpoeder mengen en beetje bij beetje door het eigeelschuim scheppen. Doe dit voorzichtig zodat de cake los en luchtig wordt. Op het laatst ook het eiwit erdoor scheppen. Het deeg op een ingevette bakplaat uitsmeren, ongeveer twintig minuten bakken.
(Belangrijk: ovadeur niet te vroeg openmoake, mor aa net t' laat!)
Intussen de slagroom kloppen, dan de vruchten en wat suiker erdoor doen. Plaat met de gebakken cake-

laag omkeren op een met suiker bestrooide theedoek, even laten afkoelen en bestrijken met de vulling. Daarna oprollen.

Snel een-twee-driedeeg als basis voor vruchtengebak (en kerstkoekjes)

100 g boter, 200 g suiker, 300 g meel door elkaar kneden, uitrollen en er de rand en bodem van een bakvorm mee bedekken. 10 minuten voorbakken (of minder, as de oven d'r zin an heeft).
Met seizoenfruit beleggen. Of een kwarkvulling maken (zie aldaar) en daar abrikozen of kersen door mengen. (Waar staat dat over de kwarkvulling, mama?)
Strooikruimels maken: 2 eetlepels boter, 2 eetlepels suiker, 4 eetlepels meel door elkaar kneden tot het kruimelig wordt. Daarna de taart uit de oven halen, met de vruchten of de vulling bedekken, daarbovenop de kruimels strooien. 50 min. bakken. (Neit te lang, liever vaak kijken hoe ver die is!!)

Uit: Ida Brandstetters receptenverzameling

LUISE

Op een zaterdag eind juli reed ze zoals gewoonlijk naar haar broers in Leutstetten om de was te doen en Manni te laten douchen, wat geen eenvoudige opgave was. Tot haar verbazing was niet Martin, maar een jonge vrouw bezig de stalgang te vegen. 'Wie bent u?' vroeg Luise.

'Marie Wagner, goedemorgen.'

'Ook goedemorgen. Ik wist niet dat mijn broer een nieuwe hulp voor de boerderij had gevonden.'

'Ik weet ook nog niet of ik dat ben.' Ze glimlachte en bloosde, en Luise vond haar meteen aardig. 'Dan bent u Martin en Manni's zus, Luise? Ik heb al veel over u gehoord.'

'Ik ben Luise Dahlmann, zeg maar Luise, laten we elkaar alsjeblieft bij de voornaam noemen.' Was dit de mysterieuze vluchtelinge over wie Ata Moser het had gehad?

'Graag.' De vrouw zette de bezem weg en gaf haar een hand. 'Ik ben hier eigenlijk toevallig beland, nadat ik bij het slot had gesolliciteerd naar een baan.'

'Bij de prins?'

Ze knikte. 'Als rijmeester voor de stoeterij. Maar ze nemen geen vrouwen aan.'

'Wat jammer,' zei Luise.

'Ja, maar toen heeft uw... eh, je broer me aangeboden om hier op de boerderij te overnachten en, als ik wilde, ook te komen werken. Ik kijk wel hoe lang ik blijf. Ik hoop dat je het goedvindt dat ik zolang in jouw oude kamer slaap?'

'Daar heb ik niets meer over te vertellen. Als Martin dat zo heeft besloten, dan is het in orde. Waar kom je vandaan?' Zo te horen in elk geval niet uit Beieren, dacht Luise.

'Uit Ebersdorf, dat is een dorp in de buurt van Glatz in Neder-Silezië. Wij, nou ja... ik... moest daar in 1946 vertrekken.' Marie viel stil, en Luise had zo'n vermoeden dat ze veel had meegemaakt. Dan was er toch iets waar geweest van die praatjes, dacht ze.

'Ik kom hier voor de was.' Luise deed zelf ook een schort voor dat ze in haar tas had meegebracht, streek haar haar naar achteren en bond er een doek omheen.

'O, die heb ik vanochtend gedaan. Met dit mooie weer droogt hij vast vlug, alles hangt al aan de lijn. Neem me niet kwalijk, ik hoop dat ik je plannen niet in de war heb geschopt, maar ik had ook een paar dingen om te wassen, en ik dacht...'

'Helemaal goed, dan is er voor mij niet veel meer te doen, behalve Manni onder de douche zetten. Maar dat doe ik normaal gesproken pas tegen de avond, van het overgebleven water in de boiler. Waar hangen mijn broers eigenlijk uit?'

'Ze vernieuwen de afrastering op de steile weide aan het eind van het dorp, waar het bergopwaarts gaat.'

'In de richting van Wangen?'

'Ja. Gisteren is de hele kudde aan de haal gegaan omdat de omheining stuk was, gelukkig is er zelfs geen lammetje kwijtgeraakt. Ze zijn braaf de hele weg af gelopen tot de stal.'

'O, hebben jullie lammetjes?'

Luise ging naar het omheinde gedeelte waar een moederschaap met een tweeling lag, en Marie vertelde over Tulps moeilijke bevalling. Ze was helemaal in haar element. 'Volgens mij wordt het sowieso tijd voor het volgende flesje. Zullen we ernaartoe lopen?' zei ze.

'Leuk.'

'Er moet nog wat koffie zijn als je daar trek in hebt.' Voor de verbindingsdeur gooide Marie haar laarzen in de hoek. De ene landde vlak voor het rooster dat het afvoerputje bedekte, de andere viel met een bons in een teil. De laarzen waren eigenlijk van Manni, maar die gebruikte ze alleen 's winters. Luise verwachtte bijna dat Marie ze zou oppakken en naast elkaar zou neerzetten, want Martin had netheid hoog in het vaandel staan. Maar Marie was het woonhuis al in gelopen, en nog wel op blote voeten, net als Luises jongere broer altijd deed.

In de keuken tilde ze het deksel van de tinnen koffiekan die op de rand van het fornuis stond, trok snel haar hand terug en likte haar vingers af. 'Au, ik ben bang dat de koffie is drooggekookt, maar ik kan er nog wat water opschenken en hem weer opkoken.'

'Hoeft niet.' Opgewarmde koffie vond Luise bijna ondrinkbaar, maar dat zei ze niet. 'Ik heb wat gemalen bonen meegenomen.' Ze haalde een blikje Pedro-koffie uit haar tas. Een luxecadeautje, vier mark dertig voor 250 gram, maar het was het haar waard. Ze popelde om Martin over haar winkelplan te vertellen. 'Ik verheug me al op een kop geitenmelkkoffie. Maar voordat ik een vers potje voor ons zet, kan ik iets lekkers bakken voor erbij. Jij hebt de hele was al voor me gedaan, dus ik heb tijd genoeg.' Ze draaide het meelblik open, maar dat was leeg.

'Dat zou heerlijk zijn. Ik kan nog helemaal niet met de oven overweg en zou het niet aandurven om zelf iets te bakken. Misschien kun jij me wegwijs maken.'

'Met alle plezier, maar met deze oven kan geen mens overweg, mijn moeder liep er vroeger altijd al over te foeteren. Of de tulband is aan één kant nog niet gaar, of hij is verbrand. Het is een beetje een kwestie van geluk, omdat je met houtstook geen gelijkmatige warmte opwekt. Thuis heb ik inmiddels een elektrische oven, daar lukt zo ongeveer alles mee, behalve als je vergeet hem op tijd uit te zetten.'

'Eerlijk gezegd kan ik helemaal niet koken. Hooguit gebakken aardappelen en iets met bieten of rapen.'

'O, daar kun je Martin al gelukkig mee maken,' zei Luise. Toen ze merkte dat ze Marie in verlegenheid bracht, voegde ze eraan toe: 'En Manni natuurlijk ook.' Ze liep naar de keukenkast en trok een dubbeldik volgeschreven schrift uit het vak met de broodplankjes. 'Misschien kun je iets met deze receptenverzameling beginnen?' Ze bladerde erin. 'Die met de meeste vetvlekken zijn het populairst. Soms staat er zelfs bij waar je bij onze oven extra op moet letten.' Ze tikte op haar eigen potloodaantekeningen in het nog kinderlijke handschrift waarmee ze de ervaring met haar eerste gistdeeg voor een paasbrood had opgeschreven: *Heelmaal tot de rand van ova douwa, anners verbranta*. 'De frambozencakerol bijvoorbeeld, of de maanzaadcake, hoewel blauwmaanzaad erg moeilijk te krijgen is.' Weer een punt op haar assortimentslijst, ze was verzot op maanzaadvlechtbroodjes, maanzaadbolletjes en maanzaadbladerdeeggebak.

'Aan een cakerol waag ik me echt nog niet zo gauw. Ik zou niet weten hoe je die maakt zonder dat hij breekt.'

'Staat allemaal hierin.' Ze liet haar de bladzijde zien. 'Je moet de bakplaat met warm deeg gewoon omkeren op een met suiker bestrooide theedoek en daarna het deeg onmiddellijk oprollen.'

'En de vulling? Hoe krijg ik die erin?'

'Staat ook hier.'

Marie begon duidelijk enthousiast te worden. 'Dank je! En jij hebt deze recepten zelf niet nodig?'

'Jawel, dit schrift is zoiets als een familierelikwie, maar de meeste recepten ken ik uit mijn hoofd, en ik heb ze bovendien allemaal overgeschreven.' Het nette gelijkmatige handschrift van haar moeder terugzien greep haar altijd weer aan. 'Het was van mijn moeder, ze heette Ida, er staan ook nog recepten van mijn grootmoeder in.'

'Ik zal het in ere houden en bestuderen. Zal ik meel voor je halen? Martin is gisteren langs de molen geweest, zei hij. De zak zou nog op de wagen moeten liggen.'

Luise knikte. 'Breng dan ook meteen boter, eieren en melk mee. Ik dacht een appeltaart te maken van de oogstappels die buiten liggen. Ach, wacht maar, ik ga met je mee.' Ze pakte een van de manden die in de gang waren opgestapeld om onderweg meteen de appels op te rapen.

Buiten praatte Marie tegen de kippen en gooide ze wat graankorrels toe die ze in haar schortzak had, waarna ze onder de waslijn met de pasgewassen kleren door naar de aardkelder liepen. Het viel Luise op dat Marie zich over het erf bewoog alsof ze hier al heel lang woonde, en niet pas een paar dagen. Ook Maries respectvolle omgang met de dieren sprak haar aan, de meeste mensen hadden dat niet in zich. Sommige boerenarbeiders waren zelfs zo lomp met het vee bezig dat het stuitend was. Luise was benieuwd hoe Martin tegenover Marie stond. Eigenlijk was hij erg in trek bij vrouwen, maar hij was zich daar niet van bewust en was kieskeurig. Zo eentje die zich beschikbaar opstelde was niets voor hem; hij wilde een vrouw veroveren. Zoals indertijd de lerares van de landbouwschool, zijn eerste liefde waar Luise van afwist. Ze was getrouwd en dus onbereikbaar, maar Martin had toch een paar afspraakjes met haar gehad, tot haar man achter de verhouding kwam. Wat er toen was gebeurd had hij haar nooit verteld. Sindsdien had ze hem niet meer samen met een vrouw gezien.

'We wonen onderaan de Karlsberg,' zei Luise terwijl ze de helling beklommen. 'Of heeft Martin je daar al over verteld?'

Marie schudde haar hoofd. 'Heeft dat iets met Karel de Grote te maken?'

Luise knikte. 'Volgens de legende is hij hier geboren. Het grondgebied van de Karolingers lag boven de Würm. Van de oude stenen van de Karlsburcht werd, zegt men, slot Leutstetten gebouwd, waar kroonprins Rupprecht en zijn familie wonen. Sagen en legenden heb je hier heel veel, er zou daarboven zelfs een schat begraven liggen, voor het geval dat je geldzorgen hebt.'

'Wie heeft die niet?'

'Maar wees wel voorzichtig. De schat wordt bewaakt door de drie Betjes, die op hun verlossing wachten.'

'Betjes? Is dat Beiers?'

Luise glimlachte. 'Nee, het verwijst naar de drie zussen Ainbeth, Gberbeth en Firbeth, die op het schilderij in het Sint-Altokerkje beneden in het dorp zijn afgebeeld. De zussen zijn eigenlijk Keltische vruchtbaarheidsgodinnen. Sommige vrouwen leggen op kerstavond cadeautjes bij ze neer in de hoop dat hun kinderwens in vervulling gaat.' Dat zij dit zelf ook deed vertelde ze er niet bij.

'Een mooie traditie,' zei Marie alleen maar.

Ze kwamen bij de aardkelder, waarvan aan de buitenkant alleen een grijze houten deur in de helling zichtbaar was. Luise vond op de tast de schakelaar aan de muur en draaide het licht aan. Ook een verbetering die Martin had aangebracht, net als de douche die hij onder de trap in het woonhuis van de boerderij had geïnstalleerd. Toen hun vader nog leefde, hadden ze zich in de aardkelder met lantaarns moeten behelpen. 'Hier hebben we in de oorlog geschuild tijdens de bombardementen.'

'O ja? En zijn er hier bommen gevallen?'

'Gelukkig niet. Onderweg naar München hebben de vliegtuigen alleen een paar blindgangers laten vallen. Sommige zijn in het meer en in de Würm terechtgekomen, en misschien ook wel in het Moos.'

'In het bos?'

'In het Leutstettener Moos, zo noemen we hier de broekbossen en het moeras. Maar mocht je volgend voorjaar nog hier zijn en 's nachts een gebrul horen, dan is dat van de moeraskoe.'

'Een spookkoe die in jullie moeras-Moos vastzit? Hu, het is wel een griezelige boel bij jullie, zeg.' Marie huiverde, misschien ook omdat het koud was in de kelder vergeleken met de zomerhitte buiten.

Luise maakte een wegwerpgebaar. 'Dat is ook maar gewoon zo'n legende. Het is in werkelijkheid de paringsroep van de roerdomp, die wij moeraskoe noemen.'

In een nis lagen op een aantal planken handpalmgrote ronde geitenkaasjes te rijpen.

'Gisteren heeft Martin me laten zien hoe je ze keert en met zout water afwrijft, zodat zich geen schimmel vormt.'

Luise was stomverbaasd dat haar broer deze nieuweling al zo ver in zijn territorium had laten doordringen. Blijkbaar zag hij iets in haar wat Luise nog moest ontdekken. Ze had graag meer gehoord over de vlucht en waar Marie de jaren daarna had doorgebracht, maar ze wilde haar niet onder druk zetten. Dus zochten ze de ingrediënten bij elkaar, vulden het meelblik en raapten samen in de boomgaard de vroegrijpe appels.

Terug in de keuken legde ze Marie uit hoe de oven werkte en waarop je moest letten bij het taartenbakken. Terwijl Marie de appels schilde en de klokhuizen eruit sneed, maakte Luise een-twee-driedeeg. Honderd gram suiker, tweehonderd gram boter en driehonderd gram bloem. Voor het afwegen gebruikte ze de tafelweegschaal met de ijzeren gewichtjes, die nog van haar grootmoeder was geweest. De wijzers bestonden uit twee zeepaardjes waarvan de bekjes elkaar raakten wanneer het gewenste gewicht was bereikt. Het precieze tot stilstand komen van de wijzers ging met veel kleine schokjes gepaard, en Luise wilde voor haar winkel per se een grote moderne winkelweegschaal aanschaffen. Bovendien was deze zeepaardjesweegschaal natuurlijk niet geijkt. Ze klutste nog een ei, voegde een snufje zout toe en kneedde het deeg op de tafel.

'Je bent een geboren kokkin,' stelde Marie vast, en Luise schoot in de lach.

‘En nog wel eentje met een diploma, heeft Martin je dat niet verteld? Heb jij ook een beroep geleerd?’

‘Een diploma heb ik niet, alleen jarenlang ervaring als rijmeester. Wij, ik bedoel mijn familie, we hadden een stoeterij, zij het zonder eigen fokkerij, maar die wilde mijn vader wel gaan opzetten. Ik kon eerder paardrijden dan lopen, vertelde hij altijd. En ik dacht dat mijn leven altijd om paarden zou draaien, totdat...’ Marie brak haar zin af en haalde diep adem.

‘Heb je al op Fido gereden?’ vroeg Luise toen ze merkte dat Marie stilviel. ‘Als Manni het tenminste goedvindt. Ons kleine broertje is stapelgek op die knol. Zodra we hem inspannen, zit Manni er al op. Hij rijdt nooit mee op de wagen en loopt tijdens het werken op de akker ook niet achter de ploeg. Hij gaat altijd te paard. Als een Mongoliër.’

‘Een Mongoliër?’

‘Het ruitervolk, de Mongolen. Manni ziet er immers ook een beetje zo uit. Dat dacht ik als kind al toen de vroedvrouw zei dat hij een mongooltje was.’

‘Klinkt goed, Manni de Mongoliër.’ Maries gezicht was weer opgeklaard.

Luise drukte het deeg in de springvorm en porde met de pook in het vuur om een gelijkmatige gloed te genereren. Toen schoof ze de taartvorm op het ovenrooster. ‘Ik bak het deeg tien minuten voor. Dan wordt het knapperiger. In de tussentijd maak ik de toplaag voor over de appels.’ Ze klopte geitenmelk, suiker en eieren schuimig met de garde. Plotseling verscheen de grijsgevlekte poes voor het vliegengaas in het raam en miauwde. ‘Purzel heeft de garde gehoord, ze denkt dat we slagroom kloppen. Maar geitenmelk kun je bijna niet afromen, ze zal het met melk moeten doen.’

‘Wat is er met Purzels staart gebeurd?’ vroeg Marie.

Er klonk een plof, de poes was van de vensterbank gevallen.

‘Toen ze nog klein was, is die eraf gereden. Martin heeft haar langs de kant van de weg gevonden en haar verzorgd tot ze hersteld was. Maar sindsdien valt ze overal van af. Katten hebben hun staart nodig voor hun evenwichtsgevoel.'

Even later miauwde Purzel weer. Luise liet haar binnen, goot wat melk op een schoteltje en zette het naast de houten hoekbank. Gretig viel de poes erop aan en begon te slobberen.

'Thuis had ik een kater. Een grote zwart-met-witte, ik had hem Monsieur genoemd.' Marie bukte zich en aaide Purzel. 'Hij liep bijna de hele weg naar het station achter me aan toen we moesten vertrekken. Soms weet ik niet wat ik meer mis, hem of...' Ze haperde even en slikte. '... of al het andere.'

'Dus je bent met de trein naar het Westen gevlu... eh, gekomen? Hoe kun je dat het beste noemen?' Eigenlijk waren de Sileziërs, Sudeten en Oost-Pruisen immers ook Duitsers, van wie het woongebied na de verloren oorlog door de Russen was bezet.

'Wij zijn verdrevenen, geen vluchtelingen. Mijn moeder en ik moesten te voet naar de trein in Breslau, omdat het station van Glatz afgesloten was. We hebben twee dagen en twee nachten gelopen. Onderweg lieten we steeds meer van onze bagage achter. Er lag al van alles in de berm. Keukenspullen, naaimachines en matrassen.'

Dat deed Luise denken aan het gebeuren met de matrassen in het Camp, die de voormalige kazetniks allemaal op straat hadden gegooid nadat ze erachter kwamen dat ze met mensenhaar waren gevuld. Het haar van vermoorde Joden. De bermen aan weerszijden van de Seestraße waren ermee bezaaid geweest, maar ze wilde Marie niet onderbreken.

'Sommige kinderen hadden een stoel op hun rug vastgebonden,' vertelde Marie verder. 'Daarna werden we in veewagons afgevoerd, we moesten het dagenlang zonder eten en met heel weinig water stellen. Toen de trein stopte, hebben we ons als sprinkhanen op akkers, stallen en groentetuinen gestort.'

Luise luisterde meelevend, haalde het voorgebakken deeg

uit de oven en belegde het met de appelpartjes, goot het glazuur eroverheen en zette de taartvorm terug op het ovenrooster. 'Onze pastoor heeft destijds in een preek zelfs het achtste gebod opgeheven,' zei ze. 'In tijden van nood moet iedereen mogen pakken wat hij nodig heeft om in leven te blijven, als hij er door eerlijk werk of door erom te vragen niet aan kan komen.'

'Stelen met Gods zegen. Zover is het met de mensheid gekomen,' vulde Marie aan. 'Martin vertelde dat jullie moeder kort na Manni's geboorte is overleden. En wat is er met jullie vader gebeurd?'

'"Voor Führer, volk en vaderland gevallen op het veld van eer." Zo stond het in het overlijdensbericht dat we kort voor het einde van de oorlog kregen. En die van jou?'

'Gearresteerd en doodgeschoten, samen met een paar andere mannen uit het dorp, onder wie ook onze burgemeester en diens zoon Theodor. Ze zijn ergens in het bos onder de grond gestopt, we mochten hen niet eens fatsoenlijk begraven, wat vooral voor mijn moeder verschrikkelijk was.' Marie zweeg even. 'Jij bent de eerste die ik hierover vertel. Theo en ik...' Ze slikte. 'We waren vrienden.'

Zoals Marie dat zei, klonk het voor Luise als meer dan vriendschap. Ze hoorden gestommel in de gang.

Martin kwam de keuken binnen en keek verbaasd toen hij Luise zag. 'Ben je er al? Natuurlijk, ik had het kunnen weten, zo lekker als het in de gang al ruikt. Wat hebben we vandaag?' Met een blik op de vele appelklokhuizen die op een bord lagen, beantwoordde hij zijn eigen vraag. 'Mmm, heerlijk, mijn lievelingstaart.' Hij ging op de hoekbank zitten en verorberde de appelresten, die eigenlijk voor de geiten in de melkstal waren bestemd. Blijkbaar had hij honger.

'Ik dacht dat kwarktaart je lievelingstaart was?' zei Luise plagerig.

'Gewoon alle taarten die mijn lievelingszusje bakt. Of heb

jij…?' Hij keek Marie aan, die haar hoofd schudde.

'Nee, maar ik hoop dat het me de volgende keer lukt. Staat het recept voor dat getallendeeg in jullie familieboek?'

'Je bedoelt het een-twee-driedeeg? Ik geloof van niet, dat is zo'n basisrecept, maar achterin is nog plaats, schrijf het er zelf maar in.' Luise bladerde tot ze bij een lege bladzijde kwam.

Eerst aarzelde Marie, toen haalde ze een potlood uit haar schortzak en schreef op wat Luise haar dicteerde.

'Je hebt een mooi handschrift,' zei Luise.

'Ze kan ook prachtig tekenen, kijk hier eens.' Uit de keukenla diepte Martin een blocnote vol schetsen op. Een hoekje van de keuken, de theedoek die aan het zilverkleurige rek boven het fornuis hing met de plooien en het ruitpatroon van de stof getrouw weergegeven. Of een gedeelte van het huis, het dak met de met houtsnijwerk versierde windveer. Marie nam dingen waar die anderen over het hoofd zagen. De lammetjes in de wei en de karakteristieke snuiten van de oude schapen. Er zat ook een klein portret van Martin tussen, met warrig haar, baardstoppels en gesloten ogen. 'O, ik weet niet wanneer ze dat heeft getekend.' Snel klapte hij de blocnote dicht.

'Wat een geweldige tekeningen, Marie.' Luise kreeg een idee. 'Heb je misschien zin om de borden voor mijn winkel te schilderen? Ik heb een boel kleine bordjes met opschriften nodig voor de producten in de laden en één groot bord voor buiten aan de huismuur, tegen betaling natuurlijk.' Ziezo, ze had het gezegd.

'Wat voor winkel?' vroeg Martin meteen.

'Tja, jij bent niet de enige bij wie nieuwe ontwikkelingen gaande zijn.' En Luise vertelde over haar plan, en dat ze ook producten van de boerderij in haar winkel wilde verkopen.

Martin en Marie waren laaiend enthousiast, en Marie schetste en passant alvast de eerste opschriften.

'Ja, dat vind ik heel mooi. Je kunt het beste een keer bij ons langskomen, dan bespreken we alles. Aanbiedingsborden heb ik ook nodig. Leveren jullie nog steeds geitenmelk aan de familie Von Thaler?'

Martin knikte. 'Ze behoren inmiddels tot onze vaste klantenkring.'

Manni stak zijn hoofd om de deur en glimlachte breed. Eerder naar Marie dan naar haar. Onmiddellijk voelde Luise een steekje van jaloezie. Ook al gebeurde er nu juist precies wat ze haar broers, vooral Martin, altijd had toegewenst, toch voelde ze zich opeens vreemd overbodig. Op de Brandstetterhoeve was er voortaan een jonge vrouw die als vanzelfsprekend in de rol van boerin stapte en Luises taken overnam. Hoewel Marie hier nog maar zo kort was en tegenover haar had benadrukt dat ze niet wist hoe lang ze wilde blijven, maakte ze al deel uit van dit gezinnetje. Manni vloog op de tafel af op zoek naar deegrestjes, en Luise had natuurlijk wat voor hem bewaard. Hij schrokte het naar binnen en verdween weer. Ze waste de bakvormen af en zette water op voor de koffie.

Martin was een stuk spraakzamer dan anders. Hij vertelde wie hij allemaal was tegengekomen en welke nieuwtjes de ronde deden in het dorp. Normaal gesproken moest Luise alles met moeite uit hem trekken. Het viel haar op hoe aandachtig en ontspannen hij overkwam; hij informeerde naar allerlei details van haar winkelplan en vroeg hoe Hans ertegenover stond. Eigenlijk bofte ze dat ze zich niet meer voortdurend zorgen hoefde te maken om haar broers. Wie weet had Martin in Marie de vrouw van zijn leven gevonden. Terwijl ze de nog warme appeltaart aansneed, denderde Manni weer naar binnen op blote voeten die tot de enkels met een korst aarde waren bedekt. Hij kwakte een touw op de tafel waaraan hij een rij dode veldmuizen had geregen. Zijn bijdrage aan het gezinsonderhoud. Hij zorgde ervoor dat dit ongedierte de met veel zorg omringde groenteveldjes niet verwoestte.

De dagen die volgden was ze onafgebroken bezig met de inrichting van de winkel en zette ze ook Hans 's avonds en in het weekeinde aan het werk. Op maandagochtend wrong ze zich samen met hem in de tjokvolle trein waarin zich tussen Garmisch en Starnberg de pendelaars naar München hadden verzameld. Een zitplaats konden ze niet vinden. Hans hield zich vast aan een lus die aan het plafond hing, en Luise had haar arm door de zijne gestoken. Met haar vrije hand bladerde ze door haar aantekeningen.

'Heb je aan de sigaretten gedacht?' vroeg Hans.

'Die zitten in je aktetas.'

'Nee, ik bedoel voor de winkel, een kleine sortering. Pall Mall, Gauloises, Lux, Gitanes, Reval. En ook losse tabak om met de hand te rollen zou niet verkeerd zijn.'

'Komt voor mekaar, ik moet mijn beschermheer tenslotte tevreden houden.'

Ze wilde hem kussen, maar hij siste: 'Niet doen, de mensen kijken.' Alleen in films en romans kusten mensen in het openbaar. Maar toen de trein hard schokte, zoende hij haar alsnog, alsof het per ongeluk ging.

'Als sigaretten in de categorie levensmiddelen vallen, dan vraag ik er bij Hemberger naar.' Het internationaal handelskantoor in de Orleansstraße stond onderstreept in haar schrift. Daar wilde ze naar de leveringsvoorwaarden en prijzen van de producten informeren, misschien zelfs al afspraken maken. Op het centraal station stapten ze over op de al even bomvolle tram, en ze gingen bij de Sendlinger Tor uit elkaar.

'Succes, mevrouw de winkelierster!' Hans liep in de richting van het grote postkantoor in de Sonnenstraße.

Luise wandelde naar Café Frischhut, trakteerde zichzelf op een zoete Auszogne, die ze uit het vuistje at, en slenterde daarna over de Viktualienmarkt, de permanente levensmiddelenmarkt, aangetrokken door de kreten van de marktschreeuwers.

'Drie halen, twee betalen. Hier moet u zijn.'

'Verse peren en heilkruiden.'

Ze moest meteen aan Karl Valentin denken, een Münchense komiek die ze enorm bewonderde. 'Nog een geluk dat de Führer niet Adolf Kruid heette, anders hadden we "Heil Kruid" moeten roepen,' had hij een keer gezegd. Ze kende bijna al zijn hoorspelen uit haar hoofd en had zelfs leren lezen aan de hand van zijn teksten. Haar vader had liever naar het verzameld werk van Karl Valentin geluisterd dan naar de saaie verhaaltjes over Ina en Uli uit de eerste leesboekjes. Later had ze met Martin en Manni Valentins films in de bioscoop gezien, hoewel er een paar door de nationaalsocialistische filmkeuring werden verboden omdat ze over mensen in uitzichtloos armoedige omstandigheden gingen; de nazi's wilden niet toegeven dat zulke schrijnende situaties in Duitsland voorkwamen. De komiek had maar een paar dorpen verderop aan de Würm gewoond, in de richting van München, in Planegg, en was in 1948 gestorven, verarmd en door bijna iedereen vergeten. Zijn diepzinnige humor was kort na de oorlog impopulair, de meeste mensen lachten liever zonder te hoeven nadenken.

Luise zwierf van marktkraam naar marktkraam, bekeek de uitstallingen kritisch en nam alle kleuren en telkens andere geuren in zich op. De viskraam naast de bloemenverkoopster. Het specerijenstalletje naast de bakkerskraam. Ze probeerde in haar geheugen te prenten hoe de koopwaar werd gepresenteerd en lette erop hoe de klanten werden behandeld, ook al waren die soms nors of gehaast. In het afgeladen fruitstalletje van de drie-halen-twee-betalenverkoopster werden niet alleen sinaasappelen, ananassen, vijgen en grapefruits aangeboden, maar ook exotische vruchten waarvan Luise de naam niet kende, laat staan dat ze ze ooit had geproefd. Hier stonden mensen bereidwillig in een lange rij. Ertegenover was net zo'n soort kraam, maar daar wilde blijkbaar niemand iets kopen. Luise bekeek het aanbod; alles zag er net zo vers uit als aan de overkant. Tussen een kistje peren en een doos druiven lagen bolvormige salamiworstjes. Ze wilde er een oppakken.

'Afblijven!'

Luise week achteruit.

Pas toen zag ze de verkoopster in haar veelkleurige jasschort, die zich als een kameleon achter haar uitstalling had verstopt. Toen Luise haar hand terugtrok, schakelde ze over op een flemende toon. 'Hoeveel salakken mogen het zijn, mevrouw?'

'Salakken?'

'U wilde toch de slangenvrucht hebben, of niet?'

Toen ze aandachtiger keek, deden de vruchten met de schubbige overlappende schil die zij voor een worstvel had gehouden inderdaad aan slangenhuid denken. 'Hoe smaken ze?'

'Nou moe, dat moet u mij niet vragen. Ze zijn te duur om er een aan te snijden en u te laten proeven, ik verkoop ze alleen. Dus wat wordt het?'

Volgens het prijsbordje kostten ze zes mark twintig per stuk, daar kon je een kilo boter voor kopen.

'Dank u, nee, ik kijk alleen maar rond.'

Een vrouw met een boodschappenmand ging achter Luise staan.

'Lekker dan. Van dat rondkijken van u kan ik niet leven.' De verkoopster plukte een paar beschimmelde frambozen uit een kistje. 'Het is allemaal bederfelijke waar die ik moet betalen, ook als niemand iets koopt.'

'Wat is er aan de hand, schiet eens op daar. Ik heb haast.' Er was een derde vrouw in de rij verschenen, die nu naar voren riep.

'Willu nou nog wat, of niet?' gromde de verkoopster tegen Luise. 'Er staan nog anderen te wachten die niet alleen maar komen kijken, kijken en niks kopen.'

'Gewild zou ik het wel hebben, maar mogen dorst ik niet,' zei ze in de woorden van Karl Valentin.

'Wablief?' De kameleon fronste haar voorhoofd.

'Tot ziens dan.' Luise liep weg en ging wat verderop bij een acacia staan, waar een gemeentewerker bezig was een gat te graven. Ze schreef haar bevindingen op: mensen waren net zulke kuddedieren als de schapen van haar broer Martin. De een aasde op de graspol van de ander.

De arbeider klauterde met zijn schop uit het gat.

'Wat bent u aan het doen?' vroeg ze.

'Hier moet de Karl Valentin-fontein komen.'

'Echt waar?' Daar was Luise blij om. Voor Valentin kwam dit eerbetoon weliswaar te laat, maar voor de rest van de wereld was het een begin.

In warenhuis Hertie was het aanbod overweldigend. Hier had je alles, en meer dan je je kon voorstellen. De uitgestalde artikelen riepen wensen op waarvan je niet eens had durven dromen. Luise wandelde over de verschillende verdiepingen, langs de dames-, heren- en kinderkleding, tot ze bij de stoffenafdeling kwam, en stond versteld van de vele nieuwe patronen en aparte kleurencombinaties. Ze streek over de rollen stof om de kwaliteit te voelen. Vooral een zijdeachtige lichtblauwe stof met driehoekige gele stippen vond ze erg mooi, of daar vooraan die lichtgroene lap die als een jurk om een paspop gedrapeerd was. Maar waar haalde ze de tijd vandaan om ook nog iets te naaien? Ze draaide zich om en liep verder, bleef treuzelen op de cosmetica-afdeling, waar een vriendelijke dame haar een naar vanille geurende handcrème aanpraatte. Ze moest toegeven dat ze inderdaad ruwe handen had van het constante handenwassen en dat haar huid al na de eerste keer smeren veel zachter aanvoelde. Meteen maakte ze vetvlekken in haar schrift toen ze *De klant zo vriendelijk mogelijk aanspreken op haar onvolmaaktheden en direct hulp aanbieden* opschreef.

In de kelder van Hertie bevond zich een reusachtig levensmiddelenassortiment. Alle verkopers droegen witte jassen, de verkoopsters bloezen met ruches. Luise kreeg een beetje het gevoel alsof ze in een apotheek rondliep.

Anders dan daarnet op de Viktualienmarkt was hier geen sprake van afdingen of aanprijzen, alleen van discrete aanbevelingen van het bijna eindeloos lijkende aanbod. Terwijl het nog helemaal niet zo lang geleden was dat de keuze beperkt was geweest. Nog maar vijf jaar terug, toen de rijksmark de Duitse mark werd, hadden de schappen in de winkels zich als bij toverslag gevuld. Van de ene op de andere dag hoefde je voor een stuk zeep en een zak kolen niet meer urenlang in de rij te staan. Plotseling was er ook geen rantsoenering meer.

Misschien zou ze voor zichzelf ook zo'n soort mouwloze witte jas met tailleband kunnen naaien, dat had een serieuze uitstraling en paste bij haar pastelkleurige winkelinrichting. Ze kon er kleurige bloezen met een met een patroontje bedrukte kraag onder dragen. Resoluut ging ze terug naar de eerste verdieping, waar ze de twee subtiel bedrukte stofjes kocht die haar eerder waren opgevallen, en witte popeline voor meerdere werkjassen, zodat ze altijd een schone kon aantrekken. Beladen met pakjes arriveerde ze ten slotte bij het internationaal handelskantoor voor wederverkopers, en ze maakte meteen een afspraak voor een voorlichtingsgesprek. Toen ze 's avonds met Hans weer naar huis reed, was ze versuft van de vele indrukken.

Maar daarna ging het gewoon verder. De week daarop kwam meneer De Redder al om de gewenste maten voor de toonbank op te nemen en de kasten aan te passen zoals Luise ze wilde hebben. En hadden ze niet ook een hellinkje nodig om over de twee stenen treden heen te leggen die naar de winkel leidden, zodat mensen met een kinderwagen of boodschappenwagentje naar binnen konden rijden? Ja, dat hadden ze nodig, en Elmar, de beste vriend van haar man, die metselaar was, ging het voor haar maken. In het weekeinde trok Hans de telefoonkabel door naar de winkelruimte. Tijdens de hele verbouwings- en installatieperiode kookte Luise voor iedereen. Haar maaltijden smaakten blijkbaar naar meer, vooral de vloerenlegger overlaadde haar met complimenten en schepte pollepel na pollepel leverknoedelsoep op zijn bord.

'Tjongejonge, mevrouw Dahlmann, waar haal ik zulk lekker eten vandaan zodra het linoleum hier straks ligt?' Ze had voor iets meer onderhoudsvriendelijks gekozen dan de fraaie siertegels in de oude werkplaats van haar schoonvader. 'En hebt u echt geen zus die net zo goed kan koken, een ongetrouwde bedoel ik?'

Luise antwoordde ontkennend.

'Een nicht is ook goed.'

Ze lachte en schudde haar hoofd.

Ze had bij de gemeente een bedrijfsvergunning aangevraagd, waarvoor Hans haar een machtiging had gegeven. Toen ze het kostbare document had afgehaald, ging ze voor het stadhuis staan en juichte. Ze kon gewoon niet anders. Nu was haar plan zelfs officieel bezegeld. Als nu ook nog overal bekend werd dat ze een winkel begon, stond niets het succes meer in de weg.

MARIE

Ze propte haar boeltje in de gehavende koffer, snoerde hem dicht met verpakkingstape en keek nog één keer de kamer rond of ze iets was vergeten. De zon scheen, dat was in elk geval iets. Martin was zwijgend weggegaan, er viel ook niets meer te zeggen, behalve misschien vaarwel. Ze schoof de wieg weer op zijn oude plaats en zette ook *Dr. Erich Kästners lyrische huisapotheek*, waarin ze pas nog had gelezen, terug op de plank. Toen ging ze naar beneden en zocht het erf af naar Martin en Manni, maar ze vond hen nergens. Uiteindelijk schreef ze: *Bedankt voor alles! Ik laat van me horen zodra ik weet waar ik thuishoor. Marie* op de blocnote in de keuken. Ze overwoog om Manni de hanger terug te geven die ze aan een touwtje om haar hals droeg. Maar hij had hem haar duidelijk cadeau gedaan, dus hield ze hem als aandenken. Bijna rennend ging ze de dorpsweg af, de brug over en het bos in, zonder nog één keer om te kijken. Wegwezen hier. Martins toenadering, de dood van het lammetje, ze kon het niet verdragen. Toen ze eindelijk bij station Mühlthal aankwam, was het iets over twaalven. Volgens de dienstregeling zou er over zeven minuten een trein richting München vertrekken. En daar reed hij al binnen, nu kon ze niet meer terug. Uit alle wagons stapten mensen, die rechtstreeks in de richting van Café Obermühlthal liepen dat, waar het perron ophield, met zijn grote biergarten onder de hoge bomen tot eten en drinken uitnodigde. Maries maag knorde, ze had er niet aan gedacht een paar boterhammen in te pakken.

Ze stapte in en zocht een zitplaats midden in de coupé. Ze wilde niet uit het raam kijken. Misschien zouden ze haar tijdelijk weer in Waldsassen opnemen, hoopte ze, en als ze daarna geen werk als rijmeester vond, kon ze het bij een grafisch bedrijf proberen. Een opleiding tot letterschilder zou wel iets voor haar zijn. Op dat idee had Luise haar gebracht, die nu vergeefs op haar uithangbord zou wachten. Plotseling moest ze aan Olivia denken. Marie had het lam in de steek gelaten, al was het onder de hoede van Martin, maar toch. De trein stond nog stil, hoewel de conducteur allang had gefloten. Ook de andere inzittenden van de coupé vroegen zich inmiddels hardop af waarom ze niet begonnen te rijden.

Een man in een geruit kostuum nam zijn monocle af en legde zijn krant weg. Toen schoof hij het raam omlaag en vroeg aan de conducteur: 'Wat is er aan de hand? Is er een wiel losgeraakt, of waarom staan we nog stil?'

'O, een of andere sukkel is voor de locomotief gesprongen en blokkeert nu het spoor.'

De vrouw tegenover Marie drukte haar fluwelen handtasje voor haar mond.

'Een ongeluk of zelfmoord?' vroeg de nieuwsgierige verder. 'Leeft hij nog?'

'Ik heb geen idee.' De conducteur bleef er laconiek onder.

Iemand klopte op het raam en riep naar Marie. Het was Martin. Ze liep de coupé door tot de deur en duwde die naar buiten open. De wagen stond met Fido ervoor gespannen op de parkeerplaats. Martin was haar achternagereden.

'Ik ben hier voor Manni, hij zit op de rails.'

'Wat?' Marie schrok zich wild, stapte uit en liep met Martin mee naar de locomotief.

Ook andere mensen stapten uit, de conducteur volgde hen. Op het perron vormde zich een mensenkluwen. Het kostte

Marie moeite om door de menigte heen het baanbed te zien. Manni zat in kleermakerszit, zoals gebruikelijk alleen in lederhose en met zijn muts op, pal voor de reusachtige locomotief, die dreigend rook boven hem uitblies. Hij keek niet naar de machinist, die zich uit het zijraam had gebogen en hem luidkeels uitkafferde. 'Hoepel toch op, rotjong, hoe kom je erbij om het hele treinverkeer op te houden. Zeg, versta je me eigenlijk wel?'

Manni zweeg, alsof hij in gebed was verzonken.

De machinist wendde zich tot de toeschouwers. 'Kom op, mensen, haal die boeddha daar eens weg, anders staan we hier morgen nog.'

Een man rolde omstandig zijn hemdsmouwen op, klauterde achterwaarts van het perron alsof hij zich vanaf een zwembadrand in het water liet zakken en wilde Manni grijpen. Maar die sprong op hetzelfde moment op en ging ervandoor. 'Hé knul, hier blijven jij!' Maar Manni gehoorzaamde niet, hij rende verder over de spoorrails.

'Wanneer... kunnen we... vertrekken?' De conducteur stond nu naast haar, hijgde en pufte en steunde met zijn handen op zijn knieën om op adem te komen. 'De Spoorwegen hechten aan stiptheid.'

'Rij toch gewoon weg, die halvegare gaat heus wel opzij als het puntje bij het paaltje komt,' stelde een forsgebouwde man voor. Zijn krulsnor groeide tot zijn oren. Met een 'Proost!' liet hij de sluiting van een bierfles knallen en dronk, alsof hij voor een kermiskraam stond.

Marie stond doodsangsten uit om Manni. Wat als hij verder wegrende en door een trein uit de tegenovergestelde richting werd overreden? Toen ze zich tussen de mensen door wilde wringen, voelde ze een paar harde ellebogen in haar maag.

'Hé, niet voordringen, hier sta ik al,' kijfde een graatmagere vrouw. Ze droeg een hoge hoed met een struisvogelveer, die Marie het uitzicht benam en in haar gezicht kriebelde. Samen met de andere uitgestapte reizigers vormde ze een muur, en ze verdedigde met hand en tand haar plaatsje op de voorste rij.

'Ik probeer hem in te halen en hem de pas af te snijden.' Martin racete om de menigte heen en sprong aan het eind van het perron op de rails. Maar ook hij kreeg hem niet te pakken. Voor Manni leek het een spelletje te zijn, lachend dook hij weg van zijn broer zodra die dichtbij kwam. Nu riskeerden ze allebei hun leven.

'Manni!' schreeuwde Marie zo hard ze kon. Ze maakte een luchtsprong zodat hij haar zou kunnen zien en zwaaide met haar beide armen. 'Maaaaannii, ik ben het, Marie! Kom eens gauw bij me, ik heb iets voor je, een cadeautje!' Meer kon ze zo snel niet verzinnen.

In elk geval stond hij stil en luisterde, maar hij zag haar blijkbaar niet.

Toen griste ze het toch al bijna lege bierflesje uit de handen van de dikke ramptoerist en draaide het rond boven de hoofden van de menigte. 'Een héél mooie zonnefles, kijk dan!'

Eindelijk had hij haar in de gaten, en hij kwam stralend over zijn hele gezicht naar haar toe gelopen. Toen hij bij haar was, trok hij de fles uit haar handen, hield hem even omhoog tegen het licht, knikte en goot het restje bier op het perron. Toen viel hij Marie om de hals. Opgelucht liet ze het gebeuren.

'Hartroerend hoor, jullie tweeën, maar ik mot nog negentig pfennig van jullie hebben.' Snorremans keek haar aan en wees op de lege fles.

'Er zat toch bijna niets meer in,' zei Marie.

Hij stapte op haar af en hief zijn vuist op, ze dacht al dat hij haar ging slaan. 'Waarom leeft die idioot eigenlijk nog, die had toch meteen na zijn geboorte afgemaakt motte worden.'

Beschermend sloeg ze haar armen om Manni heen. Deze lomperik was kennelijk nog van het bruinhemdensoort. Niemand van de passagiers kwam hen te hulp, ze gaapten hen alleen maar aan. Sommigen schudden het hoofd en wierpen hun boze blikken toe, alsof ze teleurgesteld waren in het slot van de vertoning. Snorremans spuugde op het perronplaveisel voor hun voeten en kloste terug naar het café. Marie slaakte een zucht van verlichting, het hart klopte haar in de keel.

Onwillig mekkerend als Martins kudde wanneer die op een kale weide moest grazen, lieten de passagiers zich door de conducteur met zijn spiegelei terug de trein in drijven. 'De volgende keer moet u beter op uw broer passen, juffrouw. Anders komt het u duur te staan. Zo'n kwibus is misschien wel wat voor Circus Krone, maar niet voor ons.' De conducteur floot doordringend schril, zwaaide met zijn groene vertrekstaf naar de machinist en stapte in.

Martin rende naar Marie en Manni toe, omarmde hen allebei, zoende zijn broer en ook Marie min of meer, alsof het per ongeluk ging.

'Wat gaat u doen, juffrouw, meerijden of hier blijven?' De conducteur stond op het punt de deur te sluiten, en de trein begon al te rijden.

'Ik blijf,' zei ze.

Toen dook Manni onder de armen van Martin en Marie uit, stormde naar Fido en maakte hem los.

Zwijgend keek ze de trein na, tot de laatste wagon in de bocht was verdwenen. Martin klom op de bok en pakte de teugels. Toen ze zich naar hem omkeerde en hun blikken elkaar kruisten, werd ze ineens achterdochtig. 'Hé, hebben jullie dat hele theater soms samen afgesproken?'

'Jo.' Manni klom over de disselboom op Fido's rug, klaar voor vertrek.

Marie sprong achter hem op het paard. Naast Martin, die haar bijna had gekust, wilde ze nu niet zitten. Maar toen schrok ze zich alweer lam. 'Vervloekt nog aan toe! Mijn spullen, mijn koffer.' Nu moest ze echt bij nul beginnen, met helemaal niets meer.

In augustus viel tijdens een hevig onweer een beuk dwars over de dorpsweg en versperde de doorgang. De boswachter vroeg Martin de boom op te ruimen om de weg zo snel mogelijk weer vrij te hebben voor het verkeer. Toen Manni dit hoorde, stootte hij vreugdekreten uit. Hij was gek op alles wat met hout te maken had, en zodra Martin de wagen had ingespannen, sprong hij op Fido's rug.

'Marie, wil jij vandaag de kaas bij het slot afleveren?' Martin laadde een zware ijzeren ketting en verschillende zagen op de wagen. Tot nu toe had hij de bezorging op zich genomen, alsof hij voelde dat het haar tegenstond om de onbeschofte rentmeester weer te ontmoeten.

Ze knikte. Vroeg of laat moest ze er toch aan geloven, tenslotte woonden de Wittelsbachs recht tegenover hen en behoorden ze tot de vaste klantenkring. Dus wikkelde ze een kaasje in vetvrij papier, legde het in een mand en ging op weg. Voor de ingang, waar ze net als bij haar eerste bezoek meteen kon doorlopen, aarzelde ze even. Toen raapte ze al haar moed bij elkaar, stapte vastberaden onder de poort door en vermeed naar links in de richting van de stallen te kijken, hoewel ze de paarden hoorde hinniken. Bij de buxusstruiken stond een man met wit haar en een witte snor en een snoeischaar in zijn hand. Waarschijnlijk de tuinman.

'Komt u voor mij?' vroeg hij.

'Goedemorgen, ik kom van de Brandstetterhoeve.'

'O, mooi. De geitenkaas zeker? Geef die maar meteen aan mij, daar verheug ik me al de hele week op.'

'Dan bent u...?' Kennelijk was hij toch niet de tuinman, maar de kroonprins zelf. Hij had een klederdrachthoedje op, en nu zag ze ook dat hij onder zijn voorschoot een chic krijtstreepjespak droeg. Ze wist niet hoe ze hem correct moest aanspreken. 'Uwe Majesteit?' Ze maakte een lichte buiging.

Hij glimlachte. 'Koninklijke Hoogheid is prima, hoor.'

Marie had geen idee wat het verschil was tussen de twee termen.

Hij gooide de snoeischaar in de emmer met afgeknipte takken, nam het pakje van haar over en ging op een bankje onder het spalier tegen de slotmuur zitten. Waar heren van zijn generatie meestal een zakhorloge droegen, trok hij een zakmes uit zijn vestzak. Hij haalde de kaas uit het papier en sneed er een stuk af. Hij at het met smaak. 'Mmm, heerlijk. Die Martin verstaat zijn vak. En u bent zijn nieuwe hulp?'

'Marie Wagner,' zei ze.

'Maar u komt hier niet vandaan, of wel?'

'Ik ben in Neder-Silezië geboren, maar woon sinds zeven jaar in Beieren.'

'Kom toch even naast me zitten, juffrouw Wagner. Ik krijg anders nog een stijve nek, als ik de hele tijd naar u moet opkijken.'

Als hoogheid keek je waarschijnlijk ook liever niet naar iemand op, dacht ze terwijl ze zo ging zitten dat ze uitzicht had op het stalgebouw. Een andere jongen, niet meer die Amerikaan, leidde een bruine merrie over het terrein naar de weiden die beneden het slot begonnen, en van achter de staljongen en het paard kwam een donkergekleurd veulen met zwarte sokjes tevoorschijn. Hij draafde zonder halster naast zijn moeder.

Wat een schoonheden waren deze dieren. Ze had heel veel zin om ze te tekenen als ze er dan toch niet op mocht rijden. Maar tekenen waarmee? Haar schilderspullen hadden in de koffer gezeten, en die was waarschijnlijk voor altijd foetsie. Het bijna lege schilderkistje was minder erg dan haar schetsboek. Dat ze dat kwijt was speet haar nog het meest. Tot ze zich iets nieuws kon veroorloven, zou ze het met het notitieblok in de keuken moeten doen. Daarom probeerde ze de aanblik van de paarden in haar geheugen te prenten: de golvende manen, de spierbewegingen, de lange benen van het veulen, zijn onbeholpen loopje vergeleken met de elegantie van het moederdier. En de manier waarop de merrie met ogen, oren, neus en ook haar staart haar omgeving waarnam. Ze zou ook wel een portret van de kroonprins willen maken zoals hij nu naast haar zat, zijn scherpgetekende profiel met het hoge voorhoofd, de krachtige neus en de rimpels in zijn gezicht, die ongetwijfeld stuk voor stuk over een episode uit zijn leven konden vertellen.

'Prachtige trakehners hebt u,' zei ze tegen hem.

'Dat zijn geen trakehners, juffrouw. Het is ons eigen ras, de leutstetteners.'

'Dan heb ik me vergist. Wij hadden ook paarden, gemengde rassen, geen eigen fok,' vertelde ze. 'Bij Breslau in Glatz, waar ik vandaan kom.'

'O ja? Dan zou u eigenlijk het verschil tussen een warmbloed en onze halfbloeden moeten kennen. Ze komen oorspronkelijk van een Hongaarse stoeterij die de aartshertogin van Modena-Este, een familielid van mij, in de vorige eeuw bezat. Zij woonde ook in een renaissanceslot, net als dit hier, maar dan veel en veel groter. Nádasdy, misschien zegt die naam u iets? Daar heb ik het einde van de oorlog afgewacht, samen met een aantal van onze paarden. Heeft Martin u daar al over verteld?'

Ze schudde haar hoofd. 'Was hij dan ook in Hongarije?' Tijdens het kaasmaken had hij haar over het verzet van de Wittelsbachs tegen de nationaalsocialisten verteld, en ook over de dramatische gevolgen voor de hele familie. Omdat een paar van hen werden beschuldigd van politieke misdrijven, waren ze bijna allemaal gevangengezet en over verschillende concentratiekampen verspreid. De kroonprins had kunnen vluchten. Maar in hoeverre Martin zelf bij deze actie betrokken was geweest, daar had hij met geen woord over gerept.

'Tijdens het Derde Rijk heeft Martin twee merries in zijn stal gehuisvest, zodat in het ergste geval niet het hele ras verloren zou gaan. Toen de SS beslag op onze bezittingen had gelegd, waren ook onze Leutstettener paarden, net als wijzelf, ongewenst. En toen het Rode Leger Hongarije binnenrukte, moesten we opnieuw vluchten. Het lukte mijn neef Ludwig om de paarden over de Russische grens te loodsen. Eerst met de trein en daarna als colonne met zestien door de paarden getrokken rijtuigen. Daarin zaten ook de Joodse vluchtelingen verstopt. Hij daar is Levi, een van hen.' Hij wees naar de staljongen, die het volgende paard naar buiten leidde. 'We waren niet bepaald onopvallend. Maar juist in een drukke menigte kun je het beste een geheim verbergen. Of meerdere geheimen.' Hij zweeg een tijdje.

Marie stond versteld, ze had groot respect voor de oude heer. 'Dan bent u dus een fanatiek ruiter, Hoogheid?'

Hij schudde zijn hoofd. 'Vroeger wel, maar op mijn leeftijd wil ik geen bekkenfractuur meer riskeren. Nu hou ik me liever bezig met kunst.'

Ze was een en al oor. Kunst en paarden, dat was een kolfje naar haar hand.

Drie verdiepingen boven hen ging een torenvenster open. Een vrouw boog zich naar buiten. 'Schat, schaaaaatje?' schetterde ze.

De kroonprins reageerde niet en peuzelde zijn kaas verder op.

'Ik geloof dat uw vrouw u roept.' Marie wees naar boven.

'Ik hoor d'r, maar ze roept onze chauffeur.'

Zulke losbandigheid in de adellijke kring had Marie niet verwacht, maar het werd nog spannender. Een auto stopte op het grindpad, en de chauffeur in uniform met een dubbele rij knopen stapte uit, lichtte zijn pet en boog voor de kroonprins. 'We kunnen, uwe Koninklijke Hoogheid.'

'Jaja, ú kunt altijd wel, dat weet ik, maar jaag míj alsjeblieft niet op.' In alle rust wikkelde de kroonprins de overgebleven kaas in het papier, veegde met zijn voorschoot zijn snor af en kwam overeind.

Ook Marie stond op.

'Het was leuk om u te spreken, juffrouw Wagner. Tot de volgende keer.' Hij stak zijn hand uit.

Hoe zei je een kroonprins gedag? Iets met een knicksje, of een echte buiging? Toen greep ze kordaat zijn hand en schudde die krachtig.

Straks zouden Martin en Manni arriveren voor de warme maaltijd, dus probeerde Marie met behulp van de Brandstetter-receptenverzameling iets lekkers klaar te maken. Ze verheugde zich er al op om over haar gesprek met de prins te vertellen. Manni kwam maar kort aan tafel, hij werkte het eten haastig naar binnen en rende weer naar buiten. 'Er is nog gebak als toetje,' riep Marie hem na. Maar hij was al weg.

'Die komt zo wel terug.' Martin ging aan tafel zitten en schepte een fikse portie op zijn bord. 'Hij heeft in de beukenstam een vogelnest met drie nog onbeschadigde eieren gevonden. Die wil hij nu stiekem onder de kippen neerleggen zodat zij ze verder uitbroeden. Wie weet komt er een koekoek uit.' Hij lachte. 'Jouw gebak laat hij beslist niet aan zijn neus voorbijgaan. Ze zijn lekker trouwens, deze aardappelnoedels, ze smaken heel goed bij je zuurkool.'

'Fijn om te horen. Maar jij hebt vorig jaar de kool ingemaakt, ik heb hem alleen opgewarmd.' Ze zag dat hij de zwarte korstjes van de aardappelnoedels schraapte. Ze was misschien een paar tellen vergeten in de pan te roeren, en de boter was in een oogwenk oververhit geraakt en verbrand.

'Hoe was het in het slot?' Hij nam zowaar een tweede portie. Hij moest echt honger hebben.

Ze vertelde over haar ochtend en dat de kroonprinses de chauffeur 'schat' had genoemd.

'Zo heet hij,' zei Martin met een uitgestreken gezicht.

Marie begreep het niet. 'Hoe bedoel je?'

'Nou, Schat is zijn achternaam.'

'O, vandaar.' Ze lachte. 'Maar vertel...' De redding van de

Leutstettener paarden was haar weer te binnen geschoten. 'Hoe is het je gelukt om twee grote merries van de Wittelsbachs voor de ss te verstoppen? Werden van jou dan geen paarden gevorderd omdat ze belangrijk waren voor de oorlog? Bij ons ging dat zo. Onze ossen moesten toen al het werk op de akkers doen.' Ze had haar vader destijds gesmeekt of ze in elk geval Feuerherz mocht houden, de jonge zwarte hengst met de witte bles, maar ook hij werd weggehaald. Marie had zich in haar kamer opgesloten en was ontroostbaar, en dit was alleen nog maar de opmaat tot de catastrofe geweest. Ze moest aan Theo denken, de burgemeesterszoon. Hij was de enige geweest die haar weer naar buiten had weten te krijgen, door net zolang kiezelsteentjes tegen haar raam te gooien tot ze zwichtte. Even zag ze zijn smalle gezicht met de lange neus en de hoge jukbeenderen voor zich, toen drukte ze de herinnering aan hem weg. Martin zat hier voor haar, springlevend en dichtbij, en ze vond hem op een speciale manier leuk, iets wat ze nooit had verwacht. De vrolijke, slungelige en waaghalzige Theo was onherroepelijk dood.

'Niet alleen de paarden werden voor het leger opgeëist,' zei Martin. 'Mijn vader moest zelf ook gaan vechten. Maar voor die tijd had hij de schuilplaats nog geregeld. Als dank voor de ongeschiktheidsverklaring voor militaire dienst die de kroonprins ons had bezorgd. Dat attest heeft mij in elk geval tot het einde van de oorlog voor het ergste behoed. Ze hebben me op de valreep nog wel gedwongen om bij de Landstorm te gaan, maar dat was snel voorbij.'

'En wanneer gebeurde dat met die paarden?'

'In 1939. Ik was veertien.'

'Waar heb je ze heen gebracht?'

'Raad eens, je kent de schuilplaats allang.'

Hij hield de spanning erin, schraapte de aardappelresten uit de pan en zweeg.

Terwijl ze nadacht, goot ze heet water op de eerste rozenbottels die ze had geplukt, bracht het mengsel zachtjes aan de kook en liet de thee trekken. Met honing erdoor smaakte het als limonade. Zowel zij als Martin dronk liever thee dan koffie, maar dat hoefde Luise, die een hartstochtelijk koffiedrinkster was, niet te weten. 'Niet in de schapenstal, dat zou te veel opvallen, en in jullie zogeheten Moos ook niet, daar zou je ze al uit de verte hebben gezien.' Peinzend roerde ze in haar thee. Zo goed was ze nog niet bekend met het dorp en de omgeving. 'Heb je soms de schatgrot van de drie Betjes gevonden?'

'Bijna. Je bent warm.' Hij grijnsde haar vriendelijk toe.

Het liefst had ze hem ter plekke gekust. Meteen daarna verbaasde ze zich erover dat dat verlangen zelfs maar in haar opkwam. Maar ze bleef kalm. 'Ben ik er al eens geweest?'

Hij knikte. 'Elke dag.'

'Hmm.' Nu was ze toch echt het spoor bijster.

'Wat heb je nog voor ons gebakken?' vroeg hij. Blijkbaar vond hij het leuk om haar nieuwsgierigheid op de proef te stellen.

Ze voelde dat ze bloosde toen hij haar aankeek. Dat zou wel nooit anders worden, hij was ook zo knap met zijn baardige, hoekige gezicht en verwarde haardos. Dat hij zelfs maar naar haar wilde kijken maakte haar al verlegen. Wat zag hij in haar, bleek en vermagerd als ze nog altijd was? Haar borsten waren nauwelijks meer zichtbaar, terwijl ze er vroeger juist zo trots op was geweest. Nu moest ze haar beha opvullen om nog iets van een boezem te suggereren. 'Eh... ik heb geprobeerd een frambozencakerol te maken, maar nou ja, kijk zelf maar.' Ze haalde de cakerol uit de provisiekamer, die achter de keuken was, blij dat haar gezicht in elk geval even kon afkoelen. Hoewel ze de aanwijzingen van het recept precies had opgevolgd, was de cakerol toen ze de vulling toevoegde toch gebroken, en hij zag er eerder uit als een tent. In één klap besefte ze waar de schuilplaats was. Ze liep terug naar de keuken en bestrooide de frambozenrol rijkelijk met poedersuiker om de grootste breukschade te camoufleren. 'Heb je de merries in de aardkelder verstopt?'

'Goed geraden. De ruimte vertakt zich tot ver onder de berg. We hebben destijds een houtopslag op wieltjes gebouwd en die zo neergezet dat niemand kon weten dat daarachter een deur was. Om te zorgen dat de paarden lucht en beweging hadden, lieten we ze 's nachts naar buiten. Maar ik mocht van mijn vader nooit op ze rijden, dat vond hij te gevaarlijk. Pas toen hij werd opgeroepen voor militaire dienst heb ik 's nachts over de velden gereden.'

'Ik wist niet dat jij ook graag paardrijdt. En los daarvan, ben je soms een eigentijdse versie van Sint-Maarten, die met iedereen zijn mantel deelt? Mij heb je ook al onder je hoede genomen.'

'Ik heb niet zoveel met heiligen, geef mij het aardse maar.' Hij wilde haar hand aanraken terwijl ze de tentrol aansneed.

Vlug trok ze haar hand terug. 'Jammer genoeg is hij eerder driehoekig dan rond.'

'Geen roulade maar een triade, die smaakt vast nog beter.' Hij stopte een groot stuk in zijn mond. 'Heel lekker, en niet te zoet.'

Hopelijk was ze de suiker niet vergeten, dat verklaarde misschien waarom de cakelaag was gebroken. Ze proefde ook. Het smaakte zoet, maar dat kwam door de poedersuiker en de frambozen in de roomtussenlaag.

Toen Manni de keuken kwam binnenvallen, stuurde Martin hem meteen weer naar buiten om zijn handen te wassen. Hij weigerde, sloeg zijn armen stijf over elkaar en trok een pruilgezicht. Stiekem loerde hij naar Marie, alsof hij hoopte steun van haar te krijgen. Hoe Luise het klaarspeelde om hem ooit te laten douchen was haar een raadsel.

'Nou goed,' zei Martin, 'dan eet ik gewoon in mijn eentje de Marie-triade op.' Hij hief het bord met de rest van de cakerol op en deed alsof hij hem in één hap wilde verslinden.

Manni sprong gillend op de tafel af en stompte zijn broer, die bijna het bord uit zijn handen liet vallen.

'O, wil jij er ook wat van?'

'Jo,' zei Manni.

'En wat moet je daarvoor doen?'

Nors sjokte Manni naar buiten, en hij kwam zowaar tamelijk schoon terug. Na de thee wilde hij hun per se de vogeleieren laten zien die hij onder een kloek had neergelegd. Ze waren wit met roodbruine spikkels. Martin en Marie speculeerden over de vogelsoort.

'Van een pimpelmees,' zei Marie. Martin gokte op een boomklever.

Voordat ze die nacht in slaap viel, voelde ze zich voor het eerst sinds lange tijd blij en hoopvol. Waarom zou ze niet verliefd worden op deze Sint-Maarten, misschien hielp zijn aardse heiligheid haar om zichzelf terug te vinden.

Geleerd op de Münchense Viktualienmarkt

- *Mensen zijn kuddedieren. Zodra een klant interesse toont en de eerste stap zet, komen anderen erbij staan.*
- *Producten aanprijzen: met koopjes stunten, twee voor de prijs van een, of drie halen, twee betalen, enzovoort.*
- *Het bijzondere naast het gewone plaatsen, als lokkertje.*
- *Belangrijk: niets verkopen wat ik niet zelf heb geproefd of ken.*
- *Eigen kopzorgen erbuiten laten. De klant is koningin, en wat voor haar goed is, is het enige wat telt.*
- *Discreet blijven. Het beste: horen en zwijgen!*

En in warenhuis Hertie

- *De klant zo vriendelijk mogelijk aanspreken op haar onvolmaaktheden en direct hulp aanbieden (handcrème)*
- *Vertrouwen scheppen, welzijn uitstralen*
- *Niet opdringerig zijn*

Chocolade zelfgemaakt
Ingrediënten: 240 g kokosvet, 240 g suiker, 100 g cacao en drie afgestreken el meel, wat gehakte noten, amandelen of rozijnen.
Evt. eetbare bloemen

Bereiding: vet in een pan of au bain-marie laten smelten, de suiker erdoor roeren tot het schuimig is, cacao, meel en noten e.d. toevoegen. Tot slot er de bloemen voorzichtig doorheen scheppen. Laten afkoelen en met een in heet water gedoopt mes in stukjes snijden.
Smullen!!!

Uit: Luises aantekeningenschrift

LUISE

Om niet voortdurend te hoeven uitleggen wanneer er eindelijk iets te koop zou zijn, en om een concreet doel voor ogen te hebben, legde Luise de winkelopening vast op 4 september. Een donderdag. Ze had die dag zorgvuldig gekozen. Op woensdagmiddag waren de meeste winkels gesloten, en voor het weekeinde zouden de mensen nog minstens één keer boodschappen willen doen. Zo hoopte ze voldoende nieuwsgierige klanten naar de winkel te lokken, die hun eerste indruk aan anderen zouden doorgeven zodat ook zij in de verleiding kwamen iets bij haar te kopen. Nu de datum vaststond, begon de tijd ineens te dringen. In welke kleur zou ze de nieuwe toonbank schilderen? Ook in een pasteltint zoals de stellingkasten, of zou ze toch het hout zichtbaar laten en alleen lakken? Maar dan contrasteerde het meubel misschien te sterk met de worst- en kaaskoelvitrine, die ze ernaast wilde opstellen. Dat apparaat was een paar dagen geleden bezorgd, en Hans was er verrukt over. Voorlopig koelde hij er zijn bier in. Toch kon ze ook de mooie houtnerf waarderen, en de stijlvolle panelen die meneer De Redder had gemaakt. Daarom besloot ze de winkeltoonbank om te beginnen geen kleurtje te geven, schilderen kon altijd nog. Dat was makkelijker dan afbijten. Daarnaast was ze nog steeds aan het onderhandelen met leveranciers. De meesten wilden vooruitbetaald worden, en Henriettes erfenis slonk zienderogen. Bijna elke dag stond er een of andere vertegenwoordiger op de splinternieuwe deurmat die haar zijn 'exclusieve' kofferbakkoopwaar met zogenaamde speciale korting wilde aanpraten. Sommigen lieten zich maar moeilijk afpoeieren, en weer was er een halfuur kostbare tijd verspild. Elektrische stofzuigers of niet? Nee, die namen te veel plaats in beslag, ook al waren ze steeds meer in trek. Zijzelf was nog altijd tevreden met haar mechanische rolveger. Met een sortering van pennen die niet meer met inkt moesten worden gevuld ging ze akkoord. De balpennen pasten bij de schoolbenodigdheden die ze naast een kleine selectie tijdschriften wilde aanbieden, en ze stopte er ook eentje in Hans' aktetas.

Alsof ze het nog niet druk genoeg had, kreeg ze een brief van Captain Smith met het verzoek om in Feldafing haar referentie te komen ophalen. Dat wilde ze direct de volgende dag doen, ook al leek haar werk in het Camp wel een eeuwigheid geleden. Dan had ze meteen de gelegenheid om even in de tuin rond te scharrelen die ze bij de bosrand had aangelegd. Groenten, een paar broeibakken met sla en een aantal aalbessenstruiken, plus een kruidenbed. Dat had ze het meest gekoesterd. Ze had muskaatsalie gekweekt, klein hoefblad, lavendel, tijm, kamille en nog veel meer wat sommige bijkomende kwalen van de vaak ernstig zieke ontheemden had verzacht. De kampleiding had er een aparte waterpomp voor laten aanleggen. Er was ook een aardappelveldje met pootaardappelen van de boerderij van haar broers. Terwijl ze aan al die dingen terugdacht, schoot haar iets te binnen wat ze voor de winkel kon gebruiken. Vooropgesteld dat het aanbod van de Captain nog gold.

Als afscheidscadeautje had ze Beierse crème voor hem gemaakt, ofwel bavarois, die hij zo lekker vond. Ze snoerde de afgedekte schotel vast op de bagagedrager van haar Triumph, waar hij tijdens de rit over de met kuilen bezaaide oeverweg flink heen en weer werd geschud. Voorbij de slagboom van het nog altijd streng bewaakte Camp moest ze afstappen en de bromfiets de berg op duwen, omdat de wielen blokkeerden in de blubber. Door de sloopwerkzaamheden met zwaar materieel en de zomeronweersbuien waren de wegen in modderpaden veranderd. Voordat Luise bij de *administration* aankwam, sopte het water in haar schoenen, en de dure perlonkousen, die ze als luxeartikel in haar assortiment had opgenomen, waren naar de maan. Ze probeerde de schade met haar zakdoek te verhelpen maar wreef het vuil er alleen nog maar verder in en ontdekte bovendien een ladder op haar kuit. Terwijl ze zich nog wel speciaal elegant had gekleed, in een nieuwe zelfgenaaide bloes op een wijde klokrok met daaronder een petticoat. Ze klopte op de deur van het kantoor. Hopelijk zou Captain Smith niet op haar besmeurde benen letten. Een jonge korporaal liet haar binnen en overhandigde haar plechtig een envelop met daarin het *certificate*, zoals hij het noemde. Toen vroeg hij haar de sleutel terug van het naburige huis, waar de keuken zich bevond.

'En waar is de Captain?' vroeg Luise.

Die was al vertrokken, vertelde de korporaal.

Dat stelde haar teleur, maar toch gaf ze hem haar Beierse crème. '*For you and your...*' Ze dacht even na, hoe moest ze kameraden in het Engels vertalen, *fellows, comrades*? '... *and your friends*,' zei ze toen gemakshalve.

Hij fronste zijn voorhoofd, nam de schaal aan en zette hem op een hoge archiefkast, waar hij hem vast zou vergeten. Terwijl zij er zoveel werk in had gestoken en op de gele crèmelaag met slagroom *goodbye and thanks* had geschreven. Wat behalve de h's in *thanks* nog redelijk leesbaar was ook. Ze opende de envelop en las het getuigschrift door, dat kort maar bijzonder positief en in twee talen geschreven was. In de laatste regel vroeg Captain Smith alle geallieerde instanties om de bovengenoemde Mrs Luise Dahlmann *bescherming en welwillendheid* te garanderen. Nu was ze dus een gecertificeerde Beierse kokkin met de bevoegdheid om door alle bezettingszones te reizen. Of ze dit document ooit nodig zou hebben? In deze tijden wist je het maar nooit.

'Ik kom u straks de sleutel van de keuken brengen, ik wil alleen de rest van mijn spullen daar halen.'

'Dan begeleid ik u,' zei de korporaal met een zwaar accent. Hij streek zijn uniform glad en wreef over zijn pukkelige kin.

Was hij bang dat ze iets mee zou ratsen wat niet van haar was? Maar toen ze de Captain voor het laatst sprak, had hij haar juist aangemoedigd om mee te nemen wat ze maar wilde. En dat zou ze doen ook, voor het bedierf of werd weggegooid.

'Dat hoeft niet,' zei ze.

'Het spijt me, ik heb de opdracht om te laten *no person alone* in de keuken.'

'*Okay*, en ík heb deze verklaring hier.' Ze wees op het papier.

Daar wist hij niets op te zeggen.

'U kunt intussen mijn nagerecht proeven, het is echt heel lekker.' Voor het doorgeefluik in de keuken bleef ze staan, en ze gaf hem een lepel.

Hij pakte hem aan en liet haar alleen.

De veelgebruikte metalen schalen met de zwarte grepen aan weerszijden waren opgestapeld in de kast. De pollepels boven het fornuis blonken nog precies zoals zij ze na het poetsen had achtergelaten. Alleen de eetzaal zag er door de ontbrekende tafels en stoelen uit als een danszaal die vergeefs op een nieuw trouwgezelschap wachtte. Onderweg had ze gezien dat de noodsynagoge al was afgebroken. Toen het hier nog een drukte van belang was, werd daar bijna elke week een huwelijk gesloten. De overlevenden, die hun meeste bloedverwanten in de gaskamers hadden verloren, verlangden vurig naar een nieuwe familie. Luise pakte haar kookschort uit een lade. *Frau Dahlmann* stond er in krulletters op het borstzakje geborduurd. Toen ze met haar werk in het Camp begon, had er *Frl. Brandstetter* gestaan, en als je goed keek, zag je dat de *F* en de *r* uit iets lichtergekleurd garen bestonden. Ze streek eroverheen. Bij de naamsverandering had de borduurster zich het werk bespaard alle letters los te tornen. Luise keek nog een laatste keer rond, ging toen naar de provisiekamer, bediende zich van de voorraden en sleepte haar buit in een krat naar buiten. De wachthebbend korporaal verscheen weer en hielp haar tot haar verbazing bij het opladen. Met slagroomrestjes rond zijn mond bond hij de zak cacaobonen en de potten kokosvet vast op de bagagedrager van de Triumph. Blijkbaar had de Beierse crème hem gesmaakt.

'Ik wil nog heel even naar de tuin,' zei Luise toen hij haar al gedag wilde zeggen. 'Ben zo terug.'

Bovenaan de helling gekomen, herkende ze de groentebedden bijna niet meer. Alles was overwoekerd. Ouder gewoonte pakte ze een paar slakken op die zich tegoed deden aan een reuzenpompoen en slingerde ze over de afrastering. Daarna plukte ze tomaten, waarvan de meeste al opengebarsten waren, en legde ze in haar mand. Haar blik dwaalde over het half afgebroken Camp, dat nog altijd als een zelfstandig dorp uit allerlei verschillende gebouwen en kronkelstraatjes en -paden bestond. Een tijdlang waren hier ook kleine bedrijfjes geweest. Kleermakers, schoenmakers, kappers en een kampfotograaf, zelfs een kruidenierswinkel. Er waren specifiek Joodse kranten gedrukt, zij het met Duits loodzetwerk, omdat men destijds niet aan Hebreeuwse drukletters kon komen. Je kon ze kopen met Feldafinger dollars, de munteenheid die hier in omloop was. Verder naar achteren, half verscholen achter bomen, ontdekte ze ook het kleinste en oudste huis op het terrein, het *villino*, waar Nobelprijswinnaar Thomas Mann *De Toverberg* had geschreven. Luise was nu al drie maanden bezig in die dikke roman en las meestal maar één of twee bladzijden per avond voordat haar ogen dichtvielen.

'Die meneer Mann bezorgt jou nog een gebroken neusbeentje,' plaagde Hans haar wanneer ze weer eens met het boek op haar gezicht in slaap was gevallen. Toch was de roman absoluut niet saai of moeilijk leesbaar; de paar pagina's die ze telkens vooruitkwam verrijkten haar. Ze genoot van het verhaal, dat in haar geboortestreek was ontstaan en waarvan het hoofdpersonage, Hans Castorp, dezelfde voornaam had als haar liefste. Ze wendde zich af, trok de draadafrastering los van de verankering en zette haar tuin open voor het wild. Zo konden de reeën er in elk geval nog van profiteren voordat hier alles definitief met de grond gelijkgemaakt werd.

Terug in Starnberg probeerde ze van het kokosvet en de cacaobonen chocolade te maken. Ze voegde er wat meel en gehakte noten aan toe en experimenteerde maar zo'n beetje. In het begin lukte het haar niet om suiker door het kokosvet te kloppen, zoals ze anders met boter of margarine deed. Ze moest het vet eerst verwarmen en mengen met honing, wat er een heel eigen smaak aan gaf. Nadat ze de cacaobonen in de vleesmolen had gemalen, loste ze het poeder op in water en verhitte het, waarna ze het gemengd met de andere ingrediënten op het bakblik goot, dat ze met boterhampapier had afgedekt. Ze bedekte het bruine papje met een tweede stuk papier en perste het tot een flinterdunne laag. Voordat de chocola hard werd, sneed ze er kleine blokjes van, versierde die met bloemblaadjes en geurige kruiden en liet ze toen in de koelvitrine uitharden.

En eindelijk was het zover. Op 4 september, om zeven uur zevenenvijftig, wierp ze een laatste onderzoekende blik door de winkel. Nog drie minuten, dan zou haar droom in vervulling gaan. Alles was brandschoon gepoetst, de licht geschilderde stellingkasten en schappen waren tot de rand gevuld. Luise schudde het kussen in Henriettes oorfauteuil nog eens op en verzette de telefoon op het tafeltje ernaast, zodat hij direct in het oog sprong. Toen schoof ze het een of andere artikel een fractie gelijker met de rand van het schap en checkte nogmaals of het verse fruit onberispelijk gaaf was. Ze was erg blij met de fraaie krulletters van Maries opschriften op de laden en de aanbiedingsbordjes, die de winkel nog extra sjeu gaven. Hoewel er genoeg licht door de etalageramen viel, knipte ze om deze dag te vieren de futuristische lamp met de opvallende insectenvoelsprieten aan die Hans aan het plafond had gemonteerd. Als laatste controleerde ze of de kassa echt opensprong. Dat deed hij met een opgewekt 'kling', en ja, er zat ook genoeg wisselgeld in. Luise haalde diep adem, streek haar witte jasschort glad, trok de kraag van haar bloes recht en liep naar de deur. Toen draaide ze het bord van GESLOTEN om naar OPEN.

Een bejaarde vrouw kwam op de winkel aflopen. Luise dwong zichzelf om rustig te blijven, maar ging toen toch vlug weer naar de deur en zette hem wijd open. De geitenbel die Martin haar voor de opening cadeau had gegeven tinkelde. Nu zou de allereerste klant haar winkel binnenstappen. Haar hart bonsde.

'Goedemorgen, fijn dat u de weg hierheen hebt gevonden, hoe gaat het met u, wat mag het zijn, hoe kan ik u helpen?' Ze had zo vaak verschillende openingszinnen geoefend om de beste eruit te kiezen dat ze nu allemaal achter elkaar uit haar mond rolden.

De vrouw maakte de knoop van haar hoofddoek losser. 'Zou ik alsjeblieft wat water mogen voor mijn Schorschi?' Ze had een grijze ruigharige teckel aan de lijn.

'Natuurlijk. Een ogenblikje.' Eigenlijk wilde ze geen honden in de winkel. Marie had er zelfs een verbodsbord voor geschilderd. Maar deze Schorschi leek totaal niet op de doorgestreepte herdershond op het bordje, en Luise wilde haar allereerste klant niet onmiddellijk wegjagen. 'Komt u gerust zolang binnen.'

'Nee hoor, ik wacht hier.'

De hond stond verdacht zwaar te hijgen. Snel liep Luise naar de keuken en haalde een emaillen schotel met water. Zodra Schorschi wat had gedronken, draaide de vrouw zich om en wilde vertrekken.

'Mijn winkel is net geopend, dus komt u toch even binnen! Ik heb een groot assortiment, het is de moeite waard om rond te kijken.'

De vrouw schudde het hoofd.

'Wat dacht u van een stukje geitenkaas voor u en een plakje worst voor uw hond?'

'Ik lust geen kaas, en Schorschi verdraagt alleen kalfsleverworst, die haal ik al jaren bij Spindler, hij maakt de beste.' Daar moest Luise haar gelijk in geven, de slager op de Tutzinger Hofplatz was uitstekend. 'Misschien een andere keer, ik heb haast.'

'Wacht, ik heb nog iets voor u.' Luise liep naar de toonbank en kwam terug met het dienblad.

'O, bedankt.'

Het chocolaatje was al in de mond van de vrouw verdwenen en toen trippelden ze samen weg. Dame en hond. Alleen de waterbak stond er nog. Luise wilde het water weggooien, bedacht zich toen en zette de bak naast het hellinkje. Ze zou Marie vragen om nog een bordje te schilderen en Hans om een haak voor hondenriemen aan de buitenmuur te maken. Misschien zou een drinkplaats voor Schorschi's van alle rassen en formaten hun vrouwtjes of baasjes de winkel inlokken. Toen ze dit idee in haar inmiddels bijna volle schrift wilde opschrijven, zag ze het nergens. Ze zocht overal, maar had het bij al het opruimen, het schoonmaken en de andere drukte kennelijk zoekgemaakt.

Gisteravond was zelfs nog de fotograaf van de *Land- und Seebote* op het toneel verschenen en had een paar kiekjes van haar gemaakt. 'Niet zo stijfjes, mevrouw Dahlmann,' zei hij toen ze zich in haar nieuwe witte werkjas en pasgestreken kleurige bloes achter de toonbank posteerde en in de camera keek. 'Doe iets, beweeg een beetje, laat zien wat u van plan bent.'

Luise wees naar de weegschaal en de kassa, maar hij was nog niet tevreden.

'Nee, dit kan zo niet. Uw winkel is een moderne onderneming, dat moeten we dan ook op de foto laten zien. Als we nou eens een buitenopname maken van u voor uw etalage?'

Ondanks de schoenen met hakjes en open hiel waar haar kuiten goed in uitkwamen, klom ze buiten op de keukentrap. Een wiebelige bedoening.

'En nu graag een beetje naar mij toe draaien,' beval de fotograaf.

Ze deed wat haar gezegd werd, balanceerde op de bovenste traptree met een penseel en verfpotje in haar handen alsof ze zelf bezig was *Krakelingen, 30 pf. per stuk* op het raam te schrijven. Hoewel Marie dat gisteren al had gedaan.

'En nu lachen, mevrouw Dahlmann. Hèhè, eindelijk.'

Ze zocht verder naar haar aantekeningenschrift, keek in alle laden en onder de toonbank. Toen ze overeind kwam, zag ze voor het raam een beweging. Ze ging weer naar buiten, maar er was niemand. Hoewel het weer perfect was. Niet te warm en niet te koud om een boodschap te doen, en het regende ook niet. Toen ze zich omdraaide, hoorde ze gesnater. Een eendenpaar dartelde rond bij de waterbak. De woerd met zijn iriserend groene veren schepte water met zijn snavel, en vervolgens hupte mevrouw eend in de emaillen schaal en nam een bad. De drinkplaats was in elk geval een succes. Luise keek op de klok. Het eerste uur was bijna voorbij, en er was nog steeds geen klant in zicht. Misschien moest ze koffiezetten en de deur openlaten, zodat de geur iemand verleidde om binnen te komen? Ze liep de keuken in, en toen ging alles heel snel. De bel tinkelde, ze rende terug naar de winkel. Een boomlange kerel had de deur met zijn rug opengeduwd. Toen hij zich omdraaide, stootte hij zelf nog een keer tegen de bel.

'Hebt u bloedstelpende watten?' Hij stond te hijgen, drukte zijn linkerhand tegen zijn borst en hield de rechterarm eronder ter ondersteuning.

'Bent u gewond?'

Hij knikte.

Ze liep om de toonbank heen. 'Watten heb ik niet, maar ik kan een drukverband bij u aanleggen. Laat eens kijken.' Hopelijk drupte het bloed niet op haar koopwaar. In gedachten noteerde ze 'watten' en 'hondendrinkplaats'.

Langzaam trok de man zijn hand voor zijn borst weg, en hij vertrok zijn gezicht.

'Waar zit de wond precies?' Luise inspecteerde de hand, maar kon niets ontdekken.

'Hier!' siste hij tussen opeengeklemde tanden terwijl hij voorzichtig zijn pink bewoog.

'Ik zie nog steeds niets.'

'Nou, híér.' Hij wees op een speldenprikgroot gaatje in zijn vingertop, waaruit toen hij erin kneep een bloeddruppeltje opwelde. 'Ik heb me aan een heggenroos gestoken toen ik langs uw haag liep.'

'Een pleister en wat Zweedse kruidenbitter zal vast helpen.'

Hij knikte.

Toen bedacht ze dat Martin haar het brouwsel, dat hij volgens het omslachtige recept van hun vader bereidde en dat alle mogelijke kwalen verhielp, nog zou komen brengen. 'Hondendrinkplaats – watten – kruidenbitter,' mompelde ze. De lijst werd langer en langer, nu moest alleen dat verrekte aantekeningenschrift nog boven water komen. 'Kruidenbitter heb ik helaas toch nog niet in huis, is jodium ook goed?'

'O, aha. Ik dacht dat het een borrel was, ik zou er namelijk wel eentje lusten.' Hij stond tegen de toonbank geleund terwijl ze zijn pink behandelde en daarna een glaasje vruchtenbrandenwijn voor hem inschonk. 'Hoeveel krijgt u van me?'

'Niets, dit is gratis.'

'O, dank je wel. En die chocolaatjes, wat kosten die?' Hij likte zijn lippen af.

'Daar mag u er ook een voor niets van pakken...' En gezien zijn buitengewone lengte en heldenmoed voegde ze eraan toe: 'Of wat mij betreft twee.'

HELGA

Elke vrije minuut waren zij en Jack samen. En als hij bij haar vertrok, wist ze zeker dat hij terug zou komen om haar weer helemaal opnieuw te leren kennen. Al haar principes ten spijt was ze verliefd op hem geworden. Algauw smeedden ze plannen voor een leven samen, in Duitsland of in Amerika, dat zouden ze wel zien. Het belangrijkste was dat ze bij elkaar bleven.

In elk geval wilde Jack na zijn ontslag uit de Air Force niet meer in de mijnen werken, had hij haar verzekerd. Hij leerde liever alsnog gitaarspelen en drummen om, rondtrekkend in een caravan, her en der op te treden. 'Ik wil niet wachten zolang als mijn vriend Old Pete.'

Helga lag in Jacks armen op haar handdoek, die veel te klein was. De ondergrond prikte overal. Direct na werktijd hadden ze met elkaar afgesproken aan de oostelijke oever van het meer, waar veel goed verborgen zwemplekken waren. Na een lange en tedere poedelpartij – het water was volgens een met krijt beschreven reclamebord voor waterfietsen vijfentwintig graden – lieten ze zich opdrogen in de zon.

'Hoezo, wat is er met Old Pete gebeurd?'

'Op mijn laatste avond voor ik naar Duitsland ging, vierde hij zijn *comeback*. Ik weet niet, hoe zeg je dat in Duits?'

'Terugkeer, maar "comeback" klinkt beter.'

En Jack vertelde haar in zijn gebroken Duits over Old Pete,

en als hij haperde, praatte hij verder in het Engels. Voor zover Helga het begreep, had de oude man in zijn jeugd in een band gezongen maar daarna jarenlang samen met Jack in de mijnen gezwoegd. Omdat zijn beste maatje nu ten strijde trok, zette Old Pete nog één keer zijn cowboyhoed op en deed zijn franjejasje aan, dat hem allang te klein was geworden. Het trok bij de mouwen en spande om zijn buik, maar dat *didn't matter*, maakte niet uit. Toen hij begon te zingen, kwam zijn stem diep uit zijn binnenste, zo diep dat hij hem er gewoonweg uit leek te moeten trekken. 'Het niet was *really good*, het deed pijn aan oren, maar Pete gewoon doorgaan, het was *fantastic*. Toen ging hij dood.'

'Wat?' Ze moest het verkeerd hebben verstaan. 'Ging hij dood?'

'*Yes, he died on the stage... Can you believe that*, maar zijn *voice* bleef.'

Helga stelde zich voor hoe op het moment van zijn hartstilstand de stem uit de oude man losbrak. Terwijl zijn lichaam neerzakte op de vloer, zweefde die stem nog boven de gasten, tot hij opging in de andere geluiden, de stemmen en het rumoer.

'Wat jij wil later doen in beroep?' vroeg Jack onverwacht.

'Eigenlijk wil ik geneeskunde studeren en arts worden. Maar ik weet niet of het me gaat lukken.'

'*Why not? Dream a dream and make it come true.*' Een dichter was hij ook nog, haar liefste!

Halverwege augustus vertelde Jack haar dat hij een paar dagen ononderbroken moest doorwerken, ze hoefde zich geen zorgen te maken als hij niets van zich liet horen. Er stond een nieuwe actie gepland in 'Fursty', zoals de Air Force het vliegveld Fürstenfeldbruck noemde. Meer mocht hij haar er niet over vertellen. Om het goed te maken, beloofde hij dat ze het volgende weekeinde samen een rondvlucht in een propellervliegtuig boven het meer zouden maken. Opgewonden en blij wachtte ze op hem. Ze zou voor de eerste keer vliegen en de wereld van bovenaf zien. Maar Jack kwam op zaterdag noch op zondag opdagen en stuurde haar ook geen bericht. Was hij ziek geworden, of had zijn geheime actie langer geduurd? Verlangend en bezorgd wachtte ze tot woensdag. Toen fietste ze naar een telefooncel, zocht in het telefoonboek het nummer op van de Amerikaanse basis in Fürstenfeldbruck en werd doorverbonden met het hoofdkwartier.

Daar weigerden ze haar inlichtingen te geven. Toen ze zei dat ze de verloofde van Jack Miller was, lachte de luitenant met wie ze was doorverbonden haar uit. 'Miller? Jack? Daar zijn er nogal wat van in de U.S. Army, en de meesten hebben Duitsland inmiddels verlaten. Hun dienstverlening aan het Duitse volk en ook aan de Duitse *Fraulein* zit erop.' Hij verbrak de verbinding.

In het begin wilde ze niet onder ogen zien dat Jack echt voor altijd weg was. Meerdere keren per dag liep ze naar de ziekenhuisingang, hopend op ten minste een kort bericht van hem. Bij haar collega's vroeg ze zo vaak na of er iemand voor haar had gebeld dat ze alleen nog maar met hun ogen rolden ten antwoord.

Silvia wist niets te zeggen toen Helga haar in vertrouwen nam. Zwijgend omhelsde ze haar snikkende vriendin, wat beter was dan welk advies dan ook, en aaide haar over de rug. 'Zullen we op onze volgende vrije middag samen naar de ijssalon gaan en ons helemaal volstoppen met alle soorten ijs die ze hebben?'

'Voor mijn part.' Helga vond alles best. IJssalon of wat ook, het belangrijkste was dat het de mallemolen van haar gedachten even stilzette.

Keer op keer nam ze in haar hoofd het laatste afspraakje met Jack door. Had ze iets verkeerd gedaan? Iets verkeerds gezegd? Of had hij haar er echt in laten lopen? Was alles gewoon bedrog geweest, *fake*, zoals hij het zou noemen? Ze stortte zich op haar werk, draaide extra diensten. Koppig klampte ze zich vast aan haar droom om ooit arts te worden.

In de herfst begon het vakonderwijs, wat enige afwisseling naast het fysiek zware werk in de kliniek betekende maar haar op een andere manier uitdaagde. Algauw zat ze samen met Silvia te blokken voor haar eerste tentamen: anatomie van het bewegingsapparaat. Ze wist niet hoe ze de ophanden zijnde toets moest doorstaan na het door angst verknoeide eindexamen. Als ze er alleen al aan dacht, brak het zweet haar uit. Toch beet ze zich vast in haar huiswerk, in de hoop dat het haar afleidde. Maar dan waren er nog de eindeloos lange avonden en de slapeloze nachten waarin ze lag te piekeren en zichzelf kwelde. Jack had zijn koffergrammofoon en platenverzameling bij haar achtergelaten. Ze schoof alles zo ver mogelijk achter in haar kast en hing haar kleren ervoor. Maar vanaf haar bed, en ook als de kastdeur dicht was, hoorde ze zijn muziek. In deze kamer hingen Jacks liedjes nog in de lucht.

Begin september vierde Ingrid haar dertigste verjaardag in de keuken van het zusterhuis. Helga had geen goede smoes kunnen verzinnen om weg te blijven, dus ging ze naar het feestje en gaf haar collega een fles sekt cadeau.

'Je wordt weer zonder herengezelschap gezien, klopt dat?'

Helga ging er niet op in.

Ingrid had niet op een paar pfennig gekeken en op een heus buffet getrakteerd. Iedereen smulde, maar Helga had geen trek. Voor het anatomietentamen had ze zich zo afgebeuld dat ze onderweg naar de vakschool meerdere keren moest stoppen om van haar fiets af te stappen en over te geven. Tijdens het schrijven glipte haar vulpen bijna uit haar hand, haar hart bonkte, en dat ze haar kaken keihard op elkaar had geklemd voelde ze nog dagen later. Tegen de verwachting in haalde ze een acht. Een acht! Dit succes gaf haar nieuwe moed. Ze begreep nu dat geneeskunde helemaal haar gebied was. Als ze zich er volledig op stortte, hoefde ze niet bang te zijn dat ze, zodra het moest, de stof niet paraat had. Ze kon het geleerde onmogelijk vergeten, het was routine geworden. Nu wist ze ook hoe ze haar examenvrees kon overwinnen: ze moest door haar angst heen komen en vol inzetten op haar kennis en vaardigheden. Kortom, ze moest gewoon op zichzelf vertrouwen. Bij het opsommen van de tweeëntwintig schedelbeenderen van de mens – achterhoofdsbeen, slaapbeen, jukbeen, enzovoort – had ze zich voorgesteld dat ook haar angst een beentje was dat bij haar hoorde, net als de piepkleine botjes in het binnenoor. Maar hoewel ze het tentamen goed had doorstaan, ging haar misselijkheid niet over. Inmiddels werd ze al onwel als ze aan eten dácht. Dus ging ze maar liever naast de radio op het kleine aanrecht zitten en zocht naar dansmuziek.

'Waarom haal jij je platenspeler niet?' vroeg Conni. 'Silvia zegt dat je er een hebt.'

Helga keek naar haar vriendin, die rood aanliep. 'Ik heb haar verder niets verteld, echt waar,' zei Silvia snel.

'Wat is er dan aan de hand? Heb je geheimpjes voor ons? Kom op, gooi het er maar uit,' plaagde Conni haar.

'Goed dan, ik haal de platenspeler. Maar als de hoofdzuster ons betrapt, neemt ze hem misschien in beslag.' De platenspeler was het enige wat ze nog van hem had.

'O, die oude zuurpruim, laat die maar met haar tuinkabouters dansen.' Conni pakte een plakje camembert en hing een paar pretzels van het buffet aan haar wijsvinger.

'Houdt zuster Beate van tuinkabouters?' Helga veerde op.

'"Houden van" is zwak uitgedrukt, ze is bezeten van die dingen. Vraag haar er maar niet naar, anders kletst ze je de oren van het hoofd over het sprookjesbos dat ze ooit in haar volkstuin in Obermenzing had.'

'Hoezo, waar is het dan gebleven?'

'Het hele volkstuincomplex is tijdens een bombardement verwoest. Nu moet ze van voren af aan beginnen met verzamelen en spaart ze zich elke tuinkabouter uit de mond.' Conni streek over de vetrol die over haar rokband puilde. 'Oef, wat zit ik vol. Straks barst ik nog uit mijn kleren. Door al dat lopen de hele dag zou ik eigenlijk zo slank als een den moeten zijn, maar nee hoor. Terwijl ik vroeger ook nog fanatiek sportte, ik was een kei in trefbal.'

'Jij?' Ingrid lachte en schonk zichzelf sekt bij.

'Ja, of je het nou gelooft of niet. Ik zou graag weer een beetje willen sporten, minstens één keer in de week.'

'Best een goed idee, dat zou ons allemaal goeddoen.' Ingrid knikte. 'Er is vast wel een gymnastiekvereniging in Starnberg.'

'Je bedoelt als een zak meel aan de ringen hangen of op een bok blijven steken? Laat staan oefeningen met een medicijnbal, bah nee, daar kan ik me 's avonds niet meer toe zetten. Ik moet er wel een beetje vrolijk van worden.' Conni gooide een gehaktballetje in haar mond.

'Ik heb vroeger aan rhönradturnen gedaan, tot mijn vijftiende, met wedstrijden en al,' zei Ingrid. 'Jeetje, dat is mijn halve leven geleden, proost!'

Ze klonken met haar.

'En jullie, Silvia en Helga? Hoe staat het met jullie sportieve carrière? Bij de BDM moest iedereen toch verplicht het een of ander doen? Waar zaten jullie bij?'

Silvia haalde haar schouders op. 'Ik heb nooit bij de BDM gezeten.'

'O ja, ik vergeet de hele tijd hoe jong jij nog bent. Wees blij dat dat gedril je bespaard is gebleven.'

Helga zei niets, stond op en wilde weglopen.

'Hé, wat is er, waar ga je heen?' Ingrid probeerde haar tegen te houden.

'De platen halen, dat wilde jij toch? En als jullie zin hebben, kunnen we op de muziek misschien wat oefeningen doen.'

‘Met een volle maag?’ Conni en Ingrid keken elkaar aan.

‘Waarom niet, dan past er weer wat in.’

En het werkte. Jacks muziek sneed Helga door het hart maar trok al haar collega’s van hun stoel, hoe vadsig en sloom ze ook waren. Ze dansten, kreunden en giechelden om het hardst vanwege alle vreemde bochten waarin Helga zich draaide, die zij moesten nadoen. Dit was beslist voor herhaling vatbaar, daar waren ze het over eens. Dus bedacht Helga voor de volgende keer zelfs een programmaatje. Eindelijk had ze ook voor buiten het werk iets gevonden wat haar afleidde. Als ze dan nog steeds niet in slaap kon komen, somde ze voor zichzelf de opbouw en functies van de spiergroepen op, of haalde zich gymnastiekoefeningen uit haar schoolperiode voor de geest. De oefeningen hielpen ook tegen de misselijkheid. Vaak dacht ze daarbij aan haar zus, voor wie ballet haar leven was geweest. In plaats van de klassieke rekoefeningen wilde Helga iets doen waar je van opkikkerde, op het vlotte ritme van moderne muziek, iets wat het lichaam flink liet zweten en haar malende gedachten stopzette.

Jammer genoeg ebden de goede voornemens van haar collega’s snel weg; na een vermoeiende dienst deden ze liever helemaal niets. Alleen Silvia bleef haar trouw, misschien ook omdat ze weinig anders kon doen als Helga in hun gezamenlijke kamer trainde.

‘Misschien kun je briefjes ophangen en een gymcursus in Starnberg aanbieden,’ stelde Silvia voor, toen ze na de derde poging om zich op te drukken uitgeput op de vloer neerzakte. ‘En je verdient er ook nog wat extra geld mee.’ Ook al wilde Silvia haar waarschijnlijk gewoon de kamer uit hebben, Helga zag wel wat in het voorstel. Misschien kon ze jonge moeders uit de kliniek werven. Het was het proberen waard. Nu moest ze alleen nog een ruimte vinden waar een gymclubje kon trainen. Ze vroeg een beetje rond, en een patiënt opperde dat de parochiezaal misschien geschikt was. Pastoor Zuckermüller, een kaal, mollig heerschap met een besmuikte glimlach die ze van een paar ziekenbezoeken en nooddopen kende, vond het een goed idee.

'Elke vorm van beweging moet aangemoedigd worden. Toen ik studeerde, was ik wedstrijdzwemmer.' Hij streek zich over zijn kogelronde buik in de soutane.

Vol optimisme fietste Helga half september door Starnberg en hing overal briefjes op, zodat de cursus 'Trimmen en swingen' al de volgende week woensdag kon beginnen. Ze vroeg ook in een paar winkels of ze haar aankondiging mocht ophangen en raakte toen met een winkelierster in de Ludwigstraße in gesprek, die haar kruidenierszaak pasgeleden had geopend.

'We kunnen uw affiche het beste in de etalage hangen, dan kan iedereen het zien.' Ze liep al weg om plakband te halen. 'Zou die gymcursus eigenlijk ook iets voor mij zijn?'

Deel 2

Vijf maanden later
1954

Waarmee kan ik u helpen, mevrouw/meneer? = *hoe je nieuwe klanten aanspreekt.*

Let wel: 'Wat mag het zijn' zeg je doorgaans tegen alle klanten. Met 'Wat mag het vandáág zijn' laat je merken dat je blij bent een vaste klant terug te zien.

Gesprek met een klant op dinsdag 2 februari 1954
Ik: Goedemorgen juffrouw Wellano, wat mag het vandaag zijn?
Rosa Wellano: Het zit zo... (ze draait er een beetje omheen) ... sinds vorige week heb ik telefoon.
Ik: Gefeliciteerd. Dus u hebt een eigen telefoontoestel in huis?
Rosa Wellano: Ja, en nu wil ik uitproberen of hij ook werkt. Mag ik? (Ze loopt naar de telefoon in de winkel.)
Ik: Natuurlijk, ga uw gang. (Na een tijdje:) En?
Rosa Wellano: Ik hoor de kiestoon. Tuut, tuut is het toch? Maar verder gebeurt er niets.
Ik: Is er bij u iemand thuis die kan opnemen?
Rosa Wellano: Wastl is thuis, maar die kan alleen blaffen. (Teleurgesteld legt ze de hoorn neer.)
Ik: Tja, wat kunnen we daaraan doen? Weet u wat,

als u nou terug naar huis gaat, dan bel ik u hiervandaan op.
Rosa Wellano: Zou u dat willen doen, mevrouw Dahlmann? (Ze straalt.) Over een kwartier ongeveer? Het hangt ervan af of ik een beetje rap door die sneeuw heen kom. Ik woon op de Almeidaberg. Ik zal me haasten. (Ze schrijft het nummer voor me op en vertrekt.)
Op de afgesproken tijd bel ik haar op. Ik hoor een klik en zeg: Juffrouw Wellano? Hallo? (Ik hoor iemand ademen, maar niemand zegt iets.) Hallo juffrouw Wellano, bent u daar? Ik ben het, Luise Dahlmann. (Een hond blaft.) Wastl? Hallo? (Ik wacht nog een tijdje en leg dan de hoorn op de haak.)
Juffrouw Wellano komt de winkel weer binnen. 'Geweldig, mevrouw Dahlmann, het werkt. Heel erg bedankt. Wat kost het?'
Ik: Dus u was daarnet aan de telefoon? Waarom zei u dan niets?
Rosa Wellano: O, had ik iets moeten zeggen? Dat wist ik niet, en er was me zo vlug ook vast niets te binnen geschoten. Dat zal ik nog een beetje moeten oefenen. Wat zeggen mensen meestal in zo'n geval, mevrouw Dahlmann?

Uit: Luises winkelkennisalbum

LUISE

Ze lag al uren te woelen en te piekeren en hoorde haar man naast zich snurken. Ze was ontevreden over zichzelf en over de winkel. Het was begin februari, en van de termijn die Hans in juli had gesteld, was al meer dan de helft verstreken. Ondanks alle inspanningen kwam de verkoop maar moeizaam op gang. Terwijl ze echt haar best deed, voortdurend nieuwe acties en aanbiedingen bedacht en vooral trouw bleef aan haar principe om iedereen die binnenstapte als de belangrijkste klant van de dag te behandelen, zelfs als er na sluitingstijd nog iemand op de winkeldeur klopte. Maar bijna niemand kwam alle boodschappen bij haar doen. Moest ze het dan misschien toch aanpakken zoals de marktschreeuwers, zich voor de deur posteren en haar producten luidkeels aanprijzen, net als op de Viktualienmarkt? Maar Luise stond van acht tot twaalf 's ochtends en daarna van drie tot zes uur 's middags achter de toonbank om klanten te bedienen. Tussen de middag pakte ze bestellingen in, vulde schappen aan of bakte cake of taart. Wanneer ze 's avonds de winkel had schoongemaakt en alles voor de volgende dag had voorbereid, was het laat, en Hans en zij hadden doordeweeks bijna geen tijd meer voor elkaar. Inmiddels hielp hij haar niet meer zo vaak. Hij trok zich meer en meer terug en bracht zijn vrije tijd liever door op het voetbalveld of in de gymzaal waar het Starnbergse voetbalteam in de winter trainde. Of hij zat in de werkplaats achter het huis, demonteerde apparaten en zette ze weer in elkaar. Af en toe leverde hij daarmee zelfs een bijdrage aan de winkelinkomsten, als hij bijvoorbeeld de fiets van een klant repareerde en ze hem daarna ook nog haar kapotte elektrische mixer kwam brengen. Sommige reparaties deed hij 's zaterdags meteen, en in de korte wachttijd deed de vrouw meestal inkopen of keek in elk geval in de winkel rond. Toch liet het kasboek zelden een positief saldo zien. Bij Dahlmann mocht je je boodschappen op de rekening laten zetten, en dat deed bijna iedereen. Zo moest Luise aan het eind van de maand ook nog achter haar geld aan. Hoe ze het ook wendde of keerde, de winkel liep gewoon niet zo goed als ze had gehoopt. Naast haar was het plotseling stil geworden. Hans keek haar met slaperig knipperende ogen aan.

'Ben je al wakker?' vroeg ze.

'Hmm,' was het antwoord.

Toen stortte ze haar hart uit en vertelde alles wat er de afgelopen uren door haar hoofd had gemaald. Af en toe keek ze naar Hans en checkte of hij niet weer in slaap was gevallen, wat regelmatig het geval was. Haar woordenvloed had blijkbaar iets ontspannends, ook al praatte ze voor haar gevoel over zaken van levensbelang. Toen hij zijn ogen sloot, stootte ze hem aan. 'Heb je naar me geluisterd?'

Hij bromde een ja, draaide zich op zijn rug en sloeg zijn armen over elkaar.

'We hebben nog steeds geen vaste klantenkring.' Luise zuchtte. 'Ik weet het zo langzamerhand niet meer.'

Hij zweeg nog steeds.

'En jij, wat vind jij?'

'Ik ben nog aan het denken.'

'Ik weet precies wat je denkt.'

'O ja?'

'Zeg maar gerust dat je het allemaal van tevoren al wist, het maakt niet meer uit.'

Hij draaide zich op zijn zij naar haar toe, leunde op zijn elleboog en keek eerst naar haar en vervolgens langs haar heen naar het nachtkastje, waarop de wekker tikte. Over twintig minuten zou hij gaan rinkelen, en dan begon alles weer van voren af aan. Verder ploeteren, ook al was het zinloos. Ze kon het beste maar helemaal niet uit bed komen.

'Ach, Luisetje.' Hij streek met zijn hand langs haar gezicht en pruilmond. 'Waarom ben je niet gewoon trots?'

'Waarop dan? Dat ik me iets in mijn hoofd heb gezet wat niet lukt en ons alleen maar geld kost?'

'Op jezelf en wat je al hebt bereikt. Ik ben in elk geval heel trots op je.'

'Pfff. Hoezo "bereikt"? Die paar klanten die ik heb moet ik voortdurend achter de vodden zitten zodat ze hun schulden eindelijk eens betalen.'

Hij boog zich over haar heen, hield zich met zijn hand vast aan het nachtkastje en pakte het winkelkennisalbum waarin ze het afgelopen halfjaar haar ervaringen had opgeschreven. Terwijl hij zich weer op zijn rug draaide, voelde ze zijn lippen even langs haar mond strijken. 'Goedemorgen, trouwens.'

'Wat ben je van plan?' Luise schoof naar hem toe en nestelde zich in de holte van zijn arm.

'Nou gaan we eens kijken of jij echt niets hebt bereikt.' Hij sloeg het album open.

In het begin had ze alles in een en hetzelfde schrift geschreven en was toen dat vol was in een nieuw begonnen. Maar algauw raakte ze het overzicht kwijt, omdat de bestellingen zoekraakten tussen de anekdotes over de dagelijkse gang van zaken in de winkel, of ze een idee voor de etalage-inrichting niet meer kon terugvinden. Ze had een systeem nodig voor de schriften en iets waar ze ook de notitiebriefjes en krantenknipsels in kon plakken die overal en nergens heen zwierven als ze ze niet binnen handbereik had. Eén schrift voor spontane invallen, een tweede voor boodschappenlijstjes, een derde met een kalender waarop ze haar winkelaanbiedingen bijhield, een vierde voor ideeën voor verbetering. Het vijfde was voor de klantenverhalen. Horen en zwijgen bleef haar motto wanneer de mensen haar iets persoonlijks toevertrouwden. Om het 's avonds van zich af te kunnen zetten, zodat ze 's nachts niet over andermans problemen zou liggen tobben, ging ze elke avond nadat ze de kas had opgemaakt nog even aan de toonbank zitten en schreef niet alleen bestellingen maar ook de bijzondere voorvallen op, zoals Rosa Wellano's poging tot telefoneren. Tussen die anekdotes plakte ze foto's die Hans af en toe maakte met zijn Isolette-vouwcamera, waarvan je de lens kon uitschuiven. Sommige foto's waren zelfs al vergeeld, omdat het een tijd duurde voor het Agfafilmrolletje vol was en ze vaak vergaten het weg te brengen om het te laten ontwikkelen.

In elk geval ontstond er zo gaandeweg een serie 'Dahlmann-afleveringen'. Schrift na schrift had ze volgeschreven, en algauw kreeg ze hetzelfde probleem als in het begin met de vele losse kattenbelletjes en knipsels, omdat de zwarte schriften met wit etiket amper van elkaar te onderscheiden waren. Regelmatig was ze er een kwijt of moest ze het juiste schrift tussen een stapel andere zoeken. Zoals bij de winkelopening, toen ze haar aantekeningenschrift per ongeluk bij het schrijfwarenassortiment had gelegd en het pas terugvond toen de kleine Magdalena een gelinieerd schrift kwam kopen voor school. Dus zocht Luise naar een manier om de schriften te bundelen. Plotseling schoot haar het groene leren album te binnen dat ze afgelopen zomer tegelijk met de raadselachtige foto in de werkplaats had ontdekt. Ze haalde het uit de lade van de commode in de slaapkamer. Het had een omgenaaide rand en was qua oppervlak maar een klein beetje groter dan de schoolschriften, dus vormde het een perfect omslag. De krassen en een paar vlekjes stoorden haar niet meer, integendeel, ze gaven het album extra uitstraling. Ze deed er een rood weckelastiek omheen om de bundel bij elkaar te houden. Perfect. 'Winkelkennis' noemde ze haar schriftenverzameling, in navolging van de warenkennislessen op de huishoudschool. Helemaal voorin had ze de krantenfoto van de winkelopening geplakt.

Hans grinnikte toen hij de foto bekeek. 'Het lijkt net alsof je zweeft.' Het was waar, op het eerste gezicht zag je niet dat haar linkervoet op het vooruitstekende bovendeel van de keukentrap stond en niet in de lucht hing. 'Jullie vrouwen. Hoe kunnen jullie met zulke slippers op een wankel trapje balanceren? Je had wel iets kunnen breken.'

'Maar ik ben nog heel. En jij had er allang voor kunnen zorgen dat die trap niet meer wiebelt. Denk eens aan Marie, die er elke week op klimt om het etalageraam te beschrijven. Trouwens, dat zijn geen slippers. Het zijn kwaliteitssandalen van Löw.' Die had Luise speciaal voor de opening gekocht. Inmiddels waren de hakjes al een beetje afgesleten.

Naast de foto van de winkelopening had ze de advertenties uit de *Merkur*, de *Süddeutsche Zeitung* en de *Land- und Seebote* ingeplakt, die ze zonder op het geld te kijken had geplaatst in de kerstperiode. Op de volgende bladzijde het kleine affiche voor de gymcursus. SWINGEN EN TRIMMEN MET HELGA. Toen de verpleegster Luise de afgelopen herfst had gevraagd of ze dat bij haar mocht ophangen, waren ze meteen zo gezellig aan de praat geraakt dat Luise zich ter plekke had aangemeld. Sindsdien trainden ze elke woensdagavond in haar winkel.

'Wat had Zuckermüller destijds eigenlijk tegen jullie gymclubje?' vroeg Hans.

'De parochieraad had hem er zogenaamd van overtuigd dat het ongepast was. Maar wij denken dat onze buurvrouw, de doktersvrouw, erachter zit. Zij gaat in de parochieraad door voor superstrenge zedenmeesteres.'

'Zij van Von Thaler?'

Luise knikte. 'Herinner je je nog die verrotte rieten stoel

waarvan jij de vorige herfst brandhout wilde maken?'

'Dat heb ik toch ook gedaan, hij was helemaal kapot.'

'Op de avond dat wij uit de parochiezaal zijn gegooid en voor het eerst in de winkel hebben gegymd, is mevrouw Von Thaler op die stoel geklommen, waarschijnlijk om ons te begluren. En prompt is ze erdoorheen gezakt.'

'Echt? Wie een kuil graaft voor een ander...'

Luise lachte. 'Jammer dat jij er niet bij was met je Isolette. Die foto had ik graag in mijn album willen hebben.'

Ook zonder foto zou ze het nooit vergeten. Met zijn drieën – Marie, Helga en zij – hadden ze de doktersvrouw uit het gat in de rieten stoel getild waarin ze vastzat. Bovendien bloedde haar knie, al was het niet meer dan een schram, maar ze weigerde pertinent om Luise de wond te laten verzorgen en strompelde opgelaten naar de overkant van de straat. Sindsdien kwam ze nog ongenaakbaarder over dan eerst wanneer ze – noodgedwongen – haar zoontje kwam halen, dat regelmatig bij de Dahlmanns over de vloer kwam. Luise bladerde verder naar het kiekje waarop Magdalena door Fritz bediend werd in het kinderhoekje dat ze in de winkel had ingericht, waar ook de kinderen van de familie Schuster af en toe speelden. Fritz knutselde ook graag in de werkplaats. Op een andere foto zat hij in een zeepkistauto die hij samen met Hans had gebouwd. Luises man was erg op de jongen gesteld. Op deze manier hadden ze toch een kind om zich heen, al waren ze zelf nog geen ouders. De derde foto toonde Luise, die op de dag van de winkelopening het dienblad met chocolaatjes vasthield en stralend in de camera keek.

'Je chocolaatjes waren uit de kunst,' zei Hans.

'Ja, ze waren prima. En toen bekend werd dat je bij ons bij elke boodschap een gratis chocolaatje kreeg, kwamen er ook echt meer mensen. Maar de meesten kochten enkel een kleinigheid. Een paar vroegen me zelfs wat het minst kostte, gewoon om dat gratis stukje chocola in de wacht te slepen.'

'En als je nou weer zoiets lekkers aanbiedt,' opperde hij. 'Het is bijna carnaval, dus misschien kleine Krapfen? Je moet gewoon nog een beetje geduld hebben – met de mensen en vooral met jezelf.'

'Ben je eigenlijk niet boos?' probeerde Luise hem te peilen.

'Natuurlijk, ik was zelfs woedend omdat ik maar één chocolaatje heb bemachtigd.'

'Nee, ik bedoel, je had toch alles voorspeld. Veel werk, amper wat verdienen, geen vrije tijd. Ik heb al bijna de helft van je moeders geld geïnvesteerd.'

'De tweede helft begint pas, de wedstrijd kan nog alle kanten op,' zei Hans, voetballer in hart en nieren.

'Eigenlijk wilde jij verhuren, toch?'

'Klopt, bij elke verandering die we in moeders kamers aanbrachten, dacht ik er destijds over na hoe we alles weer ongedaan konden maken. Maar daarna, toen alles klaar was en jij als een zonnestraaltje op die chocolaatjesfoto stond, ben ik het pardoes vergeten. Pas toen Aschenbrenner weer tegen me begon over de huur van de benedenwoning, schoot me te binnen dat ik hem nog niet had verteld dat het niet doorging.' Hij bladerde door het volgende schrift tot aan de kalender, die boordevol stond. 'Moet je dit eens zien, besef je nu waarin jij allemaal al bent geslaagd?'

'Als je slagen op één lijn zet met sloven, dan misschien wel.'

Alleen al van de adventsacties, speciale aanbiedingen en bakmiddagen barstte de decemberpagina bijna uit zijn voegen. Luise had het vóór Kerstmis zo druk gehad met de winkel dat ze helemaal vergeten was haar woonkamer op de eerste verdieping te versieren en al dacht dat hun sobere kerstdagen te wachten stonden. Ze konden de laatste kookworsten eten die waren overgebleven van de winkelaanbieding, en dat was het. Maar Hans had haar verrast. Luise bladerde naar de ingeplakte foto en streek er met haar vinger overheen. Ze had hem er zelfs nu nog om kunnen zoenen, en dat deed ze dan ook meteen. Hij had stiekem een kerstboom opgezet en die met schroeven, moeren, ventielen en een paar kabels versierd. Op de top prijkte een gloeilamp in plaats van een ster, die nog licht gaf ook toen hij eraan draaide. Achter de boom stond als volgende verrassing de nieuwe radiogrammofoon met platenwisselaar, die ze later in de gang naar de winkel installeerden zodat ze overdag haar lievelingsliedjes kon luisteren, en die ze ook gebruikten voor de woensdaggymnastiek, dan hoefde Helga niet elke keer op de fiets haar platenspeler mee te brengen.

'Zie de toekomst toch niet zo somber in, Luisetje. Als je terugkijkt, kun je heus trots zijn op jezelf.'

'Jij gelooft meer in me dan ikzelf.'

De wekker rinkelde. Luise zette hem uit en wilde opstaan en direct gaan kijken of het gistdeeg de afgelopen nacht goed was gerezen.

'Ah, toe, nog tien minuten.' Hans trok haar terug in bed.

Ze wist wat hij van plan was en aarzelde. 'Ik moet de koffiebroodjes nog afbakken, en om halfacht komt de grossier.' Ze keek uit het raam. Het sneeuwde in dikke vlokken. 'Wil jij alsjeblieft sneeuwruimen en zout strooien voor je naar je werk gaat? Anders gaat een van onze geliefde klanten nog onderuit, dat moeten we niet hebben.'

'Jaja, dat doe ik allemaal, maar lees me alsjeblieft nog een paar klantenverhalen voor. Of dacht je soms dat ik voor ons maar tien minuten tijd zou nemen?'

Nu keek ze hem breed glimlachend aan en liet zich weer in zijn armen vallen. 'O ja, en de telefoon in de winkel, daar wilde ik het nog met je over hebben. Dat loopt ook niet zoals we hadden gehoopt.'

'Hoe kan dat nou, het toestel is splinternieuw, en het is dezelfde aansluiting als van onze privételefoon.'

'Nee, de klanten maken er gewoon geen gebruik van,' legde Luise uit. 'Zoals gisteren mevrouw Riegler bijvoorbeeld. Haar dochter woont in Oost-Berlijn, dat weet je. Toen ze binnenkwam, dacht ik dat ze wilde bellen. Ze liep vastberaden op het toestel af en ging in Henriettes oorfauteuil zitten, maar er waren nog twee andere vrouwen in de winkel.'

'Zie je nou wel dat de winkel wél loopt. Gisteren was het nog hartstikke druk.'

'Eén pakje bouillonblokjes, drie plakken marmercake, een pond zuurkool en twee blikjes boterhamworst. Vier mark tachtig, om precies te zijn. Hoe dan ook, mevrouw Riegler stond weer op en begon voor de schappen heen en weer te lopen alsof ze iets specifieks zocht. Toen ze aan de beurt was, draaide ze eromheen en vroeg me uiteindelijk naar ananas in blik. Uitgerekend dat was ik vergeten aan te vullen, en het vak was leeg. Dus ben ik heel even naar de kelder gelopen om nieuwe voorraad te halen. En ik stond nog niet op de trap, of ik hoorde haar al.' Luise zweeg even.

'Ja, en toen? Hou me nou niet zo in spanning.'

'Ze was aan het telefoneren, maar zo zachtjes dat ik het niet verstond.'

'Logisch toch, ze wilde niet afgeluisterd worden. De situatie in de Sovjetzone wordt steeds gespannener. Wie weet of Duitsland ooit nog herenigd wordt, tot nu toe zijn de onderhandelingen mislukt. Misschien probeerde Riegler haar dochter nog naar het Westen te krijgen voor ze de grenzen sluiten.'

'Dat is nou net het probleem.'

'Dus je hebt toch wat gehoord?'

'Nee, ik bedoel dat de mensen niet willen dat er iemand meeluistert terwijl ze telefoneren.' Zodra ze het had uitgesproken, kreeg ze een ingeving. 'Kun je het toestel niet verder naar achteren verplaatsen, naar de gang? Bijvoorbeeld in de kapstoknis? Voor onze jassen en jouw hoed vind ik wel een ander plekje. En het schot zouden we iets kunnen uitbouwen zodat het een soort afscheiding wordt, dan zouden de mensen meer het gevoel hebben ongestoord te kunnen praten. Ze moeten dan wel staande telefoneren, maar beter zo dan helemaal niet.'

'Topidee, Luisetje.' Hans drukte haar stevig tegen zich aan. 'Die klus doe ik vanavond nog. Als ik er toch een plank aan vastschroef, kan ik er ook meteen één daaronder dwars op de muur monteren. Een leuk kussen erop, en klaar is het zitje. Plus een opbergvak voor het telefoonboek. Maar ik heb nog één vraag...'

'Ja?' Luise was nu opgetogen.

'Wat krijg ik ervoor?'

Ze keek op de klok. 'Zeven minuten, afgesproken?'

'Achtenhalf.' Hij kuste haar.

Het gesprek met Hans had Luise weer opgepept. Vol nieuwe ideeën bracht ze haar potentiële klanten in carnavalsstemming door serpentines en slingers op te hangen. Toen bakte ze kleine Krapfen, het Beierse antwoord op de berlinerbol, in hete olie. Ze vulde de beignetjes met jam en glaceerde ze met chocolade- of citroenglazuur, of zeefde er simpelweg poedersuiker overheen. Toen ze om kwart voor acht de winkeldeur ontgrendelde om nog even te luchten, bleef de eerste voorbijganger voor de winkel staan.

'Mmm, het ruikt hier net als in de Schmalznudel-bakkerij in München. Goedemorgen mevrouw Dahlmann.' Het was Ferdinand Bellarabi, de horlogemaker, die een winkel in de hoofdstraat had. Een tengere man met kalend voorhoofd. 'Wat hebt u voor lekkers vandaag?'

Luise vertelde hem dat iedereen die bij haar boodschappen deed een Krapfen mocht uitkiezen. Daar was hij meteen voor te vinden, en hij vroeg om een pakje pijptabak, dat ze, Hans zij dank, op voorraad had. De volgende klanten kwamen al binnen. Algauw draafde Luise tussen de winkel en de keuken heen en weer om nieuwe voorraden te frituren.

Die avond hield haar man zich aan zijn belofte en installeerde een telefoonhoek. En Marie, die een paar dagen later langskwam, schilderde twee aanwijzingsborden, één voor op de winkeldeur – *Hier discreet telefoneren* – en één met een pijl naar linksachter, dat Luise op de kassa zette. Het werkte. Aanzienlijk meer klanten, ook mensen die Luise nog nooit in de winkel had gezien, vroegen naar de telefoon en liepen regelrecht naar achteren. Nu had ze in elk geval nog een paar bordjes op de deuren nodig met PRIVÉ, om nieuwsgierige aagjes tegen te houden, van wie er al twee per ongeluk in de keuken achter de doorgang waren beland en er een zomaar ineens in de badkamer aan het einde van de gang stond...

'Mevrouw Dahlmann, wat zal ik vandaag koken?' vroegen er steeds meer, en dus hielp ze niet alleen Annabel von Thaler uit de brand met een compleet zondagsmenu, maar gaf ze ook andere klanten raad. Blijkbaar had het nieuws zich verspreid dat Luise een geweldig kokkin was. Listig opperde ze recepten waarvoor ze alle ingrediënten in haar assortiment had. En als een klant om iets vroeg wat niet voorradig was, kwam ze met alternatieven. Van aardappelen, die Hans in grote hoeveelheden van Martin had gekregen en had ingekelderd, kon je als je de juiste kruiden toevoegde bijna alles maken. Ook neppleverworst en zelfs gebak. Luises broer overwoog al om de aardappelteelt met een extra veld uit te breiden, zo groot was de vraag. Dat nood vindingrijk maakte had Luise al lang geleden omarmd. De lichte keuken in zware tijden. Alleen had 'licht' vroeger iets heel anders betekend dan tegenwoordig. In de oorlog werd vet beperkt of vervangen omdat er te weinig of helemaal niets van was. Net als suiker. Gebak en zoetigheid behoorden tot de luxeartikelen, en dat gold ook voor koffie en vlees. Molligheid was begin jaren vijftig nog steeds een teken van welvaart, en Luises zondags- en woensdagsgebak werd nog altijd goed verkocht. Tegelijkertijd viel haar op dat niet alleen zijzelf, maar ook andere vrouwen weer meer op hun lijn gingen letten. De jaren van hongersnood leken definitief voorbij. Nu was het EDH geblazen, zoals een vrouwentijdschrift op de voorpagina verkondigde – om pas ergens middenin te onthullen dat dit 'eet de helft' betekende. Regelmatig kwamen klanten met uitgeknipte dieetpagina's aanzetten. Ook daar stemde Luise zich op af. Van haar kreeg je te horen hoe je een maaltijd, die ook nog eens heerlijk smaakte, zo klaarmaakte dat je er niet dik van werd.

Opgewekt en vol energie maakte ze die woensdag voor de komende gymles wat lekkere hapjes klaar. De grossier had haar 's ochtends al de eerste radijsjes uit Zuid-Spanje verkocht. Een wonder, ze vroeg zich af hoe ver naar het zuiden Spanje lag, aangezien het in Beieren hartje winter was. De sneeuw hoopte zich nog steeds op op de trottoirs. De gemeentelijke sneeuwruimers konden het bijna niet behappen, en volgens het weerbericht zou het ook met carnaval sneeuwen. In plaats van met mayonaise bespikkelde ze de radijsjes met toefjes Brandstetter-geitenkwark, zodat ze op minivliegenzwammen leken, en ze legde er wat onschuldige champignons tussen die van een kwekerij in Grosshadern kwamen. Tot slot garneerde ze alles met verse kruiden uit de potten op de vensterbank. Gezonde hapjes die niet dik maakten. Toen ze 's avonds even voor acht uur het dienblad de winkel in droeg en bij de glazen neerzette, waarin ze al zelfgemaakte suikervrije limonade had geschonken, kwam Helga de winkel binnen en viel flauw. Eerst dacht Luise dat ze zich te veel had afgejakkerd. Onder haar jas droeg ze nog het verpleegstersuniform, blijkbaar was ze direct na haar dienst op de fiets gestapt. Terwijl het ijzelde! 'Mag ik een glas water?' vroeg ze nog, voordat haar ogen wegdraaiden. Toen viel ze als een blok achterover. Het scheelde weinig of ze was met haar hoofd tegen de buffetkast gesmakt. Luise haalde vlug een stoel en legde Helga's benen erop, hurkte naast haar, nam haar hoofd in haar armen en knoopte het verpleegstersjasje los, dat erg strak om haar middel zat. Toen gaf ze haar zachte klapjes op de wangen tot ze weer bijkwam.

Helga knipperde met haar oogleden en krabbelde overeind. ‘Dank je, het gaat alweer.’

Luise gaf haar een glas limonade en bood haar een paar van de hapjes aan.

‘Poeh, als verpleegster met lage bloeddruk zou ik eigenlijk beter moeten weten en goed voor mezelf moeten zorgen. Mmm, wat een lekkere dingetjes heb jij weer gemaakt.’

‘Zeg, ben je soms zwanger?’ vroeg Luise. Helga’s buik in de opengeknoopte verpleegstersjas welfde zich al onder haar borsten.

Helga knikte, pakte nog een paar dieetpaddenstoelen en ging in de oorfauteuil zitten. ‘Ik heb het lange tijd niet voor mezelf willen toegeven. Zwanger, dat zijn de getrouwde vrouwen in de kraamkliniek, maar ik niet. Als het uitkomt, word ik ontslagen.’

‘Dat kunnen ze niet maken.’

‘O, jawel hoor.’

‘En wat wil je dan doen?’

‘Weet ik niet, ik zie wel waar het schip strandt. Tot de bevalling in mei probeer ik het te verbergen. Jij bent de eerste die het doorheeft.’

‘En de vader van het kind, is dat die man met wie je in Undosa danste?’ Luise was op haar hurken op de vloer blijven zitten en leunde tegen de toonbank.

‘Hoe weet jij dat?’

‘Ik was daar die avond met Hans, het was de dag dat we hadden besloten de winkel te openen. Ik heb jullie gezien, jullie waren het mooiste paar van allemaal.’

Helga zuchtte. ‘Ja, Jack. De grammofoonplaten zijn ook van hem. Een platencollectie en een kind, dat was blijkbaar zijn persoonlijke Amerikaanse CARE-pakket voor mij.’ Ze vertelde Luise dat hij met stille trom was vertrokken. ‘En ik dacht dat hij mijn man voor het leven zou zijn.’

‘Heb je al bij de Amerikaanse basis geïnformeerd?’

'Ja, maar Jack Millers zijn er daar evenveel als zandkorrels in de woestijn.'

'Zal ik het eens proberen? Tot vorig jaar heb ik als kokkin voor de Amerikanen gewerkt, in een Camp voor displaced persons. Misschien kan ik inlichtingen loskrijgen.'

'Displaced persons?'

'Ontheemden. In Feldafing waren het voornamelijk Joden die de concentratiekampen hadden overleefd.'

'Jack is ook kok, dat beweerde hij tenminste.' Het klonk alsof ze eraan twijfelde.

'Nou, dat is toch al een aanknopingspunt. Ik wil best voor je informeren.'

'Doe maar niet. Hij zal zijn redenen wel hebben. Ik heb me erbij neergelegd dat ik het in mijn eentje moet rooien, of beter gezegd, wij met ons tweeën.' Ze streek over haar buik. Inmiddels had ze weer wat kleur op haar gezicht.

Hun gesprek werd onderbroken door de vrouwen, die de een na de ander arriveerden en met de rinkelende winkelbel de gymles inluidden. Onder gelach en levendig gepraat pelden ze hun winterkleren af, waaronder hun gymtenue tevoorschijn kwam.

'Jij geeft ons alleen nog aanwijzingen, doe alsjeblieft zelf niet meer mee,' fluisterde Luise tegen Helga toen die zich in de gang had omgekleed en de platen op de radiogrammofoon legde. Ze zou Helga helpen en steunen zoveel ze kon. Luise stak haar voeten in de washandjes.

Yip yip way bop de boom ditty boom ditty. Johnnie Ray begon te zingen, en meteen eisten de oefeningen de volledige aandacht op.

'Dag, mevrouw Von Thaler.' Wat zou de buurvrouw deze keer willen, dacht Luise een paar dagen later, kort nadat ze de winkel had opengedaan. Pasgeleden moest ze haar adviseren voor een feestelijk dinertje, en ze had het uiteindelijk niet alleen voor 'mevrouw dokter' samengesteld, maar ook nog helemaal gekookt. Hans was boos geworden toen hij het hoorde. Daarom verzweeg Luise liever voor hem dat ze er ook nog eens nauwelijks iets aan had verdiend. De kwartels had Martin voor haar geregeld. Hij kende een gepensioneerde die dit kleine pluimvee in zijn volkstuin hield en blij was met de bijverdienste. Luise had gewoon geen nee kunnen zeggen, ook omwille van de kleine Fritz, die enorm opgewonden was geweest over het langverwachte bezoek van zijn opa en oma.

'Goedemorgen mevrouw Dahlmann. Vandaag heb ik ontbijteieren nodig.'

'Van de kip?'

'Hoe bedoelt u, zijn er ook nog van andere vogels?'

'Nou ja, ik wist het niet zeker, omdat u ze ontbijteieren noemt.'

Mevrouw Von Thaler trok een frons, terwijl Luise toch vlekkeloos Hoogduits had gesproken. 'Gisteren was onze trouwdag, en nu wil ik mijn man verrassen met een speciaal ontbijt, vandaar.'

De doktersvrouw was overgevoelig, Luise moest oppassen wat ze zei. 'Hartelijk gefeliciteerd, hoeveel eieren moeten het zijn?' Ze liep naar de koeling.

'Twee, alstublieft. En verder...' Ze keek de winkel rond en wees op de sinaasappels in de zuilvitrine. 'Ach, weet u wat, u kunt net zo goed een dienblad met een ontbijt voor me klaarmaken. Kaas, worst, jam en ook wat van uw gebak. Alleen het allerbeste, dat spreekt vanzelf. Dan ga ik ondertussen telefoneren, als dat goed is.' Ze wees op het bordje dat op de kassa stond.

'Waarom... ik bedoel, hoe lang moeten de eieren koken?' Bijna had Luise gevraagd of de telefoon van de Von Thalers kapot was, maar ze hield zich net op tijd in. Hoe moest ze anders ooit geld verdienen?

'O, natuurlijk, ja. Voor mijn man zachtgekookt, voor mij

hard. Kookt u ze, als ik vragen mag, mevrouw Dahlmann, in twee pannetjes?'

'Eh... ik haal het ene er gewoon eerder uit.' Luise onderdrukte een grijns. Hopelijk vroeg ze nu niet ook nog welk ei 'het ene' was.

'Waar hebt u het toestel staan?' Dat moest een dringend telefoontje zijn.

'In de gang meteen rechts, tegenover de trap.' Luise wees haar de weg.

Ze stond nog niet in de keuken om water op te zetten of ze hoorde Annabel von Thaler al praten. Ze liep nog een keer naar de winkel om de eieren te pakken. De doktersvrouw legde meteen haar hand over het spreekgedeelte en keerde haar zelfs de rug toe. Jammer, Luise had best willen weten waar het over ging.

Ze had haar buurvrouw juist geholpen het volgeladen dienblad naar de overkant van de straat te dragen toen Manni de winkel binnenkwam. Nu het winter was en hij op de boerderij minder te doen had, hielp hij haar soms met opruimen en stof afnemen. Het liefst poetste hij de flessen op tot ze glommen. Ze moest erop letten dat hij de inhoud niet weggoot of de kurk van de wijn- en sterkedrankflessen trok. Als beloning gaf ze hem een paar pfennig, daar was hij tevreden mee. Alleen van het snoep kon hij nooit genoeg krijgen. Wanneer Manni in de winkel was, haalde Luise steevast de glazen potten met hun kleurige inhoud, waarvoor de schoolkinderen al hun zakgeld opofferden, van de toonbank en zette ze op de hoogste kastplank. Hoewel ze hem vandaag al herhaaldelijk had vermaand, sloop hij achter haar rug toch weer naar de hoge stellingkast en probeerde bij de bovenste plank te komen.

'Anders nog iets, mevrouw Greinauer?'

De klant had haar dochtertje Sandra bij zich, een bleek meisje met een scheiding opzij en twee lange Franse vlechten.

Met grote ogen volgde ze Manni's pogingen, en Luise hoefde zich niet om te draaien om te weten wat er achter haar rug gebeurde. Het gezicht van het kind sprak boekdelen. Ze trok telkens aan haar moeders hand, alsof ze haar op iets attent wilde maken, of misschien in de hoop dat zij ook een lolly kreeg als ze zich braaf bleef gedragen. Op een gegeven moment gebeurde het onvermijdelijke: er klonk glasgerinkel van een pot die brak.

'O, Manni.' Luise zuchtte. 'Moest dat nou zo, had je niet kunnen wachten tot ik je iets gaf?'

Hij was al bezig de kersenlolly's tussen de scherven van de grond te rapen en stopte er meerdere tegelijk in zijn mond. De groene stokjes piepten tussen zijn lippen uit. Hij wierp Luise een scheve grijns toe. Ze kon gewoon niet kwaad op hem worden.

'Vooruit, pak stoffer en blik uit de keuken, onder de gootsteen, en help me die troep op te ruimen.'

Voordat hij als een fakir uit de scherven oprees, propte hij nog een paar lolly's in zijn broekzakken. Toen liep hij op een sukkeldrafje naar achteren.

'Neem me niet kwalijk.' Luise draaide zich weer om naar de klant, sloeg het totaalbedrag van de boodschappen aan op de kassa en schoof mevrouw Greinauer haar aankopen toe. 'Was dat alles, of had u nog iets nodig?'

Met spitse vingers betastte mevrouw Greinauer een pakje maïzena. Ze veegde het af en vertrok vol afschuw haar gezicht. 'Vóór '45 hadden we daar geen last van gehad.'

'Och, is er een glassplinter helemaal hier terechtgekomen? Dat heb ik niet gezien.' Eigenlijk kon het ook niet, maar misschien vergiste ze zich. 'Voorzichtig, pas op dat u zich niet snijdt. Geef maar hier, ik haal een ander pakje Mondamin voor u.'

'Nee, ik heb het over dat ongedierte daar. Onder Hitler hadden ze zo'n type niet in leven gelaten.' Met haar spitse kin gebaarde ze naar Manni, die gehoorzaam op de vloer hurkte en de scherven bij elkaar veegde.

'Ongedierte?' Luise was geschokt. 'U hebt het over mijn broer, hoor. Zo mag u niet over hem praten.'

'O ja? Mag ik dat niet, mevrouw Dahlmann? Welk recht hebt u om mij de mond te snoeren?'

Manni was nu opgestaan. Hij was al bijna even lang als Luise, maar een heel stuk forser dan zij. Als een beer, zoals ze hem ook vaak noemde, maar nu eentje die voortijdig uit zijn winterslaap was gewekt, stapte hij achter de toonbank vandaan. Mevrouw Greinauer griste haar mand en haar dochter naar zich toe en deed een paar passen achteruit. Maar Manni wilde hun niets doen, integendeel. Hij stak Sandra een lolly toe, die hij zojuist zorgvuldig uit zijn broekzakverzameling had gekozen. Vlug blies hij er nog een keer overheen, zodat er echt geen glassplinter meer aan zou kunnen kleven.

'Waag het niet.' Greinauer sloeg haar dochter op de hand toen ze de lolly wilde aanpakken. 'Die raak jij niet aan, wie weet waar die knul met zijn vingers in heeft gezeten.'

'Gaat u alstublieft mijn winkel uit, mevrouw Greinauer.' Luise had er schoon genoeg van.

'Met alle plezier.' De vrouw kieperde haar mand leeg in de oorfauteuil. 'In deze janboel hier wil toch zeker niemand iets kopen.' Toen sleurde ze haar huilende dochter naar buiten en sloeg de winkeldeur zo hard achter zich dicht dat de geitenbel rinkelde en de deur trilde in zijn scharnieren.

Dat arme meisje, dacht Luise. Het moest zwaar zijn om met zo'n moeder op te groeien. En weer had ze klandizie verloren in plaats van erbij gekregen, maar zulke mensen was ze liever kwijt dan rijk. Toen de twee weg waren, zette Luise de artikelen terug in de schappen en keek tussendoor uit het raam. Vanmorgen had het er nog naar uitgezien dat het warmer zou worden en de zon tevoorschijn zou komen, maar nu begon het weer te sneeuwen.

'Brr, het is guur buiten, en ik heb mijn handschoenen thuis laten liggen. Hier is het lekker warm, zeg.' Even voor de middagpauze kwam Marie Manni ophalen. Op de heenweg die ochtend was hij lopend door het Moos naar Starnberg gekomen, nu mocht hij op Fido's rug terugrijden. Marie wreef in haar handen.

'Ga toch bij de kachel zitten.' Luise legde er nog een briket bij en vertelde haar over het voorval.

'Ongelooflijk.' Marie schudde haar hoofd. 'Ik dacht dat dit verleden tijd was, maar het zal nog wel in de hoofden van veel mensen zitten.'

'Het zijn ook nog dezelfde hoofden, hè,' zei Luise.

Marie knikte. 'Daar zal waarschijnlijk ook geen denazificatie aan helpen. Verleden jaar in Mühlthal heeft een man ons ook zo vijandig bejegend.'

'Waarom, wat was daar aan de hand?'

'Ach, niets. Toen we op het station stonden, was er een... In elk geval heeft een kerel toen voor onze voeten op de grond gespuugd. Wat ligt hier nou?' Ze bukte zich onder de toonbank, waar in het onderste vak de krijtverf stond, en raapte mevrouw Greinauers spliterwten op.

'Daar heeft Martin niets over verteld.' Haar broer was tegenover haar weer even gesloten als vroeger.

'Het is ook al een tijd geleden, zoals ik zei. Trouwens, ik heb Martin beloofd dat ik rond de middag terug ben. Wat kan ik vandaag op het etalageraam schrijven?'

Met een verholen glimlach gaf Luise haar de lijst. Nou ja, een stel moet geheimpjes mogen hebben, dacht ze. Zij en Hans hadden in het begin van hun relatie ook door strubbelingen tot elkaar moeten komen; zonder ruzie en verzoening ging het niet. Hopelijk zou het Martin en Marie lukken, ze wenste het hun echt toe. 'Wacht, ik heb nog handschoenen zonder vingertoppen, het werkt prettiger als je geen ijskoude handen krijgt.' Ze bracht haar de handschoenen.

Verse roomboter, 250 gram voor 1,30
Hollandse smeerkaas, 500 gram voor 1,40
Roomsoezen, 40 pf/stuk

Ondanks het barre weer schilderde Marie de nieuwe aanbiedingen met elegante krulletters buiten op het etalageraam. Intussen zat Manni in het gangetje naar de keuken en bewerkte de grootste scherven van de glazen lollypot met een stukje schuurpapier om de scherpe randen glad te slijpen. Daarna stopte hij ze in zijn rugzak, waarin al wat rinkelde.

Aan het einde van de middag kwamen Gretel en Herta op hun gemakje binnenstappen, slechts twee derde van het gebruikelijke trio. Maar Irmi maakte het goed, verzekerden ze Luise meteen toen die naar haar informeerde. Ze was op bezoek bij haar kleindochter in Feldmoching, omdat het meisje vandaag jarig was. De twee bejaarde dames kochten allebei een roomsoes en kregen er twee beignets bij, en om krachten te verzamelen voor de terugtocht naar huis over de met sneeuw bedekte trottoirs zegen ze in de oorfauteuil neer. Ze wisselden het af, nu eens zat de een een paar minuten en dan weer de ander, tot Luise medelijden kreeg en een extra stoel de verkoopruimte in droeg.

'Als u nou ook nog een kop koffie voor ons had, mevrouw Dahlmann, dan waren we helemaal gelukkig.' Herta zette haar breedste glimlach op en deed Luise aan een van Henriettes poppen denken die in de werkplaats lagen. Had haar schoonmoeder met deze wonderlijke wezens misschien haar vriendinnen geportretteerd?

Omdat het geluk van haar klanten Luise na aan het hart lag, bracht ze de twee dames wat ze wensten. Ze hoopte maar dat niemand dit zou melden bij de arbeidsinspectie, ze had namelijk geen cafévergunning. Maar na alle opwinding vanochtend – eerst het mysterieuze telefoontje van mevrouw Von Thaler en daarna de heisa rond Manni – ging alles weer z'n gewone gangetje. De weinige klanten waren vooral in de gratis carnavalskrapfen geïnteresseerd. Al zette ze al haar overredingskunst in en wees ze op de nieuwe aanbiedingen, het haalde niet veel uit. Gretel pakte meteen haar breiwerk uit haar tas, en tot kort voor zes uur waren de twee vriendinnen en Luise verwikkeld in allerlei roddels. Al pratend breide Gretel naald na naald de hiel van een sok, een frunnikwerkje dat haar moeiteloos af leek te gaan en waarbij haar knoestige vingers zo razendsnel bewogen dat ze wazig werden als je ernaar keek.

'Zo, lieve dames, ik ga de winkel sluiten,' kondigde Luise stipt om zes uur aan. Ze hielp hen overeind en liep met hen mee naar de deur. Het was nu weer iets minder koud, papperige sneeuwblubber bedekte de straten. Ze leende Irmi nog een paraplu en keek de twee vrouwen na, die elkaar een arm gaven en keuvelend over de stoep wegschuifelden.

Toen Luise in de andere richting de straat in keek, zag ze een tot over de oren ingepakte en kennelijk in meerdere kledinglagen gehulde vrouw, die twee koffers meezeulde. Het leek een tafereel uit de oorlogstijd. Je zou wieltjes onder die onhandzame dingen moeten maken, had ze al vaak gedacht. Het gekke was dat de vrouw niet de kant van het station op ging, maar op de winkel afkwam.

'Helga?' Pas toen ze de straat overstak, herkende Luise haar. 'Wat ga jij nou doen?'

'Ik ben ontslagen en moest ook het zusterhuis uit. Mag ik misschien bij jou logeren vannacht? Ik weet niet waar ik anders naartoe moet. Het is maar voor één of twee dagen, tot ik ander onderdak heb gevonden.'

'Natuurlijk.' Luise nam de zware koffers van haar over en liet haar binnen.

HELGA

Ze moest bij de hoofdzuster komen. Alleen. Helga had al zo'n idee dat haar waarschijnlijk geen lofrede te wachten stond. Hoewel ze heel hard werkte. Ja, goed, tijdens de eerste keizersnee waarbij ze de afgelopen week had mogen assisteren in het kader van haar opleiding was ze misselijk geworden en had ze het scalpel uit haar handen laten vallen dat ze dokter Von Thaler moest aangeven. Maar echt, ze deed haar uiterste best. Het was de aanblik van de huidlagen geweest die doorgesneden moesten worden zonder het kind in de buik te verwonden. Daardoor was ze van slag geraakt.

Hoofdzuster Beate bood haar een stoel aan. 'U kunt maar beter gaan zitten, in uw toestand.'

'Dank u, het is goed zo.' Ze bleef liever staan.

'U weet welke toestand ik bedoel en hoeft niet meer te doen alsof. Ga zitten.' Ze wees op de stoel.

Het was dus uitgekomen. Ook al verhulde Helga haar steeds dikker wordende buik met extra wijde uniformjassen en propte ze zich constant vol met eten, zodat de mensen in haar omgeving zouden denken dat ze daardoor aankwam. Ook Silvia had nog niet gemerkt dat Helga al in de zesde maand was. Daar was Helga tot nu toe tenminste van uitgegaan.

De hoofdzuster trok een tweede stoel bij de tafel en ging ook zitten. 'U hebt de afgelopen tijd uw werk heel goed gedaan. In één woord voorbeeldig. Ook wat de omgang met de patiënten betreft. Uw inlevingsvermogen is opmerkelijk. Om eerlijk te zijn, was ik in het begin sceptisch. U was duidelijk geen fysiek werk gewend en miste ook de nodige ernst. Daarbij komt dat ons beroep een zekere afstand tot de patiënten vraagt, we mogen ons niet te veel aantrekken wat hun overkomt, dat houdt op den duur geen mens uit. Zeker niet een jonge leerling-verpleegster als u. Maar u hebt zich kranig geweerd en alles uitstekend onder de knie gekregen.' Dus toch erkenning, Helga kon haar oren niet geloven. En de hoofdzuster was nog niet klaar. 'U doet het niet alleen goed onder mijn toezicht, ook op de andere afdelingen zijn de medewerkers heel positief over u. Ik ben trots op u en zou u ook in de toekomst graag in dienst houden, maar hoe spijtig ik het ook vind...' Ze zweeg even. 'Nou ja, ik moet u ontslaan.'

'Wat? U prijst me, en toch moet ik weg? Ik heb nog ruim tweeënhalf jaar van de opleiding voor de boeg. De misselijkheid heb ik onder controle, dat in de ok was een uitzondering. Het zal niet meer gebeuren, ik beloof het.' Helga had haar werk nodig. Niet alleen vanwege het geld, maar ook om bezig te zijn. De zorg voor haar kind zou ze na de geboorte wel op de een of andere manier regelen, momenteel zat het nog goed waar het zat. Ze zou een gastmoeder moeten zoeken, financieel moest het kunnen, er waren zoveel vrouwen die dat deden. En ze wilde haar kind in de Seekliniek ter wereld brengen, dat was het eenvoudigst. Hopla, eruit en op de babytrolley. Dan had haar dochter of zoon meteen speelkameraadjes.

'Bent u verloofd, juffrouw Knaup, of zijn u en de vader van het kind in ondertrouw gegaan?' Opeens was ze niet meer zuster Helga.

'Nee. Er is geen vader of toekomstige echtgenoot, mevrouw Boden...' Wat de hoofdzuster kon, kon zij ook. 'In elk geval niet in de nabije omgeving.' Ze had zich er weliswaar bij neergelegd dat ze Jack nooit meer zou zien, maar het was een bitter besef. Nu niet haar zelfbeheersing verliezen, niet gaan huilen.

De hoofdzuster zuchtte. 'Was het die GI met wie u vorig jaar bent gezien? Het gaat me natuurlijk niets aan, maar...'

'U hebt gelijk, het gaat u niets aan.'

Ze zaten elkaar een tijdje op te nemen.

Toen knipperde de hoofdzuster met haar ogen en legde de ontslagbrief voor haar neer. 'Ik wil dat u nu direct uw spullen pakt en uw kamer verlaat.'

'Wat zegt u? Moet ik meteen het zusterhuis uit? Maar waar moet ik dan heen?' Helga keek uit het raam. Zelfs de bankjes bij het meer waren door een dikke laag sneeuw nauwelijks zichtbaar, en ze had niet eens een eigen deken.

'Zo zijn de regels, met onmiddellijke ingang.'

'Goed dan.' Ze stond op en pakte de brief van tafel. 'Hoe weet u eigenlijk dat ik zwanger ben? En zeg nou niet dat u er gewoon kijk op hebt.'

Beate Boden sloeg haar ogen neer. 'Het is me verteld.'

'Maar u hebt het toch niet van Silvia?' Had Helga zich in haar kamergenote vergist, had Silvia haar verklikt?

'Nee, een telefoontje van bovenaf. Daarom zijn mijn handen ook gebonden.' Ze leek er niet erg rouwig om. 'Kunt u niet terug naar uw ouders?'

Helga zweeg. Naar haar ouders, kom nou. Voor hen was ze dood... net als Lore. Ze hoorde haar moeder al, zo'n schande, een buitenechtelijk kind en nog wel van iemand als Jack. Nee, dan sloeg ze zich er liever alleen doorheen, koste wat het kost. 'Tot ziens dan,' zei ze.

Op het pad tussen de kliniek en het zusterhuis kwam ze dokter Von Thaler tegen, die rokend tegen een kastanjeboom leunde en over het dichtgevroren meer uitkeek. Al was ze woest op hem, ze besloot hem te negeren en straal langs hem heen te lopen. Maar dat mislukte.

'Zuster Helga? Hebt u een momentje?' Met zijn vrije hand tastte hij in zijn borstzakje, en hij bood haar ook een sigaret aan.

Zo, die had lef. Bovendien werd ze alleen van de nicotinelucht inmiddels al misselijk. Maar wat zou het, misschien zou een peuk haar een beetje opbeuren.

'Rookt u Winston?' Helga kende die sigaretten van de advertentie in de Amerikaanse *Vogue*, waarin ze bij de krantenkiosk af en toe bladerde. Op die manier was ze even wat dichter bij Jack. Ze kon zich allang niet meer veroorloven het modetijdschrift te kopen.

'Kent u het merk? Ik laat het per post bezorgen. *Winston tastes good like a cigarette should.*' Hij lachte en gaf haar een vuurtje. 'Hoe gaat het?'

'Zoals te verwachten viel, dank u.' Ze nam een diepe trek, het was echt sterk spul. Ze hoestte en siste hem toen toe: 'Hoe kon u dat doen? Hebt u helemaal geen geweten?'

'Het spijt me.'

'O ja? Aardig van u, maar van uw spijt kan ik niet leven.' Plotseling had ze het ontzettend koud, de kou kroop vanuit haar tenen omhoog tot in haar vingertoppen. 'Als verloskundig arts moet u weten wat je een zwangere vrouw aandoet als je haar ontslaat. En kom nu niet aan met regels, daar heeft de hoofdzuster me al mee om de oren geslagen.' In haar woede wilde ze een steen wegschoppen, maar ze verloor haar evenwicht en gleed uit.

De dokter ving haar aan haar ellebogen op. Hij hield haar overeind, en zij klampte zich aan hem vast. Een paar seconden stonden ze oog in oog met elkaar. Zodra ze weer min of meer vast op haar benen stond, maakte ze zich van hem los, schoof haar bril recht en haalde diep adem.

'Gaat het weer? Hebt u zich pijn gedaan?'

Ze schudde haar hoofd. Ze was nog steeds een beetje duizelig.

Von Thaler tastte in zijn zak, misschien om een nieuwe sigaret te pakken, maar hij trok zijn portemonnee tevoorschijn en stak haar een paar bankbiljetten toe. 'Volgens mij hebt u nog recht op een maand salaris.'

Ze aarzelde.

'Het is geen cadeautje, dus neem het alsjeblieft aan. En over een cadeau gesproken, ik weet dat u nu andere zorgen hebt, maar het jubileum van mevrouw Boden komt eraan. Weet u nog dat ik u in de herfst heb gevraagd om iets voor haar te verzinnen?'

Afgelopen zomer was dat geweest, toen ze Jack leerde kennen, elke dag opnieuw. Snel zette ze de gedachte van zich af.

'Is u toevallig nog iets te binnen geschoten? Anders wordt het toch weer het gebruikelijke recept: bloemen en een geschenkmand met delicatessen.'

'Van Dahlmann? Daar hebben ze heerlijke chocolaatjes, bonbons en ander lekkers.' Helga pakte het geld aan en borg het op. Dit was niet het moment voor trots, ze kon elke pfennig gebruiken.

'Ah, natuurlijk, ik had er zelf op kunnen komen. Luise Dahlmann is onze overbuurvrouw, maar ik ben nog nooit in haar winkel geweest. Ik zal het meteen aan mijn vrouw doorgeven, bedankt.'

O ja, zijn vrouw, met haar had ze al een paar keer de eer gehad, nog niet zo lang geleden was 'mevrouw dokter' door louter nieuwsgierigheid zelfs in een kapotte rieten stoel vast komen te zitten. Op slag werd Von Thaler weer heel formeel en stak zijn hand uit, zichtbaar opgelucht dat het gesprek een voor hem prettigere wending had genomen. En Helga besefte ineens wie er zo'n vaart had gezet achter haar ontslag. Niet de directeur van de kliniek, maar zijn vrouw, die gemene tang.

'En dan nog iets.' Helga haalde diep adem, rondspeurend naar de sigaret die ze daarnet per ongeluk had laten vallen.

'Ja?' Hij verwachtte blijkbaar een veeg uit de pan en deinsde achteruit.

'Mevrouw Boden houdt van tuinkabouters, en wie weet vindt u wel een paartje dat eruitziet als een arts en een verpleegster, dan zou er een droom van hoofdzuster Beate in vervulling gaan. En vergeet niet uw stikjaloerse vrouw erbij te zetten. Ik weet niet of daar ook een tuinkabouterversie van bestaat, maar misschien als de boze koningin.' Zonder hem gedag te zeggen, liep ze verder, maar het gesprek had haar op een idee gebracht. Helga wist nu wie ze om hulp kon vragen.

MARIE

Toen Martin op een namiddag met Manni terugkwam van het werk in het bos en de warme keuken binnenstapte, waar zij al met het eten wachtte, overhandigde hij haar een brief. *Juffr. Marie Wagner, Stoeterij Leutstetten bij Starnberg, Beieren,* stond er in drukletters op de envelop. 'De postbode liep er al een paar dagen mee rond in zijn tas en wist niet aan wie hij hem moest bezorgen. Hij kon hem ook niet terugsturen, omdat er geen afzender op staat. Toevallig sprak hij vandaag de kroonprins. En die wist dat jij dit moest zijn.' Martin schepte zichzelf roompasta met uienringen op uit de ovenschaal en gaf ook Manni een portie. 'Hebben de nonnen je geschreven?'

Marie schokschouderde en draaide de envelop rond in haar handen. Vorig jaar had ze de Duitse Spoorwegen aangeschreven vanwege haar zoekgeraakte koffer, en tot nu toe had ze geen antwoord gekregen. Maar ze had haar adres opgegeven, de Brandstetterhoeve, en niet zo'n vaag adres als dit. Bovendien zag deze brief er niet erg officieel uit. Ze veegde het botermesje schoon aan haar schort en sneed de envelop open, trok het dunne vel papier eruit, las en las opnieuw, en was verbijsterd.

'Slecht nieuws?' vroeg Martin. 'Je bent helemaal bleek geworden.'

'Nee, of nou ja, ik weet het niet. Iemand van wie ik dacht dat hij dood was heeft me geschreven.'

Lieve Marie, ik hoop dat deze brief bij je aankomt. Ik ben al naar je op zoek sinds ik uit het Russische krijgsgevangenenkamp ben vrijgelaten. Eerst via het Rode Kruis, daarna via het opvangcentrum voor ontheemden, en daar hadden ze het over Moosburg. Daarvandaan werd ik doorgestuurd naar het klooster bij Waldsassen, waar de zusters me vertelden dat je op een koninklijke stoeterij werkt. Dus beproef ik mijn geluk op dit adres en hoop je eindelijk terug te vinden. Jij was mijn redding in de vreselijke, lange jaren in Siberië. Marie, ik dacht eerst dat ik er goed af zou komen, maar ze stuurden me naar een zwijgkamp bij Jakoetsk. We mochten niemand schrijven en niet praten tijdens het werk. Alleen in de barakken mochten we fluisteren, anders zouden we ons verstand hebben verloren. De meesten stierven van uitputting, velen zijn verhongerd en doodgevroren. Dat ik het heb overleefd heb ik aan jou te danken. Alleen de herinnering aan jou heeft me door die periode heen geholpen. Nu wil ik je zo snel mogelijk zien! Zou je naar mijn moeder in Hamburg kunnen schrijven, Zeppelinstraße 15. Ze werkt op de luchthaven, en ik mag bij haar wonen tot ik zelf onderdak heb gevonden. Ik heb grote plannen voor de toekomst en wil jou er heel graag over vertellen. Hopelijk heb je mij net zo gemist als ik jou en zien we elkaar snel terug in de werkelijkheid, niet alleen in mijn dromen.
Je Theo

Ongelooflijk, hij leefde nog. Hoe was hij destijds aan de executie ontsnapt? Betekende dat... Ze durfde het bijna niet te denken! Was haar vader misschien ook nog in leven? Martin keek Marie nog steeds vol verwachting aan. Maar wat zou ze tegen hem moeten zeggen? Manni zat al te eten en leek niets van de beladen sfeer op te pikken. Smakkend verslond hij de roompasta. Ze wist zelf niet wat ze op dit moment moest voelen of denken. Tot het ogenblik dat ze de brief openmaakte, was er maar één toekomst voorstelbaar geweest, een leven met Martin. Dat had weliswaar nog tijd nodig, maar die gaf hij haar ook. En nu?

'Een jeugdvriend uit Silezië heeft me geschreven.' Ze slikte. Nu ze het hardop uitsprak, werd het eens te meer waar. Het onmogelijke was realiteit, Theo leefde nog! En hij hield nog steeds van haar!

'Bedoel je "vriend" in de zin van een maatje, of was er meer tussen jullie?' Martin moest iets aan haar gezicht hebben gezien, of haar toon had haar verraden.

Ze begreep hoe moeilijk hij het vond om die vraag te stellen en besloot niet tegen hem te liegen. 'Theo was alles voor me, mijn vriend, mijn anker, mijn trooster, mijn bevrijder. We zijn samen opgegroeid en hebben samen de liefde ontdekt.'

'Zozo.' Martin legde zijn bestek neer en stond op.

'Wat is er, waar ga je heen?'

'Houthakken.'

'En het eten?'

'Ik heb geen honger meer.'

Toen hij weg was, las ze de brief nog eens en nog eens. Zeven jaar hadden ze elkaar niet gezien. Zouden ze elkaar eigenlijk nog herkennen? Ze wilde Theo meteen antwoorden, elke dag die verstreek was een verloren dag. Ze hadden tenslotte jaren in te halen. Ze pakte de blocnote uit de keukenla, bladerde naar een lege bladzijde, waar er nog maar weinig van waren, en besloot hem terug te schrijven op de achterkant van de schets van de schaapskudde, dan kon hij zich meteen voorstellen in welke omgeving zij woonde.

Lieve Theo, ik dacht dat wonderen niet bestonden, maar jij leeft! Ja, ik wil je terugzien, en ja, ik verheug me erop. Schrijf me wanneer en waar. De rest komt daarna wel. Liefs, Marie

Er was nog veel meer te vertellen, maar daar wilde ze mee wachten tot hij in levenden lijve voor haar stond. Ze vroeg Manni, die nog steeds zat te eten, even op te staan zodat ze bij de doos met postzegels en enveloppen kon die onder de zitting van de hoekbank lag. Toen trok ze de trui over haar hoofd die ze van haar eerste zelfgesponnen wol had gebreid, deed haar wanten aan en liep snel naar buiten. Daar stond Martin met zoveel kracht op een blok hout in te hakken dat de splinters door de lucht vlogen.

Ze aarzelde even, stond op het punt naar hem toe te lopen en hem te zoenen van blijdschap, maar bedacht zich, liep naar de brievenbus en gooide de brief aan Theo erin.

In de weken die volgden was Martin stiller dan anders. Ze zeiden vaak alleen het hoogstnodige tegen elkaar, verder deden ze ieder hun eigen werk. Ook tijdens het eten of 's avonds in de huiskamer, waar ze anders vaak bij elkaar zaten, hij aan het weefgetouw, zij aan het spinnewiel of aan tafel om te tekenen, kwam hij nu steeds vaker met een excuus om niet langer dan nodig bij haar in de buurt te zijn. Het moest door Theo's brief komen en doordat zij continu vol spanning op een antwoord wachtte.

Martin wist zo weinig over haar en over wat ze had meegemaakt. En zij niet veel over hem. Niet wie zijn eerste liefde was geweest en of hij haar misschien ook miste. Op een ochtend eind maart, toen het buiten al begon te dooien, verscheen hij niet aan het ontbijt. Terwijl het een bijzondere dag was. Na de lange winter in de stal mocht de kudde eindelijk terug naar de wei, waar de dieren de eerste grassprieten tussen de sneeuwresten uit konden trekken. Manni was allang in de keuken, viel gretig aan op de warme melk, dronk een kop en meteen nog een volgende erachteraan.

'Waar is Martin?' Ze smeerde boterhammen voor Manni, die hij zowat onder haar mes vandaan griste terwijl hij haar fronsend aankeek. 'Wilde iemand hem al zo vroeg spreken, of waar hangt hij uit?'

Weer keek Manni haar niet-begrijpend aan.

Marie besefte dat ze de vraag anders moest stellen. 'Is hij nog bij de schapen?'

'Naa,' bracht Manni eindelijk uit, alsof hij blij was dat hij het antwoord wist.

'Waar is hij dan? Ergens in het bos of zo?'

'Jo.'

'Echt?' Waarom had hij dat niet tegen haar gezegd, zo deed hij anders nooit. 'En waar precies? Richting Mühlthal of Starnberg?' Leutstetten was aan alle kanten omringd door bos, dat zou een hele speurtocht worden.

Manni pakte nog een snee brood en kauwde verwoed, de honing droop langs zijn pols. Hij likte zijn kleverige vingers af. Luise had gelijk, hij deed echt aan een beer denken, maar nu eentje die net een bijenkorf had leeggeroofd.

Ze dronk haar thee en dacht na. 'Kun je me de plek in het bos aanwijzen?'

'Jo.' Hij kwam met veel lawaai overeind, nam haar hand in de zijne, die met honing was besmeurd, en wilde meteen vertrekken. Zo gingen ze aan elkaar geplakt op weg.

Achter het erf liepen ze voorbij de aardkelder de Karlsberg op. Overal klonk geruis en geritsel. Smeltwater kabbelde in stroompjes het dal in. Tussen de nog kale boomkruinen lichtte de hemel blauw op. Manni bleef staan, bukte en porde met een stok in de aarde; op beschaduwde plekken was de grond nog bevroren. Tegenwoordig droeg hij meerdere lagen kleding, een paar truien die hem te klein waren en kniekousen die hij om de rand van zijn rubberlaarzen sloeg. Daarbij de lange jas van zijn vader, al was dat eerder een makkelijk zittende stofjas dan een winterjas, en de rode gebreide muts, die bij de rand al rafelde. Bij een omgevallen boom veranderde hij van richting, en hij kwam na een tijdje terug met een nieuwe vondst. Een zwartleren herenhandschoen, die hij met een stralende glimlach aantrok. Terwijl ze verder liepen, luisterde Marie scherp of ze Martins bijl hoorde. Maar op de bosgeluiden na bleef het stil. Twee schreeuweksters ruzieden boven hun hoofd en achtervolgden elkaar krijsend door de lucht. Een merel groef in het rottende gebladerte van het voorgaande jaar naar insecten. Onder Maries voeten kraakten dikke takken. Ze droeg Ida Brandstetters plompe bergschoenen en ook haar warme geruite wollen rok. Op de top aangekomen, wees Manni tussen twee sparren door naar een jachttoren. Daar zat Martin uit te kijken over het terrein.

'Mag ik naar boven komen?' Ze klom de ladder op.

Onder haar liet Manni zich in een sneeuwhoop vallen.

'Wat is er aan de hand? Je hebt nog niet eens ontbeten, toch?' Ze wurmde zich naast Martin op de natte houten bank.

Hij draaide zijn hoed met de ravenveer rond in zijn handen. Ze schoof dichter naar hem toe. Hun schouders en armen raakten elkaar, en zijn broekspijp streek langs haar rok. Hij reageerde nog steeds niet.

'Waarom praat je niet meer met me? Heb ik iets verkeerd gezegd of gedaan?'

Hij zweeg.

'Doe je nou net als Manni, moet ik je alleen ja-neevragen stellen? Is het vanwege Theo?'

'Ga je bij hem wonen?' Eindelijk zei hij iets, al was het meer een schor gekras. Alsof hij zichzelf moest dwingen om ook maar iets uit te brengen.

'Daar heb ik nog helemaal niet over nagedacht.' Voorlopig overheerste de blijdschap dat Theo nog leefde. Ze had geen idee wat er zou gebeuren als ze elkaar weer zagen, of wat er daarna kwam. 'Ik dacht dat alles en iedereen uit mijn oude leven voor altijd weg was. Mijn ouders, mijn ouderlijk huis en ook hij en allebei onze vaders, doodgeschoten in een bos zoals dit hier en ergens onder de grond gestopt. Ik ben alles kwijtgeraakt, begrijp je?' Ook mezelf, voegde ze er in stilte aan toe. 'Hij is een stukje van mijn geboorteland, een deel van mijn herinneringen. Hoe moet ik anders ooit bevatten wat er gebeurd is? Alleen hij kan voor mij bevestigen dat die oude wereld echt heeft bestaan.' Ze praatte meer dan ze in lange tijd had gedaan, haalde diep adem en bracht het onderwerp toen op hem. 'En jij, hoe zit het met jou? Wie was jouw eerste liefde? Vertel me daar eens over.'

'Heb ik niet. Ik ben nog nooit met een vrouw samen geweest.'

'Moet ik geloven dat je nog nooit verliefd bent geweest?'

'Er waren er wel een paar die ik leuk vond, om te beginnen mijn lerares op de landbouwschool. Ze flirtte met me en nodigde me op een middag bij haar thuis uit. Maar ze was getrouwd, en op een gegeven moment, toen we elkaar wilden kussen en strelen, kwam haar man binnen. Meer is er niet gebeurd, ook later niet.'

'Jij kunt toch zeker iedereen krijgen? Alleen hier in het dorp al. Zoals die vrouwen in de kerk naar je kijken, zelfs de oudere dames, dat zegt genoeg.'

Hij haalde zijn schouders op. 'Die kijken niet naar mij.'

'Naar wie anders? Ik heb het toch zelf gemerkt, de jaloerse blikken waarmee ze me doorboren omdat ik bij jou mag wonen, ik, dat vluchtelingengrietje.' Ze probeerde met het streekaccent te spreken, wat hem een grijns ontlokte.

Hij haalde diep adem, rekte zich uit en sloeg alsof het terloops gebeurde zijn arm om haar heen. Huiverend drukte ze zich nog dichter tegen hem aan, en hij wikkelde haar in zijn openhangende jasje. Zo zaten ze dicht naast elkaar en keken neer op Manni. Het leek alsof hij in de sneeuw in slaap was gevallen. Martins bekentenis ontroerde haar, en ook het feit dat hij jaloers was op Theo.

'En je moeder, wat is er met haar gebeurd?' vroeg hij.

‘Daar kan ik niet over praten, nog niet.’ Ze moest eerst de woorden voor het onzegbare vinden. ‘Maar als je wilt, vertel ik hoe ik na de verdrijving uiteindelijk hier terecht ben gekomen.’

‘Ja, graag. Alles helemaal vanaf het begin.’

Ze haalde diep adem. ‘Nou goed, hoe beslis je wat je per se mee wilt nemen als je maar achtenveertig uur hebt? Wat zou jij meenemen?’

Martin dacht na. ‘Gereedschap en iets te eten?’

Ze knikte. ‘Bestek, in elk geval een lepel voor soep, als we die onderweg zouden kunnen krijgen. Dat was algauw belangrijker dan het mooie servies dat mijn moeder in lappen gewikkeld in haar rugzak meesjouwde. Wat onderweg niet brak ruilde ze. Het tekenen hielp mij het meest, ik tekende met alles en op alles. Op die manier overwon ik mijn angst, of hield hem tenminste binnen de perken.’

‘En waar zijn je tekeningen nu?’

‘De meeste heb ik meteen weggegeven. De portretten van mensen in de trein en op de overnachtingsplekken. Sommigen beschreven mij hun familieleden uit hun geheugen. In de haast hadden ze niet eens een foto meegenomen.’

‘Je bent echt heel goed, je treft precies het wezen van de mensen en dieren die je tekent. Je zou wel als compositietekenaar voor de politie kunnen werken.’

‘Goed idee, dan ga ik daar nu maar naartoe.’ Ze glimlachte en deed alsof ze wilde opstaan.

Martin hield haar tegen door zijn arm steviger om haar heen te slaan.

Ze nestelde zich weer tegen hem aan. ‘De nonnen in het klooster van Waldsassen hebben me voor Kerstmis een schilderkistje gegeven om voor mijn tekeningen te gebruiken. Eindelijk kwam er weer kleur in mijn wereld. Maar dat heb ik ook niet meer, niets is voor eeuwig.’

‘Jawel hoor,’ zei Martin. ‘Sommige dingen wel.’ Hij nam haar gezicht tussen zijn handen en kuste haar teder. Hun eerste echte kus. Eerst voelde ze zijn aanraking nauwelijks, toen glipte zijn tong in haar mond. Zijn hand ging over haar rug, schoof in de halsopening van haar vest, maakte de bovenste knoop los, streelde haar huid.

'Waar is Manni eigenlijk?' Vlug duwde ze zijn hand weg. 'Ik zie hem nergens meer.' Ze sprong op en klom naar beneden.

Ze riepen en riepen naar Manni, maar hij was niet meer in het bos. Hij zat gehurkt en op blote voeten bij de tegelkachel met Purzel op schoot toen ze arm in arm op de boerderij terugkwamen.

Die nacht had ze dezelfde droom als altijd. Ze stierf – en tegelijkertijd leefde ze. Het begon bij het einde. De steen suisde op haar af en knalde tegen haar hoofd. Eerst voelde ze niets, maar daarna barstte ze in ontelbare stukjes uiteen, vloog als een bijenzwerm door de lucht en zag zichzelf vanuit de verte nog heel, als een menselijk lichaam, beneden op het gras liggen. Een heldere vorm, die er bijna expres voor leek te zijn neergelegd om de soldaat er zijn gang mee te laten gaan. In zijn groenbruine uniform was hij nauwelijks tussen de bladeren van de aardappelplanten te onderscheiden. Hij lag op haar alsof ze een pop was waarmee je kon doen wat je wilde. Maar dat klopte niet, de droom bedroog haar. In werkelijkheid had ze zich verweerd, was ze de soldaat te lijf gegaan en had hem gekrabd en geschopt.

Terwijl haar moeder en zij al hadden gedacht dat ze veilig waren. Na de weken in de Moosburgse gymnastiekzaal die als opvangcentrum diende, waren ze vertrokken om in de omliggende dorpen werk te zoeken. Een boer bood hun een behoorlijk onderkomen aan, niet enkel een slaapplek in de hooischuur. Ze deelden een kamer met een Oost-Pruisische familie – grootmoeder, moeder, tante en twee bijna volwassen kinderen. De Blekes werkten ook als oogstarbeiders. Na een kom griesmeelsoep en een snee brood 's ochtends verspreidden ze zich over de velden om coloradokevers te verzamelen; per emmer kregen ze twee dubbeltjes extra, had de boer beloofd. De familie Bleke zwermde uit over het eerste het beste veld en begon onmiddellijk de oranje-zwartgestreepte kevers en hun larven van het aardappelloof te plukken. De Wagners zochten een afgelegen plek bij de bosrand uit en werkten zich daar door de plantenrijen heen. Ze genoten ervan om een paar uur onder elkaar te zijn, ver van het eeuwige geklaag van de Blekes. Als voormalig grondbezitster was Maries moeder het zware werk en het vele bukken niet gewend. Maar ze deed haar best, net als Marie. Ze wilde zich niet klein laten krijgen en een voorbeeld voor haar dochter zijn. Alleen 's nachts hoorde Marie haar naast zich snikken. De rode ogen kwamen doordat ze haar bril was kwijtgeraakt, beweerde ze. In het gedrang op het station van Breslau was hij stukgegaan. Toch bleef ze het lege montuur opzetten.

'Beter dan niets,' zei haar moeder telkens als iemand haar vroeg waarom. Op het aardappelveld waren ze een beetje op verhaal gekomen en hadden ze grapjes gemaakt. En bijna net zo gelachen als vroeger. De zon scheen, en de ellende leek opeens ver weg. Geen verwoeste huizen of gekapte bossen. Zelfs het reusachtige gevangenkamp dat de Amerikanen niet ver van de boerderij hadden opgezet was niet meer te zien. Geleidelijk raakten hun emmers gevuld met krioelende kevers. Marie vroeg zich af of je er geen mooie kleurstof van zou kunnen maken, een oranjerood, omdat ze hoe dan ook fijngemalen werden. Haar moeder begon zelfs een Silezisch volksliedje te neuriën dat de bergen van Glatz bezong. *En door het sneeuwgebergte, daar stroomt een bron zo koud, en wie daaruit zal drinken, die wordt vanzelf nooit oud.*

Plotseling hoorden ze een wapen klikken. Een soldaat sprong uit de struiken, rende op hen af en riep iets in het Engels. '*Down and undress*,' verstond Marie. Haar moeder ging voor haar staan. De Amerikaan zwaaide met het pistool, riep

'*I'll kill you*' en schoot. Alma Wagner viel in de geul tussen twee rijen aardappelplanten. De soldaat sleepte Marie mee, bleef schreeuwen en gooide haar aan de rand van de akker op de grond. Een tak prikte in haar zij. Ze probeerde zich onder de man uit te wurmen. Hij drukte haar tegen de aardkluiten. Ze trappelde, schreeuwde uit alle macht. Waar waren de Blekes nou, verdomme? Ze waren toch maar één veld van hen verwijderd en moesten haar horen. Haar moeder had hulp nodig. Marie probeerde overeind te krabbelen. '*Shut up, German bitch.*' De GI trapte met zijn laarzen in haar buik. Het werd zwart voor haar ogen. Toen ze weer bijkwam, had hij haar rok omhooggeslagen en haar onderbroek omlaaggetrokken. Hij stonk naar alcohol en zweet, en zijn uniform schuurde langs haar gezicht. Er drong iets in haar binnen, een bliksemschicht doorkliefde haar onderlichaam. Als duizend bijensteken tegelijk, dacht ze. Ze beet de man, bleef zich verzetten. Plotseling klonk er een klik, en weer en weer. Hij had het pistool op haar gericht, maar er viel geen schot. Het magazijn was leeg. Hij gooide het wapen naast zich neer, greep een vuistgrote steen en haalde uit. Ze zag de harde scherpe randen op zich afkomen, straks zou haar schedel openbarsten. Toen kreeg haar rechterhand ook iets te pakken, en ze sloeg toe. Toen ze haar ogen weer opende, voelde ze geen aarde onder zich, maar handen die haar vasthielden. Iemand droeg haar met verende stappen. Ze lag in haar moeders armen en nestelde zich tegen haar aan, rook haar geur en voelde haar warmte.

'*Muttel*, je leeft nog,' constateerde ze opgelucht. Een aardappelkeverpaartje zat op de schouder van haar moeder, aan elkaar vastgehecht, het mannetje op het vrouwtje. Marie voelde dat haar mond zich vulde met bloed. Het smaakte naar ijzer. Ze slikte en werd wakker.

ANNABEL

Het etentje om te vieren dat Friedrich weer beter was werd uitgesteld. Eerst moest haar schoonvader een lezing geven op een medisch congres, vervolgens moest haar schoonmoeder een intensieve tandartsbehandeling ondergaan, en voor Kerstmis en oud en nieuw vlogen Richard en Irmela zoals gebruikelijk naar Corsica, waar de Von Thalers ook een groot huis bezaten. Inmiddels was het februari. Maandenlang hadden ze amper iets van zich laten horen, toen kondigden ze plotseling hun komst voor de komende zondag aan. Uitgerekend op het moment dat Annabel nog geen nieuwe kokkin had. De oude was een dag eerder vertrokken, op Maria-Lichtmis. Ze had haar al weken eerder willen ontslaan, maar de vrouw beriep zich op haar rechten, ze was goed op de hoogte omdat haar man sociaaldemocraat en lid van de vakbond was. Annabel had eigenlijk in alle rust een opvolgster willen zoeken en zich zo lang met kant-en-klaarmaaltijden willen behelpen, die Lindner op bestelling leverde. Maar toen kwam dat telefoontje! Ze had geen idee waarom de Von Thalers juist nu wilden langskomen. Hoe moest ze zo gauw iets fatsoenlijks op tafel zetten?

Waar zat haar zoon eigenlijk? Hopelijk was hij niet weer aan de overkant bij de Dahlmanns. Had Friedrich zo-even, toen zij het Starnbergse arbeidsbemiddelingsbureau aan de telefoon had, niet iets over een raceauto in een werkplaats gezegd? Daarmee kon hij alleen maar de voormalige schrijnwerkerij bedoeld hebben. Juffrouw Gusti's werktijd zat er al op, dus moest Annabel hem zelf gaan halen. Sinds het pijnlijke voorval met de rieten stoel de afgelopen herfst ging ze Luise uit de weg, voor zover dat kon als je buren van elkaar was. Eigenlijk had ze een stokje voor de gymcursus willen steken, maar in plaats van dat de vrouwen ermee gestopt waren, dreunde sinds de herfst elke woensdagavond van acht tot halftien de hele buurt alsof de slagwerkers pal langs de Ludwigstraße stonden. En zij was echt niet de enige die destijds verontwaardigd was geweest over Helga Knaups reclameaffiche, dat ze zo provocerend in heel Starnberg had opgehangen. Verschillende gemeenteleden waren het met haar eens dat 'swingen en trimmen' niet in een katholieke parochiezaal thuishoorden. Gesterkt door deze bijval had Annabel de weleerwaarde overgehaald om de gymnastiekles af te zeggen. Maar wat deed dat doortrapte schepsel? Ze verplaatste alles gewoon naar de winkel van Dahlmann! Toegegeven, een beetje meer training zou Annabel ook geen kwaad doen. De ochtendgymnastiek volgens het systeem van Müller hing haar de keel uit, dus daar was ze al een tijd geleden mee gestopt. Maar turnen onder de hoede van die juffrouw Knaup, de schatrijke erfgename van een schoenenimperium die vermomd als verpleegster haar man het hoofd op hol bracht? Nee, dank je. En uitgerekend door haar werd ze betrapt bij haar poging een oogje in het zeil te houden. Helga Knaup, mevrouw Dahlmann en de Silezische die zich hier gevestigd had en die, naar men beweerde, in zonde leefde met Luises oudste broer hadden Annabel met vereende krachten uit de vervloekte rieten stoel moeten bevrijden. Natuurlijk lachten die vrouwen haar nog steeds achter haar rug uit. Maar Annabel liet zich niet kisten. Wie het laatst lacht, lacht het best.

De raceauto bleek een grote zeepkist te zijn, geen handzaam stuk speelgoed zoals Annabel had gedacht. Friedrich zat erin als een formule 1-coureur en stuurde vol trots, terwijl Luise Dahlmann hem door de sneeuwvrij gemaakte achtertuin duwde.

'Goeienavond, mevrouw Von Thaler,' hijgde ze terwijl ze gebukt in een cirkel bleef rondhollen.

De winkel was al gesloten. Annabel vroeg zich af wat de vrouw zich allemaal op de hals haalde, ze moest toch haar handen vol hebben aan de winkel. Annabel deed weliswaar nooit boodschappen bij haar, maar had van de Starnbergse winkeliers gehoord dat Lindner bijvoorbeeld Buurtwinkel Dahlmann Delicatessen als een serieuze concurrent beschouwde. Omdat meneer Äpli, de reizende kapper, in zijn Isetta geen droogkap kwijt kon, was Annabel voor haar permanent naar Gabi's Schoonheidssalon gegaan. Daar had mevrouw Lerchentaler de loftrompet op Luise Dahlmann gestoken. Kennelijk kon je bij haar niet alleen goedkoop boodschappen doen, maar kreeg je er bovendien recepten bij. Misschien had ze ook een tip voor Annabel, die zich geen raad wist met het etentje van aanstaande zondag. Het was het proberen waard. Ze vermande zich, bedankte mevrouw Dahlmann omdat ze Friedrich zo vriendelijk had opgevangen, en vroeg toen of zij een menu kon aanbevelen voor het bezoek van haar schoonouders.

Toch zag Annabel de zondag nog steeds met angst en beven tegemoet. Hoe hard ze ook haar best deed, de Von Thalers zouden iets vinden wat hun niet aanstond, al waren het maar Friedrichs gebrekkige omgangsvormen. Ze hoopte in elk geval dat niemand iets zou zeggen over het ongeluk van afgelopen zomer. Friedrich leek geen last meer te hebben van de nare ervaring, wat Annabel geruststelde. Als haar schoonouders het nu maar niet weer oprakelden.

'Laat die jongen toch.' Tegen de verwachting in viel haar schoonmoeder Richard von Thaler in de rede toen hij zijn kleinkind zoals gewoonlijk berispte. Uit pure angst om zich verkeerd te gedragen, had Friedrich na het hoofdgerecht een glas omgestoten, en hij barstte in tranen uit. 'Wees liever blij dat onze kleine knul zo vrolijk is. We hebben ons allemaal zoveel zorgen om hem gemaakt, en juist jij als kinderarts zou je eigenlijk beter in hem moeten kunnen verplaatsen.' Wat was er in haar schoonmoeder gevaren? Zo kende Annabel haar niet. In de regel was Irmela von Thaler nogal zwijgzaam en schaarde ze zich onvoorwaardelijk aan de zijde van haar man. Nu stond ze op, troostte haar kleinzoon en ging met hem naar zijn kamer.

Terwijl Konstantin zich met zijn vader terugtrok in de bibliotheek om te roken en eindeloos over hun vak te praten en juffrouw Gusti de schotels terugbracht naar de keuken, droeg Annabel de laagjespudding naar boven, waar oma Von Thaler op de vloer zat en met haar kleinzoon mens-erger-je-niet speelde.

Irmela deed net alsof ze niet precies wist hoe het spel ging, en Friedrich legde het haar in heldere bewoordingen uit. 'Naa, oma, als jij een zes gooit, moeten eerst olle poppetjes van jouw kleur op het bord stoa. Pas daarna mag je met de andere verder goan.' Hij praatte bijna net zo Beiers als Magdalena. Annabel kon haar oren niet geloven. Toen hij haar met de puddingvorm zag staan, sprong hij op en klapte in zijn handen. 'Joehoe, koekjespudding, mijn favo.'

Normaal gesproken mocht hij alleen aan tafel eten, maar vandaag liet ze hem, omdat het feest was, het toetje aan zijn kindertafeltje opeten. 'Wat fijn dat je het zo leuk maakt voor hem, dank je wel.' Ze gaf haar schoonmoeder ook een schaaltje. 'Wil je niet liever weer terug naar de salon?'

'Nee, waarom? Het is hier toch gezellig.' Irmela plukte het mandarijnlaagje van de pudding en at het in één keer op. Daarna leunde ze ondanks haar indrukwekkend hoog getoupeerde kapsel met haar hoofd tegen de enorme teddybeer, die op dat ogenblik een verband schuin over zijn oor droeg, en lepelde het dessert genietend naar binnen. Er moest iets gebeurd zijn in het afgelopen halfjaar. Waarom zou ze de conventies plotseling compleet aan haar laars lappen?

'Lust je er nog een kop koffie bij?' Annabel ging op een kinderstoeltje zitten, zodat haar knieën bijna tot haar kin kwamen.

'Straks graag. Het eten was trouwens voortreffelijk. Met geitenkaas gevulde kwartels, je moet er maar opkomen. Komt je nieuwe kokkin uit Frankrijk? Duitse geschoolde krachten zijn tegenwoordig haast niet meer te krijgen. Wij zoeken al heel lang een tuinman die ook het winteronderhoud doet.' Ze zuchtte. 'De haren rijzen me al te berge als ik aan het voorjaar denk, wanneer de overwoekerde hagen weer tevoorschijn komen. Ik waarschuw je vast van tevoren, voor het geval je weer eens bij ons komt aanwaaien.' Was dat een uitnodiging? Annabel zou nooit zomaar even bij haar schoonouders in de Von Thaler-residentie in Grünwald durven langsgaan. 'Heerlijk, die krokante koeklaag in de pudding. Ik denk dat dit ook mijn favo wordt.' Ze knipoogde naar Friedrich. 'Vertel eens, Annabel, waar heb je die nieuwe kokkin vandaan?'

'Eh, nou...' Ze schraapte haar keel. 'Dit heb ik zelf gemaakt.'

'Jij?' Irmela liet de lepel bijna uit haar hand vallen.

'Ik ben blij dat het je heeft gesmaakt.' Ze herademde en ging een beetje rechter op het kinderstoeltje zitten. Tot nu toe liep het allemaal op rolletjes.

'Jij kunt meer dan ik dacht.' Irmela was duidelijk onder de indruk, en Annabel probeerde het als een compliment op te vatten. 'Je doet er goed aan om Konstantin op deze manier te verwennen, die jongen werkt veel te veel.' De 'jongen' werd met Pasen vierenveertig. 'Ik vind het belangrijk dat je als vrouw ook een bijdrage levert, en als dat in jouw geval koken is, prima. Jammer dat ik zo'n talent niet heb. Als ik achter het fornuis ging staan en ons keukenpersoneel ontsloeg, zouden we er het hachje bij inschieten van de honger.'

'Wat is hachje, oma?' vroeg Friedrich met slagroom op het puntje van zijn neus.

'Dat is waar de pudding terechtkomt zodra jij hem doorslikt, lieverd.' Haar schoonmoeder tikte Friedrich met haar lepel op zijn buik.

'Het recept komt trouwens van mijn buurvrouw, mevrouw Dahlmann,' bekende Annabel. Dat Luise Dahlmann zowel de kwartels als het dessert kort voor de aankomst van de Von Thalers panklaar had afgeleverd verzweeg ze. Opwarmen, in porties verdelen en garneren was ook een kunst, ze had de kwartels tenslotte nog in de oven kunnen laten verbranden.

'Is dat die vrouw van de pasgeopende winkel hiertegenover? Hoe loopt die zaak?'

Annabel haalde haar schouders op.

'Ik ga vaak naar tante Dalli,' mengde Friedrich zich in het gesprek. Haar zoon begreep alles waarover ze praatten. Hopelijk verraadde hij haar niet.

'Sinds wanneer zeg jij Dalli tegen mevrouw Dahlmann?' Ze had hem geleerd om volwassenen altijd met hun volledige achternaam aan te spreken.

'Ze is toch geen man, mama.' Friedrich schoof zijn pudding rond in het schaaltje, zo te zien was hij klaar met eten. 'De gymjuf die jij niet aardig vindt, mama, die zegt het ook, alleen niet "tante Dalli" maar gewoon Dalli, omdat zij geen kind meer is.' Niet alwéér die juffrouw Knaup, dat mens achtervolgde Annabel gewoonweg. Nu probeerde ze ook nog met haar zoon aan te pappen.

'Wat heb jij tegen zijn gymjuf?' vroeg Irmela.

Annabel besloot eroverheen te praten. 'Tja, hoe die winkel loopt: nou je hoort het, Luise Dahlmann weet de kinderen voor zich te winnen. Vooral met snoep, en ze heeft ook een speelwinkeltje ingericht zodat ze zich niet vervelen wanneer de moeders in de rij staan. Bovendien is ze een ervaren kokkin, die jarenlang voor de geallieerden heeft gewerkt. Dus klanten die het een of ander bij haar komen kopen kunnen er meteen een geschikt recept bij krijgen.'

'Dan moest jij eigenlijk ook vaker boodschappen bij haar doen, ze zal je klandizie best kunnen gebruiken. En het is nog handig ook, vrijwel naast de deur.'

'Ja, mama,' riep Friedrich enthousiast uit, en hij schoof het nog halfvolle puddingschaaltje van zich af. 'Tante Dalli is zo lief. En met de gymjuf ga ik trouwen als ik groot ben.'

'Kom, Friedrich, ga je handen wassen.' Annabel stuurde hem naar de badkamer en wilde in de tussentijd iets aan Irmela vragen. Het Löw-concern was momenteel voorpagina-nieuws. Het ging om Joods eigendom en waardepapieren die de firma moest teruggeven of vergoeden. 'Ken jij de familie Knaup uit München?'

'Het directeursechtpaar van de schoenenfabriek?'

Annabel knikte.

'Zoals je mensen kent van een stuk of wat liefdadigheids-feesten, waarom?'

'O, het interesseert me gewoon. Ik heb het een en ander over dat bedrijf in de krant gelezen, en Friedrich draagt het liefst Löw-schoenen.'

'Wacht maar, oma, ik heb alles van Leo Löw.' Haar zoon kwam de kamer alweer binnen en haalde meteen zijn verzameling avonturenboekjes over de gelaarsde leeuw tevoorschijn.

Irmela zette haar toetje weg en nam Friedrich op schoot.

'Dit is *Leo bij de indianen*, kijk.' Hij liet haar zijn verfomfaaide lievelingsdeeltje zien. 'Wil jij het voorlezen?'

Zijn grote smekende ogen kon niemand weerstaan, ook zijn grootmoeder niet.

'Doe ik. En daarna drink ik koffie met je mama. Zeg, Annabel, ik zou weleens vaker iets met Friedrich kunnen ondernemen als jij dat goedvindt. Ik kan hierheen komen, of hem ophalen. Wat vind je daarvan?'

'Jaa!' Friedrich klapte enthousiast in zijn handen en keek meteen daarna ernstig op naar Annabel om te zien hoe zij erover dacht.

'Natuurlijk, graag, als jij er de tijd voor hebt, Irmela.'

'O jeetje, de tijd. Die gaat veel te snel. Zolang ik nog enigszins op de been ben, wil ik niets liever dan samen zijn met mijn kleinkind.'

'En vanwaar die verandering? Ik bedoel, Friedrich wordt binnenkort zes, en tot nu toe hield je je alleen op feestdagen met hem bezig, als je dat al deed.' Het klonk verwijtender dan de bedoeling was, ze was alleen nieuwsgierig.

'Weet ik.' Irmela knikte en leek absoluut niet beledigd. 'Voor Konstantin had ik al nauwelijks tijd, ik liet alles over aan het kindermeisje. En met Friedrich ben ik op dezelfde voet doorgegaan. Eerlijk gezegd bewonder ik jou om je uithoudingsvermogen en geduld met het kind. Maar na Friedrichs ongeluk besefte ik wat ik als oma heb nagelaten. Dus geef me alsjeblieft een kans.'

Hoewel deze erkenning aan de late kant kwam, was Annabel zo blij als een kind. Helemaal in de wolken liep ze naar de keuken om juffrouw Gusti te zeggen dat ze de koffie kon serveren.

In de salon knapperde het vuur in de open haard en verspreidde een behaaglijke warmte. Ook Richard kwam erbij zitten. Konstantin niet, die wilde met Friedrich in de tuin spelen. Zo gezegd, zo gedaan, en algauw kon ze vader en zoon door de glazen terrasdeuren in de sneeuw zien stoeien. De aanblik ontroerde Annabel en deed haar goed. Ze had weleens gedacht dat Hans Dahlmann meer tijd met Friedrich doorbracht dan zijn eigen vader.

Haar schoonmoeder plofte neer op de bank. Ze zag er afgemat uit, en haar geblondeerde kapsel leek scheef op haar hoofd te zitten. Zou ze een pruik dragen? Maar haar chique bleekheid was nu vervangen door rood aangelopen wangen, wat haar goed stond en haar jaren jonger deed lijken. 'Annabel vroeg me naar de familie Knaup,' zei Irmela tegen Richard, die naar de klok keek alsof hij de minuten aftelde tot het beleefdheidsbezoek eindelijk voorbij zou zijn of de telefoon zou rinkelen om hem weg te roepen voor een spoedgeval in het kinderziekenhuis. 'Jij spreekt toch af en toe dokter Schneid, de huisarts van de Knaups? Wat heeft dat krantennieuws te betekenen?'

Annabel had er niet op gerekend dat het gesprek nogmaals op de Löw-fabriek zou komen.

Richard nipte van zijn koffie en vertrok zijn gezicht. Alsof zij er iets aan kon doen dat hij hem zonder melk en suiker dronk. 'Vervelende leuterpraat die de ronde doet in de pers. Ik vraag me af hoe lang ze ons Duitsers nog met die Hitler-tijd aan het hoofd blijven zeuren. Ooit moet je toch zeggen: zand erover.'

Wat bedoelde hij daar nou mee? Maar Annabel wilde hem niet onderbreken.

'Die arme Knaups hebben al genoeg meegemaakt. Eén dochter is aan polio gestorven, trouwens niet in ons ziekenhuis.' Het klonk alsof hij deze tragedie persoonlijk had kunnen voorkomen, terwijl er tegen kinderverlamming nog geen geneesmiddel bestond; men kon alleen de symptomen verlichten. 'Ik weet niet wanneer het onderzoek nou eens opschiet en ze een vaccin ontwikkelen. Nu heb ik begrepen dat ook de andere dochter van de Knaups iets onder de leden heeft.'

'Ook polio?' vroeg Irmela.

'Ik hoop het niet. Ze is al meerderjarig, en hoe ouder de patiënt, hoe ernstiger het ziekteverloop is. Voor zover ik weet, volgt ze al maandenlang een kuur in Zwitserland.'

Ook een manier om de vragen waar je dochter toch uithangt vóór te zijn, dacht Annabel. 'Klopt het dan wat er in de kranten staat, dat de Löw-fabriek gaandeweg alle Joden uit de raad van bestuur heeft ontslagen?'

'Dat moesten ze toch om als bedrijf te kunnen voortbestaan.'

'Nou ja, de Knaups hebben het wel een beetje overdreven, vind ik,' bracht Irmela in het midden. 'Niemand heeft hen gedwongen om hun beide dochters voornamen met een h te geven, alleen om Hitlers meest geliefde schoenenfabrikant te zijn.'

'O ja, hoe heten ze dan, de dochters van de Knaups?' Annabel liet haar vraag zo nonchalant mogelijk klinken.

'Het overleden meisje heette Hannelore, als ik het me goed herinner,' zei Richard. 'Maar de andere dochter, hm, dat schiet me niet te binnen. Enfin, het doet er ook niet toe.'

Voor mij wel, dacht ze. 'Heet zij niet Helga? Volgens mij werden de gezinsleden in de krant genoemd, of misschien heeft de schoenenverkoper in de winkel het me onlangs verteld.' Deze leugen zou haar op meer dan een simpel onzevader als boetedoening komen te staan; ze kon er de blijde geheimen van de rozenkrans wel meteen bovenop gooien, plus misschien zelfs de droevige geheimen.

'Zou kunnen. Ja, inderdaad, nu je het zegt.' Haar schoonvader knikte. 'Helga en Hannelore Knaup.'

Annabel juichte inwendig, ze kon wel als adviseur voor Agatha Christie gaan werken. 'Wat hebben schoenen eigenlijk met nationaalsocialisme te maken?' Ze deed à la Miss Marple alsof ze enkel het gesprek gaande wilde houden en het antwoord haar eigenlijk weinig kon schelen en roerde een extra schep suiker door haar koffie zodat haar opwinding niet opviel.

'Schoenen waren even belangrijk als wapens. Onze strijdkrachten hadden toch moeilijk op schoenen met houten zolen Polen kunnen binnenvallen.' Richard zette zijn kopje neer, het was nog halfvol. 'Zeg, heb je er niet wat sterkers bij, voor de smaak?'

Ze stond op en haalde de kersenbrandewijn die hij hun als cadeautje altijd meteen bij de deur overhandigde, alsof hij anders niet over de drempel zou kunnen stappen.

Hij deed een scheut uit de fles in zijn koffie, pakte de kop met schoteltje en al op en dronk. Eindelijk klaarde zijn gezicht op. 'Hitlers plan was echt nog niet zo dom als je het mij vraagt, alleen de uitvoering deugde niet.'

Annabel verslikte zich bijna toen ze dat hoorde. Weer zo'n opmerking. Tot nu toe had ze geloofd dat de Von Thalers neutraal waren geweest of hooguit meelopers, zoals de meesten. Had juffrouw Knaup misschien met haar ouders gebroken omdat hun kwalijke praktijken ten tijde van het Derde Rijk aan het licht waren gekomen?

'Ik ken je moeder bijna niet terug. Ze zei dat ze af en toe iets met Friedrich wil ondernemen.' Toen Richard en Irmela waren vertrokken en Friedrich sliep als een roos, had Annabel voor zichzelf en Konstantin nog een glas rode wijn ingeschonken, en ze bracht het hem in de bibliotheek.

'Fijn toch, dat ze jou een beetje ontlast.' Haar man zat achter zijn bureau een medisch attest te schrijven, zoals zo vaak laat op de avond.

Op slag besefte ze waar Irmela's grote ommekeer vandaan kwam. 'Heb jij dit soms met je moeder afgesproken? Uit angst dat Friedrich weer iets overkomt als ik met hem op pad ben?'

'Kom nou toch.' Onverwacht pakte hij haar hand, en hij keek naar haar op. 'Ik dacht alleen dat jij wel wat ruimte voor zelfontplooiing kon gebruiken. Na bijna zes jaar lang vierentwintig uur per dag ons kind te hebben verzorgd. En mijn moeder snakt ernaar iets omhanden te hebben. Fritz en zij kunnen tenslotte ook goed met elkaar overweg.'

'Je weet dat ik het niet leuk vind als je de naam van onze zoon afkort.' Ze trok haar hand los uit zijn greep en ging met haar glas in de gecapitonneerde erkervensterbank zitten, waar ze meestal haar detectiveromans verslond.

'O, Bella, vaak ben jij deftiger dan een Von Thaler ooit zou kunnen zijn.' Bella, zo had hij haar al heel lang niet meer genoemd. De laatste keer was tijdens hun wittebroodsweken in 1938, die ze vanwege de gespannen politieke situatie in de Harz in plaats van aan de Middellandse Zee hadden doorgebracht. 'Vandaag ging het allemaal best goed, vind je niet? We hebben wel enerverender zondagen meegemaakt. Papa zal op zijn oude dag niet meer veranderen, hoewel, als mama zo doorgaat en niet meer alles tolereert, misschien ook wel. Hoe dan ook, jouw eten heeft niet alleen mij, maar ook hem heerlijk gesmaakt, je had het uitstekend voor elkaar. Maar neem toch een keer gewoon hulp aan als die je wordt aangeboden en wees niet altijd zo achterdochtig.'

Hij wist hoe hij haar moest bespelen, maar ze had toch nog een paar vragen voor hem. 'Hoe hebben jouw ouders zich vóór 1945 eigenlijk gedragen?'

'Niet anders dan anders, je hebt het toch zelf meegemaakt destijds. Waarom?'

Hij had een punt. Tijdens de oorlog had ze zich daar inderdaad niet ongerust over gemaakt, en erna ook niet. 'Toen jij met Friedrich in de tuin was, begonnen je ouders erover. Je vader was lid van de NSDAP, maar jij?' Ze wist het al uit zijn dossier: hij had zich kort voor het uitbreken van de oorlog bij de partij aangesloten, toen ze al getrouwd waren.

'We moesten partijlid zijn, anders hadden we niet meer mogen praktiseren als arts.' Zoals hij nu praatte, klonk hij als zijn vader. 'Ik heb het zo lang mogelijk uitgesteld, maar toen ik als enige aan het hoofd van de kliniek stond, kon het niet anders, of ik had de boel moeten sluiten.' Noemde hij bewust dokter Kleefelds naam niet, of had hij zo hard geprobeerd zijn vriend te vergeten dat het hem zelf niet meer opviel?

'En je denazificatie, wanneer wilde je me daarover vertellen?'

'Hoe weet jij daarvan?' Hij staarde haar aan.

'Ik ging naar de kliniek om jou je post te brengen en zag de vragenlijst op mevrouw Rübstecks bureau liggen.' Hopelijk geloofde hij dat. Vergeleken bij de manier waarop hij haar beduvelde, was het een soort leugentje om bestwil, en een paar boetegebeden meer of minder maakten nu ook niet meer uit.

'Wat denk je nog meer over mij? Eerst wrijf je me een affaire aan met een van onze verpleegsters, en nu geloof je dat ik een oorlogsmisdadiger ben?'

Ze zweeg, dronk een slok en wachtte zijn antwoord af.

'De beschikking kwam vorige week. Ik ben vrij van schuld verklaard, tevreden? Beieren stopt trouwens als laatste bondsstaat met die beroerde denazificatie.'

'En heeft Samuel Kleefeld voor je getuigd?'

'Begin je nou alweer over hem? Daar had ik Kleefeld toch niet voor nodig. En dat ik niets tegen jou heb gezegd was alleen omdat ik niet wilde dat je je zou opwinden.'

Plotseling had ze met Konstantin te doen. Waren ze al zo van elkaar vervreemd dat hij haar zoiets belangrijks niet eens meer toevertrouwde? Ze merkte dat de breuk met dokter Kleefeld hem nog steeds dwarszat en vroeg niet verder door. Bovendien was ze toch zeker nooit verliefd op hem geworden en naar het gehate Beieren verhuisd als hij een fanatiek Hitler-aanhanger was geweest. Als arts maakte haar man geen onderscheid tussen mensen, noch in het Derde Rijk, noch in de democratie. Wie hij kon helpen, die hielp hij. Ze kon beter proberen haar angsten en zorgen los te laten. Ook wat die Helga Knaup betrof. Annabel herademde. Ze geloofde Konstantin, en over de Knaup-kwestie wist ze inmiddels wat ze wilde weten. Het werd tijd om een streep onder de hele zaak te zetten.

'Mama, wanneer zijn we bij oma?' Friedrich zat te stuiteren op de achterbank van de taxi, die vanwege het dooiweer in slakkentempo over de autobaan kroop. Voor het eerst mocht haar zoon een nachtje in Grünwald komen logeren, en hij was bijna niet te houden. Tot kort voor hun vertrek had hij nog meerdere keren zijn koffertje geleegd. Hij kon gewoon niet kiezen welk speelgoed hij zou meenemen. Het blikken tankstation dat al vol deuken zat, met de vele autootjes? Of de nieuwe dierentuin met alle dieren die hij voor kerst had gekregen? Maar die paste niet in de koffer, dus vroeg Friedrich om een tweede.

'Oma heeft vast papa's speelgoed nog wel dat hij als kind had, je hoeft eigenlijk helemaal niets mee te nemen,' zei ze in een poging hem te helpen.

Hij leek opgelucht, zette de koffer terug in de kast en tilde de zware dokterstas uit het rek, die Konstantin hem met een paar echte onderzoeksinstrumenten erin had gegeven. Behalve pleisters en verband zaten er ook een kleine stethoscoop en een reflexhamer in de compartimenten. Daarmee had hij al op de knieën van alle knuffels getimmerd én op die van Annabel, juffrouw Gusti en Magdalena. 'Dan heb ik alleen deze nodig, voor als oma zich pijn doet. Opa kijkt vast niet meer naar haar om, omdat ze al zo oud is.'

'Zegt oma dat?'

'Nee, ik,' antwoordde Friedrich. 'Opa is toch alleen kinderarts.'

Wat was hij toch slim, haar kleine jongen. Ze drukte hem tegen zich aan en kuste hem op zijn haar. Als hij zo doorging, zou hij inderdaad in de voetsporen van zijn vader en opa treden en de artsendynastie van de Von Thalers voortzetten.

Nadat ze hem bij Irmela had afgezet, popelde ze al om haar man te vertellen wat Friedrich had gezegd. Terug in Starnberg moest ze zich plotseling haasten. Om te voorkomen dat het slechte weer haar zorgvuldig geplande avond zou bederven, vroeg ze de taxichauffeur bij het huis te wachten. Ze verkleedde zich snel, vroeg juffrouw Gusti om Konstantins kostuum in een kledinghoes te doen en het naar de auto te brengen. Even later klikklakte Annabel er in haar lange jurk achteraan, oppassend dat ze niet uitgleed in de sneeuwblubber. Ze liet zich naar de Seekliniek rijden en vond Konstantin in een spreekkamer voor een scherm met röntgenbeelden.

‘Wat? Kaarten voor Wilhelm Kempff – en nog wel voor vandaag. Bella Bellissima, hoe heb je die in de wacht gesleept?’ De verrassing was gelukt, hij was heel blij. Ze hielden allebei van de sonates van Beethoven, die Kempff ook nog eens prachtig vertolkte.

‘Gefeliciteerd met onze zestiende trouwdag.’ Annabel boog zich over Konstantin heen en kuste hem. Misschien had ze toch beter geen hoge hakken kunnen dragen.

‘Mijn cadeau krijg je later. Of dacht je dat ik het was vergeten?’ Haar man glimlachte.

Ze wist niet wat ze had gedacht, maar gehoopt had ze zeker dat hij tenminste op deze speciale dag iets leuks voor haar zou bedenken.

‘Ik moet nog even de hoofdzuster en mijn vervanger voor de komende vierentwintig uur spreken, en daarna ga ik me omkleden.’

Die tijd wilde Annabel gebruiken om haar lippenstift en eyeliner bij te werken in de toiletruimte van de kliniek. Toen ze zich naar de spiegel toe boog, viel de dop van de lippenstift uit haar hand. Ze bukte om hem op te rapen en ontdekte dat er een nog halfvol pakje LUX-sigaretten tussen de wasbak en de afvoer geklemd zat. Wie had dat daar verstopt? Plotseling hoorde ze kokhalsgeluiden achter zich. Ze had gedacht alleen te zijn, maar een van de vijf wc-hokjes was – dat zag ze nu pas – op slot. Annabel wilde net informeren of alles goed ging daar toen de deur openging. De zwangere vrouw was nog bezig haar kleren in orde te brengen en liep met gebogen hoofd naar de wasbak. Pas toen keken ze elkaar in de ogen.

‘U?’ Annabel staarde de verpleegster aan.

‘Goeienavond, mevrouw Von Thaler.’ De zuster knoopte haar witte jas dicht, waste haar handen en liep de deur uit.

Dat kon toch niet waar zijn. Zodra de vrouw weg was, ging Annabel op de vensterbank zitten om bij te komen. Ze was de kluts kwijt en wilde nadenken. Moest ze Konstantin toch nog een keer ter verantwoording roepen? Waarschijnlijk zou hij weer alles ontkennen, zelfs beweren dat het kind dat die lellebel verwachtte helemaal niet van hem was. Misschien was het ook echt niet van hem, dacht Annabel, maar de twijfel sloeg genadeloos toe. Was dit de reden dat Konstantin geen broertje of zusje voor Friedrich wilde, omdat hij er al eentje bij zijn geliefde had verwekt? Ze wuifde zichzelf koelte toe. Ja, ze had besloten haar man te geloven, en dit loeder had al genoeg onrust gestookt in haar gezin. Ze moest iets doen om te zorgen dat ze eindelijk verdween uit haar leven. Maar niet vandaag. Vandaag wilde ze ondanks alles van haar trouwdag genieten.

De hele avond hield ze het hoofd koel en bewonderde zichzelf erom. Toen ze eindelijk in de nieuwe Herculeszaal van de herbouwde Residentie van München zaten en naar het gekuch, gehoest en gesnuit luisterden tot de eerste noten klonken, duurde het maar een paar maten voordat ze wegzweefde op de zachte klanken van Beethovens *Mondscheinsonate*. Het lukte de dichter onder de pianisten, zoals Wilhelm Kempff werd genoemd, om Annabels innerlijke verwarring te sussen. Onder de droogkap in Gabi's Schoonheidssalon had ze gelezen dat de pianist met zijn gezin ook aan de Starnberger See wilde komen wonen. Hitler had hem op de *Gottbegnadeten*-lijst opgenomen zodat hij niet in het leger hoefde te vechten. Toch werd hij kort voor het einde van de oorlog opgeroepen voor de Landstorm. Hoe verzonnen ze het allemaal, dacht Annabel. Aan de ene kant de 'door God begenadigden' en aan de andere kant de 'onwaardigen' zoals Manfred Brandstetter, die het volgens de machthebbers niet verdienden om te leven. Ze keek van opzij naar haar man, naar zijn fijne profiel met het hoge voorhoofd en de rechte neus. Toen hij haar blik voelde, glimlachte hij haar toe en pakte haar hand. Blijkbaar was haar cadeau een schot in de roos. Het zou allemaal zo eenvoudig en tegelijkertijd heerlijk kunnen zijn nu Annabel eindelijk met haar schoonmoeder overweg kon en Beieren als haar thuis had geaccepteerd. In de eerste jaren van haar huwelijk had ze nog zo vaak ze kon haar ouders in Münster opgezocht. Soms was er een urenlange spoorblokkade en ging de reis pas de volgende dag verder. Maar op de een of andere manier slaagde ze er altijd in om bij hen te komen. Alleen in de boekhandel van haar moeder kon ze zich echt ontspannen. De geur van papier en boekbinderslijm riep elke keer weer herinneringen in haar op, hoewel ze lang niet meer zoveel serieuze literatuur las als vroeger en meer op detectiveromans was overgestapt. Ze had het altijd heerlijk gevonden om zich onder te dompelen in vreemde werelden en andermans lotgevallen, die steevast ook haar eigen toestand weerspiegelden. Toen ze pas getrouwd was, had ze op aanraden van haar moeder *Effi Briest* gelezen. Annabels problemen leken op die van de hoofdpersoon, en al zou zij haar man nooit bedriegen, Effi's eenzaamheid ondervond ze aan den lijve. Vaak had ze tijdens haar bezoeken aan Münster tot sluitingstijd voor de hoge kasten gezeten die tot aan het plafond en rondom de pilaren tjokvol boeken stonden. Terwijl haar moeder klanten bediende, bestellingen inpakte of antiquariaatslijsten doornam, kwam Annabel alleen van de oude leren bank met de geborduurde kussens af om verse thee te zetten en nog een stuk van de Westfaalse Kastenpickert af te snijden, een aardappel-vruchtencake die haar moeder zelf bakte en in het kleine keukentje bewaarde. Annabel grasduinde in alles wat ze nog niet kende, ook al ontbraken er veel belangrijke auteurs. Haar moeder was verplicht lid van de bond van Rijksduitse boekhandelaren, anders had ze haar winkel moeten sluiten. Toch sprokkelde ze heel wat boeken van vervolgde schrijvers of van hen die een beroepsverbod opgelegd hadden gekregen bij elkaar in een tweede rij achter de zichtbare rijen op de planken. Annabel legde dan ook menige roman van Stefan Zweig, of een dichtbundel van de door hem gestimuleerde Nelly Sachs, in een protserig uitziend pasverschenen boek met nationaalsocialistische strekking en verdiepte zich daarin alsof er niets verheffenders bestond dan de hetze tegen Joden, politiek andersdenkenden en buitenbeentjes.

Maar ze ging dan wel zo achter de wenteltrap zitten dat niemand over haar schouders kon kijken. Heel weinig mensen wisten af van de boekenplanken met de dubbele bodem. Ze moest er niet aan denken dat haar moeder daarvoor zou zijn gearresteerd. Verklikkers waren overal, en je kon bijna niemand meer vertrouwen. Soms assisteerde Annabel haar vader bij de catechismusles. Met kinderen werken vond ze leuker dan het gezelschap van saaie volwassenen, bij wie ze altijd moest oppassen wat ze zei.

Ten slotte ging ze nog bij Renate langs, haar vriendin van de handelsschool, die ook getrouwd was en nu Mohlreitz heette. Terwijl Annabel eigenlijk in het klooster had gewild en nauwelijks enthousiasme voor mannen toonde, die waarschijnlijk daardoor ook weinig avances in haar richting maakten, had Renate al voor het einde van haar secretaresseopleiding de keuze tussen een banketbakker uit de buurt en de eigenaar van een brouwerij. Al snel daarna stond ze zwanger achter de toonbank van de banketbakkerswinkel en werkte van 's morgens vroeg tot 's avonds laat. Na de geboorte van haar tweede kind leed ze net als alle jonge moeders onder chronisch slaapgebrek. Met donkere kringen rond haar ogen serveerde ze Annabel midden in de oorlog mokkakoffie en een schaaltje met haar lekkerste bonbons. Annabel wilde niet weten waarvan de bonbons gemaakt waren of wat er in de versiering zat, de juiste ingrediënten waren immers amper meer te krijgen. Beleefdheidshalve stopte ze er een in haar mond. Ze dacht vis te proeven, slikte hem snel door en prees uitbundig hoe mooi de bonbons eruitzagen, en dat was ook zo. Met de baby in haar armen en het jengelende meisje aan haar been kwam Renate even bij haar aan het tafeltje zitten. Eigenlijk wilde Annabel haar hart luchten. Dat ze in een Münchense artsenfamilie was ingetrouwd die bovendien van adel was wist haar vriendin al. Van een afstand gezien leidde ze een luxeleven, met een dienstmeisje en een kokkin – toen had ze die nog – en Renate benijdde haar daar vast om. Maar voor haarzelf voelde haar leven vreemd leeg. Een kind zou dat misschien kunnen veranderen. Maar ze kon niet over het onderwerp beginnen, Renate had de rust niet voor een serieus gesprek. Aan de muur, die volhing met portretten van acteurs als Heinz Rühmann, Sonja Ziemann en Hans Albers, zag ze ook haar eigen ansichtkaarten van de Starnberger See. Renate vroeg of Annabel Hans Albers al eens was tegengekomen, omdat hij immers vlak bij haar woonde in zijn villa aan het meer. 'Vlakbij' was overdreven, dacht Annabel, Tutzing lag veertien kilometer ten zuiden van Starnberg.

'Je bent vast vaak op een gala uitgenodigd, of hoe dat ook heet, waar al die acteurs naartoe gaan.' Renate sperde haar ogen even wijd open als haar tweejarige dochter, die op de dambordtegels hurkte en in slow motion een kruimel in haar mond stopte.

'Je dochter eet iets van de vloer,' zei Annabel, meer om haar van zichzelf af te leiden. Behalve stokoud lijkende artsenvrouwen die de toekomst lazen in koffiedroes, en professoren die net als haar schoonvader met Latijnse vaktermen smeten, had ze tot nu toe niemand leren kennen, hoewel het in Starnberg naar verluidde wemelde van de beroemdheden.

'Niet doen, Ursel.' Renate sloeg haar dochter hard op de vingertjes.

Die zette het op een krijsen en was nauwelijks tot bedaren te brengen. Haar man riep uit de bakkerij waar Renate nou toch bleef, er stonden klanten te wachten.

Renate sprong overeind, legde de baby in de draagzak en nam haar snikkende dochter op haar arm. 'Geniet van je tijd zonder kinderen zolang je kunt,' zei ze, alsof ze toch bij haar vriendin naar binnen had gekeken. Ze omhelsde Annabel vluchtig. 'De volgende keer heb ik meer tijd en vertel jij me alles precies, hè?'

Maar dat zat er niet meer in. Kort nadat ze was vertrokken, begonnen de bombardementen van de geallieerden. In banketbakkerszaak Mohlreitz gingen de etalageruiten aan diggelen. Renate kon met haar gezin nog op tijd een schuilkelder bereiken. Annabels ouders niet. Zij stierven op 11 november 1943 onder het puin van de boekhandel aan de Prinzipalmarkt. Volgens de bisschop voor wie haar vader werkte, had hij haar moeder willen ophalen toen het luchtalarm begon. Twee dagen later zouden haar ouders hun zilveren bruiloft hebben gevierd. 'Onze heilige drie-eenheid,' had haar vader hun gezin weleens genoemd, en haar moeder vroeg wie van hen drieën aan de top stond. Maar dat was nou net het mooie van hun driehoek, had haar vader daarop geantwoord, ze waren allemaal gelijkwaardig. Op het moment van hun begrafenis was Annabel al vijf jaar een getrouwde vrouw en nog steeds kinderloos, en ze voelde zich vanaf toen nog eenzamer aan Konstantins zijde. En toen anderhalf jaar later heel Duitsland in de as lag en de gruweldaden uit naam van het Duitse volk aan het licht kwamen, was ze nog steeds bang dat zij, de vrouw van een verloskundig arts die talloze kinderen op de wereld had geholpen, misschien onvruchtbaar was.

En nu had haar man een van zijn snolletjes zwanger gemaakt. Applaus barstte los. Het concert was voorbij.

'Ik dacht zo, laten we iets uitproberen,' stelde Konstantin voor zo gauw ze thuis waren. Hij haalde een doosje uit de kofferruimte van zijn Ford Taunus en overhandigde het haar plechtig. Dit was dus zijn cadeau voor hun trouwdag. Ze had het kunnen weten. Uitproberen, het codewoord voor de proefverpakkingen die hij gratis kreeg van vertegenwoordigers in zogeheten huwelijkshygiëneproducten. Pasgeleden waren het kapotjes met geurtjes en smaakjes, Annabel bloosde alleen al nu ze eraan terugdacht. Van een geparfumeerde schapendarm raakte zij nou niet bepaald opgewonden, ook al had Konstantin haar verzekerd dat het slappe ding allang van natuurrubber werd gemaakt. Alleen daardoor kon je het uitkoken en meerdere keren gebruiken zonder dat het poreus en minder elastisch werd. De belangrijkste reden voor haar afkeer van voorbehoedsmiddelen was dat ze meer kinderen wilde, maar Konstantin blijkbaar niet, hoewel hij dat nooit zou toegeven. Nog zoiets wat onuitgesproken bleef tussen hen. Friedrich was hem soms al te veel, terwijl zij zich toch de meeste tijd bezighield met hun zoon. Ze was vijfendertig, en langzaam maar gestaag tikte haar biologische klok door. Maar genoeg gepiekerd voor vandaag. Zoals gewoonlijk deed ze wat hij wilde en gaf zich aan hem over.

De volgende dag werd ze eerder wakker dan Konstantin, die pas tegen twaalven naar de kliniek wilde gaan, en bedacht een plan. Nog in ochtendjas sloop ze naar de hal om te telefoneren, maar ze besefte toen dat ze daar niet kon praten zonder dat haar man er misschien iets van opving. Ze hoorde juffrouw Gusti op de benedenverdieping en besloot het telefoontje uit te stellen en eerst Konstantin maar eens met een speciaal ontbijt te verrassen. In de keuken constateerde ze dat ze behalve het allernoodzakelijkste niets in huis had. Zelfs de geitenkaas, de melk en eieren van de Brandstetterhoeve waren op.

'Juffrouw Gusti,' zei ze tegen het dienstmeisje, dat al aan het ramen zemen was, 'haalt u even vier eieren bij Lindner, en als ze ze daar hebben ook meteen wat croissants.' Een Frans ontbijt was wel gepast na de kapotjestestnacht, bedacht ze met een glimlachje, die ondingen kwamen immers uit Frankrijk. Lindner werkte met internationale leveranciers, en zijn prijzen waren dan ook hoog. Laatst had ze daar zelfs al aardbeien kunnen krijgen, en hoewel ze nergens naar smaakten, zagen ze er prachtig uit. Annabel viel stil en snoof in de richting van het open klapraampje. Een geur was in haar neusgaten gedrongen. 'Wat is dat?'

'Bij Dahlmann hebben ze gratis verse carnavalskrapfen.' Juffrouw Gusti's poetslap dampte van het hete water, dat de ijsbloemen van de ruiten af moest krijgen.

'Gratis?' Luise Dahlmanns bedrijfsstrategie was Annabel een raadsel. Voor het vooraf gekookte driegangenmenu had ze alleen de kosten van de ingrediënten in rekening gebracht en niet haar werkuren, die ze genereus als 'burenhulp' bestempelde. Zo kwam haar zaak toch nooit van de grond. Bij de slagers op de Viktualienmarkt zou Annabel het drie- of zelfs viervoudige hebben betaald.

'Maar je krijgt de Krapfen alleen als je daar iets koopt of de telefoon gebruikt,' vulde juffrouw Gusti zichzelf aan.

'Ook voor telefoneren?'

'Ja, dat kun je tegenwoordig in de gang van de Dahlmanns doen, niet meer midden in de winkel, waar iedereen meeluistert. En de Krapfen zijn erg lekker. Ik heb er afgelopen week één met citroensuikerglazuur gekozen, die kan ik echt aanraden.' Ze likte haar lippen af. Wat ze had gekocht om dat lekkers te bemachtigen vertelde ze er niet bij.

'Nou, goed.' Annabel pakte haar portemonnee. 'Ga daar dan naartoe en laat u door mevrouw Dahlmann adviseren. Maar ik wil wel iets exquis hebben. Of wacht, laat me het zelf maar even doen.' Dan kon ze hopelijk ongestoord telefoneren zonder te hoeven wachten tot Konstantin het huis uit was.

Nog dezelfde dag werd Helga Knaup ontslagen en uit het zusterhuis gegooid, maar tot Annabels ontzetting trok ze uitgerekend bij de Dahlmanns in. En ze had nog wel gehoopt dat die jongedame naar haar ouders zou teruggaan, zodat Annabel voorgoed van haar verlost was. Maar wat deed die lellebel? Ze stond voortaan in de winkel en hielp Luise Dahlmann een handje. En dat juist toen Annabel had besloten Luises vriendelijkheid te belonen door uit de goedheid van haar hart af en toe wat boodschappen bij haar te doen. Nu pronkte mejuffrouw Knaup met haar steeds dikker wordende zwangere buik en voedde het Starnbergse geruchtencircuit. Alle vrijgezellen en zelfs een paar getrouwde mannen kwamen in aanmerking als vader, speculeerden de dames die rechts en links naast Annabel zaten toen ze in het voorjaar bij Gabi Lerchentaler haar permanent liet bijwerken.

'Ze had zelfs een oogje op Zuckermüller,' beweerde mevrouw Beil, de vrouw van de rechter bij de districtsrechtbank, wier spaarzame haarplukken steeds weer van de krulspelden gleden waar de kapster ze omheen probeerde te wikkelen.

'Ach nee toch. De pastoor?' De vrouw van de apotheker, die haar haar liet bleken, boog zich naar voren. 'Weet zijn huishoudster daarvan? Die is toch verantwoordelijk voor zijn lichamelijk welzijn, als u begrijpt wat ik bedoel?'

Annabel waardeerde het dat ze niet tussen het Starnbergse gewone volk zat. Gabi Lerchentaler wees de stoelen in haar kapsalon duidelijk toe op grond van de beroepen van de echtgenoten.

'U kent die juffrouw toch ook, mevrouw dokter. Wat denkt u, van wie zou ze, eh... in blijde verwachting zijn?'

'Ik?' Annabel keek op van een tijdschriftartikel getiteld 'Rij je chic met *Quick*'. Ze had zich juist in de edele kunst van het autorijden verdiept. Misschien kreeg ze Konstantin zover dat ze haar rijbewijs mocht halen. Dan kon ze Friedrich zelf met de auto naar zijn grootmoeder brengen en weer ophalen, en hem in de herfst ook zelf naar school rijden. Sinds bijna iedereen zich een kleine auto kon veroorloven, heerste er in de stad je reinste verkeerschaos, wat betekende dat Friedrich absoluut niet lopend naar school kon. 'Hoe zou ik dat moeten weten?' Was er soms iets uitgelekt over Konstantins verhouding met dat mormel?

'Nou ja, ze heeft in de kliniek van uw man gewerkt, dus ik dacht...'

Gelukkig bleef antwoorden haar bespaard, want de kapster zette de droogkap aan.

Begin mei moest ze haar zoon weer eens bij de Dahlmanns gaan halen. Irmela had zich in het hoofd gezet om met Friedrich naar de dierentuin te gaan en kon elk moment in haar limousine voorrijden. Dus zette ze zich ertoe om de winkel binnen te stappen, hoewel ze al door het etalageraam had gezien dat Helga Knaup hoogzwanger achter de kassa stond; het was alsof ze een overrijpe meloen onder haar kleren droeg. Een horde klanten verdrong zich tussen de schappen. Luise Dahlmann en haar vriendin zagen eruit als een goed georganiseerd team, en de bediening verliep vlot.

'Moet je zien wat ze aanheeft,' hoorde Annabel een klant smiespelen toen ze achter de anderen in de rij ging staan. Net als toen ze nog in de kliniek werkte, droeg Helga Knaup een witte jas. Hopelijk had ze die niet stiekem meegenomen! Ze kreeg hem in elk geval niet meer dicht. Eronder bolde een strakke gebloemde jurk op, die haar toestand benadrukte in plaats van verhulde.

'Wie is er dan aan de beurt,' zei mevrouw Dahlmann, en ze ontdekte Annabel. 'O, hallo mevrouw dokter, u komt Friedrich zeker halen.' Kennelijk verwachtte ze al niet eens meer dat Annabel iets kwam kopen, en ze riep naar achteren: 'Fritz, je moeder is er.'

Met een met suiker besmeurd gezicht en een glimlach van oor tot oor rende hij naar haar toe.

'Hij heeft me geholpen met glaceren,' zei Luise verontschuldigend. 'Wacht even, dan veeg ik nog vlug zijn mond af.'

'Nee, het is al goed, bedankt.' Waarvoor bedankte ze haar eigenlijk? Nu moest ze Friedrich nog een keer helemaal omkleden en zijn tanden poetsen voordat hij bij zijn oma in de auto mocht stappen. Maar je moest toch wat, als moeder. Toen ze met Friedrich aan haar hand de winkel uit ging, botste ze bijna tegen mevrouw Beil op, de vrouw van de rechter. Die was er blijkbaar weer eens op uit om haar nieuwgierigheid te bevredigen.

Een kwartier later was Friedrich schoon en vrolijk onderweg naar München. Iets dreef Annabel terug naar de winkel. Het was haar te binnen geschoten dat ze de cadeaumand voor de hoofdzuster nog niet had betaald. Konstantin herinnerde haar er voortdurend aan, ze kon het maar beter nu afhandelen. Het jubileumfeest was een groot succes geweest, vooral de inwijding van de 'mini-Seekliniek' die Beate Boden in haar volkstuintje vlak bij München had ingericht. Ze stond erop dat meneer en mevrouw Von Thaler het resultaat kwamen bezichtigen. Terwijl ze gewoon een groep tuinkabouters te zien kregen die als dokters en verpleegsters aangekleed waren...

'Ho eens even, dit klopt niet.' Mevrouw Beil stond nu bij de kassa en protesteerde. 'U hebt mij niet genoeg teruggegeven.'

'Echt?' Helga Knaup inspecteerde de kassabon en vervolgens het wisselgeld. 'Vijf mark drieëntwintig. Dat klopt toch. Eén vijfmarkstuk en drie dubbeltjes. En de zeven pfennig heb ik u al gegeven.'

'Nee, ik heb met een tienmarkbiljet betaald.'

Juffrouw Knaup drukte de hendel van de kassa in en opende de rinkelende geldla. 'Hier zit geen tientje in, alleen twee biljetten van twintig en één van vijftig mark, en verder het kleingeld.'

'Ik laat me door jou niet afzetten, sloerie die je bent,' tierde de rechterseega nu heel ondamesachtig.

Luise kwam tussenbeide. 'Zo is het genoeg, mevrouw Beil,

hou ermee op mijn vriendin te beledigen. Geef gewoon toe dat u zich hebt vergist.'

'Ik me vergissen? U weet zeker niet wie ik ben, mijn man is...'

'Dat weten we,' onderbrak Luise haar. 'Maar wie fout zit, zit fout. Dat geldt ook voor u. Ik wil best de boodschappen terugnemen en u het geld teruggeven, als u dat liever hebt.'

Mevrouw Beil knelde de arm waaraan haar boodschappennet hing tegen haar lichaam, alsof iemand haar de blikjes goulashsoep en gecondenseerde melk met geweld afhandig wilde maken. 'Het is hier toch zeker één grote ontuchtige bende. Hoe kunt u uw kind aan zulke mensen toevertrouwen, mevrouw Von Thaler? Ze brengen hem nog op het slechte pad.' In Annabel zag ze blijkbaar een bondgenoot.

Maar dit ging ook haar te ver. 'Let op uw woorden alstublieft, mijn zoon voelt zich hier thuis, en de Dahlmanns doen hun werk goed. Ik zou hen als buren niet meer willen missen.' Het opgeblazen Knaup-sletje liet ze maar even buiten beschouwing. Ze was stiekem ontroerd door de manier waarop Luise haar vriendin verdedigde. Zo iemand zou zij ook graag naast zich hebben, iemand die onvoorwaardelijk voor haar opkwam.

'Wat bent u een hypocriet!' Mevrouw Beil was nog niet weg, of Helga Knaup begon tegen Annabel uit te varen. 'U haalt alleen hier boodschappen als het niet anders kan en maakt toch al steevast misbruik van Luises goedhartigheid.'

'O ja? Moet je horen wie het zegt.' Annabel sloeg haar armen over elkaar en keek haar recht aan. 'Wie heeft zich hier ingenesteld en doet alsof ze straatarm is? Waarschijnlijk betaalt u niet eens huur.'

'Dat zijn uw zaken niet. Tenslotte is het uw schuld dat ik mijn werk kwijt ben, gemene klikspaan.'

'Doe nou niet alsof u op die baan aangewezen was. U bent

niet bepaald een minderbedeelde.' Van Konstantin wist Annabel weliswaar dat veel vrouwen terugschrokken voor de zware verpleegstersopleiding, maar dat hield ze voor zich. Eindelijk had ze de kans om die juffrouw Knaup eens flink de waarheid te zeggen. 'Weet mevrouw Dahlmann wie uw ouders zijn? Of hebt u dat verzwegen?'

Helga en Luise keken elkaar aan.

'Dat dacht ik al.' Annabel knikte tevreden. 'Dat uw vader directeur is van de Löw-fabriek, die zich als zuiver arisch schoenenconcern ten koste van Joden en anderen heeft verrijkt, schreeuwt u vandaag de dag vast niet graag van de daken. Al hebt u anders nog zo'n grote mond.'

HELGA

'Waar hebt u het over? Hou toch op.' Dit liet ze niet op zich zitten. 'Wij Knaups zijn trots op onze bedrijfsgeschiedenis. De oprichter was Joods en in de verte zelfs familie van Albert Einstein.' Het verbaasde Helga dat ze het opeens over 'wij' had, maar de beschuldigingen van die mevrouw dokter hingen haar al ellenlang de keel uit. Ze kwam voortdurend met iets nieuws op de proppen. 'Bovendien, als het klopt wat u beweert, dan hadden de geallieerden de schoenenproductie stilgelegd en zouden ze het bedrijf niet hebben laten doorlopen.'

'Zijn jouw ouders de eigenaars van Löw-Kwaliteitsschoenen?' Luise zette grote ogen op.

'Ik wilde het je vertellen zodra ik je sandalen zag, maar...' Meteen schaamde ze zich. Helga wist ook niet waarom ze er tot nu toe niets over had gezegd, misschien was het uit angst dat Luise haar weg zou sturen. Als dochter van zulke welgestelde ouders, zou Luise wel denken, kon Helga vast wat betalen en hoefde ze haar toevlucht niet bij de Dahlmanns te zoeken. Zeker nu, nu die ene overnachting niet zomaar een weekje, maar zelfs een aantal maanden was geworden. Maar wat hadden ze het al die tijd gezellig gehad samen. Als tegenprestatie hielp Helga Luise in de winkel en met opruimen en schoonmaken. Al met al had ze het hier heel erg naar haar zin. Meestal brachten ze ook de avonden samen door, het voelde alsof ze haar grote zus terug had. 'Wat maakt het u uit wie mijn familie is?' Helga was nog niet klaar met dat arrogante Von Thaler-mens. Eigenlijk hoefde ze haar ouders niet te verdedigen, maar ze wilde deze beledigingen ook niet over haar kant laten gaan. Ze liep om de toonbank heen en ging pal voor haar staan, alsof ze haar met haar zwangere buik de deur uit wilde duwen.

'Ik wilde weten wat voor type het is dat mijn man probeert in te palmen.' De vrouw gaf niet op, ging geen centimeter achteruit. Integendeel, ze kwam nog dichter bij Helga staan en hief haar hand op. 'En dan bent u ook nog zo brutaal om vlak tegenover ons neer te strijken en u te gedragen alsof... alsof...'

Pets. Zo klonk het, maar ze raakte niet Helga's gezicht. Er was iets op de vloer gevallen. Iets warms vloeide langs haar benen. Tussen haar schoenen vormde zich een plas.

'Dat waren uw vruchtvliezen, hè?' zei Annabel von Thaler, voordat Helga het zelf begreep. 'Wacht, ik help u. Zal ik u naar de Seekliniek laten brengen?'

'Naar dat stel beunhazen? Nooit van mijn leven. Ik ga hier bevallen.' Helga wist het heel zeker. Luise had haar over haar doodgeboren kindje verteld en hoe ze in de Seekliniek was behandeld, een reden te meer om voor een thuisbevalling te kiezen.

'Beunhazen, wie zegt dat?'

De irritante overbuurvrouw liet het er niet bij zitten, maar Luise schoot Helga te hulp. 'Daar gaan we het nu niet over hebben.' Ze liep vlug naar de deur en draaide het bordje om. GESLOTEN. Toen sloeg ze haar arm om Helga heen, op de plek waar negen maanden geleden nog haar taille had gezeten. 'Kom, ik breng je naar achteren, of red je het nog om de trap op te komen?'

Inmiddels was Helga van de bank in de woonkamer naar de leegstaande kamer op de eerste verdieping verhuisd. Omdat de Dahlmanns die nog niet nodig hadden voor hun eigen kinderen had zij de ruimte voor zichzelf mogen inrichten. Opeens voelde ze een pijnscheut in haar rug. De pijn werd heviger, algauw zat ze op haar knieën op de vloer. Dit moest de eerste wee zijn. Allemachtig, wat deed dat zeer. Ze ging bij de tussendeur op het opstapje zitten en kreunde.

'Ik kan beter meteen de vroedvrouw bellen.' Luise holde naar de telefoonnis in de gang en kwam na een kort gesprek terug met Annabel von Thaler in haar kielzog. Wat deed zij nou nog steeds hier? 'Mevrouw Hirschkäfer is voor een eerste controle bij een kraamvrouw in Pöcking, ik ga haar daar ophalen, anders duurt het te lang. Ik ben zo snel mogelijk terug. Mevrouw Von Thaler heeft aangeboden bij jou te blijven, goed?'

Helga kon niet meer dan een gekreun als antwoord uitbrengen.

Voeding voor een pasgeborene

- *De beste voeding is verse moedermelk. Die vanaf een geboortegewicht van 2.000–2.500 gram drinken uit de moederborst.*
- *Lichtere kinderen worden sneller moe tijdens de borstvoeding en hebben zuig- en slikstoornissen of ademhalingsproblemen. Ze moeten met een lepel of pipet worden gevoed.*
  Pas op: nooit in de neus druppelen! In de eerste twee weken afgeroomde verse moedermelk, later onverdunde moedermelk geven met toegevoegde eiwitpreparaten (2% Plasmon, 2% Larosan, 2-3% karnemelkpoeder of 0,5-1% aminozuurmengsel).
- *Door toevoeging van boter in de vorm van een roux maak je de juiste voeding voor de langere termijn, die voor groei, een gezond uiterlijk en goede weerstand van de zuigeling zorgt.*
- *Aanbevolen blikjesmelk: Babysan, Pelargon (Nestlé), Glücksklee-melk, Alete-melk, Humana-melk = niet alleen voor Helga, ook voor klanten in de winkel op voorraad houden!*

Uit: Luises winkelkennisalbum

LUISE

Een hobbelige rit op de bagagedrager van de Triumph wilde ze de vroedvrouw niet aandoen. Bovendien zou het ook te veel tijd kosten. Dus besloot Luise de zijspanmotor te nemen die Hans nog maar kortgeleden tweedehands had gekocht. Wachten tot hij thuiskwam om zijn toestemming te vragen zou nu niet gaan. Ze duwde de BMW de garage uit, trok de hoes eraf en haalde het gereedschap uit het zijspan dat Hans daar zolang in had gelegd. Ze had nog nooit op de motor gereden, maar hij deed het. Dat had Hans in elk geval beweerd. Erop rijden zou niet anders zijn dan op de bromfiets, hoopte ze. Gelukkig zat de sleutel in de tankdop. Ze zette de helm op en trok de band van de pilotenbril er langs de achterkant overheen. Toen drukte ze de lichtschakelaar aan de voorkant van het stuur in tot het groene lampje brandde. Nu niet gaan jachten, dacht ze. Ook al was er haast bij, ze mocht geen stap overslaan. Gevoel en techniek waren nodig om een machine onder controle te houden. Hoe vaak had Hans haar al niet met die vermaning aan het hoofd gezeurd als zij haar ongeduld verbeet terwijl ze alleen nog maar de handleiding voor een nieuw apparaat probeerde te snappen. Ze trapte het kickstartpedaal in, maar op een zachte klik na bleef het stil. 'Lieve God,' smeekte ze, 'zorg dat dit ding aanslaat, het is een noodgeval.' Ze duwde het pedaal terug en trapte het opnieuw in, nu zo hard als ze kon. De motor begon te sputteren, wat vervolgens overging in gelijkmatig geronk. Hij liep alsof hij pas gesmeerd was, en dat was hij dan ook. In gedachten stuurde ze haar man een dikke kus. Toen klom ze op het zadel, en het voelde als Fido's rug, zo vorstelijk zat ze erop. Voordat ze langzaam de tuin uit rolde, trok ze de leren handschoenen aan en schoof de bril voor haar ogen. Het lukte maar net om door het tuinhek te komen, het was nog wennen dat ze aan één kant met een aanhanger reed. Als er krassen in de lak kwamen, zou Hans het haar nooit vergeven! Vooral het bochtenwerk was een uitdaging. Het zijspan kwam los van de grond wanneer ze naar links stuurde. Maar als de vroedvrouw nog hetzelfde postuur had als bij Manni's geboorte, zou dat tijdens de terugrit niet meer gebeuren. Luise gaf gas. Tot haar verbazing reed ze alsof ze door boter gleed. Terwijl ze op de Triumph bij elke hobbel vol gas moest geven en zelfs moest meetrappen. Ze schoot de steile Zuchtberg op, die de plaatselijke bevolking zo noemde omdat hier bijna elke motor begon te sputteren. Toen stoof ze door naar Pöcking.

Mevrouw Hirschkäfer moest zich eerst losrukken van de overvloedige koffietafel waar de geboorte van het zesde kind in een boerengezin gepast werd gevierd, maar Luise zei dat ze moest opschieten. Ze maakte zich zorgen om Helga. Hoewel Annabel von Thaler als vrouw van een verloskundig arts en als moeder hopelijk enig idee zou hebben wat ze moest doen, wilde ze haar vriendin toch het liefst zelf bijstaan.

'Zo, jij bent nogal wat met me van plan, Luisetje.' De vroedvrouw noemde haar nog steeds hetzelfde als toen ze tien was en tutoyeerde ook de kraamvrouwen die ze onder haar hoede had, maar wilde zelf met 'u' worden aangesproken. Nog kauwend op een stuk notenvlechtbrood, met de rest ervan als mondvoorraad ingepakt en in haar jaszak gepropt voor onderweg, klom ze ten slotte in het zijspan. Het werd al donker en begon te regenen.

'Zet de kap op, mevrouw Hirschkäfer, anders fluit de wind u

straks om de oren.' Luise wilde haar de leren pet met oorkleppen aangeven die in het zijvak had gelegen, maar de vroedvrouw trok liever haar baret over haar haarknoetje. Toen Luise zich ervan overtuigd had dat haar kostbare vracht veilig en wel in het zijspan was gestouwd, begon ze te rijden.

'Ho, stop, wachu toch effe.' Een meisje, vermoedelijk de oudste dochter van het boerengezin en nauwelijks tien jaar, rende achter hen aan.

'U heb 'n tas vageeta, m'vrouw.' Het meisje sleepte iets groots met zich mee.

'Jezusmina,' zei mevrouw Hirschkäfer. 'A vroedvraa zonder instrumententas, dat is als... als een dokter zonder lachgas.' Ze hiklachte.

Luise vermoedde dat ze niet alleen met zuiver water op de prachtige baby hadden geklonken. Als dat straks maar goed ging. Moest ze Helga misschien toch naar de kraamkliniek brengen? Maar toen bedacht ze weer wat haar en haar moeder daar was overkomen, en ze bleef bij haar besluit. In elk geval had Hirschkäfer de geboorten van Luise en haar broertje begeleid, en Manni's handicap en de dood van hun moeder waren niet haar schuld. De vroedvrouw had er juist nog voor gezorgd dat haar moeder in de kliniek werd opgenomen toen het na de bevalling steeds slechter met haar ging. Ze had de beste reputatie in het hele district en had talloze gezonde kinderen op de wereld geholpen. Waarschijnlijk sterkte dat kleine beetje schnaps haar eerder.

'Bent u er klaar voor?' vroeg Luise nadat ook de grote beugeltas in het zijspan was gepropt.

'Jazeker, vooruit met de geit,' antwoordde de vroedvrouw.

Luise startte en gaf vol gas. Het ging harder regenen, de koplampen van tegemoetkomende voertuigen werden weerspiegeld op de natte weg, en haar pilotenbril besloeg. Ze moest zich concentreren en boog zich verder naar voren.

'Oei lala,' hoorde ze af en toe uit het zijspan als ze te dicht bij de berm reed en een kuil niet meer kon ontwijken. Nu alleen nog de berg af en een paar bochten door langs het meer, dan zat de rit er bijna op. Na de afdaling ging alles gesmeerd. Ook de volgende bocht naar links lukte, daarna een stuk rechtdoor en om het plantenperk voor Hotel Bayerischer Hof heen, dat met zijn nachtverlichting pronkte. Ze merkte dat de vroedvrouw ineengedoken in het zijspan zat, alsof ze over een steile rodelbaan omlaagsjeesden. Luise denderde voort en ging de laatste bocht in. Maar wat was dat? Gepiep en geknars, er schampte iets langs het geteerde wegdek, en de zijkant van de motorfiets schokte. Ze remde en kwam na een paar meter vlak voor de ingang van de winkel tot stilstand. Het zijspan ontbrak. Waar was het gebleven? Ze keek achterom en zag het in het licht van de straatlantaarns met de vroedvrouw erin dwars over de rijbaan slingeren. In de haast had ze niet gecontroleerd of de zijspancombinatie goed vastzat. Snel parkeerde Luise de motorfiets en rende terug. 'Gaat het met u, bent u gewond?'

'Niks aan de hand.' Bij de stoeprand aangekomen hees mevrouw Hirschkäfer zich met Luises hulp uit de bak. 'Pfiew!' Ze zette haar baret recht. 'Ik moet zeggen, dat was spannender dan een rondje in de duivelscarrousel op het Oktoberfest. Daar moet je patent op aanvragen, Luisetje!'

HELGA

'Zullen we samen proberen de trap op te komen?' stelde zij van Von Thaler voor nadat de wee was weggeëbd. 'Daar hebt u waarschijnlijk meer rust.' Ze sloeg haar magere, verbazingwekkend sterke armen om Helga heen en hielp haar overeind.

Helga kreunde. Haar benen voelden als lood, en het kind leek zich omlaag te werken alsof het er ter plekke uit wilde floepen. Ze sleepte zich tree voor tree naar boven en moest steeds weer stoppen. De buurvrouw bleef dicht aan haar zijde. Daarnet hadden ze elkaar het liefst de ogen uit willen krabben, en nu dit. Ze hadden de overloop nauwelijks gehaald, of er kwam alweer een wee. Daarna gebeurde er een tijdje niets, en Helga wist de slaapkamer te bereiken. Daar lagen de piepkleine kleertjes klaar die zij en Luise de afgelopen weken samen hadden gebreid. Babysokjes en een mutsje. Nou ja, Luise had meer gedaan dan zij. Helga vond breien nog moeilijk, liet nogal eens een steek vallen en slaagde er vervolgens niet in om hem weer op te halen.

'Wilt u alstublieft de kachel aanmaken?' Ze wees naar de potkachel die voor de schoorsteen stond, voordat ze op bed ging liggen.

'De kachel aan? Ik zal het proberen. Hebt u het koud?'

'Nee, helemaal niet.' Hierboven was het lenteachtig warm. Helga zweette als een paard. Ze knoopte haar jurk open, het liefst had ze alles uitgegooid wat haar bewegingsvrijheid beperkte. 'Ik wil alleen dat de handdoeken voor het kind voorverwarmd zijn.' Opeens voelde ze haar kracht en zelfvertrouwen terugkomen. 'Warm water heb ik ook nodig, voor de babykruik en frambozenbladthee. Wilt u ook een kopje?'

'Ik?' Het aanmaken van de kachel ging de krachten van de doktersvrouw duidelijk te boven. Ze legde een groot stuk hout in het stookgedeelte en wist het toen verder niet. 'Frambozenbladeren, o ja, zeker, die stimuleren de bekkenbodemspieren. Dat helpt, ik bedoel voor u, niet voor mij.'

'U hebt zeker nog niet vaak zelf vuur gestookt?' Helga liet zich weer van het matras rollen en wikkelde een paar houtspaanders in krantenpapier.

'Eerlijk gezegd hebben wij daar personeel voor, en toen ik jong was, lieten mijn ouders het me nooit doen uit angst voor brand.'

'O, blijf er dan nu ook maar van af.' Helga kreunde, hurkte op de vloer en kromde haar lichaam.

'Het lukt me wel, u kunt beter weer in bed gaan liggen.'

'Ik wil niet liggen,' zei ze toen de wee afzakte. 'Vertel me eens iets uit uw kinderjaren, dat leidt me af van de pijn. Bent u van geboorte van adel?' Langzaam bracht Helga het vuur op gang.

Mevrouw Von Thaler ging op het bed zitten. 'Nee, ik ben de dochter van een boekhandelaar en een geestelijke. Mijn vader wilde eigenlijk priester worden, maar toen ik op komst was, moesten mijn ouders trouwen. Het was uit met de goddelijke roeping.'

'O, dan bent u dus een verboden vrucht.' Daar keek Helga van op.

'Ik?' De doktersvrouw leek van haar stuk gebracht.

'Ik bedoel, omdat uw vader omwille van uw moeder het celibaat opgaf. Een beetje als Adam die graag de appel van Eva aannam.'

'Als je het zo bekijkt, misschien wel. Mijn vader heeft voor ons de priesterwijding laten schieten, maar bleef wel zijn leven lang de rechterhand van de bisschop. Mijn moeder zocht de zin van het leven meer in de filosofie, en dat leidde vaak tot discussies tussen die twee. Desondanks, of juist daarom, hielden ze van elkaar.' Ze zweeg even. 'Wat ik over uw ouders heb gezegd, dat spijt me, juffrouw Knaup. Ik wilde u niet beledigen.'

'Daar leek het anders wel op. U hebt zich aardig vastgebeten in de geschiedenis van mijn familie. Wat bent u nog meer te weten gekomen?'

'Het staat allemaal in de krant.' Mevrouw Von Thaler maakte het zich makkelijk op de sprei, legde haar hoofd op Helga's kussen en sloeg haar lange benen over elkaar.

'Die heb ik de laatste tijd niet gelezen, wat stond er dan in?' Helga knielde voor de kachel en stookte het vuur op terwijl de buurvrouw haar over alle geruchten vertelde die de ronde deden over haar familie. Laarzen voor de Wehrmacht, inbeslagname van Joods bezit, ontslag van Joodse medewerkers. Helga luisterde maar kon het niet geloven. Toen overviel de volgende wee haar. Steunend op haar armen, op handen en knieën, dempte ze haar geschreeuw tussen opeengeklemde tanden. Wat nou examenvrees, als ze deze bevalling overleefde, was elk examen een peulenschilletje. Toen het voorbij was, herademde ze. Ze rekte en strekte zich en veegde het zweet van haar voorhoofd. Het vuur knapperde in de kachel, en Helga hees zich op aan de schoorsteenmantel. Klopte het wat zij van Von Thaler beweerde – was ze een telg uit een familie van fanatieke Hitler-aanhangers? Ze liep heen en weer door de kamer, van het raam naar de deur, van de kast naar de boekenplank, en streek met haar hand over de wieg die Luise haar had geleend. Eigenlijk was hij voor Luises eigen baby bestemd geweest. Haar broer was hem vorige week speciaal komen brengen uit Leutstetten, waarheen Luise het ding na Kaspars dood had verbannen.

Het was maar goed dat Helga gisteren in een opwelling nog

grondig had schoongemaakt en zelfs stof had afgenomen. De was moest nog gestreken worden, maar verder was alles hier helemaal klaar om Jacks kind te verwelkomen. Wat zouden haar ouders zeggen als ze het wisten? Een kind van de vijand, en ook nog... Weer kondigde zich een wee aan. Ze kreunde luid.

'Gaat het?' Buurvrouw Von Thaler sprong op, liep vlug naar haar toe en aaide haar over de rug.

Helga leunde tegen haar aan. 'Ik had geen idee...'

'Ik ook niet, al ben ik met een verloskundig arts getrouwd. Ik kon me niet voorstellen hoe godvergeten veel pijn het doet.'

'Maar mevrouw dokter toch. Wat een schandalig woord uit uw mond. Au, verdomme, au.' Helga brulde van de pijn, ze was een en al pijn, niets dan pijn. Toen ebde hij weer weg. Ze ademde in en uit. Inmiddels was haar jurk kletsnat van het zweet. Ze stroopte hem van zich af, rukte ook haar onderjurk naar beneden, tot ze alleen nog haar onderbroek en beha aanhad.

Buurvrouw Von Thaler trok zich weer terug op het bed.

'Ik had geen idee dat mijn familie samenwerkte met de nazi's, ik meen het,' zei Helga. 'Mijn vader heeft ons buiten alle zakelijke aangelegenheden gehouden. Is het echt waar? Weet u het zeker?' Plotseling schoot haar een vreemd voorval te binnen. Haar zus was op een dag helemaal in tranen uit school gekomen, omdat haar beste vriendin Rebecca weg was. Niet alleen zij, maar haar hele familie was uit de stad verdwenen. Dat terwijl Rebecca's vader, een Jood, in de raad van commissarissen van de firma Löw had gezeten en met zijn gezin vaak bij hen op bezoek was geweest. Helga was nog te jong om het verband te zien, maar nu vielen de puzzelstukjes op hun plaats. De volgende wee begon, en meteen daarna nog een, en algauw kon Helga zich op niets anders concentreren. Het liefst was ze weggekropen in een hoekje. Weg van alles, ook van haar herinneringen. Ze wankelde naar de kast, kroop erachter en dook ineen in de verste hoek. Ingeklemd tussen drie wanden, dat gaf haar houvast.

Een gezette vrouw van rond de vijftig, met een baret op en een grote leren tas onder haar arm, kwam binnen. 'Mevrouw Von Thaler, goedenavond. Maar waar is de aanstaande moeder?'

'Helga?' Luise had haar al gevonden, boog zich over haar heen en wilde haar overeind helpen. 'Mevrouw Hirschkäfer is er, je bent nu in goede handen, wees gerust.'

'Aha, dit lijkt al meer op iemand die aan het bevallen is.' De vroedvrouw zette haar tas op de tafel, deed haar jas uit en trok haar baret af, waaronder een plat knotje tevoorschijn kwam. Met één beweging trok ze Helga overeind. 'Kom, kindje. Ga op bed liggen, dat is veel prettiger dan hier op die kale vloerplanken.' De andere twee stuurde ze de kamer uit.

Zodra ze alleen waren, kwam er een nieuwe wee op. Helga wentelde rond op het matras.

'Inademen, meiske. In... door je neus, en uit... door je mond – en puffen. Hard puffen! Zo doe je het goed,' instrueerde de vroedvrouw. 'Dan gaan we nu eens kijken hoe ver we zijn,' zei ze toen de pijn eindelijk minder werd. 'Nou zeg, je hebt al ontsluiting. Dat gaat ongelooflijk snel voor de eerste keer. Je zult zien, in een mum van tijd is je kind er. Hoe gaat het heten?'

Helga wilde iets terugzeggen, maar bracht alleen gehijg en gepiep uit.

'Als je de drang hebt om te persen, dan pers je.'

Helga pakte het kussen met beide handen vast, hield het voor haar gezicht en schreeuwde zo hard ze kon. De wee verschroeide haar vanbinnen en dreigde haar te verbranden. Maar toen koelde ze weer af, net als al die andere keren. Helga sloot haar ogen en dacht aan de nacht op de boot met Jack. Waarschijnlijk was ze meteen die eerste nacht zwanger geworden. Ze kreunde. Ze had nog amper diep adem kunnen halen, of het begon van voren af aan. Weer griste ze het kussen naar zich toe, en opeens rook het naar lavendelolie. Of ze wilde of niet, ze zoog de geur diep op en schreeuwde de longen uit haar lijf.

'Probeer de kracht van het schreeuwen te gebruiken om te persen.'

Helga probeerde het, hoefde plotseling niet meer te schreeuwen maar moest duwen, duwde tegen iets aan wat uit haar wilde, wat het ook mocht zijn, ze was het vergeten. Hoe dan ook, het drukkende gevoel moest stoppen en dat wat in haar vastzat er eindelijk uit komen, zodat deze ellende voorbij zou zijn.

'Ik zie het hoofdje.' Mevrouw Hirschkäfers knotje wiebelde tussen Helga's benen. 'Een echte krullenbol. Maar dat is vreemd, je kind trekt zich steeds terug alsof het aan een elastiek zit, ik kan het niet beetpakken. Rust maar een beetje uit. Ik ga even kijken of ik iets te eten kan opscharrelen, volgens mij heb jij geen energie meer.' Daar ging ze, en ze liet Helga alleen.

Winkelexpertise
Wat zal ik vandaag koken, mevrouw Dahlmann?
Wat zal ik vandaag aantrekken, juffrouw Knaup?
Helga en ik beantwoorden de twee belangrijkste vragen van de huisvrouw van nu = wij zijn een topduo!!!

Babysokjesbrei-instructie
Voor wol en naalddikte 3,5 mm, ribbels: alle naalden rechte steken breien, 2 naalden = 1 ribbel.
Sokje 1: 24 steken opzetten met naalden nr. 3,5 op de linkernaald, dan 10 cm ribbels breien, te beginnen met rechternaald. Daarna langs de rechterrand 1 x 10 steken afkanten. Je houdt 14 steken over. Na 4 naalden tricotsteek (1 recht, 1 averecht) de overige 14 steken afkanten. Sokje 2 hetzelfde breien.
De 14 afgekante steken aan de bijbehorende 14 beginsteken vastnaaien. Voor de wreef de rechterzijrand samentrekken. De zoolnaad dichtmaken door de linkerzijrand vast te naaien. Voor het aantrekkoordje de bovenrand naar buiten omslaan en vastnaaien. Twee ongeveer 30 cm lange koorden maken van 4 draden en 1 door de omslag van sokje 1 en 1 door de omslag van sokje 2 rijgen.

Recept voor versterkende soep tijdens de bevalling
2 eetlepels boter, 2 eetlepels meel, alle soorten groente waar je niet winderig van wordt (wortelen, peterselie, selderij, tomaten, spinazie), aardappelen, zout, karwijzaad en andere tuinkruiden, afhankelijk van de gewenste smaak en het seizoen.
Een lichte roux bereiden, de groente en aardappelen kleinsnijden en toevoegen in de pan. Daarna water opgieten. Aan de kook brengen en laten pruttelen tot alles gaar is. Voor het opdienen evt. zeven.

Uit: Luises winkelkennisalbum

LUISE

Ze bereidde zich voor op een fikse uitbrander van Hans wanneer hij zijn zijspancombinatie enkel nog in losse onderdelen zou aantreffen. Maar dat was voorlopig bijzaak. Haastig sjorden mevrouw Hirschkäfer en zij de motor en het zijspan de tuin in, en toen stormden ze het huis binnen, de trap op naar Helga. Maar ze was blijkbaar niet in haar kamer, in haar plaats lag buurvrouw Von Thaler op het bed. Uiteindelijk vond Luise haar vriendin achter de kast, en ze wilde haar overeind helpen.

'Bedankt, vanaf hier neem ik het over.' Kordaat greep de vroedvrouw Helga onder de armen en hees haar op. 'Luisetje, wees zo goed om iets lekkers voor ons te koken, een pittige soep of een ander smakelijk kostje. Ik zou na deze wilde rit best weer wat lusten. De juffrouw hier heeft ook iets nodig ter versterking. En neem mevrouw Von Thaler meteen mee.'

Dat deed Luise. Ze bedankte de buurvrouw voor de hulp en zei haar bij de voordeur gedag. Toen beraadde ze zich erop wat ze zo gauw voor voedzaams kon koken en besloot een aardappel-groentesoep te maken. Ze begon met een roux, sneed wortelen, voegde die eraan toe en zette alles met water erbij op het fornuis. Intussen luisterde ze naar het geschreeuw boven, dat door merg en been ging. Waarom duurde het zo lang? Helga had toch onafgebroken weeën? Kon ze er maar wat van overnemen. Ze wist nog hoe het bij haar was geweest toen Kaspar werd geboren. Het plotselinge bloedverlies, de verschrikkelijke pijn en het gevoel dat er iets mis was. Luise was tenslotte nog lang niet uitgerekend. Op een gegeven moment had Hans een ziekenwagen laten komen. Op de spoedeisende hulp stalden ze haar in een kamertje en vergaten haar in eerste instantie. Ondanks de afmattende weeën lieten ze haar gewoon alleen liggen. Uitgerekend die dag was er personeelstekort; Von Thaler, de baas van de kliniek, was op vakantie, en zijn vervanger was ziek. Daarom nam een jonge arts-assistent haar 'geval' over, zoals hij het later tegen Hans uitdrukte. Haar man wond zich vreselijk op en dreigde met de politie als hij niet bij haar werd gelaten. Hij had al die tijd buiten moeten wachten.

Bij Helga was het anders. Haar baby kwam in een vredige, geborgen sfeer ter wereld, hopelijk volledig ontwikkeld en klaar voor het leven.

Toen Helga in februari met haar koffers voor de deur had gestaan, hoefde Luise niet lang na te denken, vanzelfsprekend nam ze haar bij zich in huis op. Daarna, toen er op die ene afgesproken nacht logeren meerdere waren gevolgd, twijfelde ze of ze wel de juiste beslissing had genomen. Hans en zij woonden nog maar net met z'n tweetjes in het huis zonder zijn moeder, en plotseling was er weer dag en nacht iemand bij hen, die bovendien een nestje inrichtte in de kamer die eigenlijk voor hun eigen kinderen bedoeld was. Opeens moesten ze weer zachtjes doen, op elk geluid letten, omdat Helga door de dunne muur alles ongewild meekreeg. Maar het gedrieën onder één dak wonen had ook voordelen. In het begin, na de jaren in het Camp, had Luise het heerlijk gevonden om eigen baas te zijn. Maar in de loop van de winter begon ze te merken dat ze een beetje gezelschap miste. Vooral gesprekjes met een collega. Voordat ze de winkel begon, had ze altijd deel uitgemaakt van een groep. Eerst met haar familie op de boerderij, daarna met de mensen op het werk. Sinds de herfst was ze, afgezien van de hulp van haar man, helemaal op zichzelf aangewezen geweest. Dat Helga er nu was ontlastte hem ook. Hij had genoeg werk aan zijn telefoonklanten en kon vroeger ook al geen geduld opbrengen wanneer Luise klaagde over een of ander probleem in het Camp. Helga was noch concurrentie noch personeel, ze hielp Luise waar ze kon en werd een echte vriendin. Luise hield van haar directheid en vrolijkheid, die haar ondanks haar moeilijke situatie niet in de steek lieten. Ze wist niet of zijzelf de kracht zou hebben om in haar eentje een kind op te voeden, zeker onder zulke omstandigheden.

De aardappelen en wortelen waren gaar. Luise stampte ze fijn, plukte peterselie, kervel en tijm uit de potten op de vensterbank, hakte de kruiden fijn en bracht alles met peper en zout op smaak. Terwijl ze de soep op een dienblad zette om naar boven te dragen, kwam mevrouw Hirschkäfer binnen.

'Hoe gaat het met haar?' vroeg Luise.

'Het komt wel goed.' De vroedvrouw pakte de soeplepel, schepte een bord vol, trok een stoel bij de tafel en begon te eten alsof het vanzelf sprak. 'Mmm, lekker. Een beetje te heet nog.' Ze blies over de soep en roerde in het bord.

Luise begreep niet dat ze daar zo kalmpjes kon zitten en had het liefst de lepel uit haar hand gerukt.

'Tjonge, ik denk dat ik vanaf nu vaker bij jou langskom, dit is echt heerlijk. Ik heb al wel over je legendarische bakkunst gehoord, maar er tot nu toe niet van kunnen proeven.' Ze keek de keuken rond.

Luise liep vlug naar de koelvitrine om een paar maanzaadchocolaatjes te halen.

Mevrouw Hirschkäfer had haar soep nauwelijks op, of ze stak het eerste chocolaatje al in haar mond. 'Mmm, zalig.' Ze sloot haar ogen van genot.

Hoe kon ze Helga nou toch zo lang alleen laten? Luise stond

op het punt om zelf naar boven te gaan en te kijken of alles in orde was.

'En wanneer is het bij jou zover?' vroeg Hirschkäfer. 'Zal ik je straks nog even onderzoeken?'

Dat was de druppel. 'En Helga dan, waarom bent u niet bij haar?'

De vroedvrouw maakte een wegwerpgebaar. 'Rustig maar, Luisetje, je hebt kinderen die te verlegen zijn om meteen voor publiek op te treden. Geen zorgen, ik ga dadelijk weer naar boven.' Ze gaf haar een klopje op de hand.

Luise trok haar hand weg, haalde een schoon bord uit de keukenkast en schepte er warme soep in. Die zou ze sowieso nu onmiddellijk naar boven brengen. 'Het is allemaal de schuld van de overbuurvrouw. Zij heeft hier trammelant gemaakt en daarmee de bevalling opgewekt.'

'Dat kan ik me niet voorstellen. Wacht, dan gaan we samen naar boven en kijken we of die kroeskop er al uit heeft durven komen.' Moeizaam kwam ze overeind. Ze griste nog een chocolaatje mee en zei: 'En zit niet zo op je buurvrouw te hakken, wees blij dat ze jullie Manni destijds van de zogeheten genadedood heeft gered.'

'Wat bedoelt u daarmee?' Luise bleef onderaan de trap staan.

'Heb je je nooit afgevraagd waarom ze je broertje niet zijn komen weghalen? Nou, dat heeft mevrouw Von Thaler voorkomen, zij werkte toen op de administratie van de kliniek. Ik moest het melden, elke bevalling die ik begeleidde werd gecontroleerd, maar zij is achter de postbode aan gerend en heeft de brief aan het Rijksministerie van Binnenlandse Zaken onderschept.'

HELGA

Ze voelde zich als een vis die plat en uitgedroogd in het zand lag en wachtte tot de volgende pijngolf haar overspoelde. Maar die kwam niet meer. Ze streek over haar dikke buik, boog haar bovenlichaam naar voren, tastte tussen haar benen en trok haar hand terug toen ze iets zachts raakte. Haar kind, nu wist ze het weer. Het moest geboren worden, en zij lag hier gewoon te niksen. Ze haalde diep adem en perste opnieuw, en onmiddellijk voelde ze ook van binnenuit de druk. 'Vooruit, samen lukt het ons.' Ze wist niet of ze het hardop zei of alleen dacht. Ze hadden zoveel maanden samen gedacht en gepraat, zij tweeën, ze had haar kind verteld over Jack, dat ze elke dag opnieuw kennismaakten zodat ze niet verliefd op hem zou worden. Maar die truc had niet gewerkt. Ze was halsoverkop verliefd geworden. 'Kom op, nu-hu-hu.' Ze perste harder dan ooit. Plotseling voelde het alsof ze in tweeën werd gescheurd. Ze schreeuwde en schreeuwde en zag alleen door een waas dat Luise binnenkwam, samen met de vroedvrouw. De pijn was erger dan alle weeën bij elkaar, hij spleet haar van boven tot onder. Maar op hetzelfde moment hoorde ze iets anders, een zacht gehuil, bijna als een hoestje. Er gleed iets uit haar, en ogenblikkelijk doofde de pijn uit en zocht zijn plek in haar geheugen.

'Het is een jongen, Helga.' Luise hield hem al in haar armen en legde hem op haar blote buik, die nu was ingezakt als een nest.

'Pas op, de navelstreng trekt strak,' zei de vroedvrouw. 'Dat was de reden waarom dit manneke steeds weer werd teruggetrokken.'

Luise rolde de deken op tot een hoofdsteun, zodat Helga beter bij haar zoon kon.

'Daar ben je dan eindelijk.' Helga sloot hem in haar armen. Wat was hij mooi, gewoonweg beeldschoon! Hij had een lichtere huid dan Jack, maar was donkerder dan zij. Een chocoladebaby, zoeter dan alle bonbons bij elkaar. De perfecte mix, dacht ze. Zijn wipneus deed haar denken aan die van haar zus Lore, zijn zwarte kroeshaar aan dat van Jack. De baby opende zijn ogen en keek haar met knipperende oogleden aan. 'Mijn kleine David,' zei ze, 'welkom in deze prachtige wereld.'

Theresa (7) en Veronika (5), de kinderen van het gezin Schuster, komen de winkel binnen. Terwijl ik met een klant meeloop naar de deur, zie ik dat Theresa haar kleine zusje optilt zodat ze bij de snoeppot kan. Binnen de kortste keren hebben de meisjes hun mond volgepropt. 'Maar dat mag zomaar niet, dametjes,' zeg ik. 'Jullie moeten eerst betalen voordat je al dat lekkers opeet.' Veronika kijkt me met grote ogen en bolstaande wangen aan. Theresa spuugt haar snoep uit op haar hand en zegt: 'We dachten dat het niets kostte als we alles meteen bij u in de winkel zouden opeten, tante Dalli.' (Zo noemen alle kinderen me tegenwoordig, niet alleen Fritz von Thaler.)

'Nou goed, voor deze keer krijgen jullie de snoepjes van me, maar de volgende keer moeten jullie het eerst vragen, hè?' Ze knikken opgelucht. 'Hebben jullie anders nog iets nodig?' Normaal gesproken hebben ze een boodschappenbriefje van hun moeder bij zich.

'Ja,' zegt Theresa. 'De kleurpotloden.' Ze wijst naar het schrijfwarenschap, naar de doos met de Colorist-kleurpotloden uit de Neurenbergse potlodenfabriek, waarop een vriendelijke berenfamilie staat afgebeeld. Ze haalt haar portemonneetje uit haar zak

en telt trots vier tienpfennigmuntjes voor me op de toonbank neer.
'Dat is helaas niet genoeg. De doos kost vier mark twintig.'
'Maar ik heb er al mijn zakgeld voor opgespaard, daarom konden we ook geen snoep bij u kopen.' Theresa is bijna in tranen.
Ik weet niet goed of ik het dan maar zal opschrijven en of haar moeder hiervan afweet, dus zeg ik: 'En als je nou alvast één kleurpotlood koopt en de doos erbij, zodat je het goed kunt bewaren? Dat zou precies die vier dubbeltjes kosten. De rest van de potloden hou ik zolang voor je apart, tot je weer genoeg hebt gespaard.'
Theresa zucht, maar dan knikt ze. De zusjes kibbelen er een tijdje over welke kleur ze het hardst nodig hebben.
'Gèèld,' oppert de kleine Veronika in het streekdialect. Logische keuze. Maar Theresa kiest ten slotte blauw, haar lievelingskleur. Zodat de lucht op haar tekeningen eindelijk niet altijd alleen maar wit is, legt ze me uit.

Uit: Luises winkelkennisalbum

LUISE

Ergens had ze geweten dat Helga's kind een donkere huid zou hebben en toch stiekem gehoopt dat het anders zou uitpakken. Zodra ze de baby zag, sloot ze hem in haar hart. Ze was de eerste die hem had mogen vasthouden. De vroedvrouw legde hem gewoon in haar armen. Hij was prachtig. Zijn ronde hoofdje met de grote ogen en het piepkleine neusje. Zijn mooi gevormde mondje en de ronde oorschelpen, de kleine vingertjes en tenen, en het plaatje was helemaal perfect toen Helga hem in haar armen wiegde. Luise was heel blij dat ze de bevalling gezond had doorstaan en zou alles doen om haar te helpen.

Ze bemoederde haar vriendin in het kraambed, schotelde haar versterkende maaltijden voor, kookte de enorme hoeveelheden luiers uit en ging tussen de middag met de baby wandelen, zodat Helga kon rusten. Ook met de borstvoeding ging het boven verwachting goed, Helga had meer melk dan David kon drinken. De vroedvrouw, die in het begin nog kwam voor de nazorg, stond versteld. Helga kon wel wat bijverdienen als voedster, zei ze.

'Ja.' Helga lachte. 'Het lijkt alsof ik chocolademelk te bieden heb, en dat kon weleens een gat in de markt zijn. In combinatie met jouw bonbons, Luise, wordt het vast een doorslaand succes.'

Alleen over de vader van het kind zei Helga niets, alsof hij er nooit geweest was. Luise accepteerde dat en begon er niet over, hoewel het haar af en toe wel bezighield. Hoe zou die Jack reageren als hij wist dat hij een zoon had? Soms overwoog ze om stiekem navraag naar hem te doen, maar ze schrok ook terug voor wat ze zou ontdekken. Ze wilde Helga niet overstuur maken. Want zij berustte er kennelijk in dat ze haar kind alleen zou grootbrengen. Ze herstelde verbazingwekkend snel. Algauw kwam ze met David de winkel in en liet hem alles zien, alsof hij al in de leer was om verkoper te worden. Het meest enthousiast was hij over Martins geitenbel, die klingelde als de deur ertegenaan kwam. De gezinsuitbreiding bij de Dahlmanns was natuurlijk het gesprek van de dag in de stad. Er verschenen nieuwe klanten, die zich aansloten bij de rij voor de kassa, nieuwsgierig rondkijkend of ze een glimp van David konden opvangen. Luise deed maar alsof ze hatelijkheden als 'bezetterskind' of 'negerbastaard van een bezettershoer' niet hoorde, ze kon niet iedereen eruit gooien die uitsprak wat velen dachten. Wel probeerde ze Helga er zo veel mogelijk voor af te schermen. Maar haar vriendin bleef gelukzalig met de baby rondwandelen tussen de winkelschappen, alsof het haar allemaal niet deerde. Luise was ongeruster over Hans. Hij had het moeilijk met de baby. Dat Helga inmiddels al drie maanden bij hen woonde had hij geaccepteerd, hoewel hij het samenzijn met Luise miste, zoals hij haar een keer bekende. Maar vanaf het moment dat David op de wereld was, meed Hans het kind, of Helga er nu bij was of niet, en zelfs als Luise hem vasthield. Of misschien juist dan.

'Komt het nog door je oude vijandbeeld? Omdat hij de zoon van een Amerikaan is?' vroeg ze hem op de man af, op een avond toen ze al in bed zaten.

'Hoe kom je daar nou bij?' Hans bestudeerde met uitgespreide armen de motorfietsblauwdruk van de BMW, zodat Luise bijna geen ruimte had om verder te lezen in *De Toverberg*.

Ze stond op, verdween in de badkamer en kwam even later terug met bruine carnavalsschmink op haar gezicht. 'Ben ik nu een ander mens, alleen omdat ik een donkere huid heb?' vroeg ze. Ze zette haar handen op haar heupen en ging in haar nachtpon vlak voor hem staan.

'Hm, dat moet ik nader onderzoeken.' Hij legde de blauwdruk weg, trok haar naar zich toe en ging met zijn hand langs haar been omhoog.

Luise voelde een trillinkje, bijna tegen wil en dank genoot ze van de aanraking. 'Of heb je me nog niet vergeven dat ik je zijspan heb vernield en reageer je dat af op David?'

'De BMW krijg ik wel weer in orde, alleen een paar blutsen uitdeuken en het zijspan er goed aan vastschroeven. Ik ben heel blij dat jou of de vroedvrouw niets is overkomen. Jullie hebben echt geluk gehad.'

'Jij zei dat de motor het deed, dus ik dacht...' Ze verstijfde kort toen zijn tastende handen verder omhooggleden. Eigenlijk had ze zich deze avond op lezen verheugd.

'Hij loopt toch ook prima, of niet soms?'

Luise knikte en rolde over hem heen terug in bed. 'Leid me nou niet af.' Ze glipte uit zijn handen en schoof naar de bedrand. 'Ik vroeg het je vanwege David. Wat heb je tegen hem?'

Hans zuchtte, vouwde zijn armen achter zijn hoofd en staarde naar het plafond. 'Ik heb niets tegen hem, echt niet. Hij is een lief jongetje aan wie we onze handen vol zullen hebben zodra hij kan lopen. Maar...' Hij haperde, en Luise zag dat zijn lippen trilden.

'Wat is er aan de hand?' Ze kroop weer naar hem toe en streelde zijn gezicht.

'Het is alleen...' Hij probeerde zijn tranen te bedwingen en kneep zijn ogen half dicht. Tevergeefs. Ze drupten op het kussen, en zijn kin beefde. 'Hij doet me aan Kaspar denken. Elke keer als ik dat jochie zie, denk ik aan ons kindje.' Nu snikte hij.

Dit was nieuw voor haar, ze had gedacht dat hij Kaspars

dood diep had weggestopt, zoals zoveel dingen. Ze streelde hem en kuste zijn tranen weg. 'David is David, en Kaspar was onze Kaspar en zal dat altijd blijven,' fluisterde ze.

'Ik weet het, je hebt gelijk.' Hij kuste haar terug. 'Maar...' Hij sloeg zijn armen om haar heen en trok haar op zich, zodat hij algauw onder de bruine schminkvegen zat, net als zij. *De Toverberg* moest wachten, van lezen kwam het deze nacht niet meer.

De volgende dag had ze nog maar net de deur van het slot gedaan toen er een onbekende in de winkel verscheen, die nieuwsgierig om zich heen keek. 'Goedemorgen, waarmee kan ik u helpen?' Luise moest de marmercake en de maanzaadkoffiebroodjes nog uit de keuken halen en had ook de sleutel van de kassa op het aanrecht laten liggen.

'Mevrouw Dahlmann, neem ik aan?'

Luise knikte.

'U hebt hier wat zitten.' De vrouw had een map uit haar tas gehaald en zwaaide met een balpen voor haar neus heen en weer. 'Chocola of zoiets.'

Luise veegde over haar gezicht, het moest nog een restje carnavalsschmink zijn.

'Ik kom voor juffrouw Knaup. Zij woont hier, is mij verteld.'

'En u bent?' Zo gemakkelijk liet ze iemand niet bij haar vriendin, bovendien was David net in slaap gevallen. Tot even geleden had Luise telkens weer zijn gehuil en Helga's voetstappen gehoord. Blijkbaar had ze de halve nacht met hem rondgelopen.

'Gerda Russel van Bureau Jeugdzorg. Ik heb opdracht gekregen om een verdenking van kinderverwaarlozing of -mishandeling te onderzoeken. Dus brengt u mij alstublieft naar haar toe.'

'Wat?' Luise dacht dat ze het verkeerd verstaan had en keek de vrouw verbijsterd aan. 'Dat moet een vergissing zijn.'

‘Ik vrees van niet,’ zei Gerda Russel nadrukkelijk.

‘Hier heeft niemand een kind iets aangedaan, hoe komt u daar nou bij?’ Door de etalageruit zag ze een man de straat oversteken en op de winkel afkomen. Vlug liep ze naar de deur, draaide het bordje met GESLOTEN naar de ruit en deed de deur vanbinnen op slot. Ze kon nu geen klanten gebruiken.

‘Wilt u me soms gevangennemen?’ De vrouw vertrok haar mondhoeken tot een soort lachje. ‘Ik neem aan dat ik door de winkel heen in het huis terechtkom?’ Ze liep al om de toonbank heen en koerste op de schuifdeur af.

Luise ging ervoor staan, sloeg haar armen over elkaar en probeerde haar te dwingen achteruit te stappen.

‘Mevrouw Dahlmann, maak er nou niet zo’n theater van. Laat mij gewoon met juffrouw Knaup praten en de kwestie oplossen.’ Maar naar een simpele oplossing klonk het niet.

HELGA

Kinderverwaarlozing! Nog versuft van de doorwaakte nacht hoorde ze de woorden wel maar begreep ze niet. Waar ging dit over? De vrouw van Jeugdzorg, wier naam Helga niet had verstaan, beweerde serieus dat zij niet 'naar behoren' voor David kon zorgen. Luise had haar binnengelaten en ook Helga gevraagd naar de woonkamer op de eerste verdieping te komen. De vrouw zat al voor een opengeslagen map aan het nieuwe niervormige salontafeltje en maakte aantekeningen. Luise bracht appelsap en notenkoekjes, nadat de vrouw een kop koffie had afgeslagen.

'Naar behoren, wat wil dat zeggen?' Helga hield David tegen zich aan, wiegde hem zachtjes op en neer, en streek over zijn rug zodat hij een boertje zou laten; ze had hem net laten drinken.

Het slagschip van Jeugdzorg zat nu breeduit in Luises leunstoel, en de damp leek van haar flanellen mantelpak af te slaan. 'Ga alstublieft zitten.' Ze keek op naar Helga. 'We willen niet dat de baby iets overkomt, toch?'

'Mijn kind overkomt niets. Waar gaat het nou eigenlijk om?' Het kwam er harder uit dan Helga bedoeld had.

David begon te huilen.

'Kom erbij en luister in elk geval naar wat mevrouw te zeggen heeft.' Luise klopte naast zich op de bank.

Helga ging zitten, wiegde David in haar armen, kuste hem

en veegde zijn mond af met een doekje dat over haar schouder hing. Eindelijk kalmeerde hij. Alleen zijn kleine borstkas trilde nog, en hij keek haar met grote betraande ogen aan.

'Mevrouw Dahlmann heeft gelijk, juffrouw Knaup, laten we als verstandige mensen met elkaar praten. U bent ongetrouwd, hebt geen werk en geen vaste verblijfplaats.'

'Ik werk in de winkel en ik woon hier. Dat is toch iets vasts, zou ik zeggen.' Ze stampte even met haar voet op de vloer. 'Waar ziet het er volgens u dan naar uit? Alsof ik in een vliegtuig zit of zo?' Onwillekeurig moest ze aan Jacks belofte denken om met haar te gaan vliegen. 'Ik had tot nu toe alleen nog geen gelegenheid om me hier bij de gemeente in te schrijven.'

'Dat klopt,' bevestigde Luise. 'Ze werkt bij ons in ruil voor kost en inwoning, en dit is haar vaste adres. We kunnen de juiste papieren alsnog bij u indienen als u dat wilt.'

'Dat kan allemaal wel wezen, maar... Nou ja, u schijnt er losse mannelijke kennissen op na te houden.'

'Wie zegt dat?' riep Helga, en David begon weer te huilen. 'Zeker die bekrompen buurvrouw hiertegenover die denkt dat ze beter is omdat ze met een dokter is getrouwd?'

'Helga, dat is toch helemaal uit de lucht gegrepen, laat je niet opjutten.' Luise had makkelijk praten. Niemand dreigde háár kind af te pakken.

'Laten we de feiten gewoon onder ogen zien,' zei de feeks van Jeugdzorg. 'En u, mevrouw Dahlmann, met alle respect hoor...' Ze wendde zich nu tot Luise. '... maar ook een winkel is geen passende omgeving voor een zuigeling. Mij is verteld dat de baby in een wasmand ligt terwijl u de klanten bedient, klopt dat?'

'Wat wilt u daarmee zeggen, mevrouw Russel?' Nu werd ook Luise eindelijk boos. Blijkbaar had ze de naam van dit vrouwmens onthouden. 'Ik laat u binnen in ons huis, sluit mijn winkel midden op de dag zodat we rustig kunnen praten, breng u hier in onze woonkamer, en u beledigt ons?'

'U weet best wat ik bedoel, mevrouw Dahlmann, of u kunt het zich op zijn minst voorstellen. Een kind heeft een kindgerichte omgeving nodig. Rust, geborgenheid, geen rinkelende kassa, gedrang en lawaai. U bent zelf nog kinderloos, hè?' Russels stem droop nu van venijn. Ze boog zich naar voren en raakte met haar puntige boezem het lage tafeltje alsof ze het wilde splijten. 'En, juffrouw Knaup, hebt u nog contact met de vader van de baby, die Air Force-soldaat?'

Helga zweeg. Hoe wisten zij af van Jack?

'Aha, nee dus.' Ze schoof achteruit in haar stoel en vinkte iets af op haar papieren. Toen zette ze een streep, alsof de zaak voor haar was afgehandeld, en stopte de map terug in haar tas. 'U hebt de plicht om zorg te dragen voor het welzijn van uw kind, maar geen ouderlijk gezag, ziet u, dat is een zwaarwegend onderscheid. Zolang u geen ordelijk leven leidt en een huwelijk aangaat, is Jeugdzorg de wettige voogd van uw kind.'

'Wilt u me dwingen om te trouwen? Hebt u misschien ook al een geschikte kandidaat in de aanbieding? Is dit een grap?'

Mevrouw Russel bleef bloedserieus. 'Dat ligt buiten onze macht, juffrouw Knaup. En wij werken niet als huwelijksbureau, maar zijn enkel geïnteresseerd in de belangen van het kind. Volgens mijn gegevens bent u meerderjarig. Nee, luistert u nog even naar me,' beval ze Helga weer toen die wilde opstaan. 'Wij kunnen over uw kind beslissen zolang u ongetrouwd bent.'

'Wij? Wie is "wij"?'

'De Vrijstaat Beieren en de Bondsrepubliek Duitsland. Wij weten wat het beste is voor uw baby, dus vertrouw op ons, we beschikken over de ervaring waaraan het u als jonge moeder ontbreekt. Een kleurling zal het toch al moeilijker hebben om zich aan te passen. Hij heeft meer hulp nodig dan andere kinderen.' Toen wendde ze zich weer tot Luise. 'Mevrouw Dahlmann, wilt u zo vriendelijk zijn om ons even alleen te laten? Een kop koffie zou me nu echt goeddoen. Dank u.' Haar toon was plotsklaps omgeslagen, van bijtend zuur naar suikerzoet, waardoor ze alleen nog maar dreigender overkwam.

Luise stond op en stapte over Helga's over elkaar geslagen benen heen. 'Ik kan ook hier blijven,' fluisterde ze haar snel toe, en haar blik zei iets van dat ze het spel moesten meespelen, dan was het misschien sneller achter de rug.

'Koffie is altijd goed, ik wil ook graag nog een kopje.' Helga knikte haar even toe, ten teken dat ze het had begrepen.

David was in slaap gevallen, alle opwinding had hem moe gemaakt. Even later hoorde ze Luise naar beneden gaan en in de keuken redderen, en ze leunde achterover op de bank.

Zodra ze alleen waren, praatte Russel verder op haar in. 'Fijn dat u al wat verstandiger bent nu, juffrouw Knaup. Wij van Jeugdzorg zijn heus geen onmensen. Het welzijn van uw kind is uiteindelijk ook in uw belang. Hij is zo schattig, hè, uw baby, een echte negerzoen. Mag ik?' Ze kwam overeind. Helga dacht even dat haar achterwerk tussen de stoelleuningen zou blijven vastzitten, maar ze draaide wat met haar heupen om los te komen en strekte haar korte dikke armen over het tafeltje heen uit. 'Geef hem maar aan mij. We willen hem niet wakker maken, toch?' Pas toen besefte Helga wat de vrouw van plan was. Ze sjorde al aan zijn beentjes, een sokje gleed van zijn voet. 'Wij gaan een pleeggezin voor hem zoeken, en als u op een dag een fatsoenlijk leven leidt, mag u hem misschien zelfs opzoeken.' Haar greep was ijzersterk, als van een tang.

Helga verzette zich maar wilde David geen pijn doen.

'Vooruit, hier met dat kind. Anders moet ik de politie erbij halen. Wilt u dat? Wilt u nog meer problemen maken? Wees toch verstandig.'

Helga stribbelde tegen zo hard ze kon, tot ze erin slaagde zich met haar kind langs de Jeugdzorg-mevrouw te wringen en naar haar kamer te rennen. Daar sloot ze zich op en probeerde David te kalmeren, die krijste als een speenvarken. Pas toen ze met hem op bed ging liggen, voor hem zong en hem ten slotte aan de borst legde, kwam hij weer tot bedaren. Ze luisterde naar de geluiden in de gang en het trappenhuis. Ze verwachtte elk moment dat iemand de deur zou intrappen en haar kind uit haar armen zou rukken.

Er werd geklopt. 'Ik ben het, Luise. Ze is weg.'

Helga legde haar zoon voorzichtig op het kussen en schoof de grendel van de deur.

'Wat een misère zeg. Ze wilde hier bij ons de politie bellen, maar dat mocht niet van mij. Het uitstel zal weinig opleveren, ik denk dat ze straks terugkomt met versterking.' Luise ging op de rand van het bed zitten en keek naar David, die sliep met zijn duim in zijn mond en een nog betraand gezichtje.

'Mogen ze dit doen, of is die Russel gek?'

'Ik ben bang dat ze dit mogen.' Luise liet haar een dichtbedrukt vel papier zien. Daar stond alles zwart-op-wit wat de vrouw daarnet had beweerd. Een alleenstaande moeder had volgens de wet weliswaar de plicht om zorg te dragen voor het welzijn van haar kind, maar geen ouderlijk gezag.

Helga beende heen en weer door de kamer en gluurde als een opgejaagd dier uit het raam. Het politiebureau was onderaan de Schlossberg, dat was nog geen tien minuten hiervandaan. 'Ik dacht dat de Hitler-tijd voorbij was. Moeten we ons de komende eenentwintig jaar tot David volwassen is schuilhouden, zodat niemand ons kan vinden? Dat kan toch niet waar zijn.'

'Er moet een oplossing zijn.' Luise verdiepte zich verder in het document. 'De staat wordt beschouwd als Davids wettelijk vertegenwoordiger, lees ik hier, zolang er geen meerderjarig mannelijk familielid of, in uitzonderingsgevallen, niet-verwante mannelijke mentorfiguur te vinden is die zich als voogd opwerpt. Zal ik het Hans vragen?'

Helga dacht na. 'Ik weet het niet, die Russel zei toch ook nog dat de winkel geen passende omgeving is.'

'Het is een poging waard. Laat ik hem nu direct maar opbellen op zijn werk. Misschien kan hij daar vandaag wat eerder vertrekken en meteen nog naar Bureau Jeugdzorg gaan.'

'Maar ondertussen halen ze hem bij me weg, Luise. Ik geef David niet mee, ik spring nog liever met hem uit het raam.'

'Zo moet je niet praten.'

'Laten we dan een luchtballon naaien waarmee ik kan wegvliegen. Of ik laat me aan een laken naar beneden zakken terwijl jij ze afleidt.'

'Je gevoel voor humor ben je gelukkig nog niet kwijt.'

'Galgenhumor. O jee, ik geloof dat ze eraan komen.' Er reed een politieauto voor, de Jeugdzorgmevrouw en een agent stapten uit.

'Jij wacht hier, ik ga naar beneden en praat met ze,' zei Luise. 'Ik zal dat van Hans aan hen voorstellen. En alsjeblieft...' Ze liep naar Helga toe en omhelsde haar. 'Hou het hoofd koel, doe geen gekke dingen. Het gaat ons lukken. Vertrouw me.'

Zodra ze weg was, besloop Helga weer die beklemming. Ze kon haast geen lucht krijgen en voelde zich in het nauw gedreven. Natuurlijk vertrouwde ze Luise, maar wat als ze haar voorstel niet accepteerden? Zou ze er stiekem met David tussenuit knijpen? Maar waarheen? De minuten sleepten zich voorbij. Keer op keer liep ze naar het raam en spiedde naar buiten. Daar stond de politieauto nog, maar Russel noch Luise was ergens te bekennen. Helga luisterde scherp of ze iemand in huis hoorde telefoneren, maar alles was stil. Opeens hoorde ze voetstappen op de trap, en stemmen. Ze kwamen eraan.

ANNABEL

De wonderen waren de wereld nog niet uit. Ze dankte God op haar blote knieën dat Helga van een zwart of bijna zwart kind was bevallen. Eindelijk wist Annabel zeker dat haar man vrijuit ging. En het speet haar dat ze de jonge vrouw het leven zo zuur had gemaakt. Maar ook zonder Annabels tussenkomst zou ze haar werk en haar plekje in het zusterhuis zijn kwijtgeraakt. In elk geval leek Helga bij de Dahlmanns in goede handen te zijn. Als je het zo bekeek, had Annabel haar uiteindelijk een dienst bewezen. Konstantin leek opgelucht toen ze hem erover vertelde. Hij was de laatste tijd ook veel attenter, nam tegenwoordig zelfs tijd voor het ontbijt en kwam bij haar buiten op het terras zitten. Het was een van de eerste zomers warme meidagen. Friedrich denderde met zijn zeepkist de helling naar de garage af en juichte elke keer luid als zijn wagen beneden tegen het hek knalde. Annabel stond op om er iets van te zeggen, ze wilde Konstantin nog een paar minuten rust gunnen.

'Maar, mama, je kunt niet zachtjes lol maken.' Friedrich had altijd een antwoord paraat.

'De kist kan uit elkaar vallen,' waarschuwde ze hem.

'Ik ga alleen hard op de banden, en die zijn van kauwgom.'

'Van kauwgom, kijk eens aan.' Ze moest een glimlach onderdrukken.

'Bovendien kan oom Dalli ze weer repaperen,' zei hij nog.

'Dat heet re-ra-peren, eh, re-pa-reren.' Nu begon ze zelf te brabbelen omdat ze hem had willen verbeteren. 'Helaas ben jij, mijn schatteboutje, niet van kauwgom gemaakt en kun je je pijn doen bij een botsing.'

'Ik ben geen schatteboutje, ik ben formule 1-racer.'

Dat had hij vast ook van Hans Dahlmann, die een groot sportliefhebber was en wedstrijdverslagen volgde op de radio. Dit was het jaar van de wereldkampioenschappen. In januari was de formule 1 begonnen, en binnenkort ging het WK voetbal van start. De mannen praatten nergens anders meer over, zelfs Konstantin, die eigenlijk niets om sport gaf.

'En als ik eruit val, kan papa mij toch meteen weer repareren.' Friedrich keek tersluiks naar het terras. Ook voor hem was het bijzonder dat zijn vader tijd met hen doorbracht, al was het dan achter de krant.

Even later had Friedrich geen zin meer om te racen en ging in de zandbak spelen. Tassilo arriveerde om het gazon te maaien. Annabel ging weer bij Konstantin zitten en schonk koffie bij. Hiervandaan kon ze niet alleen een oogje houden op het werk van de tuinman, maar had ze ook goed uitzicht op de winkel. Wie erin en eruit liep, wie er hoe lang binnenbleef en wie waarmee naar buiten kwam. Soms beschreef ze de mensen zoals Miss Marple, haar detectiverolmodel, het gedaan zou hebben. Van de meeste klanten kende ze de naam niet, dus beschreef ze hen. *Groot, klein, dik, dun* – of uitgebreider: *met O-benen, armoedig pak zonder stropdas, veel te korte broek. Kan verdacht zijn.* Ze moest haar geheugen trainen, je wist maar nooit wanneer je welke feiten nodig had. De meeste mensen debiteerden wijsheden achteraf; Annabel wilde kennis vooraf vergaren. Voor de zekerheid schreef ze alles op in haar zwarte gebedenboekje, dat door de brede marges genoeg ruimte bood voor eigen aantekeningen. Terwijl ze melk door haar koffie roerde, staarde ze geconcentreerd naar de overkant.

'Wist jij dat Helga Knaup een zwart kind zou krijgen?' De kwestie hield haar bezig.

'Je bedoelt of ik als gynaecoloog röntgenogen heb en zie wat er gaande is in zwangere buiken?' Konstantin legde zijn krant weg en smeerde een broodje.

Ze grinnikte. 'Nee, in de kliniek moeten er toch praatjes de ronde hebben gedaan. Een zwart vriendje, komaan zeg, zoiets valt op.' Ze had dolgraag meer geweten, dit zou zelfs haar nieuwe recherchezaak kunnen worden. *Bastaardvader onbekend* of iets in die geest, misschien verzon ze nog een betere titel.

'Bij ons circuleren voortdurend roddels over wie er met wie gaat en wanneer en waar. Als ik daar ook nog naar moest luisteren, zou ik het erg druk krijgen. Geef je me de boter even aan?'

Annabel schoof hem ook de jam toe.

'Het gebeurt trouwens af en toe wel dat een zwarte man, geheel wettig getrouwd, zijn vrouw komt brengen omdat ze moet bevallen.'

Dat verklaarde waar Helga hem had kunnen ontmoeten. Had ze een verhouding met een andere getrouwde man?

Konstantin zat lekker te eten, werkte zijn broodje met grote happen naar binnen en sneed een tweede open. 'We moeten vaker hier ontbijten.'

'Leuk.' Ze kon haar oren bijna niet geloven.

'Nu je ernaar vraagt, schiet me iets te binnen. Ooit hoorde ik de dames kletsen over een knappe zwarte man met wie zuster Helga in het park was gezien, een GI. Ik heb het niet serieus genomen, dacht dat de Amerikanen allang afgemarcheerd waren. De zusters zagen de nieuwe leerling-verpleegster voortdurend met deze of gene samen. Zelfs met de conciërge.'

'Met Wittgenstein?'

'Maar die komt denk ik niet als vader in aanmerking, hij is niet in vrouwen geïnteresseerd.'

'Je bedoelt dat hij... van de verkeerde kant is?'

Haar man knikte. 'Hij heeft er zelfs al eens voor gezeten.'

'Laat jij een crimineel in je kraamkliniek werken?'

'Is iemand crimineel alleen omdat hij houdt van wie hij houdt? Bovendien heeft hij er de tol voor betaald. En ik vind hem als harembewaker voor de kliniek geschikter dan een onbetrouwbaar sujet dat de hysterie van de vrouwen nog verder aanwakkert.'

Aan de overkant waren er al een hele tijd geen klanten meer in en uit gegaan, viel Annabel op. Terwijl het pas even over halftien was. Ze zag alleen nog Knipser uit de waterbak drinken die Luise voor honden had neergezet. Hij besnuffelde de stenen treden, plaste ertegen, stak toen op een sukkeldrafje schuin de kruising over en verdween uit Annabels gezichtsveld. Vreemd, ook Annabels speurneus begon plotseling te kriebelen. Nu rammelde er een vrouw aan de winkeldeur, en ze liep vervolgens hoofdschuddend weg. Was Luise al gesloten? Ze werkte anders zo hard. Jammer genoeg kon ze het gebeuren niet verder volgen, omdat Tassilo kwam vertellen dat de haspelmaaier de afgelopen winter verroest was en het niet goed meer deed. Zo ging het met personeel, daar moest Annabel Irmela gelijk in geven, je moest overal zelf achteraan. En waar moest ze zo gauw een nieuwe grasmaaier vandaan halen? Je had er inmiddels die op benzine liepen, maar die waren behalve duur ook erg lawaaierig, en dan was het gedaan met de rustige ochtenden. Hans Dahlmann wist waarschijnlijk wel raad, maar hij kwam pas vanavond thuis van zijn werk. In elk geval had ze nu een reden om even naar de overkant te lopen en te informeren waarom de winkel op klaarlichte dag gesloten was. Dat zou ook een goede boektitel zijn: *Het gebeurde op klaarlichte dag*, maar die bestond vast al. Ze moest er de Engelse vertaling van opzoeken, dan kon ze het Agatha Christie voorstellen voor haar volgende misdaadroman. *It happend in*... ladida... *daylight*, waarschijnlijk.

‘Ik ben zo terug,’ zei Annabel tegen Konstantin. Ze stond op en ging even bij Friedrich kijken, die heel geconcentreerd een zandkasteel bouwde.

Tassilo droeg het logge werktuig voor haar de straat over. Bij het tuinhek van de Dahlmanns nam ze het van hem over.

‘Dan kom ik ergens deze week nog een keer het gazon maaien, mevrouw.’ Hij lichtte zijn pet, maakte een buiginkje en hield zijn hand op. Maar voor nietsdoen krijg je geen fooi, dat besefte hij zelf al toen ze niet reageerde, en hij vertrok.

Luise kwam haar tegemoetlopen, ze zag er ontredderd uit. En toen Annabel hoorde wat er aan de hand was, rende ze meteen naar haar man terug.

HELGA

'Ik ben het, doe open.' Het was Luise, hopelijk alleen. Ze maakte de deur open. 'Meneer Von Thaler is bereid om je te helpen.'

'Mijn vroegere baas, wat heeft hij ermee te maken?' Meteen overviel de angst haar – wilde hij haar een kalmerende injectie geven, zoals haar ouders dokter Schneid hadden laten doen? Zodat ze haar kind konden afpakken zonder dat zij tegenspartelde?

'Hij wil inspringen als Davids voogd.' Luise trok haar mee naar de woonkamer.

Daar zat de dokter al papieren door te nemen met mevrouw Russel. Het slagschip van Jeugdzorg was gekrompen tot een roeibootje. Meteen vertelde ze Helga hoeveel geluk ze had dat een in het hele district bekende arts en directeur van de kraamkliniek bereid was om zo'n extra verplichting op zich te nemen. Helga had geen andere keus dan instemmen. Haar werd sowieso niet echt iets gevraagd. Luise wierp haar waarschuwende blikken toe en kneep in haar hand. Alles liever dan dat mevrouw Russel terugkrabbelde en de politieagent binnenriep, die waarschijnlijk voor de winkel op wacht stond.

Eindelijk stond Gerda Russel op en maakte aanstalten om te vertrekken. 'We moeten nog een paar formaliteiten bespreken, dokter, maar dat heeft geen haast.'

Ook Von Thaler stond op, en hij gaf haar een hand.

'De kwestie van de verblijfplaats is voorlopig opgelost. U woont immers aan de overkant, zodat u op elk moment van de dag uw pupil kunt bezoeken. Dus niet alleen op winkelopeningstijden, is dat duidelijk, mevrouw Dahlmann?' Ze keek Luise aan, die net als alle anderen in de kamer niet meteen begreep dat dit als grapje bedoeld was. Niemand lachte. 'Alle gekheid op een stokje, ik moet ervandoor.' Russel drukte op het knopje van haar balpen, pakte haar tas en stopte er haar papieren in.

Toen ze weg was, nam ook dokter Von Thaler afscheid. 'Mevrouw Dahlmann, juffrouw Knaup, ik hoop dat de rust nu weerkeert. Volgens mij gaat het uitstekend met uw kleine jongen.' Hij keek naar David in Helga's armen, strekte een vinger uit alsof hij het babygezichtje wilde aaien, maar deed het niet en pakte in plaats daarvan zijn hoed van de ladekast in de gang. 'En de vader van uw kind, weet hij wat hij mist? Het gaat mij niets aan, maar...'

'Ik kan u alleen maar bedanken, dokter,' onderbrak Helga hem, ze had vandaag al genoeg voor haar kiezen gehad. 'U hebt mij en mijn kind gered.'

'U hoeft mij niet te bedanken, het was mijn vrouw die dit heeft voorgesteld.'

'Uw vrouw?' Daar stond ze van te kijken.

Hij knikte. 'Maar ik ben blij dat ik kon helpen, voor nu en hopelijk ook in de toekomst.'

De voogdij was niet meer dan een formaliteit. Afgezien van het feit dat overbuurvrouw Von Thaler plotseling haar boodschappen in de winkel deed. Het was net alsof ze in opdracht van haar man kwam kijken of alles in orde was. Meestal liep ze de winkel binnen met het excuus dat ze haar zoon kwam halen of tegenwoordig zelfs brengen, of dat haar dienstmeisje een belangrijk ingrediënt was vergeten. Na een tijdje realiseerden Helga en Luise zich dat Annabel gewoon contact met hen zocht. Anders dan vroeger bleef ze vaak nog hangen voor een praatje met hen, en met de andere klanten. Soms haalde ze haar gebedenboekje uit haar tas alsof ze een preek wilde gaan houden.

'Ze komt bijna vaker dan Fritsje,' zei Helga toen ze op een woensdag in juni om even over twaalven de winkel afsloot. Eindelijk pauze, haar maag knorde al.

Luise knikte gnuivend. '210, 211...' Ze telde het geld uit de kassa en schreef het bedrag in het dagontvangstenboek. Niet slecht, deze opbrengst, voor een gewone woensdag. De zeven weken oude Davidje, zoals haar vriendin haar zoon liefkozend noemde, lag op het kussen in de wasmand en stak zijn mollige armpjes en beentjes in de lucht. Hij sabbelde op een knoop in een doekje en stootte knorrende geluiden uit. Als een kat die een muis te grazen nam. Misschien was zijn eerste tandje al aan het doorkomen, dacht Helga, hoewel veel klanten en vooral Annabel von Thaler, die als opvoedingsexpert talloze tips paraat had, van mening waren dat het daar nog veel te vroeg voor was.

'Als je het over de duivel hebt...' Helga keek door het raam in de winkeldeur en ontdekte Annabel, die de straat overstak. 'Heeft mevrouw dokter haar croutons laten liggen?'

'Nee, niet dat ik weet.' Luise keek om zich heen. 'Zeg, ik schuif de toonbank alvast aan de kant. Dan hoeven we dat straks niet meer te doen.'

'Wacht, ik help je.' Helga begon te duwen.

'Dat mag jij nog niet, toch?'

'O, schei uit. Het gaat best, ik ben weer helemaal de oude.' Het vloeien was al twee weken geleden gestopt. Ze voelde zich nog steeds een beetje moe, maar dat was nu eenmaal zo met al die gebroken nachten, en zelfs Luises ijzerhoudende kostjes met bietjes en spinazie konden dat niet volledig verhelpen.

Er werd geklopt. En jawel, het was buurvrouw Von Thaler. Helga deed voor haar open.

'Neem me niet kwalijk dat ik u stoor. Ik wilde alleen even laten weten dat u van nu af aan weer in de parochiezaal kunt trainen als u dat wilt. Ik heb met Zuckermüller gepraat en hem op andere gedachten kunnen brengen.'

'O gunst, heeft de zeereerwaarde zich er plotseling toe verwaardigd erbarmen te tonen?' Helga imiteerde haar hoogdravende toon.

'Ja, fantastisch, toch?' Von Thaler keek haar stralend aan. 'Eén keer in de week gymnastiek zou hem zelf ook goeddoen, zei hij, maar ik heb hem uitgelegd dat alleen vrouwen welkom zijn op uw cursus. Zo is het toch?'

Helga knikte. Zuckermüller had waarschijnlijk nooit iets tegen het gymnastiekgroepje gehad, maar ze hield haar mond.

'Over beweging gesproken.' De doktersvrouw moest blijkbaar nodig nog het een en ander kwijt, hoewel ze hoogstens een uur geleden in de winkel was geweest en zich toen uitgebreid over de juiste bereiding van knoedels van geweekte broodjes, melk en eieren had laten adviseren. Ze had ook gevraagd of je ze in het Beiers nou Semmelknödeln of Semmelnknödeln moest noemen als je er meerdere wilde maken. 'Sinds ik de heerlijke recepten van mevrouw Dahlmann uitprobeer, ben ik aangekomen.' Ze streek over haar ragdunne taille. 'In elk geval zou een beetje gymnastiek mij ook goeddoen. Juffrouw Knaup, mag ik me aanmelden?'

'Onder één voorwaarde,' zei Helga streng.

Ook Luise, die juist het dagontvangstenboek en de geldbuidel in de toonbanklade legde en die afsloot, spitste haar oren.

'Sporters tutoyeren elkaar, akkoord?' Ze stak haar hand uit.

'Graag. Ik ben Bella, zo noemt mijn man me in elk geval.'

MARIE

Martin respecteerde het dat zij hem nog niet meer kon geven. Hij wilde wachten, zei hij, toen hij op een avond nogmaals een poging deed haar te kussen en te strelen en zij hem zacht maar beslist afweerde. Ze zei dat ze tijd nodig had. Van Theo hoorde ze niets meer. Marie overwoog hem nog een brief te schrijven, ging er telkens weer voor zitten, maar wist vervolgens nooit wat ze hem verder moest vertellen. Wat viel er nog te zeggen voordat ze elkaar terugzagen? Waarschijnlijk had hij zijn geluk elders gevonden, en als dat zo was, dan was ze daar blij om. Zij probeerde het hier te vinden, op de Brandstetterhoeve. Zelfs tegen het slachten was ze inmiddels beter bestand; ze droeg haar steentje bij als het moest en hielp het vlees in stukken te snijden en in te zouten.

'Wie dieren houdt moet ze kunnen doden,' zei Martin, 'maar je hoeft ze niet te laten lijden.' Zo had het schaap nauwelijks door dat ze een verdovingsschok tussen de oren kreeg, terwijl Marie haar een appel voorhield. Ook al deed die elektrische schok haar denken aan wat zij overleefd had, ze probeerde de herinnering te blokkeren door voor elk lam te smeken om verlossing, en ze constateerde dat ze kennelijk toch gelovig was. Al geloofde ze niet in een katholieke God. Ze sloot vriendschap met Luise en de andere vrouwen van de gymnastiekclub, maar merkte vaak aan de conversatie en gespreksonderwerpen dat ze niet echt bij hen paste. Het liefst was ze in

Leutstetten bij Manni en Martin, te midden van de dieren of gewoon alleen. En sinds ze van haar loon als letterschilder voor Dahlmanns Delicatessen een goede aquareldoos had aangeschaft, schilderde ze weer met kleuren en ontwierp ze zelfs ansichtkaarten, die Luise liet drukken en in de winkel naast de kassa verkocht voor een dubbeltje, waarvan acht pfennig voor Marie was. De Leutstettener paarden vanaf de Karlsberg gezien, het stoomschip dat op het meer langs het Rozeneiland voer, een portret van Hartje, de leidgeit, die een vel papier uit haar schetsboek verorberde.

Begin juli, toen de schapen allang waren geschoren en Manni, die zich met elke nieuwe dag bevrijd had van een volgende laag van zijn kledingallegaartje, weer enkel in korte lederhose en op blote voeten rondliep, toeterde vroeg in de middag een blauwe auto met open dak voor de oprit naar het erf. Waarschijnlijk de een of andere Münchenaar, dacht Marie, of iemand die hoopte van hen informatie over de koninklijke familie te krijgen, wat af en toe voorkwam. Ze kieperde het spoelwater waarmee ze de melkbussen had schoongemaakt in de afvoergoot voor het huis en liep naar de Mercedes toe.

De bestuurder stapte uit, deed zijn zonnebril af en streek de lichtbruine krullen van zijn voorhoofd, die onmiddellijk weer voor zijn gezicht vielen. 'Hallo Marie. Je bent dus echt boerin geworden.'

'Theo?' Nu herkende ze hem pas, hij leek slungeliger en daardoor nog langer dan vroeger. Hij stond een beetje gebogen, alsof hij ook in de openlucht gebukt onder een deurkozijn heen moest.

Vlug trok ze de nekknoop van haar hoofddoek aan en veegde haar handen af aan haar schort om hem te begroeten. 'Niet te geloven dat je me hebt gevonden na al die tijd.' Daar stond hij dan toch echt en springlevend voor haar.

'Ja, eigenlijk wilde ik destijds meteen in de trein stappen en naar je toe komen toen je me vorig jaar terugschreef, maar toen dacht ik: ik wil je niet met lege handen gaan ophalen.'

'Ophalen, waar ga je heen?' Martin kwam met de kruiwagen van het achtererf naar hen toe lopen.

'Dit is Theo.' Marie maakte zich van hem los en stelde de mannen aan elkaar voor. 'Theodor Kretschmar, mijn, eh... vriend uit Silezië, en Martin Brandstetter, hij is... de eigenaar van het bedrijf. Schapen, geiten, kippen en akkerbouw.' Ze wist niet waarom ze hem tegenover Theo als boer afschilderde, hij was immers nog zoveel meer dan dat.

De twee gaven elkaar een kort knikje. Martin bleef dicht achter haar staan en maakte geen aanstalten om Theo een hand te geven. In plaats daarvan begroef hij zijn handen diep in zijn broekzakken en wipte op en neer in zijn met opgedroogde mest besmeurde rubberlaarzen. De twee mannen konden bijna niet tegengestelder zijn. Martin met zijn hoed met de ravenveer, in zijn blauwe tuinbroek en gestreepte overhemd met opstaande kraag en opgestroopte mouwen. Theo in zijn lichtgekleurde bandplooibroek, zachte leren instapschoenen en elegant lang colbert met een gestippeld vlinderdasje. In Maries herinnering had hij knickerbockers en oude truien met opgenaaide elleboogstukken gedragen. Nu stond hij tegen het tuinhek geleund en draaide zijn zonnebril nonchalant aan één pootje tussen zijn vingers rond. Dat deze man in een Russisch gevangenenkamp had gezeten was hem niet aan te zien. In die kleren zou hij evengoed kunnen solliciteren voor een filmrol, of ginds in het kasteel zijn uitgenodigd voor een theevisite. En ook nog eens met die dure bak. Waar had hij die geleend om haar te imponeren?

'Marie, vraag je me niet binnen? Als meneer de boer het goedvindt?' Hij grijnsde naar Martin.

Diens gezicht betrok. Vervolgens draaide hij hun zelfs de rug toe, pakte de kruiwagen en reed ermee naar de hooischuur.

'Heeft hij zijn tong verloren?'

'Laat hem maar,' zei Marie. Soms was zwijgen ook een antwoord. 'Ik denk dat we beter een stukje kunnen gaan wandelen. Het is zo'n prachtige dag, dan kan ik je de omgeving laten zien, goed?'

'Wandelen? Ik rij je overal heen waar je wilt.'

'Van wie is die auto?'

'Van mij, wat dacht jij dan. O, Marie, ik heb je zoveel te vertellen.'

'Wacht, dan kleed ik me even vlug om.'

Ze overwoog kort om met Martin te gaan praten, maar wist toen niet wat er uit te leggen viel. Ze liep terug het huis in. In haar slaapkamer gooide ze alle kleren uit de kast op het bed om iets geschikts uit te zoeken. Alles zag er op de een of andere manier sjofeltjes uit. Alleen de donkerblauwe tweedelige japon die ze voor kerst voor zichzelf had genaaid van de glanzende stof uit de stoffenkoffer van Martins moeder was min of meer elegant. Maar nu, in de zomer en voor dit uitje, leek de in wijde plooien eindigende jurk veel te plechtstatig. En ze kon toch niet in Manni's gymbroek gaan. Eerst trok ze haar stalplunje maar eens uit, friste zich op bij de wastafel, kamde haar roodblonde krullen in een hoge paardenstaart en bond hem vast met een kersenbandje dat bestond uit twee rode balletjes aan een elastiek. Enfin, Theo had haar al in haar stalkleren gezien, dus zou hij haar kerstjurk ook wel kunnen verdragen. Ze trok de japon aan, had moeite de haakjes op de rug te sluiten en voelde zich puur vanwege alle vreemde bochten waarin ze zich wrong algauw weer zweterig. Wat een hectische toestand. Alsof ze al die jaren dat ze van Theo gescheiden was geweest in één klap wilde inhalen. Spontaan bond ze de gestippelde hoofddoek om haar middel. Dat maakte de fluwelen jurk wat informeler en paste bij Theo's strikje. Ze liep naar het raam. Martin was nergens te zien. Theo slenterde door de tuin, rookte en joeg de kippen op. En had blijkbaar niet in de gaten dat Manni zich als vanzelfsprekend in zijn auto had geinstalleerd. Met ontbloot bovenlijf en half afgegleden bretels zat hij aan het stuur te draaien en wipte voor- en achteruit op de zitting alsof hij een paard aandreef. Hopelijk was de handrem goed aangetrokken en rolde de auto niet plotseling achteruit de helling af. Marie liep terug naar de spiegel, ging op de stoel staan en wierp er een laatste blik in. Ja, nu vond ze zichzelf zowaar mooi in de tweedelige jurk. De stippelsjaal benadrukte haar smalle taille en deed de rok beter tot zijn recht komen. Bijna alsof ze er een petticoat onder droeg in plaats van een simpele onderrok. Een handtas had ze niet, maar ook vandaag wilde ze niet van huis vertrekken zonder haar schilderspullen, ze wist nooit welk motief er op haar afkwam. Misschien kon ze Theo met een paar streken vastleggen? Marie had al een hele tijd haar zinnen gezet op het gevlochten tasje dat in de klerenkast stond en van Luise was. Ze pakte het en stopte er haar nieuwe schetsboek, twee pasgeslepen potloden, een zakdoek en haar portemonnee in. Toen wilde ze haar grijze wollen kousen aantrekken. Perlons had ze niet. Als ze geweten had dat Theo zou komen, dan had ze bij Luise een paar gekocht. Daar lagen zelfs panty's in het schap, die je zonder jarretelgordel kon dragen als een tweede huid. Spontaan besloot ze op blote voeten in de zwarte bandschoenen te stappen. Om de suggestie van een naad te wekken, tekende ze met aquarelverf een donkere streep over allebei haar kuiten van de enkel tot de knieholte. Zo leek het net alsof ze toch perlons droeg.

Theo trapte zijn sigaret uit toen ze hem eindelijk tegemoetliep. 'Ik dacht al dat ik nog eens acht jaar moest wachten voor ik je eindelijk terug zou zien.' Hij hield het bijrijdersportier voor haar open voordat hij zelf instapte.

Ze keek rond of ze de broers zag, maar die waren nergens te bekennen. Hoe was het Theo gelukt om Manni weer uit de Mercedes te krijgen? Toen schoot haar te binnen dat ze in de haast niet eens een briefje had geschreven, maar Martin kon vast zelf wel bedenken dat ze gauw weer terug zou zijn. Theo legde zijn arm over de rugleuning van haar stoel, streek terloops langs haar nek en draaide de dorpsweg op. Even later suisden ze over de provinciale weg. Marie moest zichzelf bekennen dat ze de rit leuk vond. Ze had nog nooit in een auto met open dak gereden.

'Is dat al je bagage?' vroeg hij. 'Ik had zo gedacht om vannacht door te rijden, dan zijn we morgen voor het ontbijt in Hamburg.'

HELGA

Rond middernacht, toen David na lang aan de borst te hebben gelegen eindelijk in slaap was gevallen, legde ze hem in de wieg en dekte hem toe. Hoewel ze zelf ook hondsmoe was, wilde ze de informatiefolder van het Münchense avondgymnasium nog lezen, die vandaag eindelijk met de post was gekomen. Ze droeg de bedlamp naar de tafel en ging zitten. Als ze rechtop zat, zou ze zich beter kunnen concentreren dan liggend. Plotseling dacht ze een geluid te horen, toen was alles weer stil in huis. Waarschijnlijk had ze zich vergist. Ook Luise, die gewoonlijk tot middernacht beneden in de keuken werkte of met een roman voor de oven zat te wachten tot het baksel voor de volgende dag gaar was, leek al te zijn gaan slapen. Helga bewonderde haar uithoudingsvermogen en hoe zorgzaam ze was voor anderen. Vanaf dag één had ze zich bij de Dahlmanns thuis gevoeld. Ze hoefde geen langdurige uitleg te geven, mocht gewoon zichzelf zijn en had toch nooit het gevoel dat ze hun tot last was. Luise was een doener met veel kwaliteiten, een echte wondervrouw van wie Helga nog veel kon leren. Anders dan zij had Luise van jongs af aan moeten aanpakken. Dat had haar gevormd, evenals de liefde van haar ouders en broers, de verbondenheid tussen de Brandstetters. Tegelijkertijd vroeg Helga zich af hoe Luise het kon verdragen dat er een baby in de wieg sliep die eigenlijk voor haar eigen kind bedoeld was geweest. Dat onderwerp hadden ze tot nu toe vermeden. Het was vast moeilijk om erover te praten. Helga wist niet hoe ze er tegen haar vriendin over moest beginnen, maar misschien moest ze het gewoon doen. Ze verstrakte en draaide zich met een ruk om. Opeens stond Hans achter haar in de kamer. Ze deed haar deur nooit op slot, waarom zou ze, ze was immers onder vrienden. Maar ze had alleen haar korte nachthemd aan en voelde zich naakt, terwijl hij volledig gekleed was, alleen zijn overhemd hing uit zijn broek. Wat deed hij hier? Wat wilde hij van haar? Met glazige ogen keek hij haar aan en waggelde in haar richting, zich vasthoudend aan de tafelrand. Hij had een bierkegel, was waarschijnlijk net thuisgekomen en had zich in de kamerdeur vergist. Op woensdag, wanneer zij gymden, bracht hij de avond door met Elmar en Harri en de anderen in het voetbalclubhuis.

'Goeienavond Hans. Hoe ging het met kaarten?' Helga praatte zacht, in de hoop haar kind niet wakker te maken.

Hij antwoordde niet.

'Kom, het is laat, en David slaapt.' Ze stond op en wilde hem terug naar de deur brengen.

Toen sloeg hij zijn armen om haar heen, trok haar tegen zich aan en kuste haar.

Ze wrong zich los uit zijn greep. 'Laat dat, hou op.' Ze dacht nog steeds dat hij zich vergiste.

'Doe niet zo moeilijk, mo-hooi juffertje Helga.' Hij lalde een beetje. 'Ik heb jou-hou altijd leuk gevonden. Anders ben je ook niet zo preuts. Kom op, we gaan een beetje lol maken samen, ik beloof je dat je het lekker zult vinden.'

Ze moest het verkeerd verstaan hebben. Hans Dahlmann, de altijd beleefde telefoontechnicus die elke vrije minuut aan een of ander metalen of houten voorwerp zat te knutselen en verder aan niets anders dacht dan voetbal, wilde met haar naar bed? 'Ben je niet goed wijs? Je laatste biertje is duidelijk verkeerd gevallen, Hans. Vooruit, ga gewoon weg, dan vergeten we wat je daarnet gezegd hebt, oké?'

Ze had harder gepraat dan de bedoeling was geweest. David jengelde in de wieg.

'Daar heb je het al, nu is hij wakker. Dus wegwezen, jij.'

Ze wilde hem de kamer uit duwen, maar Hans greep haar weer vast, gooide haar op het bed en drukte haar neer op het matras. 'Ah toe, alsjeblieft.' Ze voelde dat hij opgewonden was. 'Bij Luise mag ik niet meer. Altijd maar de winkel, de winkel, sinds bijna een jaar gaat het nergens anders meer over.' Hij leek opeens broodnuchter en ging met zijn volle gewicht op haar liggen, zodat ze bijna geen lucht meer kreeg. 'Eén keer telt niet. Ik laat jou en je bezettersbastaard toch maar mooi hier wonen, hè? Dus gun mij ook een pleziertje.' Ze hoorde hoe hij met één hand zijn riem losmaakte en zijn broek openknoopte.

Lieve God, als je bestaat, laat dit dan niet gebeuren, smeekte ze in stilte. Hoe kon Hans dit doen, zijn vrouw lag hier pal naast, enkel door een dun muurtje van hen gescheiden. Hij schoof haar nachthemd omhoog.

'Nee,' zei ze, en nog eens 'nee'.

Hij drukte zijn ene hand op haar mond, was met de andere ijverig bezig tussen haar benen. Hopelijk was David weer in slaap gevallen. Later wist ze niet meer of ze dat nee alleen had gedacht of echt uitgesproken.

De volgende dag was een hel, niet omdat er iets bijzonders voorviel of omdat ze pijn had, maar vanwege wat er met Hans was gebeurd. Hoe had ze het kunnen toelaten? Zij, die nooit iets tegen haar wil deed, vooral niet met mannen.

'Goedemorgen, lekker geslapen?' vroeg Luise, en ze neuriede verder met een liedje op de radio mee.

Helga had gewacht tot Hans naar zijn werk was vertrokken en zich toen pas buiten haar kamer gewaagd. De keuken rook naar verse koffie. Luise belegde een met deeg bedekte bakvorm met abrikozen.

'Ga zitten zolang David zich nog stilhoudt, en eet wat.'

Waarom was Luise toch zo aardig en zorgzaam voor haar? Ze kon het beste meteen zeggen wat er was gebeurd, dan stortte de Dahlmann-wereld waarschijnlijk in maar was hun vriendschap misschien nog te redden. Of misschien niet.

'Wat is er? Je bent zo stil. Hier, proef eens, zijn ze niet suikerzoet? Die kwam het dienstmeisje van de Von Thalers me brengen. Uit de tuin.' Luise gaf haar een abrikoos.

Helga had er geen trek in, ze was misselijk. Er ging een schok door haar heen. Wat als ze zwanger was?

Hoewel het haar verschrikkelijk dwarszat, probeerde ze het voorval uit haar hoofd te zetten, elke dag weer. Ze hoopte dat het op die manier vanzelf vervaagde en op een gegeven moment uit haar herinnering zou verdwijnen. Opgelucht stelde ze vast dat haar menstruatie op tijd was, al voor de tweede keer na Davids geboorte. Waarom zou ze het huwelijk van de Dahlmanns kapotmaken, juist nu Luise zoveel had bereikt en daar zo hard voor had gewerkt? Helga wilde haar niet kwetsen en haar niet kwijtraken als vriendin.

Hans deed alsof er nooit iets was gebeurd. Hij was tegenover Helga altijd al weinig spraakzaam geweest, maar sinds die nacht liep hij met een boog om haar heen, voor zover dat mogelijk was in de krappe woning op de eerste verdieping. Meestal had hij nog iets in de garage te repareren of in de kelder uit te zoeken terwijl zij met Luise in de huiskamer naar muziek luisterde en handwerkte. Helga's breiwerk kreeg een steeds gelijkmatiger steekpatroon. Zelfs Gretel Breisamer had haar pasgeleden een compliment gegeven vanwege de gestreepte trui die David droeg.

Op een avond was Luise bezig haar te leren hoe je een muts met vijf naalden breit. Hans verscheen in de deuropening, met zijn hoed al op. 'Ik ga nog even een biertje pakken in de Jagdstüberl.' Hij werkte de cafés in heel Starnberg af.

'Blijf toch hier en kom bij ons zitten,' zei Luise. 'Er is straks een nieuw hoorspel van Günter Eich op de radio.'

Hij schudde zijn hoofd. 'Ik wil nog even een luchtje scheppen, vandaag heb ik de hele dag in een bedompt flatgebouw gewerkt. Maar veel plezier, jullie.'

Luise deed verder geen poging hem om te praten. Ze liep nog met hem mee naar de deur, maar leek eigenlijk eerder blij dat hij vertrokken was. 'Ik moet je iets vertellen, Helga.' Terug in de woonkamer zette ze warempel de radio uit.

En Günter Eich dan? Wat kwam er nu? Helga voelde haar hartslag omhoogschieten en haalde diep adem. Had haar vriendin toch iets door, had ze hen misschien gehoord die nacht? Ze legde haar breiwerk neer en keek naar David, die in de leunstoel door meerdere kussens ondersteund met zijn handjes lag te zwaaien, alsof hij probeerde iets uit de lucht te pakken. Ze hield hem een rammelaar uit Luises speelgoedkist voor. Gretig greep hij hem vast, en hij schudde hem krachtig. Bij het horen van het gerammel glimlachte hij en schudde weer. Een muzikant, net als zijn vader, dacht Helga, en ze slikte, terwijl haar hart als een razende tekeer bleef gaan.

'Moet je zien hoe slim dat jochie van jou is.' Luise gaf hem een knuffeltje.

David lachte zijn mooiste babylach en ontblootte daarbij de tand die uit zijn onderkaak omhoogkwam als een minuscule witte zaag.

Luise kwam weer bij haar zitten, sloeg haar benen over elkaar en zei: 'Hoe zou je het vinden als David binnenkort een speelkameraadje zou krijgen?'

'Bedoel je dat, dat jij...' Het duurde even voordat Helga begreep wat Luise wilde zeggen. 'Ben je zwanger?'

Luise keek haar stralend aan. 'Hans weet het nog niet. Ik wil het hem pas vertellen zodra ik...' Ze werd plotseling ernstig, steunde haar hoofd in haar handen en sloeg haar ogen neer.

'Hoe ver ben je al?' vroeg Helga totaal verbluft. Hoezo mocht zij geen kasten verschuiven en niet tillen? Haar vriendin was juist degene die goed voor zichzelf moest zorgen.

Luise zuchtte. 'Ik weet het niet precies, ik heb nog geen beweging gevoeld. Misschien beeld ik het me alleen maar in. De derde of vierde maand, misschien? Ik ben niet misselijk of wat ook, ik barst juist van de energie.'

Dat kon Helga alleen maar beamen. 'En je menstruatie?'

'Sinds drie maanden niet meer. Het kan natuurlijk ook andere oorzaken hebben, ik moet naar de dokter om het zeker te weten. Maar nog één dag langer samen met jou en David en aldoor die winkelgesprekken over baby's, borstvoeding en bevallingen aanhoren, en ik was ontploft. Ik moest het je gewoon nu vertellen.'

Ze omhelsden elkaar en hielden elkaar lang vast.

Luise huilde. 'Het spijt me, het is eigenlijk iets om blij over te zijn, maar ik kan tegenwoordig om elke kleinigheid in huilen uitbarsten. Het is alweer over.' Ze veegde haar tranen weg.

Nu voelde Helga zich nog veel schuldiger.

Bestellen/klussen uitbesteden

- ~~*Watten, bloedstelpend en om cosmetica aan te brengen en te verwijderen*~~ *Gedaan!*
- *Maanzaad en persmolen (als klantenservice aanbieden)*
- *Zweedse kruidenbitter (Martin vragen)*
- ~~*Hondendrinkplaats (Hans vragen)*~~ *Gedaan!*
- *'Voor onze hondenklanten' – Marie aan het bordje herinneren!*
- *Mottenballen (schrik niet, Gretel Breisamer is door haar voorraad heen!)*
- *Minichocoladealfabet voor verjaardagstaarten en snoepzakjes*
- *Lucifers. Voorschrift van de Kamer van Koophandel en Industrie goed doornemen = Het is in de luciferhandel niet gebruikelijk dat de verkoper vanuit het buitenland de goederen op zijn kosten verzekerd tegen brand, ontploffing of vochtschade laat bezorgen; daarentegen wordt het risico op brand, ontploffing of vochtschade gedragen door de contractpartner die de levering betaalt. Dat de koper, op wiens risico het vervoer plaatsvindt, van de verkoper eist dat hij zich tegen dit transportrisico indekt door een verzekering is in de luciferhandel zeer ongebruikelijk, en van een*

gebruik volgens welk de verkoper aan een dergelijke eis moet voldoen kan geen sprake zijn. 1133. 6696/17. 32812/17

- Brandverzekering afsluiten!
- Brandblussers
- Kortingszegels, ja of nee? Over nadenken voor volgend jaar...
- Carnavalsschmink

Ideeën voor aanbiedingsacties

- ~~Kleine carnavalskrapfen met versch. vulling~~ Gedaan!
- Truffels = cacaoballetjes door chocoladekorrels rollen
- Karnemelksnoepjes = 1 liter karnemelk en 1 kg suiker koken tot het geelbruin is, vervolgens 1 pond boter toevoegen, door elkaar kneden en er snoepkussentjes van vormen, na het uitharden evt. in glanspapier verpakken

Lievelingsliedjes

- 'Jambalaya' van Gerhard Wendland
- 'Ganz Paris träumt von der Liebe' van Caterina Valente
- 'Du bist die Richtige' van Peter Alexander
- 'Johnny Guitar' van Ernie Bieler
- 'Bon soir, bon soir' van Vico Torriani

Reclameslogans (artikelen uitproberen?)

- Zonder das is de man de helft waard. (Stropdassen in het assortiment opnemen?)
- Darmol, de heerlijke laxeerchocolade (chocola werkt toch eerder stoppend?)
- Een klein cadeau? Kies rororo! Rororo-paperbacks,

1,50 DM per stuk (ja, kleine selectie in het assortiment: Hemingway, Tucholsky, Fallada, e.a.)

Uit: Luises winkelkennisalbum

LUISE

Met voetbal had ze niet veel. Het was de lievelingssport van haar man, zoals die van haar gymnastiek was. Maar ook zij vond het leuk dat het Duitse elftal oprukte in het wereldkampioenschap. Hans was door het dolle heen. Hij sleepte zijn transistorradiootje continu met zich mee als een kind zijn knuffeldier. Elke minuut dat hij vrij had, luisterde hij naar de uitzendingen. Op 23 juni 1954, een woensdag, was de winkel zoals gewoonlijk 's middags gesloten, en zij gebruikte de tijd om te bakken, schoon te maken, de schappen aan te vullen en een paar telefoontjes met leveranciers af te handelen. Helga was met David naar het meer gewandeld. Toen Luise naar achteren liep om Hans te vragen hoe laat hij die avond wilde eten, schalde de stem van de commentator haar tegemoet. Duitsland tegen Turkije. Haar man zat geknield op de stenen tegels met een deken voor zich uitgespreid waarop schroeven, moeren, tandwielen, schroefdraad en andere metalen onderdelen in rijtjes lagen uitgestald. De radio, die op volle geluidssterkte was gedraaid, stond vlak naast hem.

'O, is dat de haspelmaaier van de Von Thalers?' Annabel had hem pasgeleden langsgebracht. Zo uit elkaar gehaald had hij veel weg van Hans' kerstversiering van vorig jaar.

Hij knikte. 'Ik denk niet dat hij nog te redden is, maar ik maak alles nog een keer schoon en slijp de messen. Ik ben benieuwd.'

Uit de radio klonk een muzieknummer. Dit liedje van Mona Baptiste was momenteel meerdere keren per dag te horen: 'Er hangt vandaag iets in de lucht, in de lucht, in de lucht.'

'Heb je er eigenlijk al over nagedacht hoe je je verjaardag wilt vieren?' vroeg Luise. Op 30 juni, over een week dus, werd Hans dertig.

Hij reageerde niet.

'En wederom een warm welkom voor alle luisteraars via de ether en de wereldontvangers...' De commentator was terug en vervolgde zijn verhitte, niet te stuiten woordenstroom.

'Hans?'

Haar man luisterde met open mond, de vijl in zijn hand. 'Wat is er?' vroeg hij toen de verslaggever kort naar lucht hapte.

'Op je verjaardag, wat wil je dan doen?'

'Nou, hetzelfde als altijd. Harri en Elmar komen en brengen waarschijnlijk hun gezin mee, als jij dat goedvindt. Ik kan een vuurplaats van bakstenen maken, en dan braden we worstjes in de tuin. En wie weet, misschien staat Duitsland wel in de halve finale, dan hebben we pas echt iets te vieren.'

'In de halve finale?' Luise lachte.

Hans haalde zijn schouders op. 'Je weet maar nooit.'

'Zal ik je hier buiten een paar boterhammen brengen?'

Antwoord kreeg ze niet meer.

Negentig minuten later werkte de haspelmaaier weer en stond Duitsland zowaar in de kwartfinale! Ze had het begrepen toen Hans in gejuich uitbarstte, de keuken in kwam rennen, haar lang en heftig kuste en zelfs met haar danste, wat hij anders nooit vrijwillig deed.

'Sst, je maakt Davidje nog wakker.' Luise wees naar boven, waar ze de baby net nog had horen huilen, nadat Helga met hem was thuisgekomen in haar met grote bloemen bedrukte jurk met rugdecolleté die met een strik in haar nek was vastgemaakt.

'Ik moet nu meteen Harri bellen.' Hans voegde de daad bij het woord en besprak de volgende drie kwartier uitvoerig alle mogelijke combinaties met zijn vriend aan de telefoon.

Op vrijdag, toen David zielstevreden lag te slapen in de wasmand die zij achter de toonbank had gezet, vroeg ze Helga de winkel een uur van haar over te nemen. Ze wilde zelf in de stad een paar inkopen doen en op zoek gaan naar een cadeau voor Hans. Los van het heel persoonlijke geschenk dat ze al een tijdje met zich meedroeg. Ze wilde hem, die zo vast in haar geloofde, graag met iets bijzonders verrassen. Ze had aan een elektrisch scheerapparaat gedacht. Hans, die normaal gesproken dweepte met techniek, zwoer weliswaar bij natscheren, maar misschien was er inmiddels een nieuw apparaat op de markt met meer mesjes of andere snufjes dat hem kon overtuigen. Luise zou gewoon eens gaan informeren bij Elektro Pappeck. Ze keek een tijdje bewonderend naar de zwart-wittelevisie die stond te flikkeren in de etalage en het testbeeld liet zien, zoals elke ochtend vanaf tien uur. Fascinerend! Het moest geweldig zijn om de kroning van de Britse koningin, die vorig jaar rond deze tijd wereldwijd was uitgezonden, in haar eigen woonkamer te kunnen bekijken. Of een film of quizprogramma.

Luise ging de winkel in en wachtte tot meneer Pappeck, een oudere man met een bril, een witte snor en grijs elektricienjasje, tijd voor haar had. 'Nog drie Philips TD1422A extra,' droeg hij zijn leerjongen op. 'En vraag naar de leverdatum, schrijf die alsjeblieft op, Kare. Da's heel belangrijk. De klanten hijgen in mijn nek. Vooruit, de bestelling moet meteen worden doorgegeven.' Hij schreef een telefoonnummer voor de jongen op een kladje, gaf hem een potlood en kleingeld mee, en stuurde hem naar het postkantoor om daar te telefoneren. Luise wilde al van wal steken, maar toen riep Pappeck nog: 'O, wacht. Ga op de terugweg meteen langs Spindler om gekruide kookworstjes te halen, laten we zeggen vier of zes paar, en tien zoute krakelingen en twee flesjes licht bier. En een flesje limonade voor jou.' Hij gaf Kare nog wat muntgeld.

'Moet het bier koud of warm zijn?' vroeg de leerjongen, die een soortgelijke snor als zijn baas op zijn bovenlip liet groeien.

'Het liefst koud, maar niet te koud natuurlijk. Laten we zeggen op de juiste temperatuur.'

'En de worstjes?' Kare was waarschijnlijk aan het tijdrekken.

'Wat is daarmee?'

'Warm of koud?'

'Koud, die warmen we hier op. En nu ophoepelen, jij, voordat mijn hand uitschiet. Ik heb een klant.'

Kare drukte zijn klederdrachthoedje op zijn hoofd en vertrok.

'Goedemorgen mevrouw Dahlmann, wat kan ik voor u doen?'

'Ik wil een verjaardagscadeau voor mijn man kopen. Ik dacht aan...' Midden in de zin maakte ze een ommezwaai, ze had een idee waar ze zelf onmiddellijk enthousiast van werd. Misschien zou het niet alleen bij Hans en haar in de smaak vallen, maar ook haar bedrijf stimuleren en nieuwe klanten trekken. Ook al liep de winkel inmiddels redelijk, je mocht nooit achteroverleunen, dat was de echte uitdaging. 'Hoeveel kost zo'n televisietoestel?'

'Er zijn verschillende modellen. Vanaf 320 mark heb je een klein tafelmodel, en dan loopt het op tot zo'n 450 voor een kastmodel met luidsprekers en houten ombouw.'

Luise slikte, dat konden ze zich met de beste wil van de wereld niet veroorloven. Voor zulke bedragen moest niet alleen Hans, maar ook zij een paar maanden werken.

'Zal ik u wat toestellen laten zien?'

'Graag.' Kijken kostte niets. Ze grinnikte inwendig toen tot haar doordrong dat dat voor een televisie eigenlijk niet opging.

Maar in plaats van haar door de winkel rond te leiden, haalde Pappeck een catalogus van onder de toonbank tevoorschijn en draaide het opengeslagen boekje naar Luise. 'Dit hier is een relatief handzaam gelijk- en wisselstroomapparaat van Blaupunkt.' Hij tikte op een zwart-witillustratie. 'Het beeld is ongeveer zo groot als een ansichtkaart. Het apparaat heeft een kanaalzoeker met spoellift.' Een spoellift, wat zou dat kunnen zijn? Ging je daarmee naar een andere televisieverdieping, een nieuwsuitzending misschien? Luise had geen idee waar hij het over had. 'En het apparaat ernaast is iets groter, maar is dan ook een prachtstuk in elke woonkamer. Het is een Capitol, die is afgestemd op zeven kanalen.'

'Zeven kanalen?' Het klonk een beetje als Venetië. Televisie was compleet onbekend terrein voor haar. 'Waar heb je er zoveel voor nodig? Je kunt altijd maar één uitzending bekijken, toch?'

Hij glimlachte. 'U bedoelt een programma? Tot nu toe toont het radio-omroepbedrijf alleen de ARD, maar de nieuwe apparaten zijn allemaal al voor de toekomst gemaakt. Binnenkort zal er nog veel meer te zien zijn. Een Beiers kanaal bijvoorbeeld. Moet u zich indenken, de Starnberger See en zijn geschiedenis, allemaal op zo'n televisiescherm. Zou dat niet prachtig zijn?' Zijn ogen schitterden terwijl hij verder bladerde. 'Mag ik u nog het luxemodel laten zien? Deze Telefunken is ingebouwd in een tweedeurs eikenhouten kast. Kijk eens hier. Niet iedereen hoeft tenslotte te weten dat u zo'n apparaat bezit. U kunt het makkelijk achter de deuren laten verdwijnen.'

'Waarom zou iemand een televisie willen verstoppen?'

'Nou ja, als het bekend wordt, loopt binnen de kortste keren de hele buurt bij u de deur plat. Vooral kinderen, het Augsburgse marionettentheater is nu bijvoorbeeld op televisie. Mijn kleindochter was helemaal weg van *Peter en de wolf*.'

Luise had niets tegen meer mensen over de vloer, sterker

nog, het was haar doel. 'Zou ik ook in termijnen kunnen betalen?' Bij haar noemden de klanten dat opschrijven, en het was renteloos. Maar daar durfde ze meneer Pappeck niet om te vragen.

'In principe wel, mevrouw Dahlmann. Alleen heb ik op het ogenblik helaas geen toestel voorradig, daarom moet ik u alles in de catalogus laten zien. Was u nou gisteren maar gekomen, toen is mijn laatste televisie over de toonbank gegaan.' Wat bij zo'n kastmonster moeilijk voorstelbaar was. 'Het wereldkampioenschap, begrijpt u. De meesten volgen het op de radio, maar steeds meer mensen willen de wedstrijden ook zien. Natuurlijk kan ik u op de wachtlijst zetten. De volgende bestelling is onderweg en wordt binnen zes tot acht weken geleverd.'

'En hoe zit het met die televisie in de etalage?' Misschien kon Luise die wel goedkoper krijgen, ze stond tenslotte de hele dag aan, en het beeld kwam al wat sleets over.

'De Grundig? Die staat hier permanent uitgestald en is helaas niet te koop.'

'Nou goed, dan kom ik over twee maanden nog eens informeren.' Jammer, het mocht niet zo zijn. 'Dank u wel, en tot ziens.' Een nieuw overhemd of een mooi pak zou dan wel geen uniek, maar ook een prima cadeau zijn. Ze liep terug naar de Tutzinger Hofplatz, waar een herenmodezaak zat.

'Hallo, mevrouw Dahlmann.' Pappecks leerjongen probeerde zijn hoed op te lichten toen ze elkaar weer tegenkwamen. Hij moest op de terugweg zijn van het postkantoor, en door zijn beleefdheidspoging scheelde het weinig, of de flessen en volle papieren zakken waren uit zijn armen gegleden.

Luise schoot hem te hulp en ving ze op. 'O, wacht even, Kare.' Ze liep samen met hem terug. Plotseling wist ze hoe ze Pappeck toch nog kon overtuigen.

'Bedankt, en we hopen u snel weer te zien, mevrouw Ölsieder.' Terug in de winkel begeleidde Luise om kwart over twaalf de laatste klant naar de deur, en ze tuurde naar de lucht. Wolkenslierten waren voor het blauw geschoven. 'Helga, je ziet nog helemaal niets,' riep ze naar achteren.

'Als het donker wordt, zie je ook niets.' Haar vriendin legde de pasverluierde David in de wasmand, zette die tussen de kassa en de weegschaal op de toonbank en volgde Luise naar buiten. 30 juni 1954 was niet alleen voor Hans en alle andere voetballiefhebbers een bijzondere dag, rond twaalf uur 's middags kon je in Europa ook een zonsverduistering waarnemen.

'Echt heel donker wordt het niet, heb ik op de radio gehoord. Eerder nevelig.' Luise vond het licht nu al bijzonder, het was alsof ze door een sluier keek. 'Hoor je dat? Alles is zo stil, zelfs de vogels tjilpen niet. Stel je voor dat het altijd zo bleef.'

'Liever niet. Het doet me denken aan de tijd in de schuilkelder. Dat we het gedreun van de bommenwerpers boven ons hoorden en daarna wachtten op de inslagen, biddend dat we gespaard zouden blijven.'

'Soms dijen seconden uit tot uren, ken je dat? Ik was een keer met Manni op het veld toen er een laagvlieger aankwam. Ik wilde wegrennen het bos in, maar Manni bleef stokstijf stilstaan, dus ik ben op hem gesprongen, heb hem in het gras neergeduwd en heb mijn ogen stijf dichtgeknepen. Ik hoorde het gefluit en vervolgens de bominslagen om ons heen, en daarna wist ik niet meteen of een van ons gewond was. Het waren niet meer dan seconden, maar in mijn herinnering voelt het als uren.' Het werd nog schemeriger, de junidag veranderde in een mistige novemberdag, ook de schaduwen losten op. 'Is dat de zon?' Luise wees omhoog naar een kleine grijze cirkel die tussen de wolken zichtbaar werd. Langs de ronde rand zag ze een glinstering. 'De maan staat er precies voor, heb ik begrepen.'

Helga kneep haar ogen tot spleetjes en zocht de hemel af.

'Wacht, pak dat zwarte glaasje erbij. Met het blote oog mag

je er niet naar kijken.' Luise duwde haar witgestippelde vlinderzonnebril stevig op haar neus.

'Dat zou ik bijna vergeten.' Helga haalde het stuk glas dat ze die ochtend met een aansteker zwart had gemaakt en hield het voor haar bril.

De tip kwam uit de *Stern*, die ze net als een aantal andere tijdschriften gratis konden lezen. Nog een voordeel van een eigen winkel hebben, dacht Luise. Ze gingen samen op het bankje naast de winkeldeur zitten en keken door hun getinte bril en glaasje naar het natuurspektakel.

'Blijkbaar staan niet alleen de aarde, zon en maan op één lijn, hoorde ik op de radio, maar ook Jupiter,' zei Helga. 'Maar die kun je niet zien, alleen berekenen.'

De grijze schijf schoof langzaam voor de zon weg en verdween toen steeds verder achter een dikke laag wolken.

'Gaat het op de radio echt nog ergens anders over dan voetbal?' Luise grinnikte zacht.

Helga haalde haar schouders op. 'Ik geloof dat wij de enigen in de wijde omgeving zijn die zich voor de zonsverduistering interesseren. Het heeft iets magisch, vind je niet? In Amerika hebben ze hetzelfde waar wij net naar keken al een paar uur geleden gezien, en hierna gaat het verder tot in India.'

Luise sloeg haar arm om Helga heen en stelde zich voor hoe zij beiden vanaf een grote hoogte op dit moment gezien zouden worden. Twee beste vriendinnen die de seconden van stilte lieten uitdijen. Helga was zwijgzamer dan anders, en Luise had al een tijdje het gevoel dat ze iets op het hart had maar niet wist hoe ze erover moest beginnen.

'Denk je vaak aan hem?'

'Aan wie?' Helga legde het glas weg en keek haar aan.

'Nou, Jack, Davids vader.' Luise was van haar stuk gebracht. 'Of wie bedoel jij?'

'Aha, ja natuurlijk, ik probeer niet aan hem te denken, maar daardoor doe ik het juist wel. Het is net als met roze olifanten.

Mag je er van jezelf niet aan denken, dan zie je er meteen eentje voor je.'

Plotseling wist Luise heel zeker dat niet alleen Jack haar vriendin bezighield. Helga verzweeg iets voor haar. Luise stond op. 'Genoeg over roze olifanten en de zonsverduistering. Ik moet aan de slag met de aardappel-koolsalade, anders hebben we vanavond niets te eten. Kijk, daar is de jarige.'

Hans had de middag vrij genomen en kwam vanaf het station de straat in lopen.

'Ik zie je later.' Helga ging naar binnen. Luise wist niet of ze Hans überhaupt al had gefeliciteerd.

MARIE

'Je komt hier aanzetten en wilt me meteen meenemen?' Zijn bazige manier van doen irriteerde haar.

'Het is maar gekheid, herinner je je mijn grappen niet meer?' Theo trok de aansteker uit het dashboard, stak een nieuwe sigaret aan en liet zijn linkerarm al die tijd uit het raampje hangen, alsof autorijden kinderspel was. Marie zou niet eens hebben geweten wanneer je welk pedaal moest intrappen en hoe je dan tegelijkertijd ook nog moest sturen.

'Jawel, ik weet het nog.' Ook zij glimlachte. Toen Theo jonger was, had hij haar bij elke gelegenheid geplaagd en voor het lapje gehouden. Of Marie inmiddels tegen hem opgewassen was moest nog blijken.

'Wat stel je voor? Waar zullen we heen rijden? Wat ik tot nu toe van deze streek heb gezien kan mij niet bekoren. Het is hier een dooie boel. Hamburg heeft zoveel meer te bieden, daar bruist het overal van het leven. Neem alleen al de Reeperbahn, daar is het dag en nacht volop genieten.' Hij was enthousiast aan het ratelen geslagen. 'Een mooiere stad vind je nergens.'

Ze reden langs de slotvijver vol waterlelies. De lichtgroene takken van de treurwilg hingen in het water. Een beeld als een illustratie in een sprookjesboek. Marie had er de afgelopen dagen al meerdere schetsen van gemaakt.

'Behalve de Elbe en de Alster lopen er een heleboel kanalen

door de stad. Je waant je in Venetië, maar altijd met een verkoelend briesje langs je gezicht, het is er niet zo drukkend warm als hier.'

Hij moest na zijn vrijlating vorig jaar veel gereisd hebben, dacht Marie. Zij was tot nu toe niet verder dan Beieren gekomen. En als zij, Martin en Manni niet drie keer per week met Fido de melk zouden afleveren in Starnberg en zijzelf niet de opschriften in de winkel schilderde, zou ze Leutstetten helemaal niet uit komen. Maar ze vond het prima zo. Er was elke dag zoveel nieuws te ontdekken. Dit was haar tweede zomer op de Brandstetterhoeve. En weer wisselden de dieren, de weiden en bomen van gedaante – alles was continu in verandering – een onophoudelijk opgaan, blinken en verzinken. Als 's avonds het werk gedaan was, zwommen Martin en Marie regelmatig in de Würm om af te koelen en lieten zich zonder enige inspanning met het verfrissende water meedrijven. En dat ging, afhankelijk van de kracht van de stroming, in een rap tot razendsnel tempo. Om te genieten had zij geen Reeperbahn nodig.

Toen ze over de Würm reden, gooide Theo zijn sigarettenpeuk in het water. 'In Hamburg is alles veel schoner dan hier. Zijn dat padden, daar verderop?'

'Die beestjes zijn een teken van de goede waterkwaliteit.'

'O, ja?' Hij trok zijn neus op.

Eigenlijk had ze hem het Leutstettener Moos willen laten zien, dat zich links van hen uitstrekte. De bloemenpracht. Er groeiden hier zelfs orchideeën. Maar ook als ze stopten en uitstapten, zou hij alleen maar zijn dure mocassins ruïneren in de blubber en haar er uiteindelijk misschien nog de schuld van geven ook. Toch was ze gevleid dat hij zich voor haar had opgedoft. Daarom nam ze voorlopig voor lief dat hij hoofdzakelijk aan het woord was en geen oog voor de natuur leek te hebben. Ze wilde zoveel van hem weten, om te beginnen hoe hij het overleefd had en wat er precies met haar vader was gebeurd. Nadat Theo zijn auto bij Hotel Bayerischer Hof had geparkeerd, waar hij zijn intrek had genomen, wandelden ze door de stationstunnel naar het meer, langs de kleine, kleurrijk geschilderde boothuizen en Restaurant Undosa tot aan de stoomscheepssteiger. Uit het zuiden kwamen steeds meer donkere wolken opzetten, en het meer kolkte alsof het op het punt stond te gaan regenen. Maar hier was de lucht nog helder. Voor Marie waren de kastelen en villa's rond de kust, met daarachter nog de bergen, elke keer weer een indrukwekkend gezicht.

'Op de Zugspitze kan het midden in de zomer sneeuwen, hoorde ik vanmorgen op de radio.' Ze wees naar de hoogste berg van Duitsland, die bijna letterlijk binnen handbereik lag; je kon hem althans tussen duim en wijsvinger houden als je je ogen samenkneep. Het wemelde op het meer van de boten, die deinden op de golven. Blijkbaar profiteerden veel zeilers van de stevige wind.

Toen Theo het stoomschip ontdekte dat naar de andere oever voer, vervolgde hij zijn lofzang op zijn nieuwgekozen woonplaats. 'In Hamburg arriveren dagelijks reusachtig grote schepen, de haven is een overslagplaats voor de hele wereld. Dat is echt niet te vergelijken met zulke speelgoedbootjes.'

'Ja, joh, de Titanic zou niet in dit meer passen. Je kunt ook niet alles hebben,' beet Marie van zich af.

Ze koersten af op de dichtstbijzijnde lunchroom, waar vanwege het naderend onweer alleen de tafeltjes onder de overkapping waren gedekt. Theo beraadslaagde een tijdje met de ober en stopte hem uiteindelijk een fooi toe, waarop de man een tafeltje en twee stoelen naar een paviljoentje droeg dat helemaal aan de kademuur stond. Ze kregen er zelfs zitkussens bij.

'Je moet de mensen opvoeden, Marie.' Galant hield Theo haar stoel voor haar klaar voordat hij zelf ging zitten. 'Het gaat niet vanzelf.' Hij sloeg zijn lange benen over elkaar, plukte aan zijn broek zodat de messcherpe vouw precies in het midden zat, stak weer een nieuwe sigaret op en draaide de aansteker om en om in zijn handen. Vroeger was hij niet zo nerveus geweest, dacht ze. Vroeger was er veel anders geweest, ook zijzelf. 'Vertel me nu eens waarom je uitgerekend in Beieren verzeild bent geraakt. Of kan ik beter vragen wat je hier houdt? Is het die boer?'

Het waaide flink, en Marie hield het tafelkleed vast zodat het niet zou wegvliegen.

De ober bracht een asbak en twee klemmen, die hij aan de tafelranden schoof. Daarna nam hij hun bestelling op. 'Buiten krijgt u alleen een kannetje, meneer,' zei hij toen Theo om een kop koffie vroeg. Ook zijn fooi veranderde daar niets aan.

Marie bestelde thee met citroen en een plak marmercake. Zij kon wel een kannetje thee gebruiken.

'Met slag, of zonder?'

'Met graag.' Inmiddels verstond Marie het Beiers vrij goed.

Theo wilde geen cake. 'Ik heb mezelf helemaal afgewend om te eten, behalve kaviaar, maar dat zult u hier wel niet hebben, of wel?'

De ober antwoordde ontkennend.

'Laten we dan klinken op ons weerzien. Welke champagne hebt u zoal?'

'Helemaal geen, het spijt me.'

'Het lijkt hier wel erger dan vóór de geldhervorming.' Theo rolde met zijn ogen.

'Wat dacht u van twee glazen wijn?' stelde de ober voor.

Hij had zijn zwarte haar met rijkelijk veel pommade getemd en er een scherpe scheiding opzij in gemaakt, zodat het zijn hoge voorhoofd als een helm bedekte. Marie had al bijna haar potlood gepakt, maar wilde nu niet haar schetsboek tevoorschijn halen en daar de aandacht op vestigen. Ze werden het uiteindelijk eens over een fles Franse witte wijn, waarvan de ober de naam volgens Theo verkeerd uitsprak.

‘Ze drinken hier zeker voornamelijk bier,’ zei hij tegen Marie toen de wijn arriveerde. Daar zat wat in; van de andere gasten hadden de meeste mannen een kroes bier of een glas licht bier voor zich staan, terwijl de vrouwen aan hun kopjes koffie nipten.

Marie vond alcohol niet lekker, maar klinken met Theo wilde ze wel. ‘Hoe gaat het met je Muttel? Woon je bij haar bij de luchthaven?’ vroeg ze om het gesprek eindelijk op belangrijker dingen te brengen. Muttel, het Silezische woord, was gewoon zomaar uit haar mond gerold. Na de arrestatie van haar man en zoon had Theo’s moeder net als zijzelf haar geboortegrond moeten verlaten, maar Marie had nog gehoord dat zij op een vrij comfortabele manier, per auto en met hulp van familie in Breslau, in Hamburg was gekomen.

‘Je bedoelt nadat ze van de schok bekomen was dat ik nog leefde. Ze wist net als jij nog niet eens dat ik gevangen had gezeten. Maar dat is ook het punt van een zwijgkamp, als je er al een punt in kunt zien.’ Hij rookte een tijdje in stilte, trok heftig aan zijn sigaret en staarde naar het meer, waar een stel op een waterfiets voorbijtrappelde. ‘Muttel heeft als schoonmaakster op de luchthaven gewerkt. Zij, die vroeger met opgestoken pink een theekopje vasthield, moest plotseling op haar knieën de vloeren van andere mensen boenen. Terwijl ze al die tijd zonder het te weten vaders kapitaal in haar koffer had zitten, tussen de spullen en kleren die ze kon redden. Het heeft een tijdje geduurd voordat we het konden inwisselen, maar nu is het gelukt. We hebben een huis in Blankenese, met personeel, net als vroeger. Het heeft meerdere verdiepingen en ligt op een heuvel direct aan de Elbe. Je zult het mooi vinden.’ Hij legde zijn sigaret neer en pakte zijn glas. ‘Proost, Marie, op ons.’

‘Op het leven,’ zei ze.

‘En de liefde,’ zei hij.

Ze klonken.

De rest van hun bestelling werd gebracht, maar Marie had plotseling geen trek meer. Ze perste de citroen uit in haar thee en roerde er suiker door. 'Hoe heb je het overleefd? Ik dacht dat je was doodgeschoten, net als mijn *Vattel* en de jouwe.'

'Dat geloofde ik eerst ook. Hoe weet je hoe het voelt om dood te zijn?' Hij stak een nieuwe sigaret aan met de vorige en nam een diepe trek. 'Je hebt nou eenmaal twee vragen die niemand met ja kan beantwoorden.'

'Hoezo, wat bedoel je?'

'Nou, "Slaap je al?" en "Ben je al dood?"' Daar was hij ineens weer, de oude Theo met zijn ondoorgrondelijke humor, en hij maakte haar even aan het lachen. Hijzelf bleef serieus. 'Wil je het echt weten?'

Ze knikte. 'Ja, natuurlijk.'

'Je weet niet hoe vaak ik erover heb nagedacht hoe ik het jou het beste kon vertellen. Op de brits in het kamp heb ik keer op keer in gedachten doorgenomen wat er gebeurd was, alsof ik een roman wilde schrijven en naar het spannendste begin zocht. Elke keer als ik het weer opnieuw in mijn hoofd had geformuleerd, verliep het allemaal net een beetje anders, waardoor de feitelijke executie uitdijde van seconden tot minuten. Soms legden de soldaten hun geweren in slow motion aan; de kogels die ze afvuurden vertraagden in de lucht en vlogen aaneengeregen als een ketting in onze richting, zodat we ze allemaal nog op tijd konden ontwijken. Terwijl het eigenlijk razendsnel ging. Maar hoe langer ik in Siberië gevangenzat, hoe meer ik de echte volgorde vergat. Misschien kwam het ook door de permanente honger, de kou of de uitputting dat ik niet meer helder kon denken.' Hij tikte met zijn wijsvingernagel tegen zijn tanden. 'Porselein, mijn echte ben ik bijna allemaal kwijt. Nu weet je dus waarom ik jou niet onmiddellijk onder ogen wilde komen.' Hij blies de rook door zijn neus uit. 'Maar wat ik nog zeker weet is dit: we moesten ons in een rij opstellen, ook de stalmeester van jullie stoeterij en de gemeentesecretaris en nog drie knapen die ik niet kende. Tegenover ons stonden drie soldaten, dus drie op acht. We hoorden hen in het Russisch praten alsof ze overlegden wie op wie zou schieten of zo. Ik kende destijds nog bijna geen Russisch. Een commandant was er niet. Toen schoten ze gewoon. Eerst zakte mijn Vattel in elkaar, toen de jouwe, en daarna alle anderen. Ze vielen in de kuil achter ons, en ik werd meegesleurd. Of misschien ben ik er wel in gesprongen toen ik aan de beurt was, of het wapen van een van de soldaten blokkeerde.'

Net als bij mij, dacht Marie, en de wijn smaakte opeens bitter als gal. Snel dronk ze haar thee en ademde de citroengeur in, voordat de herinnering aan de stank van de soldaat in haar neusgaten kon dringen.

'Ik lag op de doden en verroerde me niet.' Theo dronk zijn glas in één teug leeg en schonk zichzelf bij. 'Ik wachtte erop dat de Russen naar de kuil zouden lopen om mij af te knallen, maar er gebeurde niets. Toen hoorde ik bevelen, de soldaten van het Rode Leger werden weggestuurd. Ik bleef liggen wachten, rolde op een gegeven moment naar de rand van de kuil, verschool me daar en kneep mijn ogen dicht om de doden niet meer te hoeven zien. Op een gegeven moment moet ik van uitputting in slaap zijn gevallen. In de schemering klom ik uit de kuil, baande me een weg naar boven door het bos op de Kalkberg en liep hun in het dal aan de andere kant rechtstreeks in de armen. Nu is het definitief afgelopen, dacht ik. Ze laadden me samen met anderen in een vrachtwagen, en daarna in een trein die naar Siberië ging. Vanaf dat moment gold er een spreekverbod; wie toch praatte raakte zijn tong kwijt. Eén ding heb ik gezworen, Marie: als ik ooit uit deze hel kom, neem ik wraak. Maar eerst moest ik mijn weg weer vinden in de normale wereld, veel dingen vond ik onbegrijpelijk en vreemd. Ik was heel lang nergens voor gemotiveerd, maar nu weet ik wat ik wil. Ik ga rechten studeren, en dan dagvaard ik ze stuk voor stuk.'

'Wil je de Russische soldaten en hun commandanten voor de rechter brengen?'

Theo knikte. 'Het klinkt onmogelijk, maar laat me het proberen, alleen door die gedachte kan ik 's nachts slapen. Wie pakt ze anders aan als wij het niet doen? Moet je die politici eens zien. Adenauer gedraagt zich als het slaafje van de geallieerden. En tienduizenden van ons lijden nog steeds honger en gebrek in Sovjetkampen. Naar het heet, zijn de laatste krijgsgevangen naar huis teruggekeerd, nou, daar klopt geen barst van. Marie, ze hebben mijn jeugd van me gestolen!' Hij keek haar doordringend aan.

En ik dan, dacht ze. Wat was er van haar gestolen? Haar waardigheid, haar zelfvertrouwen, haar vrouwelijkheid? Maar hij vroeg er niet naar en begon weer over Hamburg.

'Jij zou naar de kunstacademie kunnen gaan, dat wilde je toch? De Hogeschool voor Beeldende Kunst is na de verwoesting herbouwd en zelfs uitgebreid. Zij waren toch maar de eersten die vrouwen tot de studie toelieten.'

'Ik weet niet of ik door het toelatingsexamen zou komen. Ik wil liever met dieren werken, het liefst met paarden.' Marie stak haar hand in de gevlochten tas en streek over haar schetsboek, dat ze tot nu toe nog niet één keer had opengeslagen.

'Paarden? Dat meen je niet. Jouw geduld met die beesten heb ik toch al nooit begrepen. Maar van mij mag je. Laten we eerst maar eens trouwen, daarna zien we wel verder. Schapen zijn er trouwens in overvloed op de Elbedijk, vanuit ons huis kun je ze zien lopen. En paardrijden kun je daar net zo goed. Wij tweeën als studenten, stel je eens voor. Pak je boeltje en kom meteen met me mee. Weg uit dat benauwde rotdorp.' Hij veegde over een brandvlek in het tafelkleed, die hij misschien wel zelf had veroorzaakt.

Wat wist hij eigenlijk van haar? Het hele gesprek ging alleen over hem, en hij praatte maar door, alsof hij alles wat hij in het zwijgkamp niet had mogen zeggen in één keer wilde spuien.

Hoe moest ze hem vertellen over de verschrikkingen die ze had meegemaakt, terwijl hij amper met zijn eigen problemen uit de voeten kon? Vroeger had hij er grappen over gemaakt hoe haar ouders haar betuttelden, en nu behandelde hij niet alleen de ober maar ook haar alsof hij het voor het zeggen had, gewoon omdat hij opeens weer over geld beschikte. Maar zij was niet meer de prille, onervaren Marie van vroeger, die alles blindelings accepteerde wat Theo uitkraamde. 'Wil je me alsjeblieft terug naar huis brengen?' vroeg ze toen hij nog een fles wijn wilde bestellen. Ze klikte Luises tas dicht en stond op.

'Wat, nu al? Ik ben nog maar net begonnen met vertellen.'

Als Theo nog één keer iets over Hamburg zei, zou ze de rest van haar wijn in zijn gezicht gooien.

Het miezerde toen ze op de parkeerplaats aankwamen. 'Kom je nog mee naar binnen in het hotel?' Zo vlug gaf Theo niet op.

'Waarvoor?' Ze overwoog al om te gaan lopen, maar het was ver, en ze had geen paraplu bij zich.

'Hiervoor.' Hij trok haar naar zich toe, hield haar in zijn armen en kuste haar.

Hij rook als de Theo van vroeger, misschien een beetje meer naar nicotine en alcohol, maar ze ving ook zijn geur van toen op. Even voelde ze weer wat ze vroeger had gevoeld. Geborgenheid, luchtigheid en de vrijheid om samen de wereld te veroveren die aan hun voeten lag. Lachen, onbekommerd blij zijn, elkaar beminnen en nooit meer alleen zijn. Er smolt iets in haar, de tranen sprongen in haar ogen. Ze beantwoordde zijn kus, zag zichzelf en hem weer in de maannacht. Vroeger, toen het alleen hij en zij was, en zij en hij. Hij trok haar mee naar de ingang van het hotel toen het harder begon te regenen.

'Kun je het dak van je cabrio niet beter dichtmaken?' vroeg Marie.

'Godverdomme, ja, de leren bekleding.' Hij vloekte net als

vroeger, trok aan de kap en vouwde hem nog juist open voordat het echt begon te stortregenen.

De betovering was verbroken. 'Breng me alsjeblieft terug naar Leutstetten.' Ze stapte in zijn Mercedes.

'Wat is er gebeurd? Vertel op, wat heb ik verkeerd gedaan?' Maar hij startte wel meteen de motor en zette de ruitenwissers aan. De regen roffelde op het dak terwijl hij de weg op reed.

'Ik wil niet meer in een grote stad wonen, ik voel me hier thuis. En Theo, ik weet niet of ik de kracht kan opbrengen voor ons beiden, soms heb ik het al moeilijk genoeg met mezelf. Maar ik vind het heel fijn dat je me bent komen opzoeken. Blijf gewoon nog een paar dagen als je wilt, en kijk hoe mijn leven hier is.' Hoe ze dat met Martin moest regelen wist ze nog niet, maar toen ze voorbij de Dahlmanns reden, kreeg ze een idee. 'Morgen is hier vanwege het WK voetbal een feest in de winkel. Het is vanuit jouw hotel praktisch om de hoek. Misschien heb je zin om te komen? Gasten zijn welkom, heeft Luise gezegd, zij is de zus van Martin.'

'Je bent wel dikke maatjes met die boerenkinkels hier. Ik dacht dat jij wat beters wilde dan die schaapherder met zijn imbeciele broer.'

'Hoezo? Wat heb je met Manni gedaan toen hij in je auto zat?'

'Heel simpel, ik heb gedreigd al zijn worstvingers te breken als hij niet onmiddellijk uitstapte, en dat heeft gewerkt.'

De rest van de rit zwegen ze.

'Jammer van ons, het was fijn, maar het blijft verleden tijd. Jij bent een regelrechte klootzak geworden, weet je dat?' waren haar afscheidswoorden toen ze uitstapte.

Zodra Theo weg was, ging Marie op zoek naar Martin, en ze vond hem in de woonkamer, waar hij wol kaardde.

Hij keek haar verbluft aan. 'Ik dacht al dat je...'

Voor hij verder kon praten, viel ze hem om de hals en kuste hem over de wol en de twee wolkammen heen. 'Ik ben hier bij jou, en ik blijf.' Zijn stoppelbaard prikte, hij had zich een paar dagen niet geschoren, maar dat gaf niet. Ze vond zijn zachte lippen, hij smaakte naar liefde. Toen schoof ze weer een stukje bij hem vandaan, ging naast hem op de sofa zitten en trok haar knieën op. 'Je vroeg afgelopen herfst naar mijn moeder, weet je nog?'

Hij knikte.

'Toen kon ik het je nog niet vertellen. Maar nu wel, als je wilt.' En ze beschreef de ontmoeting met de GI, dat hij zijn wapen had getrokken en haar bedreigde, en dat de kogel haar moeder raakte.

Martin nam haar in zijn armen en tilde haar alsof ze een klein meisje was op schoot. Toen begon ze te beven.

'Mij wilde hij ook doodschieten, maar zijn magazijn was leeg, en dus pakte hij een steen...' Ze brak af en leunde tegen hem aan, haar stem begaf het.

Martin drukte haar steviger tegen zich aan en bleef haar vasthouden. 'Maar waarom was die Amerikaan zo razend op jullie tweeën?'

Haat, begeerte, lust en macht. Een mengelmoes van dat alles. Ze had er lang over nagedacht. De soldaat wilde haar vernederen, bezitten, gebruiken en kapotmaken, maar dat sprak ze niet uit. Ze schokschouderde alleen.

'En hoe heb je weg kunnen komen?' vroeg Martin na een lange stilte.

'Ik kreeg het pistool te pakken en heb hem daarmee neergeslagen. Toen ben ik weggelopen...' In werkelijkheid had ze niet meer kunnen lopen. Eerst was het haar amper gelukt om onder hem vandaan te kruipen. Daarna werkte ze zich op haar ellebogen vooruit en kroop als een reptiel over het aardappelveld, uit angst dat de soldaat haar achterna zou komen en zijn karwei zou afmaken. 'Op het veld ernaast werkte de Oost-Pruisische familie met wie we een kamer deelden. Ze brachten me naar de boerderij...' Haar stem stokte weer. De Blekes hadden haar gedragen, helemaal bebloed als ze was. '... en haalden een dokter, maar de militaire politie kwam met hem mee, en zij hebben me toen ondervraagd.' Ze viel weer stil, nestelde zich tegen Martin aan en voelde zijn warmte. Ze kon niet tegen hem zeggen wat de soldaat precies met haar had gedaan. Nog niet, misschien wel nooit. 'Op grond van mijn verklaring werd de GI oneervol uit het leger ontslagen, heb ik later gehoord, toen ik bij de nonnen in Waldsassen aan het herstellen was.'

'En je moeder? Wat is er met haar gebeurd? Was ze ernstig gewond?'

'Ze is dood, hij heeft haar doodgeschoten. Alleen in mijn dromen leeft ze nog.'

Tips voor de klanten

- *Aardappelen met zwarte plekjes worden weer wit als je aan het kookwater een paar druppels azijn toevoegt. Proef je niets van.*
- *Als het zondags gebraad gewoon niet mals wil worden, het vlees met cognac begieten. (Of er zelf een slok van nemen, of alle twee.)*
- *Vette borden voor het afwassen met krantenpapier afwrijven.*
- *Inmaakseizoen: een pasgekookte aardappel is geschikt als lijm voor etiketten.*
- *Perlonkousen gaan langer mee als je ze voordat je ze de eerste keer draagt een paar uur in lauwwarm water legt. Om de kleur te behouden twee theelepels azijn toevoegen.*
- *Tegen okselzweet: een aftreksel van eikenschors waarmee je je oksels 's morgens en 's avonds goed wast. Daarna insmeren met schapenvet. Voor inwendig gebruik dagelijks een kopje theemelange uit kleinepimpernelwortel, engelwortel, duizendblad en duizendguldenkruid met kleine slokjes drinken. Pas op dat het niet te heet is, anders ga je weer zweten!*

Uit: Luises winkelkennisalbum

LUISE

Even over halfzes waren de meeste verjaardagsgasten al gearriveerd. Ook Marie en Martin waren van de partij. Het viel Luise op dat ze allebei een beetje neerslachtig leken, alsof ze onenigheid hadden gehad. Ze hoopte van harte dat haar grote broer niet opnieuw teleurgesteld zou worden. Eigenlijk had ze aangenomen dat hij in Marie een partner voor het leven had gevonden. Manni, in een stralend humeur zoals meestal, gaf Hans een glanzend gewreven scherf van de gebroken lollypot cadeau. Haar man had, zoals eerder aangekondigd, in de tuin tussen wat bakstenen een kolenvuurtje gestookt. De eerste worstjes en karbonaden spetterden al op het rooster. Elmars dochter Brigitte en Harri's zoon Clemens, die Harri als francofiel Clément noemde, hadden al vriendschap met Fritz von Thaler gesloten. De kinderen wikkelden brooddeeg rond stokken en hielden die boven het vuur. Al snel haalden ze Manni over om in hun plaats het stokbrood te bewaken, wat hij heel plichtsgetrouw deed, want hij was een groot liefhebber van vuur en alles wat ermee samenhing. Fritsje wilde zijn nieuwe vrienden namelijk de winkel en de werkplaats laten zien, alsof hij hier thuis was. En dat was hij ook, nou ja, bijna dan. Midden op de tuintafel prijkte, op een van Henriettes kanten kleedjes, de radio als heilige graal. Straks begon de beslissende wedstrijd, die ze allemaal zouden meebeleven via de beschrijving van de voetbalcommentator, maar ook...

Luise had Elmar gevraagd om Hans af te leiden met het opzetten van de vuurplaats, zodat hij hopelijk nog niets doorhad. Nu stapte ze naar hem toe, zoende hem en overhandigde hem haar cadeau. Een knot gele wol.

'Geef je me een privécursus haken?' Hans keek haar onzeker aan.

Luise glimlachte breed. 'Wie weet. Wind hem maar af.'

Hans wond de gele draad net zolang af tot er een luciferdoosje tevoorschijn kwam, waarin een marsepeinbonbon lag.

'Van zelfgemaakt rozenwater, ik hoop dat je hem lekker vindt,' zei ze. 'Nu kun je niet zeggen dat je er geen hebt kunnen bemachtigen.' Luise zette een doos op tafel en tilde het deksel eraf. 'Ik heb er nog meer gemaakt, voor jullie allemaal. Geniet ervan,' zei ze tegen de anderen die om hen heen stonden. Ze wendde zich weer tot Hans. 'Maar dit is nog niet mijn hele cadeau. Valt je niets op?'

Voorzichtig knabbelde hij aan de bonbon. 'Heb je er een liefdesbriefje in verstopt?'

'Ergens wel natuurlijk, mijn liefde gaat ook door jouw maag.' Ze lachte. 'Kijk eens even waar het luciferdoosje ook alweer in verpakt zat.'

Hans had de wol gewoon laten vallen. Nu volgde hij de draad terug door de tuin, om een paar stoelpoten heen, langs het bloembed en vervolgens het huis in, waar de rest aan een stekker was vastgebonden. 'O, iets elektrisch. Jij weet wat mijn hartje begeert.' De stekker hoorde bij een antenne die ze achter het dressoir had verstopt. 'Luisetje, je bent gek. Betekent dat soms...?' Zijn ogen schitterden als die van een kind bij de kerstboom. Terwijl het alleen maar een kniehoog onderstel van metalen buizen was.

Ze knikte. 'Als je het hele jaar braaf bent, krijg je op je eenendertigste de rest.'

Maar Hans had de op een kier staande deur van de bijkeuken al opengeduwd. Erachter stond een doos op de vloer, die afgedekt was met een beddenlaken. 'En ik dacht al dat de deur klemde,' zei Hans, waarna hij het laken oplichtte. 'Hoe heb je... Hoe kan dit? Dank je wel, dank je wel.' Hij omhelsde haar en overlaadde haar met kussen. 'Maar kunnen we ons dat wel veroorloven? Hoeveel moeten we per maand betalen?'

'Dat stelt niets voor. Ze is afgeprijsd omdat ze in de etalage heeft gestaan, ik heb afgedongen bij Pappeck.' Ze was blij dat hij zo blij was.

'Echt? Wat ben je toch een kanjer. Een geboren zakenvrouw.'

'Zo kun je het bekijken, ja. In dit geval zie ik mezelf eerder als meesteronderhandelaar. Maar er is nog één probleem.'

'Wat? Is ze niet compleet afgeleverd?'

'Je moet helaas nog iets voor de televisie doen. Pappeck heeft dringend een eigen telefoon nodig in zijn winkel, en ik heb hem beloofd dat jij daarvoor zult zorgen.'

'Als dat het enige is, dan komt het wel in orde.' Hans keek op zijn horloge. 'Maar nu moeten we opschieten. De wedstrijd begint over negen minuten, en we kunnen de halve finale in het echt volgen. Ongelooflijk, Luisetje, jij wondervrouw.' Hij bukte en sleepte het toestel de winkel in. 'Laten we de televisie zolang op de toonbank zetten. Helemaal naar boven en dan nog de woonkamer in, dat krijg ik zo snel niet voor elkaar. Zeg maar tegen de anderen dat ze genoeg stoelen uit de tuin meebrengen. En iemand moet bij de stookplaats blijven.' Hij was door het dolle heen van vreugde.

De televisie was vlug aangesloten, maar behalve sneeuw was er niets op te zien, in welke richting ze de antenne ook draaiden. In elk geval was na een tijdje het geluid te horen, zodat ze er allemaal voor zaten en ernaar luisterden alsof het een grote radio was. Maar daar nam Hans geen genoegen mee. Hij verlengde de kabel en liep met de antenne naar buiten. Uiteindelijk zat hij in de walnotenboom, zonder zich ook maar een millimeter te kunnen bewegen, om maar te zorgen dat er een gelijkmatig beeld te zien was. In de rust loste Harri hem af, en zo kon haar man op zijn dertigste verjaardag in de winkel meejuichen toen Duitsland won van Oostenrijk en zich voor de finale plaatste.

Naderhand zaten ze nog lang buiten in de zoele zomeravond. Luise overlegde met Marie en Helga. 'Wat vinden jullie ervan als we heel Starnberg uitnodigen voor het eindspel? Dat zou misschien nieuwe klanten trekken.'

Helga schepte voor iedereen appelbowl in glazen. 'Eindspel zeg je? Dat klinkt een beetje als een dreigement. Als je nou nog niet je boodschappen bij Dahlmann komt doen, dan is het gedaan met je.'

Davidje zat op haar schoot en sabbelde op een stuk krakeling.

'Dus niet?' Luise wilde haar idee al laten varen.

'Jawel, ik vind het geweldig. We moeten alleen flink reclame maken, zodat we meer mensen bereiken dan buurtbewoners die elke dag langs de winkel komen. Wanneer is de finale, over een week?'

Luise rolde met haar ogen. 'Over vier dagen, jij hebt zeker niet opgelet.'

'En waar?'

'Waar? Nou, bij ons, dacht ik. We zetten het toestel in de winkelingang op de bovenste stenen tree, die fungeert dan als een soort podium.'

'Ik kan de affiches schilderen,' opperde Marie.

'Fijn,' zei Luise. 'Maar het is een hoop werk, dat moeten we wel samen doen. We hebben ook strooibiljetten nodig om aan de klanten uit te delen.'

'Zullen we ze laten drukken?' stelde Helga voor.

'Ik weet het niet, dat is vast duur.'

'Daar zou ik voor kunnen zorgen,' zei Annabel von Thaler, die opeens naast haar stond, zeker om Fritz op te halen. Waarschijnlijk had ze de hele tijd al naar een reden gezocht om langs te komen. 'Ik zal bij de *Land- und Seebote* vragen of zij dat willen doen. De dochter van de uitgever is pasgeleden in de kliniek van mijn man bevallen.'

'Echt, mevrouw... eh, Bella?' Luise was nog niet gewend haar overbuurvrouw te tutoyeren. 'Dat zou helemaal top zijn.'

Ook Hans was laaiend enthousiast over het idee toen ze hem en de andere gasten er in de loop van de avond over vertelde.

'Dan is er nog één probleem...' Ze zweeg een paar tellen en keek de kring rond. 'Wie van jullie biedt zich aan als vrijwilliger om voor de hele duur van de finale in de walnotenboom te zitten?'

Buurtwinkel Dahlmann Delicatessen

nodigt u uit voor een **televisie-uitzending**
van het **wereldkampioenschap voetbal**
op 4 juli 1954
in Starnberg, Ludwigstraße 2
de wedstrijd begint om 17.00 uur:
Duitsland tegen Hongarije
met proeverij en buffet vanaf 16.00 uur
beperkt aantal zitplaatsen
gasten van buiten de stad welkom!

Uit: Luises winkelkennisalbum

FINALE

De volgende drie dagen werkten ze zich allemaal een slag in de rondte. Marie ontwierp het affiche, dat Annabel verschillende keren liet afdrukken en ook verkleinen voor strooibiljetten. Zij nam de drukkosten voor haar rekening, als bedankje omdat haar zoon zo vaak bij de Dahlmanns mocht langskomen, zoals ze benadrukte. Helga zorgde voor de verspreiding. Tijdens haar wandelingen met David liep ze alle reclamezuilen af en hing overal in de stad de aankondiging op. De strooibiljetten deelde ze uit vanuit de kinderwagen. Luise maakte een uitgebreid buffet klaar en legde grotere productvoorraden aan. Ook daar hielp Annabel bij, en niet alleen met tafeldekken en versieren. Tot grote blijdschap van Fritz, die het geweldig vond dat tante Dalli en zijn moeder eindelijk goed met elkaar overweg konden. Voor het geval het op 4 juli zou gaan regenen, hadden ze voorzorgsmaatregelen genomen. Hans bouwde met Harri en Elmar een pergola van ladders en dekzeilen om de stoelen en banken droog te houden die ze buiten voor de winkel tot op het trottoir hadden neergezet. De lucht was nu alleen nog maar bewolkt, misschien bleef het weer wel goed. En zo niet, dan zou dat aan de vreugde dat Duitsland als klein, onbeduidend elftal tegen de favoriet Hongarije speelde gegarandeerd geen afbreuk doen.

'We staan in de finale, Luisetje. Wij! Wat een teken van hoop na al die rotjaren. Hoe de wedstrijd ook afloopt, eindelijk staan we niet meer aan de kant.'

Voetbal was dus meer dan zomaar een sport, dacht Luise. Aan die elf Duitse spelers moest een heel volk zich optrekken. Ze zou op dit moment niet in hun schoenen willen staan. Door alle commotie had ze ook nog steeds geen kans gezien om Hans te vertellen dat ze zwanger was.

Zodra Marie in het gezelschap van Martin en Manni op de dag van de finale bij de Dahlmanns aankwam, keek ze rond of Theo er ook was. Waarschijnlijk was hij al lang en breed vertrokken nadat zij hem voor klootzak had uitgemaakt. Ze zag hem in elk geval nergens, constateerde ze opgelucht. Ze zou hem morgen meteen schrijven en hem haar besluit laten weten. Het stond nu vast dat ze in Leutstetten bleef. Ze wilde boerin worden, en misschien op een dag ook Martins vrouw. Ook hij keek koortsachtig uit naar de wedstrijd en had haar met zijn enthousiasme aangestoken. Ze hadden de wagen met Fido naast twee andere trekpaarden en rijtuigen op het kerkplein gestald, omdat de hele straat tot aan het kruispunt al vol kijklustigen stond. Van alle kanten stroomden de mensen toe, en Marie was erg blij voor Luise. De meesten konden geen zitplaats meer bemachtigen en kwamen er gewoon bij staan, met paraplu's, met regenkapjes op en gehuld in regenjassen. De televisie troonde weer op de toonbank en was door de deur zichtbaar, waardoor er een zweem van een bioscoopsfeer ontstond. Alleen staarden de mensen niet naar een groot wit doek, maar naar een klein beeldscherm. Toen de uitzending begon, had Marie vanaf de tweede rij al moeite om de zwart-witte mannetjes op het trillende beeldscherm in het oog te krijgen. En welke stip van de vele was de bal? Maar de commentator beschreef het wedstrijdverloop met veel gevoel voor drama, en zijn stem was zeker tot voorbij de achterste rij luid en duidelijk te horen. Luise stond bij het open raam van de woonkamer op de eerste verdieping en sloeg de feestelijke activiteit voor het huis gade, die zij op touw had gezet, net als Helga destijds haar gymnastiekcursus. De meeste mensen kende ze, zelfs het echtpaar Moser was erbij komen staan. Maar er waren ook wat onbekenden bij. Zou ze hen misschien morgen al als klant kunnen verwelkomen? Wat een avontuur was het geweest om van haar buurtwinkeltje de mooie zaak te maken die het nu was, maar zo te zien was het de moeite waard geweest.

Deze keer had Hans geen seconde van de wedstrijd willen missen en de antenne buiten tegen het grote BUURTWINKEL DAHLMANN DELICATESSEN-bord geschroefd, waaraan hij muurvast zat. Daarnet had het nog gewerkt, het testbeeld was perfect, maar zodra het tijd was voor de uitzending, begon het weer te flikkeren. Geen van de mannen kon zich van de kijkkast losrukken, dus was Luise naar boven gegaan om aan de antenne te draaien.

'Ja nu, Luisetje. Nog één millimeter graag, of hooguit twee.' Hans knielde beneden voor de stoeptreden naar de winkeldeur en riep naar haar in de hoogte, met uitgestrekte armen en gevouwen handen.

Wat een schitterende aanblik, mijn man aanbidt me, dacht ze. Jammer dat niemand dat op de foto zette. Ze boog zich uit het raam en duwde op zijn commando zacht tegen de antenne, nu eens naar rechts, dan weer naar links. 'Is het nu beter?' riep ze af en toe naar beneden.

'Nee, het trilt nog steeds. Of wacht. Stop. Hou hem zo vast.'

In elk geval was er nu geluid, het schetterde door de hele buurt. '... overweldigende sensatie, een echt voetbalwonder, dat Duitsland in de finale van het WK staat.' De stem van Herbert Zimmermann, de radioverslaggever.

'Begint het al?' riep een gast.

'Sst, weis stil,' zei een ander in plat dialect.

'Nee, ah, doe nou niet, daarnet was er een duidelijk beeld,

maar nu is het weer onscherp,' hoorde ze Hans zeggen.

Luise had maar heel even losgelaten. Snel pakte ze de antenne weer vast. 'Beter zo?'

'Ja, het gaat. Aha, blijkbaar regent het pijpenstelen in Bern, het is geen slecht beeld, het is regen.'

Een gemompel ging door de menigte. Luise durfde niet meer los te laten. Moest ze dit de komende negentig minuten zo volhouden? Met één arm gestrekt uit het raam? Plotseling voelde ze een zacht schopje vanbinnen, en ze legde haar hand op haar buik. Haar kind bewoog en begroette haar. Nu was haar geluk compleet. Ze moest het haar man vertellen, een beter moment was er niet. 'Hans?' Ze boog zich over de vensterbank naar buiten, ervoor oppassend dat ze de antenne niet losliet.

Hij reageerde niet, zat gehurkt voor het hellinkje over de stoeptreden en staarde naar de televisie. Ook verder leek niemand haar op te merken. Alle ogen waren op één ding gericht. Algauw stond het 2-0, maar dan voor Hongarije, zoals Luise uit de teleurgestelde kreten opmaakte. Langzaam werd haar arm gevoelloos. Wat als ze toch losliet en de Duitsers op dat moment een doelpunt maakten? Hans zou het haar nooit vergeven. Ze klemde haar tanden op elkaar en hield vol. Maar wat gebeurde daar? Eén gast, de horlogemaker Bellarabi, zo dacht ze althans van bovenaf aan zijn wijzerloze kale knikker te zien, draaide zich om en liep weg. 'Deze lijdensweg kan ik niet langer aanzien.' Hij zette zijn hoed op, die hij had afgenomen alsof hij op een begrafenis was. Anderen vielen hem mopperend bij, de menigte kwam in beweging.

'Hier blijven,' riep Martin, en hij wenkte hen terug. 'De Duitsers komen op stoom.'

En ja hoor, eerst werd er één doelpunt gescoord, en toen kwam er zelfs een gelijkmaker. Al in de achttiende minuut stond het 2-2. Dat lieten de Hongaren niet op zich zitten, ze gingen in de aanval, maar de doelman weerde zich kranig en gaf de Hongaren geen opening. Zimmermann, de commentator, betitelde hem dan ook als duivelskunstenaar en voetbalgod in één persoon.

Ook al had Luise het gevoel dat ze eigenhandig de verbinding tussen Bern en Starnberg in stand hield en ervoor zorgde dat het WK helemaal tot hier in Beieren werd uitgezonden, toch waande ze zich weer terug in de goede oude radiotijd. Ze hoorde alleen wat er in beeld was en moest het zich met behulp van het verslag van de commentator proberen voor te stellen. Ze maakte gebruik van het gejuich en pakte behoedzaam met haar andere hand de antenne vast, voordat haar arm zo lam zou worden dat ze het wereldgebeuren onderbrak. In deze houding hield ze het vol tot het einde van de eerste helft. Pas toen durfde ze los te laten. Ze was nog niet beneden aangekomen, of de eerste gasten vroegen al om nieuwe drankjes, en ook de overvloed aan buffethapjes verdween als sneeuw voor de zon.

'Ik ga Luise aflossen bij de antenne,' zei Marie tegen Martin vlak voor de tweede helft begon.

'Hallo, jij lekker boerenmokkel.' Plotseling stond Theo naast haar. Hij was dronken en betastte haar. Toen ze hem wilde ontwijken, trok hij haar ruw tegen zich aan.

'Hou op en laat me los.'

Martin kwam tussenbeide. 'Hé, wat krijgen we nou? Gedraag je, vriend.'

'Ik ben jouw vriend niet, lazer op. Kom mee, Marie, meer dan schapenkeutels in de koffie krijg je niet van hem.'

'Laat haar onmiddellijk los, anders...' Martin, de kalme vreedzame Martin, dreigde Theo met zijn vuist.

'Jij durft toch niets te doen, schijtlaars.' Theo duwde Marie weg en stortte zich op Martin.

Ze vochten. Er vielen rake klappen. Ze verdraaiden elkaars armen, haakten elkaar pootje. Mensen sprongen overeind, stoelen vlogen opzij. Servies viel aan diggelen.

Hans stond op, waggelde een beetje van het vele bier en probeerde Theo en Martin uit elkaar te trekken. Marie dacht al dat Theo hem ook een mep zou verkopen, maar Hans praatte op hem in: ‘Makker, doe eens even rustig en laat die wijven toch zitten. Zie je haar daar?’ Hij wees naar Helga, die een dienblad tussen de stoelenrijen door droeg. ‘Voor haar waren wij Duitsers eerst ook niet goed genoeg, daarom heeft ze een Amerikaan in d’r bed getrokken. Maar haar heb ik een goeie beurt gegeven. Ze wil voor jou vast ook wel met d’r benen wijd.’

‘Hans, stil. Hou toch je mond,’ riep Helga toen ze hem gehoord had. Ze keek eerst naar Marie en toen naar Luise, die juist de televisie aanzette.

Dokter Von Thaler bemoeide zich ermee. ‘Meneer Dahlmann, alstublieft, beheers u. Wat heeft dit te betekenen?’

‘Jij, jij hebt niks over mij te vertellen, kleredokter die je bent. Door jou is mijn zoon dood.’ Hans liet Theo los, duwde hem met kracht terug naar Martin en gaf Von Thaler een kaakslag. Ook diens vrouw kreeg een por toen ze niet snel genoeg opzij kon stappen.

Martin, die door Theo tegen de grond was geschopt, krabbelde overeind. Bloed sijpelde uit zijn neus. Theo stormde alweer op hem af. Anderen grepen in, wilden hen uit elkaar halen. Iemand schopte Hans’ benen onder hem vandaan, hij viel boven op de dokter. Het was begonnen te regenen, algauw kwam het met bakken uit de lucht. Iedereen vocht met iedereen. De mannen rolden over de grond. Niemand dacht er meer aan de pergola overeind te trekken.

Luise was verbijsterd. Ze had Hans nog nooit op die manier horen praten. Het was walgelijk, zo kende ze hem niet. En hij maakte haar ook nog te schande tegenover haar vrienden en haar klanten. Toen ontmoette ze Helga’s blik en begreep wat ze helemaal niet wilde begrijpen. Had Hans iets met Helga – haar beste vriendin en haar man – hadden zij met elkaar...?

Ze werd misselijk, en alles draaide om haar heen. Zo vlug ze kon, ging ze de winkel in. Ze hield zich overeind aan de televisie en schuifelde langs de toonbank.

'Excuseer me, kunt u mij misschien helpen?' Een jonge man sprak haar aan. Hij had dik zwart haar en delicate gezichtstrekken die haar ergens bekend voorkwamen, maar ze wist niet waarvan. Hij draaide zijn hoed rond in zijn handen.

'Achteraan links, de tweede deur.' Hij kon maar beter opschieten, straks moest ze nog overgeven. Ze boog zich voorover en liet haar hoofd tussen haar knieën zakken om haar bloedsomloop weer op gang te brengen. Dat had Helga haar geleerd, een verpleegsterstruc. Zo stroomde het bloed sneller naar de hersenen. Helga en Hans, nee. Dat mocht niet waar zijn.

'Nee, ik kom voor u. U bent toch de winkeleigenares, de buurvrouw van de Von Thalers?' Hij stond er nog steeds toen ze zich weer oprichtte.

Ze ademde diep in en uit en knikte. Waar kwam hij voor? Hiervandaan kon ze het tv-scherm niet zien, dat nu zonder haar hulp functioneerde, ze hoorde alleen het commentaar. De een gaf een voorzet, de ander pareerde, maakte een snelle zijsprong en miste. Luise wist niet zeker of het verslag eigenlijk de wedstrijd in Bern gold of de vechtpartij voor de deur.

'De dokter, ja, jazeker, die is ook hier.' Ze wees naar buiten en masseerde haar nek.

'U hebt de kast geschilderd,' zei hij, en hij wees achter de toonbank.

Luise draaide zich om.

'De grote kast daar, met al die laden, die ken ik, hij was van mijn ouders. De natuurlijke houtkleur vond ik mooier. Dat houtsnijwerk daar bovenaan waren in mijn herinnering altijd twee donkere hondenkoppen. Pluim en Pluis.'

'Pluim en wat?' Luise hoorde de herrie buiten, het voetbalgeschreeuw op televisie, en in haar binnenste was het één grote chaos.

De man praatte gewoon door. 'Ja, zo heb ik ze genoemd, naar de twee honden uit het verhaal van Wilhelm Busch. Kent u dat?'

Luise schudde haar hoofd.

'Dus Pluim en Pluis, gij beiden, moet nu weldra van ons scheiden. 't Ga je goed, mijn brave dieren. Weet je nog hoe met ons vieren, op deez' plek, een jaar geleden, jullie haast waart overleden? Hoe wij toen vol moed en ijver, jullie redden...' Blijkbaar zei hij een gedicht op.

'Pardon, wie bent u eigenlijk?' onderbrak ze hem.

'Noah Kleefeld. Ik dacht dat u mij wel kende.'

'Nee, waarvan dan?'

'We hebben in het huis hiertegenover gewoond, waar nu de Von Thalers wonen.'

'Noah?' Langzaam begon het haar te dagen. Ze had die naam inderdaad ooit eerder gehoord, of beter gezegd gelezen. En Kleefeld? Heette de medeoprichter van de Seekliniek niet zo? Maar wat had dat met de buffetkast van haar schoonvader te maken? 'Wacht even, een ogenblikje.' Ze haalde haar winkelkennisalbum tevoorschijn, achterin had ze het kiekje met de raadselachtige tekst bewaard. Ze gaf het hem.

'Waar hebt u die vandaan, lag hij nog in een van de laden?' Hij knipperde met zijn ogen en veegde met zijn hand over zijn gezicht. 'Deze foto heb ik zelf gemaakt met de nieuwe camera die ik voor mijn bar mitswa had gekregen.'

'Bar mitswa?' Die term kende Luise uit het Camp. Een Joods gebruik dat het begin van de religieuze volwassenheid bezegelde, vergelijkbaar met het katholiek vormsel. Opeens werd ook de vlekkerige potloodtekst op de achterkant van de foto logisch en begrijpelijk. *Noahs bar mitswa, 1937.* 'Dus u bent Joods?'

Hij knikte en wreef met zijn handruggen over zijn ogen. 'Kijk, dit zijn mijn ouders, Samuel en Barbara Kleefeld.' Hij wees naar de wazige gezichten. 'En dat zijn mijn tante en oom. En wie deze twee mensen zijn weet ik niet meer.'

'Mijn schoonouders,' zei Luise.

'O ja, klopt. De Dahlmanns. Dan waren zij ook op ons laatste feestje, voordat we onteigend en gedeporteerd werden.'

Onteigend en gedeporteerd? Dat hoorde Luise voor het eerst. Ze had begrepen dat de familie Kleefeld nog op tijd naar Zwitserland had kunnen vluchten. Ook dat de villa van de Von Thalers oorspronkelijk van hen was geweest was nieuw voor haar.

Opeens brak een gejuich los. Waren ze gestopt met vechten? 'Ja! Ja! Ja! De wedstrijd is voorbij, en Duitsland is wereldkampioen!' De stem van de commentator sloeg bijna over, en hij bleef maar schreeuwen, alsof hij Luise uit een andere tijd wilde terughalen.

Later, toen alle zichtbare verwondingen waren behandeld en de onzichtbare pijn was onderdrukt, veegde Luise het gebroken servies bij elkaar. Het regende niet meer, de lucht klaarde op, en de zon scheen. Marie depte Martins gezicht, dat al helemaal blauw was. Die Theo, wie dat ook geweest mocht zijn, was weg, net als de andere gasten. Ook Noah Kleefeld. Luise wist niet of hij nog met de Von Thalers had kunnen praten. Wat hadden zij met de deportatie van dat gezin te maken? En waarom had de buffetkast van de Kleefelds bij hen in de schuur gestaan? Annabel ondersteunde haar man, die moeizaam hinkend de straat overstak. Dat ze Manni's leven had gered was niet minder dan een wonder. Luise had tot nu toe geen gelegenheid gezien om Bella echt te bedanken. Ook niet voor de moeite die ze voor Davidje had gedaan. Anders had Jeugdzorg Helga haar kind afgepakt. Alweer Helga, plotseling werd het Luise allemaal te veel. Ze was in één klap gevloerd. Hoe lang was dat al aan de gang tussen haar en Hans? Hadden ze het één keer of al vaker samen gedaan? Ze had nog geen woord met Helga gewisseld en ook Hans genegeerd, die ondanks zijn schrammen en blauwe plekken met zijn maten was doorgegaan met bier hijsen alsof er niets was gebeurd.

'Je wordt maar één keer wereldkampioen. Kom, Luisetje, dans met me.'

Ze duwde hem weg. Hij struikelde en greep zich vast aan de televisie, die weer permanent sneeuw uitzond.

'Pas op, niet zo wild.' Ze ontweek hem en zette het apparaat uit.

De enige die te midden van deze regelrechte puinhoop rustig bleef was Manni. Hij was blij met de vele flessen, viste ze uit regenplassen of onder de stoelen vandaan, schudde ze tot ze leeg waren en stopte ze in een mand. Wat was Luise nu graag in zijn realiteit gestapt, al was het maar voor even. Ze ging op het bankje achter het huis zitten. Hoe moest het nu verder? Stekeblind was ze geweest. Ze had haar man en haar vriendin simpelweg vertrouwd en zich alleen maar met de winkel beziggehouden. Plotseling bevond niet alleen haar huwelijk, maar ook haar vriendschap met Helga zich op een breekpunt. Helga had toch zeker de mannen voor het uitzoeken, waarom moest het uitgerekend háár man zijn? Omdat het bijna letterlijk voor de hand lag? Ze woonden tenslotte al maandenlang onder één dak. Die domme Luise zou toch vast niets doorhebben. Waarom deed Hans haar dit aan? Ze had gedacht dat hij van haar hield en niet omkeek naar andere vrouwen. Wat zou hij voor een vader zijn, wat zouden zij tweeën überhaupt voor ouders zijn, en wat voor voorbeeld waren ze voor hun kind, dat hopelijk gezond geboren zou worden? Weer overviel haar de angst voor de zwangerschap. Ze zuchtte, streek over haar buik en voelde opnieuw een schopje tegen haar hand. 'Hé, daar ben je dan,' riep ze verrast. Ze beefde, huilde en lachte tegelijk. Een wonder, haar wonderkind voetbalde met haar. Het was er, het leefde en wilde gevoeld worden. Ze zou dit kind beschermen, wat er verder ook gebeurde. 'Jij en ik, wij laten ons niet kisten,' zei ze. Toen hoorde ze piepende remmen en luid getoeter. Blijkbaar maakten de Duitsers ook met hun auto's duidelijk wie er wereldkampioen was geworden. Luise schrok. Manni! Was hij misschien op straat gestruikeld, gevallen en door een bestuurder over het hoofd gezien? Ze rende om het huis heen naar het tuinhek. Uit beide richtingen liep het verkeer vast. De automobilisten hadden hun raampjes omlaaggedraaid en toeterden. Luise keek of ze haar broertje ergens zag, liep een stuk langs de straat en ontdekte hem ineens. Manni stond midden op het kruispunt als een politieagent. Hij strekte zijn armen uit en draaide rond. In allebei zijn handen hield hij een fles. 'Manni, stop, ga daar weg. MANNI!' riep ze boven de autodaken en het toeterconcert uit, maar hij hoorde haar niet, draaide steeds sneller om zijn eigen as en hief zijn armen hoog in de lucht, alsof hij wilde opstijgen. Marie en Martin naderden hem vanaf de andere kant en trokken hem van de rijbaan. Luise herademde. Dat was nog maar net goed gegaan. Ze zwaaide even naar hen en ging door het tuinhek terug naar het bankje. Ze was juist gaan zitten en had haar benen voor zich uitgestrekt toen Manni op haar afstapte. Hij had de mand vol flessen bij zich en liet de beugelsluitingen achter elkaar openploppen. Toen goot hij alle opgevangen zonnestralen over Luise uit. Puur licht overspoelde haar.

DANKWOORD

Hartelijk dank aan Carla Grosch van S. Fischer Verlag, die het idee had voor de Wondervrouwen en mij de vier vrouwen heeft voorgesteld. Haar grootouders openden begin jaren vijftig van de vorige eeuw een winkeltje dat destijds Tante-Emma-Laden werd genoemd. Niet alleen kreeg ik inzage in het familiefotoalbum, Carla heeft me ook veel informatie gegeven en anekdotes verteld uit haar familiegeschiedenis. Daarnaast begeleidt ze me met groot enthousiasme door de hele Wondervrouwen-reeks.

Dank je wel, Susann Rehlein en Sylvia Spatz, omdat jullie de puntjes op de i van deze roman hebben gezet.

Mijn literair agent Sabine Langohr wil ik bedanken voor haar vertrouwen en de kans om deze roman te mogen schrijven. Ze gelooft in mij van Wittgenstein tot de Wondervrouwen.

Mijn familie is mijn wonderteam. Met vereende krachten hebben ze me tot de laatste letter gesteund.

Thomas, mijn man en meesterplotter, heeft zich van de eerste tot de laatste minuut onvermoeibaar in dit project verplaatst. Zijn ingevingen riepen vaak de mooiste beelden in me op. Zijn liefde is voor mij het grootste wonder van alles.

Mijn dochter Theresa weet als bevlogen lezer en kunstenares wat een roman nodig heeft, maar vooral ook wat haar moeder nodig heeft. Zonder haar had ik het begin, het einde en ook het midden niet kunnen structureren. Ondanks de naderende deadline had zij de adelaarsblik waaraan het mij – de marmot die zich nog helemaal in de roman had ingegraven – ontbrak. Zij hielp me daarnaast met haar mensenkennis de personages de finishing touch te geven.

Van mijn dochter Veronika is het idee afkomstig van gymnastiek met washandjes, en ze moedigde me aan om in de vier Wondervrouwen en hun verhaal te geloven.

Mijn schoonzoon David verrijkte de roman met zijn kennis over Starnberg, en dankzij de privéstadsrondleiding die hij me gaf, zie ik mijn geboorteland én het Wondervrouwen-land met nieuwe ogen.

Mijn schoonzoon Basti wist wat Jack over Helga dacht, en andersom, en de speciale 'huisvrouwenchocolaatjes' waren zijn idee. Beslist niet te versmaden!

Mijn zoon Jonas maakte me enthousiast voor de kosmos. Hij was er per slot van rekening al tijdens onze eerste zonsverduistering in 1999, zij het nog onzichtbaar. Tegelijkertijd zorgt hij er met al zijn aardse geduld voor dat mijn schrijfgereedschap, de computer, altijd werkt.

Mijn zus Yvonne heeft mij c.q. Luise geholpen met concrete tips bij het motorrijden.

Mijn vader Josef, die net als Marie in 1946 uit Ebersdorf in de omgeving van het Neder-Silezische Glatz werd verdreven, heeft me veel verteld over zijn geboortestreek en over de jaren vijftig in München en Starnberg.

Mijn vriendin en collega-auteur Deana Zinßmeister wil ik bedanken voor de vele, vele 'korte' gesprekken die me langdurig hebben geïnspireerd en gemotiveerd.

Mijn vriendin Lea Goltz wil ik bedanken voor de Engelse vertalingen. Zij wist hoe Helga Jack benaderde, en de wijze uitspraak 'Je geeft niet iemand de schuld van wie je houdt' is van haar afkomstig.

Dank jullie wel, Christoph Aschermann en Christian Fries

van het stadsarchief Starnberg, voor de hulp bij het achtergrondonderzoek, en Monika Graefe van het gemeentearchief Feldafing en Elke Schmitz voor de informatie over het DP-Camp in Feldafing.

LEES OOK VAST EEN FRAGMENT UIT

Stephanie Schuster

Wondervrouwen 2

Alleen het beste

JUNI 2023 IN JOUW (ONLINE) BOEKHANDEL

PROLOOG

4 september 1963

Hey, hey, bop shuop. Ze leunde tegen de tralies van haar cel en luisterde naar de muziek. *M'bop bop shuop*. Nu alles wat ze met zoveel moeite had opgebouwd kapot was gemaakt, klampte ze zich vast aan de muziek – het enige wat haar nog houvast gaf. Het ritme zat meteen in haar hele lichaam. Ze kon gewoon niet anders, haar voeten en schouders bewogen mee op de maat. Niet te geloven dat deze band uit Liverpool tegenwoordig ook op de Bayerische Rundfunk werd uitgezonden en zo doordrong tot in de kelder van het politiebureau van Starnberg. Nou ja, zo goed en zo kwaad als het ging; de radio kraakte en knetterde. Waarschijnlijk waren de muren gewoon te dik, tenslotte zaten hier delinquenten zoals zij vast. Hoe vaak agent Klein ook aan de knoppen draaide, de ontvangst bleef slecht. Hij had het duidelijk vervelend gevonden dat hij haar moest arresteren. Daarom had hij zich ook onmiddellijk bereid verklaard om op haar te letten toen zijn collega's weer moesten uitrukken. Er was op het ogenblik in Starnberg veel aan de hand.

Well, I talk about boys, don't ya know I mean boys, well... Wat ze niet hoorde vulde ze inwendig aan. Ze kende de tekst uit haar hoofd. Vanwege dit liedje had ze een halfjaar geleden urenlang voor de Münchense platenzaak staan wachten. Samen met een dozijn opgewonden jongeren, hopend dat niet alle singles uitverkocht zouden zijn als zij aan de beurt was.

En ze bemachtigde zowaar een van de laatste platen; de wachtenden achter haar visten achter het net. In de zomer, toen eindelijk het album *Please Please Me* op de Duitse markt kwam, was de toestroom nog veel groter. Sommigen kampeerden zelfs voor de winkels, simpelweg om een van de felbegeerde langspeelplaten te pakken te krijgen. Op haar eenendertigste had ze zich tussen deze piepjonge mensen stokoud en vreemd misplaatst gevoeld. Ze kleedde zich altijd nog modieus, dat wel. Zo droeg ze vandaag een corduroy minirok met hoge smalle laarzen eronder en had ze ook haar haar getoupeerd, maar op de een of andere manier was ze zich er plotseling van bewust geworden dat ze niet meer die oude ongedwongenheid had, dat vertrouwen dat alles vanzelf wel in orde zou komen.

What a... rrrkrrrsssrrrsssjjj... of joy. De paddenstoelenhoofden bleven zich een weg door de ether worstelen.

Dietrich Klein gaf het op en wijdde zich aan zijn meegebrachte broodmaaltijd. Ze moest bij hem in de buurt blijven, Dietrich, zijn voornaam klonk als de sleutel tot de vrijheid.

'Wilt u ook een stuk?' Voor hij in zijn broodje leverkaas hapte, hield hij het haar bij de tralies voor, alsof het voedertijd was in de dierentuin. Ze sloeg het af, hoewel haar maag het er niet mee eens was.

'Echt niet? Het is vers van de bakker, en de leverkaas is zowat nog warm.'

Ze schudde haar hoofd. Ze had geen zin om hem uit te leggen dat ze al een tijdlang geen vlees meer at. Tegen een sigaret zou ze geen nee zeggen, maar Klein rookte blijkbaar niet. Misschien was dat maar goed ook. Ze mocht van zichzelf alleen nog roken in stresssituaties – althans, in de situaties die ze tot nu toe als zodanig had beschouwd. Als dat excuus nog steeds gold, zou ze zichzelf vandaag wel op een heel pakje mogen trakteren. Ze frunnikte aan haar nagels. Haar duimnagel was ingescheurd, en de nagelriem bloedde een beetje. Dat moest bij de arrestatie zijn gebeurd, toen ze haar armen op haar rug hadden gedraaid en haar handboeien hadden omgedaan. Het schaartje dat ze altijd bij zich droeg in de zak van haar witte jas hadden ze afgepakt, evenals haar stethoscoop, haar schoenveters en de leren riem die in de breedte bijna evenveel centimeters telde als haar minirok in de lengte.

'Aan uw beha kunt u zich ook niet ophangen,' had Kleins collega gegrapt, een man met uitpuilende ogen die haar boezem keurend had opgenomen. 'Zo te zien draagt u er geen.' Hij likte zijn lippen af.

Meestal was ze niet op haar mondje gevallen, maar op dat moment had ze geen snedig antwoord paraat. Hoe had ze het verdorie zover kunnen laten komen? Ze had al zoveel vrouwen uit de brand geholpen, en alles was altijd gesmeerd gegaan. Dat ze haar nou net bij Luise moesten betrappen. Plotseling stond haar hele bestaan op het spel. Juist nu ze zoveel had bereikt, meer dan ze ooit had kunnen dromen. Als ze veroordeeld werd, zou ze niet alleen haar registratie kwijtraken, maar zou de staat ook haar kind afpakken. Iemand moest haar hebben verraden, maar wie?

De andere politieagent, die met de puilogen, stormde binnen. 'Stront aan de knikker, Dietrich, meekomen.' Hij plukte aan zijn neus alsof hij daarmee zijn panoramablik kon bijstellen. 'We moeten uitrukken. Bij het meer zijn een stel schooiers aan het rellen.'

'Je bedoelt de daklozen rond het station? Wat hebben ze nou weer gedaan?'

'Nee, een bende halve wilden hangt rond bij het meer, waarschijnlijk studenten. Ze draaien in elk geval hetzelfde soort jankmuziek als jij hier.'

Onmiddellijk zette Klein de radio uit, legde zijn broodje weg en veegde zijn handen af. 'En wat moeten wij daaraan doen?'

'Het gewone werk, de personalia opnemen, fouilleren op

drugs. Ze roken sterker spul dan tabak, heb ik gehoord, en bovendien lopen ze allemaal halfnaakt rond.'

'Ook, eh... de vrouwen?' Klein veegde zijn mond af en keek tersluiks naar haar.

De ander knikte. 'Juich maar niet te vroeg. De kerels hebben zelfs bloemen in hun haar.'

'Echt? Zijn ze van de verkeerde kant?'

'Weet ik veel. Het zal me worst wezen of ze uit Berg of Ambach of waar ook vandaan komen, ze moeten gewoon opkrassen.'

'Niet van de overkant van het meer, ik bedoel of het zedenklanten zijn, homo's weet je wel. Vanwege die bloemen.'

'O, op die manier. Nee, dat geloof ik niet, als je ziet hoe ze met hun snolletjes lopen te kroelen, Maar bij zulke pierewaaiers weet je het nooit. Misschien pakken ze gewoon wat ze pakken kunnen. Het verschil tussen mannetjes en vrouwtjes zie je sowieso nauwelijks, met dat lange haar. Als mijn Lucki er ooit zo bij gaat lopen, knip ik eigenhandig die lange vette slierten af.'

'Hij is toch nog maar drie.'

'Daar heeft-ie dan mazzel mee! En ook dat hij nog niet naar school gaat, daar leren ze tegenwoordig zulke onzin. Nou, kom op, er is aangifte gedaan, verstoring van de openbare orde. De omwonenden en ook gasten van Hotel Bayerischer Hof voelen zich lastiggevallen.'

Waarschijnlijk zaten die jongeren simpelweg met een gitaar en tamboerijn op een weide en haalden ze zich alleen al door deze vredige aanblik de woede van de bekrompen Starnbergenaren op de hals, dacht ze, terwijl ze de twee hoorde praten.

'En wat doen we met haar?' Met een hoofdbeweging gebaarde Klein naar haar in de cel.

'Niets. Zij loopt niet weg, ze zal hoogstens straks gezelschap krijgen van haar soortgenoten.' Ze werd nog tot de jongeren gerekend, dat was in elk geval iets. 'Laten we maar eens kijken hoeveel nietsnutten er in één cel passen.' De man lachte.

'Maar ze is toch arts.' Klein fluisterde nu. 'Mijn vrouw is drie weken geleden bij haar bevallen.'

'Ben je soms partijdig, Dietrich?'

'Ik? Ik was er niet bij, hoor. Bij de bevalling, bedoel ik. Maar Gerda was supertevreden, en dat krijg ik zelf niet vaak voor elkaar.'

'Super, aha. Praat je nu ook al net als zij? Nou, dan zul je het met dat beatniktuig ook goed kunnen vinden. Kom, we moeten gaan.'

Ten slotte stond Klein op, schudde de broodkruimels van zijn uniformbroek, stak de sleutelbos in zijn zak en ging met agent Puiloog naar buiten.

Ze hoorde de voetstappen van de twee wegsterven. De radio kraakte nog steeds, waarschijnlijk had Dietrich de knop niet helemaal omgedraaid. Ergens drupte een kraan. Plop, plop-plop, plop. Ze had er een liedje op kunnen verzinnen, maar was daar niet meer voor in de stemming. De angst sloop de cel binnen, deed alsof hij hier thuis was en grijnsde haar aan, alsof hij had geweten dat hij uiteindelijk de overhand zou krijgen. Wat als de agenten nooit meer terugkwamen, haar gewoon vergaten of haar uithongerden tot ze tussen de tralies door uit de cel viel? Uitgerekend vandaag, op deze bijzondere dag, zat zij hier vast. Letterlijk. Bij de Dahlmanns was het feest natuurlijk allang begonnen. Luise kennende, had ze allerlei lekkers klaargemaakt om het tienjarig jubileum met klanten en gasten te vieren. Bijna ongelooflijk dat de winkelopening al zo lang geleden was. Het waren moeilijke jaren geweest, tijden van tegenslag en wilskracht en zorgen over de toekomst, maar ook momenten van vreugde, successen en geluk. Toch voelde het achteraf alsof alles in een flits voorbij was gegaan, hooguit als een paar bladzijden in een roman. Des te meer reden om van het jubileum een mooi gezamenlijk feest te maken. O, kon ze er maar bij zijn! Plotseling hoorde ze harde geluiden. Voetstappen en luid geschreeuw. Buiten was er commotie. Ze liep naar het raam, dat eerder een met kippengaas getralied kelderluikje was waar nauwelijks licht doorheen viel. Gerinkel. Ze deinsde achteruit toen er iets tegen het ruitje knalde. Een steen, en nog een.

Jubileum, vergeet het maar. Het bordje op de deur was omgedraaid naar GESLOTEN. De wind waaide door het gat in de muur en blies herfstbladeren naar binnen, alsof een aardbeving huize Dahlmann had getroffen. Luise stond op, trok het dekzeil weer voor het gat en zette de bezem ertegenaan. Het moest in elk geval niet inregenen. Een noodmaatregel, voor iets anders was nu geen tijd. Even dwaalde haar blik door de winkel, die bijna onherkenbaar was. Jarenlang had ze dit alles liefdevol verzorgd, telkens het assortiment uitgebreid, reclame gemaakt, kortingsacties gepland om de vaste klanten te behouden en te verrassen en natuurlijk ook om nieuwe klanten te trekken. Stilstand was achteruitgang. De zaak moest blijven lopen. Daarom had ze ook besloten deze stap te zetten, en nu dit. De kassa, weegschaal en koelvitrine waren met lakens afgedekt, in de hoeken lag puin. Op de potten en blikjes, op alle planken lag stof. Ze moest aan de dag van de winkelopening denken, tien jaar geleden. Wat had ze toen veel moeite gedaan. Na de wekenlange planning, waarin ze alles tot in de puntjes had uitgestippeld, stond ze stijf van de spanning. Maar toen het eindelijk zover was, kwam er niemand. En de eerste mensen die op die dag in de winkel verzeild raakten kochten niets en snoepten alleen van de gratis chocolaatjes die ze aanbood. Pas na de WK-overwinning in 1954 kwam haar bedrijf in een stroomversnelling. Ook al maakte ze nog steeds een bescheiden winst, ze kon er inmiddels van leven. Maar voor vandaag had Luise niet eens chocolaatjes gemaakt. Er waren nu belangrijker dingen dan snoep, belangrijker zelfs dan stof en puin, dacht ze, terwijl ze de kwast in de rode verf doopte. De verkoop was voorlopig stopgezet. Ze zat samen met Marie en Annabel op de vloer protestborden te schilderen. Ook de kinderen hielpen mee, dat lekkere stel deugnieten. Maries vier spruiten, van wie de jongste één jaar en de oudste acht was. Dan Helga's zoon, de negenjarige David met zijn donkere huid en zwarte kroeshaar, en Luises dochter Josie met de korte vlechtjes die als borsteltjes achter haar oren uitstaken. De twee waren bijna even oud. En ook Fritz was natuurlijk van de partij, Annabels oudste, die zich als zestienjarige vast niet meer tot de kinderen rekende maar toch ijverig meehielp. Voor de kinderen leek de hele actie meer een leuk avontuur te zijn. Wanneer hadden hun moeders anders tijd om met hen samen te schilderen?

Josie zat dicht naast Marie en deed elke penseelstreek van haar na. Ze adoreerde haar tante. Maar Luise merkte wel dat haar schoonzus Marie helemaal niet in de stemming was om te schilderen. Logisch ook. Waarschijnlijk was ze hier alleen om haar kinderen en Luise een plezier te doen en had ze het liefst weg gewild uit Leutstetten, waar de leegte in alle hoeken voelbaar was. Snel onderdrukte Luise de gedachte aan haar broer, en ze keek naar Annabel, die de letters vooraf met potlood op het karton schreef zodat de kinderen ze met verf konden overtrekken. Zelfs Annabels tweejarige dochtertje klemde kunstig een kleurkrijtje tussen twee teentjes. Die aanblik ontroerde Luise. Ze had kunnen lachen en huilen tegelijk.

'Zo, ik denk dat we genoeg borden hebben,' zei ze, en ze slikte, terwijl het hart haar in de keel klopte. 'Het zijn er straks meer dan we kunnen dragen.'

David sprong op. 'Oké, dan gaan we nu mijn moeder uit de gevangenis bevrijden.'

VERWACHT IN JUNI 2024

Stephanie Schuster

Wondervrouwen 3

Vrijheid voorhanden

In 1972, tijdens de Olympische Spelen in München, vecht Luise met man en macht voor haar kleine kruidenierswinkel in Starnberg, die ten onder dreigt te gaan door de grote supermarkten. Bovendien moet ze nu toegeven dat haar huwelijk definitief voorbij is. Met de nieuwe echtscheidingswet wacht haar een monsterlijke stap. Haar drie vrienden steunen haar in deze roerige tijden: Helga, die droomt van haar eigen dokterspraktijk, Marie, die al haar energie in haar manege steekt, en Annabel, die eindelijk het verleden van haar familie onder ogen ziet.

Leesclubvragen

Wondervrouwen 1 – Alles wat je hart begeert

1. Welk personage is je het meest bijgebleven? Waarom is juist dat personage in je gedachten blijven hangen?

2. In de roman komen veel belangrijke historische gebeurtenissen langs. Hoeveel wist jij al van deze geschiedenis voordat je begon te lezen? Heeft het boek je een goed tijdsbeeld kunnen geven?

3. Het boek beschrijft de ontwikkelingen in de farmaceutische industrie en ziekenhuizen en in de economie. Zo overweegt Luise op een gegeven moment een openbare telefoon beschikbaar te stellen in haar winkel. Wat vind je van de manier waarop deze ontwikkelingen in het verhaal zijn verweven? Zijn deze ontwikkelingen je tijdens het lezen opgevallen en zo ja, hoe?

4. Wat is je favoriete scène in het boek, en waarom?

5. Hoe zou je het verhaal in twee zinnen samenvatten voor iemand anders? Zou je dit boek aanraden? Waarom wel/niet?

6. Voor deze roman liet de auteur zich inspireren door de grootouders van Carla Grosch, de redacteur van Stephanie

Schuster van de Duitse uitgeverij Fischer Verlag, wier grootmoeder begin jaren vijftig een winkel begon. Anekdotes en foto's uit de familiegeschiedenis vormden de basis voor de setting van de roman. Wat vind je van de setting van de kleine kruidenierswinkel van Luise? Welke details spreken je aan?

7. Welke elementen uit de gedetailleerde beschrijvingen van Stephanie Schuster zijn je het meest bijgebleven?

8. Starnberg, dat in de prachtige deelstaat Beieren ligt, werd voor de Tweede Wereldoorlog vooral bewoond door boeren en vissers. Maar de Tweede Wereldoorlog veranderde alles: daarna wonen er getraumatiseerde mannen die de oorlog niet kunnen vergeten, duizenden vluchtelingen uit Silezië en de Baltische staten en vrouwen die tijdens de oorlog het roer draaiende hebben gehouden en deze verworven onafhankelijkheid niet zomaar meer willen opgeven. Na de oorlog zijn er meer kansen voor vrouwen. Wat vind je van de keuzes die de vrouwen, onder wie Luise, die besluit haar eigen winkel te openen, in de roman maken? Hoe bezie je die in het licht van de huidige tijd? Zijn er herkenbare elementen?

9. De auteur deed veel onderzoek naar Starnberg in de jaren vijftig. Ze vertelt: 'Het was me al duidelijk dat vrouwen het in die tijd niet gemakkelijk hadden, maar ik realiseerde me nu pas hoe hevig ze door de wet werden onderdrukt. Ze mochten bijvoorbeeld niet over hun eigen geld beschikken en als ze wilden werken of een rijbewijs wilden halen, hadden ze een handtekening van hun man nodig. Ook vielen onwettige kinderen onder de verantwoordelijkheid van de staat, dus de jeugdzorg kon een kind op elk moment bij de moeder weghalen.'

Zijn dergelijke zaken je tijdens het lezen opgevallen? Wat deed het met je om hierover te lezen?

9. Wat vind je van het einde van het boek? Met wat voor gevoel sloeg je het boek dicht?

10. Wat hoop je in deel twee te lezen? Welke personages mogen een groter aandeel krijgen in het tweede deel als jij het voor het zeggen had?

Over de auteur

Stephanie Schuster werd geboren in Niederpöcking in 1967. Van jongs af aan schilderde en tekende ze, wat ze leerde van haar vader, de schilder Josef Wagner. Haar vader bracht haar ook de liefde voor lezen en voor boeken bij. Ze begon verhalen te verzinnen en erbij te tekenen. Schuster studeerde daarna aan de kunstacademie van München en illustreerde, na het voltooien van haar studie grafisch ontwerp, vele kinder- en jeugdboeken.

Op 40-jarige leeftijd begon ze zelf met schrijven, iets wat in eerste instantie een verre droom had geleken. Inmiddels is ze een succesvol schrijver en schrijft ze onder vier verschillende namen. Als Stephanie Fey schreef ze thrillers, als Ida Ding misdaadromans die zich afspelen rondom Starnberger See en als Rebecca Abe schreef ze een historische roman en een misdaadverhaal. Haar grote doorbraak kwam met de Wondervrouwen-trilogie, die zij wel onder haar echte naam uitbracht en waarvan het eerste deel meteen in de bestsellerlijst verscheen.